中华护理学会推荐专科护士培训用书

实用专科护士丛书

肿瘤科

分册

主　编：谌永毅　马双莲

副主编：李旭英　彭翠娥　汤新辉

编　者：（按姓氏笔画为序）

丁四清　王玉花　邓玉艳　邓　莹　邓爱辉　毛　萍

卢　平　刘小明　向亚华　汤新辉　张毅辉　沈波涌

李旭英　李平平　李寿年　李　黎　邹艳辉　陈玉盘

陈云芳　陈　嘉　陈　辉　张其健　张月娟　谷红辉

杨向东　周莲清　周硕艳　罗帼英　欧阳红斌　钟一玲

胡　静　袁　烨　袁　忠　夏桂兰　谌永毅　常晓畅

黄金爱　黄碧荷　谢燕平　彭翠娥　蒋小剑　虞玲丽

主　审：胡炳强　曾　清

湖南科学技术出版社

序

随着现代医疗水平的提高，诊疗技术不断革新，医学分科日益细化，专科护理也应运而生。专科护理的发展势必需要一批合格的专科护士与专科护理专家。专科护士的培养不仅要以专科医学与护理学为基础，而且要在临床上结合实践，通过探讨研究，创建出专科护理知识与技术，为病人解决该专科护理中的疑难问题，并指导一般护士与护生工作，逐步成为不同专科护理的专家。目前在我国尚缺乏规范的专科护士培养教材与系列的专科护理参考书，因而很多护士为了学习，要购买很多与本专科相关的书籍，从中获取所需要的知识。这样不仅耗费很多精力与时间，而且收效较低。为了满足广大专科护士的需要，中南大学湘雅医院、中国协和医科大学北京协和医院、中国科学院阜外心血管病医院、首都医科大学天坛医院、中国人民解放军总医院、第三军医大学西南医院、华中科技大学同济医学院附属协和医院、北京肿瘤医院、湖南省肿瘤医院组织、聘请多位有经验的高资专科护士共同编写了第一批《实用专科护士丛书》的《急诊分册》、《供应室分册》、《心血管内科分册》、《神经内科、神经外科分册》、《骨科分册》、《烧伤、整形、美容分册》、《泌尿外科分册》、《胸心外科分册》、《肿瘤科分册》。

本丛书按不同专科独立成册，较系统地介绍了各专科护士必须掌握的相关医学知识、药

1

理与临床护理知识，同时又包括了专科护理管理与教学指导。该书将专科护理的理论与实践结合，突出了实用性；在内容上注意收集国内外的新理论、新技术、新进展，反映出专科护理的先进性，对专科护士需要的知识按护理程序编排，形成整体护理在各专科的体现。它是护士自学专科护理的好书，可以指导护士在专科护理临床中的实践；是培训专科护士较好的系列丛书；也是指导护生实习的教材、工具书。它将有助于我国培养更多合格的专科护士，为充实护理学与提高护士队伍起到积极的促进作用。

林菊英

2004 年 1 月 16 日

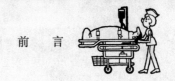

前　言

　　肿瘤学作为一门临床医学的独立学科，近50多年来得到了令人瞩目的迅速发展。肿瘤的综合治疗、各种先进检测、诊断方法及专科护理技术的发展，推动了肿瘤的预防、诊疗、康复相关知识的飞速发展。随着肿瘤学科研究的深入，专业发展正在走向成熟，从而迫切需要肿瘤护理学科的发展与之相适应，需要不断接受新理念、新知识、新技术。从事肿瘤科护理的人员不仅需要具备扎实的医学基础理论知识与过硬的护理技术，更应通过专业教育、专业经验和专业团队功能的共同运作，结合职业道德、人文知识、伦理知识及法律法规的学习，获得应有的肿瘤护理专业知识和技能，以适应肿瘤护理学科发展和建设的需求。根据卫生部《中国护理事业发展五年规划（2005～2010年)》和《专科护理领域培训大纲》，湖南省肿瘤医院组织部分具有丰富临床经验的护理人员编写了《实用专科护士丛书·肿瘤科分册》，本书以高等医学院校医学、护理专业教材为理论依据，参考《肿瘤护理学》、《实用肿瘤诊疗学》、《临床肿瘤护理学》等专著，引进了最新肿瘤护理理论，同时结合编者的临床护理经验，力求做到标准化、科学化、规范化等科学规范肿瘤护理工作的行为，为肿瘤病人提供高效、优质的人性化护理。

　　全书共分9章：绪论重点介绍了肿瘤护理发展史、特点以及如何做一个合格的肿瘤科护士。第一章介绍了肿瘤科病室的设置与管理。第二章介绍了肿瘤护理共性知识，肿瘤病人常见症状及护理，肿瘤病人的护理评估、心理、营养、康复、社会支持、临终关怀等。第三～

第五章介绍肿瘤内科、外科、放疗病人的护理。第六章介绍了肿瘤科常用护理技术。第七章介绍了肿瘤科常用诊疗技术及护理配合，重点介绍了特殊的检查技术和管道护理。第八章、第九章为肿瘤科护理教学和在职护士培训的相关内容。本书体现了专科护理的特色，有很强的实用性、指导性，可作为肿瘤科专科护士、进修护士培训时使用，也可作为护理专业在校学生使用的主要参考书。希望通过此书的出版，使从事肿瘤护理工作的护士能较系统掌握专科护理理论和操作技能，从而达到指导日常工作和培养高素质护理人员的目的。

　　由于本书是在借鉴、参考和应用大量文献资料的基础上完成的，限于篇幅，我们在参考文献中只列出了部分主要文献，谨此向所有的编者和出版者表示深切的谢意。由于水平及时间有限，疏漏和错误在所难免，恳请读者赐教。

编　者

2008 年 5 月

目 录

绪 论 ……………………………… (1)
一、我国肿瘤防治现状 ………… (1)
二、肿瘤的三级预防 …………… (3)
三、肿瘤病人的社会支持 ……… (5)
四、肿瘤科护理发展史 ………… (7)
五、肿瘤科护理特点 …………… (9)
六、如何做一个合格的肿瘤科护士
……………………………… (12)

第一章 肿瘤科病室的设置与管理
……………………………… (14)
第一节 肿瘤科病室的设置 …… (14)
一、普通病室的建筑布局与设施
配置 …………………… (14)
二、层流病室的建筑布局与设施
配置 …………………… (18)
第二节 肿瘤科病室的管理 …… (20)
一、人员编制 …………………… (20)
二、人员素质 …………………… (20)

三、岗位职责 …………………… (22)
四、质量控制 …………………… (25)
第二章 肿瘤科护理概论 ……… (30)
第一节 肿瘤的病理学基础 …… (30)
一、肿瘤的命名与分类 ………… (30)
二、肿瘤的分级与分期 ………… (32)
三、肿瘤的扩散 ………………… (33)
第二节 肿瘤科病人的护理评估 … (34)
一、生理评估 …………………… (34)
二、健康史评估 ………………… (34)
三、心理社会评估 ……………… (35)
第三节 肿瘤科病人的常见症状及护理 … (37)
一、发热 ………………………… (37)
二、疼痛 ………………………… (39)
三、恶心、呕吐 ………………… (42)
四、疲乏 ………………………… (44)
五、骨髓抑制 …………………… (44)
六、口腔溃疡 …………………… (48)

1

七、呼吸困难 …………………… (49)

八、便秘 ………………………… (52)

九、腹泻 ………………………… (53)

十、恶性积液 …………………… (54)

十一、肾及膀胱毒性 …………… (58)

十二、高钙血症 ………………… (59)

十三、脱发 ……………………… (60)

十四、压疮 ……………………… (61)

十五、病理性骨折 ……………… (65)

十六、气胸 ……………………… (66)

第四节　肿瘤科病人危急症的紧急处理与

　　　　预防 …………………… (67)

一、肿瘤溶解综合征 …………… (67)

二、上腔静脉压迫综合征 ……… (68)

三、颅内压增高 ………………… (70)

四、大咯血 ……………………… (71)

五、上消化道大出血 …………… (72)

六、阴道大出血 ………………… (74)

七、深静脉血栓 ………………… (75)

八、癫痫发作 …………………… (77)

第五节　肿瘤科病人的营养护理 … (78)

一、肿瘤科病人的营养状况及评价

　　………………………………… (78)

二、肿瘤科病人的营养支持及护理

　　………………………………… (83)

第六节　肿瘤科病人的康复护理 … (91)

一、康复目标和原则 …………… (92)

二、康复评定 …………………… (92)

三、康复护理方法 ……………… (95)

四、康复保健操 ………………… (98)

第七节　肿瘤科病人的心理护理 … (106)

一、心理因素与恶性肿瘤发生发展

　　的关系 ……………………… (106)

二、肿瘤病人对疾病诊断早期的心

　　理变化和护理 ……………… (106)

三、疾病治疗阶段的心理变化和护

　　理 …………………………… (107)

四、肿瘤病人化疗前的心理变化和

　　护理 ………………………… (107)

五、肿瘤病人晚期阶段的心理变化

　　和护理 ……………………… (108)

六、对医护人员的要求 ………… (109)

第八节　临终关怀护理 …………… (110)

一、临终和临终关怀 …………… (110)

二、临终关怀护理原则 ………… (111)

三、临终病人的护理 …………… (112)

四、哀伤护理 …………………… (115)

五、善后服务 …………………… (116)

第九节　肿瘤科化疗基本知识 …… (118)

一、抗肿瘤药的分类 …………… (118)

二、抗肿瘤药的特点 …………… (119)

三、抗肿瘤药的给药原则 ……… (119)

四、抗肿瘤药的给药途径和方法

　　………………………………… (123)

五、抗肿瘤药常见不良反应的

　　护理 ………………………… (126)

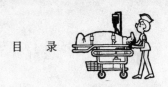

六、化疗药物急性及亚急性毒性反
应分级标准（WHO 标准）
…………………………………………（131）
七、抗肿瘤药的防护 …………（134）
八、肿瘤科常用的药物及护理 …（135）
第十节　肿瘤科放疗基本知识 …………（167）
一、放疗的基本形式 …………（167）
二、放疗的适应证、禁忌证 …（169）
三、放射线的生物效应 ………（169）
四、放疗技术 …………………（171）
五、常用放疗设备 ……………（173）
六、放疗计划及设计 …………（174）
七、治疗体位及体位固定技术 …（174）
八、放疗防护 …………………（175）
九、放疗的配合 ………………（175）
十、近距离治疗的护理 ………（176）
十一、全身放疗（TBI）的护理
…………………………………………（180）
十二、肿瘤放疗并发症及护理 …（182）
第十一节　肿瘤的中医治疗及护理 ……（188）

第三章　肿瘤内科药物治疗病人的
护理 ………………………………（193）
第一节　乳腺癌 …………………（193）
第二节　肺癌 ……………………（198）
第三节　淋巴瘤 …………………（202）
第四节　白血病 …………………（204）
第五节　多发性骨髓瘤 …………（207）
第六节　消化道肿瘤 ……………（210）

一、大肠癌 ……………………（210）
二、胃癌 ………………………（214）
第七节　卵巢癌 …………………（217）
第八节　滋养细胞恶性肿瘤 ……（219）

第四章　肿瘤外科治疗病人的护理
…………………………………………（223）
第一节　大脑半球肿瘤 …………（223）
第二节　蝶鞍区肿瘤 ……………（227）
第三节　松果体区肿瘤 …………（231）
第四节　颅后窝肿瘤 ……………（234）
第五节　眼部肿瘤 ………………（238）
第六节　口腔肿瘤 ………………（243）
第七节　颅颌面联合切除 ………（249）
第八节　喉部肿瘤 ………………（253）
第九节　甲状腺肿瘤 ……………（258）
第十节　颈动脉体瘤 ……………（262）
第十一节　胸腺瘤 ………………（267）
第十二节　肺癌 …………………（270）
第十三节　食管癌 ………………（273）
第十四节　乳腺癌 ………………（278）
第十五节　胃癌 …………………（280）
第十六节　肾癌 …………………（284）
第十七节　嗜铬细胞瘤 …………（287）
第十八节　肝移植 ………………（290）
第十九节　胆管癌 ………………（294）
第二十节　胰腺癌 ………………（298）
第二十一节　大肠癌 ……………（302）
第二十二节　膀胱癌 ……………（306）

第二十三节　阴茎癌 …………………（310）
第二十四节　骨肿瘤 …………………（313）
第二十五节　脊柱肿瘤 ………………（318）
第二十六节　软组织肿瘤 ……………（321）
第二十七节　卵巢肿瘤 ………………（324）
第二十八节　宫颈癌 …………………（327）
第二十九节　外阴恶性肿瘤 …………（331）
第五章　肿瘤放疗病人的护理
　　　…………………………………（334）
第一节　鼻咽癌 ………………………（334）
第二节　颅内肿瘤 ……………………（339）
第三节　口腔癌 ………………………（343）
第四节　口咽部恶性肿瘤 ……………（346）
第五节　喉癌 …………………………（348）
第六节　肺癌 …………………………（352）
第七节　乳腺癌 ………………………（354）
第八节　食管癌 ………………………（357）
第九节　恶性淋巴瘤 …………………（360）
第十节　纵隔肿瘤 ……………………（363）
第十一节　宫颈癌 ……………………（365）
第六章　肿瘤科常用护理技术 …（369）
第一节　鼻饲流质 ……………………（369）
第二节　弹性输液泵的应用 …………（372）
第三节　外周深静脉置管及维护 ……（373）
第四节　外周静脉置管及维护 ………（376）
第七章　肿瘤科常用诊疗护理技术
　　　及护理配合 ……………（378）

第一节　实验室检查及护理配合 ………（378）
一、甲胎蛋白 …………………………（378）
二、癌胚抗原 …………………………（379）
三、卵巢癌相关抗原-125 ……………（379）
四、甲状腺球蛋白抗体 ………………（379）
五、血清铁蛋白 ………………………（380）
六、降钙素 ……………………………（380）
七、人绒毛膜促性腺激素 ……………（380）
八、γ-谷氨酰转移酶 …………………（381）
第二节　仪器检查及护理配合 ………（381）
一、计算机体层摄影检查 ……………（381）
二、磁共振检查 ………………………（383）
三、正电子发射计算机断层显像
　　………………………………………（384）
四、核医学诊疗 ………………………（385）
五、脑血管造影 ………………………（387）
第三节　常用治疗技术及护理配合 …（388）
一、脑室穿刺与持续外引流术 …（388）
二、胸腔闭式引流护理 ………………（389）
三、引流管护理 ………………………（391）
四、脑室-腹腔分流术 ………………（393）
五、直肠癌根治术后骶前引流管
　　护理 ………………………………（394）
六、肿瘤腔内治疗及护理 ……………（396）
七、腹壁下动脉置管术的护理 ……（398）
八、经皮穿刺肝肿块活检术及护理
　　………………………………………（400）
九、多弹头射频消融术的护理 …（401）

十、气管造口护理 ……………（403）

十一、皮瓣护理 ………………（406）

十二、肠造口护理 ……………（409）

十三、自控镇痛 ………………（413）

十四、中心静脉插管测压及维护

………………………………（415）

十五、肝动脉栓塞化疗及护理 …（416）

十六、螺旋 CT 引导下胸部穿刺活

检术 ………………………（419）

十七、外周血造血干细胞移植护理

………………………………（420）

第八章　肿瘤科护理教学…………（427）

第一节　大专护理教学……………（428）

一、教学目标 …………………（428）

二、教学安排 …………………（430）

三、教学效果评估 ……………（432）

第二节　本科护理教学……………（432）

一、教学目标 …………………（432）

二、教学安排 …………………（434）

三、教学效果评估 ……………（435）

第三节　进修生护理教学…………（435）

一、教学目标 …………………（435）

二、教学安排 …………………（436）

三、教学效果评估 ……………（437）

第九章　肿瘤科在职护士培训 …（438）

第一节　护士培训 …………………（438）

一、培训目标 …………………（438）

二、培训方法 …………………（440）

第二节　护师培训 …………………（441）

一、培训目标 …………………（441）

二、培训方法 …………………（442）

第三节　主管护师培训 …………（442）

一、培训目标 …………………（442）

二、培训方法 …………………（443）

第四节　主任、副主任护师培训 …（444）

一、培训目标 …………………（444）

二、培训方法 …………………（444）

附　模拟试题及参考答案 ………（445）

参考文献 …………………………（463）

绪　　论

　　肿瘤护理是护理学中一个重要的分支学科。到 21 世纪，肿瘤护理已经趋于成熟，专业组织的职能完善，管理体制健全，肿瘤的专业护理水平不断提高，各种专著也相继问世。特别是近年来整体护理模式的引进，护理程序等许多先进工作方法的引入，为肿瘤护理注入了无限生机。

　　肿瘤护理随着护理模式的转变，先后历经功能制护理、责任制护理，沿着护理学发展的轨道，顺利地过渡到了以人为中心的整体护理阶段。肿瘤护理的功能更加完善，肿瘤护理也从单个病例到病种，从患病的个体到家庭，从人群到社会，从医院到社区，从参与肿瘤治疗、并发症的预防到防癌宣传、健康教育、营养支持、康复锻炼、家庭护理、行为干预等，从而达到减轻痛苦，促进康复，提高生活质量的目的。

一、我国肿瘤防治现状

　　近 10 年来，恶性肿瘤的发病率呈逐年上升的趋势，按世界卫生组织（WHO）的统计，全球每年新患癌症者，从 20 世纪 80 年代约 500 万人上升到 90 年代的 900 万人，预计到 2015 年，将增加至 1500 万人，其中 2/3 发生在发展中国家。新中国成立后，各种急、慢性传染病逐步得到控制，到 20 世纪 80 年代，恶性肿瘤在全部死亡原因中已上升到第 2、第 3 位，仅次于心脏病和脑血管病；而在 35～54 岁年龄组，癌症已占各种死因的首位，即每死亡 5 人就有 1 人死于癌症。1981 年 WHO 对癌症提出的防治战略是：1/3 的癌症可以预防，1/3 的癌症如能早期诊断可以治愈，1/3 的癌症通过治疗护理可以减轻痛苦、延长生命。当前，我国癌症的早期发现率仍然很低，约有 2/3 的病人在确诊时已属晚期，说明我国癌症防治任务十分艰巨。

30 多年来，我国癌症防治研究工作取得较大进展。1959 年中央卫生部组织召开我国首届肿瘤会议，并且成立全国肿瘤防治研究办公室，到 1986 年全国共有各种肿瘤防治机构 102 所。20 世纪 70 年代，我国完成了 8.5 亿人口的死亡回顾调查，绘制出《中国恶性肿瘤地图》，基本摸清了我国癌症死亡情况和地理分布，并且发现我国一些主要癌症有不少高发区和高危人群。我国死亡率最高的 9 种癌症顺序依次为：胃癌、食管癌、肝癌、宫颈癌、肺癌、大肠癌、白血病、鼻咽癌及乳腺癌，其中前 3 种癌症的死亡数占全部癌症死亡数的 64.45%。到 20 世纪 90 年代，肺癌的发病率和死亡率在一些大城市和某些工矿地区已上升到第一位。

我国癌症防治研究工作集中在一些癌症的高发区，通过流行病学和病因学调查，现已明确食管癌、胃癌与亚硝胺、真菌、毒素以及营养素缺乏有关；肝癌与乙型肝炎病毒、黄曲霉素和某些微量元素缺乏有关；鼻咽癌与 EB 病毒感染有关；肺癌与吸烟、空气污染包括厨房的煤烟、油烟有关，从而探索出一套行之有效的一级预防措施。例如通过改水、防霉、合理施肥、改变饮食结构、营养干预等措施预防食管癌；通过管粮防霉和适量补硒等措施预防肝癌。现在，这些癌症的发病率已开始呈现下降趋势。近年来还筛选出防粮食霉变剂富巴酸二甲酯和磷化铝，抑菌率达 95%～100%。

在癌症二级预防即早期诊断、早期治疗方面，建立了包括食管癌在内的上消化道肿瘤初筛方法，可以发现直径小于 0.5cm 的微小食管癌；应用甲胎蛋白免疫测定（AFP）诊断原发性肝癌，阳性率达 70%～90%；应用免疫诊断方法使鼻咽癌的早期诊断率提高到 92% 以上，并可提早 8～10 年作出诊断。

在发展传统手术、放疗和化疗的同时，开展了免疫疗法、生物疗法、光敏疗法以及中医中药等综合治疗，使治疗效果有所提高。对肝癌的导向治疗，使原来不能手术切除的病人，获得二次手术机会，而延长生存期。

我国 1986～2000 年肿瘤防治规定提出，积极推广科研成果，重视一级预防，宣传防癌知识，控制主要危险因素，提高早期发现、早期诊断、早期治疗水平，要在 20 世纪末使常见恶性肿瘤的 5 年生存率在原有水平上提高 5%～10%，并在 21 世纪初逐步控制肿瘤发病率和死亡率。

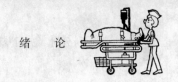

二、肿瘤的三级预防

（一）肿瘤的一级预防

肿瘤的一级预防即病因学预防。主要措施为改善人群的生活方式，减少环境中致癌物的暴露，从而减少发生肿瘤的危险。

1. 控制吸烟　据统计，在引起癌症的各种危险因素中，吸烟占 30％～32％。吸烟者比不吸烟者患癌的死亡率高 3～4 倍。吸烟与肺癌的关系人尽皆知。吸烟还可增加唇癌、口腔癌、鼻咽癌、喉癌和食管癌的危险。吸烟与胰腺癌、膀胱癌、肾癌的发生也有关。控制吸烟的策略主要有鼓励不吸烟和营造不吸烟的环境。

2. 健康饮食　人们每天通过摄取食物来获取营养，但不健康的饮食习惯，对健康产生不良影响，甚至导致恶性肿瘤的发生。据统计，30％～35％的恶性肿瘤的发生与饮食有关。因此要教育人们注意饮食的危险因素，纠正不良的饮食习惯，建立合理的饮食结构。注意食物多样化，维持适宜的体重。

3. 避免或减少职业和环境致癌物的暴露　环境致癌物可引发恶性肿瘤已得到证实。预防策略是：对新化学品进行安全性评价；建立职业保护相关法律；设立国家安全允许浓度标准；加强技术改造，寻找安全的新化学物代替致癌物；加强个人防护。

4. 避免日光过度照射　受日光紫外线的过度照射，可引起皮肤癌，因此在强烈的日光下应予以遮挡。

5. 生殖健康的教育　宫颈癌的发生与多种因素有关，包括早婚、早育、多产、性生活混乱。如人类乳头状瘤病毒、疱疹病毒是宫颈癌的危险因素之一。因此，要从学校开始对年轻人进行性与生殖行为教育，强调安全性行为的重要性和安全套的价值。

6. 减少药物患癌的危险　现已证实，有些药物虽然可以治疗某种疾病，但可引发其他疾病甚至导致癌症的发生。因此，应尽量避免使用不必要的药物，如必须使用，应在医师指导下使用。

7. 接种乙型肝炎病毒疫苗　乙型肝炎病毒感染是肝癌发生的危险因素。必须强化乙型肝炎疫苗的接种工作。

（二）肿瘤的二级预防

肿瘤的二级预防又称发病学预防。主要措施包括：早期信号和症状的识别、肿瘤普查、治疗癌前病变等。

1. 早期信号和症状的识别　恶性肿瘤如能早期发现和诊断，多数病人可治愈。因此，应做好健康宣教，让人们了解恶性肿瘤的早期征象，学会自我发现。恶性肿瘤常见的 10 个早期征象是：①身体任何部位的肿块，尤其是逐渐增大的。②身体任何部位的溃疡，尤其是久治不愈的。③进食时胸骨后不适感，或进行性加重的吞咽梗阻。④持续性咳嗽，痰中带血。⑤耳鸣、听力减退、鼻出血、鼻咽分泌物带血。⑥中年以上的妇女不规则阴道出血或流液。⑦大便习惯改变，或有便血。⑧长期消化不良，进行性食欲减退，消瘦，又未找出明确原因者。⑨黑痣突然增大、出血、脱毛、痒、破溃等现象。⑩无痛性血尿。

2. 对无症状人群的普查和高危人群的筛查　肿瘤普查是指在无症状的人群中发现肿瘤。目前主张在较小范围、高危险人群或高发区对某种或几种肿瘤进行筛查，例如在育龄妇女中普查宫颈癌并治疗宫颈糜烂，降低宫颈癌发病率；肝癌高发区甲胎蛋白免疫测定（AFP）进行筛查，辅以 B 超检查，以早期发现肝癌。

3. 治疗癌前病变　癌前病变是恶性肿瘤发生的一个阶段，易演变为癌。虽然并非所有癌前病变都会发展为癌，但及时发现和治疗癌前病变，对癌症的预防有重要意义。常见癌前病变有：黏膜白斑、宫颈糜烂、纤维囊性乳腺病、结肠息肉、直肠息肉、萎缩性胃炎及胃溃疡、皮肤慢性溃疡、老年日光性角化病、乙型病毒性肝炎、肝硬化。

4. 加强对易感人群的监测　对遗传因素或家族性肿瘤，除积极采取一级预防措施外，尚需加强对其家族的调查了解，掌握其发病倾向。

5. 肿瘤自检　对身体暴露部位如皮肤、乳腺、睾丸、外阴等，可通过自我检查，早期发现肿瘤或癌前病变。

（三）肿瘤的三级预防

肿瘤的三级预防即合理治疗与康复，以提高疗效，延长生存期，提高生活质量。

1. 积极治疗已发生的癌症　对已确诊的病人，即使较晚也应采取及时合理的治疗。当前，肿瘤的治疗手段有手术治疗、放射治疗（简称放疗）、化学治疗（简称化疗）、免疫治疗和中医中药治疗等，应根据病人的具体情况进行综合治疗。

2. 肿瘤康复　康复的主要目的是提高肿瘤病人的生活质量。传统上认为康复是治疗后的一个阶段，但是从预防的角度，康复应贯穿于治疗的全过程，即从病人确诊开始，由医师、护士、心理治疗师、营养师、物理治疗师、社会服务等专业人员共同研究制订康复计划，包

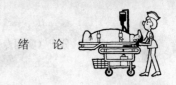

括预防、重建、支持和姑息，尽可能减少疾病及治疗对病人造成的影响，重建或代偿已失去的活动能力和功能，使其达到生活自理，重返社会的目的。对已失去治愈机会的病人要减轻疼痛，控制症状，提高生活质量。对终末期的病人要实施临终关怀，为病人提供一个安静舒适的环境，精心护理，使其无痛苦地度过生命的最后时刻，也是肿瘤康复的一个组成部分。

三、肿瘤病人的社会支持

社会支持是指建立在社会网络机构上的各种社会关系对个体的主观和/或客观的影响力。社会支持从性质上分为两类：一类是客观的，可见的，或实际的支持，包括物质上的直接援助和团体关系及家庭婚姻等；另一类是主观的，体验到的，或情感上的支持，指个体在社会被支持、理解、尊重的情感体验和满意程度，与个体的主观感受密切相关。研究表明，社会支持与肿瘤病人的心理健康水平及生活质量呈正相关。因此，能否为肿瘤病人建立一个强大的社会支持系统，提高病人的社会支持力度，关系到病人的治疗效果及生存质量。

（一）肿瘤病人的社会支持系统

社会支持系统涉及面较广，包括家庭、亲朋好友、医务人员、志愿者、工作单位（领导及同事）、社区及提供各类服务的机构。所有这些支持方式都是为了维持肿瘤病人最佳的心理及身体健康状态。但是在实际支持中，不同的支持方式有不同的特点，每种支持方式都是根据各自在社会支持系统中承担的角色及义务的不同，以满足肿瘤病人的特殊需求。

（二）社会支持的评估

目前国内常采用肖水源编制的社会支持评定量表（Social Support Scale，SSS）。该量表包括 10 个条目，分为 3 个维度：客观支持，主观支持，对支持的利用度。分值越高，社会支持越高。该量表条目较少，便于受试者回答。

附　社会支持评定量表

以下 1～4 项，8～10 项的得分分别为：选①得 1 分，选②得 2 分，选③得 3 分，选④得 4 分。5 项得分按表内提示，6～7 项得分为多项选择，1 项 1 分。

1. 您有多少关系密切，可以得到支持和帮助的朋友（只选一项）

①一个也没有　　②1～2 个　　③3～5 个　　④6 个或 6 个以上

2. 近一年来您（只选一项）

①远离家人，且独居一室　　②住处经常变动，多数时间和陌生人在一起　　③和同学、同事或朋友住

在一起　④和家人住在一起

3. 您与邻居（只选一项）

①相互之间从不关心，只是点头之交　②遇到困难可能稍微关心　③有些邻居很关心您　④大多数邻居都很关心您

4. 您与同事（只选一项）

①相互之间从不关心，只是点头之交　②遇到困难可能稍微关心　③有些同事很关心您　④大多数同事都很关心您

5. 从家庭成员得到的支持和照顾（在下表合适的框内画"√"）

从家庭成员得到的支持和照顾调查表

家庭成员	无（1分）	极少（2分）	一般（3分）	全力支持（4分）
A. 夫妻（恋人）				
B. 父母				
C. 儿女				
D. 兄弟姊妹				
E. 其他成员（如嫂子）				

6. 过去，在您遇到急难情况下，曾经得到的经济支持或解决实际问题的帮助来源有（回答1个得1分）

①无任何来源　②下列来源（可选多项）：A. 配偶；B. 其他家人；C. 朋友；D. 亲戚；E. 同事；F. 工作单位；G. 党团工会等官方或半官方组织；H. 宗教、社会团体等非官方组织；I. 其他（请列出）

7. 过去，在您遇到急难情况时，曾经得到的安慰和关心的来源有（回答1个得1分）

①无任何来源　②下列来源（可选多项）：A. 配偶；B. 其他家人；C. 朋友；D. 亲戚；E. 同事；F. 工作单位；G. 党团工会等官方或半官方组织；H. 宗教、社会团体等非官方组织；I. 其他（请列出）

8. 您遇到烦恼时的倾诉方式（只选一项）

①从不向任何人诉述　②只向关系极为密切的1～2个人诉述　③如果朋友主动询问，您会说出来　④主动叙述自己的烦恼，以获得支持和理解

9. 您遇到烦恼时的求助方式（只选一项）

①只靠自己，不接受别人帮助　②很少请求别人帮助　③有时请求别人帮助　④有困难时经常向家人、亲友、组织求援

10. 对于团体（如党团组织、宗教组织、工会、学生会等）组织活动，您（只选一项）

①从不参加　②偶尔参加　③经常参加　④主动参加并积极活动

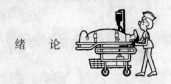

（三）提高肿瘤病人社会支持的护理干预

1. 根据病人的不同特点给予恰当的社会支持　护理人员除了给予病人实际的物质帮助外，应更多地给予病人精神上的支持和鼓励。疾病的不同阶段需提供不同侧重的社会支持，指导病人主动寻求有效的社会支持，以提高对社会支持的利用度。

2. 充分利用病人的社会支持　在临床护理工作中应注意了解每位病人的社会网，了解支持者的社会支持系统，才能做到最大限度地利用社会支持网络。家庭支持是社会支持的主要内容，护理人员要了解恶性肿瘤病人家人尤其是配偶的情况，及时给予安慰，减轻家属的心理压力。

3. 帮助病人建立社会支持系统　护理人员应帮助病人确定和标明他们所需的支持内容，在此基础上建立有效的支持系统，包括家庭成员的帮助，社会交往中人与人之间的交流，健康照护机构提供的支持。

四、肿瘤科护理发展史

肿瘤科护理，作为护理学的一个专业学科，被世界所公认仅有 70 余年的历史。从肿瘤护理学的实践和理论研究来看，其变化和发展可概括性地分为 4 个阶段。

（一）肿瘤科护理的诞生

早在 20 世纪 30 年代，北京协和医院已设有肿瘤科。我国最早专治肿瘤的医院是上海中比镭锭治疗院，它创建于 1931 年，是上海肿瘤医院的前身。1958 年中国医学科学院建成我国第一所肿瘤专科医院（原日坛医院），1961 年改为肿瘤研究所、肿瘤医院。此后，全国各省、市及一些肿瘤高发区相继建立肿瘤医院或肿瘤研究所，一些综合性医院成立肿瘤科。20 世纪末，全国各地出现不少公办或民办肿瘤康复医院。

20 世纪以前，癌症的存活率很低，对癌症病人仅能提供一些安慰。从 20 世纪初到 20 世纪 40 年代，外科手术是治疗癌症的主要方法，这时的肿瘤护理主要是照顾住院的手术病人。在五六十年代使用了单剂量化疗与放疗，在此期间护士所起的作用尚很小。护士由于对癌症缺乏认识，因而不能为病人提供心理上的支持及教育。

早在 20 世纪 70 年代，国际抗癌联盟（UICC）与美国癌症协会（ACS）合作，为不少国家培训肿瘤专业护士，以鼓励更多的护士从事肿瘤护理工作。1974 年，美国癌症护理协会成立（ONS），1976 年英国 Royal Marsden 医院和美国 Solar-kettering Menorial 医院（国际上两所最早的肿瘤专科医院）在伦敦聚会，决定召开国际肿瘤护理会议，出版刊物，以加强国际肿瘤专业护士间的协作。1978年《癌症护理》杂志出刊，同年在伦敦召开第一届国际肿瘤护理会议，推动了肿瘤护理事业的发展。此后不少国家相继建立了肿瘤护理组织，1978年和1980年UICC、WHO和ICN（国际护士学会）两次举行会议，研究制订肿瘤护理教育计划，明确肿瘤护士在肿瘤防治中的作用。

国际肿瘤护士协会（International Society of Nurses in Cancer Care, ISNCC）于1984年成立。它的基本任务是：推动和发展国际肿瘤护理事业，传播肿瘤理论知识，协助世界各国建立肿瘤护理组织，召开国际肿瘤护理会议，出版《癌症护理》杂志和通讯，促进交流；与其他国际组织协作，提供咨询。现在，ISNCC已成为联合国、WHO、UICC、ICN的非政府团体成员。

随着肿瘤防治手段的不断完善，肿瘤诊治机构的日益扩大，肿瘤护理的目标也逐渐清晰。同时，它的理论和实践操作内容也得到了广大肿瘤护理工作者的探索和研究，成为护理学必不可少的一个分支。21世纪初，肿瘤护理学已经编入本科护理教学的课程。

（二）肿瘤科护理的发展

随着肿瘤诊疗技术的日新月异，我国的肿瘤专科护理也得到了迅速发展，不仅仅表现在领域的拓宽，护理技术的更新，还表现在服务理念的转变，服务方式的改进上。以生物-心理-社会医学模式来揭示其发展变化的规律大致可分为：

1. 以疾病为中心的护理阶段 这一阶段人们对肿瘤的了解不多，还没有研究出其发病原因、预防方法、有效治疗手段。肿瘤护理工作处于被动地位，主要承担一些协助工作，如协助医师诊断和治疗疾病、对症处理等是这一时期肿瘤护理工作的基本要点。护士只能用护理学的基本理论运用于临床，缺乏具有针对性、指导性、可操作性的肿瘤专科护理理论与规范，肿瘤护理研究领域十分局限，束缚了肿瘤护理的发展。

2. 以病人为中心的护理阶段 随着医学技术的进步和发展，特别是许多高、精、尖设备在肿瘤防治领域的广泛应用，肿瘤的发生、发展、变化、转归的奥秘被人们不断揭示，人们逐步认识到肿瘤不仅能够被早期发现，还能有效预防和控制，有些肿瘤治疗的效果还相当肯定。降低病死率等肿瘤治疗目标使肿瘤诊治专家提出的5年生存率相继成为现实，在肿瘤诊治中，专家们用手术、放疗、化疗、生物免疫、中医中药治疗等技术综合应用，从而也奠定了肿瘤可防、可治的思想基础。

　　随着肿瘤诊治的大量研究，肿瘤护理也在这个时期得到了迅速发展。肿瘤专科护理工作者逐步认识了病人对化疗、放疗、手术的特异反应和并发症与护理的关系，进行了大量临床研究，如癌痛、脱发、口腔炎、静脉炎、放射性皮炎等，并探索出了一系列切实可行的护理方法，逐步由经验护理发展为肿瘤护理理论与肿瘤护理技术。这一时期的护理能有效地指导病人配合医疗，在预防并发症中发挥了积极作用，从很大程度上保证了治疗效果，提高了肿瘤病人的生存率。这种护理也存在着不足之处：主要关注病人的症状，忽视了其心理变化和整体需求。

　　3. 以健康为中心的护理　随着医学模式的转变，"生物-心理-社会"医学模式强化了人是一个整体的思想，要求肿瘤护理不单纯只关注疾病、病人，而是以关注人的健康为中心，肿瘤专业护士必须应用先进的护理方法、护理程序等对病人实施身心、社会等全方位的连续的系统的整体护理，帮助解决肿瘤病人的健康问题，满足病人的健康需求，肿瘤护理学也相继被提出，并吸收相关学科的理论及自身的实践和研究，形成自己的理论体系、工作模式和程序。

　　（三）创新

　　目前，肿瘤护理已逐步形成自己独特的理论体系和完整的护理系统，肿瘤专科医院已建立并完善了肿瘤护理规范和常规，使肿瘤护理日趋科学、规范。

　　随着医学科学的发展，肿瘤护理专科的发展有了新的飞跃，不论是护理理论、人文护理，还是护理手段，都是百花争艳、层出不穷。比如在防治化学性静脉炎的研究中，人们已提出十几种有效方法；对于防治化疗药所致的口腔炎，护理工作者科学地发明了"三道液"（即4％碳酸氢钠，1％乙酸，2％～3％硼酸液交替含漱）并取得了很好效果；在健康教育中引入临床路径，对社区人群进行广泛的防癌科普宣传；对晚期癌症病人进行临终关怀，肿瘤护理教育延续到社会以及对癌症病人家属的心理支持等，拓展了肿瘤护理的服务领域。

　　五、肿瘤科护理特点

　　肿瘤科护理是近年来发展起来的一个独立的护理学科。了解本专科护理的特点，展望肿瘤护理发展前景，对促进肿瘤护理进展具有至关重要的作用。肿瘤护理特点大体可以概括为以下几点：

　　1. 肿瘤护理是一门多学科的护理专科　随着现代医学科学技术的发展，肿瘤护理实践范围及工作内容也随之扩展与延伸。肿瘤护士除了在外科治疗、化疗、放疗、免疫治疗等各种癌症治疗中起着重要作用外，随着护理模式的转变及人类社会的进步，肿瘤病人心理护理、社区护理、康复护理、临终关怀等边缘学科也逐渐渗透到护理专业中。同时肿瘤可发生于各年龄组人群，并可累及全身各组织器官。肿瘤护理专业除涉及基础医学、护理学、临床医学及专科护理理论与技术外，还与社会学、美学、心理学、伦理学、营养学、康复学、老年护理学、法律等多种学科密切相关。因此要求凡在这个领域工作的护士，都必须经过系统的专业培训，了解本专科的相关知识，掌握肿瘤护理理论及技能，并运用于临床实践。

2. 重视心理、社会因素对肿瘤病人的影响 有关研究表明社会、心理因素在癌症发生、发展和转归过程中具有十分重要的作用。在各种疾病中，癌症给人们带来巨大的精神压力，导致不良心理情绪的产生。癌症不仅影响病人的正常生活，也影响其家庭关系；不仅破坏机体正常功能，也可造成自身形象改变以及在家庭、社会中角色的转变，加重了恐惧、焦虑、抑郁、愤怒、罪恶、绝望等情绪反应，直接影响病人预后，因此特别需要护士的关怀及理解。护士必须具备心理学、社会学的知识，通过交流和疏导以调动病人内在的应对危机能力，坚定病人与癌症作斗争的意志，使其主动参与并配合治疗，以达到良好的治疗效果。

3. 预防和减轻放疗、化疗毒副反应和外科并发症的发生 恶性肿瘤治疗过程中，放疗、化疗常常给病人带来严重的毒副作用，在肿瘤护理过程中，需要处理由于治疗不良反应引起的症状，远远多于癌症本身所致的症状。针对复杂的治疗过程，护士应重视预防、控制和减轻放疗、化疗不良反应；针对手术特点做好病人术前教育及围术期护理，预防并发症的发生。

4. 重视提高肿瘤病人的生活质量和治疗后的连续护理 遵循 WHO 提出的关于"健康"新概念，面对恶性肿瘤较长的治疗过程，肿瘤病人治疗后连续性护理不容忽视。通过指导病人术后功能锻炼，再造器官自理训练等，使病人恢复正常的自理能力，帮助病人重新适应在家庭、社会中的角色，为其重返社会和工作岗位创造条件。如果癌症发展至终末期，护士必须尽可能地为晚期癌症病人提供舒适的环境以减轻痛苦，实施临终关怀，维护临终病人的尊严，帮助他们平静、无痛苦地走完生命的最后一程。

5. 肿瘤护理服务范畴在拓宽 现代护理学的服务对象已从疾病转向病人/家庭（家属）。家庭对恶性肿瘤的态度直接影响病人自身的心理反应，因此护士除了对病人的身体、心理、精神状态进行监测外，还要将对肿瘤病人的心理护理扩展到对其家属的心理照护。

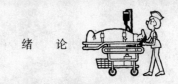

肿瘤护理伴随社会的发展及需求，护士的社会功能日益扩展，人们对护理工作的要求越来越高，护士工作从面对疾病转为面对病人群；护理服务从医院走向社会，深入病人家庭，开展社区护理，护士到病人家中访视，指导并培训家属学会一些基础护理技术，提高病人自我护理能力。

6. 重视姑息治疗的伦理道德问题 肿瘤姑息治疗要求对于每一种治疗措施应权衡其给病人带来的利和弊，尤其病人处于晚期或终末期时更应注意。遵守四项伦理原则：做好事并减少伤害；尊重生命；尊重病人自主权利；合理使用有限的医疗资源。

肿瘤的姑息治疗要最大限度改善病人的生活质量，生活质量与病人主观的满足程度有关，受躯体、心理、精神和社会等因素的影响。而改善接受姑息治疗的病人生活质量，就应定位在消灭疼痛及缓解症状的目标上。对于缺乏治疗手段的终末期病人，医师和护士有道义上的责任去保证病人拒绝延长生命的措施（只要不是病人在失望、抑郁、无助情况下的要求）。目前很多国家医务卫生工作人员已逐步接受"允许癌症病人平静地死去"的原则，有关人员可以根据情况停用一些医护措施如停止呼吸机、营养支持、化疗等，让病人平静地死去。近年来，在伦理道德中一个令人日益关注的问题就是安乐死。姑息治疗给予了一个有力的现代回答：减轻病人躯体上、心理上、社会上的痛苦理应成为取代安乐死的一条切实可行的途径。因此，应该下大力气去实施国家的姑息治疗计划，而不是去寻求安乐死的合法化。此外，充分的医患交流是肿瘤姑息治疗不可忽视的一部分，要全面了解病人的躯体、心理、家庭与社会健康状况。医师尊重病人，让病人有对疾病的知情权和对治疗的决定权，让病人感受到自己从诊断到临终过程的自信和自尊，也感受到医务人员对自己的信任和关怀。

7. 开展健康教育，积极参与防癌普查和宣传防癌知识 1989 年世界卫生组织提出了"到 2000 年人人享有卫生保健"这一全球性的战略目标，护理服务对象也开始由病人扩展到健康人，其任务包括促进健康、预防疾病、协助康复、减轻痛苦。护士应走向社会，开展防癌普查、咨询讲座、科普宣传等，普及有关防癌知识，改变不利于健康的各种行为习惯，建立科学的生活方式及自我保健意识和能力。大力宣传肿瘤三级预防理念，提高人们的健康水平和防癌意识。

8. 开展护理科研，促进癌症护理的发展 开展护理科研是提高肿瘤护理科学水平的重要环节，应针对癌症护理中的薄弱环节，进行多方位科学研究，指导护理实践。

六、如何做一个合格的肿瘤科护士

肿瘤病人是一个非常特殊的群体，他们不但面临肉体上的痛苦，更承受着巨大的精神上的折磨，他们中大部分是徘徊在生命的边缘，带着求生的渴望来到医院，希望我们医护人员是一个"神"的化身，能让他们从双重的痛苦中解脱出来。因此作为一名肿瘤专科护士，要做到以下几点：

1. 发自内心的职业荣誉感　做好一名肿瘤专科护士，必须有良好的职业心态和职业动机，有高度的职业荣誉感，才能很好地进行职业活动。

护理伦理学的三个基本原则是公正、自主和仁慈。公正即指所有病人不分国籍、人种、肤色、宗教、年龄，均应给予同等水平的医疗和护理；自主是指病人有自己作出决定的权利，病人有权知道自己的诊断和病情；仁慈是指富于同情心。护士的工作程序应根据不同病人的需要加以调整，而不应要求病人来适应自己的工作程序。根据以上三个条件，应认为仁慈是基础，也是美德，真正的仁慈就会尊重病人的自主选择，并表现出公正。

2. 扎实的护理实际工作技能　德高技精方能不辱使命。作为肿瘤专科护士，必须有丰富的医学基础知识，特别是肿瘤专科知识，和相关人文科学知识及熟练的操作技能，才能为病人提供最优质的服务。抗肿瘤治疗大多是一种损伤性治疗，不良反应大，病人痛苦多，但有时却因为我们的穿刺技术不到位，病情观察和判断能力差，沟通技巧缺乏等，给病人造成额外的痛苦。因此肿瘤专业护士必须是专业知识丰富，操作技能扎实的代表者。

3. 良好的沟通交流能力　语言与非语言的交流不仅是建立良好的护患关系的基础，也是心理护理、健康教育的基本措施之一。肿瘤病人的心理护理、心灵关怀、与家属有效沟通、健康教育都体现在护患沟通中。有效的沟通能缩短护患间的心理差距，增加护理工作的效能。因此我们必须掌握语言与非语言的沟通技巧。护士能表现出对病人良好的聆听技能，能识别病人所处的情形如自杀倾向，并能及时提供合适的干预；应用语言技术，如经常使用开放型问话以期获得更多的信息，以及使用合适的音调以表达对病人的重视、尊重和同情等。

4. 支持帮助肿瘤病人及家属　癌症和肿瘤不仅是个人的病，也影响其他家庭成员，它破坏了家庭的正常秩序。一个人患了癌症或肿瘤，其家属同样要经过一个精神应激和适应阶段，同样需要护士的关心和帮助。从保护健康出发，现代护理学已把护理的对象从病人转变为病人和家庭或家属。因此护士应走向社会，关心病人及其家属，一方面帮助出院病人适应家庭

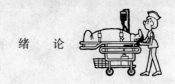

生活，另一方面帮助照料病人的家属解决出现的困难，同时对失去亲人的家庭帮助他们适应变故的情况，达到新的平衡，这是肿瘤专科护士面临的新的挑战。

5. 促进非卧床病人的健康　这是美国国家资助的护理研究课题，关于健康和疾病的新概念，近年来已将其应用于癌症和肿瘤的治疗中。按照一般认识，健康和疾病是两个相互依赖的统一体，一个人有了病就失去了健康，不患病才是健康的；而本研究将健康和疾病看做是两个可以分离的统一体，即使一个人患了癌症或肿瘤，如能充分发挥自我潜能，就是在接受治疗阶段也可以是健康的，护士应帮助病人建立有益促进健康的行为活动，将其作为医疗的辅助手段使其在疾病的治疗和恢复中发挥作用，充分调动病人的积极性，不应使病人过分依赖医护人员和家属，从而提高其生活质量。

（李旭英　周硕艳　沈波涌　卢　平）

第 一 章

肿瘤科病室的设置与管理

病室是医院的重要组成部分，也是病人治疗、康复的场所。病室的建筑、布局、设施配置和管理质量，直接影响医疗、护理、教学、科研任务的完成和病人康复。本章重点介绍肿瘤科普通病室和层流病室设置与管理。

第一节　肿瘤科病室的设置

普通病室的基础设置，包括病房的建筑布局、基本设施、监测、治疗设备及化疗药物配置等。各个病房应根据具体情况决定，其原则是尽最大可能满足肿瘤病人的需要。

一、普通病室的建筑布局与设施配置

（一）建筑布局

普通病室分为病房和辅助房两部分。病室设床位 35～40 张。病房内可设单人病房、双人病房或 3～6 人病房及带套间的高级病房。病房取向宜朝南方向。病房的门宽和床间距离 1m，门最好能自动开关且无声，不设门槛。辅助房间为抢救室、准备间、更衣间、配药间、治疗用物处置室、杂物室、仪器房、库房、氧气筒存放室（有中心供氧装置的医院可免）、换药室、检查室、冲洗室、开水房、配餐室、病人洗漱间、男女厕所、男女浴室、污物室、病人

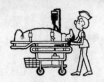

活动室、护士站、医师办公室、护士长办公室、科主任办公室、医师值班室、护士值班室、工作人员更衣室、工作人员洗手间、工作人员浴室。有条件时设晒物台及家属接待室。病房设置布局应有清洁区、污染区之分，划区合理。

（二）设施配置

1. 普通病房　病房内病床朝向宜与墙壁垂直，床两边不靠墙。两床之间距离不少于 1m，病床末端通道不少于 1.5m，病房内阳光充足，空气流通，有降温和取暖设备，病床为可调节体位的三折带护栏的摇床，采用油棕或海绵制成的床垫，备有床栏，床旁配桌、椅，可移动小餐桌，每一床头安装电子音控对讲机、床头灯，室内安装日光灯、地灯、电源插座，有轨输液架、中央空调、中心管道吸引和中心供氧设备。床之间设有隔帘（有条件时可增加壁柜）。高级病房内可设卫生间、淋浴设施（内安电话）、洗手池并安装非触摸式洗手装置，壁挂式电视机、床旁电话等。

2. 抢救室　应设在护士站的对面或邻近房间，以单人间为宜，内置 1～2 张多功能病床，每张床位占地面积 10～12m²，床间距离不少于 1.5m，抢救室的设施除按普通病房外，应备空调、抢救车、抢救仪器设备、氧气，墙上挂抢救程序图。有条件时，可备护士办公桌、椅和常用护理用品。

3. 普通配药室、治疗室　应有纱门、纱窗、治疗台、无菌物品存放柜、治疗车、各类治疗用物、注射药物存放柜、空气消毒设备、冰箱、检液灯，墙上挂"药物配伍禁忌表"、"三查七对内容"、"皮试液的配制方法"等，安装双向换气扇，有条件时备药物振荡器和空调。

4. 治疗用物处置室　应有纱门、纱窗、处置台或用于各类物品浸泡消毒的容器、治疗废弃物分类放置于有盖容器内，器械清洗池、洗手池。

5. 化疗药配制室　包括更衣间、准备间、配药间。更衣间：设洗手池、感应式水龙头、穿衣镜、衣柜、鞋柜、淋浴间、污物车、私人用物存放柜。准备间：设药柜、冰箱、纱门、纱窗。配药间：生物安全柜、检液灯、药物传递窗口、治疗台、空气消毒设备、纱门、纱窗、配药用物等。

6. 换药室　应有纱门、纱窗、治疗台、诊查床、换药车、器械台、外用药柜、换药物品存放柜、空气消毒设备、脚踏式敷料桶、脚踏式洗手池，各类换药器械浸泡消毒容器。

7. 检查室　应有纱门、纱窗、治疗台、诊查床、无菌物品存放柜、各种检查、治疗用物、脚踏式敷料桶、脚踏式洗手池、器械浸泡消毒容器。

8. 冲洗室（妇瘤科专设） 应有纱门、纱窗、产床（冲洗用），床旁设隔帘，冲洗用物品、污物桶，非触摸式水龙头，器械浸泡消毒容器。

9. 护士站 办公桌（或台面）椅、可移动病历柜、黑板、病人一览表、分级护理牌、电话机、对讲信号系统、电脑和打印机、脚踏式水龙头、洗手池及体重秤，有条件时备快速电热水器、烘手机、空调。

10. 医师办公室 办公桌、椅、医疗表格柜、黑板、看片灯、电源插座、计算机，有条件时备电热水瓶、空调。

11. 护士长办公室及科主任办公室 办公桌、椅、文件柜及其他办公用品。有条件时备电脑。

12. 医师及护士值班室 床、办公桌、椅、被褥，有条件时备微波炉、空调。

13. 工作人员更衣室 衣柜（可分别悬挂、放置）、挂钩、衣架、鞋架、穿衣镜。私人衣物分区挂放。

14. 杂物室 运送病人的轮椅、推车、病人及陪人多余用物。

15. 仪器房 存放各类医用仪器，如心电监护仪等。

16. 库房 有架、柜等设施放置清洁布类等物品。

17. 病人活动室 电视机、VCD（DVD）机、报刊、书籍、健康教育资料、棋类、桌椅。有条件时可备饭桌。

18. 开水房 有开水供应设备、洗涤池、开水瓶等。

19. 配餐室 有纱门、纱窗、洗涤池、餐车、食物加热设备等。

20. 氧气筒存放室 通风良好，符合"四防"要求（防火、防热、防油、防震）。

21. 污物室 用于各类污物的洗涤、浸泡、消毒与存放。内有洗涤池、消毒便器设施，病房内拖把、抹布的洗涤存放，更换被服污物车。

22. 卫生间 有坐或蹲式便池，便池两旁设有扶手，洗手池，可设置大小便标本放置窗台，有条件时安装信号灯和壁挂式电话。

23. 病房走廊 两旁或一旁应有扶手，有防滑警示标识，壁上悬挂应急灯及安全通道标识牌。

其他辅助用房按其要求配备相应的设施。

附 生物安全柜使用说明

国内外的研究均证实，抗肿瘤药物不仅会对病人产生不良反应，同时药物也通过呼吸道、消化道、皮肤吸收等途径对配药者和执行化疗的医务人员的健康造成威胁，具有一定潜在的危害。生物安全柜的使用，能减少药物气溶胶暴露对环境造成的污染，并能有效地拦截活微生物颗粒及尘埃颗粒，减少和避免微粒的产生，从而保证配药的无菌性，提高输液的安全性，对医务人员和环境实现有效保护。

1. 生物安全柜的分级 生物安全柜分三级。Ⅰ级生物安全柜：气流从前方进，从后方经顶部高效空气过滤器（HEPA）滤片流出，仅保证工作人员不受损害，但不能保证产品不受污染。Ⅱ级生物安全柜：为垂直层流，进出气体均经 HEPA 滤片滤过，工作状态下对相关人员、环境、产品均提供保护。Ⅲ级生物安全柜：四面封闭，有手套箱式操作口，其供应空气流经一层 HEPA 滤片，排气流经两层 HEPA 滤片，对相关人员、环境、产品提供最高防范效能。化疗药物配制宜使用Ⅱ级或Ⅲ级生物安全柜。

2. 生物安全柜的使用

（1）生物安全柜投入使用后，不要再搬运。若不得已需要搬动移位，就位后需进行平均送风风速、平均吸入口风速、洁净度的测量，合格后方可使用。

（2）使用环境 ①温度：$(20\pm10)℃$。②相对湿度：$<85\%$。③大气压力：$86\sim106kPa$。④大气环境：$\geqslant10000$ 级空气质量。

（3）医务人员应了解生物安全柜的使用方法和局限性，正确安全地操作。当出现药物溢出、安瓿破损或不良操作时，安全柜就不再保护操作者。

（4）生物安全柜运行正常时才能使用。

（5）生物安全柜在使用过程中不能打开玻璃观察挡板。

（6）安全柜内应尽量少放置器材和药物，否则影响后部压力排风系统的气流循环。

（7）所有工作必须在工作台面的中后部进行，并能够通过玻璃观察挡板看到。

（8）尽量减少操作者身后的人员活动。

（9）操作者不应反复移出或伸进手臂，以免干扰气流。

（10）在安全柜内的工作开始前和结束后，安全柜风机应至少运行 5 分钟。

（11）在安全柜内操作时，不能进行文字工作。

（12）安全柜 1~2 年内应全面检查一次。以下情况必须检查：①安装之后，使用之前。②移动安全柜后。③更换高效过滤器后。

（13）凡经检查，确定高效过滤器破损，应予更换高效过滤器；安全柜连续使用时间超过 1 年，应更换高效过滤器。

（14）定期消毒、清洗生物安全柜，至少每周 1 次；当有药物喷洒或移动、检修安全柜后，应立即消毒、清洗。消毒可采用 75% 乙醇擦拭或用紫外线消毒。

二、层流病室的建筑布局与设施配置

空气层流无菌病室是病人处于安全隔离的状态下接受治疗护理及居住生活的场所，它是一个独立的护理单元体系。在位置、结构、布局、设备、环境等方面都有特定的要求。层流病区建筑的基本要求为全封闭的空气层流病房，以去除空气介质中的微生物，保证达到规定的环境要求，便于做好清洁消毒及管理。

（一）建筑布局

1. 层流病室建筑布局设置要科学合理，选择地点要与外界隔离，周围无污染源，符合功能流程及医院感染管理要求，方便医疗及病人为原则。

2. 整个病区由 4 部分组成：层流病房、层流治疗室、医护人员用房、净化及空调系统机房，有 4 条内部通道，即工作人员通道、病人通道、清洁物品通道、污物通道（图 1-1）。每间病房为一个独立系统，配备中心供氧、中心吸引系统、监护及通信设备等。

3. 洁净病房房间大小要适中，单人单间，7～10m² 即可，净高 2.2～2.4m，采用悬吊式手动推拉门。设置能目视室内外环境的大玻璃窗。病室内设置闭路电视监视及对讲信号装置，以满足病人和护士站及探视人员的联系。病房内还应配备有线电视。

4. 层流病房技术参数　定期监测各种参数，确保符合标准。层流净化系数换气次数 300～500 次/h；风速 ≥ 0.15～0.35m/s；噪声（38±40）dB；温度（22±1）℃；湿度（50±10）%；空气洁净度见表 1-1。

表 1-1　　　　　　　　　　　　层流病房各区域净化标准

区　域	净化级别	尘粒数（颗）（≥5μm 尘粒数/L）	微生物	
			空气（CFU/m³）	物体表面（CFU/cm²）
超洁净区	100 级	≤3.5	0～5	0～5
洁净区	1000 级	≤35	10	10
半洁净区	10000 级	≤350	100	10
清洁区		3500	200	15

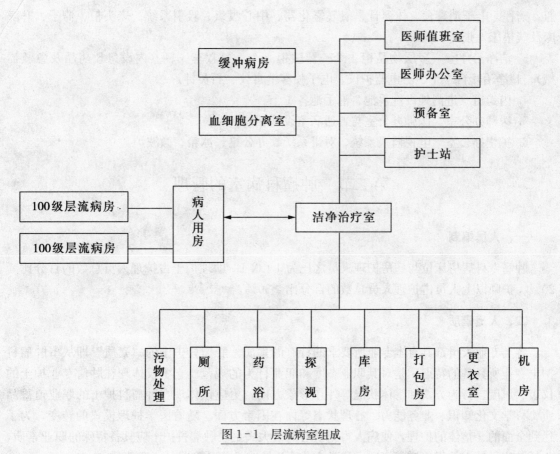

图 1-1 层流病室组成

（二）设施配备

1. 层流设备 主要为能清除直径＞$0.3\mu m$ 的微粒与细菌达 99.9％的高效过滤器，还有中效及初效过滤器。按 $0.027m^3$ 空间空气中≥$0.5\mu m$ 的颗粒数划分净化级别：超洁净区（100级）、洁净区（1000级）、半洁净区（10000级）和清洁区，各区间均有屏障分隔及明显标志。层流方式按空气气流方向不同可分为水平式与垂直式两种。

2. 层流病房 备有电视、电话、电视监视系统、活动饭桌、血压计、听诊器、电开水

19

瓶、磅秤、电子消毒盒、体温计、氧气雾化器、中心吸氧、吸引系统、床头柜、椅子、升降床及气垫床 1 张。

3. 洁净治疗室　多层物品柜 1 个、器械柜 1 个、急救车 1 辆（内设急救药品及急救器械）、超净治疗台 1 个、心电监护仪、电子喷雾消毒仪、石英钟。

4. 内走道　进门处设洗手池、泡手池各 1 个。

5. 医师办公室　医师办公室与普通病室设施相同。

6. 护士办公室　电视监视系统、对讲系统、办公桌、冰箱、微波炉。

第二节　肿瘤科病室的管理

一、人员编制

肿瘤专科病房床位与病房护理人员之比为 1∶0.4。助理护士占护理人员总数的百分比≤20％。护师以上人员占护理人员总数的百分比≥30％。

二、人员素质

各类专业人员都具有本专业所要求的特有的素质。肿瘤科护士的"素质"即从事肿瘤科护士专业所具备的特点，是对其职业态度和职业行为的规范。它不仅体现在肿瘤专业护士的仪表、风度、行为方式和身体状况等外在形象方面，更应该体现在肿瘤科护士的职业道德品质、科学文化知识、业务能力、心理状态等内在因素方面。随着医学护理模式的转变，为了达到全面的、整体的护理，使病人得到身心的最大满足，肿瘤科护士应具备特殊的职业素质，包括肿瘤科护士的思想道德素质、科学文化素质、专业素质和身体心理素质。

（一）思想道德素质

1. 热爱祖国，热爱人民，热爱护理事业，具有为人类健康服务的奉献精神。

2. 具有诚实的品格、较高的慎独修养、高尚的道德情操；团结互助、自爱、自尊、自强、自制。

3. 具有正视现实、面向未来的目光，追求崇高的理想，忠于职守，救死扶伤，廉洁奉公，实行人道主义。

（二）科学文化素质

1. 具备一定的文化素养和自然科学、社会科学、人文科学等多学科知识。

2. 掌握一门外语及现代科学发展的新理论、新技术。

（三）专业素质

除具备护理人员所必备的基本护理知识、护理技能外，还需要掌握肿瘤科护理所需要的专业素质。

1. 专科护理水平　①熟悉各系统常见肿瘤的流行病学特征、病理过程以及临床治疗进展。②识别住院肿瘤病人的护理问题，为病人制订个性化护理计划。③评估病人的康复需求，为病人制订康复计划，促进肿瘤病人的康复。④理解肿瘤病人及其家属的心理、社会、精神需求，协同病人及家属将其应用到护理计划的制订过程中。⑤将有关肿瘤护理研究结果运用到病人护理计划的制订中。⑥将有关法律、道德伦理运用到肿瘤病人的护理中。⑦掌握职业安全防护的原则。

2. 实践工作能力　①掌握肿瘤的三级预防知识并应用于临床护理工作中。②掌握各系统常见肿瘤症状护理并熟练应用于临床护理工作中。③掌握肿瘤化疗护理知识并熟练应用于临床护理工作中。④掌握肿瘤放疗护理知识并熟练应用于临床护理工作中。⑤掌握肿瘤外科护理知识并熟练应用于临床护理工作中。⑥掌握癌痛评估方法和技巧并正确护理癌痛病人。⑦掌握康复护理、营养支持及临终关怀护理。

3. 肿瘤科护士的核心能力　①负责对接受癌症预防教育和检查的人群进行评估，以保证他们达到预期效果的能力。②收集、记录、阐述癌症危险的能力。③对公众推荐适合的癌症预防和早期筛检方法的能力。④参与对危险人群的普查工作，并向公众提供肿瘤遗传学方面的知识。⑤对于那些已经患癌症的病人，肿瘤科护士建议其接受与其年龄相关的其他检查。⑥肿瘤科护士还要进行科研来进一步评估癌症预防和早期检测的有效性及对公众的影响，为癌症预防检测政策的修改和制订提供依据。

4. 新技术应用能力和科研能力。

（四）身体心理素质

1. 具有健康的心理，乐观、开朗、稳定的情绪，宽容豁达的胸怀及职业压力调节能力。

2. 具有高度的责任心和同情心，较强的适应能力，良好的忍耐力及自我控制力，善于应变，灵活敏捷。

3. 具有强烈的进取心，不断获取知识，丰富和完善自己。

4. 有健康的体魄和规范的言行举止及良好的沟通技巧。

5. 具有良好的人际关系，同仁间相互尊重，团结协作。

三、岗位职责

（一）主任护师职责

1. 在护理部主任的领导下，负责指导本科室护理业务技术、教学和科研工作，协助护士长搞好本病室的业务技术与行政管理工作。

2. 检查和指导本科室急、危重、疑难病人的护理计划的制订、实施和护理病历书写，参加指导疑难病例的护理会诊及危重病人的抢救。

3. 提供肿瘤专科专业性护理服务，指导和协助本科室护理人员应用护理程序，开展整体护理，实施病人健康教育。

4. 了解国内外本专科护理发展动态，根据本院具体情况引进先进技术并应用于临床，不断提高护理质量，发展护理学科。

5. 主持并指导本科室的护理大查房，不断提高业务技术水平。

6. 参加本科室主任组织的查房及大手术、疑难病例、死亡病例讨论，全面了解病人病情、治疗、护理要求，及时总结经验教训。

7. 对本科室护理差错、事故进行科学的分析，提出鉴定意见和防范措施。

8. 培养肿瘤科护士，提供肿瘤专科护理培训课程。承担全院各级在职护理人员的业务学习培训，担任护理专业本科、专科及中专护生的临床实习带教，并指导主管护师完成带教工作。

9. 担任护理专业本科及专科毕业护生的导师，指导学生毕业论文的写作。

10. 协助护理部主任做好主管护师、护师晋级的业务考核工作。

11. 进行肿瘤专业相关的护理科研。制订本科室护理科研、技术革新计划，并负责指导实施。参与审定、评价护理论文和科研、技术革新成果。

12. 负责组织本科室护理学术讲座和护理病案讨论。

13. 对全院护理队伍的建设、业务技术管理和组织管理工作提出建设性的意见，协助护理部加强对全院护理工作的指导，促进肿瘤专科护理的良性发展。

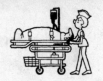

14. 副主任护师职责参照主任护师职责执行。

（二）主管护师职责

1. 在护士长的领导和本科室主任护师指导下工作，服从护士长的领导。

2. 参与各种培训，具备临床经验护士的核心能力（直接护理提供者，有效协作者，称职的教育者，咨询与顾问，研究与管理）。

3. 不断拓展临床经验护士的领域（如造口/伤口专科护理，疼痛专科护理，化疗专科护理，心理咨询，心灵关怀护理，营养专科护理等）。

4. 解决本科室护理业务上的疑难问题，指导危重、疑难病人的护理计划的制订与实施。

5. 对本科室发生的护理差错、事故进行分析、鉴定，并提出防范措施。

6. 组织本科护师、护士进行业务培训，拟订培训计划，承担教学任务。

7. 负责护理专业本科、专科及中专护生的临床实习带教，负责讲课和学生的实习评价。

8. 制订本科室护理科研和技术革新计划，提出科研课题并组织实施，指导本科室护师、护士开展科研工作。

9. 协助护士长进行技术与行政管理工作。

10. 严格执行各项规章制度，独立完成各项护理且达到质量标准要求。

11. 负责督促检查本科室护理工作质量，发现问题，及时解决，把好护理质量关。

（三）护师职责

1. 在病室护士长的领导和本科室主管护师及其以上职称人员的指导下进行工作。

2. 熟练掌握肿瘤病人护理技术，严格执行各项规章制度，正确执行医嘱及各项护理技术操作规程。

3. 熟练掌握肿瘤专科护理一般知识，担任护理小组长，正确运用护理程序，能独立实施病人健康教育且达到质量标准要求。

4. 掌握肿瘤内科、肿瘤外科、放疗科急救的护理。参与病室危重、疑难病人的护理工作及难度较大的护理技术操作，指导护士完成新业务、新技术的临床实施。

5. 协助护士长拟订科室护理工作计划，参与科室管理工作。

6. 参加并协助本科主任护师、主管护师组织的护理查房、会诊和病例讨论。

7. 协助护士长完成本科室护士和进修护士的业务培训，参与护士技术考核。

8. 参加护生临床实习带教，参与小讲课和学生出科考核。

9. 协助护士长制订本科室护理科研和技术革新计划，参与实施。

10. 参加科室的护理差错、事故分析，提出防范措施。

（四）护士职责

1. 在护士长的领导和护师职称以上人员的指导下进行工作。

2. 熟悉掌握临床常用44项基本护理技术。严格执行各项护理制度和技术操作规程，正确执行医嘱，准确及时地完成各项护理工作，做好查对及交接班工作，防止差错事故的发生。

3. 做好病人的基础护理和心理护理。经常巡视病室，密切观察与记录危重病人的病情变化，如发现异常情况须及时报告。

4. 认真做好危重病人的抢救工作及各种抢救物品、药品的准备和保管工作。

5. 配合医师进行诊疗工作，负责正确采集各种检查标本。

6. 参加本科组织的护理查房、会诊和病例讨论，努力提高专业水平。

7. 自觉提高护理技术操作水平，做到准确熟练而精细。

8. 协助本科室护理科研、教学和技术革新活动。

9. 指导护生和助理护士、卫生员的工作。

10. 在护师及以上人员的指导下，正确运用护理程序，参与病人健康教育活动。

11. 维护病室秩序，办理入院、出院、转科、转院手续以及消毒隔离工作。

（五）助理护士职责

1. 在护士长的领导和护士及以上职称人员的指导下进行工作。

2. 认真执行各项规章制度，协助护士完成生活护理和基础护理工作。

3. 重点给予生活不能自理病人以关照，如进食、起床活动及接送便器，协助护士做好危重病人的生活护理。

4. 随时巡视病人，接应病人呼唤，发现病人异常情况，及时向值班护士汇报。

5. 做好病人入院前的床单位的准备、出院后床单位的整理，以及病房终末消毒处理。

6. 在护士指导下保持危重病人的床单位的整洁。

7. 协助护士长做好被服、病房用物的管理。

8. 及时收集病人各种化验标本并送检。

9. 陪送病情暂无变化、无明确生命危险病人的检查和治疗等。

四、质量控制

（一）概念

1. 护理质量　是指护理工作为病人提供护理技术和护理服务的效果和程度，是在护理过程中形成的客观表现。护理质量从广义的角度看，是指护理管理所涉及的各方面的工作质量总和。而狭义的护理质量，主要是指临床护理质量，主要包括基础护理、专科护理、康复护理、心理护理及预防和治疗病人现有的及潜在的健康问题等方面所达到的护理效果。护理质量直接关系到病人的生命与健康。

2. 护理质量管理　是指制订护理质量标准，依据所制定的标准对护理工作服务的全过程进行有目的的评价、判断，检查病人是否得到应有的护理及其效果，并不断总结经验、找出差距，通过信息反馈，从而实行有效的控制管理过程。

3. 护理质量标准　是护理质量管理的基础，是护理实践的依据，是衡量整个工作或单位及个人的工作数量、质量的标尺和砝码。护理质量标准是以工作项目或管理要求或管理对象而分别确定的。护理质量管理的标准化，就是制订、修改质量标准，执行质量标准，并不断进行标准建设的工作过程，具有系统性、统一性、规范性的特征。

4. 质量结构

（1）要素质量　从构成护理工作的基本要求来衡量护理质量，其中包括人员、技术、仪器设备、药品物质、环境、工作时限和基础管理等要素。要素质量更多地反映质量中的客观标准。

（2）环节质量　是指各种要素通过组织管理所形成的各项工作能力、服务项目及其工作程序或工序质量。这些工序质量是一环套一环的，所以称为环节质量。

（3）终末质量　是指病人所得到的护理效果的质量。终末质量更多地反映质量中病人的主观满意度。终末质量的好坏，直接取决于要素质量和环节质量的好坏。

（二）护理质量管理的原则

1. 预防为主的原则　对护理质量产生、形成和实施全过程中的每一个环节，都应充分重视预防为主的原则，做到"三预"，即预想、预防、预查。经常分析影响护理质量的各种因素，针对问题制订相应的对策并加以控制，切实把影响护理质量的问题消灭在萌芽之中。

2. 客观数据的原则　用客观事实和数据说话是质量管理科学性的体现。要正确地反映医院护理质量状况，必须以客观事实和数据为依据。护理管理中有的内容是不能用数据表达的，只能用客观事实做定性描述。因此，护理质量管理在强调数据分析的同时，不能忽略非定量因素，要把定量与定性因素有机地结合起来，才能更全面地反映护理质量。

3. 标准化的原则　质量标准化是质量管理的基础和法规。护理质量管理的第一步，就是制定各种规章制度、工作质量标准、操作规程等，使护士在工作中能按标准要求去做，也使护士长及其他管理者能按标准要求去检查、督促，做到工作有标准，评价有依据。

4. 人人参与的原则　护理质量管理是涉及多学科、多部门、多层次的系统工作，每个护理人员的工作质量、服务质量都与全院的护理质量密切相关。因此，发动及引导人人参与是实施护理质量管理的根本，形成一种人人注重质量的氛围，不断增强护理人员的质量意识及参与质量管理的意识。

5. 动态发展的原则　护理质量的管理过程是一个动态的、发展变化的过程。护理质量是由诸因素构成的，由于护理服务对象及对象需求的不断变化，护士人员结构也会发生相应变化，特别是医疗制度改革，对护理工作提出了更高的标准和要求。护理质量的管理，必须坚持不断研究新情况、解决新问题，在动态中求发展，在发展中求进步。

（三）护理质量的评价

1. 护理质量评价的组织　建立完善的质控组织是护理质量管理的重要一环。护理管理中的护理部主任—总护士长（科护士长）—护士长的三级行政管理系统，是医院护理质量控制系统。还可选派护士长组成的护理质量管理委员会，下设若干个质控小组，经常深入临床，直接获取护理质量信息，并及时向护理部或质量管理委员会反馈。

2. 护理质量评价的方式

（1）全程评价与重点评价　就是对护理活动全过程进行分析评价，主要是检查护理各方面的整体情况，找出普遍存在的问题和需要改进的方面，为进一步修订质量标准指明方向。重点评价：指某项技术操作考核、危重病人的基础护理质量、护理文书书写质量、病区管理、服务质量等单项质量评价，这种评价所需的时间短，且分析仔细，易于发现存在的不足，及时提出解决问题的办法，采取补救或纠正措施。

（2）事前评价与事后评价　事前评价是在标准实施前进行的评价，找出质量问题，明确实施标准应重点解决的问题。事后评价是指在某项标准实施后进行的评价，为质量改进指明方向。

（3）定期评价与不定期评价　定期评价是在规定的时间内进行的评价，如周评价、月评价、季度评价、年度评价。不按规定的时间随机进行的评价称为不定期评价。不定期评价真实性强，是在毫无准备状态下所做的评价，能够较真实地反映质量问题。

（4）自我评价与他人评价　自我评价是由被评估者本人对自己在一定时期内所做的各项工作对照质量标准进行的自我总结和评价。他人评价包括医护人员的相互评价，上级机关组织的评价及病人或家属的评价。采用自我评价与他人评价相结合的评价方式，能全方位、多角度地发现问题，弥补自我评价的不足。

3. 护理质量评价的方法

（1）垂直控制与横向控制相结合的方法　护理部主任对总护士长，总护士长对护士长，护士长对护士，自上而下层层把关，环环控制，即为垂直控制。如逐级进行定期或不定期的检查、考核，护理部坚持日、晚、夜间、节假日、双休日查房及各类质量检查制度等；总护士长负责所属科系病区护士长的护理质量控制；护士长负责对每个护理人员工作质量的控制，把好医嘱关、查对关、交接关、危重病人护理关、特殊检查诊疗关等。由于护理工作质量受人员、部门、科室之间的协调关系等多种因素的制约，因此横向关系因素的质量控制，如医护人员之间的质量控制，病房与药房、化验室等医技部门和后勤部门的质量控制，均对护理质量控制有较大的影响。

（2）预防控制与反馈控制相结合的方法　①预防性控制称事先控制、前馈控制，是管理人员在差错发生之前即运用行政手段对可能发生的差错采取措施进行纠正。如有计划地进行各层次护理人员的业务培训、职业道德教育、安全教育、技术操作培训，制订护理差错事故防范措施等，均为预防性质量控制。②反馈控制又称回顾性质量控制。即针对已经出现或可能出现的问题，分析其原因和对未来可能产生的影响，及时纠正，防止同类问题再度发生。例如护理质量控制中的压疮发生率、护理严重差错发生率等统计指标，即属此类控制指标。反馈控制有一个不断提高的过程，它把重点放在对执行结果的考评上，其目的在于避免已经发生的不良后果继续发展，或防止再度发生。

（四）肿瘤化疗质量控制

1. 制度标准　①有肿瘤内科工作制度，操作规程。②为从事化疗的相关医护人员提供必要的健康保健；每年 2 次为从事化疗的人员进行体检，每月按有关规定提供营养补助，并遵照相关规定提供化疗假；当健康状况不符合继续接触肿瘤化疗药物时，如怀孕、血常规不正常等，医疗机构应该使该人员脱离该岗位。

2. 硬件设施　肿瘤化疗病房设置符合要求。

（1）化疗药物配制的专门设备（垂直层流生物安全柜）和场所，定期监测备药场所的化疗药物的残余浓度并通报，最大限度地限制抗肿瘤药的接触人群和空间。

（2）提供化疗废弃物处理的必要设施，接触化疗药物的人员必须严格按化疗废弃物处理的有关规定进行化疗废弃物的处理。

（3）为接受化疗的病人提供其尿、呕吐物及其他体液的处理措施及设备，防止这些体液污染环境。为接触化疗的医护人员提供必要的个人防护装备。

（4）从事有关化疗操作的有关医护人员必须按规定着装，操作时要穿防护服、戴口罩、手套，必要时戴目镜和面罩。

3. 人员资质标准　具备肿瘤专科护理知识及技能，经过肿瘤科护士认证，未经过认证的护士不能单独操作。

4. 工作标准　①肿瘤化疗的配置原则。②正确的配药方法。③备药操作规程。④静脉给药操作规程。⑤发口服抗肿瘤药注意事项。⑥化疗药污染环境的处理原则（以上均见第二章第九节"肿瘤科化疗基本知识"相关内容）。

5. 病室化疗护理质量检查标准及考评方法　见表1-2。

表1-2　　　　　　　　　病室化疗护理质量检查标准及考评方法表

检查项目	分值	标准要求	检查方法	检查记录	得分
基础质量	40分	1. 严格执行护理执业人员准入制度，持有效"护士注册证"上岗 2. 执业人员同时经过肿瘤专科知识的培训 3. 病室设有化疗操作流程和护理常规 4. 化疗防护设备及措施符合要求 5. 评估病人一般情况符合给化疗药物的有关规定	1. 查看资料和查看证件，查看现场，查看化疗防护方法；一项不符合要求，扣5分 2. 查病历评估病人情况，如病情异常未记录，扣10分 3. 查护士长排班表，1人不合要求，全扣		

续表

检查项目	分值	标准要求	检查方法	检查记录	得分
环节质量	30分	1. 护士着装符合给化疗药的要求 2. 护士操作符合化疗操作流程 3. 病人的生理、心理符合接受化疗的要求 4. 严密观察病情，及时发现化疗的副反应并及时报告医师处理 5. 病人健康教育落实到位	1. 着装1人不符合要求，扣2分 2. 1人不符合操作流程，全扣 3. 抽查两个病人是否符合化疗给药的有关规定，如不符合要求未及时通知医师者，每人次扣2分 4. 抽查两个病人如未掌握相关化疗知识，则每人次扣5分		
终末质量	30分	1. 认真执行化疗护理常规和操作规程 2. 穿刺部位摆放正确，穿刺点无红肿、疼痛、渗漏；及时观察病人饮水量、尿量及尿液性质 3. 化疗废弃物处理方法正确 4. 化疗护理书写记录符合要求 5. 掌握化疗药物给药速度符合要求 6. 掌握化学性静脉炎的评估及处理方法 7. 掌握化疗药物外漏外渗处理方法	1. 抽查背诵肿瘤护理常规，1人未掌握，扣2分 2. 病人穿刺部位有异常未发现者，扣10分 3. 化疗废弃物处理方法不正确者，扣2分 4. 化疗护理书写记录不符合要求者，扣2分 5. 化疗药物给药速度不符合要求者，扣4分 6. 化疗药物外漏外渗未及时处理者，扣10分		

（张毅辉　杨向东　彭翠娥　周硕艳　邹艳辉）

第 二 章
肿瘤科护理概论

肿瘤科护理概论包括肿瘤科护士应具备的基本知识和基本技能，即肿瘤的病理学基础，肿瘤科常用药物护理，护理评估，常见症状及护理，肿瘤病人的心理、营养、康复护理，对肿瘤病人的社会支持、临终关怀等。

第一节　肿瘤的病理学基础

一、肿瘤的命名与分类

（一）肿瘤的命名

肿瘤的组织来源、生长部位、生物学行为和临床表现均各不相同，种类繁多，命名也较复杂，命名主要能反应肿瘤组织类型和良性、恶性性质。

1. 肿瘤的一般命名原则

（1）良性肿瘤　肿瘤生长部位和组织起源名称之后加个"瘤"字，如纤维瘤、平滑肌瘤、神经鞘瘤等。有时可结合肿瘤自身形态特点命名，如卵巢黏液性囊腺瘤、移行细胞乳头状瘤等。

（2）恶性肿瘤　一般称为癌或肉瘤。①来源于上皮组织的恶性肿瘤：以组织来源加癌

命名，如子宫颈鳞状细胞癌、胃腺癌等。②来源于间叶组织（包括纤维、脂肪、肌肉、脉管、骨、软骨等）的恶性肿瘤：以组织来源加肉瘤命名，如子宫平滑肌肉瘤、皮下脂肪肉瘤等。

2. 肿瘤的特殊命名　有些肿瘤不能按上述原则命名，而使用一些特殊命名法：①某些恶性肿瘤成分复杂、组织来源尚待进一步研究或沿用习惯，在肿瘤名称前冠以"恶性"两字，如恶性神经鞘瘤、恶性畸胎瘤等。②有些来自于胚胎组织或神经内分泌系统的肿瘤称为母细胞瘤，恶性者如神经母细胞瘤、肾母细胞瘤、髓母细胞瘤等。良性者如骨母细胞瘤，软骨母细胞瘤等。③以"病"命名的肿瘤有霍奇金病、鲍文病、白血病、蕈样霉菌病等。④以人名命名的肿瘤有尤文瘤、卡波西肉瘤、克鲁根勃瘤等。⑤以"瘤"命名的恶性肿瘤，如精原细胞瘤、卵黄囊瘤等。⑥有一些本质上不是肿瘤的疾病而被称为"瘤"，如淀粉样瘤、动脉瘤等。

（二）肿瘤的分类

1. 根据肿瘤的生物学行为分类　根据肿瘤的生物学行为，传统上将肿瘤可分为两大类：良性肿瘤和恶性肿瘤。病理学上区分良性、恶性肿瘤的主要标准见表2-1。

表2-1　　　　　　　　　　　　　良性肿瘤和恶性肿瘤的主要特征

主要特征	良性肿瘤	恶性肿瘤
大体表现	边界清楚，常有包膜	边界不清，常无包膜
分化与异型性	分化良好，无明显异型性	分化不良，常有异型性
排列与极性	排列规则，极性保持良好	极性紊乱，排列不规则
细胞数量	稀疏，较少	丰富，密集
细胞核形态	常正常	多形性，深染，多核仁
核分裂相	不易见到	多见，可出现不典型核分裂
生长方式	膨胀性或外生性	浸润性
生长速度	通常缓慢生长	生长相对较快
复发	完整切除，一般不复发	易复发
转移	不转移	多有转移
对机体的影响	一般较小	较大，甚至危及生命

2. 根据肿瘤的组织来源分类　根据肿瘤细胞形态特点判断其来源和生物学行为进行分类。肿瘤大致可分以下几大类：①上皮组织肿瘤。②间叶组织肿瘤。③淋巴造血组织肿瘤。④神经组织肿瘤。⑤胚胎残余组织肿瘤。⑥组织来源尚未肯定的肿瘤。有些肿瘤的组织来源仍有争议，如滑膜肉瘤、腺泡状软组织肉瘤、透明细胞肉瘤等。

上皮组织来源的癌及间叶组织来源的肉瘤为常见的恶性肿瘤，其病理学的主要区别概括如表 2-2。

表 2-2　　　　　　　　　　　　　　　癌与肉瘤的主要区别

特征	癌	肉瘤
组织来源	上皮组织	间叶组织
发病率	常见	相对少见
发病年龄	中老年多见	青壮年多见
肿瘤外观	切面颗粒状，常有坏死	切面鱼肉样，常有出血
组织学特点	巢状	弥漫性
网状纤维染色	网状纤维围绕癌巢	网状纤维围绕单个瘤细胞
免疫组织化学特点	上皮细胞标记阳性	间叶组织标记阳性
超微结构	上皮超微结构特点	间叶组织超微结构特点
转移	主要为淋巴管转移	主要为血行转移

二、肿瘤的分级与分期

1. 肿瘤的分级　常用的肿瘤分级方法是简明的三级分级法，按肿瘤的分化程度分为高度分化、中度分化和低度分化，或是用数字表示为Ⅰ级、Ⅱ级和Ⅲ级。例如，高度分化的鳞状细胞癌，癌细胞分化成熟，其癌细胞角化明显，并形成细胞间桥及角化珠；中度分化鳞状细胞癌，癌细胞显示棘细胞的特征，其各层细胞区别不明显，仍可见到少数角化不良细胞；低度分化的鳞状细胞癌既无棘细胞样细胞，亦无细胞间桥和角化珠，癌细胞异型性大，且排列松散，仅少数细胞略具鳞状细胞的形态。

2. 肿瘤的分期　肿瘤的分期的目的是用简洁的方法表示肿瘤播散的范围，以利于对肿瘤采取合适的治疗和判断预后方式。分期的原则是按原发肿瘤的大小、浸润的深度和范

围，以及是否累及邻近器官，有无局部淋巴结转移情况和血行远处转移情况来确定肿瘤的发展阶段。分期的依据为目前最常用的分期方法，是国际抗癌联盟（UICC）提出的 TNM 分期法，T 代表原发肿瘤的大小及范围，N 表示局部淋巴结受累情况，M 表示肿瘤远处转移情况。

三、肿瘤的扩散

恶性肿瘤在生长过程中向邻近或远处扩散，其中包括向周围组织的直接蔓延，也包括向身体远处其他部位播散（转移）。

1. 直接蔓延　直接蔓延为瘤细胞从原发部位出发，持续地、不间断地沿着组织间隙、淋巴管或血管侵入邻近组织或器官。如晚期宫颈癌可侵入直肠和膀胱。

2. 转移　恶性肿瘤的瘤细胞脱离生长的原发部位，通过血管、淋巴管、腔道等，运行到与原组织或器官不相连续的部位，在那里增殖，生长出同样一种类型的肿瘤，称为转移。所形成的肿瘤称为转移瘤或继发瘤。转移是恶性肿瘤难以根治的主要原因。常见的转移途径有以下 3 种：

（1）淋巴管转移　淋巴管是癌最常见的转移途径。瘤细胞侵入淋巴管，沿着淋巴液引流的方向经输入淋巴管到达局部淋巴结。例如，肺癌首先到达肺门淋巴结，乳腺癌发生对侧腋窝淋巴结转移。有时瘤细胞虽然通过区域淋巴结，但并不转移，而是越过它，发生远处跳跃式转移。

（2）血行转移　由于瘤组织含丰富的血管，易脱落的瘤细胞侵入血管腔内，沿血液抵达远处器官或者瘤细胞经淋巴管再进入血管而转移到远处脏器。血管转移瘤发生的部位和循环途径有关，最常累及的器官是骨、肺、肝和脑等。血行转移是肉瘤常见的转移途径。

（3）种植性转移　主要发生于体腔内器官的肿瘤，当肿瘤侵入脏器浆膜，瘤细胞脱落，像播种样种植在体腔浆膜的表面时，可发展成大小不等的散在瘤结节，称为种植性转移。肺癌、肝癌、胃癌等较常发生。某些种植性转移可以是医源性的，因此，在恶性肿瘤切除手术及进行各种活检穿刺、检查时，要严格按照手术的操作规程操作。

第二节　肿瘤科病人的护理评估

一、生理评估

评估病人的营养状况、体形、面容、体位和皮肤等。

1. 营养状况的评估　通过病人的身高、体重评估病人的营养状况。是否有不明原因的体重下降、消瘦等。肿瘤病人多有消瘦，到了晚期多呈恶病质体征。

2. 体形　有高大、肥胖、矮小、中等体形。

3. 面容　通过评估病人的面容判断病人疾病的轻重，肿瘤病人多为慢性病容。

4. 体位　病人是主动体位、被动体位还是强迫体位，判断病人当时的疾病状态。

5. 皮肤　评估皮肤色泽、温度、质地、弹性，有无瘢痕、炎症、色素沉着或静脉炎。

二、健康史评估

1. 主诉　病人此次患病发生的时间、诱因，主要症状的发生频率、性质、严重程度、持续时间、加剧或缓解因素，以及伴随症状和并发症等。

2. 现病史　注意评估病人体温、脉搏、呼吸、血压及营养状况（身高、体重、体形、面容、体位和皮肤等）。肺癌病人多有咳嗽、咳痰、咯血、胸痛；脑瘤并颅内压增高病人多有剧烈头痛、喷射性呕吐、视神经盘水肿；淋巴瘤病人多有颈部淋巴结肿大、皮肤瘙痒、发热；乳腺癌病人注意乳头有无溢液、有无橘皮样改变等；胃癌病人有无上腹痛、呕吐、黑便史。辅助检查、实验室检查及其他检查，如 X 线、CT 等。

3. 既往健康史　评估病人过去的健康状况和嗜好，包括过敏史及用药史。

4. 日常生活形态　日常生活形态包括吸烟、酒类摄入量、体能活动、肥胖或体重改变、饮食等。

5. 家庭健康史　评估家庭成员中是否有患肿瘤疾病史。

6. 既往检查、治疗和疗效　了解病人有关的检查结果和治疗经过，是否按医嘱进行治疗，有无滥用药物或自行购药等情况。了解所用药物的名称、用药方法、疗效、不良反应等。了解既往心理精神状况及家庭、社会支持情况。

三、心理社会评估

在各种疾病中，恶性肿瘤给人以巨大的精神压力，其发生、发展、转归与心理因素有着密切的联系。临床心理学家认为，心理护理不仅可以减少病人的心理反应，而且能直接产生治疗作用，改善机体的免疫功能，提高疗效。

1. 肿瘤病人主要心理变化　肿瘤病人的心理反应类型与自身个性心理特征、病情严重程度以及对肿瘤的认识程度有关。本节主要讨论恶性肿瘤病人的心理特点及护理。当病人被告知病情后，其心理反应可分为 6 个阶段，即体验期、怀疑期、恐惧期、幻想期、绝望期、接受期。

（1）体验期　当病人看到化验结果或得知患了恶性肿瘤时，往往很震惊、麻木甚至晕厥，称为"诊断休克"，可持续几小时或几天。此时，应与病人建立信任关系，提供支持，表达安慰和关心，动员家属为病人做出具体实际的帮助。

（2）怀疑期　病人不承认自己得了恶性肿瘤，存在侥幸心理，希望是误诊。这是一种保护性反应，可降低病人的恐惧程度，缓解痛苦的体验，逐渐适应意外打击。此时，应采取合适的方法，使病人逐渐了解事实的真相，让病人表达内心的感受和想法，最终接受治疗。

（3）恐惧期　当极力否认仍不能改变诊断结果时，病人会产生恐惧心理，包括对疾病的恐惧、对疼痛的恐惧、对身体缺损的恐惧、对死亡的恐惧等。表现为恐慌、哭泣、挑衅行为和冲动行为以及一系列生理功能改变，如颤抖、尿频、尿急、心跳呼吸加快、血压升高、皮肤苍白、出冷汗等。护士应与病人交谈，让病人将自己的恐惧讲述出来，纠正病人的错误认知，或让其他病人讲述成功对付恐惧的经验，增加病人的安全感。

（4）幻想期　当病人经历了得病后的各种体验后，已能正视现实，但存在许多幻想，如希望能出现奇迹，希望能发明一种药物以根除肿瘤，希望手术后的病理诊断能推翻原来的诊断等。幻想不一定是一种负性心理，相反可以支持病人与疾病抗争，增强信心，改善恐惧焦虑程度。

（5）绝望期　当各种治疗方法均不能取得良好效果或病情进一步恶化或出现严重的并发症时，都可能使病人产生绝望的情绪反应，对治疗失去信心，听不进朋友、家人和医护人员的劝说，甚至产生自杀的念头，表现为易怒、对立情绪、不服从、不遵医嘱等。此时应多给予病人抚慰，允许病人发泄愤怒，让病人最亲密的人陪伴身边。

（6）接受期　病人已能接受现实，情绪平静，配合治疗，对死亡已不太恐惧，到了晚期，病人处于消极被动、无助无望状态。护士应尊重病人的意见和生活习惯，尽量满足病人要求，给病人更多的自由，与病人保持良好的沟通，提供适当的支持。

2. 心理评估　肿瘤为慢性病，需反复住院治疗，对于个人和家庭来说都是一个重要的生活事件。病人和家庭面对的不仅是死亡的可能，而且有疼痛、自理能力下降、家庭角色的改变等变化。所以护士在确定病人的健康问题时，除要了解其身体状况外，对其心理社会方面的问题亦不可忽略，要以整体的观念对待，帮助病人取得最佳的治疗效果和达到良好的健康水平。

（1）心理评估　恶性肿瘤对病人的学习、工作和日常生活造成不同程度的影响，应了解病人能否适应并接受病人角色及应对方式。了解病人对疾病的过程、性质、防治和预后的认知程度。根据病人的个性特征等，观察病人对疾病的心理活动特点或情绪反应。

（2）社会支持系统的评估　包括病人家庭成员的文化、教育背景、经济收入、关系是否和睦，对病人病情的了解及关心、支持程度；评估病人的工作单位或社会所能提供的帮助和支持；出院病人就医的条件；居住地的卫生保健设施资源。

3. 肿瘤病人常见心理问题及护理　肿瘤病人有4种常见心理问题，而如何正确护理这些心理问题，对于增强病人的安全感与康复的信心意义重大。

（1）角色紊乱　一个人得了病，就迫使他由一个常态社会角色转换成病人的角色，他需要停止平时担任的工作，不能照顾家庭，反而需要亲人照顾自己。在临床实践中，许多病人不愿意接受这样的角色，使自己担负的角色发生冲突。对事业的责任感，对家庭的眷恋，对所患疾病的担心，使病人产生恐惧、焦虑情绪。护士在病人的角色转变中，应起积极作用。应倾听病人诉说，帮助病人接受现实，鼓励病人正确认识自己应对的能力。

（2）退化和依赖　出于对疾病的担心，病人在行为上产生退化。自己能做的也要让家人做，过分依赖其家属。对医院环境不能很快适应，情感比较脆弱，意志衰退。依赖情绪是一种消极情绪，可降低病人自身的免疫功能，缺乏抵御疾病的信心和能力，不利于疾病的康复。护士应在认真评估后，采取积极的护理措施，让病人做力所能及的事情，护士应及时给予鼓励，使其恢复信心，找到自尊。

（3）焦虑　焦虑是对恐惧的自然反应，为多数病人在疾病过程的体验。恐惧得不到及时有效地解除，会发展为无法克制的焦虑，如心悸、出汗、失眠、头痛、眩晕等。焦虑发作时

病人往往对行为失去控制，容易激动，缺乏耐心，发脾气、自责和谴责他人。焦虑的程度与个人的心理素质、受教育程度、生活体验以及应对能力有关。对焦虑的护理措施主要有：①为病人提供安全、舒适的环境，减少对病人的刺激，如光线柔和、态度和蔼。②尊重病人采取的解除焦虑的措施，如哭泣、愤怒、诉说等。③采取适宜的放松疗法，如听音乐、按摩、深呼吸、热水浴等。④进行卫生知识宣教，减轻应激原对病人的刺激与干扰。

（4）抑郁　这是指情绪低落，心境悲观、自我评价降低、自我感觉不良、对日常生活的兴趣缺乏、消极厌世。抑郁可导致食欲降低，睡眠障碍。抑郁反应的强度与个人的心理素质和对外界事物反应敏感性有关，对外界反应不敏感的个体比较容易发生抑郁。如果焦虑、恐惧得不到及时解除，持续时间过长，易造成抑郁。家庭负担重、长时间得不到家人的关怀，缺乏良好的社会人际交往关系，负性情绪得不到及时的宣泄也能加重抑郁程度。对抑郁的主要治疗护理措施有：①了解病人的个性心理特征，找出引起抑郁的因素，及时进行卫生知识宣教，不同治疗阶段或重要的检查、治疗前均应向病人讲解，消除疑虑。②与病人交流，用适宜的方式使病人宣泄负性情绪。③做好家属的知识宣教，使其帮助调动病人与疾病抗争的积极情绪，让病人感到社会和他人对自己的关心与支持。④必要时使用抗抑郁药物治疗。⑤警惕发生意外，密切观察病人心理变化及生理反应指标，及时报告医师，进行心理与药物治疗。

第三节　肿瘤科病人的常见症状及护理

症状是病人生病时主观感觉到的一种异常或不适感，是导致病人痛苦和不安的重要原因。肿瘤科病人大多病程长、病情重，疾病本身和各种治疗措施（如手术、放疗、化疗等）容易导致多种并发症的发生，如疼痛、恶心、呕吐、脱发、发热、感染等，甚至危及病人的生命安全。重视和加强肿瘤科病人有关症状和体征的护理，可有效减轻病人的身心压力和痛苦，提高生活质量。

一、发热

肿瘤导致发热的机制比较复杂，一般认为是以下原因所致：①肿瘤组织坏死。肿瘤生长过于迅速，如血管生长跟不上肿瘤的生长，或由于血栓、癌栓堵塞血管，造成供血不足，部分肿瘤组织（尤其是中心）可以发生坏死，并激发白细胞释放内生致热原，作用于中枢神经系统而发热。②肿瘤（颅脑）浸润或压迫体温调节中枢，使其功能失常而发热。③造血系统恶性肿瘤（如白血病），当细胞大量破坏时，可以释放出大量致热原而发热。④合并感染。肿瘤病人免疫功能低下，再加上放疗、化疗所造成的骨髓抑制，使白细胞生成减少及肿瘤局部压迫、梗阻、坏死等致使肿瘤病人容易合并感染而发热。如支气管肺癌阻塞可引起肺炎和肺不张，晚期乳腺癌、直肠癌破溃合并细菌感染等。此外，还有部分肿瘤发热原因不明，有待进一步研究。长期的癌性发热，不但增加了机体的能量消耗，导致病人更加消瘦、虚弱，又进一步降低了机体的免疫力，严重影响病人的生活质量。对高热病人应积极进行降温处理，预防各种并发症的发生。

【护理措施】

1. 心理护理　对肿瘤病人及其家属而言，发热导致的不适及疾病症状的加重，常会诱发他们的焦虑和不安，增加他们的心理压力。应及时给予降温处理，并向病人和家属解释肿瘤导致发热的原因，以减轻他们的焦虑和担忧。

2. 环境　保持室内空气新鲜，控制室温在 20℃～24℃，湿度 55%～60%，床单位整洁干燥，出汗较多时及时更换衣服、床单、被褥等，维持病人的舒适。注意休息，以减少能量消耗，有利于机体的恢复。

3. 症状护理　对于低热和中等热的病人，可通过改变环境、温度、衣着、被褥厚薄、多饮水以降低体温，促进舒适；对高热病人，常采用乙醇擦浴和冰袋冷敷的方法降温，必要时可采用药物降温。在给予药物治疗的同时最好辅以物理降温，主要有以下两种方法：

（1）温水擦浴　擦浴全过程不超过 30 分钟，避免病人受凉，同时应注意观察病人耐受力及皮肤有无发红、苍白、出血点及感觉异常等。

（2）冰敷　可置冰袋于头部、腋窝、腹股沟等大血管流经处，枕后、耳郭、阴囊、心前区、足底、腹部禁冷敷。冷敷时间最长不超过 30 分钟，如高热不退，可休息 30 分钟再使用，给予局部组织复原时间。冷敷过程中应每 10 分钟查看一次皮肤颜色，防止冻伤发生。注意病人保暖，停止冷敷 30 分钟后测体温。

4. 饮食护理　高热病人新陈代谢增加，机体能量消耗过多，可给予清淡易消化、高碳水化合物、高维生素饮食，适量补充蛋白质。体温下降期，由于大量出汗，应叮嘱病人多饮水以补充足够的水分，在水中可加入适量糖、盐，既预防高渗性脱水，又可补充能量。

5. 口腔护理　高热时，由于唾液分泌减少，口腔黏膜干燥，口腔内容易滋生细菌，如不

注意口腔清洁，很容易发生口腔炎、口腔溃疡，应随时保持口腔清洁，防止口唇干裂、口臭等现象。

6. 皮肤护理 在退热过程中常常大量出汗，应当及时帮助病人擦干身体，更换清洁的衣物和床上用品，保持皮肤清洁、干燥。长期卧床者应防止压疮及坠积性肺炎等并发症的发生。

7. 预防措施 进行各项治疗应严格遵守无菌操作原则；病房应尽量减少探视人数，让病人少去或不去人群较密集的地方；注意饮食卫生；注意口腔卫生；预防肛周感染；观察有无潜在感染，如口腔黏膜颜色，口腔黏膜有无白斑，咽部及扁桃体有无充血肿大，观察痰液性质、肺部有无啰音，下腹部输尿管有无压痛，肾区有无叩击痛、女性病人阴道分泌物性质等，如有异常应及时通知医师，及早采取治疗措施。

二、疼痛

疼痛是恶性肿瘤最常见的症状之一。世界卫生组织于 1984 年制订了"三级止痛"方案，近年来提出了"2000 年让肿瘤病人无疼痛"的战略目标。导致癌症病人疼痛的原因比较复杂，世界卫生组织（WHO）认为疼痛的原因有：①直接由肿瘤侵犯引起，肿瘤压迫骨、神经、内脏、皮肤及软组织的浸润和转移，占癌性疼痛的 70%～80%。②由肿瘤的诊疗措施所引起，如诊断措施（腰椎穿刺、骨髓穿刺、穿刺活检等）、手术（切口瘢痕、神经损伤等）、化疗（栓塞性静脉炎、发疱性药物的外渗、中毒性周围神经炎）、放疗（局部损害如放射性皮炎、口腔炎、肠炎，周围神经损伤、纤维化等）、与感染有关的急性疼痛，如急性疱疹、神经痛等，占癌性疼痛的 8%～10%。③与肿瘤相关但不是由肿瘤引起的，如副癌综合征导致的骨关节痛、衰弱、便秘、压疮、肌痉挛等，占癌性疼痛的 6%～8%。④与肿瘤无关的疼痛，如骨关节炎、糖尿病性末梢神经痛等，占癌性疼痛的 6%～8%。

在评估上述因素的同时，不要忽视某些病人自身因素和社会-心理因素可能导致或加重疼痛，如病人的敏感、焦虑、恐惧及临终前的失望和惧怕感等都可能导致疼痛阈降低等。

癌性疼痛对病人的影响：①生理上的影响。疼痛会导致癌症病人很多问题的相继出现，如睡眠型态的紊乱、恶心、呕吐、纳差等，影响病人生活能力和对生活的满意程度等。②心理上的影响。疼痛会导致病人出现焦虑、沮丧和愤怒等情绪反应；许多癌症病人会将癌症与死亡相连接而发生失落、无望、挫败等感受。由于与家人的分离、失去工作目标和生活目标导致病人常常出现明显的依赖感，甚至丧失自尊和自我控制能力。③社会层面上的影响。对不可控制的癌症疼痛，社会层面的影响亦相当重要，在许多癌症病人中，疼痛成为他们及其家属生活中的重心和焦点。由于病情的进展导致病人必须停止工作，不但要承受躯体上的痛苦，又要承受经济上的损失，还包括情绪上的压力、情感上的依赖及无助感。由于疼痛导致身体外观和行为改变，将会导致家属情绪上的无尽的压力，反过来又会加重病人的痛苦和疼痛，导致病人自暴自弃甚至发生自杀。

癌性疼痛的评估：常用简易的疼痛评估工具应包含自述疼痛强度等级、疼痛性质、疼痛的分布及加剧或减轻疼痛的因素，可以简短地描述，与数字评分及人体图或面部表情（脸谱图片）配合使用。

1. 疼痛的强度　疼痛强度的评估有助于选择止痛药的种类、给药途径及剂量。常见方法有以下几种。

（1）数字评分法（NRS）　以 0～10 分计分方式，0 分为不痛，10 分为严重疼痛，中间次序表示疼痛的程度，让病人自己选出最能够代表疼痛的数字。粗略分为三级：轻度（3 分以下）、中度（4～6 分）、重度（7～10 分）（图 2-1）。

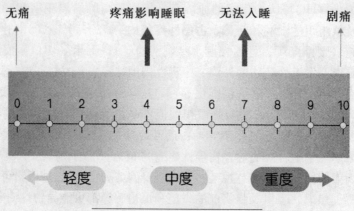

图 2-1　疼痛数字评分法（NRS）

（2）目测模拟疼痛分级法　画一横线（一般为 10cm），一端代表无痛，另一端代表剧烈疼痛，让病人自己在线上最能够代表其疼痛程度之处画一交叉线，结果也粗略分为轻、中、重三级（图 2-2）。

无痛 　　　　　　　　　　　　　剧烈疼痛

图 2-2　目测模拟疼痛分级法（VAS）

（3）面部表情测量图（脸谱）　依图 2-3 中 6 个不同表情的脸谱评估疼痛程度，对某些无法理解数字的儿童和老年人，此评估工具比使用数字法更为合适。

0	2	4	6	8	10
无痛	轻微疼痛	轻度疼痛	中度疼痛	重度疼痛	剧痛

图 2-3　面部表情测量图（脸谱）

（4）生理变化测量　是护士评估疼痛的重要依据。心率、呼吸频率加快，血压升高等改变都是疼痛的应急反应；但由于其他应急反应也会出现类似变化，故不具有疼痛特异性。在疼痛强度评价中可用作参考指标。

2. 疼痛性质　熟悉疼痛的性质对于确定诊断和治疗方式极为重要，疼痛性质通常指其病理、生理变化。

3. 疼痛的分布　癌症病人的疼痛常常不止一处，选择治疗时应了解并区分病人疼痛的部位，评估过程中应要求病人指出身体疼痛的位置及是否呈辐射状，以了解疼痛的分布。

4. 加剧或减轻疼痛的因素　仔细询问病人何时、何情景下经历最严重及最轻微的疼痛，并认真记录。

5. 对于疼痛治疗的疗效可根据以上记录分为以下 4 种方式　①完全缓解（CR）：治疗后完全无痛。②部分缓解（PR）：疼痛较给药前明显减轻，睡眠基本不受干扰，能正常生活。

41

③轻度缓解（MR）：疼痛较给药前减轻，但仍明显疼痛，睡眠仍受干扰。④无效（NR）：与治疗前比较无减轻。

【护理措施】

1. 正确做好对疼痛的评估。根据病人实际情况（年龄、文化程度、理解力）采取适宜的评估方法，耐心听取病人的主诉，仔细检查疼痛部位、持续时间、强度、分布区域等。

2. 具有良好的医德，同情关心病人，应充分相信病人的疼痛感受，并积极采取措施消除病人的疼痛，从而取得病人的信任，消除其恐惧感。

3. 具有使用麻醉性止痛药的基本知识，在任何情况下都应正确及时执行医嘱，按时给药，不可拖延给药时间或减少药物剂量，或因担心病人"成瘾"而拒绝给药，或注射安慰剂。

4. 帮助教育病人采取某些非侵入性止痛措施，并对每一种方法进行具体指导，如松弛术、皮肤刺激疗法（冷敷、热敷、按摩、加压、震动等）、分散注意力、瑜伽、气功、生物反馈等方法。

5. 加强病人心理疏导，改善病人情绪状态，使病人积极配合治疗和护理。

6. 肿瘤并发感染、溃疡时应给予有效的抗感染、局部换药处理，也可有利于减轻疼痛。

7. 保持环境安静，提供舒适的治疗、休息环境。

8. 加强基础护理，保持口腔、皮肤的清洁卫生，注意病室空气流通、无异味。

三、恶心、呕吐

导致肿瘤病人出现恶心、呕吐的原因很多，如肿瘤及其治疗导致胃肠道功能障碍（如肿瘤的压迫、梗阻、腹水等）、中枢神经系统障碍（肿瘤颅内转移、浸润）、化疗、放疗及镇痛剂对神经中枢递质的影响，焦虑、恐惧对神经中枢的刺激等综合因素。其中化疗引起的恶心、呕吐是肿瘤病人最恐惧的毒副作用之一。恶心、呕吐的发生率和严重程度与化疗药物的种类、剂量、使用途径及病人的情绪密切相关。70%～80%接受化疗的病人会出现恶心与呕吐，10%～44%接受化疗的病人会出现期待性恶心与呕吐。一般将化疗所致的呕吐分为急性呕吐、迟发性呕吐和期待性呕吐。急性呕吐是指化疗24小时内出现的呕吐；迟发性呕吐是指化疗24小时后出现的呕吐，可持续5～7天，顺铂所致的恶心与呕吐在用药后48～72小时达到高峰，可持续6～7天。期待性呕吐是指病人经历过化疗所致的呕吐后，在下一次化疗前所出现的呕吐。

1. **引起恶心呕吐的机制**　①化疗药物直接刺激胃肠道引起恶心、呕吐。②血液中的化疗药刺激肠道壁嗜铬细胞释放 5 - 羟色胺（5 - HT），5 - HT 作用于小肠的 5 - HT 受体，被激活后通过迷走神经传至第四脑室最后区的化学感受诱发区（CTZ），接着激活位于延脑的呕吐中枢，引起恶心呕吐。③5 - HT 也可直接激活 CTZ 的 5 - HT 受体，兴奋呕吐中枢。④心理反应异常。

2. **主要引起恶心呕吐的化疗药物**　顺铂、氮芥、丙卡巴肼、阿糖胞苷、放线菌素 D、环磷酰胺等。化疗引起呕吐的程度与化疗药物本身有关。根据其引起急性呕吐的程度将化疗药分为 5 级：强致吐药（5 级），能够引起 90％以上的病人发生急性呕吐；中致吐药（3 级、4 级），可引起 30％～90％的病人发生急性呕吐；弱致吐药（2 级），可引起 10％～30％的病人发生急性呕吐；微致吐药（1 级），可引起少于 10％以下的病人发生急性呕吐。

放疗引起之恶心呕吐主要是由照射部位（照射涵盖胃肠区域，特别是上腹部）、照射剂量（组织受照射剂量越多越易出现恶心呕吐）而决定。

【护理措施】

1. **加强化疗期间饮食指导**　应少量多餐，进食易消化、富营养的食物，如瘦肉、鱼类、蛋类、豆制品、水果、蔬菜等，避免过甜、油腻的食物，补充足够的水分。

2. **鼓励病人进食**　时间可选在无恶心、呕吐反应的早晨，适量进食；化疗当天可提前2～3 小时进餐，或少量多餐进食，以温和少刺激性食物为主，或给予满足病人喜好的食物，不吃含香料、调料的食品，避免因治疗反应导致营养缺乏。餐后取半卧位。

3. **正确给予镇吐药物治疗**　治疗前 0.5～1 小时和化疗后 4～6 小时，分别给予病人镇吐剂，可有效减轻恶心、呕吐等不适。镇吐剂的使用方法包括口服、肌内注射、静脉注射、肛门内塞药等方式，对严重恶心、呕吐者可再加入糖皮质激素如地塞米松静脉注射。

4. 尽可能睡前给药，口服药物应分次餐后服用或临睡前服用，如司莫司汀于睡前服用。

5. 化疗导致呕吐严重者，可考虑于晚餐后给药，以免影响病人进食。呕吐剧烈者应给予输液治疗，维持水、电解质平衡；非住院病人接受治疗时，应预先告知；若呕吐超过 24 小时，需到医院诊治。

6. **做好呕吐时的护理**　防止误吸导致吸入性肺炎甚至窒息的发生，呕吐后及时清除呕吐物，协助病人及时漱口、洗脸。

7. **注意观察呕吐物色、量、性质**　遇到异常情况应及时报告医师并留取标本送检，及时做好各种记录。

8. 持续呕吐带粪臭味的呕吐物常见于肠梗阻，喷射性呕吐则见于颅内高压的病人，出现这些情况应及时报告医师，紧急处理。

9. 保持室内空气清新、流通，禁止在病室吸烟，以免诱发呕吐。

10. 严格记录出入量，以评估脱水情况，必要时查电解质、补液。若营养严重失调，可酌情给予静脉高营养。

四、疲乏

疲乏是肿瘤病人的一个主要症状，属于自我认识，通常病人感觉很累、乏力、无耐力，无法维持自身精力和集中注意力。肿瘤病人引起疲乏的原因很多，如肿瘤本身代谢废物的蓄积，食欲减退、恶心、呕吐导致的营养缺乏，肿瘤对宿主营养的竞争性消耗，肿瘤的迅速生长及感染、发热等促使新陈代谢加强，焦虑、恐惧等情绪变化等都是疲乏的诱因。

【护理措施】

1. 进食高蛋白、高维生素、低脂饮食，如鸡、鸭、鱼、肉和禽蛋、米、面、新鲜蔬菜、水果、鲜果汁等，多饮水，每天饮水 2000～3000mL，以促进代谢废物的排泄。

2. 控制身体的不适，如对发热、疼痛、恶心、呕吐的有效控制，有效减少机体能量的消耗，尽量减轻因身体原因导致的疲乏。

3. 加强病人的心理护理和疏导，消除恐惧、紧张等情绪反应，鼓励病人诉说自己的感觉，耐心倾听其诉说，分散病人注意力，如指导病人听音乐、相声，与人交谈等，解除病人心理上引起疲乏的因素。

4. 帮助病人制订合理的作息时间，保证充足的睡眠和休息，保证适当的活动与锻炼，如适度的有氧运动、散步等。

5. 对于一般情况良好的病人，运动将会有很多益处，包括减轻疲劳。体力活动可提高病人自控、自立及自我评价能力，有利于增强他们的自信心，使他们具备更好的社会活动能力，减少焦虑及恐惧感。可以在医师指导下，适当进行锻炼。

五、骨髓抑制

骨髓抑制是化疗常见的限制性毒性反应。抗肿瘤药物除博来霉素、左旋门冬酰胺酶、激

素类、一般剂量的长春新碱对骨髓影响很小外，其他均可引起不同程度的骨髓抑制。发生原因包括①肿瘤因素：癌细胞的直接或间接侵犯进入骨髓组织，并与正常红细胞竞争营养及生长空间，因而破坏造血系统，影响造血功能，进而引起贫血，血小板和/或白细胞下降。②化疗：大多数化疗药物均可导致不同程度的骨髓抑制，较常见的药物如：多柔比星、紫杉醇、卡铂、异环磷酰胺、长春碱类等。因粒细胞平均生存时间最短，一般为 6～8 小时，因此骨髓抑制常最先表现为白细胞下降；血小板平均生存时间为 5～7 天，其下降出现较晚较轻；而红细胞平均生存时间为 120 天，受化疗影响较小，下降通常不明显。多数化疗药物所致的骨髓抑制，通常见于化疗后 1～3 周，持续 2～4 周逐渐恢复，并以白细胞下降为主，可伴有血小板下降，少数药如盐酸吉西他滨、卡铂、丝裂霉素等则以血小板下降为主。为及时监测骨髓抑制的发生，化疗期间应定期查血常规，特别是白细胞计数，一般每周 1～2 次，如明显减少则应隔天查一次，直至恢复正常。对于白细胞下降至 1.0×10^9/L 以下的病人应及时采取保护性隔离措施。③放疗：虽然放疗属局部治疗方式，不似系统性化疗会使血细胞在短期内下降，但多处或长骨骨干外骨组织处的高剂量放疗，亦可能彻底破坏造髓组织，造成骨髓功能不足或抑制。④手术：麻醉、外伤、手术的压力等均会抑制机体免疫能力，导致骨髓功能下降。⑤生物治疗：生物治疗的使用也会造成可逆性的白细胞下降、贫血、血小板降低和淋巴细胞减少。⑥老化：由于老化过程造成健康老年人的骨髓功能下降，导致白细胞和中性粒细胞减少。⑦营养：人体制造免疫系统之原料主要来自蛋白质。热量和营养的供给不足，易导致淋巴细胞如球蛋白减少，因而降低免疫球蛋白的功能，T 细胞与 B 细胞功能也会受到影响而降低杀菌力。其他如叶酸、维生素 B_{12} 或铁质的缺乏会导致红细胞生成受抑制。⑧精神神经免疫学：压力的上升会导致类固醇的分泌，进而抑制免疫反应。因此在评估肿瘤病人血液及免疫状态时，还应考虑生理、心理、经济、社会、情绪等综合因素。骨髓抑制的治疗原则及注意事项：①加强全身支持治疗，环境净化、口腔清洁、良好的护理照顾可以减少并发症的发生。②预防性应用粒细胞集落刺激因子（CSF）可减轻中性粒细胞减少症的持续时间与严重程度，并可预防致命并发症的发生。③粒细胞缺乏伴未控制的感染时，考虑输注粒细胞。

【护理措施】

1. 限制探视，妥善安排休息、活动　病人容易疲倦，易受刺激，应限制他人对病人的探视时间；对于各项护理、治疗亦应妥善安排好时间集中进行，让病人能够得到充分的休息、睡眠，以保持体力。

2. 保暖、预防感染　病人易受凉，应注意保暖；机体抵抗力差，容易出现口腔、肛门、皮肤感染，应注意维护这些部位的清洁卫生。

3. 避免让病人暴露于易引起感染的环境之中，如避免与患传染性疾病者接触、避免与含有蓄积液的容器如花瓶接触；避免接触动物如猫、狗的排泄物；避免食用生冷食物。

4. 鼓励摄食营养素，以维持病人的免疫功能　如多食用新鲜蔬菜、水果、蛋类、鱼类、含铁较多的食物等。

5. 血小板减少的护理　应注意维持皮肤、黏膜的完整性，防止出血；血小板低于 50×10^9/L 时常导致不同程度的出血症状；应仔细观察全身皮肤是否有淤点或挫伤、牙龈出血、鼻出血、阴道出血，或胃肠出血、黑便等情形；护士应掌握最近的血液检验报告，对有出血倾向者做大小便隐血试验，必要时做眼底镜检查以了解视网膜有无出血状况。

（1）维持皮肤的完整性　避免可能造成身体伤害的活动；保持个人卫生，使用中性浴液清洗身体，避免用力擦洗而导致皮肤受损；及时修剪指甲；进行全关节运动（ROM）教育，以促进循环；每 1～2 小时协助翻身一次，预防压疮的发生。

（2）维持口腔黏膜的完整性　进食柔软、温和的食物，避免机械性、化学性的刺激；用软毛牙刷温和地刷牙、清洁漱口。

（3）保持胃肠黏膜的完整性　促进水分摄入和保持适度的活动量，预防便秘；避免直肠侵入性操作如使用直肠栓剂（如开塞露）、灌肠、测肛温等；避免胃肠道刺激而导致出血，如必须服用类固醇激素者一定要同服制酸剂或乳制品。

（4）维持上呼吸道黏膜的完整性　避免用力擤鼻；保持室内湿度于 40% 左右；出现鼻出血时应立即让病人坐起，并在鼻梁下的鼻孔部位进行压迫；若出血不止应及时协助医师处理。

（5）维持泌尿道黏膜完整　鼓励病人多饮水，补充足够的水分（每天至少 3000～4000mL）；避免进行阴道灌洗或使用阴道栓剂；指导病人每天更换内衣裤以保持清洁，特别是在月经期者更应该加强个人卫生。

（6）当血小板低于 20×10^9/L 时应避免颅内压升高。避免用力时屏住呼吸（如用力大便之动作）；避免剧烈的活动。当血小板低于 20×10^9/L，又有出血发生时，应预防性输入新鲜血小板，使循环中的血小板值增加，预防出血。输注血小板时应注意在病人能够耐受的情况下尽可能快速地输注完毕。

（7）合理使用药物　避免使用阿司匹林、乙醇、抗凝剂（如肝素等），以防引起出血；服

用糖皮质激素者应与制酸剂一同服用，或在两餐之间加用点心，防止胃出血。

（8）对出血明显者应采取保护性和预防性措施，减少注射等侵入性操作，尽量将静脉注射、静脉滴注药物与抽血操作一并进行；除非必要，一般不要进行肌内注射，穿刺或肌内注射完毕应压迫注射部位 10～15 分钟，并观察有无渗血现象。

（9）防止组织损伤而引起出血　禁测肛温；使用软毛刷刷牙，以减少对牙龈的损伤；下床活动时避免碰撞跌倒，活动时应动作轻柔；指导病人安全使用电动剃须刀以及使用锉刀修剪指（趾）甲。

6. 白细胞减少时的护理措施

（1）指导病人避免去人群较多的公共场所，避免与上呼吸道感染者接触，勿暴露在其他感染源之下。

（2）护士应严格执行无菌操作，彻底消毒、洗手。

（3）根据病人血常规结果对病人采取保护性隔离。保护性措施分为一般性保护隔离和无菌性保护隔离。采用保护性措施主要依据是：当白细胞降至（1～3）×10^9/L、中性粒细胞降至 1.5×10^9/L 时，应采取一般性保护隔离；当白细胞低于 1×10^9/L 或中性粒细胞低于 0.5×10^9/L 时，病人已无任何抵抗力，必须采取无菌保护性隔离。①一般性保护隔离：限制来访；病人戴口罩，口罩潮湿时随时更换（住单人病室病人可免戴口罩），凡进入病室的工作人员、家属、来访者应戴口罩；禁止带菌者或上呼吸道感染者进入病室或陪伴病人。定时对病房进行紫外线消毒，定时通风，有条件者可运用空气净化器；保持病人体表、床褥、衣裤干净整洁；陪护家属应注意更换干净衣、裤、鞋并佩戴口罩。②无菌性保护隔离：将病人安置于无菌层流室内（LAFR）或层流床内。LAFR 设有高效能空气净化装置，使室内空气永远保持新鲜干净，不易受到来自外界的感染。医护人员进入此单位时，必须穿戴无菌衣帽、戴无菌手套、口罩，穿鞋套等，任何人进去后，都必须站在病人下方，凡送入LAFR 的物品均应先进行灭菌处理。LAFR 的设置亦有利于护理人员及探视者站在窗外观察或探望病人。仔细观察有无感染征象，如发热、疼痛、咳嗽以及口腔、腋下、肛门、会阴部有无感染病灶。白细胞低于 0.5×10^9/L 者，应输入粒细胞或浓缩白细胞预防感染，以防危及病人生命。

7. 进行输血治疗前应仔细核对病人姓名、血型、Rh 因子、交叉试验结果，不可发生差错；输血过程中应注意有无输血反应，出现异常如寒战、发热、皮疹、呼吸困难，应立即停止输血，并通知医师紧急处理。

8. 加强静脉注射管道的护理　避免注射部位潮湿；观察注射部位有无红、肿、热、痛等感染迹象；对中心静脉置管者应及时更换穿刺点敷料（一般为 7 天 1 次），以预防细菌滋生；维持输液的通畅。

六、口腔溃疡

口腔溃疡可发生于口腔内的任何部位，病人感到疼痛、灼热不适。接受传统性化疗的急性白血病病人，有 7％～10％发生药物引发的口腔炎；接受氟尿嘧啶治疗者 49％～75％发生不同程度的口腔炎；接受骨髓移植的病人约有 40％发生口腔炎。口腔炎/口腔溃疡发生的原因有：①中性粒细胞减少。严重中性粒细胞减少症的特征之一即为口腔溃疡，尤其是中性粒细胞的数目少于 $1×10^9/L$ 时，常常会发生口腔溃疡。临床观察发现当受抑制的骨髓功能逐渐恢复造血功能时，口腔溃疡也会逐渐地愈合。②化疗药物的毒副作用。由于抗肿瘤药物干扰细胞的成长、成熟及分化，直接造成口腔黏膜的改变，导致细胞的萎缩及胶原的破坏，最终导致口腔黏膜红肿、溃疡。非角质化的黏膜、颊、唇、软腭的黏膜是最容易发生溃疡的部位，也可能影响到舌部的腹面及口腔底。一般在给药后 5～7 天发生黏膜炎现象，口腔并发症与骨髓抑制的严重程度具有直接的关系，且通常在病人的血常规抑制到低谷之前数天发生。③放疗。所有接受头颈部放疗的病人都可能发生口腔的不良反应，30％～60％的病人发生黏膜炎，若合并化疗或放疗，则黏膜炎的发病率超过 90％。放疗导致的口腔黏膜炎的特征为口干、味觉改变、弥漫性的红肿、伪膜形成、溃疡等，常发生在舌、口腔底、软腭等部位，这些部位具有良好的血液循环，放疗会导致血管充血、通透性增加，发生水肿而压迫周围的小血管、减少组织间的血流及造成黏膜炎，常在治疗开始后 2 周发生，治疗结束后 2～3 周自行愈合。黏膜溃疡分级见表 2-3。④其他危险因素。口腔卫生不良、慢性口腔感染、吸烟、饮酒、服用可导致口干的药物、氧疗、禁食等。

【护理措施】

1. 预先告知病人可能出现口腔炎/口腔溃疡的症状，并指导其维持口腔卫生的正确方法，每次进食前、后，睡觉前用温盐水漱口或软毛牙刷刷牙，去除食物碎屑。

2. 鼓励病人进食含蛋白质、维生素 C、维生素 B_1、维生素 B_2 清淡易消化饮食，以维持良好的营养状况，多饮水（每天至少 2000mL）补充足够的水分。

表 2-3   世界卫生组织（WHO）的黏膜溃疡分级

等　级	常见症状
0 级	无症状
1 级	局部疼痛、红肿
2 级	红肿、溃疡，仍可进食固体食物
3 级	溃疡，只能摄取流质食物
4 级	不能进食

3. 维持黏膜完整性　每天观察病人口腔情况，评估与记录口腔黏膜的完整性，根据口腔炎的程度，评估是否继发有细菌、真菌感染；常规做咽拭子培养，从而选用不同的漱口液。可每 2～4 小时进行 1 次口腔护理。

4. 防治感染　有口腔感染时，针对病因可用口泰、过氧化氢溶液、复方硼砂溶液或 5% 碳酸氢钠溶液、氯己定溶液等漱口，保持口腔清洁干净。

5. 加强饮食护理　给予易消化富营养的饮食，如高蛋白、高维生素、低脂饮食，以加快口腔黏膜的修复。避免进食过热、过硬或刺激性食物及饮料，如咖啡、辣椒、油炸食品等。

6. 促进愈合与舒适，控制感染和出血　因疼痛影响进食时，可给予利多卡因喷雾或其混悬液口腔含漱以止痛。口腔溃烂者可用中药锡类散、西瓜霜涂敷，以预防假丝酵母菌感染，防止局部出血。

7. 给予集落刺激因子稀释液含漱口腔，有助于治疗口腔炎/口腔溃疡，促进其早日愈合。

七、呼吸困难

肿瘤病人的呼吸困难可能是因疾病本身原因、肿瘤的治疗、并发症引发的心肺功能障碍等所造成。呼吸困难是造成晚期肿瘤病人痛苦的严重症状之一，导致肿瘤病人呼吸困难的原因相当复杂。①癌症本身所引起：因癌症本身而引起呼吸困难的情况有胸腔积液、心包积液、大量腹腔积液；肿瘤压迫气管、支气管；上腔静脉阻塞、肺部转移、肺扩张不全等原因。②因为治疗所引起：癌症的治疗方式中，包括外科手术（肺实质的切除）、放疗（放射性肺炎、肺纤维化）、化疗（肺纤维化、心脏毒性、骨髓抑制等）所引起的并发症均可导致呼吸困难。③体力衰竭所引起：如慢性疾病所引起的贫血、肺炎等。④其他情况：如肥胖、胸壁畸形、神经系统的障碍、心理因素等。

【护理措施】

1. 减轻呼吸困难，维持呼吸道通畅　一般来说因肿瘤引起的呼吸困难，首先应考虑采取针对原发性肿瘤的特定治疗方法。如化疗、放疗或皮质类固醇激素治疗等，必要时应立即进行气管切开或气管插管术以维持气管通畅，护士应针对相应治疗完善各种护理措施。

（1）放疗的护理　放疗对于减轻因恶性肿瘤造成的呼吸困难具有重要的作用。若呼吸困难是因气管内肿瘤引起，它可由此疗法得到快速缓解。不论肿瘤细胞形态如何，放疗均可使用在适合且需要的肿瘤病人身上。小细胞肺癌或淋巴瘤造成的气管阻塞对放疗有非常好的反应，其他肿瘤也可因放疗得到不同程度的缓解。护理上应做好病人接受放疗（如体内照射疗法、体外照射疗法）的各种准备、促进放疗的安全防护（包括"病人-护士-家属"安全防护；把握"时间-距离-屏障"的防护原则）、在放疗中（前-中-后等过程）应给予病人心理上的支持和健康教育，协助医师处理放疗导致的各种毒副反应。特别应加强病人放疗野皮肤的护理和观察，局部皮肤不能涂任何化妆品、油膏、乳液或药物等，以免因其中含有的重金属（如锌）而增加放射线的吸收剂量；注意防治放射性皮炎、胃肠道反应、口腔并发症、局部感染等。保证病人顺利接受放疗，保证口腔黏膜及照射野皮肤完整，维持正常的营养等。

（2）抗肿瘤化疗的护理　化疗与放疗、手术、中医中药的综合应用，可有效防止肿瘤的复发和转移，提高治愈率；对广泛转移的晚期肿瘤，化疗可控制肿瘤的发展，减轻病人的痛苦，提高病人的生活质量。

抗肿瘤药物具有较强的毒性，可杀伤人体分裂迅速的细胞，包括正常细胞和恶性肿瘤细胞。因此，了解抗肿瘤药物的作用原理、毒性反应和病人的整体治疗方案，按时、按量、按途径准确给药。护士应密切观察抗肿瘤药物引起肺纤维化的毒副反应，观察病人的呼吸，尤其是接受放疗后再行化疗的病人，必要时给予吸氧，以减轻肺毒性。

（3）气管切开/气管插管的护理　由于肿瘤压迫呼吸道（如颈部淋巴瘤）使气管受压或塌陷，导致病人出现严重呼吸困难，通过放疗、化疗来减低肿瘤的负荷已来不及挽救其生命时，应立即进行气管切开/气管插管术，以保持呼吸道通畅，维持有效的呼吸，按气管切开/气管插管术后的护理常规进行护理（见第七章第三节"常用治疗技术及护理配合"相关内容）。

（4）维持病人舒适的卧位　对呼吸困难的病人根据病情可借助枕头等辅助用品让其采取

半坐位、身体前倾的坐位、端坐位，或某些特殊的体位，如自发性气胸者应取健侧卧位，大量胸腔积液者取患侧卧位等。

（5）保证休息，穿着适当（避免紧身衣服使胸部有压迫感），稳定病人情绪，指导其采取放松技巧如吸气动作应缓慢、撅嘴呼吸等。

2. 氧疗的观察和护理　氧气疗法常被常规地用于治疗呼吸困难的病人，正确的氧疗可缓解缺氧引起的全身各脏器系统生理学改变，缓解缺氧导致的症状和体征，提高病人的活动耐力和对治疗的信心。鼻导管氧气吸入疗法是最常用的方法，一般流量为 $2\sim4L/min$。严重呼吸困难病人可采用面罩吸氧、机械辅助通气。

（1）轻度呼吸困难伴轻度发绀，$PaO_2>50\sim70mmHg$，$PaCO_2>50mmHg$，可给予低流量鼻导管吸氧。

（2）中度呼吸困难伴明显发绀，PaO_2 为 $35\sim50mmHg$，$PaCO_2>70mmHg$，可给予低流量吸氧，必要时也可加大氧流量，氧浓度为 $25\%\sim40\%$。

（3）重度呼吸困难伴明显发绀，$PaO_2<30mmHg$，$PaCO_2>80mmHg$，可给予持续低流量吸氧，氧浓度为 $25\%\sim40\%$，并间断加压给氧或人工呼吸给氧。对重度呼吸困难不伴二氧化碳潴留者，可加大氧流量至 $4\sim6L/min$。

（4）加强心理护理，口腔护理（特别是接受面罩吸氧者更应加强口腔、鼻腔的护理，防止出现局部干燥）；观察病人缺氧症状的改善情况，完善有关记录。

3. 药物治疗的观察和护理　用药期间应密切监测病人的呼吸情况、伴随症状和体征，以判断疗效，注意药物不良反应，掌握药物配伍禁忌。

（1）支气管扩张剂　常用的支气管扩张剂分为 3 种。①β_2 肾上腺素受体激动剂（β_2 受体激动剂）：β 受体存在于心血管、肺及肌肉等组织器官内，可分为 β_1、β_2 两种。作用于 β_2 受体的兴奋药，则舒张支气管，增加呼吸道上皮细胞纤毛清除作用，并能使血中嗜酸性粒细胞减少等。肾上腺素和异丙肾上腺素等，对 β_1 及 β_2 受体均有兴奋作用，因此在舒张支气管的同时，常引起心跳加快、心肌氧耗增加、心律不齐等不良反应。②茶碱类：氨茶碱与 β_2 激动剂作用相似，可以松弛气管平滑肌，并有兴奋心脏和中枢神经系统的作用，使呼吸道分泌物易排出，还能缓解呼吸肌疲劳。常用的有普通氨茶碱片、长效茶碱等，它的止喘作用也较好，血药浓度在 $5\sim20\mu g/mL$ 时起作用。由于该药个体代谢差异大，如果能进行药物浓度测定，据此来调整用药，使血药浓度保持在最佳有效浓度范围，则效果更佳。茶碱有时可以引起恶心、腹部不适，食欲受影响，故在餐后服用为宜。③抗胆碱类药物：异丙托溴铵对气管平滑肌有较强松弛作用，但起效较慢，用药后 30～60 分钟后达高峰，作用于大、中呼吸道平滑肌为主，可与 β_2 激动剂一起用，一般用气雾剂或雾化溶液吸入。

（2）止痛剂　疼痛与呼吸困难有相加作用，成功地控制疼痛可减轻病人呼吸困难的感觉，如病人的呼吸困难有时是因为肿瘤、肋膜炎、手术等导致疼痛限制了横膈膜的运动而造成的，在这种情况下，使用适当的止痛药物有效地控制疼痛，可改善呼吸形态，提高换气及血液中含氧量，减轻病人呼吸不适感。

（3）抗生素　肿瘤病人常可能并发细菌感染，临床表现多为疼痛，造成呼吸道的肿胀而导致呼吸困难，此时使用抗生素有效控制感染可明显减轻呼吸困难。

4. 严密观察病情变化，完善各种记录　①密切观察病人的呼吸频率、节律、形态的改变及伴随症状的严重程度等。②按医嘱及时抽血检查血气分析结果以判断呼吸困难的程度。③正确记录出入水量。④及时完善各种护理记录。

5. 指导病人健康的生活方式　①禁烟酒，以减轻呼吸道黏膜的刺激。②进食易消化、不易发酵产气的食物，避免便秘、腹部胀气。③根据自我呼吸情况随时调整运动形态及次数。④避免接触可能的过敏原，减少导致呼吸困难的诱因。⑤保持口腔、鼻腔清洁，预防感染。

6. 提高病人的自我管理能力　①指导病人掌握常用缓解呼吸困难药物的正确使用方法，尤其是呼吸道喷雾剂的使用并让病人给予回复示教，以确定其能够正确使用。②指导病人和家属进行适度的胸部物理治疗，如呼吸功能锻炼、有效咳嗽、背部叩击等。③教病人学会观察呼吸困难的各种表现，不适时应及时报告医务人员。④向病人解释氧疗及人工呼吸道的重要性，使之能够理解和配合。⑤保持心态平和，正确面对疾病。

八、便秘

便秘是晚期肿瘤病人常见且较为痛苦的症状之一，肿瘤病人引起便秘的原因很多，疾病的进展如癌症侵犯骶丛神经，骨转移后引发之高钙血症，药物因素如控制疼痛的麻醉性镇痛剂、止吐药物的使用，衰弱、乏力、卧床、活动减少等，水分摄入不足和食物中缺乏纤维素，抗代谢药物如长春新碱的神经毒性所致肠麻痹和便秘等。

当发生以上并发症时，可能导致病人口服药物吸收不全、食物营养摄取受限，并增加病人的痛苦不适，影响病人的生活质量。

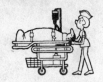

【护理措施】

1. 如病情许可，指导病人多下床活动，做力所能及的自理活动，并定时如厕，对预防便秘具有一定作用。

2. 进食富含纤维素的膳食，多吃新鲜水果（果汁）、蔬菜、粗粮等，多饮水，每天饮水2000～3000mL。

3. 观察病人排便情况，3天无大便者，应及时给予对症处理，如服用缓泻剂，必要时予以油类保留灌肠，以软化粪便，或戴手套将嵌塞的大便抠出。

4. 指导病人或家属协助进行规律的腹部按摩，即每天起床前用双手按结肠行走的方向顺时针按摩腹部100圈，再逆时针按摩100圈，这样有利于促进肠道的蠕动、排便。

九、腹泻

肿瘤病人腹泻可导致衰弱，厌食，营养不良，体重减轻，水、电解质紊乱，免疫功能低下等。腹泻也会改变药物的作用、降低血浆蛋白的浓度、减少肾脏的血流灌注、影响机体的酸碱平衡，导致低血钾、酸中毒等。某些化疗药物也可以引起病人腹泻，重者发生血性腹泻，如细胞毒类新药伊立替康可导致难以控制的迟发性严重腹泻；氟尿嘧啶、甲氨蝶呤、阿糖胞苷等常常引起腹泻，放线菌素D、氟尿苷、羟基脲、伊达比星、亚硝脲类、紫杉醇等引起腹泻亦相当常见。适宜的护理措施和早期治疗，可减轻病人因腹泻导致的痛苦，又可避免严重并发症的发生。

【护理措施】

1. 评估高危病人，认真观察记录其每天大便次数与性质，如有异常立即报告医师处置，必要时留标本送检。特别是使用可能诱发腹泻的化疗药物治疗者，应密切观察大便情况，做好健康教育，出现不适时应立即报告医务人员。

2. 化疗期间如出现腹泻，应及时报告医师是否考虑停用化疗药物，及时给予止泻治疗。同时注意监测血液生化结果，及时纠正水、电解质紊乱。对疑有合并感染的病人应进行大便常规、大便培养等检查，及时治疗肠道感染。

3. 止泻药常用洛哌丁胺口服，首剂4mg，然后每次排便后服2mg，最高剂量每天16mg；复方地芬诺酯片口服，每次1～2片，每4小时1次，最高剂量每天8片；复方樟脑酊口服，每次5mL，每天3～4次。除非排除感染，否则使用止泻药不应超过24小时。

4. 腹泻时间长或大便培养发现致病菌，应酌情应用抗生素治疗。

5. 进少渣、低纤维素饮食，避免吃易产气的食物如碳酸饮料、糖类、豆类等，及时补充水分有助于预防及治疗腹泻。

6. 密切观察血压、脉搏的变化，准确记录出入量，及时发现水、电解质失衡情况，及时静脉补充液体、电解质等，维持水、电解质平衡。

7. 做好肛门周围皮肤的清洁护理，保持会阴清洁，便后用温水洗净，轻轻拭干，必要时涂氧化锌软膏，也可用温水坐浴（骨盆癌病人禁用）。密切观察病情变化，及时发现肠出血、肠穿孔的早期症状。

8. 做好心理护理。

十、恶性积液

肿瘤病人（特别是晚期）常出现体液障碍的问题。恶性肿瘤细胞会导致液体异常地从血管及淋巴管渗漏致组织（水肿）或腔室（积液）中，通常与疾病的恶化有关。水肿和积液会影响身体正常功能，引发新的健康问题。肿瘤导致的恶性积液常见的有恶性胸膜腔积液、恶性腹腔积液、恶性心包膜积液、恶性脑水肿、淋巴水肿等。

这些积液/水肿有些会立即危及病人的生命，必须采取紧急医疗和护理措施，以维持病人正常的生命体征；有些可能仅造成病人身体不适的感觉而影响其生活质量。治愈这些积液/水肿，有赖于治疗癌症本身。面对难以治愈的癌症，应协助病人预防或减轻这些症状所带来的危险与不适，进而达到延长病人生存时间、有效改善病人生活质量的目的。

（一）恶性胸腔积液

恶性胸腔积液是指胸膜腔内有不正常的液体蓄积，为肿瘤常见的并发症之一。46%～64%的胸腔积液病人为恶性肿瘤所致，约50%的乳腺癌或肺癌病人在疾病过程中将出现胸腔积液。约25%的病人无明显症状。90%以上的病人积液量超过500mL，约30%的病人确诊时有双侧胸腔积液。

胸腔积液的形成与下列因素有关：①毛细血管通透性增加。②静脉流体静压增高。③淋巴液流体静压增高。④胶体膨胀压降低。⑤胸腔内负压增加。胸腔积液的形成是多种因素综合作用的结果，但癌性胸腔积液最常见的原因是由于毛细血管内皮细胞炎症引起的毛细血管通透性增加以及纵隔转移瘤或放疗所致纤维化引起的纵隔淋巴液流体静压增加。

【护理措施】

1. 评估高危病人，密切观察病情变化，随时评估病情进展，早期发现和处理恶性胸腔积液。

2. 采取适当体位，帮助病人取坐位或半坐卧位有利于缓解病人呼吸困难的症状。

3. 加强病人心理护理，减轻其由于液体蓄积而导致的病情恶化、形象受损以及进一步治疗所带来的压力与恐惧。

4. 及时测量生命体征。评估病人呼吸困难的程度，按医嘱进行氧疗，并观察氧疗的效果。

5. 及时处理因积水导致的疼痛，有助于缓解呼吸困难。

6. 做好进一步治疗如热疗、胸腔穿刺放液的宣教、准备、配合、观察和记录。

7. 记录出入水量，在胸腔穿刺放液后应评估液体蓄积的速度，监测水、电解质、蛋白质，提供低盐饮食。

（二）恶性腹腔积液

恶性腹腔积液常是肿瘤的晚期表现。一旦发生，病人的中位生存期大约仅为数周至数月，一年生存率低于10%。常见于卵巢癌、结肠癌、直肠癌、胃癌、肝癌、输卵管癌、淋巴瘤等。全身热疗对促进腹腔积液消退有较好疗效。肿瘤病人产生腹腔积液的原因有：①癌细胞转移到腹膜上，它会使腹膜和横膈的淋巴系统受到阻塞，进而影响腹腔内液体的引流，常以妇科肿瘤为主。②病人的肝脏发生弥漫性的癌细胞转移和静脉发生阻塞。③肿瘤自行分泌一些体液介质，使微血管对蛋白质和液体的通透性增加，而使这些物质渗漏到腹腔中。④腹腔内液体产生过多所致。⑤低蛋白血症和血液的蛋白质过低等。

【护理措施】

1. 休息　根据病情指导病人休息，必要时绝对卧床休息。适当活动（以活动后不感觉累为准），可增加机体代谢、增加肠蠕动促进消化与吸收，提供舒适的休养环境。

2. 饮食指导　给予易消化、富含维生素和蛋白质、低脂肪、低盐的饮食。根据腹腔积液情况给低盐或限盐饮食（低盐饮食为每天摄入食盐量3～5g，限盐饮食为每天摄入食盐量在2g以下）。禁食刺激性食物及饮酒，防止诱发消化道出血。

3. 密切观察病情变化　监测生命体征变化，随时注意呕吐物和粪便的颜色、性质和量，注意观察有无出血倾向及肝性脑病的前兆。如出现嗜睡、烦躁、幻觉、谵语、定向力与计算力障碍等，应及时通知医师。

4. 准确记录出入水量　在应用利尿药时注意水、电解质平衡，并观察药物疗效及不良反应，按时测量体重及腹围并记录。

5. 腹腔穿刺放腹水后应注意观察病人放腹水后的情况　如低血容量性休克、针孔漏液情况及感染，根据病人情况更换敷料，必要时腹带加压包扎。

6. 进行腹腔化疗者应密切观察病人有无腹痛，注意体位变化，促进药物均匀分布于腹腔。对留置腹腔引流管者应注意妥善固定，防止管道脱出或感染。

7. 并发消化道大出血者按消化道出血护理。

8. 加强基础护理　做好皮肤护理，协助做好口腔护理，防止水肿部位的长期受压，预防压疮发生。阴囊水肿者用丁字带托起，并保持会阴部的清洁与干燥。

9. 加强心理疏导　关心体贴，鼓励病人正确面对疾病，安心治疗。

（三）恶性心包膜积液

心脏是两层心包膜所包裹的器官，外层心包膜又称壁层心包膜，内层心包膜又称脏层心包膜，这两层心包膜所形成的腔室在正常情况下含有 50mL 左右的液体，主要是为减少组织摩擦。恶性心包膜积液所产生的地方即在此腔室中。大多数恶性心包膜积液的成因与心脏的淋巴系统和/或静脉血流的阻塞密切相关。心包膜积液的形成可因肿瘤细胞经由淋巴系统和血液系统的扩散，或直接受到邻近的原发恶性肿瘤的侵犯所致。

【护理措施】

1. 评估高危病人　密切观察病情变化，特别是恶性肿瘤病人（如肺癌、乳腺癌并发胸腔转移者）并发难以解释的心脏病症状和体征者。若病程中突然出现不良呼吸、循环征象、心音低钝等，应高度怀疑是否并发心包膜填塞，应积极采取措施早期确诊、紧急处理。

2. 对症支持治疗　绝对卧床休息，取舒适的卧位；胸痛者应及时给予镇痛治疗。

3. 评估病人呼吸困难的程度　按医嘱进行氧疗，并观察氧疗的效果。

4. 按医嘱使用糖皮质激素与利尿剂，合理使用抗生素控制感染，补充适量的蛋白质与维生素，注意解除心脏压迫症状。

5. 加强病人心理疏导，解除其恐惧与焦虑感，积极配合各种后续治疗和护理。

6. 做好外科手术或心包膜穿刺放液、引流的紧急准备，正确留取标本（穿刺液）进行细胞分类、蛋白质定量、查找癌细胞等检查以协助确诊和进一步治疗。

7. 做好放疗、化疗的准备和护理。

（四）恶性脑水肿

几乎任何癌细胞都可以转移至脑部，但以肺癌病人发生脑转移的几率最大。所有肿瘤病人发生脑转移的几率为 25%～35%，其中肺癌占 40%～50%。恶性脑水肿主要是颅内的容积增加所致，而其增加的原因是因为脑部的液体增加。恶性脑水肿属于血管性脑水肿的一种，因血管内膜细胞的通透性增加所致。虽然造成肿瘤病人脑水肿的原因可以源于放疗、化疗，但大多数的原因是颅内原发的肿瘤或癌细胞转移至脑部。

【护理措施】

1. 评估高危病人，密切观察病人病情变化。注意有无脑水肿、颅高压的先兆表现，早期发现，及时处理，防止出现脑疝而危及病人生命。

2. 药物治疗的护理　按医嘱使用高渗性脱水药物（如甘露醇）。类固醇糖皮质激素可抑制肿瘤细胞产生"通透因子"而达到减少脑水肿液体的形成（约减少 30%），进而减轻脑水肿。注意观察药物不良反应，如是否并发类固醇戒断症候群、急性消化性溃疡、骨质疏松、高血糖等。

3. 放疗的护理　积极做好紧急放疗的准备。放疗是脑转移最有效的治疗方法，它不仅能够减轻脑水肿，还可以减少肿瘤本身的容积。由于考虑到微转移的因素，因此其照射范围大都涵盖整个脑组织。

4. 手术治疗的护理　手术减压仅用于上述治疗失败的病人，按神经外科护理常规进行护理。

5. 维护病人安全　当病人可能出现痉挛、运动功能失调等，应专人陪护，提供适当的防护措施（如双侧床栏、适当使用约束带），保证病人安全。

6. 加强皮肤、口腔护理，防止出现护理并发症。

（五）淋巴水肿

上肢的淋巴水肿以往常见于接受根治性乳房切除术的乳腺癌病人，尤其是腋下淋巴结同时被摘除并接受放疗以控制癌细胞转移的病人，发生率为 38%～41%。随着乳癌治疗观念与方式的改变以及手术技术的进展，乳腺癌病人在手术后并发上肢淋巴水肿的比率明显降低（发生率为 5%～10%）。

下肢的淋巴水肿较常见于接受骨盆腔手术的病人。若病人在手术后并接受放疗，则发生下肢淋巴水肿的几率高达 69%。随着手术方式的改进，仍有约 20% 的病人发生轻度至中度的下肢淋巴水肿。下肢淋巴水肿另一特点是随着治疗时间的延长，病人产生此问题的机会也会增加，病人在手术后 5 年发生的几率高达 80%。

机械性损伤和放疗是阻碍淋巴系统将组织液引流回血液循环的两大重要因素。而手术则是造成淋巴系统机械性损伤最主要的原因。一旦将淋巴结摘除或切除淋巴液引流的管道时，由淋巴负责再吸收回到血液循环的蛋白质和组织液量就随之减少，血管系统为此而产生代偿作用，使得这些液体逆流回到血液循环中。随着组织液中血浆蛋白质的继续堆积，组织的肿胀压力上升，造成淋巴管内压力增加和淋巴管扩张，促使淋巴系统周围的组织因受压而产生水肿。此恶性循环继续发展的结果就产生了淋巴水肿。

【护理措施】 淋巴水肿治疗和护理的目的是减轻病人水肿程度，预防感染的发生，促进病人的舒适。常见的治疗方式有：保守性治疗（患肢抬高、按摩、运动、压力衣等）、药物治疗、手术。护理措施着重于以下方面：

1. 加强术前教育 对高危病人教育的内容应该包括：手术后预防水肿发生的方法、可能加重水肿的因素、淋巴水肿的症状、治疗原则。

2. 淋巴水肿发生后的护理措施和方法 ①避免穿着紧身衣裤或佩戴首饰；按医嘱穿弹性袖套、弹性袜，有条件者可使用间隙性空气压缩泵。②患肢避免提重物；局部进行按摩，按摩的方向是由患肢的远端向近心端的方向进行，促使近端的淋巴液排空，以利于远端的淋巴液进入近端的淋巴系统。③避免在患肢测量血压、抽血、输液、插管（如进行经外周中心静脉插管，即 PICC 置管术）等治疗。④避免患肢受伤，如烫伤、摔伤、割伤等，如受伤，应尽快到医院处置。⑤注意保护局部皮肤，防止皮肤干燥、晒伤。⑥保持患肢适度的支持，长期静态工作时将患肢适度抬高，以增加淋巴液回流。⑦卧床休息时应抬高患肢，避免受压。

3. 加强心理护理，鼓励病人正确面对疾病。

十一、肾及膀胱毒性

许多抗肿瘤药物及其代谢产物经由肾及膀胱排泄，并同时对肾及膀胱产生毒性而造成伤害。特别是大剂量使用时，其代谢产物可溶性差，在酸性环境中易形成黄色沉淀物，化疗期间由于瘤组织迅速崩解，易产生高尿酸血症，严重时形成尿酸结晶堵塞肾小管，导致肾衰竭。轻度损害可无明显症状而仅表现为血清肌酐值升高、轻度蛋白尿、镜下血尿。严重时可出现

尿少、无尿、急性肾衰竭、尿毒症，甚至死亡。

有些化疗药物如顺铂、甲氨蝶呤、环磷酰胺、异环磷酰胺、丝裂霉素等可导致肾及膀胱毒性，因此，对大剂量化疗的病人应维持足够的水化和尿的碱化，以减轻对肾脏的毒性和损害。

【护理措施】

1. 正确评估高危病人，加强病情观察和防范措施。

2. 鼓励病人在化疗期间多饮水，每天摄入液体量维持在 5000mL 以上（可通过口服及静脉途径补充），保持尿量在 3000mL 以上。

3. 对接受大剂量化疗的病人，注意加强尿液的碱化，最好每次监测尿液的 pH 值，pH 值应≥6.5～7。如 pH<6.5，需增加碳酸氢钠与别嘌呤醇的使用剂量，以抑制尿酸形成。

4. 按医嘱正确、及时使用尿路保护药如美司钠，该药可与丙烯醛结合成硫醇并降低 4-羟基代谢产物的降解速度，从而减低膀胱毒性。

5. 准确记录病人每天尿量，如入水量已够但尿量仍少者，应给予利尿药；注意观察尿液颜色。

6. 指导病人学会自我监护，让病人真正理解补充足够液体及维持足够尿量的重要性。

十二、高钙血症

高钙血症是肿瘤中最常见并危及生命的代谢急症，据国外报道，有 15%～20% 的肿瘤病人会发生高钙血症，发生率与病种有关。在骨髓瘤与乳腺癌中发生率最高（约有 40%），其次是小细胞肺癌。也见于结肠癌、前列腺癌、头颈部鳞癌、肾细胞癌、淋巴瘤等病人。高钙血症影响多器官功能，并引起许多病理、生理改变，对病人生命的威胁甚至要比肿瘤本身更大，故应早期诊断、紧急治疗。

【护理措施】

1. 正确评估高危病人，密切观察病人病情变化，如食欲减退、恶心、呕吐、便秘等症状；及时监测脉搏、血压、肌肉强度及心智状态；特别是使用细胞毒性化疗药物治疗失败和/或骨转移的病人，应密切观察有无高钙血症的先兆表现。

2. 及时监测血清钙离子、磷离子、白蛋白的浓度。

3. 一旦确诊为高钙血症，立即协助医师紧急处置 ①停用具有潜在性增加钙离子吸收的药物，如维生素 A、维生素 D、钙片、利尿剂等。给予低钙饮食，限制牛奶及奶制品，以免导致或恶化高钙血症。②根据病情适度增加病人活动（评估和预防病理性骨折），是防止因长期卧床导致骨骼吸收障碍最有效的方法。③水化和利尿。根据病情采取口服、静脉途径补充大量的水分（生理盐水），促进钙离子由尿液排出。一般输液的速度维持在 250～300mL/h，一直到血清钙浓度矫正到 48.0mmol/L 以下。④注意监测血清电解质变化，防止低血钾等。心、肾功能不全者最好能够监测中心静脉压。⑤正确记录出入水量，保证每天尿量不少于 3000mL。⑥按医嘱使用降血钙激素、糖皮质激素等药物。

4. 积极治疗原发病（肿瘤），防治各种并发症（心、肾功能不全，电解质紊乱）。

5. 维护病人安全，防止出现护理并发症（摔倒、坠床、窒息、压疮）。

十三、脱发

化疗脱发是因毛囊上皮生长迅速，对抗肿瘤药物敏感所致，可导致脱发的抗肿瘤药物有多柔比星、表柔比星、环磷酰胺、甲氨蝶呤、紫杉醇类等。化疗导致的脱发，往往发生在用药后 1～2 周，2 个月内最为显著，虽然不危及生命，但大多数病人可出现心理障碍，应在用药前向病人说明脱发只是暂时现象，停药后头发会重新生长。

【护理措施】

1. 熟悉病人化疗方案，加强病人的健康教育，治疗前应告知病人可能出现的毒副作用，让其理解脱发只是暂时现象，停药后头发会重新生长，并告知病人一些应对措施。

2. 指导病人在化疗期间应使用温和的洗发液、软的梳子，如果必须用电吹风，用低温档，不要用发卷做头发，不要染发或定型，最好剪短发。

3. 使用防晒油，戴帽子、头巾或假发来保护头发避免直接受到太阳照射。

4. 告知病人在毛发大量脱落前选购假发，这样可以按照自己原来头发的颜色、发质和样式进行挑选。

5. 指导病人戴假发、头巾或帽子，以减轻脱发带来的苦恼。指导病人在头发刚开始掉落时应少梳头，梳时不可用力。

6. 采用下列方法可预防或减轻脱发　①使用头皮阻血器：在注射抗肿瘤药物时，于近心部头围上戴上阻血器，充气后可使供应头皮的浅层血管暂时被阻塞，以减少化疗药物与毛囊的直接接触，一般持续 5 分钟，可预防脱头发。②使用冰帽降低头皮温度：注射抗肿瘤药物

前 10 分钟到药物注射完后 30 分钟，头戴冰帽可减少头皮对化疗药物的吸收，预防或减少脱发。

十四、压疮

压疮是指局部组织长时间受压，血液循环障碍，持续缺血、缺氧、营养不良而致的软组织溃烂和坏死。压疮最早称为褥疮（bed sores），来源于拉丁文"decub"，意为"躺下"，因此，容易使人误解为压疮是"由躺卧引起的溃疡"。实际上，压疮可发生于长期卧床的病人，也可发生于无法站立而长久坐位（如坐轮椅）的病人。引起压疮最基本、最重要的因素是压力，故目前倾向于将压疮改称为"压力性溃疡"。压疮的好发部位为骶尾部、肩胛部、枕部、脚踝、股骨大转子、肘部、脚跟等。

晚期肿瘤病人一般极度消瘦、恶病质，特别是伴有大小便失禁、肠瘘、截瘫的肿瘤病人极易发生压疮，且一旦压疮形成就会迅速扩展，进一步加重病人的痛苦和营养消耗，降低其生活质量，所以护理上应特别加强预防措施，防止压疮的发生。

1. 压疮常发生的部位　①当病人采取不同的姿势时，其骨突与床褥间相互挤压形成压迫点，这些易受压迫的地方往往是身体上骨头最突出的部位，不同姿势的人压迫的部位及所承受的压力也不相同。长期卧床时最容易发生压疮的部位是下半身的骨突处，好发部位依次是骶尾部、坐骨结节、股骨大转子、内外踝、足跟部、枕部、耳部。②皮肤有皱折部位，如双臀之间。③有石膏固定或有压迫的地方。④穿戴或约束不恰当而形成的压迫点。⑤各种硬质物品在病人身上所形成的压迫点。

2. 压疮的临床分期

Ⅰ期：淤血红润期（红斑期）　为压疮的初期，皮肤完整无破损，局部有持续不褪的红斑印，以指压红斑印，红斑不会消退。

Ⅱ期：炎性浸润期（水疱期）　皮肤有水疱或红疹已经伤到真皮层，即表皮完全破损，真皮层部分破损，疼痛。

Ⅲ期：浅度溃疡期　皮肤全层受累，累及皮下组织或脂肪。即表皮层、真皮层及皮下组织均破损，延伸到筋膜层，疼痛加重。

Ⅳ期：坏死溃疡期　为压疮严重期，坏死组织深达肌肉层，甚至深及骨头，可形成瘘管，坏死组织边缘呈黑色，有臭味。

3. 引起压疮的原因

（1）外源性因素　目前公认引起压疮主要有 4 种因素，即压力、剪切力、摩擦力和潮湿。①压力：受力面上所承受的垂直压力，为最重要的致病因素。受压软组织是否会发生压疮，与压力的大小和持续受压的时间有关。压力经皮肤由浅入深扩散呈圆锥递减分布，最大压力出现在骨骼，四周压力逐渐下降。研究证明：压力虽小，但长时间的压迫仍然可以产生压疮。②剪切力：引起压疮的第 2 位因素。是由摩擦力与压力相加而成，剪切力作用于深层，比垂直方向上的压力更具危害性。如仰卧位时，抬高床头或斜坐时身体下滑，骶尾部皮肤被绷紧，骶部及坐骨结节产生较大的切力，血管扭曲受压而产生血液循环障碍。③摩擦力：摩擦力是机械力作用于上皮组织，易损害皮肤的角质层，如床铺皱褶不平、渣屑或搬动时拖、拽、扯拉病人均产生较大的摩擦力。④潮湿：潮湿的皮肤有利于微生物的滋生，潮湿易使皮肤浸润、变软，皮肤角质层的保护能力下降，易为剪切力、摩擦力等压力所伤。造成潮湿的情况有流汗、伤口引流液外渗、大小便失禁及局部透气不良等。

（2）内源性因素　①营养不良：皮肤的基本物质是蛋白质，蛋白质为组织修复所必需，蛋白质不足易引起组织水肿，阻碍细胞养分与废物的交换，延迟伤口的愈合，是易致压疮发生的因素。②运动功能减退和感觉功能障碍：病人的活动减少，感觉功能改变以及输入大量液体导致体温低下，增加了受压部位形成压疮的机会。③全身代谢紊乱：如长期发热、恶病质、糖尿病、呼吸循环不稳定等对皮肤本身的新陈代谢有影响，皮肤的血供、营养障碍会引起糖、蛋白质、脂质、电解质等代谢的紊乱，使皮肤的屏障作用下降。④贫血：贫血使血液输送氧气的能力降低，提供皮肤生理的养分及氧气不足，以致不能维持皮肤的正常功能。⑤年龄：皮肤的弹性及循环因年龄增加而变差，组织对缺氧的耐受性也会降低。⑥心理因素：精神压抑、情绪打击可引起淋巴管阻塞，导致无氧代谢产物聚集而诱发组织损伤。

4. 压疮的评估　压疮危险性评估表是用来预测、筛选压疮高危人群的一种工具，相继出现多种压疮危险性评估表，如应用比较普遍的 Braden 评估表、Norton 评估表等。

国内常用的评估表见表 2-4。护理人员可通过评分的方式，对病人发生压疮的危险性进行评估，评分≤16 分时，易发生压疮；分数越低，发生压疮的危险性越高。

【护理措施】

1. 预防压疮的一般护理措施

（1）预防压疮的工作为评估—预防—治疗　积极评估病人情况是预防压疮关键的一步。

评估在病人入院时进行，在入院后定期或随时进行评估，经评估对高危病人实行重点预防。研究表明，对受压部位进行按摩无助于防止压疮，按摩必将加重损伤，如皮肤持续发红，则表明软组织损伤，应避免以按摩作为压疮的处理措施。

表 2-4　　　　　　　　　　　　　压疮危险因素评估表

项目/分值	4	3	2	1
精神状态	清醒	淡漠	模糊	昏迷
营养状况	好	一般	差	极差
运动情况	运动自如	轻度受限	重度受限	运动障碍
活动情况	活动自如	扶助行走	依赖轮椅	卧床不起
排泄控制	能控制	尿失禁	大便失禁	大、小便失禁
循环	毛细血管再灌注迅速	毛细血管再灌注减慢	轻度水肿	中度至重度水肿
体温	36.6℃～37.2℃	37.2℃～37.7℃	37.7℃～38.3℃	＞38.3℃
使用药物	未使用镇静剂或类固醇	使用镇静剂	使用类固醇	使用镇静剂和类固醇

（2）尽量减少局部组织所承受压力的强度和时间　间歇性解除压力是有效预防压疮的关键，经常翻身是卧床病人最简单而有效地解除压力的方法。利用软枕、海绵垫，或使用气垫床来解除身体某部位的受压。据报道用传统方法使用气圈垫支托身体骨突处解除局部的受压，反而可使局部组织血液循环受阻，造成静脉充血与水肿，特别是水肿和肥胖者更不宜使用。

（3）病情危重者，不宜翻身时，可抬高床脚 30°～40°，每 1～2 小时用软枕垫在病人的腰骶部，左右交替，使软组织交替受压，增加局部的透气性，减轻受压部位的压力。

（4）摩擦力与剪切力是发生压疮的危险因素　床头抬高超过 30°时就会发生剪切力，对采取半坐卧位的病人床头摇高低于 30°；屈髋 30°；腘窝下垫枕，或倾斜侧卧的方式，背侧面垫软枕，双侧膝关节间垫软枕头以减少因身体下滑造成骶尾部的剪切力；保持床单清洁、平整无皱褶，协助病人翻身时，避免拖、拉、拽等动作；减少过度牵拉皮肤。

（5）维持促进皮肤组织对压力及损伤的耐受力　保持皮肤清洁柔润，预防皮肤潮湿，但应注意勿过度使用烤灯。大、小便失禁的病人，除了潮湿，还有化学的刺激，更加重皮肤的损伤，注意避免尿液直接浸润皮肤。护理大便失禁的病人时，每次排便后，清洗肛门及其周围，用皮肤保护膜涂于肛周以形成保护，隔绝粪便对皮肤的刺激。

（6）加强营养　营养不良是导致压疮发生的内因之一，体重下降和消瘦减少了病人皮肤和骨头之间的自然缓冲作用，增加了对压力导致的损伤；丰富的蛋白质、维生素的摄入，可以预防压疮。

（7）对长期卧床的病人，每天应协助进行全范围关节运动，维持关节的活动性和肌肉张力，促进肢体的血液循环，减少压疮的发生。

（8）做好健康教育　告之病人减少剪切力和受压的种种危险因素，取得病人、家属及主要照顾者对压疮预防措施的了解和配合，预防或减少压疮发生。

（9）加强护理管理，实行压疮报告制度　使用压疮危险因素评估表及压疮报告登记表；必要时填写"难免压疮申请表"，制订压疮预防及处理预案；成立皮肤伤口管理护理小组。压疮是长期卧床病人，特别是老年、昏迷、截瘫者的常见并发症。即使有最佳的照顾也很难避免压疮的产生，但是大部分的压疮还是可以避免的，护理措施投入的多少，影响压疮预防的成效。

2. 压疮的护理

Ⅰ期：去除致病原因，加强护理措施。根据具体情况可选用减压贴、透明贴、赛肤润。

Ⅱ期：保护皮肤，预防感染。可使用透明贴，有水疱时，未破的小水疱＜1cm 时要减少摩擦，防止破裂感染，使其自行吸收。水疱＞1cm 时，可在无菌操作下用注射器抽出疱内液体，注意保护疱皮，清洗后用纱布吸干液体，覆盖水胶体油纱后用透明贴。还可采用中草药治疗。

Ⅲ期：加强创面的处理。根据创面情况进行清创，使用 37℃温灭菌盐水冲洗创面可以去除坏死组织和异物，达到减轻感染促进愈合的目的。保持创面湿润以利于肉芽组织的生长，可选用渗液吸收贴或中草药治疗等方法。

Ⅳ期：清洁创面，除去坏死组织，促进愈合。治疗的方法有很多，常用清创胶、溃疡粉加溃疡贴、渗液吸收贴等换药治疗；还可采用清热解毒、活血化瘀、去腐生肌收敛的中草药治疗；其他如局部持续吹氧法、碘混合液治疗等方法。

十五、病理性骨折

病理性骨折常见于晚期肿瘤并发骨转移、原发性骨肿瘤（肿瘤细胞释放破骨细胞激活因子而刺激破骨细胞对骨质的吸收，导致骨溶解破坏）。多发性骨髓瘤骨骼出现穿凿样溶骨性病变和弥漫性骨质疏松，多见于颅骨、盆骨、肋骨、脊椎等。同时，肿瘤细胞也能分泌一些致痛介质如前列腺素、乳酸，病人可出现顽固、剧烈、持续性骨痛。进行性的骨质破坏导致疼痛加重、活动受限及生活质量下降，病人往往因剧痛而失去治疗信心，如果并发病理性骨折，则增加其躯体痛苦和心理压力。应正确评估病理性骨折的高危肿瘤病人，及时采取有效的防治措施，随时进行有关预防知识的宣教。

【护理措施】

1. 病理性骨折的预防

（1）评估高危病人，加强宣教 指导病人走路应谨慎，防止摔倒或被撞，改睡硬板床，活动时应注意力量适度，防止提重物或高举物品。并发胸椎、腰椎转移者，更应注意活动、翻身的力度，防止发生病理性骨折而导致截瘫。

（2）对骨质破坏严重的肿瘤病人，可用小夹板或石膏托固定患肢；对卧床病人，翻动体位时，一定要小心，动作要轻柔，防止骨折发生。

（3）按医嘱使用药物治疗 如双膦酸盐主要通过抑制破骨细胞起作用，临床应用的主要是帕米膦酸二钠、伊班膦酸钠和唑来膦酸。前两者只能用于溶骨性骨转移，后者亦可用于成骨性骨转移，对治疗骨痛、预防病理性骨折有明显作用。建议尽早使用双膦酸盐，如果局部病情严重有骨折危险，可早期放疗和手术。

（4）放疗 常规外照射治疗是肿瘤骨转移最主要的放疗方法，其目的在于缓解疼痛和控制局部病变，不论是否已行手术治疗均有重要价值。放射性核素具有特殊的亲骨性，到达体内后可迅速与骨细胞亲和，在骨肿瘤区浓度最高并与其中的钙盐结合，减少了体内钙盐的流失，还能降低碱性磷酸酶和前列腺素，有利于减轻骨质溶解，促进骨质修复；同时，核素释放的 β 射线和 γ 射线可将肿瘤细胞杀灭，骨膜神经机械性刺激和化学性刺激得以解除，疼痛也就随之减轻或消失。目前应用于临床的核素有 ^{89}Sr 和 ^{153}Sm-EDTMP 两种。

（5）手术治疗 骨骼的强度依赖于骨质的强度和结构的稳定，溶骨性骨转移破坏两者，而成骨性骨转移只影响结构的稳定，化疗和放疗会减低骨质的修复能力，而手术可以直接清除部分病灶，应用骨水泥和人工假体改善骨质和骨结构，达到控制肿瘤和消除并发症的目的。对于预期生存较长的病人，合理的手术可以达到以下目的：治疗和预防病理性骨折；解除脊髓压迫；缓解骨转移引起的压迫性疼痛；清除部分病灶；整形和康复。

2. 病理性骨折的护理

（1）一旦发生病理性骨折，要及时使用小夹板或石膏托妥善固定。

（2）患肢固定后，应注意病人全身情况，如是否有呼吸困难、局部肿胀或固定过紧的情况，并及时纠正。

（3）密切注意患肢末端血液循环情况，如观察局部皮肤颜色、温度和知觉，以及手指和足趾的运动变化。

（4）固定后，要抬高患肢。搬动患肢时，要多加小心，妥善扶托，避免脱位和骨折端移位。

（5）维护患肢皮肤的卫生，定时翻身，防止压疮的发生。

（6）及时进行适当的功能锻炼。因骨组织被癌细胞侵蚀，骨质脱钙疏松，容易再次发生病理性骨折。应协助病人做一些轻微的功能锻炼。

（7）患肢疼痛时，可采用针灸止痛。上肢痛，针刺合谷、外关穴；下肢痛，针刺足三里、阳陵泉、解溪、内庭等穴。必要时服止痛剂。

（8）加强饮食指导，忌过量补充钙质和甜食，多饮水，进食易消化富营养的食物。

（9）加强心理疏导，鼓励病人正确面对疾病和治疗。

3. 功能锻炼

（1）做自由活动，适度用力，使肌肉紧张以产生拮抗作用，促进骨质稳定，但绝不可使用暴力及进行不正确的活动。

（2）锻炼时活动要均匀，动作要协调，不要急于求成，应当循序渐进，坚持不懈。

（3）指导病人正确使用各种助行器，如拐杖、轮椅等，锻炼使用助行器的协调性、灵活性，尽快适应新的行走方式。

十六、气胸

胸膜腔内积气称为气胸。气胸的形成多由于肺组织、气管、支气管、食管破裂，空气逸入胸膜腔，或因胸壁伤口穿破胸膜，胸膜腔与外界相通，外界空气进入所致。气胸分为闭合

性气胸、开放性气胸和张力性气胸三类。

【护理措施】

1. 迅速进行胸腔减压排气　胸壁破损较重的开放性气胸，迅速用大而厚的敷料在病人呼气末填堵伤口，使伤口封闭，并牢固包扎，使开放性气胸转变为闭合性气胸。张力性气胸紧急时用一粗针头在患侧锁骨中线第二肋间穿刺排气。张力性气胸如反复胸腔穿刺抽气，仍不能减低胸内张力，应行胸膜腔闭式引流术，如较长时间漏气，无好转迹象，应行开胸探查术。

2. 心理护理　①针对病人心理障碍，做好解释安慰工作，告诉病人气胸的一般常识，消除紧张心理，必要时给镇静药。②提供舒适、安静的环境。③减少不必要的搬动。

3. 病情观察　严密观察病人生命体征，加强对肺部听诊和胸廓活动的观察，发现问题及时报告医师。抽气时密切观察病情变化，并做好救护准备。

4. 氧气吸入　发现病人呼吸困难，及时给予氧气吸入。

5. 胸腔闭式引流护理　见第七章第三节"常用治疗技术及护理配合"相关内容。

6. 健康教育　①指导病人遵医嘱积极治疗原发病，帮助其认识到控制原发病对预防气胸发生的重要性及其意义。②保持心情愉快，情绪稳定，注意劳逸结合，适当休息，在气胸痊愈后的1个月内，不要进行剧烈运动，如打球、跑步等。③避免诱发气胸的因素，如抬担重物、剧烈咳嗽、屏气等，防止便秘，指导戒烟。④一旦感到胸闷、突发性胸痛或气急，可能为气胸复发，应及时就诊。

第四节　肿瘤科病人危急症的紧急处理与预防

一、肿瘤溶解综合征

肿瘤溶解综合征是由于化疗导致机体分裂增殖旺盛细胞破坏溶解，核酸裂解增多，或细胞溶解自发发生，以致血液中钾、磷等离子及尿酸浓度增加，继之发生高血钾、高血磷、低血钙、高尿酸血症、尿毒症，甚至导致肾衰竭。这种代谢紊乱称为急性"肿瘤溶解综合征"。血尿酸增高常见于化疗或放疗过程中的肿瘤病人，特别是一些生长快，对治疗特别敏感的肿瘤，如白血病、恶性淋巴瘤、多发骨髓瘤等。对化疗敏感的大的实体瘤也可发生，如非小细胞肺癌（NSCLC）和转移性生殖细胞肿瘤。由于化疗导致分裂增殖旺盛，细胞溶解，释放出钾、磷等离子到血液中，核酸分解增多致血液中尿酸浓度增加，血磷增高与血钙结合形成磷酸钙容易在肾小管形成结晶，同时导致血钙降低。当肾功能、心功能异常时也容易发生。当血尿酸高于 892.5μmol/L（15mg/dL）时，便存在高尿酸血症肾病的危险，继之发生氮质血症和尿毒症，导致肾衰竭。故高尿酸血症既是肿瘤内科治疗的并发症，也属于内科急症范畴。临床表现为乏力、厌食、心律失常、肌肉痉挛、少尿、体重增加、水肿、血尿、肾区疼痛、高尿酸血症、高钾血症、高磷酸血症和低钙血症。可单独出现，也可同时出现。

【紧急处理】

1. 利尿。尿少时可用 20％甘露醇或呋塞米利尿；出现肾衰竭者进行血液透析；观察体重和尿量变化，严格记录出入水量。密切观察并记录病人血生化钾离子、磷酸根离子、钙离子、尿酸、血清尿素氮、肌酐含量，及时报告医师。

2. 观察心电图变化，评估是否有肌肉无力及感觉异常。

3. 观察有无颈静脉怒张、中心静脉压增高，根据病情调整输液量和速度。

【预防措施】

本征的主要危险在肾脏，应着重于预防肾性疾病。

1. 遵医嘱服用别嘌醇 300～600mg/d，以抑制次黄嘌呤氧化酶，减少尿酸的产生。

2. 水化，使尿液保持在 2000mL/24h 以上，以防止尿酸在尿中过度饱和。

3. 碱化尿液（pH≥7），遵医嘱每天口服碳酸氢钠 6～8g，以提高尿酸的溶解性。

4. 指导病人每天饮水 2000mL 以上，发现尿量较平时减少时随时报告医师。指导病人食用含碱性的食物，如苏打饼干、新鲜蔬菜水果，以增加尿碱性。

5. 向病人及家属解释治疗方法和步骤，减轻其焦虑心理。

6. 每天观察体重和尿量的变化，严格记录出入水量。

二、上腔静脉压迫综合征

上腔静脉压迫综合征（SVCS）是因上腔静脉管腔内外因素导致上腔静脉血液回流障碍引起的一组以上腔静脉系统淤血，心排血量减少为特征的一种临床综合征，属肿瘤急症或亚急症范畴，往往需及时处理。近期报道中 97％是恶性肿瘤所致，其中以支气管肺癌最多，占80％，尤其是小细胞未分化癌。恶性淋巴瘤占 15％，转移性癌占 7％。血栓形成、纤维化、外来压迫、肿瘤侵犯、放疗、上腔静脉留管等均可以导致上腔静脉压迫综合征的发生。其发

生机制是由于上腔静脉内部新生物或者管腔外部受到压迫导致上腔静脉血液回流受阻。长时间阻塞，可导致不可逆的血栓形成或中枢神经损害和肺部并发症。临床表现为呼吸困难、面颈部浮肿饱满、上躯干及上肢水肿、上肢血压增高、胸痛、咳嗽、颈静脉怒张、胸部静脉扩张、声嘶、头晕、复视、意识障碍等。

【紧急处理】

1. 取半坐卧位，适当抬高双上肢，采取头部上升的卧床姿势，避免抬高下肢增加血液回流，防止颅内压增高，改善压迫症状，减少并发症。

2. 密切观察生命体征的变化，观察心脏功能情况，如有异常及时报告医师。

3. 呼吸困难时遵医嘱吸氧，观察呼吸变化。

4. 不宜在上腔静脉系统输液输血（如双上肢、颈静脉）。

5. 严密观察病情，准确记录出入水量，观察有无呼吸困难、咳嗽，并观察痰液性质，做好记录。

6. 进食易消化饮食，少量多餐。限制钠盐摄入，减轻水肿。

7. 针对病人病情给予心理护理。

8. 协助做好生活护理，保持口腔清洁卫生，皮肤完整。

【预防措施】

1. 放疗　对大多数恶性肿瘤所致的上腔静脉压迫，放疗是首选的治疗方法，常可很快缓解症状。一般最初放疗用大剂量，持续数天后，再改为常规剂量。放疗总量可视具体情况而定。放疗初期局部水肿加重，可配合地塞米松或利尿剂辅助治疗。如放疗效果不明显，可能提示存在血栓形成的阻塞。

2. 化疗　对化疗敏感的小细胞未分化癌和恶性淋巴瘤，化疗可作为首选方法。对非小细胞肺癌，压迫症状明显、卧床困难者也可选用，待症状缓解后再做放疗。化疗往往在数天内即可解除压迫，缓解症状，化疗方案根据肿瘤类型选用。化疗时应避免从上肢静脉注射，特别是右上肢静脉，因血流速度慢，甚至有血栓形成和静脉炎及不稳定的药物分布等情况，酌情选用下肢小静脉。

3. 手术治疗（血管搭桥）　外科手术对良性病因所致的阻塞通常有效，对放疗、化疗不敏感的肿瘤可采用手术治疗。但手术难度较大，并发症和死亡率增高。

4. 抗凝治疗　抗凝治疗能防止血栓，也可引起出血的潜在危险。通常使用肝素 1mg/kg

静脉注射，进行全身肝素化，继之，每 4～6 小时静脉滴注 0.5mL/kg，用药后 2～4 小时抽血查凝血时间，调整滴注速度，停用时需慢慢减量，常需 12～24 小时才完全停用，以免引起反跳。如发生出血，可减慢滴速。出血多时，静脉注射硫酸鱼精蛋白中和，剂量按 1mg 对抗 1mg 的肝素计算。如肝素已注射 30 分钟以上，鱼精蛋白剂量可减半以生理盐水配成 2mg/mL，缓慢静脉注射。

三、颅内压增高

各种因素引起颅内压急性或慢性持续增高超过 2.0kPa（200mmH$_2$O），并出现头痛、呕吐、视神经盘水肿三大病症时，称为颅内压增高。引起颅内压增高的原因甚多，诸如颅腔狭小、颅骨异常增生、颅内炎症、脑积水、脑水肿、高血压、颅内血管性疾病、脑出血、脑脓肿、脑寄生虫及颅内肿瘤和转移瘤等。其发生机制包括：生理调节功能丧失；脑脊液循环障碍；脑血液循环障碍；脑水肿。头痛、呕吐、视神经盘水肿，是颅内压增高的三大主症。①头痛：头痛是颅内压增高的常见症状，初时较轻，以后加重，并呈持续性、阵发性加剧，清晨时加重是其特点，头痛与病变部位常不相关，多在前额及双颞侧，颅后窝占位性病变的头痛可位于后枕部。②呕吐：呕吐不如头痛常见，但可能成为慢性颅内压增高病人唯一的主诉。其典型表现为喷射性呕吐，与饮食关系不大而与头痛剧烈程度有关。③视神经盘水肿：是颅内压增高最客观的重要体征。④生命体征变化：血压升高，脉搏慢而洪大，呼吸慢而深。⑤其他症状：可有头昏、耳鸣、烦躁不安、嗜睡、癫痫发作、外展神经麻痹、复视等症状。⑥脑疝：急性和慢性颅内压增高者均可引起脑疝，前者发生较快，有时数小时就可出现，后者发生缓慢，甚至不发生。

【紧急处理】 降低颅内压，维持有效血液循环和呼吸功能。

1. 药物降低颅内压 ①脱水疗法：成人常用 20％甘露醇 250mL，快速静脉滴注，每 4～6 小时 1 次。心、肾功能不全者慎用，防止发生肺水肿和加重心、肾衰竭。高渗性脱水剂的剂量应适当掌握，并非越大越好。②利尿药：呋塞米 40～60mg 静脉注射或 50％葡萄糖溶液 40mL＋呋塞米 40～60mg 静脉推注，每天 1～3 次，也可加入甘露醇内快速静脉滴注；口服剂量每次 20～40mg，每天 3 次。使用利尿药和脱水药时，因排钾过多，应注意补钾。③肾上腺皮质激素：常用药物有地塞米松、氢化可的松，短期应用后改为口服，并逐渐减量停药。应用肾上腺皮质激素时，注意有无禁忌证，如溃疡病、糖尿病等，因其有抑制免疫功能，合

并感染者慎用。④保持呼吸道通畅，遵医嘱给氧。

2. 减压手术　减压手术在应用脱水药和利尿药无效后，或颅内压增高发生脑危象早期时应用。

3. 其他疗法　低温疗法。低热能降低脑部代谢，减少脑耗氧量，降低颅内压。常用局部降温方法，即使用冰帽或冰袋、冰槽头部降温。

【预防措施】

1. 严密观察神志、瞳孔、生命体征变化，观察有无偏瘫、失语、癫痫发作等脑缺血症状，发现异常及时报告医师处理。

2. 体位　卧床休息，头部抬高 15°～30°，保持呼吸道通畅。

3. 控制输液量。

4. 使用脱水药治疗时观察尿量及颜色、性状。

四、大咯血

咯血是指喉及其以下呼吸道或肺组织出血，经口腔咯出。一般认为，24 小时咯血量少于 100mL 者为少量咯血，100～500mL 者为中量咯血，大于 500mL 或一次咯血量大于 100mL 者为大量咯血。各种肺部疾病或血液疾病均可引起咯血。其发生机制是由于肺或支气管血管破裂或者凝血功能障碍引起。临床表现为咳嗽、喉部瘙痒。咯血量的多少视病因和病变性质而不同，但与病变的严重程度并不完全一致，少则痰中带血，多则大口涌出，一次可达数百或上千毫升。

【紧急处理】　有以下征兆者可视为咯血窒息，应立即进行抢救：

1. 大咯血过程中咯血突然停止，随之出现口唇、指甲青紫者；大咯血中止后呼吸急促，锁骨上窝、肋间隙、上腹部"三凹征"阳性者；仅从鼻腔、口腔流出少量暗红色血液，随即出现张口瞪目，面色灰白转青紫，胸壁塌陷、呼吸音减弱或消失者；咯血过程中突然胸闷、烦躁不安、呼吸困难、口唇青紫、咳出暗红血块，呼吸声中带有痰鸣音，神情呆滞者。

2. 抢救的首要问题是保持呼吸道通畅和纠正缺氧，应立即采用以下方法：①平卧，头偏向一侧，用压舌板、开口器撬开口腔，并用舌钳将舌拉出，清除口腔内的血块，同时拍击胸背部，使血块咯出。②使病人保持安静，必要时可用镇静剂，以消除病人的紧张情绪。③经鼻插入导管至咽喉部，用吸痰器吸出血液，并刺激咽喉部使病人发生呕吐反射，借此咯出堵塞于气管内的血块。④在喉镜下作硬质支气管镜直接插管，通过冲洗和吸引，以迅速恢复呼吸道通畅。⑤以上措施无效时可行气管切开。⑥呼吸道基本通畅后立即给予氧气吸入，如病人失去自主呼吸能力，应予以机械通气治疗。⑦窒息解除后给予对症及支持治疗。⑧大咯血时一般不用镇咳剂。⑨遵医嘱使用止血剂。⑩对呼吸心搏停止者，应立即进行心肺复苏。

3. 立即建立两条静脉通道，配合医师迅速、准确地实施输血、输液、各种止血治疗及用药等抢救措施，纠正酸中毒，处理脑水肿，预防呼吸道感染等，并观察治疗效果及不良反应。

4. 严密监测病人的心率、血压、呼吸和神志变化，必要时进行心电监护。准确记录出入量，疑有休克时留置导尿管，测每小时尿量，应保持尿量＞30mL/h。观察呕吐物和粪便的性质、颜色及量。定期复查红细胞计数、血细胞比容、血红蛋白、网织红细胞计数、血尿素氮含量，以了解贫血程度、出血是否停止。

5. 加强护理，绝对卧床休息，避免不必要的移动。

6. 暂时禁食。

【预防措施】

1. 卧床休息，取侧卧位，保持呼吸道通畅，面罩湿化氧气吸入，静脉输液、输血等。

2. 小量咯血应积极寻找出血部位和原因，进行病因治疗。

3. 24 小时内出血超过 600mL 者，必要时行气管内插管和机械性辅助呼吸。

4. 安慰病人安静休息，避免情绪紧张，咯血较多时协助病人取患侧卧位，轻轻将气管内积血咯出，以防窒息。

5. 指导病人及家属学会早期识别大咯血征象及应急措施：突然出现烦躁不安、发绀、呼吸困难等不适时，立即采取头低脚高 45°俯卧位，轻拍背部排出呼吸道和口咽部的血块，保持安静，减少大咯血窒息的危险。

五、上消化道大出血

上消化道出血是指屈氏韧带以上的消化道疾病引起的出血。上消化道大出血一般是指数小时内失血量超过 1000mL 或占循环血量的 20％以上者。位于这一范围内的食管、胃、十二指肠、胰腺、胆道的恶性肿瘤均可发生这一急症。引起上消化道出血的原因很多，主要有消化性溃疡；严重创伤、严重感染等病因引起的急性胃黏膜损害；慢性乙型病毒性肝炎、血吸虫、肝癌等肝硬化病人引起的食管和胃底静脉曲张者；胃癌等。以上原因导致胃黏膜屏障作

用破坏，血管受侵引起出血，而食管和/或胃底静脉曲张者，由于物理或者化学因素的影响，如粗糙食物的刺激、用力大便等可造成曲张静脉破裂大出血。临床主要表现为呕血、黑便，以及血容量急剧减少引起的周围循环衰竭，如脉搏细数，脉压变小，皮肤湿冷，血压下降，发热，氮质血症，急性失血性贫血等，由于出血未能及时得到控制者可因失血性休克而死亡。

【紧急处理】

1. 补充血容量 立即配血，可先输入平衡液或生理盐水或其他血浆代用品，尽早输入全血。

2. 止血措施

（1）非静脉曲张的上消化道大出血 ①抑制胃酸分泌，临床常用 H_2 受体拮抗剂或质子泵阻滞剂，如西咪替丁、奥美拉唑等。②口服药物止血，可用去甲肾上腺素、凝血酶、血凝酶等。③内镜直视下止血。④胃内降温止血，如用 4℃冰盐水洗胃。

（2）食管胃底静脉曲张破裂出血 ①药物止血：垂体后叶素，0.2～0.4U/min 持续静脉滴注，同时用硝酸甘油静脉滴注或舌下含服，可减轻垂体后叶素的不良反应并协同降低门静脉压力。生长抑素，如人工合成制剂奥曲肽，首剂 0.1mg 缓慢静脉注射，继以 25～50μg/h 持续静脉滴注。②三腔或四腔气囊管压迫止血，其止血效果肯定，但病人痛苦多，并发症多，再出血率高。③内镜直视下止血：注射硬化剂至曲张的食管静脉，亦可同时围套结扎曲张静脉，或两者同时使用，是目前治疗本病的重要止血手段。④手术治疗。

3. 一般措施

（1）取合适体位，保持呼吸道通畅 大出血时绝对卧床休息，取平卧位并将下肢略抬高，以保证脑部供血。呕吐时头偏向一侧，防止窒息或误吸；必要时用负压吸引器清除呼吸道内的分泌物、血液或呕吐物，保持呼吸道通畅。给予吸氧。

（2）治疗护理 准备好急救用品、药物，立即建立两条静脉通道，配合医师迅速、准确地实施输血、输液、各种止血治疗及用药等抢救措施，并观察治疗效果及不良反应。输液速度开始宜快，必要时测定中心静脉压作为调整输液量和速度的依据。宜输新鲜血，避免因输液输血过多、过快而引起急性肺水肿。肝病病人忌用吗啡、巴比妥类药物。

（3）饮食及心理护理 大出血时应禁食；安静休息有利止血；关心、安慰病人，稳定病人情绪。

（4）病情观察 大出血时严密监测心率、血压、呼吸和神志变化，必要时进行心电监护。

准确记录出入量，疑有休克时留置导尿管，测每小时尿量，应保持尿量＞30mL/h。观察呕吐物和粪便的性质、颜色及量。定期复查红细胞计数、血细胞比容、血红蛋白、网织红细胞计数、血尿素氮，以了解贫血程度、出血是否停止。

【预防措施】

1. 上消化道出血的临床过程及预后因引起出血的病因而异，应帮助病人和家属掌握有关疾病的病因和诱因、预防、治疗和护理知识，以减少出血的危险。

2. 注意饮食卫生和饮食的规律，进营养丰富、易消化的食物，避免饥饿或暴饮暴食，避免粗糙、刺激性食物，或过冷、过热、产气多的食物，合理饮食是避免诱发上消化道出血的重要环节。

3. 生活起居要有规律，劳逸结合，保持乐观情绪，保证身心休息，戒烟、戒酒，避免长期精神紧张，过度劳累，在医师指导下用药。

4. 病人及家属应学会早期识别出血征象及应急措施，出现头晕、心悸等不适，或呕血、黑便时，立即卧床休息，保持安静，减少再度出血的危险。

六、阴道大出血

中晚期宫颈癌侵犯盆腔壁及阴道壁，可导致阴道大量出血，失血多急骤，大多为800～3500mL，出血过多时易发生失血性休克。急性阴道出血多为性生活后、排便用力、跌坐等；也可发生于妇科检查后。多见于长期白带增多及接触性出血者，后者因肿瘤组织坏死腐败、感染而有腥臭，病人一般状况较差，大多伴发热。宫颈癌病灶一般有两种类型：①外生型，多位于宫颈及阴道侧穹窿处，呈菜花状，质脆易脱落，创面流血不止，如伴小动脉破裂则失血量大或伴失血性休克。②内生型，即由宫颈外口向颈管内侵犯，坏死组织脱落形成空洞，宫颈管呈桶状，坏死癌组织随血流出，有时伴宫腔转移。

【紧急处理】

1. 心理护理　做好病人心理护理，加强与病人及家属的沟通，消除其紧张、恐惧的不良情绪。护士应主动和病人交谈，耐心解答他们提出的问题，取得病人的信任，解除病人的思想顾虑，使其主动配合治疗护理。

2. 一般护理　①取膀胱截石位，护士协助医师用纱条填塞阴道内压迫止血。填塞时应注意：操作时动作要轻柔，明确出血部位再填塞，不能盲目操作，以免扩大破溃面。准确记录

并告知病人纱条填入数量。纱条每天更换，填塞时间不宜过长（特殊情况例外），以免发生感染及引起局部血液循环障碍。病人从检查床上下来时，护士要在旁协助，防止摔伤。②根据病情，建立静脉通道，遵医嘱予以抗感染、止血药物、输血等对症治疗。③指导病人卧床休息，密切观察神志、面色，监测体温、血压、脉搏、呼吸及出血情况，准确记录，发现异常，及时报告医师处理。④不能自解小便时，可留置导尿管。

3. 局部止血的紧急处理

（1）局部消毒后，迅速指诊查清阴道内肿瘤情况，充分暴露病灶，如为肿瘤大块崩脱、大量出血，立即以聚维酮碘清洗创面，纱布沾血后，如可见断裂小动脉（多位于宫颈两侧或前唇正中），可钳夹结扎止血，不可随意清除癌组织，以免加重出血。

（2）局部应用止血海绵及长纱条填塞止血，需从纱布一端始逐层填塞阴道，如血渐止，则留置导尿管，24小时后取出纱条并继续观察有无出血，必要时可重复填塞。

（3）如经填塞2～5天后仍继续出血，可行如下方法：①经髂内动脉结扎出血减少后经阴道填塞止血。②经腔内后装放疗止血。③行髂内动脉栓塞止血，全身治疗及止血药的应用。

【预防措施】

1. 加强健康教育，提高防范宫颈癌的意识。

2. 定期做妇科检查，已婚女性每年应做宫颈细胞涂片一次。如发现问题，务必要做进一步的病理组织学检查，以确定病变性质，及时进行治疗，做好防癌普查。

3. 对于已经发现的宫颈癌，要积极采取治疗措施，以防宫颈癌的发展。

七、深静脉血栓

深静脉血栓形成系指血液不正常地在深静脉内凝结，属于静脉回流障碍性疾病。促发静脉血栓形成的因素包括：静脉淤滞、血管损伤及高凝状态。临床多见于上下肢深静脉血栓，常表现为一侧下肢突然肿胀，若形成股青肿，则起病急骤，剧烈疼痛，下肢明显肿胀，皮肤紫绀色，足部动脉搏动消失，全身反应强烈，体温大多超过39℃，常常出现静脉性坏疽。本病常与手术的关系最为密切，因此，术后早期下床活动或床上被动活动（肢体按摩、足部行伸屈运动等）等预防措施是杜绝本病发生的关键手段之一。一旦下肢深静脉血栓形成，原发于髂股静脉血栓形成而病期不超过48小时者，可采用Fogarty导管取栓术。此外非手术疗法包括对症、溶栓、抗凝等。

【紧急处理】

1. 心理护理　予以安慰，加强与病人及家属的沟通，增强其信心。静脉血栓病程较长，并且肢体活动受限，股动脉注射难度较大，病人担心注射失败和注射带来的痛苦，因此病人心理负担较重。护士应主动和病人交谈，通过交谈了解病人的思想，耐心解答他们提出的问题，取得病人的信任，解除病人的思想顾虑，主动配合护士进行操作。

2. 一般护理　①绝对卧床休息 1～2 周，患肢抬高制动，避免患肢悬空，注意保暖。②患肢予以 50％硫酸镁纱布持续湿敷。③观察患肢肿胀程度、末梢循环、色泽变化。④床上活动时避免动作过大，禁止患肢按摩，避免用力排便。⑤加强基础护理，做好预防性压疮护理。睡气垫床或骶尾部垫气圈或海绵垫。用樟脑乙醇或红花乙醇按摩受压部位，每天 2～3 次，促进血液循环。做好晨、晚间护理，病人保持肌肤清爽、舒适。保持床单位平整无皱、清洁干燥、无渣，减少刺激皮肤的不良因素。协助病人活动下肢，如挤压小腿腓肠肌、足背伸屈运动等，促进小腿静脉血液回流，经常翻身，减少局部受压时间。

3. 抗凝溶栓治疗的护理　掌握药物输入速度、使用时间、部位、方法，一般从患肢输注。用药期间应监测凝血功能，严密观察有无出血倾向。

4. 预防感染　①严格执行无菌操作原则，注射部位按常规消毒，避免感染。②观察用药疗效：密切观察患肢周径及颜色变化，每天测量并记录，如患肢周径变小，颜色变浅，则表示静脉回流改善、病情好转。③观察有无出血征象：观察病人皮肤有无淤点、淤斑，牙龈是否出血，询问病人大小便颜色是否正常，如有异常应立即通知医师。④保护血管：反复多次静脉穿刺后，如按压不当，易引起局部血肿，应注意观察，每次注射完毕护士应亲自给病人注射处加压 10 分钟以防出血。有过敏症状如皮疹等立即停用。

5. 疼痛护理　①观察疼痛的性质、持续时间和程度。②嘱病人卧床休息，抬高患肢，促进血液回流，减轻静脉内压力。③局部湿热敷。④按医嘱准确执行溶栓、抗凝治疗，并观察病情变化。⑤每 4 小时观察一次患肢皮肤温度、色泽、弹性及肢端动脉搏动情况并行记录。⑥每天测量双下肢同一部位的周径，观察肿胀消退情况，为调整治疗方案提供参考。⑦同情、关心病人，对其进行心理护理，指导其看书、听轻音乐等，分散注意力，减轻对疼痛的感觉。

【预防措施】

1. 纠正贫血、脱水、心脏病、糖尿病等，以改善高凝状态，降低血液黏滞度，减少术后深静脉血栓的发生。

2. 对高危病人如高龄、肥胖、梅毒、输血及术前已使用止血药数天者，手术开始即用抗凝治疗，术后早期活动。

3. 避免从下肢输液。

4. 术后适当抬高下肢，病情允许下尽早活动。

5. 指导病人戒烟，避免含胆固醇饮食，予低脂富含纤维素清淡饮食，多饮水，保持大便通畅，增加蛋白质摄入，控制体重。

6. 合理安排锻炼，适当活动，避免剧烈运动或情绪急躁，避免长时间行走。

7. 按医嘱服用阿司匹林，定期复查凝血酶原时间，一般为 18～21 秒，不超过 30 秒，发现异常及时处理。

八、癫痫发作

癫痫是一组疾病或综合征，为大脑神经元异常放电所引起的以短暂性中枢神经系统功能失常为特征的慢性脑部疾病，具有突然发生，反复发作的特点。癫痫的病因中除部分病因不明而称之为特发性癫痫外，大多数病人多由各种病因引起，称之为症状性或继发性癫痫。儿童时期最常见的病因为脑损伤，其他有颅内肿瘤、脑血管畸形等。25 岁以后发生的多为外伤、颅内肿瘤和脑血管病引起。根据癫痫临床发作表现，可分为大发作、小发作、局限性发作和精神运动性发作 4 类。癫痫发作过程中可导致骨折、脱臼或严重跌伤，个别病例可因窒息、吸入性肺炎或溺水而遭不幸。癫痫持续状态可能因并发症而导致死亡，应积极处理。发作时的治疗原则是预防外伤及其他并发症。

【紧急处理】

1. 发作时立即卧床休息，床旁加床栏，防止坠床，专人守护，尽快将缠好纱布的压舌板或者筷子置于病人口腔一侧的上下臼齿之间，预防舌和颊部咬伤，有义齿者迅速取出。

2. 保持呼吸道通畅，头偏向一侧，解开衣领和裤带，给氧，吸痰。无自主呼吸者应做人工呼吸，必要时行气管切开。

3. 四肢大关节处用约束带稍加压保护，以防止脱臼、骨折。对兴奋躁动者给予镇静药，如苯巴比妥。

4. 癫痫持续状态应尽快控制发作，迅速建立输液通道，遵医嘱立即缓慢静脉注射地西泮 10～20mg（2～4mg/min），若 5 分钟后不能终止发作者可重复使用。必要时可使用苯妥英钠

15～18mg 缓慢静脉注射。高热者做好物理降温。及时纠正电解质紊乱和酸碱失衡，并进行降颅压处理。注意控制入水量，以防液体入量一时过多而加重脑水肿。

5. 注意观察神志、瞳孔、呼吸、脉搏、血压的变化及发作类型。抽搐停止后，病人侧卧，暂不能喂水，预防吸入性肺炎，并记录发作时的情况。

【预防措施】

1. 指导病人按医嘱及时服用抗癫痫药物，切勿漏服、骤停、骤减、骤换药物。

2. 注意营养，进食高蛋白质、高热量、高维生素、易消化食物，少食多餐，不宜过饱和饥饿，严禁烟酒、辛辣刺激食物及兴奋药；避免突发精神刺激和情绪紧张；避免过度劳累、受凉感冒、发热等。

3. 积极治疗原发病，如颅内肿瘤和脑血管病等。

4. 勿登高、潜水、驾车及在危险机器旁工作，外出时随身携带癫痫诊断卡，注明单位、地址、联系人、联系电话等，以便发生意外时能得到及时正确的处理。

第五节　肿瘤科病人的营养护理

一、肿瘤科病人的营养状况及评价

癌症和各种抗癌治疗都会对癌症病人的营养状况起到不良的作用，癌症住院病人中50％以上有营养不良。营养不良不仅使病人免疫功能下降、机体衰竭、病情恶化，也可造成病人耐受抗癌治疗的能力下降、并发症增多、住院时间延长、住院费用增加、生活质量恶化、死亡率增加等负面影响。大量研究证实，合理的营养支持对于阻止恶性肿瘤病人营养状况恶化，减少抗癌治疗引起的副反应和并发症，增加抗癌治疗的敏感性，改善病人生活质量有积极的作用。

（一）营养调查方法及注意事项

1. 膳食摄入史　主要询问病人的饮食习惯，如有无忌食、偏食、喜食咸或肥腻食物，特殊食物过敏史、厌食、味觉丧失、嗅觉丧失、过度饮酒、饮食单调等。

2. 人体测量

（1）身高　清晨，被测者赤足直立于地面上，两脚跟部靠紧，脚尖呈 40°～60°，膝伸直，

两手自然下垂，肩放松，头正。测量者立于被测者右侧，读数。

（2）体重　体重是营养评价中最简单、直接而又可靠的指标，它通常反映能量以及细胞蛋白质丢失的情况。

1）测量方法：清晨，空腹，排空大小便，着短裤，女子可着背心。用弹簧式或杠杆式体重计，读数精确至 0.1kg，测量时被测者立于秤的中央。测量体重时应注意：①水肿、腹水等情况，可引起细胞外液相对增加，可掩盖化学物质及细胞内物质的丢失。②出现巨大肿瘤或器官肥大等，可掩盖脂肪和肌肉组织的丢失。③利尿剂的使用会造成体重丢失的假象。④在短时间内出现能量摄入及钠量的改变，可导致体内糖原及体液的明显改变而影响体重。⑤如果每天体重改变大于 0.5kg，往往提示是体内水分改变的结果，而非真正的体重改变。⑥不同类型营养不良体内脂肪和蛋白质消耗比例不同，因而体重减少相同者，有的可能蛋白质特别是内脏蛋白质消耗少，有的蛋白质消耗多，从维持生命和修复功能而言蛋白质的多少比体重的改变更重要，所以不同类型的营养不良病人，相同体重的减少对预后可产生不同影响。

2）体重的评价指标（表 2-5、表 2-6、表 2-7）：①现实体重占理想体重百分比＝［现实体重（kg）/理想体重（kg）］×100％。②体重丢失百分比＝［平时体重（kg）－现实体重（kg）/平时体重（kg）］×100％。③体质指数（BMI）：是目前反映蛋白质能量营养不良及肥胖症的可靠指标。BMI＝体重（kg）/身高^2（m^2）

表 2-5　　　　　　　　　　现实体重占理想体重的百分比评估标准

结　果	体重状况
＜80％	消瘦
80％～90％	偏轻
90％～110％	正常
110％～120％	超重
＞120％	肥胖

表 2-6　　　　　　　　　　　　　　体重改变的评定标准

时间	中度体重减轻	重度体重减轻
1 周	1%～2%	＞2%
1 个月	5%	＞5%
3 个月	7.5%	＞7.5%
6 个月	10%	＞10%

表 2-7　　　　　　　　　　　　　　BMI 的评定标准

等　级	BMI 值
肥胖 1 级	25～29.9
肥胖 2 级	30～40
肥胖 3 级	＞40
正常值	18.5＜BMI＜25
蛋白质-能量营养不良 1 级	17.0～18.4
蛋白质-能量营养不良 2 级	16.0～16.9
蛋白质-能量营养不良 3 级	＜16

（3）皮褶厚度　皮下脂肪含量约占全身脂肪总量的 50%，通过皮下脂肪含量的测定可推算体脂的总量，并间接反映能量的变化。

（4）围度　①上臂围：上臂中点周长，用卷尺测量。参考值：男 25～27cm，女 24～26cm。②上臂肌围（cm）＝上臂围（cm）－3.14×三头肌部皮褶厚度（cm）。参考值：男 25.3cm，女 23.2cm。

3. 实验室检查

（1）血红蛋白　健康成人男性＞130g/L，女性＞120g/L。

（2）血清蛋白　在血浆蛋白中含量最多，正常值为 35～48g/L。血清蛋白水平与外科病人术后并发症及死亡率有关。血清蛋白可作为判定预后的一个指标，持续的低血清蛋白症被

认为是判断营养不良的可靠指标。

（3）运铁蛋白　主要在肝脏生成，对血红蛋白的生成和铁的代谢有重要作用。正常含量为 $1.8\sim2.5g/L$。

（4）前清蛋白正常值为 (0.157 ± 0.069) g/L。前清蛋白的生物半衰期短，血清含量少且体库量较小，故在判断蛋白质急性改变方面较清蛋白更为敏感。

（5）视黄醇结合蛋白　正常值为 $0.026\sim0.076g/L$。

上述血浆蛋白中，半衰期较长的血浆蛋白（如清蛋白和运铁蛋白）可反映人体内脏蛋白的亏损。而半衰期短、代谢量少的前清蛋白和视黄醇结合蛋白则更敏锐地反映膳食中蛋白质的摄取情况。

（6）肌酐-身高指数　在肾功能正常时，肌酐-身高指数是测定肌蛋白消耗的一项生化指标。测定方法：准确收集病人 24 小时尿，测定其肌酐排出量，与等身高健康人尿肌酐排出量进行对比，以肌酐-身高指数衡量其骨骼肌的亏损程度。

肌酐-身高指数＝被试者 24 小时尿肌酐排出量（mg）/同身高健康人 24 小时尿肌酐排出量（mg）×100％。

评价标准：肌酐-身高指数＞90％为正常；80％～90％为轻度营养不良；60％～80％为中度营养不良；＜60％为严重营养不良。

（7）氮平衡　是评价机体蛋白质营养状况的最可靠与最常用的指标。

氮平衡＝摄入氮－（尿氮＋粪氮＋经皮肤排出的氮）

正常成年人机体摄入氮的数量与排出氮的数量相等，为安全考虑，应使摄入氮较排出氮高出 5％才能确认处于平衡状态。

（8）免疫功能评定　①淋巴细胞总数：正常值为 $(2.5\sim3)\times10^9/L$；轻度营养不良为 $(1.2\sim2)\times10^9/L$；中度营养不良为 $(0.8\sim1.2)\times10^9/L$；重度营养不良为 $<0.8\times10^9/L$。②延迟超敏皮试：细胞免疫功能与机体营养状况密切相关，营养不良时免疫试验常呈无反应性。细胞免疫功能正常的病人，当在其前臂内侧皮下注射 0.1mL 本人过去曾经接触过的 3 种抗原，24～48 小时后可出现红色硬结，呈阳性反应。如出现 2 个或 3 个斑状硬结且直径大于 5mm 为免疫功能正常。其中仅 1 个结节直径大于 5mm 为免疫力弱，3 个结节直径都小于 5mm 则无免疫力。

4. 临床检查　是通过病史采集及体格检查来发现营养素缺乏的体征。

5. 既往史　包括疾病和生活方式方面的资料。

（二）病人营养状况评价

1. 简易营养评定法（表2-8）

表2-8　　　　　　　　　　　　　　简易营养评定法

参　　数	轻度不良	中度不良	重度不良
体重	下降10%～20%	下降20%～40%	下降＞40%
上臂肌围	＞80%	60%～80%	＜60%
三头肌皮褶厚度	＞80%	60%～80%	＜60%
清蛋白（g/L）	30～35	21～30	＜21
转铁蛋白（g/L）	1.50～1.75	1.00～1.50	＜1.00
肌酐-身高指数		60%～80%	＜60%
淋巴细胞指数	＞1200	800～1200	＜800
迟发性超敏反应	硬结＜5mm	无反应	无反应

2. 营养预测指数（PNI）　是评价外科病人手术前后的营养状况和预测发生手术并发症危险性的综合指标。

$$PNI（\%）=158-16.6A-0.78T-0.20F-5.8S$$

式中：A表示血浆清蛋白（g/L），T表示三头肌皮褶厚度（mm），F表示血浆运铁蛋白（mg/L），S表示延迟超敏皮试值：无反应=0，硬节直径＜5mm=1，＞5mm=2。

PNI＞50%为高度危险，发生并发症及手术危险性大，死亡可能性增加；PNI=40%～49%，手术中度危险；PNI＜40%，手术危险性小；PNI＜30%，手术后发生并发症和死亡的可能性小。

3. 主观综合评价法　是一种较为简便的临床营养评价方法。最大的特点是省去生化分析，除了个别人体测量项目外，大多采用询问法，评价方法见表2-9。

评价标准：8项中至少5项属于C级或B级者，可分别定为重度或中度营养不良。

表 2-9	主观营养状况评定（SGA）的主要内容及评定标准		
指标	A 级	B 级	C 级
近期（2周）体重改变	无/升高	减少<5%	减少>5%
饮食改变	无	减少	不进食/低热量流食
胃肠道症状（持续2周）	无/食欲不减	轻微恶心、呕吐	严重恶心、呕吐
活动能力改变	无/减退	能下床走动	卧床
应激反应	无/低度	中度	高度
肌肉消耗	无	轻度	重度
三头肌皮褶厚度	正常	轻度减少	重度减少
踝部水肿	无	轻度	重度

注：应激反应指疾病或创伤会对病人产生相应反应，如大面积烧伤、高热或大量出血属于高应激反应；长期发热、慢性腹泻等则为中度应激反应；长期低热或恶性肿瘤则为低应激反应。

（三）对癌症病人进行临床营养支持的原则

1. 对所有住院癌症病人进行营养评价，当病人存在营养不良或者由于胃肠功能障碍或代谢功能紊乱等原因造成预期饮食不足超过 1 周者，应进行营养支持。

2. 对于营养正常或仅轻度营养不良的放疗、化疗病人或预期饮食不足少于 7 天者，无需常规营养支持。

3. 术前严重营养不良的病人（6 个月之内体重下降>10%，或 BMI<17，或血清白蛋白<30g/L），手术前后应根据病情给予 1～2 周的营养支持。

4. 完全肠内外营养支持不适于放疗、化疗无效的进展期癌症病人。

二、肿瘤科病人的营养支持及护理

营养支持是指在病人不能正常进食的情况下，通过消化道或静脉将特殊制备的营养物质送入病人体内的营养治疗方法，主要包括肠内营养、肠外营养及混合营养（适用于经肠营养不足或由肠外营养向肠内营养的过渡阶段，在实施肠内营养时，也可同时从静脉补充必要的营养素）。营养支持是肿瘤治疗过程中重要的辅助治疗手段。通过对肿瘤病人进行营养支持，以达到如下目的：①减少并发症的发生。②提高对放疗、化疗的敏感性。③改善病人的生活质量。④延长病人生存时间。肿瘤病人进行营养支持的适应证：①术后发生消化道瘘、胃肠功能障碍的病人。②放疗、化疗引起严重胃肠反应、放射性肠炎者。③头颈、食管、胃、胰腺肿瘤导致吞咽障碍及肠梗阻者。④需手术或放疗、化疗并伴严重营养不良的病人。

（一）肠内营养

肠内营养（EN）是通过口服或管喂方式将特殊制备的营养物质送入胃肠道以提供机体营养的支持方法。肠内营养的特点是营养全面，比日常饮食容易消化，符合人体生理需要，方便、费用低廉，有助于维持肠黏膜结构和屏障功能的完整性。

1. 肠内营养的制剂

（1）要素制剂 是一种营养素齐全、化学成分明确，无需消化即能被肠道直接吸收利用的无渣饮食。一般以氨基酸或游离氨基酸和短肽为氮源，以葡萄糖、蔗糖或糊精为能源，可供口服或管饲使用，又称化学成分明确膳。要素膳的理化特性为：①化学成分明确，含量精确。②无需消化即可吸收，无渣。③性状为粉剂或液态，易溶解。④标准热量为 4.18kJ/mL（1kcal/mL）。⑤渗透压高于匀浆膳，pH 呈微酸性。⑥不含乳糖。⑦适口性差，不适宜口服。

（2）非要素饮食 是以整蛋白或蛋白质水解物为氮源，渗透压接近等渗，口感好，适合口服，亦可管饲，具有使用方便、耐受性强等优点，适用于胃肠功能较好的病人。①混合奶：是一种不平衡的高营养饮食，能量主要取自牛乳、鸡蛋和白糖。②匀浆饮食：是由多种自然食物经粉碎加工后，混合配制成流质状态的营养液，其成分需经肠道消化吸收后才能被人体吸收利用，且残渣量大。包括商品匀浆和自制匀浆。匀浆膳的理化特性为：营养成分接近正常人的膳食结构，具有自然食物的风味；既可采用商品化的，又可自行配制，但营养素含量难以精确计算；由于受食物种类的限制，营养成分欠全面；弱碱性，渗透压为 300～450mOsm/(kg·H$_2$O)，不易引起腹泻；营养物质颗粒较大，黏稠度高，重力滴注时易致喂养管堵塞。③整蛋白为氮源的非要素制剂：包括含牛乳配方；不含乳糖配方；含膳食纤维配方。

（3）组件饮食 是仅以某种或某类营养素为主的肠内营养制剂，它可对完全制剂进行补充或强化，以弥补完全制剂在适应个体差异方面欠缺灵活性的不足；亦可采用两种或两种以上的组件制剂构成配方，以适应病人的特殊需要。包括蛋白质组件、脂肪组件、糖类组件、维生素组件和矿物质组件。

2. 肠内营养供给方法

（1）调配方法　肠内营养制剂有粉剂和液剂之分，多为粉剂型。只要先在有刻度的容器中盛一定量的温开水，加入所需量的粉剂，同时加以搅拌，即得较稳定的混悬液，再加水至所需容量即可。调配过程中应注意容器的清洁，防止污染。现配现用或当天用完，暂不输注时应置 4℃冰箱保存。输注过程中，营养液在室温中的留置时间一般不超过 6 小时，以防变质。

（2）营养液的进路

1）经口　指经口将特殊制备的营养物质送入病人体内以提供机体营养的治疗方法，为最符合自然生理的基本摄食方式。要素膳中的氨基酸和短肽有特殊异味，经口饮用时可出现恶心等不良刺激，病人不易接受，可根据病人嗜好在营养液中加入调味剂。

2）管饲　①经鼻胃管和鼻肠管：鼻胃管通常用于胃功能良好的肠内营养支持病人。鼻肠管适用于胃功能不良或消化道手术后，需肠胃减压的肠内营养支持者。②经胃造瘘和空肠造瘘：需长期管饲治疗时，病人多不能接受喂养管对鼻咽部的刺激，故可采用外科方法作胃造瘘或空肠造瘘。近年来，经皮内镜下胃造瘘（PEG）及空肠造瘘（PEJ），因其简易、安全，能在门诊进行而被广泛接受。胃造瘘的特点是：管径大，不易堵塞，喂养时快捷、简便；固定在腹壁，不易移动；感官上更能接受。但对已做胃切除和误吸危险较大者，或消化功能差、急性胰腺炎等病人，宜经空肠造瘘喂养，但因管径较小而易堵塞，喂养时应注意保持通畅。

（3）营养液的输注方式

1）分次给予方法　适用于胃管尖端位于胃内及胃功能良好者，其优点是较接近一天数餐的饮食习惯和生理状态。包括分次推注及分次滴入两种方法。①分次推注法：每次注入的量为 200～300mL，在 10～20 分钟内完成，每天 5～6 次。②分次滴注法适用于胃承受能力略差者。每次滴注量为 200～300mL，在 2～3 小时内完成，每次间隔 2～3 小时。

2）连续滴注方法　适用于胃管尖端位于十二指肠或空肠内的病人。由于营养液直接进入小肠，小肠稀释渗透负荷的能力极有限，而小分子的营养液多为高渗。因此，为避免因容量和渗透作用所致的急性肠扩张、"倾倒"综合征和腹泻，最好应用输液泵控制滴速，最初滴速为 20～50mL/h，适应后维持滴速为 100mL/h，最大可达 150mL/h。

（4）营养液的浓度、输注量和温度　标准营养液的能量密度为 4.18kJ/mL（1kcal/mL）。应用时，宜从低浓度向高浓度过渡。若从 2.09kJ/mL（0.5kcal/mL）的浓度开始，则在第

2～5天向标准浓度过渡；需控制入水量时，可将能量密度增至6.27～8.36kJ/mL（1.5～2.0kcal/mL），此浓度亦需有一递增过程。必须注意，在增加浓度时，不宜同时增加容量，两者的增加可交错进行。输入量可以从部分量开始，如每天500mL，在第5～7天内过渡至全量，如此缓慢递增，可增强病人对肠内营养支持治疗的耐受力。营养液的温度一般以接近正常体温为宜，过热可灼伤胃肠道黏膜，过冷则刺激肠道，引起肠痉挛或腹泻。

3. 肠内营养并发症及防治

（1）机械并发症　主要与喂养管的放置、柔软度、所处位置和护理有关。

1）鼻咽部和食管黏膜损伤　①常见原因：导管质地太硬、管径较粗或置管时用力不当；导管留置时间较长，压迫鼻咽部黏膜，产生局部溃疡。②防治措施：选择质地柔软的导管；长期留置鼻胃管或鼻空肠管者，每天可用油膏涂拭，润滑鼻腔黏膜。

2）导管阻塞　①常见原因：营养液未调匀；药丸未经研碎即注入导管；添加药物与营养液不相容，形成凝结块；营养液较黏稠；管径太细。②预防措施：选用管径合适的导管；应用输液泵；需用丸剂时，应彻底研碎后，溶于合适的溶剂中直接注入喂养管，而勿加入营养液中；在每次检查胃残留量后、给药前后、管饲开始和结束后及连续管饲过程中，每间隔4小时都应用20～30mL温开水或生理盐水冲洗管道；当营养液内的氮源系完整蛋白质，必须给予酸性药物时，在给药前后都应冲洗管腔，以防凝结块阻塞管腔。一旦导管阻塞，可用温开水冲洗或导引金属丝疏通。

3）喂养管移位　喂养管位置不佳或置入较浅时，随着体位改变或活动，可以滑出或移位，并出现严重的并发症，如误吸所致吸入性肺炎和腹膜炎。①误吸原因：胃排空延迟；恶心、呕吐致喂养管移位；体位不佳，营养液反流；病人咳嗽和呕吐反射受损；病人精神障碍、应用镇静剂或神经肌肉阻断剂等。一旦营养液被误吸，若不及时发现和清除，可因营养液积聚在气管和肺泡内而导致吸入性肺炎。②临床表现：取决于病人的反应能力和吸入营养液的质和量。吸入量较少，病人可无明显症状；若吸入量大，且营养液pH值较低时，可出现呛咳、有脓液样或类营养液样"痰"、呼吸急促、心率加快，甚至突发呼吸衰竭。X线检查见肺部有炎症浸润影。③防治：每次管喂前必须先确认胃管在胃肠内才可开始喂养。发现误吸立即停止管饲，吸尽胃内容物，以防进一步反流和误吸；清除误吸物；鼓励或刺激病人咳嗽，以利排出残余吸入物；应用抗生素；正压通气可能有利于病情。④预防：管饲时，将病人头部抬高30°～40°，或取半卧位；连续输注者，每间隔4小时回抽，并估计胃内残留量。若每

间隔 1 小时，连续 2 次抽吸胃内残留量均＞100～150mL 时，应暂停输注，必要时加用胃动力药物；原有呼吸道疾病或易致误吸的高危病人，可将喂养管引过幽门或经空肠内输注；每 4 小时检查一次导管位置，以便及时发现导管移位。

4）腹膜炎 偶见空肠穿刺置管者，因喂养管滑入腹膜腔，营养液漏入而并发急性腹膜炎。避免腹膜炎的关键在于预防：腹壁营养管要妥善固定，每天注意观察病人腹部体征，一旦明确是喂养管滑脱，应立即停止输注并拔管，或利用此喂养管回抽漏出的营养液。

（2）胃肠道并发症 胃肠道并发症是管饲时最多见的并发症，包括恶心、呕吐、胃排空延迟、腹胀、肠痉挛、便秘和腹泻等，其中以腹泻最为常见，占管饲病人的 5%～30%。

1）腹泻的原因 ①伴用药物：如抗生素可抑制肠道正常菌群而导致某些细菌过度生长。西咪替丁和其他 H_2 受体阻滞剂可通过改变胃液的 pH 值而致细菌繁殖。②肠内营养药：其中乳糖、脂肪的含量都可能影响肠道对营养液的耐受性。③营养液的高渗透压：当患有营养不良或吸收不良时，高渗透压更易引起类似倾倒综合征样腹泻。④营养液被污染。⑤营养液的输注速度和温度：过快地输注高渗营养液或温度太低均可刺激肠道，出现胃肠道并发症。⑥低蛋白血症：使血管内胶体渗透压降低，组织水肿，影响营养物通过肠黏膜上皮细胞，同时，大量液体因渗透压差而进入肠腔引起腹泻。

2）腹泻的防治 ①对同时用抗生素治疗者，可给予乳酸杆菌制剂以助肠道正常菌群的恢复。需用抗酸药时，可用含铝或含钙的抗酸药替代含镁抗酸药。②选用适合于个体的营养制剂，如去乳糖或低脂。调整渗透压，逐步递增营养液的浓度和剂量。③避免营养液在操作过程中受污染。④营养液当天配当天用，每次输注的营养液悬挂时间不得超过 8 小时。⑤应用输液泵控制滴速，根据季节和个体耐受性调节营养液的温度。⑥低蛋白血症者，静脉输注人血白蛋白，使血浆清蛋白升至或接近 35g/L 后再开始管饲。⑦应用止泻药。

3）胃肠道其他并发症 胃排空延迟、恶心、呕吐、腹胀和便秘亦是管饲的常见消化道症状，可能与肠功能紊乱、输注速度太快、营养制剂的类型和伴用的药物等因素有关，对于胃排空延迟和腹胀，必要时可加用促进胃动力的药物。约有 15% 的管饲病人发生便秘，与长期使用低渣营养制剂有关，改用含膳食纤维的制剂，提供足够量的液体，增加活动量，能缓解这一问题。

（3）代谢性并发症 因营养的配方很难适应所有个体，危重、年老、意识障碍的病人有可能发生代谢并发症。最常见的是脱水和高血糖。高血糖多见于高代谢、糖尿病、长期接受类固醇治疗及高浓度热量营养治疗的病人。①引起高血糖的原因：管饲速度过快，伴内源性胰岛素生成不足或外源性胰岛素供应不足；肾功能不全。②防治原则：监测体重、24 小时出入水量、尿素氮及电解质水平的变化；严密观察临床症状，及时调整胰岛素用量；以持续、低浓度、低速方式输注肠内营养液；渗透性腹泻时可用止泻药，纠正水、电解质失衡；及时调整胰岛素用量。

4. 肠内营养应用的护理注意事项　①在喂养之前，必须确定管端位置。胃内喂养可凭吸引胃内容物而证实。如无内容物或管端在十二指肠或空肠，则凭 X 线片证实。②胃内喂养时，床头抬高 30°～45°，喂食后保持半卧位半小时为宜。③营养液的温度一般以接近正常体温为宜，一般保持在 38℃～40℃。④营养液给予的一般原则是由低浓度、少量、慢速度开始，逐步增加，待病人可以耐受，未出现反应后再确定营养液的标准和注入速度。⑤营养液现配现用，保持调配容器的清洁、无菌。每次输注的营养液悬挂时间不得超过 8 小时，每天更换输注管及肠内营养容器。⑥营养液注入过程中应经常巡视病人，如出现恶心、呕吐、腹胀、腹泻等症状应及时查明原因，并适当调整营养液的速度、温度及量。⑦给药、注食前后及连续管饲过程中，每间隔 4 小时都应用 20～30mL 温开水或生理盐水冲洗管道。⑧长期鼻饲者，每天进行口腔护理 2 次。⑨管饲期间每天观察病人脉搏、呼吸、体温；每周 1 次测定肝、肾功能、血浆蛋白、电解质、血糖、血脂及尿糖值。观察记录每天出入量、体重、导管位置、腹部体征、排便次数、排便量及性状。

（二）肠外营养

肠外营养（PN）是指通过静脉途径提供完全和充足的营养素，以达到维持机体代谢所需的目的。当病人禁食，所有营养物质均经静脉途径提供时，称之为全胃肠外营养（TPN）。

1. 肠外营养制剂

（1）糖类　糖类中最易获得、最经济、且适合于静脉输注并能被人体组织代谢利用的是葡萄糖，也是肠外营养支持治疗时主要的供能物质之一。

（2）脂肪　脂肪的营养价值主要是供能，其次提供生物合成所需的碳原子和必需脂肪酸。脂肪不能直接输入静脉，必须制成微细颗粒的乳剂才能供静脉输注。目前，商品化的脂肪乳剂主要有两类：一类系由 100％长链三酰甘油（LCT）组成；另一类则由 50％三酰甘油（MCT）与 50％长链三酰甘油经物理混合而成。

（3）氨基酸　蛋白质由 20 种氨基酸组成，分必需氨基酸和非必需氨基酸，非必需氨基酸

可由体内合成，必需氨基酸在体内不能自行合成，须由外界提供。氨基酸构成肠外营养中的氮源。

（4）维生素　维生素参与调节体内物质代谢，是维持机体正常代谢所必需的营养物质，按其溶解性可分为水溶性和脂溶性两大类。

（5）无机盐及微量元素　无机盐对维持机体内环境稳定及在营养代谢中有重要意义。体内微量元素虽然含量甚微，却具有重要的生理意义。正常饮食或短期肠外营养时一般不会出现微量元素缺乏。长期肠外营养时，则应重视微量元素缺乏的问题。

2. 临床应用

（1）输注方法　①全营养混合液方式输注：将葡萄糖、氨基酸、脂肪、电解质、维生素和微量元素等成分按一定比例、步骤在无菌条件下混合于高分子材料制成的静脉输液袋中输注，称之为全营养混合液（TNA）或"全合一"输注法。TNA 降低了某些溶液的渗透压，对静脉壁的刺激要小于单独输注高浓度葡萄糖和氨基酸，所以，TNA 溶液也增加了经周围静脉输注的机会。全营养混合液应现配现用，暂不输注时，可保存于 4℃冰箱内，于输注前 0.5～1 小时取出待输。输注时间一般维持在 12 小时以上，甚至 24 小时，用输液泵控制滴速，均衡输入。②单瓶输注：单瓶输注时，氨基酸与非蛋白质能量液体应合理间隔输注；输注高渗葡萄糖溶液后应以含葡萄糖的等渗溶液过渡，以防止发生低血糖。单瓶输注的效果不及 TNA 方式输注，且易发生代谢性并发症。水溶性维生素在日光照射下可发生降解，使用时加入葡萄糖或氨基酸溶液，并应用避光罩。脂肪乳剂除脂溶性维生素和一些必须以脂肪作为溶剂的药物外，不宜加入其他药物，以免破坏脂肪乳剂的稳定性。

（2）输注途径　肠外营养的输注途径包括周围静脉和中心静脉，其选择需视病情、输注量及其组成成分而定。当短期＜1～2 周，营养支持或作为部分营养补充或中心静脉置管和护理有困难时，可经周围静脉输注；但当长期、全量补充时以选择中心静脉途径为宜。

（3）输注中的监测　为了随时掌握病情的动态变化，一般在胃肠外营养开始后即记录 24 小时出入水量，并每天测定血清电解质、血尿素氮、血糖和尿糖。稳定后，可改为隔天 1 次或每周 1～2 次。另外，血常规、肝功能检查、血浆蛋白、血钙、血磷、血镁等如无异常，可每周测 1 次。

3. 肠外营养支持的并发症及防治

（1）与静脉穿刺置管有关的主要并发症　①气胸：静脉穿刺时或置管后出现胸闷、胸痛、呼吸困难、同侧呼吸音减弱时，应疑为气胸的发生。胸部 X 线检查可明确诊断。临床处理应视气胸的严重程度予以观察、胸腔抽气减压或胸腔闭式引流。依靠机械通气的病人，即使损伤很小，也可能引起张力性气胸，应予以警惕。②血管损伤：在同一部位反复穿刺易损伤血管，表现为出血或血肿形成等，应立即退针、局部压迫，更换穿刺部位。③胸导管损伤：多发生于左侧锁骨下静脉穿刺时。若在穿刺部位见清亮的淋巴液渗出，应立即退针或拔除导管。偶可发生乳糜瘘，多数可自愈，少数需作引流或手术处理。④空气栓塞：可发生于静脉穿刺置管过程中或因导管封管塞脱落所致。大量空气进入可致死。故锁骨下静脉穿刺时，置病人于头低位，穿刺置管时嘱病人屏气；置管过程应快捷；置管成功后及时连接输液管道。输液过程中或输液结束后，均应检查导管连接部位和封管帽是否旋紧。一旦疑为空气栓塞，立即置病人于左侧卧位。⑤导管错位或移位：锁骨下或头部静脉穿刺置管时，导管可错入同侧颈内或颈外静脉。临床表现为输液不畅或病人主诉颈部酸胀不适，X 线透视可明确导管位置。由于病人体位的不断改变、活动，也可能发生导管移位，发生错位，此时应立即拔管后重新置管。导管移位所致液体渗漏，可使局部肿胀；若位于颈部，可压迫气管，出现呼吸困难，甚至并发感染等，应予停止输液后拔管和局部处理。⑥血栓性浅静脉炎：多发生于经外周静脉营养支持时。可出现输注部位静脉呈条索状变硬、红肿、触痛，少有发热现象。一般经局部湿敷、更换输注部位或外涂可经皮肤吸收的具抗凝、抗感染作用的软膏后可逐步消退。

（2）感染性并发症　主要是导管性和肠源性。①局部感染：表现为穿刺部位红肿压痛，预防关键在于加强穿刺处局部护理和严格无菌技术操作。②导管性感染或脓毒症：常见原因为病人免疫力低下、静脉穿刺置管、局部护理和营养液配制时无菌操作技术不严等。当出现难以解释的发热、寒战、反应淡漠或烦躁不安甚至休克时，应疑有导管性感染或脓毒症，必须立即按无菌操作要求拔管，将导管尖端剪下 2 段并同时采集周围血，分别做细菌和真菌培养。拔管后立即建立周围静脉通道，更换输液系统和营养液；根据病情选用抗生素。③肠源性感染：肠外营养病人可因长期禁食，胃肠道黏膜缺乏食物刺激和代谢燃料，黏膜萎缩变薄、绒毛变短，致肠黏膜结构和屏障功能受损、通透性增加而导致肠内细菌易位和内毒素吸收，而并发全身性感染。预防措施是尽可能应用肠内营养治疗或在 TNA 时增加经口饮食机会。

（3）代谢性并发症　①非酮性高渗性高血糖性昏迷：常见原因为单位时间内输入过量葡萄糖，可导致内源性胰岛素相对不足或外源性胰岛素补充不够。临床主要表现为初期为倦怠，当血糖升高（22.2～33.6mmol/L）时引起高渗性利尿（>1000mL/h）、脱水、电解质紊乱、

中枢神经系统功能受损，甚至昏迷。一旦发生，应停止输注葡萄糖溶液或含有大量葡萄糖的营养液；输入低渗或等渗氯化钠溶液，内加胰岛素，使血糖水平逐渐下降。但应注意避免血浆渗透压下降过快所致的急性脑水肿。②低血糖性休克：由于突然停输高渗葡萄糖溶液或营养液中胰岛素含量过多所致。临床表现为心率加快、面色苍白、四肢湿冷、震颤乏力，严重者呈休克状。一经证实，静脉推注高渗葡萄糖或注射含糖溶液即可缓解。较理想的预防方法是应用全营养混合液方式输注。③高脂血症或脂肪超载综合征：脂肪乳剂输入速度过快或总量过多，可发生高脂血症。当出现发热、急性消化道溃疡、血小板减少、溶血、肝脾大等症状时，应疑为脂肪超载综合征，并立即停用脂肪乳剂。④肝胆系统损害：主要表现为肝脏酶谱异常、肝脂肪变性和淤胆等，可能与长期肠外营养、配方不合适或胆碱缺乏有关。一般经减少总能量摄入、调整葡萄糖和脂肪乳剂的比例和更换氨基酸制剂或停用 TNA 1～2 周后基本可恢复正常。

4. 肠外营养临床应用时的注意事项　①全营养混合液（TNA）最好现配现用，配制时应注意无菌技术操作。如配制后暂时不输，应放置在 4℃冰箱内保存，并在 24 小时内输完。TNA 液输注系统和输注过程应保持连续性，期间不宜中断，以防污染。②输液管道每天更换1 次。中心静脉插管只供输注营养液，抽血、给药、输血等操作，应使用周围静脉。③每天总量要以混合的形式以匀速输注，使用输液泵控制滴数。输注时勤观察，进行中心静脉插管、拔管、更换输液时防止空气进入，防止各接头脱开。④保持输注管道通畅，输液结束时，可用肝素稀释液封管，以防导管内血栓形成。输注管道堵塞时用少量生理盐水低压冲击，如阻力过大，不可强力硬冲。⑤每天消毒静脉穿刺部位、更换敷料，观察、记录插管局部有无红、肿、痛、热等感染征象，一旦发生，应及时拔除导管。⑥定期复查各种电解质，血糖和尿糖，肝、肾功能，随时调整各种成分的剂量和比例。

第六节　肿瘤科病人的康复护理

随着"预防-医疗-康复"三位一体大卫生观的提出，预防医学、康复医学得到迅速发展，康复护理亦日益受到重视。恶性肿瘤的发病率高、病死率高、致残率高。现代诊疗技术的发展使恶性肿瘤病人的存活率得到提高。肿瘤病人迫切需要康复护理，以改善身心功能障碍，促进身体康复，提高生活质量。

一、康复目标和原则

1. 康复目标　肿瘤病人康复治疗的总目标应是全面康复，但在肿瘤发展的不同阶段，因肿瘤治疗达到的效果以及残疾程度不同，康复的目标也有所不同。①预防性康复：即肿瘤治疗前和治疗过程中，应尽可能避免或减轻病人在精神上的打击，积极配合临床治疗，减轻功能障碍。②恢复性康复：治疗后肿瘤达到近期痊愈，但病人的身体耐受力已受到影响，应使其尽早恢复，将功能障碍减少到最低限度，提高病人生活质量，为帮助病人重返社会创造条件。③支持性康复：经过治疗，肿瘤和功能障碍依然存在，应尽可能改善病人的心理状态和身体状态，控制或减缓肿瘤的发展，减轻功能障碍的程度，提高生活质量，预防并发症，延长生存期。④姑息性康复：肿瘤继续发展恶化时，仍应进行康复治疗，给予精神心理上的支持，减轻疼痛，预防和减轻并发症。

2. 康复原则　①全面康复：肿瘤的康复治疗包括肿瘤本身的治疗，精神心理的康复，机体健康的康复，功能障碍的康复，形体外貌的康复。②综合措施：肿瘤的康复应包括心理辅导、物理疗法、运动疗法、作业疗法、文体治疗、手术疗法、康复工程、言语矫治、营养、康复护理和社会服务等综合措施。③早期开始，长期坚持：肿瘤确诊后，治疗前即应开始康复治疗，并在治疗过程中和治疗结束的各个阶段长期坚持，不应等到肿瘤治愈或形成残疾以后才开始。④多个专业和部门的密切配合：肿瘤康复治疗的任务应由有关临床科室、康复科、矫形科、康复工程部门的人员以及病人家属亲友、工作单位、社会福利部门等共同密切配合进行，其中以临床科室和康复科为主。民政部门、残疾人联合会、肿瘤基金会等可以进行社会的组织动员，并提供有利的支持。康复志愿者及其组织也是一支可发挥特殊作用的力量。

二、康复评定

康复评定是对康复对象的功能状况进行全面、系统的综合评定。通过综合评定，明确病人的残损程度，制订相应的康复计划，采取相应的康复措施，使病人最大限度地恢复器官功能，并在康复过程中和最后阶段评定康复效果。

（一）康复评定原则与方式

1. 全面性与针对性相结合，选择适当的评定方案。①全面性：应当全面评定病人的康复情况，这种康复情况既有运动的也有静止的，既有躯体的也有心理的，既有医学的又有社会

经济的。这样才能全面有效地帮助病人。②针对性：一位病人可能有多项功能障碍，对其一一加以评定可能人力、物力难以承受，病人也不堪其扰。因此应根据病人病情、治疗目的和要求，以及治疗机构的情况加以选择。

2. 进行长期评定　即随访，大致有以下几种方式。①信访：即填表或答问卷。此法简单省时，但与填表者的文化程度、记忆与分析能力和情绪有关。信访最好用表格式，而不用描述式。②电话访问：此法也较省时，而且回收率高，还可以根据对方语言分析更多的信息。③复诊：能有多方面的专家直接观察病人的表现，信息全面、真实。④建立档案：康复是一长期过程，要从长远评定康复效果。一般早期每3个月至半年评定1次，以后每年评定1次。也可能是定期评定—治疗—评定—治疗如此循环往复的过程，持续多年以至终生。

（二）康复评定内容和方法

1. 心理功能评定　肿瘤病人都有不同程度的心理问题。通过心理评定了解病人在肿瘤诊断、治疗、致残、恢复、终末期各阶段心理变化和损害的程度，为制订心理康复计划提供依据，判断康复效果。心理评定可以通过直接观察形式或心理学测验，获取病人的心理状况；还可根据病人及其家庭的生活经历来进行推断。心理测验目前有许多心理卫生评定量表可供选择，可根据病人的具体情况选择恰当的评定工具，如九十项症状量表、抑郁自评量表、焦虑自评量表等。

2. 躯体功能评定　评定各器官系统功能障碍程度，为制订康复计划和评价康复效果提供依据。肿瘤所引起的功能障碍可分为两大类：

（1）肿瘤本身所致的功能障碍　①原发性损伤：如骨关节肿瘤破坏骨关节致肢体活动功能障碍。②继发性损伤：如恶性肿瘤对体质的消耗引起营养不良、贫血；长期卧床缺乏活动引起肌力减退、肌肉萎缩、下肢深静脉血栓形成等。

（2）肿瘤治疗所致的功能障碍　①手术损伤：如喉癌全喉切除术后丧失发声、言语交流能力；肺癌肺叶切除术后肺呼吸功能降低。②放疗损伤：如鼻咽癌放疗后腮腺唾液分泌减少、颞颌关节活动功能障碍。③化疗损伤：如骨髓造血功能障碍、肝功能和肾功能损害等。

肿瘤病人躯体功能评定的原则和方法与各器官一般功能评定相同。

3. 疼痛评定　肿瘤压迫邻近神经、血管、脏器及局部浸润或远处转移至骨时会导致疼痛；手术、放疗、化疗损伤神经等组织也会引起疼痛，尤其是晚期发生骨转移时最严重。在疼痛治疗前，必须对疼痛做出全面评估，制订治疗计划，减轻疼痛。评定多采用数字评分法、目测类比测量法等（详见本章第三节"肿瘤科病人的常见症状及护理"相关内容）。

4. 活动功能评定　活动能力的评定就是用科学的方法，对病人的日常活动能力进行观察和测定，以明确他们尚存的和失去的活动能力及障碍程度，确定康复目标，制订康复计划，同时也是评定康复效果的依据（表2-10）。

表2-10　　　　　　　　　　　病人活动状态评分表

ECOG（美东地区肿瘤协作组）		Karnofsky 活动状态评分	
0级	活动自如，能无约束地进行发病前的全部活动	100	一切正常，无不适或病症
		90	能进行正常活动，有轻微病症
1级	体力活动受影响，但不用卧床，并能进行较轻或坐着做的工作，如轻的家务，办公室工作	80	勉强可进行正常活动，有一些症状或体征
		70	生活自理，但不能维持正常活动或积极工作
2级	不用卧床，生活亦能自理，但不能进行任何工作活动 白天过半时间仍可行走坐立	60	生活偶尔需照顾，但能照顾大部分私人的需求
		50	需要颇多的帮助及经常的医疗护理
3级	生活能部分自理，白天过半时间卧床或坐椅	40	失去活动能力，需要特别照顾和帮助
		30	严重失去活动能力，要住医院，但暂未有死亡威胁
4级	完全失去活动力，完全不能自理，强迫卧床或坐椅	20	病重，需住院及积极支持治疗
		10	垂危
5级	死亡	0	死亡

（1）Karnofsky 所制订的癌症病人活动状况评估量表将病人的身体活动能力和疾病进展情况量化评定采用百分制。评分若在40%以下，治疗反应常不佳，且往往难以耐受化疗反应。

（2）ECOG（美东地区肿瘤协作组）较简单的活动状态评分表，将病人的活动状态分为0～4共5级。活动状态3～4级病人体质不佳，不宜化疗。

5. 生活质量评定　世界卫生组织（WHO）对生活质量（QOL）定义为：不同文化和价值体系中的个体对与他们的目标、期望、标准以及所关心的事情有关的生活状况的体验。重视病人治疗后的生活质量是近年来一个十分重要的发展趋势，人们不再满足于将肿瘤治好，

而是变成关注病人术后是否出现残疾或严重的功能障碍。肿瘤治疗的目标不仅要提高生存率，而且要提高生活质量。目前在国际上广泛使用的癌症病人 QOL 量表是欧洲癌症研究与治疗组织（EORTC）编制的核心量表 QLQ-C30 和癌症治疗功能评价（一般）量表（FACT-G）。

三、康复护理方法

1. 心理康复护理　在疾病的不同阶段，病人的心理状态不同，需进行不同内容的康复治疗（参见本章第二节"肿瘤科病人的护理评估"及第七节"肿瘤科病人的心理护理"相关内容）。

2. 肿瘤治疗后功能障碍的康复护理　肿瘤本身及肿瘤治疗后可能对局部组织和全身造成损伤，甚至导致功能障碍与残疾，需要及时进行康复活动，使病人最大限度地恢复生活和活动能力。

（1）乳腺癌术后康复　病人可进行乳腺癌术后有氧运动康复操（见本节"康复保健操"）。

（2）头颈部肿瘤术后康复　病人可做头颈部手术后康复操（见本节"康复保健操"）。

（3）头颈部放疗术后康复　病人可做简易康复操（见本节"康复保健操"）。

（4）肺癌根治术后康复　肺癌术后应抬高床头 30°～45°，以免腹腔脏器上顶妨碍膈肌活动、压迫下肺。全肺切除术后取术侧卧位，以免限制健侧肺呼吸。予翻身拍背，协助病人的有效咳嗽，必要时行雾化吸入，促进分泌物排出，保持呼吸道通畅。进行呼吸技术和肺功能康复教育，如术后早期胸部伤口疼痛时，先进行腹式呼吸，疼痛减轻后改为自然的胸式呼吸，伤口拆线后改为胸式深呼吸，以后过渡到吹瓶子、吹气球等有阻力的呼吸运动，以使肺叶充分扩张。尽早下床活动，做呼吸操与全身体操，并进行步行、登梯等活动，以加大肺通气量。术后早期还应开始术侧手臂及肩关节的运动。

（5）肠或膀胱肿瘤造口术后康复　引导病人正视现实，保持良好的心态。肠造口病人术后开始进食后即参照其过去的排便习惯，每天定时灌肠，促进定时排便规律的建立。根据粪便性状，随时调整饮食种类，不吃产气多和刺激性大及粗糙食物，保持足够的饮水量。膀胱造口术后病人亦应多饮水增加尿量，起到生理性冲洗作用。教会病人正确使用造口袋。及时用清水或肥皂水清洗造口，保持清洁。造口周围皮肤发生糜烂、湿疹、感染、过敏时及时对症处理，加强造口护理。定期进行造口扩张，可用示指戴上涂有液状石蜡的指套伸入腹壁造口扩张。

（6）骨肿瘤手术治疗后康复　及时鼓励病人活动，防止卧床休息引起的并发症，注意生活护理与心理护理并重，结合进行功能训练及心理引导，为功能恢复创造良好条件。手术结束麻醉苏醒后即可开始进行主动肌肉收缩和被动运动。肢体在牵引和外固定时，固定范围的肌肉要做静态收缩，要在保护下及治疗允许范围内活动。未被固定的关节要尽量活动，并逐渐达到正常的活动度。除患肢局部活动外还要注意全身性的锻炼，如深呼吸、肛门括约肌收缩、健康肢体的活动等，预防肺部感染、深静脉血栓和压疮等并发症。

1）人工关节置换术后康复：适当抬高患肢，保持功能位。髋关节置换术后保持患肢外展30°中立位，避免下肢内收和外旋；膝关节置换术后保持膝屈曲10°，两侧可放置沙袋保持中立位；肩关节置换术后用三角巾固定，保持上臂与身体侧边平行，肘关节屈曲90°下臂置于胸前；肘关节置换术后屈肘90°。术后第1天使用冰袋置于手术关节的周围，减轻关节周围软组织肿胀，减轻疼痛。遵医嘱使用镇痛药物控制疼痛。尽早开始深呼吸及有效咳嗽，踝关节屈伸运动、健侧肢体运动和肌肉静态收缩运动。进行关节被动运动，逐步过渡到主动运动、负重练习和步态训练。加强功能性独立能力的训练，提高生活质量，早日回归社会。

2）截肢后的康复：加强心理康复，帮助病人认识自我价值，重新树立信心，面对现实。保持正确姿势，避免残肢关节挛缩。积极处理残肢痛、幻肢觉和幻肢痛。对残端给予经常和均匀的压迫，促进残端软组织收缩。术后第3周可局部按摩，促进水肿消退，并练习残肢屈伸活动，达到术前的范围。积极锻炼，主动活动，增强肌力，早期扶拐行走，为安装义肢做准备。安装临时义肢和正式义肢后，在康复医师和假肢技师的指导下进行站立位平衡、迈步和步行训练。通过义肢安装和使用，重建丧失肢体的功能，防止或减轻截肢对病人身心造成的不良影响，使其早日回归社会。

（7）颅内肿瘤治疗后康复　颅内肿瘤在术后或放疗后可能出现认知、运动、感觉、语言及吞咽等功能障碍及排泄失控。有些功能障碍在一定时间内是可逆转的，应尽早进行康复治疗，以减少残障。

1）运动功能康复：保持功能位，定时翻身、变换体位，预防压疮、肿胀和挛缩。一旦生命体征平稳、神志清醒，应尽早帮助病人进行肢体运动、床上活动和坐位、站位及步行训练，循序渐进。对于主动运动困难的病人予以被动运动，一旦出现主动运动，应鼓励病人尽早开始自助运动，并逐渐过渡到主动运动。还应及早开始日常生活活动训练，最大限度地恢复病人的日常生活活动能力。

2）认知功能障碍康复：认知障碍主要分为感知觉、注意力、定向力、记忆力和解决问题能力障碍。感觉障碍的康复常包含在运动训练中，如拍打、擦刷、针灸、按摩以及冷热刺激都可促进感觉的恢复。让病人注视患肢并认真体会其位置、方向及运动感觉，闭目寻找停留在不同位置的患肢的不同部位都可促进病人本体感觉的恢复。知觉障碍的康复训练方法有功能训练法、转换训练法和感觉运动法。对于注意力集中障碍的病人可安排在安静的环境中进行功能训练，有进步后逐渐转入正常环境。对定向力障碍的病人，可设计制作一些包含时间、地点的图片、表格作为提示。对记忆力障碍的病人可同时使用功能再训练和功能代偿的方法帮助记忆。对缺乏解决问题能力的病人，可由简单到复杂，由易到难提出一些问题帮助其分析，指导病人解决。

3）吞咽障碍的康复：用手指、棉签、压舌板等刺激面颊部内外、唇周、整个舌部，增加这些器官的敏感度；用棉棒蘸少许冰水轻轻刺激腭、舌根及咽后壁，然后做空吞咽动作；用棉棒蘸不同味道的果汁或菜汁刺激舌面部味觉，增加味觉敏感度及食欲。进行唇、舌、颌渐进式肌肉训练、呼吸训练和咳嗽训练，然后进入摄食训练。选择半卧位配合头颈部运动的方式进食。食物的性状应根据吞咽障碍的程度及阶段，按先易后难的原则来选择。密度均一，有适当的黏性，不易松散且爽滑，通过咽及食管时容易变形、不易在黏膜上残留的食物容易吞咽。进食要定时、定量，不要在水平仰卧位及侧卧位下进食。注意保持口腔卫生。

4）语言障碍的康复：颅内肿瘤病人可出现言语错乱、构音障碍、命名障碍、失语等语言障碍。这里简单介绍失语与构音障碍的康复。失语症的康复是言语再训练或言语再学习的过程。首先应改善对语言的听觉输入和视觉输入，然后才是语言表达训练。方法有语音训练、听理解训练、口语表达训练、阅读理解及朗读训练、书写训练、计算机训练。遵循循序渐进原则，由简单到复杂，逐步增加刺激。对于构音障碍的康复以发音器官训练为主，遵循由易到难的原则。方法有松弛训练、呼吸训练、发音训练、发音器官运动训练、语音训练及音律训练等。

5）二便障碍的康复：①尿潴留及尿失禁的康复。对于尿潴留的病人应尽量设法使其自行排尿，如热敷、针灸、刺激膀胱、温水冲洗会阴部、手法压迫等。若无效，可间歇或留置导尿管。留置导尿管者应夹管定时放尿，训练排尿反射。对于尿失禁的病人要注意训练定时排尿的习惯，要保持会阴部清洁、干燥，做好皮肤护理。男病人可使用一次性尿套接尿袋或用一次性软尿壶接尿。女病人可使用大口尿壶接尿或使用尿布。②大便失禁和便秘的康复。对于大便失禁的病人要做好肛门周围皮肤护理，每次便后用温热软毛巾抹洗后涂鞣酸软膏。颅内肿瘤病人，由于使用脱水剂、呕吐、手术限制饮食、吞咽障碍、活动障碍等原因可导致便秘，应及时使用开塞露或润肠剂、缓泻剂解除便秘。根据吞咽情况及时调整饮食结构，病情许可及早活动，促进肠蠕动，并养成定时排便的习惯。

四、康复保健操

（一）乳腺癌术后有氧运动康复操

【适应证】 乳腺癌手术后病人。

【禁忌证】 心血管系统疾病或其他运动器官疾病病人。

【运动方法】 有氧运动康复操由甘肃省肿瘤医院徐文红研究并推广，属于卫生部十年百项推广项目之一。乳腺癌手术后进行有氧运动时，一定要遵循循序渐进的原则，运动量要由小到大，不可操之过急；在运动前一定要做好准备活动，运动后注意上肢抬高位放松抖动。

乳腺癌病人术后麻醉苏醒至拔除引流管后 8 周可以进行有氧运动康复操的康复锻炼。运动强度一般选用最大心率的 50%～70% 为运动适宜心率。

术后第一阶段：麻醉苏醒至拔除引流管，这一时期的运动心率至少应在每分钟 85 次以上，病人可选用床旁步行，并配合头颈、手部运动以及进行辅助按摩，增强心肺功能。

术后第二阶段：拔除引流管后 8 周内，这一时期的运动心率，至少应达到每分钟 100～110 次，病人可选用摆臂步行和针对性的康复体操，锻炼术侧肩关节功能，促进上肢功能康复。一般每周锻炼 3～6 次。锻炼要因人而异，做好医学监督检查，循序渐进，运动幅度由小到大逐步增加。乳腺有氧运动康复操共有 3 套，因篇幅有限，本章只介绍有氧运动康复操第一套（以右侧乳腺癌病人为例）。

第一节　呼吸运动

病人取卧位或坐位，全身放松。鼻吸气，口呼气，鼻吸气时，吸到底紧接着呼气，口呼气时，尽可能呼到底，将健侧手置于患侧肋弓下缘感受胸廓起伏，呼气时同时发"嘘"音。

第二节　上肢运动

第一组动作

1. 拳掌练习　两手紧握拳，稍停 4～5 秒，五指充分用力张开，重复此动作 4 次。

2. 绕指　从小拇指开始五个手指依次屈曲，再绕腕翻掌从小拇指开始依次伸展，重复此动作4次。

3. 叩十宣　两手掌心相对，两手十指指尖相互叩击手指指腹上的十宣穴，重复此动作4次。

4. 拔指　两手交叉相握，十指尽力夹紧，沿手指两侧相互按摩后用力拔开，肩关节活动度外展小于15°，重复此动作4次。

5. 振掌根　两手交叉相握，利用手腕的力量振动掌根，重复此动作4次。

6. 搓手　两手重叠，交替按摩手心、手背，重复此动作4次。

第二组动作

1. 术侧上肢握拳，肘关节用力屈曲，健侧上肢体侧伸展，患肢和健肢交替运动，重复此动作4次。

2. 双臂体侧伸展、握拳，肘关节同时用力屈曲，稍停4～5秒，体侧伸展，重复此动作4次。

3. 双臂握拳，屈肘90°，胸前内收交叉，稍停4～5秒，五指分开，外展，重复此动作4次。

4. 两手自然置于胸前，从下向上拍手、放松，重复此动作4次。

第三节　颈部运动

1. 病人用健侧手托住术侧手进行颈部肌群运动。

2. 低头，下颌触胸骨，稍停4～5秒，还原。

3. 头尽量后伸，眼望天，稍停4～5秒，还原。

4. 头转向左侧，眼看左后方，稍停4～5秒，还原。

5. 头转向右侧，眼看右后方，稍停4～5秒，还原。

以上动作重复4次。

第四节　肩、胸、背部运动

1. 病人健侧手托住术侧上肢手背进行肩部肌群运动。

2. 左肩向上抬，同时，右肩向下沉，稍停4～5秒，还原，重复此动作4次。

3. 右肩向上抬，同时，左肩向下沉，稍停4～5秒，还原，重复此动作4次。

4. 双肩同时尽量往上抬，稍停4～5秒，重复此动作4次。

5. 两臂自然下垂，双肩以肩关节为轴，由前向后做环绕动作，重复此动作4次。

第五节　辅助按摩

1. 从近端到远端向心性按摩，促进术侧上肢淋巴血液回流。

2. 用健侧手依次按摩术侧上肢上臂外侧、内侧（从肘关节到肩关节、从手指到肩关节）。

3. 用健侧拇指指腹依次点压、揉按合谷穴2～3分钟、内关穴2～3分钟、肩井穴3～5分钟。

第六节　放松运动

病人用健侧手由下向上揉捏术侧上肢。病人肩关节不动，屈肘置胸前，手指向上自然屈曲，腕关节旋转、抖动，放松手部。

（二）头颈部手术后康复操

颈淋巴结清扫术，由于副神经和一些重要颈部解剖结构的损伤、斜方肌瘫痪、萎缩以及其悬吊和向上向内提拉肩胛骨的功能丧失，将会产生垂肩，肩向前内侧移位，耸肩不能或耸肩无力，继而出现肩部其他肌肉功能失调，手臂外展受限，上举困难，上肢无力，导致病人洗头、穿衣等日常生活有困难，并产生肩部和上肢的疼痛、麻木，甚至肩部僵直等一系列表现。术后康复操可减少肩部肌肉萎缩、减轻不适症状和提高病人生活质量。

【适应证】　颈淋巴结清扫术后尤其传统颈清扫术后的病人，开始锻炼时间以切口愈合、手术后5～7天为宜，每天2～3次，持续到术后3个月。

【禁忌证】　术后5天内、颈部伤口未愈的病人。

【运动方法】

1. 耸肩运动

（1）自由地坐在椅子上，将两只肩膀抬高到耳部（图2-4）。

（2）保持这种姿势5分钟，然后放松。

（3）重复此动作5次。

2. 增加肩部力量运动

（1）自由地坐在椅子上，把两手分别放在椅子的两边，将臀部抬高离开椅子（图2-5）。

（2）保持这种姿势5分钟。

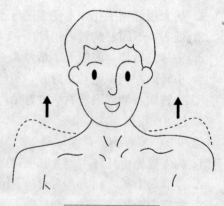

图2-4　耸肩运动

（3）重复此动作 5 次。

3. 肩部牵引运动

（1）自由地坐在椅子上，左右肩部向后背部靠拢（图 2-6）。

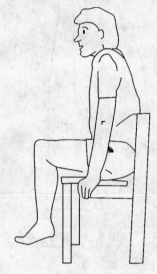

图 2-5 增加肩部力量运动

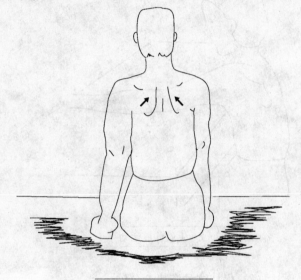

图 2-6 肩部牵引运动

（2）保持这种姿势 5 分钟。

（3）重复此动作 5 次。

4. 上肢伸展运动

（1）自由地坐在椅子上，把一侧手臂放在桌子上，尽量朝前伸，身体不要向前移动（图 2-7）。

（2）保持这种姿势 5 分钟。

（3）重复此动作 5 次。

5. 肩部上举运动

（1）人自由地站立，两脚并拢，用双手握一圆木在胸前，然后上举至头顶部，不要过度仰伸（图 2-8）。

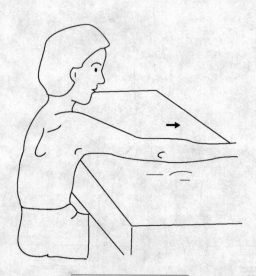

图 2-7　上肢伸展运动

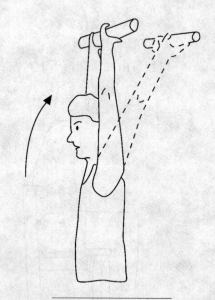

图 2-8　肩部上举运动

（2）保持这种姿势 5 分钟。

（3）重复此动作 5 次。

6. 抬肩爬墙运动

（1）自由地站立在墙边，伸出受影响的手臂，用手指做向上爬墙运动，爬得越高越好（图 2-9）。

（2）需要按照手指爬的高度调整站立的位置。

（三）头颈部放疗后简易康复操

【适应证】　鼻咽癌放疗中、放疗后；面颈联合野放疗进行功能锻炼者。

【禁忌证】　颈部肌肉急性损伤；颈部疾病急

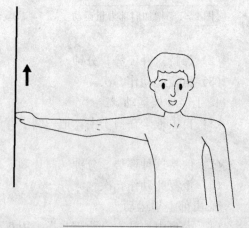

图 2-9　抬肩爬墙运动

性损伤制动者。注意动作轻柔、拉伸适度，以舒适为准，每天 2～3 次为宜。

【运动方法】

1. 低头、仰伸运动

（1）端坐在椅子上，肩膀自然放松，目视前方。

（2）低头，尽量将下颌骨靠近胸骨，保持此姿势 5 秒钟；还原，休息 3～5 秒钟。

（3）头部尽量仰伸，目视天花板，保持此姿势 5 秒钟；还原，休息 3～5 秒钟。

（4）重复此动作 5 次（图 2-10 和图 2-11）。

图 2-10　低头运动

图 2-11　仰伸运动

2. 头部钟摆运动

（1）端坐在椅子上，肩膀自然放松，目视前方。

（2）目视前方，向左摆动，保持 5 秒钟；还原、休息 3～5 秒钟；向相反方向运动。

（3）重复此动作 5 次（图 2-12）。

3. 转颈运动

（1）端坐在椅子上，肩膀放松，目视前方。

（2）头部尽量向左转，目视左前方，保持此姿势 5 秒钟；还原，休息 5 秒；向相反方向

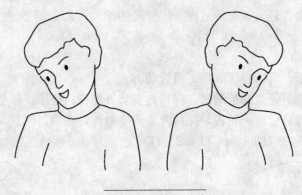

图 2-12 钟摆运动

运动。

（3）重复此动作 5 次（图 2-13）。

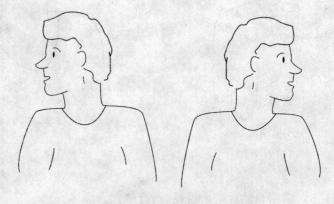

图 2-13 转颈运动

4. 张口运动

（1）自由地坐在椅子上，肩膀放松。

（2）尽量将口张开，慢慢还原。

（3）重复此动作 10～20 次（如感觉到张口受限，可多做数次）。

5. 叩齿运动

（1）自由地坐在椅子上，肩膀放松。

（2）嘴唇微开，上下齿轻轻叩击。

（3）叩击臼齿 36 次，再叩击门齿 36 次。

6. 旋肩运动

（1）自由地站立，两脚略分开，目视前方。

（2）双肩关节向前做旋肩运动 10 次；向后做旋肩运动 10 次。

（3）重复此动作 5 次。

7. 耸肩运动

（1）端坐在椅子上，将两只肩膀抬高到耳部。

（2）保持这种姿势 5 秒钟，然后放松。

（3）重复此动作 5 次。

8. 肩部上举运动

（1）自由站立，两脚略分开（图 2-14）。

（2）左手握一矿泉水瓶，向上举，还原，重复此动作 10 次。

（3）换另侧手进行上举运动。

9. 放松运动

（1）自由站立或坐在椅子上，目视前方，肩膀放松，两臂自然下垂。

（2）用鼻子吸气（有鼻塞病人可用嘴吸气），扩张肺部，然后慢慢用嘴呼气，呼气时默念"松"字。

（3）重复此动作 2～5 分钟。

图 2-14 肩部上举运动

第七节　肿瘤科病人的心理护理

一、心理因素与恶性肿瘤发生发展的关系

心理因素可以致病，而疾病又反作用于人的心理状态。不少恶性肿瘤病人有过长期不正常的情绪状态，尤其是过度紧张和过度忧郁的历史。近年来提出的"C型个性"，被认为是癌症易患性人格，其表现为合作的，惯于自我克制，情绪压抑和内向、防御和退缩等。这些负性情绪对机体免疫系统有抑制作用，影响对肿瘤细胞的免疫监视，致使瘤细胞活跃，肿瘤发生和发展。恶性肿瘤本身，又可作为一种恶性刺激，对病人产生严重的心理影响。面对癌症的威胁，病人要经过一个对疾病理解并接受治疗的复杂心理适应过程。护士通过为病人提供关于恶性肿瘤及其治疗信息，并且运用交流技巧，给病人以心理支持，可以促进病人对这一紧张状态的调整适应过程。

二、肿瘤病人对疾病诊断早期的心理变化和护理

1. 恐惧　是恶性肿瘤病人普遍存在的心理反应。根据相关文献报道，癌症病人常见的恐惧反应有：对病情未知积压的恐惧，对孤独的恐惧，对疼痛的恐惧，对与亲人分离的恐惧等。恐惧常唤起对过去和未来对比的联想和回忆，因而产生消极的情绪反应。

首先，要使病人摆脱对疾病未知的恐惧。长期以来对是否如实地告诉病人其癌症的诊断，存在着不同的看法。有研究表明，80%以上的病人愿意知道自己的诊断。因此，癌症一经确诊，应由医师连同病情和治疗方案一并告诉病人。有人调查过，癌症病人在疾病的各个阶段中，以门诊确诊时的焦虑最大，门诊护士应该主动发挥对病人的咨询和支持作用。

2. "诊断休克"　多数病人得知患癌时会有一个震惊时期，称为"诊断休克"。处于震惊状态的病人极力否认癌的诊断，如怀疑诊断报告有错误，这是一种保护性反应，为使自己经受得住癌的打击。为此，不可过早地勉强病人放弃他的否定去面对现实。对于失去理智的病人，要多予以理解和照顾，并注意保护病人。当病人渐渐意识到自己是患癌症时，便会陷入极度的痛苦之中，这时更需要护士的体贴和关怀。

三、疾病治疗阶段的心理变化和护理

恶性肿瘤病人在治疗阶段，遭受着癌的诊断和治疗的双重精神压力。外科手术切除范围广，常影响机体或肿瘤所在器官的正常功能，如失语、截肢、人工肛门，甚至损容等。护士应深切理解病人的心理变化，术前协助医师耐心解释手术对挽救生命、防止肿瘤复发的必要性；术后帮助病人重建机体功能，如语言训练、造瘘咨询和身体缺失部分的代偿等。请已治愈的病人现身说法，常收到独特的效果。放疗和化疗的不良反应如恶心呕吐、头晕、乏力等，常使病人的焦虑加重。有些病人面对死亡很坦然，却耐受不住治疗的不良反应。有的病人对治疗存在一种不切实际的期望，也是增加焦虑的原因之一。因此，在进行各项治疗前，认真做好解释工作，使病人理解治疗的作用、简要步骤、可能出现的不良反应和需要配合的事项，是恶性肿瘤心理护理不可忽视的环节。在治疗结束后，适时恢复部分工作，可使病人体会到自身的价值及在社会中的作用，从而重新振奋起来。

四、肿瘤病人化疗前的心理变化和护理

1. 暴躁情绪 病人一旦被确诊为癌症，对其是很大的精神打击，加上医院陌生的环境和疾病的折磨，目睹别的病人治疗期间的各种化疗药物的副反应，都会令他们情绪低落，自我控制能力下降，容易激怒。这时，病人十分需要家属的支持、安慰和陪伴，更希望得到医护人员的精心治疗和护理，以消除暴躁的情绪，减轻肉体上、精神上的痛苦。这时，医护人员应向其解释化疗药的副反应是一种暂时性的反应，不会造成永久性伤害，叮嘱其家属多关心体贴病人，并陪伴其左右和细心照顾，同病人一道与疾病作斗争，使病人接受并最终完成化疗。

2. 忧虑心理 当病人到医院就诊时，由于对新环境陌生，对医护人员的工作和治疗计划不了解，病人担心化疗后引起白细胞减少和恶心、呕吐等反应。要接受并顺利完成化疗全过程，除要得到病人家属的关心配合外，更需要医护人员的同情与安慰。因此，医护人员应以热情、亲切的态度与病人接触，取得病人的理解和信任，消除病人的忧虑心理。

3. 恐惧心理 恶性肿瘤病人，特别是晚期病人每天必然会重复同一过程——服药、注射、输液，而即将化疗的病人对静脉注射化疗药物都存在不同程度的恐惧心理。他们首先害怕疼痛，担心护士注射技术欠佳；多次化疗的病人由于静脉炎、静脉硬化造成穿刺困难，当呼唤病人名字打针时，即可见其表情紧张。医护人员应重视第一次化疗前病人的心理反应。

许多研究表明，病人在接受化疗并且等待第一次化疗期间，最容易出现焦虑、恐惧情绪，其程度往往比实际化疗还要严重得多。Meyerowit 等进行的一项调查发现，在乳腺癌术后接受辅助化疗的女性病人中，有41％认为实际化疗比他们所想象的要好得多。病人在等待化疗期间，由于对癌症或化疗不正确的认知常常引起许多的身心问题，严重者需心理医师的治疗。医护人员不但要关心、体贴病人，而且应对病人和家属进行耐心细致的解释，同时尽可能保证静脉穿刺"一针见血"，解除病人的思想顾虑，减轻病人心理的恐惧，使其主动配合治疗及护理，促进病人早日康复。

4. 化疗药物的依赖心理　病人经过第一阶段的适应过程后，承认了自己的"病人角色"，心情较平静，于是把希望寄托在各种治疗上。病人对化疗产生盲目的依赖性，单纯追求用量，较少考虑综合疗法（营养与精神疗法）和身体的整体免疫状况。如有的病人在口补营养困难、身体虚弱、周围血象很低的情况下，还一味要求加大化疗药物的剂量，结果产生严重的并发症。

5. 抗药心理　病人害怕化疗药物对身体影响大，自己难以适应化疗药物引起的痛苦，以及对化疗药物的疗效缺乏信心等。由于上述心理反应，导致病人情绪低落，意志消沉，丧失与疾病作斗争的信心，这种心理状态对药物的疗效是极为不利的。因为越来越多的资料表明，讲究心理卫生不仅能有效地预防癌症，还有利于肿瘤的消退。所以，我们在实施治疗时和治疗过程中，应重视病人的心理护理。要使病人能顺利化疗，医患之间必须创造机会进行多次交谈及讨论。

五、肿瘤病人晚期阶段的心理变化和护理

晚期恶性肿瘤病人的恐惧，可表现为衰弱、疼痛、厌食等，给病人造成很大的痛苦。随着机体功能逐渐衰退，病人可能放弃本来的活动，而形成恶性循环。如病情许可，应鼓励病人尽可能起床活动，不要过早地卧床不起。这样，既可延缓机体功能的衰退，并可使病人从自理中增强信心。

晚期癌症病人会产生一种脱离社会的孤寂感，表现为害怕被忽视和被抛弃。这种孤独感在白天尚能忍受，到了夜间却寻求护士的注意。此时不应认为病人在找麻烦而表现出厌烦和冷淡情绪，应多巡视，主动解决病人的需求，或允许家属陪住，使病人感到慰藉。终末期病人常出现倒退和依赖心理，即倒退到心理发展的早期，像孩子一样寻求保护，依赖更多的照顾。这是一种防御机制，应允许病人较平时有较多的依赖，给予更多的关怀。

尽管不应使终末期病人知道其确切的病情发展，但病人亦会感到生命快要终结，因此，更需要采取各种支持措施，解除病人的痛苦，以缓解对死亡的恐惧，并保持病人的尊严。对终末期病人，不应过多考虑价值观，而应重视病人的微小愿望，尽可能满足病人的生理、心理、社会需要，这是对病人最好的心理支持。当病情迅速恶化，各种治疗失效时，病人会出现愤怒和绝望的情绪反应，甚至有轻生意图，应多予关心，并多加注意，防止发生意外。也有一些病人喜欢安静，愿意从医院回到家中，与家人团聚，然后离开人世。医护人员此时应尊重对方的意愿。

六、对医护人员的要求

在医护人员中，应树立癌症可治的信心。临床上常见带癌生存的病例，术后他们同样可以过正常生活。因此，在任何情况下都不应放弃对病人的支持，要具有高度的同情心和责任感，采取各种有效措施，控制肿瘤的发展，减轻病人的痛苦，并以饱满的情绪来感染病人。坚强的意志可增强病人对各种不适的耐受能力，精心护理和精湛的技术，可消除病人精神上的痛苦，增加病人对医务人员的信任感和安全感，这是做好肿瘤心理护理的基础。

肿瘤病人在整个诊治、康复过程中，多伴随着较大的心理变化，表现出多种不良心态，这些心理的失衡或障碍可直接影响到治疗的效果和病人的生活质量。因此肿瘤病人的心理护理就显得非常重要。对肿瘤病人的心理护理不仅是医师、护士所进行的工作，也需要病人的家属及周围的亲友一同参与。它要求护理人员具有较广博的知识并用相应的医学、社会学、心理学、伦理学、哲学等知识去解决由肿瘤及其治疗所引起的思想上、心理上的矛盾和问题。

那么，护理人员如何做好肿瘤病人的心理护理呢？

首先，在疾病初起时，要给病人以较多的心理支持，正确引导其对疾病的认识。病人多不愿承认自己患的是恶性肿瘤，甚至希望是误诊。确诊后，则又想知道自己所患的疾病是属早期还是晚期，有否扩散转移。对治疗效果持怀疑态度，诸如手术能否彻底解决，化疗、放疗是否有效，自己能否经受得起一切治疗的考验等。随之担心个人的前途和命运，给家庭造成的影响，评议自己的人生价值。尤其一些意志薄弱、情绪低沉的晚期癌症病人，如果缺乏家庭和社会的关怀，就很容易产生绝望心理。这时其家庭和医护人员要富有同情心，从病人的语言、行为特点去发现其内心的活动，并给予必要的关怀和疏导，鼓起病人战胜疾病的信心，使病人从消极低沉的心态转化为积极向上的心态。

求生是人的天性，生存的需要是每个肿瘤病人最强烈的需要，他们渴望了解自己的病情，要求明确自己在人生的旅途还有多少时间，只要其生命价值仍将存在，就足以使他们承受一切治疗中的不适和疾病的折磨。此时病人需要理解与支持，护理人员对待病人要热情，要有耐心，应主动解决和尽量满足他们的合理要求。

其次，肿瘤病人还需要得到安全保护，希望有一个舒适、清静、空气流畅、阳光充足的有利环境，更需要有医术精湛、态度和蔼、尽心尽责的医护人员为其治疗。所以医护人员应做到业务熟练精通、态度和蔼可亲、行动干净利落、待人热情沉稳、工作严肃认真、责任心强。这样可减少病人的焦虑和恐惧心理，使病人获得安全感和信任感，从而达到心理上的稳定，对治疗可起到积极作用。反之，若安全的需要未能得到满足，病人会忧心忡忡，觉得生命缺乏保障，造成心理危机，对治疗和康复极为不利。

再次，另外病人对人际关系的需要也应给予重视。医患关系也是一种人际关系，病人入院后医患之间就开始建立这种新的人际关系，他们需要得到医护人员的热情接待、重视和理解，希望能相互沟通思想；还希望得到病友的关爱以及亲朋的安慰和亲近，从而不感到孤独、寂寞。人际关系的亲密感增加，可使病人减少或忘记疾病所带来的痛苦，并可从中获得与疾病抗争的力量。

人与人之间应当是相互尊重的，每个人都希望他人能尊重自己的人格，癌症病人也不例外。他们不仅需要同情、关怀和照顾，更需要理解和尊重，这一点在肿瘤病人的心理康复中，也是至关重要的。

第八节　临终关怀护理

一、临终和临终关怀

1. 临终的概念及时限　对临终的定义，世界上许多研究者所提出的概念各不相同。第一位成功地进行心脏移植的南非医师巴纳德对临终的定义为"一个人在死亡前，其生存质量无法复原地退化，即为临终"。目前，临终关怀学者普遍认为临终是临近死亡的阶段，无论何种原因造成的人体重要器官的生理功能趋于衰竭，生命活动将要走向终点的状态，即为临终。

对临终的时限，目前世界上仍没有统一的标准，不同的国家有不同的标准。世界许多国家倾向于以病人的生命垂危、需要住院直到死亡、平均天数为 17.5 天为标准。中国目前对临终的时限定义为当病人处于疾病末期，死亡在 2～3 个月内不可避免时，为临终阶段。

2. 临终关怀的概念　临终关怀的概念含义有两方面：其一，临终关怀是一种特殊服务，是对临终病人及其家属所提供的一种全面的照顾，包括生理、心理、社会等各个方面，其目标在于使临终病人生命质量得到提高，家属的身心健康得到维护和增强，使病人在临终时能够无痛苦、安宁、舒适地走完人生的最后旅程。其二，临终关怀是一门以临终病人的生理、心理发展和为临终病人及其家属提供全面照顾的实践规律为研究对象的新兴学科。

3. 临终关怀护理的发展　早期的临终关怀始于中世纪，现代的临终关怀是由英国的桑德斯博士（Dr. Damt Cieely Saunders）在 1967 年开展，她在伦敦开办了世界上第一所为临终病人提供服务的"圣克里斯多福临终关怀院"（St. Christopher Hospice），被誉为"点燃了世界临终关怀运动的灯塔"。1978 年，国际安息护理协会在加拿大举行了第一次世界性学术会议，会议要求世界各国护理协会行动起来，对现代医学治愈无望的病人缓解其极端痛苦，维护辞世前的尊严，增强人们对临终生理状态的积极适应能力，帮助临终病人平静、幸福地走完生命历程，对临终者家属提供包括居丧期在内的生理、心理关怀的立体化社会卫生服务，积极组织临终服务中心。此后，相继出现了研究"死亡学"、"临终关怀学"的服务性机构和专业性期刊。

二、临终关怀护理原则

1. 照护为主　临终照护以全面护理为主，目的是减轻和避免患有威胁生命的疾病的病人遭受痛苦，以提高病人临终阶段的生命质量，维护病人死的尊严。

2. 适当治疗　晚期病人的基本需求有三条：一是保持生命；二是解除痛苦；三是有尊严地死去。病人既然保持生命无望，就要求能够解除痛苦，并且无痛苦地死去。我们在尊重生命和死亡的自然过程方面，针对医学治疗和伦理原则，提出了临终病人适度治疗的原则，即不以延长生命的治疗为主，而以解除病人痛苦和进行姑息治疗为主。

3. 重视心理护理　临终病人的心理是极其复杂的，即将走向生命终点，这类病人的身心往往非常疲惫和痛苦，且因人的性别、年龄、社会背景、性格特征、文化修养、疾病认知、家庭社会等的不同而有差异。晚期病人的心理活动分为 5 个阶段：否认期、愤怒期、协议期、绝望期、接受期，从而逐步走向死亡。对晚期病人应加强心理护理，增加病人的舒适，减轻压力反应，提高其生命质量，维护病人人格尊严，帮助病人正视现实，面对死亡，平静安详地离去。

4. 实行人道主义和整体服务　对临终病人充满爱心、关心、同情，理解临终病人，尊重他们生的权力和尊严，并进行全方位服务，包括：临终病人的生理、心理、社会等方面给予关心和照护；既关心病人自身，又关心病人的家属；既为病人生前提供高质量的服务，又为其死后提供居丧服务等。

三、临终病人的护理

1. 一般护理　临终病人的主要护理诊断和护理措施见表 2-11。

表 2-11　　　　　　　　　临终病人的主要护理诊断和护理措施

护 理 诊 断	护 理 措 施
清理呼吸道无效	病人取半卧位或侧卧位，予以吸氧，雾化吸入，使用祛痰剂和支气管扩张剂，必要时予以吸痰
自理缺陷	温水擦浴，保持皮肤清洁、干燥；更换干净衣服、床单；做好眼睛护理；口腔护理每天 2 次，口腔清洁无异味；除定时翻身，增强营养和皮肤护理，预防压疮外，据病情予以垫气圈和睡气垫床等
躯体移动障碍	协助病人起床；经常帮助病人更换卧位；可用软枕支持病人身体，保持舒适卧位
营养失调——低于机体需要量	按病人习惯，提供高蛋白、高维生素的饮食；少食多餐；食品多样化，为病人提供安静整洁的就餐环境，增进食欲
悲哀：与实际或自感失落有关	应用倾听技巧，耐心倾听病人的倾诉，认识和接受病人对失落的情感反应，不要评价；不要回避"死亡、临终"等字眼；鼓励家庭成员参与照顾病人的活动，并多与病人相处；尽量满足病人的各种需要
体液不足	鼓励病人多饮水；进食软食、半流质或流质饮食；当摄入量明显不足时，及时采取支持对症疗法，以延长生命
排尿异常	排尿困难病人采用多种方法诱导病人排尿，尿潴留者及时解除其疼痛，予以留置导尿管；失禁者做好清洁护理，并保持病室整洁舒适

续表

护 理 诊 断	护 理 措 施
睡眠紊乱	计划安排好医疗护理措施；根据病人的习惯和愿望做好休息时间的安排；控制不适症状，提供舒适安静的休息环境
感觉改变	保持房间光线明亮；病人听力减退时，与病人交谈时语言要清晰，劝告病人的家属避免在病人床旁低语或哭泣；病人触觉消失，但能感受触摸的压力
疼痛	正确地评估病人的疼痛程度，积极控制疼痛：药物、心理疗法等。学习并遵循 WHO 推荐的三阶梯止痛治疗原则，提供定时、定量、个体化治疗，并依据疼痛情况不断予以调整；积极采取非药物止痛方法，如放松、分散注意力、冷热敷、按摩、针灸等；对病人及其家属进行有关疼痛治疗的教育

2. 心理护理　美国心理学家 Kubler-Ross 在 1969 年的《死亡与濒死》一书中将临终病人的心理反应阶段分为五期，根据临终病人心理反应分期特点采取相应的护理措施（表 2 - 12）。

表 2 - 12　　　　　　　　　　临终病人心理反应分期及护理

阶 段	护 理 措 施
震惊与否认	否认是一种心理防御机制，在语言上不要急于揭穿病人的否认
愤怒	愤怒多是由失落引起的；满足病人的需要；给予病人心理支持，允许病人尽可能控制自己的情绪
协议乞求	用真挚的情感尊重病人，为病人提供耐心的护理；对于病人提出的请求，要采取积极的态度满足其心理需要
抑郁	鼓励病人表达悲伤；应用各种交流方式；鼓励病人的家属多陪伴病人，并与病人多交流沟通；对病人表示同情、关注和安慰，支持病人，用音乐或其他娱乐分散病人注意力，密切观察病人的心理变化，预防病人的自杀倾向，予以对症心理支持
接受	帮助其家人和朋友理解病人对社会交往的需要下降；体谅病人的苦衷，给予情感上的关怀和实际的支持，创造安静、舒适、祥和的环境；帮助病人完成未了的心愿

3. 优死教育　优死是指提升死亡品质，运用科学知识和艺术手段使被护理对象得到躯体（body）、心理（mind）与精神（我国的台湾将其译作"灵性"）（spirit）的照护。临终关怀所追求的美学境界是"优死"。优死就是安宁、无痛苦、无遗憾地走向生命终点。优死是一种新的死亡观，是一种坦然迎接死亡的方式，是人类认识到"死亡是不可避免的自然法则，死亡既是对生命的否定，又是对生命的肯定"这一死亡价值的认可后的理智选择，是人类智慧的体现。人的一生是全优质量的系统工程，不仅要优生、优育、优活，更要优死。通过死亡教育，使人们对死亡由无知进入有知的境界，消除对死亡的恐惧，正确对待自我和他人之死，理解生与死是人类自然生命历程的必然组成部分，是不可抗拒的自然规律，从而树立科学、合理、健康的死亡观。

进行优死教育的原则是指使病人对死亡由恐惧到坦然面对，进而接受死亡。必须坚持以下三条原则：第一，在具体的死亡教育中，考虑到中国人受传统文化影响形成的讳死心理，要善于把死亡问题转化为人生问题来处理。实际上，死亡教育所言之死，并非指人的生理之死，而是对活着的人谈观念上的死，其目的仅在于提升人们的生活品质。而且死亡教育最终是让人面对死不恐惧、不焦虑，心理坦然，这本身就是一种较佳的人生状态，而非人死的状态。第二，要用生动感人的形式开展优死教育。死亡本身的恐怖性使运用生动活泼的教学形式成为必需，比如让受教育者从感人的文学作品、影视作品的故事中来领会复杂的生死问题等。第三，要坚持完全开放式教学原则，把全人类有关生死的观念、思想、传统和智慧广泛地介绍给大家。

4. 临终护理要做到"四美"　护士在临终关怀中，必须做到"四美"，即心灵美、仪表美、语言美、操作美，给临终病人更多的爱。"心灵美"就是护士要有一颗"爱人之心"，爱在临终关怀中是不可缺少的，可以给人以温暖，给那些痛苦、破碎的心带去安慰。"仪表美"即护士穿着整洁，衣帽整齐，表情自然大方，同时面带微笑，步伐轻盈优美，充满活力。"语言美"，是作为心灵沟通的桥梁。护士讲话时要富有同情心，语气温和亲切，使病人处于关怀、体贴、慰藉之中，感受到人性化的关爱。"操作美"，护士进入病房，仪表给人以第一印象，护理操作动作娴熟、准确、轻柔、优美，熟练的操作技能更能获得临终病人的信任，护士的一言一行都应给人以美感。

临终病人的心理极为敏感、复杂，对人格、亲情、尊严倍加珍视，对护士的一言一行更

为注目。因此护士要有高尚的道德品质，精湛娴熟的技术，和蔼可亲的笑言，才能赢得病人的信赖。护士要自觉地做好本职工作，哪怕能给病人带来片刻的欢愉，也要满足病人在人世间的最后要求和心愿，让他们带着人类最崇高、圣洁的爱平静、安详地离去。

四、哀伤护理

1. 家属的心理反应　临终关怀服务除了帮助临终病人最终能安详、平静地死去，还必须对其家属进行照顾和支持，应用以人为中心的人文关怀体系，及时缓解病人家属的焦虑、恐惧、不安等负性情绪，协助他们在合理时间内引发正常的悲伤并健康地完成悲伤过程，以增进重新开始正常生活的能力。Engel 于 1964 年提出的悲哀的六个阶段可用于评价病人家属的心理反应（表 2－13）。

2. 护理措施

（1）制订相应的护理措施并正确理解家属的悲痛心理，同情、安慰、疏导家属，耐心倾听他们对病人的治疗、护理生活等方面的意见和要求，告诉其家属病人病情的进展情况，并积极参与对病人的护理，尽量为病人和家属提供相处的机会和环境，减轻病人的孤独情绪，家属也可得到安慰。

表 2－13　　　　　　　　　　　　Engel 提出的悲哀 6 个阶段

阶　段	特　点
冲击、怀疑	拒绝接受失落；感觉麻木；理智接受，感情否认
逐渐承认	意识到失落的事实，出现发怒、哭泣、自责等
恢复常态	参加悲伤的仪式
克服失落感	设法克服使人痛苦的空虚，仍不能以新的代替失去的；依赖支持的人；回忆过去的事产生想象；失去的人是完美的
理想化	为过去对已故者不好的行为感到自责
恢复	恢复大部分功能，但悲哀的感觉不会简单消失，常会想起；恢复的速度受以下因素的影响；失去的人的重要性；支持；原来悲哀的体验等

（2）指导并帮助病人家属在病人面前保持良好的心态，让对方明白自己良好的情绪能给

病人安慰和支持，同时对家属进行适当的死亡教育，为他们提供发泄内心痛苦的机会并给予安抚。

3. 尽量满足家属提出的有关对病人治疗、护理和生活上的要求，做好病人的基础护理、生活护理，对家属悲伤过激的言行给予容忍和谅解，避免发生纠纷。

4. 同情病人家属。居丧期鼓励其表达内心的情感，以减轻悲痛；指导其进行调适，帮助他们重新生活和工作；通过访视、电话、信件等形式与家属保持联系，为其继续提供心理支持和健康指导。

五、善后服务

尊重死者生前的遗愿和风俗习惯、宗教信仰进行尸体料理，不仅是对死者人格的尊重，也是对其家属的心理安慰，以帮助家属接受病人死亡的事实。

（一）尸体的变化

尸体的变化是指尸体受内外因素的影响而发生的一系列变化。死亡后主要的尸体现象有：

1. 尸冷　死亡后因机体内产热停止，散热继续，尸体温度逐渐降低，称尸冷。一般死亡后尸体温度的下降有一定的规律，死后 10 小时内尸温下降速度约为每小时 1℃；10 小时后为每小时下降 0.5℃。24 小时左右尸冷与环境温度相同。测量尸温常以直肠温度为标准。

2. 尸斑　指死亡后皮肤颜色呈暗红色斑块或条纹。血液循环停止后，由于地心引力的作用，血液向身体的支持部位积聚，坠积性充血而成。一般出现在尸体的最低部位，出现的时间是死亡后 2～4 小时。若病人死亡时为侧卧，则应将其转为仰卧，以防脸部颜色改变。

3. 尸僵　尸体肌肉僵硬，并使关节固定，称为尸僵。形成机制主要是三磷酸腺苷（ATP）学说，即死后肌肉中 ATP 继续分解并耗竭，致使肌肉收缩，尸体变硬。尸僵多从小块肌肉首先开始，表现为先由咬肌、颈肌开始，向下至躯干、上肢和下肢。尸僵一般在死后 1～3 小时开始出现，4～6 小时扩展到全身，12 小时发展至高峰，24 小时后尸僵开始减弱，肌肉逐渐变软，称为尸僵缓解。

4. 尸体腐败　死亡后机体组织的蛋白质、脂肪和碳水化合物因腐败细菌的作用而分解的过程称为尸体腐败。生前存在于口腔、呼吸道、消化道的各种细菌，可在死亡后侵入血管和淋巴管，并在尸体内大量生长繁殖，体外细菌也可侵入尸体繁殖，尸体成为腐败细菌生长繁

殖的场所。常见的表现有尸臭、尸绿等。尸臭是肠道内有机物分解从口、鼻、肛门逸出的气体。尸绿是尸体腐败时出现的色斑，一般在死后 24 小时先在右下腹出现，逐渐扩展至全腹，最后波及全身。

（二）尸体料理

1. 目的　①保持尸体的清洁、适宜的姿势，以维持良好的尸体外观。②使尸体易于辨认，并做好移尸太平间的准备。

2. 用物准备　擦洗用具 1 套；治疗盘内备衣裤、尸单、尸体识别卡 3 张。血管钳、棉花适量、剪刀、绷带、松节油等；有伤口者需备换药敷料，必要时备隔离衣和手套。

3. 实施步骤　①填写尸体识别卡，填写死亡通知单。便于尸体的识别，为户口注销提供法律依据。②备齐用物携至床旁，用屏风遮挡。物品准备齐全，可减少多次进出房间而引起家属的不安。用屏风遮挡，可维护死者的隐私和避免影响同病室其他病人的情绪。③撤去一切治疗用物，如输液管、氧气管、导尿管等。便于尸体料理，防止尸体受压而引起皮肤损害。④将床放平，使尸体仰卧，头下置一枕头，两手臂放于身体两侧，呈自然姿势，可促进血液排除，以免脸部变色。⑤洗脸，闭合眼睑，有义齿者协助装上。必要时可用四头带托起下颌。装上义齿可避免脸型改变，使脸部稍显丰满。口、眼闭合维持尸体的外观，符合习俗。⑥必要时用血管钳将棉花填塞口、鼻、耳、肛门、阴道等孔道，棉花不可外露，防止括约肌松弛使污物流出。⑦擦净全身，更衣梳发。擦净胶布痕迹，有伤口者更换敷料。保持尸体的清洁、无渗液，维持良好的外观。⑧将一张尸体识别卡系在尸体右手腕部。用尸单包裹尸体，尸单两角（上、下角）遮盖头部和脚，再用两角（左、右角）将尸体包严，用绷带在胸部、腰部、踝部固定牢固，将第二张尸体识别卡缚在胸前的尸单上。⑨盖上大单，送往太平间，置于停尸屉内，将第三张尸体识别卡放在尸屉外面。⑩整理病历，完成各项记录。按出院手续办理结账。⑪整理病人遗物交给家属。如家属不在，应由两人清点后，列出清单交护士长保管。⑫床单位处理：非传染病者按一般出院病人方法处理；传染病尸体护理时应按隔离技术方法进行，床单位处理同传染病人终末消毒方法。

4. 评价　维持良好的尸体外观并易于辨别是尸体护理的目标，为了防止组织损坏和变形，尸体护理应尽快在病人死亡后进行。护理人员在护理过程中应保持严肃的态度，对其家属予以安慰指导。

第九节　肿瘤科化疗基本知识

抗恶性肿瘤药在细胞周期中的作用可分为：周期特异性或时相特异性药物和周期非特异性药物，周期特异性或时相特异性药物是选择性杀伤某时相细胞，或使增殖细胞停留于某一时相，临床宜小剂量、持续一定时间给药，一般使用静脉滴注给药。周期非特异性药物是选择作用于各增殖状态，包括 G_0 期细胞在内的药物。此类药物作用强而迅速，杀伤力随剂量增加而增加，为剂量依赖性药物。临床应大剂量一次给药，一般采用静脉推注给药。按传统的分类方法一般将化疗药物分为七大类：烷化剂、抗代谢药物、抗生素类、植物类、激素、杂类、分子靶向治疗制剂。

一、抗肿瘤药的分类

细胞的生长、繁殖、分化、死亡有一定的周期性，这个周期称为细胞增殖周期。每个增殖周期先后经历 M 期（分裂期）、G_1 期（DNA 合成前期）、S 期（DNA 合成期）和 G_2 期（DNA 合成后期）4 期。经 M 期后的细胞一部分直接进入下一个增殖周期，一部分进入 G_0 期（休止期）。肿瘤组织主要由增殖和非增殖两部分细胞群组成。增殖细胞群能不断按指数分裂增殖，且对抗肿瘤药物敏感。在非增殖细胞群中，主要是 G_0 期细胞，这类细胞有增殖力而暂时不进行分裂，且对抗肿瘤药敏感性低。

1. 根据药物对细胞增殖周期作用的特点，抗肿瘤药可分为以下 2 类：

（1）周期非特异性药物　主要作用于增殖细胞群中的各期细胞。作用快而强，药物对肿瘤细胞的杀伤随剂量增加而加强，故本类药多采用间歇大剂量给药，使药物发挥最大的治疗作用。如烷化剂（氮芥、环磷酰胺、卡莫司汀、苯丁酸氮芥、塞替哌）和抗肿瘤抗生素（丝裂霉素、放线菌素 D、多柔比星、博来霉素）。

（2）周期特异性药物　仅作用于细胞周期中某一时相的细胞，作用弱且疗效缓慢，用药达到一定剂量后再增加剂量不能增加疗效，故多采用缓慢静脉注射或肌内注射给药。如作用于 S 期的药物有抗代谢药（甲氨蝶呤、氟尿嘧啶、阿糖胞苷、羟基脲）；作用于 M 期的药物（长春新碱、三尖杉碱、秋水仙碱等）。

2. 根据药物的作用机制，抗肿瘤药可分为 5 类：

（1）影响核酸（RNA/DNA）生物合成的药物　亦为抗代谢药，实为作用于 S 期的药。

（2）直接破坏 DNA 并阻止其复制的药物　有烷化剂类及丝裂霉素，博来霉素等。

（3）干扰转录过程阻止 RNA 合成的药物　有放线菌素 D，柔红霉素，多柔比星，光神霉素等。

（4）影响蛋白质合成的药物　如长春碱类与鬼臼霉素（影响纺锤丝的形成）、三尖杉碱（干扰核蛋白体功能）、L-门冬酰胺酶（干扰氨基酸供应）。

（5）影响激素平衡发挥抗癌作用的药物　肾上腺皮质激素、雄激素、雌激素。

二、抗肿瘤药的特点

1. 抗肿瘤药对细胞虽有一定的选择性，但远不如抗生素对细胞的选择性高，故大多数抗肿瘤药物在杀伤肿瘤细胞的同时，往往对一些快速增殖更新的正常组织也有毒性，如骨髓、淋巴组织、消化道黏膜上皮、毛囊和生殖细胞等也产生明显的毒性，因而表现出骨髓抑制、免疫抑制、生殖功能障碍（无月经、不育、致畸胎或死胎）、脱发、严重的消化道反应等。

2. 抗肿瘤药只能杀伤大部分或一部分肿瘤细胞而不是全部，因而不能根除肿瘤。

3. 抗肿瘤药本身的“三致”作用，即可致癌、致畸胎、致基因突变作用。它的“三致”作用不仅对病人有影响，而且对医护人员来说也存在着明显的安全问题；过去，药物通常是通过医师和护士在不十分注意的情况下准备的，但后来有证据表明未受保护进行药物准备的人员的尿液中这些药物的浓度要高于正常水平。

4. 肿瘤细胞容易产生耐药性，甚至开始使用即有耐药性。

三、抗肿瘤药的给药原则

（一）化疗前要注意的几点

1. 了解病人的基本情况，包括诊断（肿瘤的种类，分期分级）；有无转移、扩散；恶性程度（如分化成熟或未分化）、家庭及本人社会情况、有无其他疾病或并发症、病人对病情的了解程度等；血常规（白细胞及血小板计数尤为重要）、体重、营养状况、局部情况（有无感染、破溃、疼痛）、血液化验值（肝功能、血清电解质、尿酸）等。

2. 了解化疗禁忌证　①全身衰竭或恶病质。②心功能失代偿时禁用蒽环类抗生素类化疗药，特别是多柔比星、大剂量环磷酰胺和氟尿嘧啶，三尖杉碱和喜树碱也可引发心脏毒性。

③明显黄疸或肝功能异常时不宜用全身化疗，化疗后如屡次出现肝功能异常者也不宜再用全身化疗。④肾功能不全者禁用顺铂和大剂量甲氨蝶呤；老年病人即使肾功能减退仅属轻度，顺铂剂量也宜酌减，切忌一次大剂量用药。⑤严重肺功能减退时禁用博来霉素、甲氨蝶呤和白消安等。⑥明显骨髓功能不全者一般禁用全身化疗（顺铂和肾上腺皮质激素除外），如周围血粒细胞绝对计数低于 1.5×10^9/L 或血小板少于 50×10^9/L 者慎用。⑦发热、大出血、感染、失水、电解质和酸碱平衡失调者不宜全身化疗。⑧胃肠道吻合术后 2 周内一般不宜化疗（腔内化疗除外）。⑨大面积放疗结束后需休息 2～4 周后再用全身化疗。⑩已知对某类化疗药过敏者。

3. 与病人家属交谈　①告知治疗的目的及预期效果，尤其是药物仅为辅助治疗手段，目的仅是缓解症状及延长生命，应使家属有充分了解，有思想准备，避免对治疗的希望值过高而以后产生误解。②告知病人的病情及预后，根据病人的性格、精神类型及对待疾病的态度，在与家属统一口径后，再以适当的方式将病情告诉病人。因为有的人在得知患肿瘤后会积极配合治疗，而有的人可能悲观失望甚至自杀，也有的人极度恐惧而致脑出血、心肌梗死而致死，因此不可鲁莽从事。③告知病人家属如何照顾病人，如饮食的配合、症状的护理、起居的照顾等。④告知对方应在何种情况下向医师报告，请求家属协助观察药物不良反应，并及时报告。

4. 与病人交谈　首先了解病人的心理变化，评估病人心理状态，并针对性地给予心理护理。告知病人给药后必然或可能发生的不良反应，如消化道反应、口腔炎、脱发、出血、白细胞减少、血小板降低等，让病人事先对用药后的不良反应有所了解，取得病人的合作，以便配合和坚持治疗。同时要求病人签署化疗知情同意书。

（二）肿瘤化疗的配置原则

1. 人员要求　具有肿瘤专业护士资格，受过肿瘤护理专业知识及技能训练的护士。操作者清洁双手后穿一次性防护衣，戴一次性防护帽、一次性防吸入口罩、防护目镜，戴上一次性聚氯乙烯手套，外套乳胶手套，单独在生物安全柜内进行准备。使化疗药物对准备人员的伤害降低到最低程度。

2. 正确的配药方法

（1）备药前准备　①宜在生物安全操作柜内备药，备药前启动紫外线灯进行柜内操作区空气消毒 40 分钟，保持洁净的备药环境。②备药前洗手，戴一次性口罩、帽子，穿工作服及

防渗透一次性隔离衣。③操作时戴手套。有些抗肿瘤药物对皮肤有刺激作用并通过接触皮肤直接吸收，如多柔比星能与皮肤上的蛋白质结合而被吸收，不能从皮肤上洗去，因此备药前必须正确选择适宜手套。乳胶手套具有弹性，使用时手套胀大变薄会出现一些小孔，因此其防渗透性差，只有聚氯乙烯手套具有防护作用，但由于其使用时不能紧贴皮肤致使操作不便，因此要求戴双层手套，即在聚氯乙烯手套外戴一副乳胶手套。在操作中一旦手套破损，应立即更换，使之保持有效的防护效果。④操作台面应覆以一次性防渗透性防护垫，以防因操作不慎药液溢洒台面便于清理，减少药液污染。一旦污染或备药完毕应即刻更换。⑤在备药操作室内禁止进餐、饮水、吸烟、化妆，减少药物对人体的损害。

（2）备药操作规程　①严格无菌技术操作原则，以防药液污染而给病人造成不良后果。无菌注射盘用聚氯乙烯薄膜铺盖，每次用后按污物处理。②准备药液：在割锯安瓿前应轻弹其颈部，使附着之药粉降至瓶底。掰开安瓿时应垫以纱布，可避免药粉、药液、玻璃碎片四处飞溅，并防止划破手套。③掰开粉剂安瓿溶解药物时，溶酶应顺瓶壁缓慢注入瓶底，等药粉浸透后再行搅动，防止粉末逸出。④瓶装药液稀释后立即抽出瓶内气体，以防瓶内压力过高药液从针眼处溢出。从药瓶中吸取药液后在针头撤出时应用无菌棉球或纱布包裹住药瓶塞穿刺针孔，防止药液外溢。⑤在瓶装药液稀释及抽取药液时还可以采用双针头抽取药液方法，以排出瓶内压力，防止针栓脱出或药液溢出而造成污染。⑥抽取药液应采用一次性注射器，并应注意抽出药液以不超过注射器容量的 3/4 为宜。⑦药物备好后，在标签上注明床号、姓名、药物名称、剂量后应放在采用一次性防渗透无菌巾铺成的无菌盘中备用。⑧在完成全部药物配置后，需用 75% 乙醇擦拭操作柜内部或操作台表面。⑨废安瓿与瓶装药用后放塑料袋中密封，以防蒸发，污染室内空气。注射器、输液器、针头均需为一次性使用，用后密封于塑料袋中。⑩备药过程中所用一切废弃物统一放入污物专用袋中集中封闭处理。操作完毕脱去手套后用肥皂及流动水彻底洗手并行沐浴。

（3）静脉给药操作规程　①化疗药物应由经过专门培训的注册专业护士给药。②检查医嘱保证正确给药。③静脉给药时护士应戴一次性口罩、帽子，做好个人防护并洗手戴手套。④静脉滴注药液前应建立好静脉通道。⑤静脉滴注药液时应采用密闭式静脉输液法，注射溶液以软包装袋输液为宜。⑥静脉给药时若需从莫菲滴管加入药物，必须先用无菌棉球围住滴管开口处再行加药。加药速度不宜过快，以防药液从管口溢出。⑦严密观察病人血管及局部情况。⑧静脉给药结束，注射器针头应置入保护针帽中并与注射器保持其完整性，放入专用污物袋中，以免拔下针头药液洒漏造成污染。有条件者可将带针头的注射器放入防穿透、防泄漏的废弃物收集容器中统一处理。⑨操作完毕脱掉手套后用肥皂及流动水彻底洗手。

（4）发口服抗肿瘤药注意事项　①发抗肿瘤药要独立进行，不与普通药混合发放。②护士与病人均不要用手直接接触药物。③保持胶囊药丸完整，不应开启。④如要将药丸分一半，护士必须戴手套进行，所有用具用后必须以大量清水冲洗。

（三）化疗药物污染环境的处理原则

1. 关闭房间空调及电扇。

2. 禁止其他人进入该区域。

3. 操作者穿戴防护装置。

4. 立即戴手套用防渗漏的吸湿垫子吸干渗漏液，放入能密封的塑料袋中。

5. 使用清洁剂清洁后吸净清洗液。

6. 将经以上处理的废弃物放入化疗废物桶。

（四）化疗给药必须严格"三查七对一注意"

三查：即备药后查；服药、注射、处置前查；服药、注射、处置后查。

七对：即对床号、姓名、药名、浓度、剂量、用法及用药时间。

一注意：即注意用药后的反应。

在查对中若发现疑问，应详细核查，确认无误后方可给药。

（五）化疗及化疗后注意点

1. 严格执行医嘱，注意操作方法　本类药物必须严格按时间、方法、剂量给药，不可任意配伍或同时给予，而且一般宜于临用时再溶解和及时注射，最好不要提前配制及存放。药液一般不宜与皮肤接触，操作时戴手套，如溅到皮肤上，应立即以大量水冲净，尤其是表柔比星和长春碱类等。选择合适的静脉给药，必要时可用 PICC、CVC。

2. 定期检查血常规，密切观察病情　目前的用药方法一般是高剂量、间歇性或周期性用药，以便使组织在不用药期间得以修复损伤。正常组织比癌组织修复快，因而正确的给药时机是在正常组织适当修复而肿瘤组织尚未修复之前。一般以白细胞或血小板计数作为指标，即当它们恢复至可以接受治疗的数量水平，而且病人对一些反应（如恶心、呕吐、口腔炎等）可以耐受时，立即用药。为此，应定期检查病人的血常规，并密切观察病人情况及其自我感觉，做到及时用药。

3. 认真观察疗效，及时做好记录　主要观察病人食欲是否增加，自我感觉是否好转，活动能力有无改善，疼痛是否减轻等，注意病情转归，病人的心理状态，并及时做好记录。

4. 增加病人抵抗力，避免发生感染　由于抗肿瘤药有免疫抑制作用，治疗中病人的免疫功能受损，抵抗力降低，易引起感染，导致病情恶化。因此，应采取以下措施：①设法使病人多进食高蛋白、高热量、易消化的富营养平衡膳食，增加机体抵抗力，增强正常细胞的修复能力。②注意环境卫生及消毒隔离，避免交叉感染。③注意观察病人是否有感染，特别是口腔、喉、肺、泌尿道、皮肤、会阴等处。当病人抵抗力低时，即使感染也常不会发热，因此必须注意观察，及早发现。为避免感染，应尽量少做穿刺、导尿等损伤性操作，保护皮肤的完整和健康。必须做损伤性操作时，应特别注意，严格无菌。如发现感染，应立即做细菌培养及药物敏感试验，选用敏感的抗生素，切忌滥用，否则可能促使真菌感染或加重其感染。如加用抗生素时，注意勿与抗肿瘤药混合配伍。④对于白细胞低的病人应采取保护性隔离，禁止探视，注意冷暖，防止感冒，并每 4 小时测 1 次体温，密切注意体温变化。⑤必要时应用增强抵抗力的中药或中成药，如人参、黄芪、阿胶、贞芪扶正冲剂等，或输入白细胞。

四、抗肿瘤药的给药途径和方法

抗肿瘤药的给药途径包括静脉给药、肌内注射给药、口服给药、腔内给药、鞘膜内给药、动脉给药等。

（一）静脉给药

静脉给药为最常用的给药方法，根据药物性质及药物的维持时间采用以下一种或两种给药方法，如直接静脉推注、静脉滴注、一次性弹力泵输入法等。静脉给药途径多种，建议采用外周静脉留置针、PICC、CVC、PORT 等。注射时注意：药液稀释后更换小针头，不再排气；用无菌生理盐水先建立静脉通道，确保针头在血管内，连接化疗药物，注射前抽回血；按照给药标准流程给药，给药前、中、后都必须注意评估血管及局部情况，化疗药物注射完毕后继续滴生理盐水冲洗静脉，全部给药完成后拔针，压迫针眼 5～7 分钟。给药过程中，要倾听病人主诉，如局部有无刺痛或者烧灼感等；疑有化疗药物外漏，应按药物外漏程序处理。

（二）肌内注射给药

肌内注射适用于对于组织无刺激性的药物，肌内注射宜深，以利于药液的吸收。油类制剂如丙酸睾酮吸收差，应制订计划，轮换部位注射，并记录。

（三）口服给药

口服药物相对毒副作用少，根据化疗方案可为单独口服或与其他给药方法同时进行，口服药物需装入胶囊或制成肠溶剂，以减轻药物对胃黏膜的刺激，并防止药物被胃酸破坏。洛莫司汀（CCNU）不良反应大，宜睡前给药，并遵医嘱与异丙嗪和碳酸氢钠同服。给药时注意加盖，防止药物蒸发污染环境，并待病人亲自服下后再离开。

（四）腔内给药

腔内注药有胸腔内给药、腹腔内给药等，主要用于癌性胸腔积液、腹腔积液，心包积液，膀胱癌等。注药后 2 小时内每 15 分钟协助病人更换 1 次体位，使药液扩散。晚期卵巢癌术后，于腹部两侧留置塑料管，为腹腔内化疗使用。国外亦有用 Port 置于腹壁皮下便于穿刺给药的相关报道。

（五）鞘膜内给药

鞘膜内给药可将抗肿瘤药持续注入脑脊液。常用于治疗脑膜白血病或淋巴瘤，或其他实体瘤的中枢神经系侵犯。包括以下 2 种给药途径：

1. 蛛网膜下腔注射途径　一般从第 3、第 4 腰椎椎间隙常规穿刺入蛛网膜下腔注入化疗药。鞘内注药后应使病人平卧 6 小时。

2. 经 Ommaya Pump 给药　在外科手术下将 Ommaya Pump 植入头皮下连到脑室腔。该泵呈圆拱形扣状，中央为自我封闭的硅胶隔膜，可供反复穿刺；室底为金属底板，可防止穿刺过度而损伤人体组织，室体连接于不透 X 射线的软硅胶管，具有较好的组织相容性。

3. 鞘膜内推注化疗药两种途径的优缺点比较　①Ommaya Pump 途径：将药物直接注入脑室内，具有可反复给药、操作简便、减少鞘膜内感染的机会、提高疗效的优点。但由于需在外科手术甚至需在 CT 介导下才能将导管准确植入脑室内，而且该泵售价很贵，增加病人的经济负担，因此在临床开展比较困难。②蛛网膜下腔注射途径：具有经济、操作技术要求比 Ommaya Pump 简单的特点，但反复穿刺至脑脊液内容易导致感染，并增加病人的痛苦，降低病人的生存质量。

（六）动脉给药

动脉给药适用于某些晚期不宜手术或复发的局限性肿瘤，其主要优点是可以给局部组织高浓度的化疗药，同时亦可以降低全身给药所导致的不良反应。可直接将药物注入供应肿瘤营养的动脉内，达到提高肿瘤局部药物的浓度和减轻全身性毒副反应的目的。动脉给药可

分为：

1. 直接穿刺　用于脑转移，可由动脉注药，注药后易引起脑血管痉挛、抽搐。亦可于手术中从暴露的动脉注药。

2. 动脉插管　1950 年 Klopp 首先应用动脉插管注入化疗药治疗恶性肿瘤，取得了姑息性的效果。

（1）常用插管部位　由甲状腺上动脉或颞浅动脉插入颈外动脉；由胃网膜右动脉插入肝动脉；由外阴动脉或股动脉插入髂动脉或腹主动脉分叉处等；亦可插入乳房内动脉和胸前动脉；还可用较长的插管经皮肤插入肱动脉，然后达到需要的部位，以上这些是近年来介入性化疗常用的插管方法。

（2）插管准备与护理　按一般术前常规准备。

（3）插管后的护理措施　①保持导管通畅，防止堵管。动脉血回流是堵管的主要原因，因此在进行静脉滴注时，输液瓶的高度高于动脉插管处，或者采用输液泵加压输入。如果为头颈部插管，应向病人说明滴注时不可坐起（如坐起吃饭）使压力减低，保持持续均匀滴注，勿使皮管曲折或受压，装置的各部位要紧密相接，经常检查局部敷料是否浸湿，有无渗液、出血，治疗期间每天治疗完毕后冲管 1 次，间隙期每周 1 次。②防止气栓、血栓：每次冲管滴注须将空气排尽，推注快完毕时边推边关闭三通管；使用动脉泵时，须严格执行操作规程，防止输液瓶流空，开始冲管时，先回抽注射器，回抽不畅时切忌盲目冲入液体，以免使血栓脱落。③防止脱管，严密包扎，妥善固定，避免牵拉，经常检查导管的长度。④预防感染，认真执行无菌技术，局部每天用聚维酮碘消毒后涂四环素油膏，更换敷料。防止污染，并监测体温的变化。⑤注意肢端血运：盆腔、下肢插管时，注意足背动脉搏动有无减弱或消失、肤色苍白及皮温下降等情况，防止缺血性坏死发生。

3. 区域性动脉灌注　适应于四肢恶性肿瘤。将肿瘤所在部位的血液循环暂时阻断，给予高浓度、大剂量抗肿瘤药物灌注，使肿瘤细胞在短时间内受到致命的打击。

4. 腹壁下动脉插管化疗　该给药方法常用于晚期子宫癌或较晚期子宫癌要求手术前的新辅助化疗。操作方法是：于下腹部一侧，平行于腹股沟韧带上 2～3cm，髂前上棘与耻骨结节连线的中外 1/3 交界为中心，于局麻下作长约 4cm 的切口，切开皮肤脂肪、筋膜，分离腹内斜肌和腹横肌，于腹膜外脂肪内找到腹壁下动脉，自近心端插入硬膜外导管 22～24cm。术后即行 X 线照片确定导管位置后即开始予以化疗。化疗注药前用聚维酮碘消毒导管，剪去导管尾封闭端，安上 9～12 号针头，先抽到回血后再注入 0.5％肝素 5mL，再注入化疗药物。注入化疗药物前在大腿上段用止血带加压，直至足背动脉消失。化疗结束封闭导管，外覆消毒纱布，妥善固定，谨防导管脱出。20 分钟后松开止血带，此期间严密观察下肢皮肤颜色，出现异常时立即松开止血带，予以肢体按摩。

五、抗肿瘤药常见不良反应的护理

在抗肿瘤药中，有的不良反应严重，甚至危及生命，必须加强监护，尽早发现，及时处理。

（一）胃肠道反应

1. 恶心和呕吐　见本章第三节"肿瘤科病人的常见症状及护理"相关内容。

2. 黏膜炎

（1）发病机制　化疗药物影响增殖活跃的黏膜组织，使其增生修复减慢，为寄生在口腔及肠道的细菌提供了入侵的窗口，容易引起口腔炎、舌炎、食管炎，导致疼痛和进食减少；也可以使肠道内上皮细胞发生水肿、坏死、脱落等炎性反应，从而刺激肠蠕动，引起腹泻，甚至发生肠黏膜溃疡等。

（2）主要致毒药物　①导致口腔黏膜溃疡的药物：甲氨蝶呤、阿糖胞苷、多柔比星、氟尿嘧啶、放线菌素 D、博来霉素、丝裂霉素、羟基脲等。②导致腹泻的药物：氟尿嘧啶、甲氨蝶呤、阿糖胞苷、多柔比星、卡氮芥、鬼臼碱类等。③导致便秘、肠麻痹的药物：长春碱、长春新碱等。

（3）临床表现　唇、颊、舌、口底、齿龈出现充血、红斑、疼痛、糜烂、溃疡；食欲减退，腹泻腹胀，甚至有出血性腹泻，也可出现便秘。

（4）黏膜炎护理　①注意口腔卫生，保持清洁和湿润，每天餐前餐后用生理盐水或淡盐水漱口，睡前及晨起用软毛牙刷仔细清洁口腔，用力要轻，避免机械损伤。②若有真菌感染应给予抗真菌药物治疗，同时给予 5％碳酸氢钠漱口。③若疑有厌氧菌感染，可用 3％过氧化氢溶液漱口。④若已发生溃疡，可用锡类散或养阴生肌散涂于患处，还可用 2％利多卡因溶液 15mL 含漱 30 秒钟，每隔 4～6 小时一次，或用于进食前、止痛后进食。⑤口唇处炎症可用凡士林涂抹，减轻干裂及疼痛。⑥便秘、食欲不振等可对症治疗，如给予麻仁润肠丸治疗便秘、黄体酮类药物促进食欲等。⑦持续性腹泻需要治疗，密切观察并记录大便次数、性状，

及时做常规检查，检测水、电解质，及时止泻、补液治疗，减少脱水、热量摄取不足等并发症的发生。⑧若出现腹胀或肠鸣音减弱，疑有肠梗阻发生，应及时进行胃肠减压。⑨注意观察体温变化，早期发现感染征兆，早期治疗。

（二）骨髓抑制反应

骨髓抑制反应的护理参见本章第三节"肿瘤科病人的常见症状及护理"相关内容。

（三）局部毒性反应

外周静脉给药常可引起静脉炎；若药物不慎外漏，处理不及时可致局部组织坏死。

1. **药物外渗的预防**　①化疗前应详细了解药物特点及不良反应，识别其是发泡性还是非发泡性药物。②以适量稀释液稀释药物，以免药物浓度过高。③为保证外周静脉畅通，最好取近心端静脉给药，避开手指和关节部位，因该部位静脉靠近动脉和肌腱，易引起永久性损伤。理论上应按以下次序选择注射部位，前臂、手背、手腕、肘窝，对强刺激性和发泡性药物，一般采用前臂静脉给药。④在注射化疗药物前，应抽回血来证实静脉是否通畅，给药速度约为 5mL/min，每给 2mL 左右液体应抽回血，以确定针头位置未变，并反复询问病人有无疼痛或烧灼感。⑤静脉注射发泡性药物前，如发现生理盐水或葡萄糖外渗明显，则应另选注射部位或另侧上肢，或外渗部位侧面或近端，避免使用同一静脉的远端。⑥如果需要注入多种药物，应先注入非发泡性的；如果均为发泡性，则应先注入稀释量最少的一种，两次给药之间以生理盐水或葡萄糖冲洗管道。⑦对腋窝手术后或有上腔静脉压迫综合征的病人，不应选择患肢静脉给药。上腔静脉压迫综合征宜选择下肢静脉注射。⑧注射化疗药物后，以生理盐水或葡萄糖液冲洗管道和针头后再拔管。⑨建议使用外周静脉留置针或 PICC（外周中心静脉置管），减少药物的外渗。

2. **药物外渗的处理**　如果疑有外渗，应立即停止输注，并按以下程序处理。①在静脉注射给药部位尽量抽吸，以清除残留针头及皮管内的药液，吸取皮下水疱液，以尽可能除去残留液体。②抬高患肢，注射部位宜用冷敷，一般冷敷时间为 24 小时左右。注射奥沙利铂后不宜冷敷。③及时用 2％利多卡因 4mL＋生理盐水 6mL＋地塞米松 5mg 作环形封闭，同时冰敷。④对注射部位应观察 5～7 天并做记录，包括发生时间、静脉进针部位和针头大小、估算药物外渗量、处理外渗的方法、病人的主诉及局部体征等。⑤强刺激性药物（长春瑞宾、多柔比星等）外渗建议局部封闭每 8 小时 1 次，持续 3 天，一般药物局部封闭 1 次。⑥若局部肿胀可用硫酸镁、50％葡萄糖溶液＋维生素 B_{12}＋地塞米松或芦荟湿敷，也可使用水胶体敷料。

（四）泌尿系统毒性

1. 肾毒性　①主要致毒药物：顺铂、光神霉素、丝裂霉素、柔红霉素、大剂量甲氨蝶呤。其中尤以顺铂最易引起肾毒性，发生率高达 28％～36％。②临床表现：尿中出现红细胞、白细胞和颗粒管型，尿素氮、肌酐升高，肌酐清除率下降。

2. 泌尿系统毒性　①出血性膀胱炎：主要致毒药物有喜树碱、环磷酰胺、异环磷酰胺等。主要临床表现有尿频、尿急、尿痛及血尿，其程度与药物剂量大小有关。②尿酸性肾病：主要临床表现有少尿或无尿，血浆尿素氮及肌酐升高，出现尿毒症等症状。

3. 护理　①化疗前必须进行有关肾功能的检查。②化疗前和化疗期间嘱病人多饮水，使尿量维持在每天 2000～3000mL 以上。③使用顺铂时需进行水化，每天输液量 3000mL，同时使用利尿剂（如呋塞米）和脱水剂（如 20％甘露醇），保持尿量在 2000mL 以上，每小时尿量在 100mL 以上；注意电解质平衡。④在给丝裂霉素时应避免或尽量减少输血，以减少微血管病溶血性贫血发生。⑤大剂量甲氨蝶呤应用时可导致急性肾功能不全，解决方法是水化和尿液碱化。⑥当甲氨蝶呤用量高达需要用亚叶酸钙解救的剂量时，应给予碳酸氢钠碱化尿液，保持尿量每小时大于 100mL 以上。⑦异环磷酰胺可产生不同程度亚临床的肾实质性损害，美司钠可以和异环磷酰胺的代谢产物丙烯醛结合，减轻其对膀胱黏膜的损伤，预防出血性膀胱炎。同时给予充足水分以利尿，碱化尿液减轻肾和膀胱毒性。⑧对于尿酸性肾病的防治，除每天给予大量液体促使尿量增多外，还可口服碱性药物，别嘌醇可用于预防尿酸性肾病。同时应注意控制食用嘌呤含量高的食物。⑨护士应教会病人观察尿液的性状，准确记录出入量，如出现任何不适应及时报告。

（五）肝毒性

化疗药物引起的肝脏反应可以是急性而短暂的肝损害，包括坏死、炎症等，也可以由于长期用药，引起肝慢性损伤，如纤维化、脂肪性变、肉芽肿形成、嗜酸粒细胞浸润。其中嗜酸粒细胞浸润是药物引起肝损害的特异性表现。某些化疗药物可引起短暂转氨酶升高，长期应用甲氨蝶呤可引起肝纤维化、肝硬化。肝动脉注射化疗药物后，亦可引起化学性肝炎、肝功能改变，使外周血内药物半衰期延长。

1. 主要致毒药物　甲氨蝶呤、环磷酰胺、L-门冬酰胺酶、氮芥、苯丁酸氮芥、柔红霉素、放线菌素 D 等。

2. 临床表现　乏力，食欲不振，恶心呕吐，肝大，血清转氨酶、胆红素升高，重则出现黄疸甚至急性重型肝炎。

3. 护理　①化疗前后进行肝功能检查，但应鉴别肿瘤出现早期肝弥漫性转移性的转氨酶升高，在这种情况下，则应及时进行化疗。②观察病情，了解病人的主诉，及时发现异常，对症处理。③给予护肝药物。④嘱病人饮食清淡，适当增加蛋白质和维生素的摄入量。⑤做好心理护理，减轻焦虑，注意休息。

（六）心血管系统反应

化疗导致的心血管系统的症状、体征是非特异性的，应该与肿瘤心肌转移或既往心脏病史加以鉴别。

1. 主要致毒药物　多柔比星、柔红霉素、米托蒽醌、喜树碱、三尖杉酯碱、顺铂、氟尿嘧啶等。

2. 临床表现　①轻者可以没有症状，仅心电图表现为心动过速，非特异性 ST-T 段改变，QRS 电压降低。重则心悸，气短，心前区疼痛，呼吸困难，临床表现如心绞痛，还可以出现心肌炎、心肌病、心包炎，甚至心力衰竭、心肌梗死。②窦性心动过速通常是肿瘤病人心脏毒性作用的最早信号。③心电图可以显示各类心律失常，如室上性心动过速、室性或房性期前收缩、心房纤颤等。

3. 心脏毒性护理　①化疗前应先了解有无心脏病病史，检查了解心脏基础情况。②限制蒽环类药物蓄积量，必要时查血药浓度。③改变给药方法，延长静脉滴注时间可减少心脏毒性；使用与多柔比星结构相近的米托蒽醌，可以减轻心脏毒性。④保护心脏，用 1，6-二磷酸果糖、维生素 E、辅酶 Q_{10}、三磷酸腺苷、N-乙酰半胱氨酸、钙通道阻滞剂等。⑤严密观察病情变化，重视病人的主诉，监测心率节律变化，必要时心电监测。⑥必要时做心电图等检查，发现心衰等迹象时，给予强心利尿等治疗，按心力衰竭护理。

（七）肺毒性

引起肺毒性的常见化疗药物有博来霉素、白消安、丝裂霉素等，它们可诱发不同程度的肺实质损伤，表现为肺纤维化或间质性肺炎。临床表现为干咳、乏力、胸痛、发热、偶见咯血等。防治方法：一经发现立即停药，应用皮质类固醇药，中药可选用活血化瘀药物。

（八）神经系统毒性

神经系统毒性包括末梢神经炎和脑功能障碍。

1. 主要致毒药物　长春新碱、氟尿嘧啶、顺铂、奥沙利铂等。

2. 临床表现　①长春新碱最易引起外周神经变性，主要表现为肢体远端麻木，常呈对称性为其特点，而严重感觉减退不常见。也可出现肌无力，深腱反射抑制，停药后恢复较慢。若影响自主神经系统，可引起便秘、腹胀甚至麻痹性肠梗阻、膀胱无力。②氟尿嘧啶及其衍生物大量冲击时也可发生可逆性小脑共济失调、发音困难、无力。③顺铂可引起耳鸣、听力减退，特别是高频失听。

3. 护理　①联合用药时应注意有无毒性相加的作用，各种药物剂量不宜过大。②密切观察毒性反应，一旦出现应停药或换药，并遵医嘱给予神经营养药物治疗。③依托泊苷、替尼泊苷等能引起直立性低血压，故在用药时或用药后应卧床休息，活动应缓慢。④若病人出现肢体活动或感觉障碍，应加强护理，给予按摩、针灸、被动活动等，加快恢复过程。⑤做好日常护理工作，为病人创造一个安全的居住环境，减少磕碰；同时给予心理支持，增强病人战胜疾病的信心。⑥使用奥沙利铂的病人要禁止饮用冷水，禁止接触冷的物品，防止遇冷引发急性神经毒性。备毛线手套，从化疗当天即嘱病人戴手套，以免接触床栏、输液架等金属器物，以免有冷感而加重肢端麻木；因低温刺激可诱发咽喉痉挛，故指导病人用温开水刷牙、漱口；洗头、洗脸、洗手、沐浴均用热水；饮食温软，水果用热水浸泡加温后食用；加强保暖，防止受凉。使用奥沙利铂化疗期间如化疗药物外渗，不得按常规冰敷，应采用利多卡因加地塞米松局部封闭后以湿润烧伤膏外涂。对病人主诉肢端麻木较重者，可采取按摩、热敷等措施来减轻四肢的麻木刺痛感。

（九）变态反应

多数抗肿瘤药物可引起变态反应，但其发生率大于5％的药物仅占少数。

1. 导致变态反应发生率较高的两种药物　L-门冬酰胺酶和紫杉醇类药物。紫杉醇在国内报道的变态反应发生率为11％～20％，几乎所有的反应都发生在用药后最初10分钟内，严重反应常发生在用紫杉醇2～3分钟内。L-门冬酰胺酶的变态反应可发生于治疗最初期。

2. 临床表现　多数为Ⅰ型变态反应，表现为支气管痉挛性呼吸困难、荨麻疹和低血压。

3. 护理　①给药前做好预防措施，准备好肾上腺素、血压计等抢救用物。②L-门冬酰胺酶给药前应给予地塞米松5mg静脉注射，减少变态反应的可能。③用紫杉醇12小时和6小时前给予地塞米松20mg口服，苯海拉明50mg、雷尼替丁50mg于给紫杉醇半小时前静脉注射。④紫杉醇需用非聚氯乙烯输液器和玻璃输液瓶，并通过所连接的过滤器过滤后滴注。

⑤给药后应严密观察病情，若出现变态反应及时停药，就地抢救。⑥给药的第 1 个小时应每 5～10 分钟测一次血压和脉搏，或遵医嘱做好生命体征的观察，做好病情记录。

（十）色素沉着

肿瘤化疗所致色素沉着是由皮肤黏膜黑色素沉积增多引起。

1. 主要致毒药物　白消安、环磷酰胺、多柔比星、博来霉素等。

2. 临床表现　局部或全身皮肤色素沉着，甲床色素沉着，皮肤角化、增厚，指甲变形。

3. 护理　一般无须治疗，做好心理护理，减轻焦虑。皮肤角化可服用维生素 A 并避免日光照晒。

（十一）脱发

脱发的护理详见本章第三节"肿瘤科病人的常见症状及护理"相关内容。

（十二）其他

除了上述毒性外，化疗药物还有其他毒性，如生殖系统毒性及影响免疫系统功能，如若干年后还可能继发第二肿瘤。

六、化疗药物急性及亚急性毒性反应分级标准（WHO 标准）

表 2-14 系世界卫生组织制订的常见抗肿瘤药物急性、亚急性毒性分度标准。0 度表示无毒性，Ⅰ度及Ⅱ度代表轻度毒性，Ⅱ度及Ⅳ度代表严重毒性。一般认为轻度毒性是可以接受的，当然也需要进行监测和必要的处理；而重复反应应尽可能避免，并需进行严密观察和积极处理。

表 2-14　　　　　化疗药物急性及亚急性毒性反应分级标准（WHO 标准）

	0 度	Ⅰ度	Ⅱ度	Ⅲ度	Ⅳ度
血液学标准（成人）					
血红蛋白（g/L）	>110	95～109	80～94	65～79	<65
白细胞（$\times 10^9$/L）	>4.0	3～3.9	2.0～2.9	1.0～1.9	<1.0
粒细胞（$\times 10^9$/L）	>2.0	1.5～1.9	1.0～1.4	0.5～0.9	<0.5
血小板（$\times 10^9$/L）	>100	75～99	50～74	25～49	<25
出血	无	淤点	轻度出血	严重失血	出血致衰弱

续表 1

	0度	Ⅰ度	Ⅱ度	Ⅲ度	Ⅳ度
胃肠道					
口腔炎	无	疼痛，红斑	红斑、溃疡，能进食	溃疡，只能进流质	不能进食
恶心、呕吐	无	恶心，未呕吐	间有呕吐	呕吐需治疗	难以控制的呕吐
腹泻	无	时间<2天	能耐受，>2天	不能耐受需治疗	血性腹泻
肝脏功能					
胆红素（×N）	<1.25	1.26~2.5	2.6~5	5.1~10	>10
转氨酶（×N）	<1.25	1.26~2.5	2.6~5	5.1~10	>10
碱性磷酸酶（×N）	<1.25	1.26~2.5	2.6~5	5.1~10	>10
肾、膀胱					
尿素氮（×N）	<1.25	1.26~2.5	2.6~5	5.1~10	>10
肌酐（×N）	<1.25	1.26~2.5	2.6~5	5.1~10	>10
蛋白尿（×N）	无	+ <3g/L	++~+++ 3~10g/L	++++ >10g/L	肾病综合征
血尿（×N）	无	镜下血尿	肉眼血尿	肉眼血尿、有血块	尿路梗阻
肺	无	症状轻微	活动后呼吸困难	休息时呼吸困难	需要完全卧床
药物热	无	发热38℃	38℃~40℃	40℃	发热伴低血压
过敏	无	水肿	支气管痉挛，不需治疗	支气管痉挛，需要治疗	变态反应
皮肤	正常	红斑	干性脱皮、水疱、瘙痒	湿性脱皮、溃疡	剥脱性皮炎，需手术处理坏死组织

续表 2

	0 度	Ⅰ度	Ⅱ度	Ⅲ度	Ⅳ度
脱发	无	轻微脱发	斑秃	完全脱发，可再生	不能再生之脱发
感染（指定部位）	无	轻度感染	中度感染	重复感染	重复感染伴低血压
心脏					
心率、节律	正常	窦性心动过速，休息时每分钟心率＞100 次	单灶性期前收缩，房性心律不齐	多灶性期前收缩	室性心律不齐
心功能	正常	无症状，有异常心脏体征	短暂心功能不全，不需治疗	有心功能不全症状，治疗有效	心功能不全，治疗无效
心包炎	无	无症状之心包积液	有症状，但不需抽心包积液	心脏压塞，需要抽心包积液解除症状	心脏压塞，需要手术治疗
神经系统					
神志	清醒	短暂嗜睡	嗜睡时间不到清醒时间的 50%	嗜睡时间多于清醒时间的 50%	昏迷
周围神经	正常	感觉异常和/或腱反射低	严重感觉异常和/或轻度无力	不能耐受的感觉异常和/或显著运动障碍	瘫痪
便秘（自主神经功能紊乱）	无	轻度	中度	腹胀	腹胀、呕吐（麻痹性肠梗阻）
疼痛（与治疗有关的疼痛）	无	轻度	中度	严重	难以控制

七、抗肿瘤药的防护

在化疗药物配置过程中，当粉剂安瓿打开及瓶装药液抽取后拔出针头时，均可出现肉眼看不见的溢液，形成含有毒性的微粒的气溶胶和气雾，通过皮肤或呼吸道吸入人体，危害配药人员并污染环境。根据化疗药物毒性反应具有剂量依赖性的特点，专业人员在日常配置药液或给药时污染的剂量较小，但是频繁接触化疗药物会因蓄积作用而产生毒性反应。如对造血系统、生殖系统、消化道上皮细胞等组织器官均有不同程度的损伤，不但可以引起白细胞、血小板减少，口腔溃疡，脱发等，而且还会产生远期影响如致癌、致畸、致突变作用。

1. 肿瘤化疗药物污染的危险因素　下述情况可以成为导致化疗药物污染的危险因素。

（1）玻璃瓶、安瓿掉在地上或运输过程中打破后药物溢出。

（2）开安瓿时药物、药液、玻璃碎片四处飞溅。

（3）在瓶中溶解药物时如事先不抽出空气减压，拔针时就会有一部分药物喷射出来。

（4）操作过程中有时针栓脱落，药物溢出。

（5）护士在注射过程中意外扎伤自己。

（6）废弃物如用完的玻璃瓶、安瓿、静脉输液管、病人的排泄物等含有少量药物。

（7）以上危险因素可以通过以下途径对人体造成危害　①直接接触：药物接触皮肤直接吸收。②呼吸道吸入：含有细胞毒微粒的气溶胶和气雾散发到空气中由呼吸道吸入。③消化道摄入：食品或饮料污染后经口摄入。

2. 抗肿瘤药物污染处理防护规则

（1）抗肿瘤药物外溅后，应立即标明污染范围，避免其他人员接触。①护士必须戴一次性口罩、帽子、手套等，做好个人防护后方可处理污染区。②立即用正面吸湿、反面防渗漏的垫子吸干。③不用手套破裂的双手处理外渗物。④若为药粉逸出则利用潮湿纱布或具有吸附性纱布垫轻轻擦拭，以防药物粉尘飞扬，污染空气，并将污染纱布置于专用袋中封闭处理。⑤逸出的区域用清洁剂或清水擦洗污染表面3次，再用75%乙醇擦拭。⑥外漏物未处理完前禁止人员入内。⑦将以上处理废弃物放入化疗废物桶。

（2）操作过程中如不慎皮肤接触化疗药物，应立即用肥皂及流动水彻底清洗；如眼睛内溅入化疗药物应用大量清水或生理盐水持续冲洗5分钟。

（3）化疗废弃物处理 ①防护装备放入特殊标志的废弃物容器内。②针头放入锐器容器内，不要剪、磨或重新套上针头。③化疗给药装置完整地丢入化疗废物桶内。④给药区应放置废弃物桶。⑤床上可洗用物（床单、被套等）装入标记好的塑料袋，先单独预洗后再次清洗（应戴手套）。⑥用洗涤剂、水、无菌纱布清洗可重复使用装置如防护镜、面具、仪器，不要重复使用手套和防护裙。⑦化疗废物容器装满 2/3 时不再使用，关闭后送焚烧处理。⑧所有污物包括用过的防护衣、帽等需经 1000℃ 高温焚烧处理。⑨在处理化疗病人的呕吐物、尿液、粪便或分泌物时必须戴手套以免污染皮肤。水池、马桶用后反复用水冲洗。医院内必须设有污水处理装置。⑩操作完毕脱去手套后用肥皂及流动水彻底洗手，有条件者可行淋浴，减轻其毒性吸附。

八、肿瘤科常用的药物及护理

（一）烷化剂

烷化剂属于周期非特异性药物。由于烷化剂的主要作用部位在 DNA，因此可以产生致畸、致癌、致突变作用。烷化剂按其结构、特征分为如下几种类型：

氮芥类

氮芥 Chlormethine，HN_2。

【药理作用】

1. 药效学 本药为一种双功能烷化剂类抗肿瘤药，没有细胞周期特异性。对各期细胞均有杀伤作用，但对 G_1 期和 M 期细胞作用最强。本药可与 DNA 交叉联结，或在 DNA 和蛋白质合成也有抑制作用，从而造成细胞损伤或死亡。

2. 药动学 本药静脉注射后迅速分布于肺、脾、肾和肌肉中，脑组织中含量最少。主要在体液和组织中代谢。半衰期很短，动物实验表明，用药后 48 分钟，本药血药浓度降低65%～90%，给药 6 小时及 24 小时后，血及组织中药物含量很低。20% 的药物以二氧化碳形式经呼吸道排出，有多种代谢产物从尿中排泄，原型药经尿排出量低于 0.01%。

【临床应用】 主要用于霍奇金病及其恶性淋巴瘤、肺癌，也用于恶性腔内积液、上腔静脉综合征以及头颈部癌等。可用于静脉注射及胸膜腔注射。用于静脉注射时以每千克体重0.1mg，每周 2～3 次，总量 30～60mg 为 1 个疗程。用于胸膜腔注射时，每次 5～10mg，每周 1 次，一般不超过 5 次。

【护理注意事项】

1. 本药最常见的不良反应是骨髓抑制，白细胞及血小板总数下降，一般停药 2 周后可恢复。

2. 对皮肤黏膜刺激性大，药液漏出血管外时可引起局部皮下组织坏死，应立即注射 0.25％硫代硫酸钠或 0.9％氯化钠注射液封闭及冷敷 6～12 小时。

3. 用药时不能接受紫外线治疗。

4. 本药容易挥发，应现配现用。

美法仑 Melphalan，Alkeran，MEL，PAM 苯丙氨酸氮芥，爱克兰。

【药理作用】 本药是双功能烷化剂，为细胞周期非特异性抗肿瘤药。其化学结构为左旋苯丙氨酸氮芥，作用机制与氮芥相似，可与 DNA 及 RNA 发生交叉联结。其作用比苯丙氨酸氮芥强。本药产生药物耐药性的机制为谷胱甘肽水平提高，药物运转缓慢，DNA 修改增强。抑制谷胱甘肽 S-转移酶可增强本药的抗肿瘤作用。本药口服吸收量个体差异较大，生物利用度为 25％～89％，平均为 56％。药物吸收后，能迅速分布于体内各脏器，在肝、肾中浓度较高，脑浓度低于血浆浓度的 10％，分布容积约为 0.5L/kg。给药后，蛋白结合率初始为 50％～60％，12 小时后渐增至 80％～90％。约有 30％与血浆蛋白不可逆结合。本药代谢呈二室模型，24 小时内 50％的药物经尿排出。

【临床应用】

1. 用于多发性骨髓瘤，乳腺癌，卵巢癌，慢性白血病，恶性淋巴瘤，Waldenstrom 病等。

2. 动脉灌注可用于治疗肢体恶性黑色素瘤、软组织肉瘤及骨肉瘤。

【护理注意事项】

1. 不良反应有消化道反应和骨髓抑制。

2. 孕妇和哺乳期妇女禁用，肾功能不良者慎用。

环磷酰胺 Cyclophosphamide，Endoxan，CTX。

【药理作用】 本药既是广谱抗肿瘤药，对白血病和实体瘤都有效；又是目前应用的各种免疫抑制剂中作用最强的药物之一，也是烷化剂中作为免疫抑制剂应用最多的药物。①抗肿瘤：本药是双功能烷化剂及细胞周期非特异性药物，在体外无抗肿瘤活性，进入体内后先在肝脏中经微粒体功能氧化酶转化成醛磷酰胺，而醛磷酰胺不稳定，在肿瘤细胞内分解成磷酰

胺氮芥及丙烯醛。磷酰胺氮芥对肿瘤细胞有细胞毒性作用，可干扰 DNA 及 RNA 功能，尤其对前者的影响更大，它与 DNA 发生交叉联结，抑制 DNA 合成，对 S 期作用最明显。②作为免疫抑制剂：其免疫抑制作用是由于能抑制细胞的增殖，非特异性地杀伤抗原敏感性小淋巴细胞，限制其转化为免疫母细胞。在抗原刺激后给药最有效，但在抗原刺激前给予大剂量也有一定作用。本药对受抗原刺激进入分裂期的 B 细胞和 T 细胞有相同的作用，因此对体液免疫均有抑制作用。此外，本药可干扰细胞的增殖，并具有直接的抗感染作用。本药口服后完全吸收，约 1 小时后血浆浓度达最高峰，生物利用度为 74%～97%。吸收后迅速分布到全身，肿瘤组织药物浓度比相应正常组织高。少量药物可通过血-脑屏障，脑脊液中的浓度为血浆浓度的 20%。药物本身不与白蛋白结合，其代谢物约 50%与蛋白结合。静脉注射后血浆半衰期为 4～6.5 小时，50%～70%在 48 小时内通过肾脏排泄。本药及其代谢产物可经透析清除。

【临床应用】 环磷酰胺是广泛应用的抗肿瘤药物之一，用于恶性淋巴瘤、多发性骨髓瘤、白血病、乳腺癌等。静脉注射：400～600mg/m²，每周 1 次，总量 8g 左右为 1 个疗程。口服：每次 5mg，每天 3 次。

【护理注意事项】

1. 主要不良反应 出血性膀胱炎、心肌炎、肺纤维化、中毒性肝炎。

2. 大剂量使用时应水化利尿。鼓励病人大量饮水，应用尿路保护剂美司钠（Mesna）与药物毒性代谢产物丙烯醛结合，形成对泌尿道无毒性的复合物，从而发挥保护作用。

3. 剂量＞120mg/kg 时可引起心肌损伤及肾毒性。用药期间须定期检查血常规、肾功能、肝功能及血尿酸。

4. 不易溶解于水，需加热促进溶解（＜60℃），完全溶解后才能注射。

5. 肝、肾酶诱导剂如巴比妥类、皮质激素、别嘌醇等合用时药效均有影响，并用时应注意。本药过敏者禁用。

6. 本药可引起脱发，一般在用药后 3～4 周出现，停药后可再生。

7. 骨髓抑制主要表现为白细胞下降。

异环磷酰胺 Ifosfamide，Holoxan，IFO，和乐生，匹服平。

【药理作用】 本药是环磷酰胺的同分异构体，为细胞周期非特异性药物。本药需进入人体经肝脏活化后才具有抗肿瘤活性，其活性代谢产物可与细胞内许多分子结构产生烷化或联结，通过与 DNA 和 RNA 交叉联结，干扰两者的功能，从而产生细胞毒性作用。另外，本药还可以抑制蛋白质合成。本药不形成去甲氮芥，毒性比环磷酰胺低，治疗指数比其高，对环磷酰胺耐药者，使用本药时加大剂量，仍有一定疗效。本药口服吸收良好，生物利用度接近100%，血浆蛋白结合率不足 20%，本药主要在体内通过肝脏激活，活性代谢物仅少量通过血-脑脊液屏障，脑脊液中药物浓度为血药浓度的 20%。连续给药 5 天可使本药清除加快，药物的毒性降低，但疗效仍未降低。

【临床应用】 用于治疗睾丸癌、卵巢癌、乳腺癌、子宫颈癌、头颈部癌、食管癌、肺癌、黑色素瘤、肉瘤、恶性淋巴瘤、急性和慢性淋巴细胞白血病等。单用：本品溶于生理盐水 $500\sim1000mg$ 中，静脉滴注 $3\sim4$ 小时，每次 $2.5g/m^2$，每天 1 次，连用 5 天，21 天为 1 个周期，至少 2 个周期。联合用药：每次 $1.5\sim2.0g/m^2$，静脉滴注 $3\sim4$ 小时，每天 1 次，连用 5 天。

【护理注意事项】

1. 剂量限制性毒性为出血性膀胱炎和骨髓抑制。

2. 使用本品时须同时给予美司钠并补充大量液体，以减少泌尿系统损害。

3. 对本品过敏、严重骨髓抑制、双侧输尿管阻塞病人禁用；泌尿道阻塞、感染、电解质紊乱者及孕妇慎用。

亚硝脲类

洛莫司汀 Lomustine，CCNU，环己亚硝脲。

【药理作用】 本药为烷化剂类抗肿瘤药，具有细胞周期非特异性，但对 G_1 晚期、S 早期的细胞敏感，对 G_2 期细胞也有抑制作用。本药可使细胞 DNA 链断裂，RNA 及蛋白质受到烷化；还可破坏某些酶蛋白，使 DNA 受烷化破坏后较难以修复，从而起到抗肿瘤的作用。本药脂溶性强，可通过血-脑脊液屏障，故常用于治疗脑部肿瘤。本药与一般烷化剂无交叉耐药性，与长春新碱、丙卡巴肼及抗代谢类抗肿瘤药也无交叉耐药性。本药口服易吸收，能透过血脑屏障。主要分布在肝、肾、脾，其次分布在肺、心、肌肉、小肠、大肠等处；脑脊液中药物浓度为血药浓度的 15%～30%。本药在肝脏代谢迅速，其代谢产物经胆汁排入肠道，形成肝肠循环。其代谢物血浆蛋白结合率为 50%，本药半衰期为 15 分钟，其代谢物血浆半衰期长达 16～48 小时。口服后 24 小时内，本药 50% 以代谢物形式从尿中排泄。

【临床应用】 用于治疗原发性及转移性恶性脑部肿瘤。与其他药物合用，可治疗霍奇金

病、黑色素瘤等；也曾用于消化道癌、支气管肺癌等的联合化疗。口服，每次 $100\sim$ $130mg/m^2$，顿服，每 $6\sim8$ 周 1 次，3 次为 1 个疗程；或每次 $15mg/m^2$，每 3 周 1 次或遵医嘱。

【护理注意事项】

1. 给药途径　口服，不良反应主要是消化道反应及迟发的骨髓抑制。骨髓抑制一般在用药后 $4\sim6$ 周出现。

2. 服药期间应避免饮酒，不宜与茶碱同用。

3. 低温保存，取出后立即用凉开水服用。

4. 不用手直接接触。

5. 宜先服镇静剂，止吐剂或于睡前服用，可防呕吐。

6. 宜空腹服药。

7. 注意观察血常规变化。

司莫司汀　Semustine，Me-CCNU，甲环亚硝脲。

【药理作用】　本药为细胞周期非特异性抗肿瘤药，对处于 G_1/S 边界或 S 早期的细胞最敏感，对 G_2 期也有抑制作用。本药虽具有烷化剂作用，但与一般烷化剂无交叉耐药性，与长春新碱、丙卡巴肼及抗代谢类抗肿瘤药也无交叉耐药性。

【临床应用】　主要用于恶性淋巴瘤、脑瘤、黑色素瘤、肺癌等。口服：单用为 $200\sim$ $225mg/m^2$，每 $3\sim6$ 周给药 1 次；也可 $36mg/m^2$，每周 1 次，6 周为 1 个疗程。

【护理注意事项】

1. 对骨髓、消化道及肝肾有毒性。

2. 胃肠道　可见口腔炎。恶心和呕吐最早可在口服后 45 分钟出现，迟者在 6 小时左右出现，通常在次日消失。

乙撑亚胺类

塞替派　Thiotepa，TSPA。

【药理作用】　本药为细胞周期非特异性抗肿瘤药，本药可引起染色体畸变，动物实验表明本药有致癌性。本药不易经消化道吸收。在体内广泛分布于各组织，血浆蛋白结合率为 10%，可透过血-脑屏障，脑脊液中的药物浓度为血浆浓度的 $60\%\sim100\%$。主要在肝脏经细胞色素 P450 氧化代谢为替派。

【临床应用】　主要用于治疗乳腺癌、卵巢癌、膀胱癌及癌性体腔积液等，也曾用于治疗原发性肝癌、子宫颈癌、黑色素瘤、胃肠道肿瘤等。用于静脉注射时，每次 10mg，或 0.2mg/kg。

【护理注意事项】

1. 主要不良反应为骨髓抑制和消化道反应。

2. 本品可抑制胆碱酶的活性或减少其合成，与琥珀胆碱同时应用可使呼吸延长或暂停。

3. 对本品过敏者、急性白血病及孕妇禁用；有痛风病史、肝肾功能损害、泌尿系结石及严重骨髓抑制者慎用。

4. 用药期间及停药后 3 周内应定期检查血常规、血小板计数及肝、肾功能。

卡波醌　Caroquone，爱健宁。

【药理作用】　本品具有与丝裂霉素相同的氨基酸酯、乙撑亚胺环和醌型的有效功能团，可视为丝裂霉素类似物，能抑制肿瘤细胞 DNA 生物合成。

【临床应用】　主要用于肺癌、恶性淋巴瘤、慢性粒细胞白血病。给药途径为静脉注射、动脉内给药、口服。静脉注射：连续给药为每天 1mg，间歇给药为每周 4～6mg，分 2～3 次注射。动脉内给药：每周 4～6mg，一次给予。口服：每天 1～1.5mg，分 2～3 次服。

【护理注意事项】

1. 可引起骨髓抑制、变态反应、消化反应。

2. 对本品过敏、水痘病人、严重骨髓抑制者、孕妇及哺乳期妇女禁用；肝肾功能不全、有出血疾病或合并感染者慎用。

3. 不可用于皮下或肌内注射，静脉注射时药液勿漏出血管外，以免引起局部坏死。

磺酸酯类

白消安　Busulfan，Myleran，BUS，马利兰。

【药理作用】　本药是细胞非特异性药物，主要作用于 G_1 及 G_0 期细胞，对非增殖细胞也有效。其次，本药对血小板及红细胞有一定抑制作用；对淋巴细胞的抑制作用很弱，仅在大剂量时出现。本药口服后经胃肠道吸收良好，吸收后很快在血浆中消失，反复给药则逐渐在体内蓄积。主要在肝内代谢，半衰期为 2～3 小时，主要经肾脏以代谢产物形式排出。长期用药可使药物代谢加快。

【临床应用】　主要适用于慢性粒细胞白血病。口服，每天 2～8mg，分 3 次服。维持量，

每次 0.5～2mg，每天 1 次。小儿每天 0.05mg/kg。

【护理注意事项】

1. 主要不良反应为消化道反应及骨髓抑制，可能致畸胎。

2. 慢性粒细胞白血病急性变时应停药。

3. 应定期检查肾功能、肝功能及测定血清尿酸含量。治疗前及治疗期间，定期检查血常规，每周 1～2 次，必要时检查骨髓象，以便及时调整药物剂量。

（二）抗代谢药物

抗代谢药物的种类很多，其作用机制各不相同，但都是作用于细胞增殖周期中的某一特定时相，属于细胞周期特异性药物，多数作用于 S 期。

二氢叶酸还原酶抑制剂

甲氨蝶呤　Methotrexat，MTX，氨甲蝶呤。

【药理作用】　本药是一种抗代谢类抗肿瘤药，属细胞周期特异性药物，主要作用于细胞周期的 S 期。由于四氢叶酸是在体内合成嘌呤核苷酸和嘧啶核苷酸的重要辅酶，本药作为一种叶酸还原酶抑制剂，主要抑制二氢叶酸还原酶而使二氢叶酸不能被还原成具有生理活性的四氢叶酸，从而使嘌呤核苷酸和嘧啶核苷酸的生物合成受到明显抑制。此外本药也可抑制胸腺核苷酸合成酶，但抑制 RNA 于蛋白质合成的作用较弱。有少量药物原形及代谢产物以结合型形式存在于肾脏和肝脏等组织中可长达数月。在有胸膜腔或腹膜腔积液情况下，本药的清除速度明显延迟；清除率个体差别极大，老年病人更明显。

【临床应用】　用于治疗急性白血病、恶性淋巴瘤、多发性骨髓瘤、头颈部癌、支气管肺癌等，大剂量给药时用于骨肉瘤。通常成人口服每天 2.5～10mg，总量 50～150mg。儿童每天 1.5～5mg。

【护理注意事项】

1. 骨髓抑制和黏膜炎为剂量限制性毒性。

2. 肾功能正常应用大剂量疗法时，须配合亚叶酸钙解救；自治疗前一天开始至治疗后两天，应充分水化，补充电解质、水分及碳酸氢钠，使尿液呈碱性，保持尿量每天 3000mL 以上，同时避免摄入含酸性成分食物。

3. 本药静脉或动脉连续滴注时，毒性明显增加。

4. 肝功能不全者、孕妇禁用。

脱氧胸苷酸合成酶抑制剂

氟尿嘧啶　Fluorouracil, 5-FU, 5-氟尿嘧啶。

【药理作用】　本药为细胞周期特异性抗肿瘤药，主要作用于 S 期细胞，此外，本药还可以三磷酸氟尿嘧啶的形式渗入 RNA 中，通过阻止尿嘧啶和乳清酸掺入 RNA 而抑制 RNA 合成，影响蛋白质的生物合成，从而抑制肉芽组织增殖，防止瘢痕形成。本药经肝脏分解代谢，大部分分解为二氧化碳经呼吸道排出体外，约 15％在给药 1 小时内以原形随尿排出体外。

【临床应用】　主要用于消化系癌（胃癌、结肠癌、肝癌、胰腺癌、食管癌等）、乳腺癌、卵巢癌、宫颈癌、恶性葡萄胎、肺癌等。静脉注射每次 500～750mg，隔天 1 次。用于静脉滴注时毒性较直接注射为低，一般为 15mg/kg，溶于等渗盐水或 5％葡萄糖注射液中，滴注 2～8 小时，每天 1 次。还可用于动脉内滴注。

【护理注意事项】

1. 主要不良反应有骨髓抑制、消化道反应，严重者可有腹泻和黏膜炎。本品具有神经毒性，不可作鞘内注射。

2. 用本品时不宜饮酒或服阿司匹林类药物，以减少消化道出血的可能。

3. 与甲氨蝶呤合用，应先给甲氨蝶呤，4～6 小时后再用本品，否则会减效。除有意小剂量作放疗增敏剂外，一般不宜与放疗合用。

4. 静脉缓慢滴注 4～8 小时或遵医嘱，以维持血浆中有效浓度。

5. 增敏治疗时亚叶酸钙要在氟尿嘧啶前静脉滴注。

6. 密切观察毒性反应。

7. 孕妇及哺乳期妇女禁用，营养不良、肝功能不全、骨髓功能低下者慎用。

复方氟尿嘧啶口服溶液　艾消，安瘤乳，疾康平，永和 139～Ⅲ。

【药理作用】　与氟尿嘧啶相似。

【临床应用】　本品用于消化道癌症（结肠癌、直肠癌、胃癌）、乳腺癌、原发性肝癌等。口服，1 个疗程总量按氟尿嘧啶含量计算为 5～7.5g，每天 40～80mg，分 2 次服用。1 个疗程结束后休息 1～2 周，继续第 2 个疗程。

【护理注意事项】

1. 主要不良反应有骨髓抑制、消化道反应，严重者可有腹泻和黏膜炎。本品具有神经毒性，不可作鞘内注射。用于眼科时，注射液不能外漏，一旦外漏应立即冲洗结膜囊。

2. 用本品时不宜饮酒或服阿司匹林类药物，以减少消化道出血的可能。

3. 与甲氨蝶呤合用，应先给甲氨蝶呤，4～6 小时后再用本品，否则会减效。除有意小剂量作放疗增敏剂外，一般不宜与放疗合用。

4. 孕妇及哺乳期妇女禁用，营养不良、肝功能不全、骨髓功能低下者慎用。

替加氟　Tegafur，FT - 207，喃氟啶，呋喃氟尿嘧啶，方克，氟诺安，奇星，欣期平。

【药理作用】　本药在体内经肝脏微粒体酶 P450 活化逐渐转变为氟尿嘧啶而起抗肿瘤作用，其治疗指数为氟尿嘧啶的 2 倍，毒性仅为其的 1/4～1/7，免疫抑制作用轻微。口服吸收良好，2 小时后作用达高峰，作用持续时间较长，主要在肝脏代谢，血浆半衰期为 5 小时，给药后 24 小时内有 23% 以原形经尿液排出，55% 以二氧化碳形式经呼吸道排出。

【临床应用】　主要用于治疗消化道肿瘤，如胃癌、结肠癌、直肠癌、原发性肝癌和胰腺癌，也可用于治疗乳腺癌、支气管肺癌，还可用于膀胱癌、前列腺癌、肾癌及头颈部癌等。口服，每次 0.2～0.4g，每天 0.6～1.2g。总量 20～40g 为 1 个疗程。静脉注射，每天 1g。

【护理注意事项】　主要不良反应有骨髓抑制、消化道反应，严重者可有腹泻。

氟尿嘧啶脱氧核苷　Floxuridine，FUDR，脱氧氟尿苷，氟苷。

【药理作用】　本药是氟尿嘧啶类的衍生物，在体内通过嘧啶磷酸化酶活化转化成氟尿嘧啶而发挥其抗肿瘤作用，药理作用参见"氟尿嘧啶"。本药口服后迅速吸收。恶性肿瘤病人单次口服本药 0.8g，血药浓度在 1～2 小时后达到高峰。本药以原形及氟尿嘧啶、5 - 脱氧核糖核酸的形式经尿液排泄。

【临床应用】　适用于消化系癌如食管癌、胃癌、结肠癌、直肠癌、肝癌以及乳腺癌、肺癌等。动脉内滴注，每天 100～400mg，连用 10 天为 1 个疗程。静脉滴注，每天 500mg，连用 10 天为 1 个疗程。

【护理注意事项】

1. 有胃肠道反应及骨髓抑制。

2. 对本品有严重过敏史者及孕妇禁用。

3. 可出现急性和延迟性中枢神经系统的毒性反应，如共济失调、视力模糊、忧郁、眼球震颤、眩晕、嗜睡等。

去氧氟尿苷　Doxifluridine，Furtulon，艾丰，氟铁龙，克托，奇诺必通。

【药理作用】　本药口服后迅速吸收，本药以原形及氟尿嘧啶、5 -脱氧核糖核酸的形式经尿液排出。

【临床应用】 适用于乳腺癌、胃癌、结肠癌、直肠癌以及鼻咽癌。每天 800～1200mg，分 3～4 次口服，可按年龄、症状适当增减。

【护理注意事项】

1. 主要不良反应有骨髓抑制、消化道反应，严重者可有腹泻。

2. 用本品时不宜饮酒或服阿司匹林类药物，以减少消化道出血的可能。

卡培他滨 Capectiabine，Xelode，希罗达。

【药理作用】 本药是对肿瘤细胞有选择性的口服细胞毒性药物，药物自身无细胞毒性，但可在肿瘤所在部位经胸苷磷酸化酶作用下转化为具有细胞毒性的氟尿嘧啶而发挥作用，从而最大限度地降低氟尿嘧啶对正常人体细胞的损害。本药口服后以原形经肠黏膜完全而迅速吸收，食物可影响其吸收率，主要在肝脏和肿瘤组织内代谢。本药代谢主要由肾脏排泄，71％在尿中恢复原形。

【临床应用】 适用于紫杉醇和包括有蒽环类抗生素化疗方案治疗无效的晚期原发性或转移性乳腺癌的进一步治疗。适用于治疗结肠、直肠癌。口服，$1250mg/m^2$，每天 2 次（早晚各 1 次，每天总剂量 $2500mg/m^2$）。

【护理注意事项】

1. 常见不良反应为胃肠道反应和皮肤反应。

2. 对本品或其他代谢产物氟尿嘧啶有过敏史者、孕妇、哺乳期妇女禁用。

3. 卡培他滨片剂应在餐后 30 分钟内用水吞服。

4. 主要不良反应 手足综合征、心脏毒性、高胆红素血症、肾功能不全、恶心、呕吐、口炎等。手足综合征（手掌-足底感觉迟钝或化疗引起肢端红斑）是一种皮肤毒性反应（中位出现时间为 79 天，范围从 11～360 天），严重程度为 1～3 度。1 度以下列任一现象为特征：手和/或足的麻木、感觉迟钝/感觉异常、麻刺感、无痛性肿胀或红斑和/或不影响正常活动的不适。2 度手足综合征定义为手和/或足的疼痛性红斑和肿胀和/或影响病人日常生活的不适。3 度手足综合征定义为手和/或足湿性脱屑、溃疡、水疱或严重的疼痛和/或使病人不能工作或进行日常活动的严重不适。如果出现 2 或 3 度手足综合征，应中断使用卡培他滨，直至恢复正常或严重程度降至 1 度。发生过 3 度手足综合征后，以后再使用卡培他滨时剂量应减少。

DNA 多聚酶抑制剂

阿糖胞苷 Cytarabine，Alexan，Ara-C，爱力生，赛德萨。

【药理作用】 本药为嘧啶类抗代谢性抗肿瘤药，具有细胞周期特异性，对 S 期细胞最敏感，通过抑制细胞 DNA 的合成而干扰细胞的增殖。对单纯疱疹病毒、天花病毒的繁殖也有抑制作用。本药口服吸收量少，又极易在胃肠道黏膜及肝脏的胞嘧啶脱氨酶作用下脱氨失去活性，故不宜口服，可经静脉、皮下、肌内或鞘内注射而吸收。静脉注射后广泛分布于体液、组织及细胞内。

【临床应用】 主要用于治疗急性白血病，如急性非淋巴细胞白血病、难治性急性淋巴细胞白血病、慢性粒细胞白血病急变期、脑膜转移瘤以及非霍奇金淋巴瘤，用于眼部带状疱疹、单纯疱疹性结膜炎等病毒性眼病。静脉滴注或注射：每次 1～2mg/kg，每天 1 次，10～14 天为 1 个疗程。鞘内注射：用于脑膜白血病，每次 25～75mg，每天 1 次或隔天 1 次，连用 3 次。

【护理注意事项】

1. 常见不良反应为骨髓抑制、消化道反应，有肝毒性及神经毒性。

2. 静脉推注较静脉滴注骨髓抑制轻，但恶心、呕吐较重。

3. 已有骨髓抑制者、孕妇及哺乳期妇女禁用；肝功能异常及痛风病人慎用。

4. 使用本药时，应适当增加病人的液体摄入量，使尿液保持碱性，必要时可合用别嘌呤以防止血尿酸增高及尿酸性肾病的产生。

安西他滨 Ancitabine，Cylocytidine，CC，环胞苷。

【药理作用】 为阿糖胞苷的脱水衍生物，在细胞内转变成阿糖胞苷；其本身可磷酸化而阻碍脱氧核糖核酸的合成。为细胞周期特异性药物，主要用于 S 期。

【临床应用】 用于急性白血病、恶性淋巴瘤等。粉针剂有 50mg、100mg 两种规格；片剂为 100mg。口服、肌内注射、静脉注射或静脉滴注：每次 200～600mg，用 0.9%氯化钠注射液溶解，5～10 天为 1 个疗程，间隔 7～10 天可重复给药。鞘内注射：每次 50～100mg，每天或隔天 1 次。

【护理注意事项】

1. 常见不良反应为骨髓抑制、消化道反应，有肝毒性及神经毒性。

2. 静脉推注比静脉滴注骨髓抑制轻，但恶心、呕吐较重。

3. 已有骨髓抑制者、孕妇及哺乳期妇女禁用；肝功能异常及痛风病人慎用。

核苷酸还原酶抑制剂

羟基脲 Hydroxycarbamide，HU。

【药理作用】 本药为细胞周期特异性抗肿瘤药，主要作用于 S 期细胞。本药吸收较快，2 小时后血药浓度达高峰，可透过血-脑脊液屏障，主要在肝脏代谢，半衰期为 3～4 小时。

【临床应用】 主要用于慢性粒细胞白血病和黑色素瘤，也可用于急性白血病、真性红细胞增多症及头颈部癌、原发性鳞癌、复发性鳞癌、复发性转移性卵巢癌等。常用剂量为每天 40～60mg/kg，每周 2 次，6 周为 1 个疗程。

【护理注意事项】

1. 主要不良反应为骨髓抑制和消化道反应。

2. 水痘、带状疱疹、各种严重感染者及孕妇禁用。

3. 老年病人对本药较敏感，故服用本药时应适当减少剂量。

吉西他滨 Gemcitabine，Gemzar，dFdC，双氟脱氧胞苷，健择，泽菲。

【药理作用】 本药为细胞周期特异性抗代谢类抗肿瘤药，主要作用于 S 期细胞，也可阻断细胞增殖由 G_1 期过渡至 S 期。本药对各种培养的人及鼠肿瘤细胞有明显的细胞毒性作用。静脉滴注后，很快分布到体内各组织，滴注时间越长，分布就越广，半衰期越长。

【临床应用】 用于非小细胞肺癌和胰腺癌，也用于治疗膀胱癌、乳腺癌及其他实体肿瘤。使用剂量为 $1000mg/m^2$，静脉滴注 30 分钟，每周 1 次，连续 3 周，随后休息 1 周，每 4 周重复 1 次。

【护理注意事项】

1. 主要有骨髓抑制、胃肠道反应、皮疹、气喘等不良反应。

2. 滴注时间过长、增加用药频率或与放疗合用可增加药物毒性。

3. 对本品过敏者、孕妇及哺乳期妇女禁用。

（三）抗肿瘤抗生素

丝裂霉素类

丝裂霉素 Mitomycin，MMC，丝裂霉素 C，密吐霉素，自力霉素。

【药理作用】 本药为细胞周期非特异性抗肿瘤药，但对肿瘤细胞的 G_1 期最敏感，特别是晚 G_1 及早 S 期。由于本药可抑制 DNA，抑制肉芽组织增殖，从而用于防止瘢痕形成。本

药静脉注射后迅速进入细胞内，主要在肝脏代谢，通过肾脏随尿排出。

【临床应用】 用于治疗食管癌、胃癌、结肠癌、肝癌、胰腺癌等消化系统癌及非小细胞肺癌、乳腺癌、头颈部肿瘤、子宫癌、卵巢癌及癌性胸腹水等。静脉注射，每天 2mg；或每周 2 次，每次 4～6mg，40～60mg 为 1 个疗程，或 20mg 静脉冲入，每 3 周 1 次。

【护理注意事项】

1. 骨髓抑制为本药最严重的不良反应，骨髓毒性为剂量限制性，用药后的第 4～6 周最明显。

2. 为发泡剂药物，溢出血管外可引起组织坏死。

3. 孕妇禁用，肝肾功能不全者慎用。

4. 本品溶解后尽快使用，1 小时内用完。

5. 与维生素 C、维生素 B_1、维生素 B_6 等混合时，可使本品的疗效显著下降。

博来霉素类

博来霉素 Bleomycin，Blecin，BLM，Bleo，争光霉素。

【药理作用】 本药为抗生素类抗肿瘤药。口服无效，在组织中由酰胺酶水解而失活，主要经肾排泄，24 小时内排出 50%～80%，不能通过透析清除。

【临床应用】 主要用于治疗头颈部、食管、皮肤、阴道、外阴、阴茎的鳞癌以及恶性淋巴瘤和睾丸癌。常用于肌内注射，成人每次 15～30mg，用等渗盐水 2～3mL 溶解，行深部肌内注射，每周 2～3 次。

【护理注意事项】

1. 有发热和皮肤反应，肺毒性较重，可致肺炎样症状及肺纤维化。

2. 观察体温变化：如为 39℃～40℃度高热，经预防给药无效者，应停药。

3. 密切观察有无变态反应发生。

4. 不能与氨基酸、氨茶碱、地塞米松、呋塞米、维生素 C、维生素 B_2 以及含巯基的制剂配用。

5. 治疗期间避免日晒。孕妇及哺乳期妇女禁用；肺功能差或做肺部放疗病人应慎用。

平阳霉素 Bleomycin A_5，Pingyangmycin，PYM，博来平阳，平阳星。

【药理作用】 本药为从放线菌培养液中分离得到的抗生素类抗肿瘤药，主要抑制胸腺嘧啶核苷渗入 DNA，并与 DNA 结合使之破坏。静脉注射 30 分钟后血药浓度达最高峰。

【临床应用】 主要用于鳞状细胞癌如头颈部癌、皮肤癌、食管癌、鼻咽癌、鼻咽癌、肺癌、宫颈癌、阴茎癌及恶性淋巴瘤、睾丸肿瘤等。对肝癌有一定疗效。可用于静脉注射、肌内注射、肿瘤内注射或动脉插管给药。每次 10mg，隔天 1 次，1 个疗程总量 200～300mg。

【护理注意事项】

1. 可有发热、皮肤反应、变态反应，肺毒性较博来霉素轻。

2. 有本类药品过敏史者禁用，老年患慢性呼吸道疾患、肺及肝肾功能障碍者、孕妇与哺乳期妇女慎用。

3. 一旦发生过敏性休克，应立即停药，并采取急救措施，使用肾上腺素、糖皮质激素、升压药及吸氧等。

培洛霉素 Pepleomycin，培普利欧霉素。

【药理作用】 本品是博来霉素衍生物，比博来霉素显效快，抗肿瘤作用强，给药时间短，对淋巴结转移灶有效，肺毒性小。其作用机制是阻碍 DNA 链的合成和切断 DNA 链而发挥其抗癌作用。

【临床应用】 适用于鳞状细胞癌如皮肤癌、头颈部癌、肺癌以及前列腺癌、恶性淋巴瘤和恶性黑色素瘤。肌内注射或静脉注射：初次 5mg，以后每次 10mg，每周 2～3 次，总量 150～200mg。胸腔注射：每次 200mg。

【护理注意事项】

1. 有发热和肺毒性反应，发生率较博来霉素低。

2. 对本品及博来霉素过敏者、肺功能有严重障碍者、孕妇及哺乳期妇女禁用；肝、肺、肾功能不良者，老人及水痘病人慎用。

放线菌素类

放线菌素 D Dactinomycin，Actinomycin D，Cosmegen，ACTD，DACT，更生霉素，可美净。

【药理作用】 本药为一种抗生素类细胞周期非特异性抗肿瘤药，但对 G_1 前半期最敏感。口服吸收差，静脉注射后迅速分布至各组织，广泛地与组织结合，在体内代谢极少，半衰期为 36 小时。

【临床应用】 用于绒毛膜上皮癌、睾丸肿瘤、肾母细胞瘤、软组织肉瘤及恶性淋巴瘤、睾丸肿瘤、乳腺癌等。静脉滴注，一般每天 6～8μg/kg，10 天为 1 个疗程，两个疗程间相隔

2 周。

【护理注意事项】

1. 有延缓性毒性，主要是骨髓抑制和胃肠道反应，渗出血管外可引起组织坏死。

2. 对本品过敏者、水痘病人禁用；肝、肾功能不全者慎用。

新福菌素　Actinomycin 23-21。

【药理作用】　为细胞周期非特异性药物，但对 G_1 期前半段最敏感。其作用机制为与 DNA 结合，抑制以 DNA 为模板的 RNA 多聚酶，从而抑制 RNA 分子的合成。

【临床应用】　主要用于绒毛膜上皮癌及恶性葡萄胎、鼻咽癌、食管癌、胃癌、子宫癌等。静脉滴注：每天 6μg/kg，连续 4～5 天为 1 个疗程，间隔 10～15 天重复使用。胸腔、腹腔内注射：每次 500～800μg，每周 1 次，5～6 次为 1 个疗程。

【护理注意事项】

1. 有胃肠道反应及骨髓抑制，药液外漏可引起组织坏死。

2. 水痘或最近患过水痘者不宜用本品；骨髓造血功能低下、有痛风病史、有尿酸盐性肾结石病史、肝功能损害、感染及孕妇、哺乳期妇女慎用。

蒽环类

柔红霉素　Daunorubicin，DNR，正定霉素。

【药理作用】　本药为第一代蒽环类抗生素，为细胞周期非特异性抗肿瘤药。作用机制酷似多柔比星，可嵌入 DNA，进而抑制 RNA 和 DNA 的合成，对 RNA 的影响尤为明显。静脉注射给药 40～45 分钟后，本药即在肝内代谢成抗癌活性的柔红霉素醇，并与本药原形一起分布至全身，不能透过血-脑脊液屏障。

【临床应用】　主要用于治疗急性白血病和慢性粒细胞白血病，亦可用于恶性淋巴瘤、神经母细胞瘤、肾母细胞瘤等的治疗。成人每次 0.5～0.8mg/kg，以生理盐水或 5‰ 葡萄糖注射液 250mL 稀释后静脉滴注，1 小时内滴完，每周 2 次。

【护理注意事项】

1. 骨髓抑制较严重，有胃肠道反应及心脏毒性，药液外漏可致局部组织坏死。

2. 有严重或潜在心脏病者及严重感染者、孕妇、哺乳期妇女禁用；肝功能损害者慎用。

3. 不能与肝素合并使用，以免产生沉淀。

多柔比星　Doxorubicin，Adriamycin，ADM，阿霉素。

【药理作用】　为广谱抗肿瘤药，对机体可产生广泛的生物化学效应，具有强烈的细胞毒性作用。其作用机制主要是本品嵌入 DNA 而抑制核酸的合成。

【临床应用】　本药常作为急性白血病、恶性淋巴瘤、多发性骨髓瘤、乳腺癌、骨肉瘤、软组织肉瘤及肺癌的一线治疗药物，对卵巢癌、睾丸肿瘤、肾母细胞瘤、头颈部癌、胃癌、肝癌等也有一定疗效。静脉注射：每次 20～30mg/m²，每周 1 次，共 2 周；或每次 40～60mg/m²，每 3 周 1 次，累积总量不宜超过 450mg/m²。

【护理注意事项】

1. 有骨髓抑制和胃肠道反应，心脏毒性呈剂量限制性，还可引起脱发。

2. 本药为强烈的发泡剂，注射时勿将药物漏出血管外。

3. 与丝裂霉素或放疗合用可加重心脏毒性，用药前应测定心脏功能，有条件的可监测左心室射血分数和 PEP/LVEF 比值，同时密切监测周围血象。

4. 密切观察有无充血性心力衰竭的早期症状及心律失常。

5. 用药后尿可呈红色。

表柔比星　Epirubicin，Pharmorubicin，E-ADM，EPI，表阿霉素，法玛新。

【药理作用】　为半合成蒽环抗肿瘤药物，是多柔比星的异构体。本品在心脏的浓度低，对心脏的毒性小，代谢快，不能透过血-脑脊液屏障。

【临床应用】　主要用于治疗各种急性白血病、恶性淋巴瘤、多发性骨髓瘤、乳腺癌、支气管肺癌等多种实体瘤。每次 50～60mg/m²，每 3 周给药 1 次，用 5% 葡萄糖注射液溶解后静脉滴注。

【护理注意事项】

1. 骨髓抑制和心脏毒性较多柔比星轻，用药前需全面监测心脏功能，每次用药前检查心电图，每 7～10 天检查周围血象 1 次，每 1～2 个月检查肝功能 1 次，同时监测肾功能。

2. 既往用过蒽环类抗肿瘤药如多柔比星、柔红霉素等应视所用剂量减量或不用本药。

3. 用药后 1～2 天可以出现尿液红染。

4. 本品口服无效，不能肌内注射或鞘内注射。

吡柔比星　Pirarubicin，THP-ADM，吡喃阿霉素。

【药理作用】　本药为蒽环类细胞周期非特异性抗肿瘤药。对多柔比星耐药者也有效。静脉给药分布较快，主要在肝脏代谢，通过胆汁从粪便排泄，给药 48 小时后经胆道排出 20%，

肾脏排出 9％。

【临床应用】　用于急性白血病、恶性淋巴瘤、乳腺癌、胃癌、头颈部癌及泌尿生殖系统肿瘤。将本品加入 5％葡萄糖注射液或注射用水 10mL 溶解。可静脉、动脉、膀胱内注射。静脉注射，每 3～4 周为 1 个治疗周期，每个疗程用药 1 次，每次 40～60mg，或每天 30～40mg，连用 2 天。

【护理注意事项】

1. 主要不良反应有骨髓抑制、胃肠道反应、心脏毒性和肝肾毒性。

2. 心功能异常或有心脏病史者，对本药有过敏史者及孕妇禁用；老年病人及有纵隔、心包积液者应减少剂量，慎用；曾接受过蒽环类药物者，应视以前的用量酌情减少。

3. 本品难于溶解在 0.9％氯化钠注射液中，故不宜用 0.9％氯化钠注射液作溶剂。

（四）植物来源的抗肿瘤药

长春碱类

长春碱　Vinblastine，VLB，长春花碱。

【药理作用】　长春碱为夹竹桃科植物长春花中提取的一种有抗癌活性的生物碱。主要抑制微管蛋白的聚合，而妨碍纺锤体微管的形成，使有丝分裂停止于中期。口服吸收差，需静脉给药。

【临床应用】　本药主要对恶性淋巴瘤、绒毛膜上皮癌及睾丸肿瘤有效，也可用于乳腺癌、肺癌、卵巢癌等。静脉注射：成人每次 10～15mg 或 6mg/m²、儿童 10mg/m²，用 0.9％氯化钠注射液或 5％萄葡糖注射液 20～30mL 溶解后静脉注射或输液时冲入，每周 1 次，1 个疗程总量为 60～80mg。胸腹腔内注射：每次 10～30mg，加 0.9％氯化钠注射液 20～30mL 溶解。

【护理注意事项】

1. 不良反应有胃肠道反应，骨髓抑制，脱发及局部刺激。

2. 应防止药液漏出血管外及溅入眼内。

3. 不可日晒。不可肌内注射、皮下注射及鞘内注射。

长春新碱　Vincristine，Oncovin，VCR，安可平。

【药理作用】　本药为主要作用于 M 期的细胞周期特异性抗肿瘤药。本药口服吸收差。静脉注射后迅速分布至各组织，以肝脏较多。主要在肝脏代谢，通过胆汁排泄，有肠肝循环。

【临床应用】　主要用于急慢性白血病、恶性淋巴瘤、小细胞肺癌及乳腺癌，亦可用于睾

151

丸癌、卵巢癌、消化道癌、恶性黑色素瘤等。静脉注射，成人 1.4mg/m²，儿童 75μg/kg，每周 1 次。

【护理注意事项】

1. 神经毒性为本药的主要不良反应，局部刺激性较强，注射时药液勿漏出血管外。

2. 与甲氨蝶呤合用时，先用长春新碱再加甲氨蝶呤可增效，与门冬酰胺酶、异烟肼及放疗合用时神经毒性增强。

3. 孕妇、哺乳期妇女、2 岁以下儿童慎用。

4. 本药可改变地高辛的吸收而降低其疗效，合用时应密切监测地高辛的血药浓度。

长春地辛 Vindesine, Eldisine, VDS, 长春花碱酰胺，艾得新，托马克，西艾克。

【药理作用】 本药有效成分长春地辛为长春碱的衍生物，作用机制参见"硫酸长春碱"。静脉注射后广泛分布于组织中，脾、肺、肝、周围神经和淋巴结等组织中的药物浓度高于血浆药物浓度数倍，但在脑脊液中的浓度很低。

【临床应用】 对乳腺癌、肺癌、急性淋巴细胞白血病、恶性淋巴瘤、食管癌、恶性黑色素瘤有相当疗效，对白血病、生殖细胞肿瘤、头颈部癌及软组织肉瘤有一定疗效。用于静脉注射，成人每次 3mg/m²，隔周 1 次，或适量增减。

【护理注意事项】

1. 不良反应有骨髓抑制、神经毒性、胃肠道反应。

2. 孕妇禁用，肝、肾功能不全者慎用。

3. 不可与抗生素或其他药物混合使用。

4. 药物溶解后应在 6 小时内使用。

5. 不可鞘内注射给药；静脉注射时，应避免药物漏出血管外或溅入眼内，一旦药物外漏，应立即停止注射，局部冷敷，并用 0.5% 普鲁卡因封闭。

长春瑞宾 Vinorelbine, Navelbine, NVB, 去甲长春新碱，盖诺，诺维本。

【药理作用】 本药是一种半合成的长春花生物碱，是一种周期性特异性抗肿瘤药。作用与长春新碱相似。本药除了作用于有丝分裂的微管外，也作用于轴突微管，故可引起神经毒性。本药静脉给药后 80% 与血浆蛋白结合。组织摄入率高且持久。主要经粪便排泄。

【临床应用】 主要用于非小细胞肺癌、乳腺癌、卵巢癌、淋巴瘤等。静脉输注，单药治疗用量为 25～30mg/m²，每周 1 次。药物必须溶于生理盐水中。

【护理注意事项】

1. 有骨髓抑制、神经毒性，轻微的胃肠道反应及呼吸系统影响。

2. 孕妇、哺乳期妇女、严重肝功能不全者忌用，肾功能不全者慎用。

3. 为发泡剂，防止药液外渗及污染眼球。注射时专人守护，一旦外漏应立即停止注射，并行局部封闭，每 8 小时 1 次，共 3 天。将余下的药物从另外一条静脉通道注入。如有药物溅入眼内，应立即用大量清水或等渗溶液冲洗。

4. 观察神经毒性反应，予以对症处理，停药后可逐渐恢复。

喜树碱类

羟喜树碱　Hydroxycamptothecin，HCPT，OPT，拓喜。

【药理作用】　本品通过抑制拓扑异构酶 I 而发挥细胞毒作用，使 DNA 不能复制，造成不可逆的 DNA 链破坏，从而导致细胞死亡。本药主要从粪便排出，12 小时排出 29.6%，48 小时排出 47.8%。

【临床应用】　主要对原发性肝癌、结肠直肠癌、肺癌和白血病有效，亦可用于胃腺源性上皮癌、膀胱癌和头颈部癌等。静脉注射，每次 4~8mg，每天或隔天注射 1 次，溶于生理盐水 10~20mL 中，1 个疗程总量 60~120mg。

【护理注意事项】

1. 有骨髓抑制、胃肠道反应，停药后可自行恢复。

2. 少数病人有脱发、心电图改变及泌尿道刺激症状。

3. 孕妇慎用。

4. 本药不能用葡萄糖液及其他酸性溶液稀释，否则会出现沉淀；应使用氯化钠注射液溶解本药。

5. 用药期间同服碳酸氢钠及甘草绿豆汤，可减轻对肾脏的损伤。

拓扑替康　Topotecan，TPT，奥罗那，金喜素，胜城，喜典。

【药理作用】　本药是半合成喜树碱衍生物，为一种细胞周期特异性抗肿瘤药，主要作用于 S 期细胞。本药有广谱抗肿瘤作用。癌症病人静脉滴注本药后在体内呈二室模型，分布非常快。

【临床应用】　用于经一线化疗失败的小细胞肺癌和晚期卵巢癌的治疗。推荐剂量为每天 1.2mg/m²，静脉输注 30 分钟，持续 5 天，21 天为 1 个疗程。

【护理注意事项】 主要为骨髓抑制，主要的不良反应有血小板和血红蛋白减少，以及胃肠道反应、脱发等。

紫杉醇类

紫杉醇 Paclitaxel，Taxol，PTX ，安素仄，力扑素，泰素，紫素。

【药理作用】 本药属于广谱抗肿瘤药。对顺铂和多柔比星耐药者，使用本药有效。在肝脏代谢，经胆汁随粪便排泄，仅有少量以原形从尿中排泄。

【临床应用】 对卵巢癌、乳腺癌、非小细胞肺癌疗效较好，对食管癌、头颈部癌、恶性黑色素瘤、恶性淋巴瘤及脑瘤等有效。单药剂量为 $135\sim200mg/m^2$，用生理盐水或 5％葡萄糖盐水稀释，静脉滴注 3 小时。

【护理注意事项】

1. 有骨髓抑制、神经系统毒性、胃肠道反应、心脏毒性、变态反应等。

2. 为预防变态反应，应先询问病人有无过敏史，并查看白细胞及血小板数据。正常者在使用前 12 小时和 6 小时分别口服地塞米松片 20mg，给药前 30～60 分钟肌内注射或口服苯海拉明 50mg 及静脉注射西咪替丁 300mg 或雷尼替丁 50mg。

3. 注意有无过敏症状及生命体征变化，给药 10 分钟内滴速应慢。

4. 给药时间最好为 3 小时，使白细胞减少较轻。

5. 给药时禁止使用聚氯乙烯输液装置，应采用聚乙烯材料。

6. 与顺铂合用时，如果先用顺铂会加重紫杉醇的主要毒性反应，两者联合使用时，应先用紫杉醇，后用顺铂。

7. 有肝胆疾病者应谨慎观察，对本品或其他用聚氯乙烯蓖麻油制成的药物有变态反应者、孕妇及中性白细胞数小于 $1.5\times10^9/L$ 病人禁用，哺乳期的妇女必须终止哺乳后再应用本品。

多西他赛 Docetaxel，Taxotere，TXT，多西紫杉醇，艾素，多帕菲，泰素帝。

【药理作用】 本药为细胞周期特异性抗肿瘤药，可特异作用于 M 期细胞。可分布于全身各脏器，以肝脏、胆汁、肠、胃中含量较高。主要在肝脏代谢，本药主要代谢产物随粪便排泄，经尿液排泄仅 6％，仅有小部分以药物原形排出体外。

【临床应用】 对晚期或转移性乳腺癌、卵巢癌和非小细胞肺癌疗效较好，对头颈部癌、胰腺癌、小细胞肺癌、胃癌、黑色素瘤、软组织肉瘤等也有一定疗效。推荐剂量为 70～

$75mg/m^2$，静脉滴注 1 小时，每 3 周 1 次。

【护理注意事项】

1. 有较严重的骨髓抑制和变态反应、胃肠道反应、神经毒性、体液潴留、低血压等不良反应。

2. 严防接触皮肤、眼睛和黏膜。

3. 对本药有严重过敏史者、孕妇、哺乳期妇女及儿童、白细胞数低于 $1.5 \times 10^9/L$ 者禁用。

鬼臼类

依托泊苷 Etopside，Vepeside，Lastet，VP-16，鬼臼乙叉苷，足叶乙苷，威克。

【药理作用】 本药为鬼臼脂的半合成衍生物，为细胞周期特异性抗肿瘤药。本药口服后生物利用度平均为 48%。血浆蛋白结合率为 97%，半衰期为 7 小时。

【临床应用】 主要用于治疗小细胞肺癌、恶性淋巴瘤、睾丸肿瘤、急性粒细胞白血病，对卵巢癌、神经母细胞瘤等亦有效。静脉注射或静脉滴注，单一用药时的剂量为 $60\sim100mg/m^2$，加生理盐水 500mL 静脉滴注，每天或隔天 1 次，连用 3~5 次，3~4 周后重复用药。口服，每天 $100\sim120mg/m^2$，连用 5 天，3 周后重复用药。

【护理注意事项】

1. 骨髓抑制重，用药期间应监测血常规；可引起胃肠道反应，有脱发、过敏、中毒性肝炎、神经炎的危险。

2. 应以 0.9%氯化钠注射液稀释 20 倍以上，静脉滴注时滴速应缓慢，时间大于 30 分钟。

3. 防止药液漏于血管外。

4. 孕妇和哺乳期妇女慎用。

（五）激素及内分泌药物

激素类药物能选择性地作用于相应的肿瘤组织，对一般增殖迅速的正常组织不会产生抑制作用，不会引起骨髓抑制，也没有胃肠黏膜及毛囊细胞增殖受到抑制所导致的不良反应。

肾上腺皮质激素

泼尼松 Prednisone，去氢可的松，强的松。

【药理作用】 本药为中效糖皮质激素。其抗炎作用及对糖代谢的影响比可的松强 4~5 倍，对水盐代谢影响很小。

【临床应用】 可用于急性和慢性淋巴细胞白血病，霍奇金淋巴瘤和非霍奇金淋巴瘤，多发性骨髓瘤，乳腺癌，癌性发热，恶性肿瘤并发症。口服，成人开始每天 10～40mg，分 2～3 次，维持量每天 5～10mg。

【护理注意事项】

1. 感染者慎用。

2. 不宜长期使用，以免产生不良反应和并发症。

3. 消化性溃疡病人慎用，必须用时注意有无消化道出血。

4. 糖尿病病人注意观测血糖。

5. 高血压病人注意观测血压。

6. 注意观察病人有无水、钠潴留。

地塞米松片 Dexamethasone，DXM，氟美松。

【药理作用】 本药具有抗炎、免疫抑制、抗毒素、抗休克作用，还能刺激骨髓的造血功能，使红细胞和血红蛋白的含量增加。

【临床应用】 本药用于神经系统原发或继发肿瘤引起的脑水肿，可作为止吐剂，预防或抑制药物过敏，还可作为急性白血病，淋巴瘤联合化疗方案中的细胞毒激素类药物中的组成之一。口服，成人开始剂量为每次 0.75～3mg，每天 2～4 次。治疗淋巴瘤作为化疗用药时，每次 15mg，口服，每天 1 次。

【护理注意事项】

1. 感染者慎用。

2. 不宜长期使用，以免产生不良反应和并发症。

3. 消化性溃疡病人慎用，必须用时注意有无消化道出血。

4. 糖尿病病人注意观测血糖。

5. 高血压病人注意观测血压。

6. 用药期间注意检查血钾、血压、血糖是否正常；并常规进行眼部检查；老年病人注意检查骨密度。

雌激素及抗雌激素药

己烯雌酚 Diethylstilbestrol，DES。

【药理作用】 为人工合成的非甾体雌激素，对垂体促性腺激素的分泌有抑制作用，从而

改变体内激素平衡，破坏肿瘤组织赖以生长发育的条件。

【临床应用】 ①乳腺癌：绝经后及男性晚期乳腺癌、不能进行手术治疗者。口服，每天15mg，6 周内病情无改善者则停药。②前列腺癌：早期与前列腺切除手术并用，晚期与睾丸切除术并用。开始时每天 1～3mg，维持量每天 1mg。

【护理注意事项】

1. 女性乳腺癌病人用药前需先做阴道切片，雌激素水平低下者可应用。

2. 长期使用该药应定期检查血压和肝功能。

3. 注意观察是否有恶心呕吐等不良反应。

他莫昔芬 Tamoxifen，Nolvadex，TAM，三苯氧胺。

【药理作用】 本药是一种非甾体抗雌激素抗肿瘤药，具有和雌激素受体结合而抑制内源性雌激素作用。

【临床应用】 本药用于乳腺癌和子宫内膜癌、黑色素瘤、D 期前列腺癌和肾细胞癌。口服，每次 10mg，每天 2 次，可连续使用。

【护理注意事项】

1. 向绝经前病人说明他莫昔芬治疗后出现绝经症状的可能性。

2. 向乳腺癌病人说明，在治疗的头几周骨痛可能加重。

3. 定期检查血常规、肝功能。

4. 有继发肿瘤的危险。

托瑞米芬 Toremifene，Fareston，法乐通，氯三苯氧胺。

【药理作用】 本药抗肿瘤作用主要是抗雌激素效应，还有其他抗肿瘤机制，包括改变肿瘤基因表达、分泌生长因子、诱导细胞凋亡等有关。

【临床应用】 主要用于乳腺癌的治疗和子宫内膜癌。口服，每次 60mg，每天 1 次。

【护理注意事项】

1. 对本品过敏者禁用，严重肝衰竭者不宜长期服用，对非代偿性心功能不全者及严重心绞痛者，在用药期间应密切观察全身状况。

2. 有骨转移病人开始治疗时可能出现过渡性高钙血症，注意监测血钙，严重高血钙时须停药。

3. 女性长期用药物须注意其子宫内膜增生情况，应定期检查。

阿那曲唑 Anastrozole，Arimidex，瑞宁得。

【药理作用】 本药是第三代芳香化酶抑制剂，通过抑制芳香酶的活性可以减少雌激素的产生，从而消除雌激素对肿瘤生长的刺激作用。

【临床应用】 一般用于绝经后晚期乳腺癌二线或三线激素治疗。目前国外资料报道本药适用于早期乳腺癌的辅助治疗。口服，每次 5～10mg，每天 1 次。

【护理注意事项】

1. 监测病人胃肠道反应的任何症状和体征。

2. 血清胆固醇水平升高或肝功能损伤者慎用。

3. 每 3 个月监测一次病人的胆红素水平或肝功能情况。

4. 向病人解释发生潮热的可能性。

5. 由于使用本药可能出现无力和嗜睡，因此用药中应避免驾车或操作机械。

来曲唑 Letrozole，Femara，芙瑞，弗隆。

【药理作用】 本药是第三代芳香化酶抑制剂，通过抑制芳香酶的活性可以减少雌激素的产生，从而消除雌激素对肿瘤生长的刺激作用。

【临床应用】 用于绝经后 ER 和/或 PR 受体阳性的晚期乳腺癌的一线、二线治疗。口服，每次 2.5mg，每天 1 次。

【护理注意事项】

1. 消化道 以恶心、便秘、腹泻、体重增加为主要表现。告知病人摄入低钠饮食，避免体液潴留和体重增加。

2. 内分泌 常见有潮热和阴道出血，向病人做好解释。

3. 心血管 水肿、高血压、心律不齐，血栓形成。

4. 偶见头痛、骨痛、瘙痒、皮疹等。

（六）杂类

L-门冬酰胺酶 L-Asparaginase。

【药理作用】 本药为酶抑制剂，选择性地抑制肿瘤细胞生长，为周期非特异性抗肿瘤药，但对增殖期细胞作用强。

【临床应用】 用于急性淋巴细胞白血病、急性粒淋巴细胞白血病、急性单核淋巴细胞白血病，对恶性淋巴瘤有效。用于静脉注射、静脉滴注、肌内注射，每次剂量为 20～

2000U/kg，每周 1~2 次，3~4 周为 1 个疗程。

【护理注意事项】

1. 本品可引起变态反应，故首次用药前或者已停药 1 周以上的病人需先做皮试。阴性者使用时须准备抗变态反应的药物。

2. 可以增高血尿酸浓度，应碱化尿液，补充大量液体。

3. 用药期间需检测血常规、凝血酶原的时间、血糖、尿酸、肝肾功能。

4. 监测体温。

5. 肌内注射每 2mL 生理盐水可溶解本品 10000U。一个注射部位限量 2mL，如注射量超过 2mL 则须选择两个以上部位。

6. 静脉注射用 5mL 无菌注射用水稀释本品 10000U，注射时间不少于 30 分钟。

7. 冻干品在 2℃~5℃保存。

顺铂 Cisplatin，DDP。

【药理作用】 本药为目前常用的金属铂类络合物，为细胞周期非特异性抗肿瘤药，具有抗癌谱广、对厌氧细胞有效的特点。

【临床应用】 用于睾丸癌、卵巢癌、头颈部癌、膀胱癌、肺癌、食管癌、恶性淋巴瘤等。也常用于癌性胸腹水的治疗。成人常用剂量为每天 10~20mg，溶于 200~300mL 生理盐水中，静脉滴注，避光，2 小时内滴完。每个疗程为 200~400mg，在用量达 100~200mg 后，需间隔 1~2 周。

【护理注意事项】

1. 不良反应主要为消化道反应、肾脏毒性、骨髓抑制及听神经毒性。

2. 必须用生理盐水稀释。

3. 使用时需配合水化利尿，使尿量保持在 2000~3000mL，肾功能不全者慎用。

4. 不能与铝制剂配伍，使用时要避光。

5. 化疗时采用有效止吐药物。

6. 应注意询问病人有无耳鸣，及时发现后停药观察。

7. 对本品过敏者及孕妇禁用。

卡铂 Carboplatin，Paraplatin，CBP，卡波铂，波贝，铂尔定，伯尔定。

【药理作用】 本药为第二代铂类细胞周期非特异性抗肿瘤药物。作用机制与顺铂相同。

不良反应明显低于顺铂，尤其是胃肠道反应。

【临床应用】　主要用于小细胞肺癌、睾丸癌、卵巢癌、鼻咽癌，也可用于宫颈癌，非小细胞肺癌、食管癌、精原细胞瘤、膀胱癌、间皮瘤、小儿脑部肿瘤及其他头颈部癌等恶性肿瘤等。推荐剂量为 $300\sim400\,mg/m^2$，1 次给药，静脉滴注；或 $60\sim70\,mg/m^2$，每天 1 次，连用 5 天，均 4 周重复 1 次。

【护理注意事项】

1. 可引起骨髓抑制、变态反应及消化道反应。应用前检测血常规。

2. 对本品过敏者、水痘病人、严重骨髓抑制者、孕妇及哺乳期妇女禁用；肝肾功能不全、有出血疾病或合并感染者慎用。

3. 国产卡铂推荐用 5％的葡萄糖溶液稀释后静脉滴注；铂尔定可以用 5％的葡萄糖或生理盐水溶解稀释后静脉滴注。配制后的药品在 8 小时内用完，注射时应避光。

4. 不与铝制剂接触。

奥沙利铂　Oxaliplatin，奥铂，草铂，艾恒，乐沙定。

【药理作用】　本药为铂络合物类抗肿瘤药，是第三代铂类衍生物。通过产生烷化络合物作用于 DNA，形成链内和链间交联，从而抑制 DNA 的合成及复制。

【临床应用】　主要用于结肠癌、直肠癌，对卵巢癌、乳腺癌、食管癌、非小细胞肺癌、非霍金奇淋巴瘤等也有效。推荐剂量为每次 $130\,mg/m^2$，加入 $250\sim500\,mL$ 5％葡萄糖注射液中，输注 $2\sim6$ 小时。

【护理注意事项】

1. 神经毒性明显，表现为感觉迟钝，遇冷时加重，禁止用冷水漱口，不进冷食，避免接触凉水。

2. 对顺铂衍生物有过敏者禁用，妊娠及哺乳期妇女慎用。

3. 不宜与碱性药物或介质、氯化物及含铝制剂混合使用。

4. 消化道反应以腹泻为主。

5. 草酸铂神经毒性的预防　①控制奥沙利铂的输注时间（2～3 小时）。②在输注奥沙利铂时及输注后数小时内避免冷刺激，包括避免饮食冷物、呼吸较冷的空气、接触冷物（冬天避免接触金属类物）等可预防急性神经毒性症状出现，减少症状的发生率。③做到"四禁"（禁止用生理盐水稀释、禁止用冰水漱口和冷食、禁止与碱性药物或溶液配伍输注、制备药液

及输注时避免接触铝制品）。

奈达铂　Nedaplatin，捷佰舒。

【药理作用】　本药为铂络合物类抗肿瘤药，与肿瘤细胞的 DNA 碱基结合，阻碍 DNA 复制，发挥其抗肿瘤效果。

【临床应用】　主要用于头颈部癌、小细胞及非小细胞肺癌、食管癌、卵巢癌、子宫颈癌等实体瘤。将本品 $100mg/m^2$ 溶于 300mL 以上生理盐水或 5％葡萄糖注射液中，60 分钟以上静脉滴注完。

【护理注意事项】

1. 主要不良反应有骨髓抑制、胃肠道反应、肝肾功能损害、耳神经毒性及脱发等。

2. 只作为静脉滴注，应避免药液漏于血管外。

3. 静脉滴注时避光。

（七）分子靶向治疗制剂

分子靶向治疗制剂是新增加归类的抗癌新药，分子靶向治疗药物与传统化疗药物有很大的不同，它们能特异性靶向作用于癌细胞，而不是作用于正常组织细胞。这是因为这些药物利用肿瘤细胞的特殊分子特点，特异性作用于治疗的分子靶点而发挥作用。

酪氨酸激酶抑制剂

甲磺酸伊马替尼是第 1 个用于临床的阻断信号转导的抵制剂，该药抑制费城染色体阴性慢性髓性白血病细胞的酪氨酸激酶活性，抑制 Bcr-Abl 和 c-kit 激活酶的制剂。第 2 个应用于临床的酪氨酸激酶抑制剂是靶向作用于上皮生长因子受体（EGFR）酪氨酸激酶的制剂。

特罗凯　Tarceva，厄洛替尼。

【药理作用】　特罗凯的抗肿瘤作用机制主要为抑制 EGFR 酪氨酸激酶胞内磷酸化。

【临床应用】　特罗凯用于至少一种化疗方案失败的局部晚期或转移性 NSCLC。推荐剂量为每天 150mg，餐前至少 1 小时或餐后 2 小时口服。

【护理注意事项】

1. 至少在进食前 1 小时或进食后 2 小时服用。

2. 最常见的不良反应为皮疹和腹泻。

3. 病人出现新的急性发作或进行性的肺部症状，如呼吸困难、咳嗽和发热时，应暂停特罗凯治疗，以便进行诊断评估。

单克隆抗体

单克隆抗体作为辅助治疗手段用于临床治疗至少有 5～10 条。这些单克隆抗体都是鼠抗体，但是它们的构造均被不同程度地人源化。应用于临床的单克隆抗体药物有阿仑替单抗、西妥昔单抗等。

赫赛汀　Herceptin，Trastuzumab。

【药理作用】　赫赛汀是一种人化的单克隆抗体类药物。

【临床应用】　本品对于人表皮生长因子受体 2（HER-2）阳性的转移性乳腺癌有较好的疗效，是第一个以癌基因为靶的 HER-2 阳性乳腺癌转移病人的治疗药物。赫赛汀与 HER-2 的结合，阻断了细胞内生长信号的传递，导致肿瘤细胞的凋亡。每周方案（首剂）：4mg/kg，＞90 分钟静脉滴注，观察 2 小时。三周方案：8mg/kg，＞90 分钟静脉滴注，观察 2 小时，疗程为 1 年。

【护理注意事项】

1. 使用赫赛汀时注意用 250mL 生理盐水溶解，不能用 5％的葡萄糖注射液溶解。

2. 溶解时请勿剧烈震荡。2℃～8℃下储存。

利妥昔单抗　Rituximab，美罗华。

【药理作用】　利妥昔单抗是一种人鼠嵌合性单克隆抗体，能特异性地与跨膜抗原 CD20 结合。

【临床应用】　适用于 CD20 阳性弥漫大 B 细胞非霍奇金淋巴瘤的治疗。推荐剂量为 375mg/m²，静脉冲入，每周 1 次，共 4 次。

【护理注意事项】

1. 配制要求　在无菌条件下抽取所需剂量的利妥昔单抗，置于无菌无致热原的含 0.9％生理盐水或 5％葡萄糖注射液的输液袋中，稀释到利妥昔单抗的浓度为 1mg/mL。轻柔地倾倒入注射袋内，使溶液混合并避免产生泡沫。由于本品不含抗微生物的防腐剂或抑菌制剂，因此必须检查无菌技术。静脉使用前应观察注射液有无微粒或变色。

2. 利妥昔单抗稀释后通过一种专用输液管静脉滴注，适用于不卧床病人的治疗。

3. 利妥昔单抗的治疗应在具有完备复苏设备的病区内进行，并在有经验的肿瘤医师或血液科医师的直接监督下进行。对出现呼吸系统症状或低血压的病人至少监护 24 小时。

4. 每次滴注利妥昔单抗前（30～60 分钟）应预先使用止痛剂（例如对乙酰氨基酚）和抗

组胺药（例如苯海拉明）。

5. 与输液相关的不良反应　超过 50％的病人会出现输液相关不良反应，主要出现于第 1 次静脉滴注，而且常常是在静脉滴注开始的第 1～2 小时内出现，这些不良反应大部分是轻微的流感样反应。通常症状包括发热、畏寒和寒战。其他症状有脸部潮红、血管性水肿、恶心、荨麻疹/皮疹、疲劳、头痛、咽喉刺激、鼻炎、呕吐和肿瘤疼痛。大约 10％的病例症状加重伴随低血压和支气管痉挛。病人偶尔会出现原有的心脏疾病例如心绞痛和心力衰竭的加重。减缓或中断利妥昔单抗的滴注并给予支持治疗（静脉输注盐水、苯海拉明和对乙酰氨基酚）后输液相关不良反应一般会消失。

6. 肺部不良反应　肺部不良反应包括低氧血症、肺浸润和急性呼吸衰竭。这些不良反应中的一些可先表现为严重的支气管痉挛和呼吸困难。因此当出现肺部不良反应或其他严重输液相关症状的病人应给予密切监护，直至他们出现的症状完全消退。

抗血管生成剂

临床相关研究观察到在肿瘤组织中有新生血管形成，而在正常生理过程中除了伤口愈合外这种情况非常少见。以抗血管生成为靶点的优势在于内皮细胞为二倍体细胞，而非变异细胞，很少发生耐药性。血管内皮生长因子（VEGF）是新生血管形成的强有力的因素。通过抑制内皮细胞的血管内皮生长因子受体（VEGFR），VEGF 启动一系列的生物途径产生不同的效应。目前用于临床的抗血管生成剂有恩度。

恩度（重组人血管内皮抑制素）

【药理作用】　重组人血管内皮抑制素为血管生成抑制类新生物制品，其作用机制是通过抑制形成血管的内皮细胞迁移来达到抑制肿瘤新生血管的生成，阻断了肿瘤细胞的营养供给，从而达到抑制肿瘤增殖或转移的目的。

【临床应用】　联合 NP 化疗方案用于治疗初治或复治的Ⅲ/Ⅳ期非小细胞肺癌病人。与 NP 化疗方案联合给药时，本品在治疗周期的第 1～14 天，每天给药 1 次，每次 $7.5mg/m^2$，连续给药 14 天，休息 1 周，再继续下一周期的治疗。

【护理注意事项】

1. 本品为静脉给药，临用时将本品加入 250～500mL 生理盐水中，匀速静脉滴注，滴注时间 3～4 小时。

2. 过敏体质或对蛋白类生物制品有过敏史者慎用。

3. 有严重心脏病或其他病史者，包括有记录的充血性心力衰竭病史、高危性不能控制的心律失常、需药物治疗的心绞痛、临床明确诊断心瓣膜疾病、严重心肌梗死病史以及顽固性高血压者慎用。本品临床使用过程中应定期进行心电图监测，出现心脏不良反应者应进行心电监护。

其他

其他作用于细胞核的分子靶向治疗药物，如与细胞浆蛋白结合的视黄醛酸，可以通过与细胞核中的维生素 A 酸受体相互作用，从而干扰调控细胞生长和分化的基因的表达。

（八）辅助化疗用药

辅助化疗药物对于改善化疗药物的毒副作用非常重要，可以有效保障化疗药物足量、按时给入，保证化疗疗效。常用的辅助化疗药物有止吐药、升血细胞药、促进食欲药以及骨溶解抑制剂等。

干扰素 α Interferon-α，惠福仁。

【药理作用】 本药通过对肿瘤细胞的直接抗增殖作用、抑制病毒复制和调节免疫反应等起到抗病毒和抗肿瘤作用，并有抗血管生成作用。

【临床应用】 用于淋巴细胞性白血病，非霍奇金淋巴瘤，多发性骨髓瘤等。肌内注射或皮下注射，每次 200 万～300 万 U，每周 2～3 次。

【护理注意事项】

1. 流感样症状 90％以上的病人用药后会出现寒战、发热、疲乏等症状。一般注射 2～4 小时出现发热，常见于第 1 次注射后，长期治疗后会趋向减轻，应用 7 天后多数不再发热。应用大剂量的病人会出现高热，并伴有严重的寒战、血管收缩、呕吐、恶心、强烈的肌痛、头痛和虚脱。目前临床常于注射干扰素前半小时用解热止痛药物预防该症状发生。一旦病人出现流感样症状，护理人员应向病人做好解释工作，并按发热护理常规采取相应措施。

2. 消化系统反应 病人常出现厌食、味觉异常、恶心、呕吐、腹痛、腹泻等症状，用量越大，胃肠道毒副作用发生率越高。延长治疗时间症状会加重，最终导致体重下降。极少数病人出现一过性肝功能损害，表现为谷丙转氨酶和谷草转氨酶升高，一般不需停药。护理人员应在饮食上给予指导，饮食宜清淡，少食多餐，注意症状观察。

3. 神经系统反应 大剂量使用干扰素会出现明显的神经系统异常，病人主要表现为精神抑郁、嗜睡、精神错乱、健忘或记忆丧失、味觉和嗅觉丧失、偏头痛、言语障碍、定向异常、

思维和运动迟缓，甚至昏迷。神经系统症状将会随用药时间延长而减轻，并且这些症状是可逆的，通常在停药1～2周后便可完全恢复正常。

4.造血系统毒性　干扰素对血液系统的影响是常见的，用药后数小时内就会出现白细胞数量减少，特别是粒细胞减少，停药后白细胞和粒细胞计数便会迅速恢复。护理人员应在病人血常规降低期间做好预防感染方面的护理工作。

5.循环系统反应　干扰素引起的发热反应对心血管系统有影响，包括心动过速、心律不齐、心悸或偶尔的低血压等，因此心功能不全的病人使用干扰素有发生充血性心力衰竭的危险，应慎重使用。对有心脏病史者使用干扰素时应加强生命体征的监测。

6.皮肤反应　皮下注射干扰素的局部可能出现皮肤红肿反应，出现于1天之内，2～3天后消失。应计划性选择注射部位，每天更换注射部位，观察皮肤有无红、肿、硬的改变。接受较高剂量干扰素的病人最常见的皮肤毒性反应是轻度脱发，也可能产生皮疹，一般都是躯干和四肢的斑丘疹，嘱病人不要搔抓皮肤，以免引起感染。

7.其他　病人在长期用药后常出现性功能减退、抑郁及自身免疫异常等表现。

胸腺肽　Thymosin。

【药理作用】　本药为细胞免疫调节剂，胸腺肽可使骨髓产生的干细胞转变成T细胞，并可连续诱导T细胞分化发育的各个阶段，还能增强成熟T细胞对抗原或其他刺激的反应，因而可增强细胞免疫功能，调节机体免疫平衡。

【临床应用】　本品可作为肿瘤病人的辅助治疗，尤其可提高病人化疗后免疫功能的恢复，也可作为病人放疗、化疗后的生物免疫治疗。用于皮下注射，每次1.6mg，每周2次。

【护理注意事项】

1.使用前先皮试，阳性者禁用。

2.准备好抗组胺药、地塞米松等，以防止严重的变态反应。孕妇及哺乳期妇女、过敏体质者慎用。

3.溶解后应立即使用。注射后应该观察注射处有无热感、红、肿等。

重组人白介素-2　Recombinant Human Interleukin-2，德路生，安特鲁克，辛洛尔，欣吉尔，因特康，赛迪恩，英路因，泉奇，博捷速，金路康。

【药理作用】　本品为免疫调节剂，通过作用于白介素-2受体发挥作用。

【临床应用】　用于肿瘤的生物治疗，尤其适用于肾癌、恶性黑色素瘤及癌性胸、腹腔积液，可试用于其他恶性肿瘤和免疫功能低下病人的综合治疗，也可用于淋巴因子激活的杀伤细胞的培养。对乙型病毒性肝炎、麻风病、肺结核、白假丝酵母菌感染等具有一定治疗作用。静脉滴注，每次 50 万～100 万 U，用灭菌生理盐水 100～250mL 稀释后静脉滴注，每周 5 天，4 周为 1 个疗程。皮下注射，每次 10 万～20 万 U，每周 5 天，6 周为 1 个疗程。

【护理注意事项】

1. 常见不良反应为发热、畏寒、疲乏，与剂量有关，个别有恶心、呕吐，少数皮下注射后局部有轻度红肿、硬结、疼痛，大剂量可引起毛细血管渗漏综合征、低血压、末梢水肿、暂时性肾功能不全等。

2. 严重低血压、心肾功能不全、肺功能异常、进行过器官移植、高热者禁用，孕妇慎用。

3. 应用重组人白介素-2前，应予苯海拉明及非甾体退热剂。

4. 应用重组人白介素-2时，以小剂量开始逐渐增量，应用高、中剂量时，必须严密注意病人呼吸循环系统症状。

5. 2℃～8℃下避光、密闭、保存。

香菇多糖 Lentinan, Entnan, 天地欣。

【药理作用】 此药是生物反应调节剂，具有抗肿瘤作用，能增强机体对抗原刺激的免疫反应，此外，可以增强血中干扰素浓度，从而协同发挥抗肿瘤作用。

【临床应用】 胸腹腔内注射用于治疗恶性浆膜腔积液。与化疗药物并用，可用于治疗消化道肿瘤、肺癌、乳腺癌、宫颈癌、鼻咽癌等。每次 1mg，加入 250mL 生理盐水或 5% 葡萄糖注射液中滴注，每周 2 次。

【护理注意事项】

1. 香菇多糖在首次应用静脉滴注时速度宜慢。

2. 滴注过程中，观察病人有无头晕、胸闷、呼吸困难等症状。如出现这些症状，可暂停输注，予抗组胺药物及其他药物对症处理。

粒细胞集落刺激因子 Granulocyte Colony-Stimulating Factor，洁欣，特尔立，金磊赛源，惠尔血，吉粒芬，里亚金，瑞白，粒生素，白特喜。

【药理作用】 本品与髓性前体细胞和成熟中性粒细胞表面 G-CFSF 受体特异性结合，促进髓性前体细胞的分化与增殖；促进成熟中性粒细胞自骨髓释放入外周血；增强成熟中性粒

细胞的功能，促进活性氧生成，增强趋化性、吞噬功能和灭杀细菌的能力。

【临床应用】　用于癌症化疗等所致中性粒细胞减少症，促进骨髓移植后的中性粒细胞数升高，及因骨髓发育不良综合征，再生障碍性贫血，先天性、特发性、周期性的中性粒细胞减少症和骨髓增生异常综合征伴随中性粒细胞减少症。外周血干细胞移植前动员。

【护理注意事项】

1. 不良反应有肌肉酸痛、骨痛、腰痛、胸痛、食欲不振、发热、头痛、乏力、皮疹、肝转氨酶升高；少见休克、间质性肺炎、成人呼吸窘迫综合征、幼稚细胞增生。

2. 对化疗引起的中性粒细胞减少，最好在化疗后 24 小时开始使用本品。

3. 应定期监测血常规每周 2 次。

4. 2℃～8℃下冷藏。

第十节　肿瘤科放疗基本知识

肿瘤的放疗是利用各种放射线，如光子类的 X 线、γ 射线以及粒子类的电子束、中子束等抑制或杀灭肿瘤细胞。放疗的作用是通过电离辐射对细胞、组织或器官的作用，直接或间接地破坏和阻止细胞分裂。放疗的目的是将精确的放射剂量投照到确定的肿瘤容积内，最大限度地消灭肿瘤，同时最大限度地保存正常组织的结构与功能，提高病人的生活质量，延长生存期。

放疗使用的放射源和辐射源主要有 3 类：①各种放射性同位素放射出的 α、β、γ 射线。②常压 X 线治疗机和各类加速器产生的不同能量的 X 线。③各类加速器产生的电子束、质子束、中子束、负 π 介子束以及重粒子束等。这些放射源产生的放射线在治疗癌瘤时，射线从体外或体内定向地射向癌肿，杀灭瘤细胞。

一、放疗的基本形式

（一）放射源以三种基本照射方式进行治疗

1. 远距离治疗　又称外照射。治疗时放射源位于体外一定距离，集中照射身体某一肿瘤部位，即通过人体体表的照射，是目前临床使用的主要照射方法。常用的放射源有高能 X 线、高能电子线及 ⁶⁰Co 远距离照射等。体外照射时，肿瘤剂量受到皮肤和正常组织耐受量的限制，为了得到高而均匀的肿瘤照射剂量，需要选择不同能量的射线和采用多野照射技术，同时保护正常组织及减少脏器功能损伤，需将总剂量做适当分割，如常规分割法、超分割法、加速超分割法。

体外照射常用的照射技术有 3 种：①固定源皮距（SSD）技术，是将放射源到皮肤的距离固定。②等中心定角（SAD）技术，是将治疗机的等中心置于肿瘤或靶区中心上。③旋转（ROT）技术，旋转技术与 SAD 技术相同，也是以肿瘤或靶区中心为旋转中心，用机架的旋转运动照射。

2. 近距离治疗　又称内照射。它与外照射的区别是将密封放射源直接放入被治疗的组织内或放入人体的天然腔内，如鼻、舌、食管、宫颈等部位进行照射。内照射技术包括腔内或管内、组织间、手术中、敷贴及模治疗等，临床上多用作外照射的补充手段。常用放射性核素有 ^{55}Cs、^{192}Ir、^{60}Co、^{53}I、^{103}Pd。

3. 同位素核素治疗　是利用器官、组织选择性吸收某种放射性同位素的特点，经口服或静脉使用放射性核素进行治疗。放射源是开放性的，防护要求更为严格，如用 ^{131}I 治疗甲状腺癌等。

（二）放疗种类

1. 根治性放疗　又称可治愈性放疗，对肿瘤的全部组织和区域淋巴结给予根治剂量照射，是希望通过放疗达到彻底消灭肿瘤，提高生存质量的目的。接受根治性放疗要求肿瘤是在局部区域内，排除远处转移可能；同时病人的一般状况和营养状况良好。其放射剂量通常要接近肿瘤周围正常组织的耐受量，因此对肿瘤周围的正常组织和器官的保护尤为重要，必须严格按治疗计划进行。

2. 姑息性放疗　对于某些病变范围广泛，全身情况差，无放射根治希望者，采用一定剂量放射能减轻病人痛苦，尽量延长病人的生存时间。如果在放疗过程中，病人的一般情况改善，症状明显好转，肿瘤消退比较满意，则可放射至根治量，称为高姑息性放疗。如不能获得上述效果时，则给予 1/2～2/3 根治量，照射范围以包括临床所见病变，不用扩大的照射野，称低姑息性放疗。姑息性放疗多采用单次剂量较大、次数较少的分割照射方法。

3. 综合性治疗　有术前、术中及术后放疗；放疗与药物综合；放疗与加热治疗综合。

二、放疗的适应证、禁忌证

随着放疗设备、治疗方法和放射生物学的进展，恶性肿瘤放疗范围在不断扩大，对于某一个病人来讲，是否采用放疗则应具体问题具体分析，按照肿瘤治疗的原则、肿瘤治愈的可能性、放射性损伤发生几率及病人的全身情况，制订正确的治疗方案。放疗禁忌证是相对的，如对晚期病人进行姑息性放疗还可以达到止痛、止血、减轻疼痛的作用。但以下情况可以视为放疗的禁忌证：①恶性肿瘤晚期呈恶病质者。②心、肺、肾、肝重要脏器功能有严重损害者。③合并各种传染病，如活动性肝炎、活动性肺结核者。④严重的全身感染、败血症、脓毒血症未控制者。⑤治疗前血红蛋白 $<60g/L$，白细胞 $<3.0\times10^9/L$，血小板 $<50\times10^9/L$ 没有得到纠正者。⑥放射中度敏感的肿瘤已有广泛远处转移或经足量放疗后近期内复发者。⑦已有严重放射损伤部位的复发。

三、放射线的生物效应

1. 肿瘤放射敏感性和放射可治愈性　肿瘤放射敏感性是指肿瘤局部对放射线的敏感程度。按放疗肿瘤的效应把不同肿瘤分成放射敏感、中等敏感及放射抗拒的肿瘤，临床上表现为治疗后肿瘤体积变化，有完全缓解、部分缓解、无变化、增大等几种情况，前两者多提示肿瘤放射敏感性较高，肿瘤的放射敏感性取决于肿瘤的组织来源、分化程度、肿瘤的大体类型以及病人的一般状况，如是否贫血，肿瘤有无感染等。对射线较为敏感的肿瘤有鼻咽癌、喉癌、食管癌、淋巴瘤、宫颈癌、小细胞肺癌等，不敏感的肿瘤有骨肉瘤、软骨肉瘤、畸胎瘤等。应指出的是，敏感与不敏感是相对的，随着放疗技术的改进两者之间也是可变的。肿瘤放射治愈性是指肿瘤经放疗后治愈的可能性，两者既有区别又有联系：一方面，某些肿瘤放射敏感性高，但治愈性低；另一方面，某些肿瘤的放射敏感性影响着放射治愈性。

2. 细胞增殖周期与放射敏感性　细胞周期可分为 4 个主要时相：①G_1 期（DNA 合成前期）。②S 期（DNA 合成期）。③G_2（DNA 合成后期）。④M 期（有丝分裂期）。细胞处于不同时期，放射敏感性各不相同。若以细胞死亡为标准，M 期最敏感，S 期敏感性最差；如以分裂延缓为标准，则 G_2 期最敏感。

3. 放射反应与放射损伤　放射线作用于肿瘤病人的正常组织后总有一定的生物效应，临床上人为地将该效应分为两部分：放射反应和放射损伤。正常组织放射反应分早反应组织和晚反应组织。一般认为更新快的组织对射线敏感性高，在放疗中是早反应组织，如皮肤、黏膜、骨髓、睾丸的精原细胞和卵巢的颗粒细胞等，都很容易受损而致皮肤及黏膜损伤、消化功能紊乱、造血功能抑制、不育症和不孕症等。而更新慢的组织属于晚反应组织，其放射损伤改变是缓慢的，如脊髓、脑、肺、肾、血管等致慢性放射性脑坏死、慢性放射性脊髓病、慢性放射性肾炎、放射性肺组织纤维化等。在临床放疗中应根据生物学特性分别考虑早反应组织和晚反应组织对分次剂量和总治疗时间的不同效应，在提高肿瘤治疗剂量的基础上应同时注意正常组织的防护，特别是晚反应组织。肿瘤基本属于早反应组织。

4. 放射损伤的分类　照射所致细胞死亡的敏感部位是在细胞核内，实验证实染色体DNA是细胞杀灭的主要靶。在放疗中，细胞死亡的定义是细胞完全失去增殖能力。电离辐射引起细胞损伤通常可分为3种类型：①亚致死损伤，指细胞受照射后，在一定时间内能完全修复的损伤。②潜在致死损伤，指细胞受照射后，如有适宜的环境或条件，这种损伤还可以修复，如果得不到适宜的环境或条件，这种损伤将转化为不可逆的损伤，从而使细胞最终丧失分裂能力。③致死损伤，亦称为不可修复损伤，是指细胞所受的损伤在任何情况下都不能修复，细胞完全丧失分裂增殖能力。

5. 放射损伤的修复　细胞的修复是由于未受损伤的正常细胞在组织中再群体化，形成新的细胞群体以替代由于辐射损伤而丧失了的细胞群体，再群体化的正常细胞可以来源于受照射部位未受损伤的细胞，也可来源于远隔部位的正常细胞。

(1) 亚致死性损伤修复（SLDR）　通常进行得很快，照射后1小时内可以出现，4～8小时内即可完成。修复时间的长短因细胞类型而不同，在临床非常规分割照射过程中，两次照射之间间隔时间应大于6小时，以利于亚致死损伤完全修复。

(2) 潜在致死性损伤修复（PLDR）　PLDR和细胞周期时相密切相关，主要发生在G_0期及相对不活跃的G_1期细胞内，可起到增加细胞存活率的作用，包括大部分的肿瘤细胞。PLDR不仅在照射后的最初几小时能观察到，在有些晚反应组织中甚至在几周或几个月以后也能观察到这种修复。潜在致死性损伤修复在临床放疗中有重要意义，临床上为提高放疗效果已开发了许多抑制肿瘤细胞潜在致死性损伤修复的药物，能够抑制潜在致死性损伤修复而增加X线照射对瘤细胞的杀伤作用。

(3) 缓慢修复　毛细血管内皮对辐射的反应属缓慢修复，内皮细胞分裂很慢，用刺激细胞增殖的方法观察到缓慢修复的过程，其半修复时间为1周，与潜在致死性损伤的修复类似，

但时间长得多。

肿瘤和正常组织都有修复损伤的能力，然而由于两者组成的成分和特性的不同，因此其恢复的程度有很大的不同。正常组织的修复能力比肿瘤组织快而完整。

四、放疗技术

1. 常规分割放疗（CF）　每天 1 次，每次 2Gy，每周照射 5 次，疗程 6～8 周，总剂量 60～80Gy，即足够的放射总剂量控制肿瘤，但不增加放射急性反应。

2. 超分割放疗（HF）　是指每次分割剂量低于常规剂量，每天 2 次，每次 1.2Gy，间隔 6 小时以上，总剂量增加 15％～20％，总的治疗时间和常规分割放疗相近的一种方法。HF 治疗肿瘤能保护晚期反应组织，同时也可能增加对肿瘤的杀灭效应，从而提高了放疗肿瘤的治疗增益比（TGF）。

3. 加速超分割放疗（AHF）　通过用比常规分割分次量小的剂量，增多分次数，总剂量提高而总疗程缩短，适用于快速增殖肿瘤。

4. 三维适形放疗（3DCRT）　是一种提高治疗增益的较为有效的物理措施。在照射野方向上，使高剂量区分布的形状在三维方向上与病变（靶区）的形状一致，有效地减少了肿瘤周围正常组织的放射剂量。已证实 3DCRT 能提高肿瘤照射量，减轻放疗并发症，它是一种高精度的放疗。虽然 3DCRT 的靶区剂量分布的适形度明显优于常规放疗，但是其剂量分布的均匀性不理想。

5. 调强适形放疗（IMRT）　是放射肿瘤学史上的一次变革，是采用多野同中心照射，照射野形状与靶区形状一致，而且通过调节照射野内各点的输出剂量率确保靶区内部及表面剂量处处相等的三维适形放疗。IMRT 所产生的高剂量区更接近肿瘤的主体形态，对正常组织的剂量更低，能满足大多数形状不规则的肿瘤照射，是今后放疗技术的主流。

6. X（γ）-刀立体定向放疗　是利用立体定向技术进行病变定位，用多个小野三维集束照射靶区，给单次大剂量照射致病变组织破坏的一种治疗技术。X-刀和 γ-刀是集立体定向技术、影像学技术、计算机技术和放射物理技术于一体的一种大剂量放疗，在一定条件下能获得类似手术治疗的效果，也称之为立体定向放射外科。病人痛苦小，并发症少，术后恢复快，多用于头部治疗。X-刀适用于直径＜5cm 的病变，γ-刀适用于直径＜3cm 的病变。X（γ）-刀一次大剂量照射可直接导致内皮细胞损害和微循环障碍，从而导致明显的神经元变性和灰质坏死。照射后病理学改变是一种凝固性坏死，坏死区最后被增生的胶质瘢痕所代替，在坏死区和瘢痕区均可伴有水肿。治疗后放疗反应的出现主要与病灶周围正常组织接受一定放射剂量的散射有关，这些组织内血-脑屏障暂时性破坏，引起局部血管源性脑水肿等反应。通常在治疗后 1～6 个月发生，及时治疗，大多数病例可以恢复。

7. 粒子刀 放射性粒子植入技术——粒子刀，又称立体定向内放疗系统，它是在 CT、MRI、X 线或 B 超引导下，通过治疗计划系统（TPS）制订治疗方案，计算出有效等剂量区及应植入的粒子数量，通过手术或经皮穿刺永久性植入同位素粒子。具有小范围、低剂量持续放疗的特点，可以有效阻止癌细胞再修复、再增殖；能够提高靶区局部的放射剂量，降低正常组织的受照射剂量。

8. 重粒子治疗 快中子、质子、负 π 介子以及氮、碳、氧、氖等离子的质量较大，称为重粒子。重粒子传能线密度（LET）高，穿透性强，有利于提高肿瘤治疗局部控制率，是当前研究的放疗问题。

9. 近距离治疗 参见本节"放疗的基本形式"相关内容。

10. 热疗联合放疗 肿瘤的加热治疗简称热疗，是利用各种加热技术和方法，使肿瘤病人体内的肿瘤病灶温度升高到一定程度，借以杀灭肿瘤细胞的一种治疗方法。热疗联合放疗用于肿瘤治疗的生物学基础在于：①肿瘤组织血液循环差，加热时肿瘤内温度高于周围组织 3℃～7℃。②加热可抑制肿瘤细胞的 DNA 和 RNA 的合成。③加热可以杀死对放射线不敏感的 S 期肿瘤细胞，同时加热能杀灭乏氧细胞并降低肿瘤细胞对放射线的亚致死损伤修复能力。实验证明：加热合并放疗时有协同作用，放疗前、中、后加热都可使放射增敏。目前国内外比较一致的意见是每周加热 1～2 次为宜，而且以先放疗后加温的疗效较好。热疗在临床上的应用分为 3 类：局部热疗、区域热疗和全身热疗。根据治疗温度的不同，临床上又分为常规高温热疗（41℃～45℃）、固化热疗、气化热疗，以及近年来提出的亚高温热疗（39.5℃～41.5℃）。常规高温热疗技术在临床上应用最为广泛，可以明显提高常规治疗手段，如放疗、化疗不敏感肿瘤的局部控制率，进一步提高治愈率和生存率。

国外研究证实，热疗配合放疗不仅不增加放疗的并发症，甚至在一定程度上降低了放疗的并发症。浅部加热常见的并发症为局部皮肤烫伤，深部肿瘤采用深部射频机进行加热，表现为皮下脂肪易吸收过多的热量而形成"脂肪硬结"，表现为局部疼痛，这种反应在数月内可以自行消失。由于进行深部加热后可导致病人的体温升高，治疗时出汗增加，应及时补充足

量的水分和电解质。

五、常用放疗设备

1. X线治疗机　X线是通过"变压器-整流器"装置，由高速运动的电子作用于钨等重金属靶而产生。根据 X 线的能量高低及穿透力强弱的不同可分为：接触 X 线治疗机（10～60kV）、浅层 X 线治疗机（60～160kV）、深部 X 线治疗机（180～400kV）。X 线治疗机产生的能量低、易散射、深度剂量分布差，表面吸收剂量大，临床上用于表浅肿瘤的治疗。

2. ^{60}Co 远距离治疗机　该机利用放射性同位素^{60}Co 发射出的 γ 射线治疗肿瘤。射线的平均能量为 1.25MeV，它与深部 X 线比较具有以下特点：①皮肤反应轻，最高剂量点位于皮下 5mm 处。②穿透力强，剂量分布均匀。③旁向散射少，放射反应轻。④骨与软组织的吸收剂量相同，骨损伤轻。临床上适用于深部肿瘤及骨肿瘤的治疗。

3. 加速器　医疗上使用的是电子感应加速器、电子直线加速器、电子回旋加速器。电子加速器的特点：①它可产生两种射线，高能 X 线、电子线。②电子线能量可以调节，可以根据肿瘤的深度来选择相应的电子线治疗。③电子线从表面到一定深度剂量分布均匀，达到一定深度后剂量迅速下降，可以保护病变后方的正常组织和器官。

4. 模拟定位机——放射定位的机器　模拟定位机是一种放疗的专用辅助设备，是仿照放疗机设计用来模拟治疗计划和进行治疗定位的一种 X 射线机。它有三大功能：①模拟定位功能。②影像功能。③定位穿刺功能。这三大功能提高了定位的准确性。

5. 近距离后装治疗机　现代后装治疗机主要包括治疗计划系统和治疗系统。近距离治疗的特点：放射源微型化，程控步进电机驱动，高活度放射源形成高剂量率治疗，剂量分布由计算机进行计算。工作人员隔室操作，比较安全，并且病人能得到准确照射。

6. 放疗计划系统　放疗计划系统（Treatment planning system，TPS）实际上是一个专用电子计算机，是现代放疗部门必备的一套先进设备。它通过磁盘、软盘、磁带等直接或间接与 CT 断层扫描机相接起来，把 CT 结果输入到计算机内，使放疗计划的设计在解剖背景下进行，并通过输出系统把剂量分布具体地在荧光屏上显示出来，供医师选择照射参数，从而找到一个最佳的治疗方案。

六、放疗计划及设计

放疗计划是实施放疗的最重要部分之一，它包括设计照射野和照射角度，选择机器和能量，制订分次计划以及放疗的进程。完善的计划可能取得最佳疗效而伴以最低风险。

放疗同其他治疗手段一样，要经过一系列的临床检查来收集信息，制订治疗方案，实施治疗计划，最后了解治疗效果。但放疗还有其独特的地方就是从就诊到结束，一般要经过 4 个环节：即体膜阶段、计划设计、计划确认、计划执行，这 4 个环节的有机配合是确保放疗取得成功的关键。

1. 体膜阶段　此阶段主要是确定肿瘤的位置和范围，以及与周围组织、重要器官的相互关系。一般用脱体膜法脱出人体外轮廓。医师根据 X 射线断层机直接得到照射部位的截面图，有条件者 CT 图像可直接输入治疗计划系统（TPS）的计算机，然后确定组织外轮廓、靶区及周围重要器官的位置和范围，用于放疗作计划设计。

2. 治疗计划的设计　根据第一阶段得到的关于肿瘤病人的肿瘤分布情况，结合肿瘤的类型、期别及其所在部位，放疗医师勾画出靶区和计划区的范围，并预计出靶区的致死剂量和周围正常组织特别是重要器官的最大允许剂量等，与放疗物理人员一起借助电子计算机根据照射野设计原则制订治疗计划。

3. 治疗计划的确认　设计好的治疗计划应放到模拟机上进行核对，确认是否可以在具体的治疗机上执行。

4. 治疗计划的执行　计划执行包括治疗机、物理、几何参数的设置、治疗摆位和治疗体位的固定，技术人员是治疗计划的主要执行者。必须严格核对，认真摆位，根据治疗计划及照射剂量，操作治疗机和使用各种治疗附件并认真做好记录，确保治疗精度和安全。

七、治疗体位及体位固定技术

治疗体位及体位固定是治疗计划设计与执行过程中极其重要的一个环节，以保证病人从肿瘤定位到治疗计划设计、模拟、确认及每天重复治疗的整个定位、摆位过程中，病人体位的一致性。

1. 治疗体位的选择　治疗体位的确定，是在治疗计划设计的最初阶段即体膜阶段进行。为了让病人感到最舒适又能满足最佳布野的要求，因此在确定病人治疗体位时，要首先根据

治疗技术的要求，借助治疗体位固定器让病人得到一个较舒适的、重复性好的体位。

2. 体位固定技术　在现代三维放疗中，为了提高靶区剂量和减少正常组织并发症，避免与病人相关的不确定因素，可通过固定病人来减少因摆位、病人及器官移动而造成的误差，起到精确重复定位的作用。目前用于制作体位固定器的常用技术和方法是：高分子低温水解塑料热压成形技术、真空袋成形技术和液体混合发泡成形技术。固定设备有以下几类：①对头颈部病变一般有头枕、托架并辅之以热塑材料的面膜，此面膜可扩展到肩部，在此基础上，还可以附加鼻夹、口咬器等来提高固定效率。②体部病变的固定常用泡沫材料成型，又称α体膜、真空袋和热塑材料。③一些特殊固定。如由于症状无法平卧位照射时有固定于床上的治疗椅并辅之以热塑材料的面膜；乳腺癌除采用切线板托架外，还采用特殊的固定带以相对固定受照乳房和避免健侧乳房受到照射。对热塑材料的固定膜注意避免受压、受热，防止变形；真空袋在使用过程中应避免与尖锐物件相碰以防漏气。

八、放疗防护

国际辐射防护委员会（ICRP）和各国的国家标准局都制订了标准和规范，作为射线防护和屏蔽设计的依据。我国也做出了明确的规定，并强调"最优化、正当化和合理化"的辐射防护原则。

1. 辐射防护屏蔽。确保被防护的人员不受到超过剂量当量限值的照射。需防护的射线主要区分为原射线、散射线和漏射线3种。

2. 建立严格的规章制度和操作规程，放疗室入口处有醒目的放射危险标志。

3. 工作人员做好自我防护，进机房前做好准备工作，尽量减少不必要的照射。

4. 在控制区工作人员须熟知放射防护规则和防护措施，佩戴标准的个人剂量计，定期进行剂量监测。

5. 病人在植入或服用放射性同位素后，就变成了一个放射源，必须暂时隔离。工作人员应熟知放射线的有效距离、时间，并做好防护工作，尽量减少辐射。

九、放疗的配合

医师根据病人的病变情况确定照射野，做好标记；第一次放疗时和技术员一起摆位照射，以后放疗技术人员将根据医师开出的放疗单为病人进行治疗。

在整个放疗过程中，影响成功的因素很多，任何环节出现问题都可能导致治疗的完全失败。照射位置误差是放疗失败的主要原因之一，可因病人在治疗时体位不准确或摆位重复性不够精确而造成。成功的放疗除了医师、放疗技术人员、护理人员的高度工作责任心外，还需要病人在治疗过程中密切合作。

1. 放疗应按照医师的嘱咐按时进行，不可任意增减次数。

2. 进放疗室不能带入金属物品如金属气管套管（改用塑料或硅胶气管套管）、手机、手表、钢笔等，有配金属义齿的病人须先行取除。

3. 照射前按要求摆好体位后，不能移动，一直保持到照射结束。

4. 保护照射野标记，保持照射野皮肤清洁，选用全棉柔软内衣，避免摩擦及理化刺激。

5. 头颈部放疗时，应注意口腔卫生，如洁齿、用淡盐水或复方硼酸液漱口等，并应先拔除龋齿，待伤口愈合 7~10 天后方可放疗。

6. 如有切口，应在放疗前，将切口妥善处理，一般应待其切口愈合后再进行放疗。

7. 加强营养，补充大量维生素；饮食宜清淡、易消化，避免刺激性食物，禁烟、酒。

8. 为了使放疗所致大量肿瘤细胞破裂、死亡而释放的有害物质排出体外以减轻全身放疗反应。放疗后应当鼓励病人多喝水，每天 3000mL，以增加尿量，必要时静脉输液。

9. 放疗期间，病人可出现全身和局部反应，常有白细胞下降、血小板减少，每周查血常规 1~2 次，低于正常时应遵医嘱停止放疗，预防感冒及感染。

10. 注意休息，每次照射后静卧半小时对预防全身反应有一定帮助。避免劳累，保持心情舒畅，生活有规律。

11. 加强照射区域的功能锻炼，如头颈部放疗后练习张口，乳腺癌放疗后练习抬臂锻炼等预防局部功能障碍。

十、近距离治疗的护理

近距离照射是将放射源连同施源器置放于接近肿瘤的人体天然腔、管道（如鼻腔、食管）或将空心管植入瘤体，再导入放射源的放疗技术。其特点是通过预先留置的管道将放射源在安全防护的状态下放入所需治疗的部位，具有治疗距离短、源周局部剂量高、周边剂量迅速跌落的特点。近距离治疗主要用于外照射后残存或复发的病变等，与外照射一样，近距离治疗也需要一组专业人员，包括放疗医师、护士、技术员及物理师，要求职责分明、配合默契。

腔内放疗的护理

腔内放疗就是利用人体自然腔道置放施源管进行治疗的方法。适合于做腔内放疗的肿瘤病人，需按照病种及治疗方法充分做好治疗前准备，准备工作主要由近距离治疗室的护士负责。

【护理措施】

治疗前的准备

1. 评估病人的病情、心理状况、合作程度、治疗部位情况，了解药物过敏史。

2. 做必要的解释工作，向病人说明治疗目的、方法和注意事项，并说明治疗中和治疗后可能出现的反应及配合方法，尽量消除病人的恐惧心理，以取得合作。

3. 查看血常规结果，测量生命体征，发现异常及时报告医师。

4. 根据病种及治疗部位做好相应的准备工作：①鼻咽癌、肺癌病人治疗前戒烟，避免上呼吸道感染。②食管癌病人治疗当天早晨禁食，注意口腔卫生，预防插管时引起刺激性咳嗽、呕吐、吸入性肺炎。③阴道及宫颈癌病人治疗前清洁肠道，做外阴备皮、阴道冲洗、会阴抹洗，保持局部清洁。④直肠癌病人治疗前做好肠道准备，配合医师根据肠腔狭窄程度及肿瘤侵犯情况选用相应规格的直肠专用施源器等。

5. 治疗前遵医嘱用药，督促病人排空大小便，在准备室更换清洁衣裤、鞋。

6. 根据治疗计划备好用物，并配备必要的抢救物品及药品。

7. 环境清洁、安静、舒适，保护病人隐私，根据季节调节室温。

治疗过程的配合

1. 核对姓名、性别、治疗计划、部位、时间、剂量等。根据治疗需要，协助病人摆放治疗体位，力求做到便于操作及安全舒适。

2. 关心体贴病人，做好宣教工作，交待病人治疗过程中勿移动体位，防止治疗管脱出或治疗不到位等意外发生。配合医师准确置放施源器。支气管肺癌病人插管时及时用吸引器吸出痰液，如有呼吸困难，应及时给予氧气吸入。食管癌病人插管后，唾液分泌物明显增多，准备好一次性口杯，保持卫生。

3. 必要时置管后拍摄 X 片或在模拟定位机下定位，以了解施源器位置是否正确。

4. 连接传导管并妥善固定，同时注意做好工作人员的自身防护。

5. 注意观察病人的反应，发现异常及时通知医师协助处理，做好记录。

治疗后的护理

1. 治疗后协助医师取出施源器及敷料，做好施源器的清洗消毒工作。

2. 嘱病人卧床休息，生活上给予周密照顾。

3. 重视病人的主诉，观察治疗后反应，发现异常及时报告医师协助处理，并积极采取护理措施。①鼻咽癌腔内放疗可出现软腭急性炎症反应，如黏膜充血、水肿、局部溃疡等。嘱病人保持口咽、鼻部清洁，遵医嘱行鼻咽冲洗，加强口腔护理；嘱病人勿用力擤鼻涕，注意观察鼻咽有无出血、软腭穿孔、溃疡等并发症发生。②支气管肺癌管内放疗结束1小时后方可进食，防止麻醉期恢复前食物误入气管发生意外；观察有无发热、胸痛、咳嗽及咯血情况。③食管癌腔内放疗结束2小时后进食，当天以稀软食物为宜，注意口腔卫生，观察有无吞咽疼痛及呕血、黑便，警惕食管溃疡穿孔发生。④直肠癌腔内放疗可出现放射性直肠炎，观察排便情况，如排便次数增加，肛门下坠感加重，局部疼痛，要积极对症处理。⑤妇科肿瘤腔内放疗注意观察有无阴道流血、腹痛及小便情况，第2天取出填塞纱布数与原先相符，并行阴道抹洗，嘱病人注意外阴及阴道卫生。

4. 指导病人合理饮食，进清淡、温度适宜、营养丰富、易消化的食物，禁油炸、硬性及刺激性食物。

5. 观察血常规变化，每周查血常规1~2次。

肿瘤组织间插植放疗

肿瘤组织间插植放疗是对生长于体表或生长在器官处的肿瘤组织，根据病变的大小用针状施源器做单平面或双平面组织间插植之后，将放射源直接放在治疗病变部位进行放疗的方法。组织间插植属于一种损伤性治疗，多用于外照射后行补充放疗。

【护理措施】

治疗前的准备

1. 评估病人病情、心理状况、合作程度及治疗局部情况，了解药物过敏史。

2. 向病人做好解释工作，介绍治疗目的、过程、可能出现的反应和相关注意事项，取得病人的配合，消除其紧张恐惧心理。

3. 观察并记录病人生命体征，注意血常规，出、凝血时间及心电图的结果，确定无禁忌证。

4. 根据病种及治疗部位做好准备工作。如舌癌病人应保持口腔清洁；乳腺癌病人应避开

月经期，并注意肿块局部皮肤情况；直肠癌术后盆底复发病人，术晨行清洁灌肠，治疗前应排空膀胱等。

5. 治疗前遵医嘱用药，督促病人排空大小便，更换清洁衣裤、鞋。

6. 准备好治疗所需的物品及抢救器械、药物。

7. 环境清洁、舒适，温度适宜，消毒符合要求，保护病人隐私。

治疗过程的配合

1. 核对姓名、治疗计划及治疗部位等，协助病人取合适的治疗体位，配合医师做好麻醉操作，在无菌操作下协助医师进行插植置管，并妥善固定。

2. 严密观察病人的血压、脉搏、呼吸、面色及插植针眼等情况，倾听病人的主诉，发现异常及时报告医师处理。

3. 施源器置放后，即拍摄定位片，确定靶区。将施源器末端插入治疗机分导头并锁紧，保持施源器在水平位置，并交待注意事项。指导病人治疗中制动，以保证治疗管位置准确，防止其脱落，以免治疗不到位而造成不应有的放射性损伤及影响疗效的严重后果。

4. 采用多通道治疗时，须依次有序按照不同尺度的施源器与相应规格的放射源传导管连接，并编号，以确保治疗精确。

治疗后的护理

1. 治疗结束后，协助医师拔针管，观察治疗部位有无活动性出血，同时做好止血及急救准备，在确定无危险情况下，将病人护送至病房后与主管医师、护士交待病情。

2. 根据治疗时选择的麻醉方式，做好相应的麻醉后的护理。

3. 观察治疗后反应及局部情况，发现异常及时报告医师，并积极采取护理措施。①舌癌病人注意观察呼吸的变化，病人头部稍抬高且偏向一侧，保持呼吸道通畅。插植部位及舌部疼痛，影响进食时，遵医嘱给予静脉补液及抗炎对症治疗。疼痛减轻，则进少渣、无刺激性、营养丰富的流质或半流质饮食，少量多餐。做好口腔护理，用复方硼酸液及 0.5％普鲁卡因交替含漱。②直肠癌术后盆底复发病人，采用骶管神经麻醉，注意观察小便情况，如膀胱充盈、小便困难，则行导尿术。③保持插植部位清洁，避免使用胶布，注意观察治疗部位有无出血、感染及坏死现象，如出现放射性溃疡、坏死，可用维生素 B_{12} 水剂湿敷换药处理。

4. 观察血常规变化，每周查血常规 1～2 次。

粒子种植治疗

粒子种植治疗指通过手术或经皮穿刺将放射性粒子永久种植到肿瘤体内或可能受肿瘤侵犯的组织内，通过放射性粒子衰变释放出来的射线杀伤肿瘤细胞。

【护理措施】

治疗前的准备

同"肿瘤组织间插植治疗"前的准备。

治疗过程的配合

同"肿瘤组织间插植治疗"过程的配合。另外，随时监测病人的生命体征，询问病人有无疼痛等不适，观察穿刺点渗血情况，做好止血准备。

治疗后的护理

基本同"肿瘤组织间插植治疗"后的护理。因粒子种植治疗是永久性种植，不需取出放射源，因此需要做好放射防护，向家属及同室病友讲解放射防护知识，避免 1m 以内接触；儿童、孕妇应尽量回避；医护人员也应注意个人防护。严密观察穿刺点有无渗血、渗液，遵医嘱使用消炎止血药物，预防穿刺点出血及感染；注意观察粒子有无脱落，如前列腺癌病人术后 1 周内行尿过滤的检查，观察粒子有无脱出，如有脱出，及时报告医师处理，防止放射损伤。

十一、全身放疗（TBI）的护理

全身放疗，为肿瘤放疗中的一种特殊技术，主要应用于急性白血病、霍奇金病、骨髓瘤、骨髓发育不全等疾病骨髓移植前的预处理。其目的是杀死免疫活性细胞，抑制机体的免疫功能，使受体失去对移植体内的异体造血干细胞的排斥能力，保证植入造血干细胞能在受体内存活，而达到重建造血功能的目的。其次，对急性白血病或肿瘤病人预处理措施还可以进一步杀灭体内的肿瘤细胞，具有一定的治疗作用。另外放疗和/或免疫抑制剂的临床应用，尚可摧毁原来的造血组织，为即将植入的正常造血干细胞的增殖与分化腾出足够的空间位置。

【护理措施】

放疗前的准备

1. 放疗室准备　放疗前一天用含有效氯 500mg/L 消毒液抹洗放疗室地面、墙壁、放疗床及有关物品；用 0.5％过氧乙酸和电子灭菌灯进行房间的空气消毒；准备好消毒的隔离衣、

拖鞋、手套、口罩、帽子及泡手消毒液。

2. 病人准备 放疗前 4 小时禁食；放疗前 30 分钟予止呕针剂及地塞米松 5mg 静脉注射；病人戴一次性无菌帽、口罩、手套、脚套后躺在已铺好无菌被褥的担架推车上，用无菌被单包好送入放疗室。

3. 物品、药品准备 接送病人的平车（用含有效氯 500mg/L 消毒液擦洗）、放疗包 1 件、床褥包 1 件、便盆、尿桶、消毒卫生纸及塑料口杯、空针、消毒棉签、聚维酮碘、砂轮、胶布、纱布、地塞米松、止呕药、生理盐水 10mL×2 支、肾上腺素、洛贝林、尼可刹米。

放疗中的护理

1. 进行放疗时医护人员需做好无菌隔离保护工作，与病人接触的医护人员需戴口罩、帽子，穿无菌隔离衣，戴脚套、手套。

2. 病人所行站梯及放疗床均铺一次性无菌中单和无菌床单，摆好放疗所需体位，摆放时尽量保持所需体位的舒适性。

3. 放疗时每个部位剂量不同，告诉病人躺入放疗床并摆好位置后，不得移动，以保证放射剂量的精确；一组照射完毕，稍作休息，再行活动；合理使用铅挡板，以保护肺、眼球晶状体等组织，尽量减少全身放疗所致的不良反应和损伤。

4. 每次休息间隙需及时询问病人是否需要排便，处理排泄物、呕吐物，监测生命体征，协助病人活动肢体，准确记录出入水量。

5. 为避免呕吐时影响体位，将准备好的塑料袋、卫生纸在照射前放于病人枕边腮下，以便呕吐时使用，并告诉病人在放疗过程中，如有特殊不适难以忍受时，请举手示意，医护人员在监视屏障上看到后停机立即处理。

放疗后的护理

1. 照射完毕如病人无特殊不适，用无菌床单将病人包好后安全送回病房，应避免震荡或速度过快，以免加重恶心引起呕吐等不适。

2. 病人回病房后，用 1∶2000 氯己定液擦浴全身行皮肤消毒，再更衣入室。

3. 观察体温、脉搏、呼吸、血压及液体输注情况，观察有无腮腺肿大、疼痛、咽干、发热、皮疹等反应。如病人出现腮腺肿大，告诉病人为放疗的不良反应，可自行消退，以消除其紧张情绪。全身放疗后，体温多有升高，达 38℃ 左右，鼓励病人多喝水，及时更换衣物，做好皮肤护理和消毒工作，并报告医师。

4. 观察病人胃肠道反应，有无恶心、呕吐，必要时遵医嘱使用止呕药，观察有无放射性肠炎的表现，如腹痛、腹泻；观察大便次数、颜色、量，记录 24 小时出入水量，保持水、电解质平衡，做好护理记录。

5. 观察口腔黏膜有无反应，每班进行口腔黏膜评估，遵医嘱使用漱口液漱口，保持口腔清洁、舒适，预防口腔感染。

6. 全血下降的护理

（1）嗜中性粒细胞减少　降到最低为"$0×10^9/L$"，予以层流病房隔离，探视者可通过电话问候，每天检查血常规，饮食先灭菌后入口；监测生命体征，遵医嘱用升白细胞药物等对症治疗，并做好记录。注意无菌操作，对导管进出皮肤处定时进行细菌培养，对口咽、腋下等处皮肤定时进行细菌培养，做好监测工作。

（2）贫血　观察病人面色及生命体征的变化，如活动时有无头晕、头痛、气促等症状，并做好记录；做好健康宣教工作，嘱病人注意休息，遵医嘱做好成分输血及完成血常规检查等监控工作。

（3）血小板减少　评估病人皮肤有无出血点或淤斑，观察大便的性状及颜色，尽量减少或避免侵入性的操作，对穿刺点按压时间延长至 5～10 分钟，遵医嘱输入血小板，加强巡视，发现病情变化及时通知医师。

7. 饮食以清淡、易消化、营养搭配均衡的半流质或软食为主，鼓励病人多饮水，以保持咽喉湿润。

8. 观察病人有无咳嗽、突发性呼吸困难、发绀等间质性肺炎表现，如出现上述症状，及时吸氧处理并报告医师。

9. 做好心理护理，病人因隔离更觉得孤独和苦闷，做好与病人的沟通交流工作，进行疾病知识宣教，并用好的案例鼓励病人树立战胜疾病的信心，减少心理不良因素所带来的负面影响，促进早日康复。

十二、肿瘤放疗并发症及护理

放射线在破坏肿瘤细胞的同时，对人体正常组织也有一定的损伤，尤其是大剂量放疗时，不可避免地出现一些放疗反应。但对某些重要的组织或器官（如脑、脊髓、肾等）则应避免发生严重的不可逆损伤。因此，我们必须熟悉每一种组织及器官的放射耐受量，对放射反应、

放射损伤要有充分的估计，向病人及家属正确交待，取得配合，加强护理，及时处理放射反应，同时应精确放射野，争取较高疗效的同时把放射性损伤降低到最低限度。放疗并发症按照出现时间的长短，可分为近期并发症和远期并发症。常见的并发症有皮肤放射性反应与损伤、口腔放射性反应与损伤、食管放射性反应与损伤、胃肠系统放射性反应与损伤、放射性肺炎或肺纤维化、中枢神经系统放射性损伤、造血系统抑制、免疫功能抑制等。

（一）皮肤放射性反应与损伤

皮肤组织属于快更新组织，在放疗中属早反应组织，主要是受照射组织产生组胺类物质，使局部皮肤血管扩张、充血，血管壁通透性增加，皮肤组织水肿和炎性浸润。皮肤损伤是放疗中最常见的并发症，并随着放疗剂量增加而出现或加重。一般在常规照射 20～30Gy 时出现皮肤红斑、痒、干性脱皮，称干性皮炎。继续照射出现皮肤色素沉着、粗糙，部分可出现皮肤水泡、表皮剥脱、渗液及溃烂，亦称为湿性放射性皮肤反应（湿性皮炎）。皮肤的慢性反应表现为皮肤萎缩变薄、色素沉着、皮下组织纤维化等。

根据 RTOG 急性放射性损伤分级标准，将急性放射性皮肤损伤分为 5 级：

0 级：皮肤无变化。

1 级：滤泡样暗色红斑或脱发，干性脱皮，出汗减少。

2 级：触痛性或鲜色红斑，片状湿性脱皮或中度水肿。

3 级：皮肤皱褶以外部位的融合的湿性脱皮，凹陷性水肿。

4 级：溃疡、出血及坏死。

【护理措施】

1. 评估病人皮肤放射性反应发生的程度。

2. 加强心理护理，取得病人的信任与配合。2 级以上放射性皮肤损伤一旦发生，不仅给病人增加了痛苦，同时导致放疗不能继续进行，增加了病人的精神压力。因此，放疗前护士应详细介绍放疗的方法，可能出现的反应及注意事项，使病人有充分的思想准备。

3. 指导病人做好放射野皮肤的保护，放疗期间可预防性使用无痛保护膜喷洒放射野皮肤，提高放射野皮肤对电离辐射的耐受能力，从而可减轻放射性损伤程度。

4. 观察皮肤反应，针对皮肤反应采取有效措施。①1 级反应可用珍珠粉或冰片滑石粉止痒。②2 级反应遵医嘱停止治疗，暴露创面，用生理盐水清洗干净后，局部可用双草油或湿润烧伤膏均匀涂在创面上，保持湿润；亦可使用生物制剂，如重组人表皮生长因子，具有促进上皮、血管内皮等多种细胞生长和调节蛋白合成作用，加速创面愈合；湖南省肿瘤医院通过临床观察使用龙血竭粉剂外敷，每天1～2次，起消炎、收敛、生肌的作用，促进创面愈合，减轻疼痛，效果明显。③3级反应处理同2级反应。④4级反应如皮肤出现溃烂，局部按外科换药处理，可选用溃疡贴、渗液吸收贴、清创胶敷料等换药。

（二）口腔放射反应与损伤

口腔放射反应与损伤主要是口腔黏膜炎、口干、味觉迟钝、放射性龋齿和放射性颌骨坏死。口腔黏膜反应出现时间早，常规放疗1～2周，局部组织充血水肿，使唾液腺肿胀而引流不畅，唾液淤积。放疗后2～3周最严重，一般先在口腔部出现斑点状黏膜炎，发展并相互融合成溃疡，伪膜形成，有刺痛感，严重者影响进食。由于唾液腺进行性损伤，而致唾液分泌逐渐减少、黏稠，导致口干逐渐加重。迟发性损伤反应临床表现为永久性口干、牙质过敏、牙齿损坏松动，易感染。

根据RTOG急性放射损伤分级标准，将黏膜反应分为5级：

0级：无变化。

1级：充血/可有轻度疼痛，无需止痛药。

2级：片状黏膜炎，或有炎性血清血液分泌物/或有中度疼痛，需止痛药。

3级：融合的纤维性黏膜炎/可伴重度疼痛，需麻醉药。

4级：溃疡，出血，坏死。

【护理措施】

1. 评估病人口腔黏膜反应的程度。

2. 安慰病人，给予心理支持，消除焦虑、恐惧心理，增强治疗信心。

3. 做好放疗知识宣教，如头颈部放疗前洁齿，保持口腔清洁卫生，戒烟酒。

4. 注意口腔卫生，保持口腔清洁。患放射性口腔炎时，口腔pH值普遍偏低，选用4%碳酸氢钠作为漱口液清洁口腔，使病人舒适，维持口腔正常酸碱度；也可用维生素B_{12}加生理盐水含漱，加速受损部位修复。

5. 遵医嘱用药，如维生素B_{12}含服、口腔内超声雾化（选用庆大霉素8万U，地塞米松2mg，1%利多卡因0.5mL加生理盐水20mL，每天2次，达到消炎、止痛的目的）。

6. 饮食护理　进食高蛋白半流质饮食，补充维生素，禁过热、过硬及刺激性食物，如反应严重不能进食，需管喂或静脉补液。

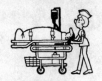

7. 鼓励病人多饮水，保持口腔湿润，可选用中药如参须、麦冬泡水饮，减轻口干症状。

（三）食管放射反应与损伤

食管放射反应临床一般根据出现时间的早晚分为急性反应和后期反应。

食管受照射后 1～2 周，食管黏膜和黏膜下组织充血水肿，临床表现为胸骨后烧灼感，吞咽困难伴吞咽疼痛，由原来可以进半流质饮食发展为只能进水。当照射剂量达 30～40Gy 后食管黏膜可逐渐发生渗出、糜烂、溃疡；若单次剂量过大或后期合并近距离腔内照射，常可发生以下并发症：①食管气管瘘。②食管纵隔瘘。③上消化道出血。放疗结束 6 个月以后，食管黏膜逐渐萎缩，管壁肌肉及结缔组织纤维化，食管管腔狭窄。

【护理措施】

1. 评估病人进食及吞咽情况。

2. 加强心理护理，关心体贴病人，理解病人的感受，向病人做好解释工作，以消除顾虑。

3. 饮食护理　①进营养丰富清淡易消化的流质或半流质饮食。②禁食过热、过冷、硬、煎、炸及粗纤维食物，忌烟酒、咖啡及辛辣刺激性食物。③食物温度适宜，40℃左右，细嚼慢咽。④保持口腔清洁，进食后饮温开水或淡盐水冲洗食管。

4. 遵医嘱使用黏膜表面麻醉剂　庆大霉素 8 万 U、地塞米松 5mg 加入 0.5％普鲁卡因 100mL 中，每次 10mL，每天 3 次，进食前将药物缓慢咽下，以缓解症状。

5. 使用黏膜保护药物　如维生素 B_{12} 水剂、康复新液等，餐后、睡前卧床口服，指导病人用药时先口含药物，躺下再慢慢下咽，去枕平卧 30 分钟以上，尽量使药物在食管内多停留，促进黏膜修复。

6. 密切观察病情变化，发现异常如呛咳、胸背疼痛加重、脉搏细数、呕血等现象应及时报告医师协助处理。

7. 若发生食管狭窄或食管气管瘘时，可协助医师使用食管支架扩张狭窄部分或封闭瘘口。

（四）胃肠系统放射反应与损伤

胃黏膜对射线的耐受性差，受照射后临床上出现急性胃炎或胃十二指肠溃疡的症状。由于放疗 1 周后胃液分泌逐渐减少，胃酸分泌受抑制，故不宜选用制酸药物治疗，宜用蒙脱石等黏膜保护剂。肠上皮组织属于快更新组织和放射早反应组织，常规放疗 4～5 周可出现放射性肠炎，随着照射剂量的逐渐增加，甚至会发生肠溃疡、穿孔及梗阻；临床早期可发生肠蠕动增强和肠痉挛，表现为肠鸣音增强、腹痛和水样腹泻，有时可有黏液血便；发生在直肠者可出现里急后重、肛门坠痛等症状。放疗后数月或数年，由于肠壁血管放射损伤的迟发性改变引起广泛黏膜溃疡、肠腔狭窄、出血等，称为慢性放射性肠炎。

【护理措施】

1. 关心体贴病人，给予心理支持，消除紧张、焦虑情绪。

2. 饮食护理　指导病人少量多餐，食物要清洁，温度适中，进营养丰富、清淡、易消化的流质或半流质饮食，不食油炸及胀气食物，避免刺激性及粗纤维食物。

3. 观察病人有无腹痛、腹泻等情况。出现腹泻时，记录大便的性状、次数、颜色及量，正确估计水分丢失量，注意有无脱水和电解质及酸碱平衡紊乱，必要时遵医嘱补充液体和电解质。

4. 用药护理　临床常用黏膜保护剂如蒙脱石，修复黏膜和提高黏膜的屏障防御功能。急性放射性肠炎可按肠炎处理，严重者暂停照射；慢性放射性直肠损伤，可用蒙脱石 6g、地塞米松 5mg、庆大霉素 8 万 U 加入温生理盐水 50mL 中，保留灌肠，每天 1 次，连用 10～14 天，有效率达 90％，出现便血时给予对症处理。

（五）放射性肺炎或肺纤维化

胸部肿瘤如肺癌、食管癌、纵隔肿瘤、乳腺癌的放疗均可引起急性和慢性放射性肺炎。急性反应多发生于放疗开始后第 3～4 周至放疗结束后 1 个月内，病人有刺激性干咳。若并发感染，可出现痰多、胸闷、发热，严重者有气急、心慌、呼吸困难和发绀，少数可出现咯血；胸片示肺放射野范围内高密度模糊小片状或大片状影。放射性肺炎最早和最常见的症状是咳嗽和呼吸困难，并且症状是渐进的。慢性反应一般发生于放疗后肺纤维化的基础上，病人多有急性放射性肺炎的病史。纤维化时肺组织弹性减退，引流不畅，容易遭受感染而反复出现上述症状，甚至出现胸痛和胸腔积液。目前认为放射性肺炎的发生与肺泡 Ⅱ 型细胞的损伤和血管内皮细胞的损伤关系密切。放射性肺炎的发生除放疗剂量、照射面积等因素外，基础肺功能差、其他原因的肺损伤、化疗药物等因素会促使放射性肺炎的发生。感染是本病的重要诱发因素，故对有呼吸道感染者应积极予以抗感染治疗。

【护理措施】

1. 遵医嘱停止放疗，给予积极支持对症治疗。

2. 安慰病人，予以心理支持，增强战胜疾病的信心。

3. 嘱病人卧床休息，呼吸困难者取半坐卧位，持续低流量吸氧。

4. 指导病人进行有效的咳嗽、咳痰，痰液黏稠者予以超声雾化吸入，及时清除呼吸道分泌物，保持呼吸道通畅；刺激性干咳者遵医嘱给予镇咳剂，协助病人饮温水，以减轻咽喉部的刺激。

5. 遵医嘱给予大剂量抗生素、糖皮质激素、维生素及支气管扩张剂等药物治疗，输液时控制滴速（20～40 滴/min），注意观察用药效果及不良反应。

6. 密切观察病情变化，监测生命体征，发现异常及时报告医师协助处理，做好护理记录。

7. 做好基础护理，保持室内空气新鲜，注意保暖，预防感冒及呼吸道感染。

（六）中枢神经系统放射性损伤

放疗后数月到数年内，可发生放射性脊髓炎、放射性脑坏死。放射性脑损伤的临床表现较为复杂，有时与原发肿瘤或肿瘤颅内转移的症状难于区别。颅内压增高是最常见的临床表现，其主要原因是放疗所致的广泛的脑组织水肿。颅内和椎管内的肿瘤进行放疗后，均可出现恶心、呕吐、嗜睡、头痛、头晕、记忆力下降等放射性脑病的症状，经脱水和对症支持治疗后症状可缓解。脊髓的放射反应早期可在放疗后数月出现一侧或双侧肢体的感觉异常，低头时颈部有触电样感觉，多数可自愈，少数以后可发展为典型的脊髓半切综合征（一侧痛觉、温觉障碍和对侧运动障碍；双侧痛、温觉障碍，单侧运动障碍）。严重的神经损害出现癫痫发作、瘫痪、昏迷。放射性脑损伤、放射性脊髓损伤的损伤程度主要与放射剂量的大小、照射野设计有关，另外还与脑组织和脊髓对放射线的敏感性有关，无特殊的有效治疗方式，关键在于预防，减少正常组织的受量。

【护理措施】

1. 卧床休息，生活上给予周密照顾，多与病人沟通，消除顾虑。

2. 遵医嘱应用大剂量皮质激素、维生素 C 和 B 族维生素、能量合剂和脱水剂、血管扩张剂、神经营养药等治疗，促进局部血液循环，增加血氧浓度，消除水肿。高压氧舱对感觉异常者有效。

3. 严密观察生命体征、神志、瞳孔变化，重视病人的主诉及感觉，如发现异常及时报告医师进行处理。

4. 出现瘫痪或昏迷者，按护理常规进行护理，预防并发症发生。

（七）骨髓抑制

骨髓抑制详见本章第三节"肿瘤科病人的常见症状及护理"相关内容。

（八）免疫功能抑制

恶性肿瘤病人免疫功能处于不同程度的抑制状态，电离辐射作用于机体后，其免疫功能也可进一步受到抑制，引起 T 淋巴细胞亚群的重新分布而导致免疫功能紊乱，病人出现乏力、纳差、睡眠紊乱、细胞免疫力下降、T 细胞及受体检查结果异常等。

【护理措施】

1. 加强营养，多食鸡、鱼肉、香菇等，可采取煮、炖、蒸的方法烹制，还可选择含铁较多的食品，如动物的肝、肾、心和瘦肉、猪血、蛋黄等。

2. 放疗病人感觉虚弱和易于疲劳，在此期间必须注意休息，睡眠时间充足，保证营养物质和液体的充分摄入。逐渐恢复后，可适当调整作息时间，选择最适合自己的运动项目，如体操、散步、太极拳等，坚持锻炼，对身体康复有一定作用。

3. 遵医嘱给予免疫增强剂，调整机体免疫功能，对提高和巩固疗效很有帮助。

第十一节　肿瘤的中医治疗及护理

中医十分重视人体自身的统一性、完整性及其与自然界的相互联系，认为人体是一个有机的整体，人体的各个组成部分之间在结构上是不可分割的，在功能上是相互协调、相互作用的，在病理上是互相影响的。同时也认识到人体与自然环境有密切关系。人体的生理、病理变化不断受到自然界影响，人类在能动地改造自然的斗争中，维持机体正常的生命活动。因此在护理工作中，应从整体出发，通过观察病人的外在变化，了解其机体内脏病变，从而提出护理问题和采取护理措施。

中医护理的辨证施护是将通过"四诊"（望、闻、问、切）所收集的资料、症状、体征等进行综合分析，辨清疾病的原因、性质及邪正关系，然后概括为某种性质的证，辨证后再施以相应的措施，并通过施护的效果来检验辨证的正确与否。因此辨证与施护是互相联系不可分割的两个方面。

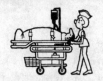

【护理措施】

1. 一般护理　①病室环境须保持安静、清洁、整齐、空气新鲜，通风要根据四时气候和属证不同而异，切忌对流风。②病室温度、湿度要适宜。③在病情允许下注意动静结合，以不疲劳为原则，体弱者虽以静养为主，但也应在床上或室内行养功、放松功活动。④根据四时气候变化，做好气象护理。如春夏之季宜早起床，广步于庭，使阳气充沛；秋冬之季，应早卧晚起，必待日光，并随气候而增减衣被。

2. 症状护理　通过观察病情，综合分析判断病证，为医师诊断及施护提供依据，并对疾病的发展趋向和转归做到心中有数。观察内容包括：

（1）一般状况　包括神色、精神、体温、脉搏、呼吸、血压、睡眠及饮食等。可反映机体正气之盛衰，对疾病的治疗及预后有重要意义。

（2）舌象观察　舌象变化对肿瘤的诊断及判断预后有参考价值。经过对恶性肿瘤病人的舌象研究认为：①各种癌瘤病人的舌质，以呈暗紫色舌腹面静脉瘀紫怒张，舌体较胖，伴有瘀点等特点。②舌色与病期有关，早期以淡红色为多，至晚期以紫舌为多。③观察舌的变化有利于指导治疗，如舌质有瘀斑点、青紫舌的病人可用活血化瘀法治疗，舌红阴虚者可用养阴生津法。④根据舌质的变化可判断预后，如舌质由瘀紫变为淡红色，多表示气血耗竭病情转危的征象。

（3）脉象观察　不同癌症可出现不同脉象，如食管癌、肝癌者脉多弦，胃癌者脉多滑，结肠癌者脉多沉，肺癌者脉多细等。另外，不同的病证脉象也随之改变。如气滞血瘀证脉沉弦涩，正气不足者脉多沉细，痰凝毒聚证脉多滑等。

（4）热象的观察　一般肿瘤病人均有不同程度的发热，最常见的表现方式有：①恶寒发热：常常表示肿瘤合并感染，外邪侵袭，客于肌表，此时宜先治表后治里，表解里自和。②壮热：高热不退，舌红苔黄，脉滑数。多为药物热或癌性热，治宜清热解毒。护理可用物理降温法。③阴虚潮热：以五心烦热为特征。口咽干燥、舌红少津，多是中晚期病人，阴液不足而发热，应嘱病人多食水果或佐以滋阴药物。④气虚发热：发热日久，但热度不高，面色㿠白，食少、乏力、舌淡、脉细弱亦见于晚期病人，应用大补元气之品，嘱病人卧床休息。

（5）出血的观察　随时注意病人出血征兆，大量呕血者禁食，用凉血、止血类药物；局部出血者可用止血药，也可外用中药止血，如马勃、云南白药等。

（6）恶心呕吐　食管癌、胃癌容易造成梗阻而发生恶心、呕吐，呕吐物气味酸多属寒，味苦多属热，腐多属积滞。胃寒者应忌生冷及油腻食物，可服生姜红糖水，并应注意保暖，避免受凉。胃阴不足者应忌食辛温生火之品，宜食清淡寒凉性食物，如绿豆汤、莲子汤、果汁等。严重呕吐者可针刺合谷、内关等穴位，因呕吐而不能进食或服药者可于进食、服药前先滴姜汁数滴于舌面，稍等片刻再进食，此法可缓解呕吐。

（7）疼痛观察 疼痛性质与辨证：①胀痛：多属气滞。②刺痛：多属瘀血。③绞痛：因实邪阻闭气滞而成。④隐痛：所有癌症病人均可发生，多属气血不足所致。

根据疼痛性质辨证而给予不同药物（参见本节"疼痛护理"相关内容）。

3. 情志护理 中医把喜、怒、忧、思、悲、恐、惊七种心情和情绪称为七情，是人体精神活动的外在表现，若外界各种精神刺激程度过重或持续时间过长，造成情志的过度兴奋或抑制，则可导致人体阴阳失调，气血不和，经络阻塞，脏腑功能紊乱而发病。反之，内脏变化也可引起精神的变化。凡激怒、恐惧、焦虑往往能促使加速病情向坏的方向发展。反之，保持开朗乐观的思想情绪，对战胜疾病充满信心和意志顽强的人将有利于抗邪能力的提高，促使疾病向好的方向转化。所谓情志护理即心理护理，主要通过护理人员的语言、表情、姿势、态度、行为及气质等来影响和改善病人的情绪，解除其顾虑和烦恼从而增强战胜疾病的意志和信心，减轻或消除引起病人痛苦的各种不良情绪以及由此而产生的各种躯体症状，使病人能在最佳心理状态下接受治疗和护理，促进早日康复。

4. 饮食护理

（1）饮食的选择 中医治病重食疗，在治疗疾病过程中，用药物除去大部分疾病后，随即用饮食调养正气，祛尽余邪。饮食的选择除选择易消化，富有营养，清淡的饮食外，也应辨证择食，病证有虚、实、寒、热之分，食物也有四性五味之别，在饮食调护中应按病证的不同，选择相宜食品，中医谓"寒者热之，热者寒之"的治疗原则，可用于食性选择，寒凉性食物具有清热、泻火或解毒的作用，可选用于热证。反之，凡属热性湿性的食物，具有温中祛寒之功效，可用于寒证病人；阳热偏盛的病人，不应食用桂圆、荔枝、鹿肉、羊肉等食品；虚寒体质的病人，不应食用西瓜、梨、黄瓜等寒凉食品；阴虚病人少吃辣椒、葱、姜等辛散之物，可多吃百合、银耳、海参等。

（2）忌口问题 病人无严格"忌口"之说，但也应注意一些食物与药物、食物与食物之间的关系，如服用中药一般忌饮茶，服参类药物忌食萝卜，服用蜂蜜宜忌葱等，可供参考。另外，民间流传的"发物"的忌口，系指能诱发疾病或使疾病加重的某些食物，这些"发物"

大多指无鳞鱼、虾、蟹、海参、羊肉、韭菜等，实际上某些"发物"是与过敏性疾病有关或与疮疡、肿毒有关，但与肿瘤的复发、转移无关，相反，某些"发物"可刺激机体产生激发反应，使机体免疫力提高而有利于肿瘤的防治。因此认为"发物"可使肿瘤复发或转移是不可信的。

（3）药膳食品　俗语说"药补不如食补"、"药食同源"，要使身体强壮单靠药物是不行的，必须与某些食物同食，既可治病又可防病。药膳配制亦须根据体质情况选择。药膳种类很多，简便易制者如：①海藻瘦肉汤：海藻、昆布各 30g 与瘦肉 100g 共煮，有清热化痰，软坚散结之功。②沙梨百合汤：沙参 20g、雪梨 50g，百合 30g 共煮，吃梨饮汤可滋阴润肺，适用于肺燥咳嗽、口干舌燥等症，尤其适合于肺部放疗病人。

5. 用药护理　中药是中医治疗最常用的手段。护士应正确掌握给药途径、方法、时间、中药起效时间和服药禁忌等。给药要求：①严格查对制度。②明确给药方法，同时服用西药的病人应注意配伍禁忌。③了解病人有无过敏史，并须熟悉中药的毒副作用。④掌握给药时间。⑤服药后观察服药后反应及效果。⑥掌握各种药的煎药方法及煎制时间。一般需煎 20 分钟左右。发汗解表药物宜急火快煎，补养药则应文火慢煎。每剂药煎取液量一般为 200～300mL。小儿减半。煎药器皿最好用瓷器、砂罐，切勿用铝锅或铁锅等。⑦服药方法：汤药服法分为顿服法、分服法、频服法等。汤药宜温服，中成药可分为送服、冲服、调服、含化等。服用中成药一般应与进食间隔 1～2 小时。

6. 疼痛护理　中医治疗癌性疼痛有肯定的效果。大多数中、晚期癌症病人中药止痛能发挥巨大作用。中医止痛作用缓慢但持久，不存在耐药及成瘾。与西药配合应用可减轻西药不良反应。

（1）中医依据疼痛类型而用药　①瘀痛：表现为痛有定处、痛如针刺、拒按而夜间加重。可用活血药物如逐瘀汤、复元活血汤等。②结痛：表现为腹痛剧烈、满腹拒按、大便燥结。可用软坚散结药物通下止痛，如莪术、桃仁、红花、夏枯草等。③气痛：表现为痛无定处，胀痛为多，受情志影响明显。可用理气止痛药物如四逆汤、柴胡疏肝汤等。④饮痛：表现为气息不畅、胸胁胀满、咳嗽痰饮。可用葶苈大枣汤、清肺汤。

（2）中药外涂治疗疼痛　临床常用药多为芳香走窜、气味浓烈的药物及穿透性强的矿物类药物。多属舒筋活络、活血化瘀、除湿祛寒药物，常用药有蟾蜍、乳香、没药、延胡索、血竭、冰片等。外涂中药止痛时应注意观察局部皮肤及全身有无反应。有些药物易引起水泡，红、肿甚至破溃。应用大量活血性药物，可由于皮肤持续吸收易引起出血。

7. 化疗药物外漏引起局部损伤的中医处理　化疗肿瘤多数为静脉给药，常发生药液外漏、外渗等情况。往往由于药液外渗或外漏引起局部损伤。轻者可引起局部皮肤及静脉的无菌性炎症，重者可形成溃疡及坏死；中医处理方法，根据临床症状表现分为几个症型：皮肤苍白、不红不热的疼痛属于寒证；局部红肿发热的灼痛属热证；皮肤青紫、肿胀而伴刺痛者为血瘀；伤口经久不愈且分泌物增多为湿重。处理方法：可口服中药，但主要是中药外敷法。即用消毒纱布浸透煎后的中药液局部湿敷，每天更换 1 次。

（1）外用清热解毒类药物　三黄煎或四黄煎即黄芩 30g、黄柏 30g、生大黄 30g 或加川黄连 10g；水煎或乙醇浸泡 24 小时后擦用。

（2）消肿类中药常用方剂　生黄芪 60g、猪苓 20g、重楼 20g、车前子（包煎）20g、黄柏 20g。浓煎至 50～60mL，浸透双层纱布湿敷，每天 1 次。

（3）止痛类药物　可用冰硼散水调涂于患处，每天 2 次，或如意金黄散以醋调糊涂于患处，有止痛消肿作用。

（4）生肌长肉类中药　例如生肌玉红膏、褥疮膏或生肌散外敷，每天 1 次。

8. 其他　针刺与艾灸辅助治疗有改善一般症状的效果。对化疗病人亦有改善血常规及减少胃肠道反应的作用。

（张毅辉　汤新辉　邹艳辉　李旭英　卢　平　周莲清　王玉花

沈波涌　谢燕萍　李　黎　彭翠娥　袁　忠　袁　烨）

第 三 章
肿瘤内科药物治疗病人的护理

1909 年德国 Ehailich 首先提出化疗的概念，是指对病源微生物感染、寄生虫所引起的疾病及肿瘤，采用化疗的方法。理想的化疗药物应对病源微生物、寄生虫和肿瘤细胞有高度选择性，而对机体毒性很小。从狭义上来讲，我们现在所说的化疗多指对肿瘤的化疗。本章主要讲述常见肿瘤的化疗的护理。

第一节 乳腺癌

乳腺癌（breast cancer）是发生在乳房腺上皮组织的恶性肿瘤，是危害妇女健康的主要恶性肿瘤。乳腺癌主要发生于女性，男性罕见。20 岁以后发病率迅速上升，45～50 岁较高，50 岁以后发病率曲线相对平坦，绝经后发病率继续上升，到 70 岁左右达最高峰。病死率也随年龄而上升，在 25 岁以后死亡率逐渐上升，直到老年时始终保持上升趋势。

月经初潮年龄早和绝经年龄晚者乳腺癌的发病率高于正常人的 1 到数倍。乳腺癌发病危险性随着初产年龄的推迟而逐渐增高。哺乳可降低乳腺癌发病的危险性。第一次生产后哺乳期长者乳腺癌危险性降低，哺乳总时间与乳腺癌危险性呈负相关。可能因哺乳推迟了产后排卵及月经的重建，并使乳腺组织发育完善。妇女有一级直系家属乳腺癌史者，其乳腺癌危险性是正常人群的 2～3 倍。家属中有双侧乳腺癌者危险性更高。一般认为乳腺良性疾病可增加乳腺癌的危险性。乳腺小叶有上皮高度增生或不典型增生时可能与乳腺癌的发病有关，在围绝经期长期服用雌激素可能增加乳腺癌的危险性。脂肪饮食可以改变内分泌环境，加强或延长雌激素对乳腺上皮细胞的刺激及增加乳腺癌的危险性。绝经期后妇女体重增加可增加乳腺癌发病的危险。

【护理评估】

1. 病因评估　①评估病人的饮食结构，是否喜食高脂饮食。乳腺癌的发生与脂肪摄入量有关。②评估病人是否有乳腺癌家族史。③月经初潮年龄、初产年龄以及人工哺乳情况。④是否有乳腺良性疾病史。⑤用药史，更年期妇女是否服用激素类药物。⑥绝经后妇女体重增加情况。

2. 症状评估　①乳腺癌最常见的症状是乳房肿块。②乳头溢液，发生于10％左右的乳腺癌病例。③乳房皮肤异常改变。④局部乳房乳头内缩、抬高、瘙痒、皲裂或糜烂等异常改变，也是乳房恶性疾患的常见症状。

3. 辅助检查

（1）X线检查　乳腺照相是乳腺癌诊断的常用方法，常见的乳腺疾病在X线片上表现一般可分为肿块或结节病变，钙化影及皮肤增厚症候群，导管影改变等。

（2）超声显像检查　超声显像检查无损伤性，可以反复应用。对乳腺组织较致密者应用超声显像检查较有价值，但主要用途是鉴别肿块系囊性还是实性。超声检查对乳腺癌诊断的正确率为80％～85％。癌肿向周围组织浸润而形成的强回声带，正常乳房结构破坏以及肿块上方局部皮肤增厚或凹陷等图像，均为诊断乳腺癌的重要参考指标。

（3）其他影像学诊断方法　①热图像检查：常用的有液晶及远红外热图像2种方法。热图像是利用肿瘤细胞代谢快，无糖酵解产生的热量较周围组织高，因而在肿块部位显示热区。②近红外线扫描：利用红外线透过乳房不同密度组织显示出各种不同灰度影，从而显示乳房肿块。

（4）CT检查　可用于不能扪及的乳腺病变活检前定位，确诊乳腺癌的术前分期，检查乳腺后区、腋部及内乳淋巴结有无肿大，有助于制订治疗计划。

（5）肿瘤标志物检查　在癌变过程中，由肿瘤细胞产生、分泌，直接释放细胞组织成分，并以抗原、酶、激素或代谢产物的形式存在于肿瘤细胞内或宿主体液中，这类物质称肿瘤标志物，如癌胚抗原（CEA）、铁蛋白、单克隆抗体。

（6）细胞学及组织学诊断 ①脱落细胞学检查：对有乳头溢液的病例，可将液体做涂片细胞学检查。②细针吸取细胞学检查：利用癌细胞黏附力低的特点，将肿瘤细胞吸出做涂片，其准确率较高。但操作时应注意避免造成肿瘤的播散。对较小或临床有怀疑的病灶即使细胞学检查为阳性，亦应做活组织检查，以免延误诊断。③活组织检查：除非肿瘤很大，一般均以做切除活检好。切除活检时应将肿瘤连同周围少许正常乳腺组织一并切除，最好能做冷冻切片检查。如果是恶性肿瘤则做根治性手术，标本应同时做激素受体测定。如无冷冻切片条件，可在病理证实后再手术，理论上不迟于 2～4 周。

4. 心理社会评估 ①病人的认知程度：病人对疾病预后、化疗有关知识的认知程度。②评估家属对疾病及治疗方案的认知程度及心理承受能力。③评估病人对化疗的经济承受能力。④评估病人肢体功能，患肢有无水肿，患肢血液循环及功能状态等。

【治疗原则】 乳腺癌是一种全身性疾病，即使在乳腺癌的早期，就可能存在着微小转移灶，所以除 0 期或 1 期的病人以外，几乎所有病人在一定时期内都需要内科治疗。内科治疗主要包括化疗和内分泌治疗两种治疗方法。

1. 辅助性内科治疗

（1）辅助性内分泌治疗 辅助性内分泌治疗的适应证：激素受体阳性时，无论年龄大小，原发肿瘤大小，淋巴结是否阳性，都适合内分泌治疗。常用药物他莫昔芬（TAM）20mg/d，连续 5 年为标准用法。他莫昔芬不良反应不多，常见的不良反应为面部潮红，可有食欲减退和轻度恶心，应用 5～8 年可导致子宫内膜癌发生的机会增多。

（2）乳腺癌的辅助性化疗 根据 NIH Consensus Development Conference（2000）的意见，无论病人年龄、淋巴结、月经和激素状态如何，只要原发肿瘤＞1cm，都应该进行辅助性化疗（Bontenbal 等，2000）。最早的辅助化疗方案是 CMF（环磷酰胺＋甲氨蝶呤＋氟尿嘧啶）。含蒽环类的方案可显著提高生存率，常用辅助化疗方案有：AC 方案（环磷酰胺＋多柔比星）、CAF 方案（环磷酰胺＋多柔比星＋氟尿嘧啶）、CMF 方案（环磷酰胺＋甲氨蝶呤＋氟尿嘧啶）。

（3）新辅助化疗 新辅助化疗是指在恶性肿瘤局部治疗（手术或放疗）前给予的全身化疗，这种在肿瘤综合治疗中及在局部治疗前先应用化疗的方法也称早期化疗。

2. 转移性乳腺癌的内科治疗

（1）内分泌治疗 转移性乳腺癌的治疗是姑息性治疗，治疗的目的是缩小肿瘤，控制症状，提高生存质量。对于激素受体阳性的病人，首次治疗应该先确定病人是否适合内分泌治疗。对于术后无复发、生存期长的病人，或没有内脏侵犯，肿瘤负荷小的病人，内分泌治疗可能起到重要的姑息作用。

（2）化疗　几乎所有病人最终都对激素产生耐药，需要接受化疗。化疗方案的选择避免应用过去辅助化疗使用过的方案（除非停止时间够长），通常可以选用的化疗方案有蒽环类、紫杉醇类、长春瑞宾的化疗方案，可以与铂类、氟尿嘧啶类合用。紫杉醇是治疗转移性乳腺癌最有效的药物之一。对于 HER-2/neu 过度表达的乳腺癌病人，紫杉醇和重组人抗-HER-2 单克隆抗体联合应用治疗转移性乳腺癌，不仅能提高疗效，而且可降低心脏毒性。紫杉类单药，每周使用，是近年来正式提出的一个有效的治疗方法。卡培他滨适用于蒽环类和紫杉醇类治疗失败病人的继续化疗。

3. 乳腺癌的免疫治疗　原癌基因 HER-2/erbB-2 编码的蛋白质被称为 HER-2，是表皮生长因子受体家族的一员，是一种酪氨酸激酶受体。过度表达 erbB-2 原癌基因导致 HER-2 受体在细胞表面过度表达和加速细胞增殖。赫赛汀是一种人化的单克隆抗体类药物，对于人表皮生长因子受体 2（HER-2）阳性的转移性乳腺癌有较好的疗效，是第一个以癌基因为靶的 HER-2 阳性乳腺癌转移病人的治疗药物。赫赛汀与 HER-2 的结合，阻断了细胞内生长信号的传递，引起肿瘤细胞的凋亡。有学者认为赫赛汀是继 ER 及 PR 检测指导内分泌治疗之后，乳腺癌治疗史上又一新的里程碑。

赫赛汀的治疗最严重、最显著的毒性反应是心脏功能损害。既往未用或少用多柔比星治疗病人单药赫赛汀治疗心功能不全的发生率为 7％，而与多柔比星合用的发生率高达 29％。赫赛汀不加重紫杉醇所致的心功能损伤。因此，建议在既往化疗中使用过蒽环类抗生素的病人中慎用赫赛汀，尽量避免联合应用蒽环类抗生素和赫赛汀。

【常见护理问题】　①恐惧。②焦虑。③忧郁。④舒适的改变，手术侧肢体不适、水肿。⑤康复知识缺乏。⑥营养失调。

【护理措施】

1. 一般护理　护理人员对初次化疗病人应做好病人及家属的教育，使其了解具体的化疗计划，可能出现的毒副反应，并指导病人运用所提供的防治方法，加强自我护理，以减少可能出现的不良反应，减轻焦虑、恐惧心理。

2. 饮食护理　提供高蛋白、高维生素、高热量、无刺激性、易消化饮食。

3. 症状护理　水肿：患肢水肿的主要原因是上臂淋巴回流障碍、静脉回流障碍从而导致患肢水肿。一般上臂呈橡皮样肿胀，静脉扩张不明显。一般抬高上臂可缓解。要避免患肢提重物，避免在患肢静脉输液、测血压等。严重者若难以自行恢复，可采取手法按摩患肢。按摩方法为：让病人抬高患肢，按摩者用双手扣成环形自远侧向近侧用一定压力推移，每次推压 15 分钟以上，每天 3 次。还可以对腋区及上肢热疗，用物理加温法或微波、红外线等治疗。还可以采用一些中医、中药疗法。注意术后患肢的功能锻炼，保持血液回流通畅，穿衣先穿患侧，脱衣先脱健侧。

4. 心理护理

（1）消除病人恐惧心理　病人的恐惧心理主要来自两个方面，一是受社会上"癌症＝死亡"的错误认识的影响。大多数人错误地认为，癌症是不治之症，得了癌症就等于是被判了死刑或死缓，这种对癌症的恐惧主要来自于对死亡的恐惧。二是对化疗不良反应的恐惧。由于化疗可能引起呕吐、脱发、局部皮肤坏死等严重的不良反应，大多数病人错误地认为化疗药物是一种毒药，这种恐惧主要来自于对化疗药物的不了解、化疗知识的缺乏及对化疗后自我形象的担心。消除病人对癌症的恐惧，坦诚地回答病人的疑问，耐心地给病人讲解癌症的有关知识，告诉病人癌症并不是不治之症，随着医学的发展，有许多癌症可以治愈，有的甚至可以根治，恢复正常生活；根据病人的理解及承受能力适当解释病情，告诉病人不良情绪对疾病及预后的影响，给病人讲述以前成功的病例，使病人消除恐惧心理，树立起战胜疾病的信心，积极配合治疗。另外还应适当对病人进行死亡教育，以减轻病人对死亡的恐惧。

（2）消除病人的焦虑情绪　耐心细致地给病人讲解化疗的意义及其必要性，让病人明白医护人员的心情和病人的心情是一样的，医师会拿出最佳的治疗方案尽力将其治愈，使其愉快地接受治疗。

5. 出院指导

（1）饮食　给予高蛋白、高热量、高维生素、低脂饮食。

（2）活动休息　坚持患肢功能锻炼，患肢避免提重物。注意休息，劳逸结合，适当参加户外活动，以增加机体免疫力。

（3）保持心情愉快，月经后 7～10 天自我检查乳房有无肿块。

（4）按医嘱服药。

（5）随诊　在随访最初的 2 年内，每 4 个月 1 次，此后每 6～12 个月 1 次，每年进行 1

次乳腺 X 线检查、胸部 X 线检查和腹部 B 超检查，但不宜对没有可疑体征或症状的病人常规行同位素扫描和 CT 检查。

（6）性生活　手术伤口愈合后，即可恢复正常的性生活，术后 5 年内避孕。

第二节　肺　癌

肺癌（lung cancer）是最常见的恶性肿瘤，因大多数发源于支气管，故又称为原发性支气管肺癌（简称肺癌）。肺癌的发病率及死亡率在我国正在逐年上升。它在恶性肿瘤的发病顺序上已从第 6 位上升到第 1 位。肺癌发生于主支气管和叶支气管的称为中央型肺癌；而发生于肺段以下支气管直到细小支气管的称为周围型肺癌。中央型肺癌与周围型肺癌的比例为 2：1。

肺癌依其病理组织学类型主要分为：小细胞未分化癌（占 20%）、表皮样鳞状细胞癌（30%）、腺癌（包括支气管肺泡约占 35%）、大细胞未分化癌（占 10%）4 类。

吸烟是最主要的危险因素，约 80% 的男性、75% 的女性病人为吸烟者，另外 17% 的病人为被动吸烟者。开始吸烟的年龄、烟龄、每天吸烟量、吸烟的烟草种类和含焦油、尼古丁的量，是否使用过滤嘴均与肺癌的发病相关。每天吸烟 20 支的肺癌发病率为不吸烟者的 15 倍，20 支以上者为 48 倍。戒烟 5~10 年后肺癌发病率开始下降。其他危险因素还包括职业暴露、放射性物质的接触、环境污染、肺部慢性疾患等。吸烟和这些致病因子起协同作用。因此通过宣传吸烟有害，特别是劝阻青少年吸烟，减少烟中焦油、尼古丁的含量，以及加强劳动保护、治理三废、防治肺部慢性疾病，有望降低肺癌发病率。

【护理评估】

1. 病因评估　肺癌主要发生于吸烟人群中，85% 的肺癌发生于主动吸烟或曾经吸烟者中，约 5% 的病人因被动吸烟而发病。其他的危险因素包括石棉和氡的接触。已经发现许多遗传学改变与肺癌有关。

2. 症状评估

（1）早期肺癌　早期肺癌并不产生症状，所以又叫无症状期，短则数月，长则几年，因人而异。此时病人很少就医，所以临床上很难发现；部分肺癌的早期症状只是干咳、胸痛、低热、咯血等一般呼吸道症状，这些症状与感冒、支气管炎、肺炎等病相混淆，很难引起病

人的注意。

（2）晚期肺癌　晚期肺癌病人常见消瘦、乏力、贫血、发热等表现，肿瘤侵犯邻近器官组织或发生远处转移时，可有气促、声带麻痹、声音嘶哑、颈静脉怒张、胸腔积液或吞咽困难等症状。

（3）全身情况　凡年龄在40岁以上，特别是男性有长期吸烟史者，出现刺激性咳嗽3周以上，经治疗无效，或痰中带血，或同一部位的肺炎反复发作，原因不明的四肢疼痛和杵状指、肺气肿、肺不张、肺部隐痛及胸腔积液者均应考虑为此病。

3. 辅助检查

（1）X线检查　是诊断肺癌的一个重要方法，中央型肺癌肺平片可见到肺门部位有不规则的半圆形阴影。周围型肺癌的X线片上，肺野中有直径1～2cm的结节到5～6cm的巨大块状阴影。

（2）痰液细胞学检查　从病人咳出的痰液中可能找到脱落的癌细胞。

（3）CT　注射造影剂后血管强化可与周围组织区别，可清楚地显示病灶和血管、周围组织的关系。因此对常规胸片易遗漏的部位，例如肺尖区、心后区、脊柱旁、膈面附近、奇静脉食管窝、中间支气管周围及胸膜下区病灶的检出有独到之处。

（4）支气管镜检查　对中央型肺癌能直接窥见肺叶支气管口肿瘤的，可采取活体组织做病理检查，以明确诊断。

（5）经皮细针穿刺　适用于周围性病变、纤维支气管镜达不到、痰检阴性的病人。操作常在X线、CT或模拟机引导下进行，当病灶大于1cm时成功率高。经皮细针穿刺的主要并发症是气胸，其次是痰血。

（6）磁共振（MRI）　对比度分辨率优于CT，无放射性。对早期周围型肺癌的诊断，肺上沟瘤是否有胸壁侵犯和臂丛神经受累，有无上腔静脉压迫征，心包和大血管是否累及，胸膜和中枢神经系统有无转移，放疗、化疗后肿瘤有否残留以及对碘过敏的病人都优于常规的X线和CT检查。

（7）正电子发射计算机断层显像（PET）　利用恶性肿瘤摄取葡萄糖或氨基酸类物质高于周围正常组织或非肿瘤组织的原理，静脉推注半衰期短的阳性显像示踪剂，对病变部位扫描，计算机三维重建，对病变进行定性诊断，并了解其病变范围。

（8）纵隔镜　是检查纵隔淋巴结是否转移的有效手段。对于局部肺癌晚期病人在不能确定是否手术治疗而行此项检查以确诊是必要的。纵隔镜的主要并发症是出血、胸膜和喉返神经或食管损伤、纵隔炎、创口感染等。

（9）胸腔镜　可用于肺癌的诊断和分期。对胸膜病变可行活检。

（10）B超　常用于了解肝脏、肾上腺、腹膜后淋巴结有无转移。可鉴别胸水或胸膜增厚。在恶性胸水和心包积液行引流前用于定位，了解进针深度、积液量及有无分隔等。

4. 心理社会评估　①病人的认知程度：病人对预后、化疗有关知识的认知程度。②评估家属对疾病及治疗方案的认知程度及心理承受能力。③评估病人对化疗的经济承受能力。④评估病人的预后。

【治疗原则】

1. 治疗的选择

（1）Ⅰ期病变的治疗　没有手术禁忌证的病人应首选手术；Ⅰ期病变的手术范围影响预后，肺功能好，能耐受肺叶切除术的病人行肺叶切除是标准治疗；对已行较大范围切除后的Ⅰ期病变，不必行术后放疗。

（2）Ⅱ期、Ⅲ期能手术切除的病变的治疗，大部分研究提示术后放疗能提高局部控制力，对手术有禁忌证或拒绝手术者，可选用根治性放疗加化疗，顺序为化疗—放疗—化疗"三明治"方案。

（3）能手术的Ⅲ期病变的新辅助治疗，大部分能手术的病变切除较勉强，属"边缘性切除"，局部复发率高。

（4）不能手术的Ⅲ期病变的治疗，这部分病人预后差。单纯支持治疗的 2 年生存率约为 4%。化疗加放疗可提高生存率。

（5）Ⅳ期病变的治疗　一般情况好的Ⅳ期病人（KPS＜2），化疗可缓解症状，延长生存期。而一般情况差的病人可仅给予支持治疗，因积极强烈的化疗仅增加毒性，不能改善生存状态。对脑转移、骨转移等部位及原发灶可行姑息性放疗，以缓解症状。

2. 化疗　常用化疗方案：TP方案（紫杉醇＋铂类药物）、NP方案（长春瑞宾＋铂类药物）、GP方案（吉西他滨＋铂类药物）。

3. 新靶点治疗　近年来已有一些与化疗药物作用机制不同的新靶点治疗药物应用于治疗肺癌。依瑞沙星是低分子质量的上皮生长因子受体酪氨酸激酶抑制剂。它阻断与肿瘤增殖和生存相关的信号传递旁路。在肺癌第二线治疗中有效率为 22%～28%。主要不良反应是皮

疹、恶心、呕吐、食欲缺乏和腹泻。靶向药物治疗特罗凯等也已用于临床。

【常见护理问题】　①疼痛。②气体交换受损。③低效性呼吸型态。④营养不良——低于机体需要量。⑤预感性悲哀。⑥化疗反应。

【护理措施】

1. 一般护理

(1) 病房每天开窗通风，保持空气清新。注意保暖，防止感冒。嘱病人戒烟。

(2) 注意观察病情变化，对咯血量较多的病人应备好抢救物品，防止窒息。

(3) 对晚期肺癌病人可适度使用止痛剂，提高病人的生存质量。

(4) 化疗时，参照化疗的相关护理。

(5) 指导有效的呼吸运动，促进肺功能的恢复。

2. 饮食护理　向病人及家属宣传增加营养与促进健康的关系，安排品种多样化饮食。根据病人的饮食习惯，给予高蛋白、高热量、高维生素、易消化饮食，动植物蛋白应合理搭配，如蛋、鸡肉、大豆等。氨基酸的平衡有助于抑制癌肿的发展；锌和镁对癌细胞有直接抑制作用。高纤维膳食可刺激肠蠕动，有助消化、吸收和排泄。

3. 症状护理

(1) 咳嗽　是肺癌常见的首发症状，多为较长时期经久不愈的阵发性咳嗽，不易用药物控制。早期为干咳，病情发展可有咳痰。

(2) 血痰或咯血　间断性反复少量血痰，色泽较鲜，偶见大咯血，指导病人勿用力咳嗽，发生大咯血时按大咯血的抢救处理。

(3) 胸痛　常表现为间歇性隐痛或闷痛。晚期癌侵及胸膜时，疼痛加剧。

(4) 发热　早期即可出现持续不退的低热。后期"癌性热"时抗感染治疗无效。

(5) 气急　癌肿阻塞或压迫较大支气管，可出现胸闷、气急甚至窒息。

(6) 肺外症状　小细胞癌分泌一种激素样物质，可引起一系列肺外症状如杵状指、肢端肥大、多发性神经炎、关节痛、神经精神改变、库欣综合征、男性乳腺发育等。

(7) 晚期症状　随着病程发展，肿瘤直接浸润至胸膜、纵隔、心包、血管、气管、食管，以及转移至骨、脑、肝等，出现一系列症状和体征，如胸膜腔积液、声带麻痹、心包积液、肝大、黄疸、情绪改变、呕吐以至昏迷。右上纵隔淋巴结转移可引起头、面、颈、上胸部水肿，颈静脉怒张。到了晚期呈恶病质，极度消瘦、衰弱、精神不振等。

4. 心理护理　了解病人的饮食、睡眠及心理状态，切实做好心理护理，使病人处于良好的心理状态和机体状态，以利于提高治疗效果。

5. 出院指导　①指导病人加强营养支持，合理安排休息，适当活动，保持良好的精神状态，避免呼吸道感染，以调整机体免疫力，增强抗病能力。②给予病人及家属心理上支持，使之正确认识疾病，增强治疗信心，提高生活质量。③宣传吸烟对健康的危害性，提倡不吸烟或戒烟，并注意避免被动吸烟。④休息活动：出院后化疗反应消失，体力恢复后可适当工作，但要注意劳逸结合，避免劳累。改善工作和生活环境，防止空气污染。⑤对肺癌高危人群要定期进行体检，早期发现肿瘤，早期治疗。⑥随诊：出院后 3 个月复查，或出现呼吸困难、疼痛等症状加重或不缓解时应及时到医院就诊。

第三节　淋　巴　瘤

淋巴瘤（lymphoma）是原发于淋巴结或其他淋巴组织的恶性肿瘤。淋巴瘤通常以实体瘤形式生长于淋巴组织丰富的组织器官中，以淋巴结、扁桃体、脾及骨髓等部位最易受累。临床上以无痛性淋巴结肿大为特征，可伴发热、消瘦、盗汗、瘙痒等全身症状，晚期常有肝、脾大及各系统受浸润的相关表现，最后可出现恶病质。在我国以 20～40 岁多见，约占 50%，男性高于女性，城市高于农村。死亡率为 1.5/10 万，居恶性肿瘤死亡的第 11～13 位。组织病理学上将淋巴瘤分为霍奇金淋巴瘤（Hodgkin diseaae，HD）和非霍奇金淋巴瘤（non Hodgkin lymphoma，NHL）两大类。①霍奇金淋巴瘤：在肿瘤组织中存在里－斯（Reed-Sternberg）细胞为特征，伴毛细血管增生和不同程度纤维化。目前，采用的分类法有：淋巴细胞为主型、结节硬化型、混合细胞型、淋巴细胞耗竭型。国内以混合细胞型最常见。除结节硬化型较为固定外，其他各型，特别是淋巴细胞为主型均可向各型转化。②非霍奇金淋巴瘤：按照组织学特点将 NHL 分为结节型和弥漫型两类。在我国弥漫型占绝对多数。我国病理学家参照国际专家组分类，将 NHL 分为低度恶性、中度恶性、高度恶性三大类。

【护理评估】

1. 病因评估　病因迄今仍不十分清楚，目前多倾向于多种因素综合作用的结果。

（1）病毒　病毒病因学研究表明，与淋巴瘤关系密切的病毒有：①EB 病毒。属于 DNR 疱疹型病毒，可引起人类 B 淋巴细胞恶变。②人 T 细胞淋巴瘤。

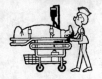

（2）物理因素　大剂量辐射。

（3）化学因素　苯、农药、化肥，某些化疗药物，免疫抑制剂均有致病作用。

2. 症状评估　多以无痛性的颈部或锁骨上淋巴结肿大为首见症状，其次是腋下腹股沟等处的淋巴结肿大，可有发热、盗汗、消瘦、纳差、体重减轻等症状。

3. 体征评估　1/3 的病人有脾大，1/10 的病人有肝大及肝区疼痛，淋巴结结外浸润，NHL 较 HD 结外浸润多见，尤以弥漫性组织细胞型淋巴瘤易见。浸润部位有咽淋巴环、胸部、胃肠道、肾脏、骨骼、中枢神经系统、皮肤等。

4. 辅助检查　诊断主要依据是病理组织学检查，淋巴结活检是最常用的方法，骨髓活检或涂片找到 R-S 细胞或淋巴瘤细胞，有助于诊断及分期。

5. 心理社会评估　淋巴瘤的病人都有不同程度的心理反应，症状轻者容易忽视，不及时到医院就诊会延误病情；症状重者，因担心疾病的预后和经济情况易产生焦虑、恐惧的心理，并随着病情的变化病人心理情绪不断发生变化，护士应进行动态心理评估。

【治疗原则】

1. 放疗。

2. 化疗　常用化疗方案有 CHOP 方案（环磷酰胺＋多柔比星＋长春新碱＋泼尼松）、BACOP 方案（博来霉素＋多柔比星＋环磷酰胺＋长春新碱＋泼尼松）。

3. 靶向治疗　常用靶向治疗药物有利妥昔单抗等。

4. 骨髓移植　是治疗复发、难治性淋巴瘤及高度恶性淋巴瘤的有效方法。

5. 生物治疗　其机制在于通过干扰细胞生长，转化或转移的直接抗肿瘤作用；或通过激活免疫系统的效应细胞来达到对肿瘤进行杀伤或抑制的目的。常用的制剂有：干扰素、单克隆抗体、白介素-2 等。

【常见护理问题】　①体温过高。②有皮肤完整性受损的危险。③活动无耐力。④营养失调。⑤恐惧悲哀。⑥舒适的改变。

【护理措施】

1. 一般护理　保持休养环境整洁、舒适，阳光充足，空气流通，增加卧床休息时间，避免劳累和情绪激动；防止身体受外伤如跌倒，碰伤。

2. 饮食护理　鼓励病人进食高蛋白、高热量、高维生素、易消化软食或半流质饮食，如瘦肉、鱼、鸡、鸭、牛奶、蛋类、新鲜蔬菜、水果，禁食烟酒、腌制食品。病人在化疗期间，由于少食纳差，消耗大，在饮食上要注意营养搭配均衡，给予开胃易消化饮食，少食多餐；鼓励病人多饮水，保证每天尿量为1000～2500mL，以促进毒素排除。当出现消化道反应时，应设法保证营养物质摄入，给予清淡、易消化，无刺激食物如牛奶、蛋类、各种粥类，必要时予以静脉营养。同时要保持大便通畅，大便时不可过于用力，必要时用开塞露等协助排便，避免腹内压力增高引起出血。

3. 症状护理　①高热病人应及时降温处理，宜用药物，禁止醇浴，并卧床休息，保持床单位及衣裤干燥，清洁。②观察病人有无发绀、呼吸困难等呼吸道受阻或压迫症状，出现上述症状时可给予病人半坐卧位及氧气吸入。③观察病人肝、脾、淋巴结肿大程度及其出现的相应症状，如腹痛、腹泻、腹部包块、腹腔积液者，提示腹腔淋巴结肿大或肠道受累，应进一步观察有无排气，大便次数及性质，疼痛持续的时间及性质等，防止出现肠梗阻。疼痛出现时应及时报告医师，切勿滥用镇痛剂。④肢体水肿时，抬高患肢，减少活动，注意局部皮肤清洁，防止皮肤擦伤。⑤有脊柱、肋骨、股骨受累病人，应减少户外活动，必要时睡硬板床，避免负重，以防病理性骨折。⑥严密观察化疗期间的副反应，并注意肿块的大小、症状的程度、血常规等情况变化。化疗后，会出现白细胞、红细胞数量下降，血小板减少等骨髓抑制现象，应每周查血常规2～3次，并给予升血细胞药。

4. 心理护理　关心体贴病人，向病人及家属讲述有关疾病的知识和治疗原则，化疗的不良反应及注意事项，介绍成功病例，增强病人信心，使病人配合治疗及护理，同时争取病人家属、亲友的支持，给予病人物质和精神上的帮助。

5. 出院指导　①向病人及家属酌情介绍本病的病因，临床表现，治疗效果及化疗的不良反应，鼓励病人坚持治疗，定期来院复查。②保证充分休息、睡眠，加强营养，心情舒畅，适当参与室外锻炼，如散步、打太极拳、下棋、体操等，以提高机体免疫力。③注意个人卫生和饮食卫生，禁酒及刺激性食物、勤洗澡更衣、防感染发生、冬天注意保暖，防止受凉感冒。④有身体不适，如疲乏无力、发热、咳嗽、腹痛、腹泻等，或发现肿块应及早就诊。

第四节　白　血　病

白血病（leukemia）是一类起源于造血（或淋巴）干细胞的恶性疾病。其特点是白血病细胞失去进一步分化成熟的能力而停止在细胞发育的不同阶段，在骨髓和其他造血组织中广

泛而无控制地增生，并浸润、破坏全身各组织器官，产生各种症状和体征；而正常造血功能受抑制，外周血中出现幼稚细胞。临床上常有贫血、发热、出血和肝、脾、淋巴结不同程度肿大等表现。我国白血病发病率为 2.76/10 万，急性白血病明显多于慢性，在恶性肿瘤死亡率中，男性居第 6 位，女性居第 8 位，儿童及 35 岁以下的成人则居第 1 位。根据白血病细胞的成熟程度和自然病程，可分为急性和慢性两大类。①急性白血病：是骨髓中异常的原始细胞（白血病细胞）大量增殖并浸润各器官、组织，使正常造血功能受抑制。根据细胞形态学和细胞化学分类，将急性白血病分为急性淋巴细胞白血病和急性非淋巴细胞白血病。②慢性白血病：按细胞学类型分为粒细胞、淋巴细胞、单核细胞三型。我国以慢性粒细胞白血病多见，慢性单核细胞白血病罕见。慢性粒细胞白血病是一种起源于多能干细胞的肿瘤增生性疾病，其临床特点为粒细胞显著增多且不成熟，明显脾大，病程较缓慢，大多因急性变而死亡。本病各年龄组均可发病，以中年最多见。

【护理评估】

1. 病因评估　①病毒：C 型 RNA 肿瘤病毒与人类白血病病因有关。②放射：放射性核素有致白血病的作用。③化学因素：多种化学物质或药物可诱发白血病。④遗传因素：某些遗传性疾病有较高的白血病发病率。⑤其他血液病：真性红细胞增多症、淋巴瘤等。

2. 病史评估　仔细询问病人就诊的原因及主要症状，有无贫血、出血、感染，有无面色苍白、疲乏无力，有无骨、关节疼痛等；了解病人的年龄、职业和居住环境，是否有长期接触放射性物质或化学毒物史，是否用过细胞毒药物，家族中是否有类似疾病者等。

3. 症状评估　观察病人的意识状态，若有头痛、呕吐伴意识改变多为颅内出血或中枢神经系统白血病表现。观察病人有无发热、寒战；胸骨、肋骨、躯干骨及四肢关节有无压痛，以及皮肤、黏膜有无出血点或淤点、淤斑。

4. 体征评估　病人的心率有无增快，心界是否扩大，有无心包摩擦音。肺部叩诊音和听诊呼吸音有无改变，有无啰音等。肝、脾大小、质地、表面是否光滑，有无压痛。

5. 辅助检查　主要依据血常规和骨髓象来诊断，如白细胞计数明显增高，骨髓增生活跃，一般可作出诊断。进一步可做细胞化学染色，免疫学检查，染色体和基因检查。

6. 心理社会评估　病人对自己所患疾病的了解程度，以及心理承受能力；是否产生过恐惧或震惊、否认等情绪反应。以往的住院经验，所获得的心理支持；家庭成员及亲友对疾病的认识，对病人的态度，家庭应对能力，以及家庭经济情况，有无医疗保障等。

【治疗原则】

1. 支持治疗　防止感染。发热多为感染所致，应以足量的广谱抗生素或其他抗菌药物治疗。同时要注意纠正贫血，控制出血，预防尿酸性肾病。

2. 化疗　早期、足量、联合和个体化是白血病化疗的四大原则。急性白血病的化疗过程分为两个阶段，即诱导缓解和巩固强化治疗。

3. 外周血干细胞移植　年龄不宜超过 45 岁（或 50 岁），无其他致命性严重疾患，如严重的心脏病、肝肾功能严重受损及精神病等。有组织配型合适的供者，同时费用来源充足。

【常见护理问题】　①活动无耐力。②有损伤的危险。③有感染的危险。④潜在并发症：与化疗药物的毒副作用有关。⑤预感性悲哀。⑥体温过高。⑦口腔黏膜的改变。⑧营养失调。⑨自我形象紊乱。⑩疼痛。

【护理措施】

1. 一般护理　保证病人有充分的休息和睡眠时间，休息可减少氧的消耗。根据病人贫血程度及发生的速度制订合理的休息与活动计划，逐步提高病人的耐受水平。活动量以不感到疲劳、不加重症状为度，待病情好转后逐渐增加活动量，同时注意房间温度与湿度的调适，室温 20℃～24℃，室内相对湿度 50％～60％为宜，以防鼻黏膜干燥增加出血的危险性。

2. 饮食护理　鼓励病人进食，选用高蛋白、富含维生素的清淡食物，加强营养，提高机体抵抗力，发热和化疗期间，鼓励多饮水，每天 3000mL，以补充水分的消耗和促进毒素的排除。指导病人注意饮食卫生，不吃生冷食物，水果削皮后食用，以防止胃肠道感染。

3. 症状护理　①密切观察体温变化，高热时，使用冰袋、冰枕降温，禁止乙醇擦浴，给予充足水分，维持体液平衡。②严密观察病情和血常规变化，注意有无头痛、恶心、神志恍惚等中枢神经系统白血病症状和体征，观察皮肤黏膜有无出血点、淤点、淤斑，发现问题，及时报告医师并协助处理，并做好护理记录。③保持口腔清洁，用 1：2000 醋酸氯己定液、3％硼酸液、4％碳酸氢钠液交替含漱，指导病人用软毛牙刷刷牙，忌用牙签剔牙，加强口腔护理，对预防感染有着重要意义。④病人化疗后很容易发生感染，此时最好行保护性隔离，如入住层流洁净病房，或置于单人房间，保证室内空气新鲜，定时对空气和地面消毒，谢绝探视以避免交叉感染，一旦有感染，应遵医嘱用广谱抗生素如头孢哌酮、头孢曲松、头孢他啶。⑤化疗药物对心血管损伤较大，护士应注意合理使用病人的静脉血管，先远端静脉后近端静脉，逐步向上移行，四肢静脉应有计划交替使用，输液过程中加强巡视，一旦化疗药物

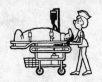

外漏，应立即拔针，给予普鲁卡因封闭和 50% 硫酸镁湿敷。

4. 用药护理 严格遵医嘱给药，并注意观察用药后的不良反应，鞘内注射化疗药物时注意速度宜慢，注毕去枕平卧 4~6 小时，并观察有无头痛、发热等反应。

5. 心理护理 护士应了解白血病病人不同时期的心理反应，采取多种形式因势利导，做好健康宣教，组织病友之间进行养病经验的交流，帮助病人克服恐惧心理，同时建立社会支持网，指导家属亲友给病人物质和精神上的帮助，提高其对生活的信心。

6. 出院指导 ①养成良好的生活习惯，保证充足的休息和睡眠，适当锻炼如散步、打太极拳，加强营养，保证心情舒畅，以提高免疫力。②预防感染出血，注意个人卫生，少去人群拥挤的地方，注意保暖，避免受凉，经常检查口腔、咽部等有无感染，学会自测体温。勿用牙签剔牙及用手挖鼻，避免创伤。③定期复查，发现贫血加重、发热、出血及骨、关节疼痛时及时上医院就诊。

第五节 多发性骨髓瘤

多发性骨髓瘤（multiple myeloma，MM）属于成熟 B 细胞肿瘤，其特征是单克隆浆细胞过度增生并产生单克隆免疫球蛋白，骨髓中单克隆浆细胞增生并侵犯邻近的骨骼，引起骨骼破坏、骨痛或骨折、贫血、高钙血症、肾功能不全及免疫功能异常。多发性骨髓瘤的发病率约占新诊断肿瘤的 1%，肿瘤死亡人数的 2%，血液肿瘤的 10%。其很少在 30 岁以前发病，30 岁以后发病率和死亡率均随年龄成指数式上升，最多为 50~70 岁，高龄人群发病率增长放慢，但死亡率至 80 岁以上呈高峰值，男性多于女性。

该病临床分型，一般根据 MM 瘤细胞分泌的 M-蛋白种类的不同分为：①IgG 型：约占 MM 的 55%。②IgA 型：约占 20%。③轻链型：约占 20%，溶骨性病变、肾功能不全、淀粉样变性发生率高。④IgD 型：约占 2%，λ 型轻链蛋白尿严重，淀粉样变，转变为浆细胞白血病和髓外浆细胞瘤较常见，预后差。⑤不分泌型：约占 1%，M-蛋白仅存在于浆细胞内，而血清和尿内不能检出，或胞浆内也不能检出，为真正不分泌型。⑥IgE 型：极为罕见，仅有数例报道。

【护理评估】

1. 病因评估 本病病因尚未阐明，可能与以下因素有关。①遗传因素：部分病例可发生在同一家族。②细胞遗传因素：部分病人可观察到有染色体异常的恶性骨髓瘤细胞。③物理因素：放射线可使 MM 发病率增高 2～6 倍。④化学因素：苯、石棉、某些农药可导致 MM 的发生。⑤病毒：卡波西肉瘤相关疱疹病毒（KSHV）。⑥淋巴因子：白介素-6 和白介素-1。

2. 症状、体征评估

（1）骨骼病变　骨骼疼痛常常是早期的主要症状，以腰骶痛最常见，其次是胸痛及肢体和其他部位痛。随着病情的发展，活动或扭伤后骤然剧痛提示可能有自发性骨折，骨髓瘤细胞显著浸润骨骼时，可致局部肿块。

（2）肾脏损害　是本病重要表现之一。临床表现为蛋白尿、管型尿，甚至肾衰竭。肾衰竭是本病的最初表现，也是本病的主要死因之一。

（3）感染　感染的病原菌有细菌和病毒，易发生呼吸道及尿路感染，且较顽固而不易控制。

（4）贫血及出血　临床上几乎所有病人均有不同程度的贫血和出血倾向。

（5）高黏综合征　表现为头昏、头晕、视力障碍、手足麻木、肾功能不全，严重者发生昏迷。

（6）神经损害　表现为截瘫、嗜睡、昏迷、复视、失明、吞咽困难、行走困难等。

（7）髓外浸润　约 40% 病人有肝大，50% 有脾大，少数病人可出现浆细胞白血病。

（8）淀粉样变及雷诺现象。

3. 辅助检查

（1）血液　贫血为正细胞正色素性。晚期为全血细胞减少。血涂片上可见红细胞呈缗钱状排列和幼红-幼粒细胞，血沉明显加快。

（2）尿液分析　90% 以上有蛋白尿。

（3）骨髓　异常浆细胞（骨髓瘤细胞）增生，占骨髓有核细胞的 15% 以上。

（4）X 线检查　4 种表现：①早期为骨质疏松，多见于脊椎、肋骨、胸骨。②溶骨性病变，多见于颅骨，是本病的特征 X 线表现。③病理性骨折，多见于脊椎、肋骨、胸骨。④骨质硬化，较罕见。

（5）其他检查　高钙血症、高尿酸血症、高胆固醇血症，血清尿素氮及肌酐可增多；白介素-6 及白介素-6 受体水平增多，染色体异常。

4. 心理社会评估　病人对自己所患疾病了解的程度，以及心理承受能力，是否产生恐惧

或震惊、否认的情绪。以往的住院经验，所获得的心理支持，家庭成员及亲友对疾病的认识，对病人的态度，家庭应对能力，以及家庭经济情况，有无医疗保障等。

【治疗原则】 多发性骨髓瘤的治疗方法有化疗、支持治疗、干扰素、肾上腺皮质激素、红细胞生成素、造血干细胞移植、放疗等。

1. 化疗 初治病例可选用 MP 方案：美法仑＋泼尼松；难治性病例选用 VAD（长春新碱＋多柔比星＋地塞米松）或 M_2（卡莫司汀＋环磷酰胺＋长春新碱＋美法仑＋泼尼松）方案。

2. 干扰素（IFN）治疗 用法为 300 万～500 万 U 隔天皮下或肌内注射，连用 3 个月以上。不良反应有发热、恶心、厌食、骨髓抑制等。

3. 造血干细胞移植 异基因骨髓移植（allo BMT）及外周血干细胞移植是治疗本病的有效手段之一。

4. 免疫治疗。

5. 并发症的处理。

【常见护理问题】 ①疼痛。②活动无耐力。③组织完整性受损。④排尿异常。⑤有受伤的危险：与骨质破坏、骨质疏松引起病理性骨折有关。⑥感染的危险：与机体防御能力下降有关。⑦皮肤完整性受损的危险：与长期卧床局部皮肤受压过久引起压疮有关。

【护理措施】

1. 一般护理 平时应睡硬板床，保持身体的生理弯曲，减少体重对骨骼的压力；不做剧烈活动和扭腰、转体等动作；翻动病人时，避免推、拖、拉、拽，并注意上、下身保持在同一平面上，防止骨骼横断；适度活动，以促使肢体血液循环，外出活动时，应由家人陪同以防跌伤。

2. 饮食护理 供给病人高热量、高维生素、高钙、高蛋白质、低钠饮食，同时增加摄水量，保证每天尿量在 1000～2500mL。另外要戒除烟酒，以消除钙吸收障碍的因素。

3. 症状护理

（1）严密观察有无腰骶、下背部疼痛或跛行。观察有无贫血及出血的表现，如面色苍白、活动后心悸、气促、牙龈出血、视物模糊等。观察有无反复感染症状，反复感染是骨髓移植的晚期征象，可导致病人免疫力降低。

（2）骨痛 观察疼痛的部位、形式、强度、性质、持续时间，并做好记录。减少疼痛刺激，取舒适卧位，采取减轻疼痛的方法，如按摩、加压冷热敷、针灸、电刺激，分散病人注意力，采取呼吸控制法、音乐疗法、引导想象法。选择合适的止痛剂。

（3）预防感染　指导病人养成良好的卫生习惯，保持环境整洁，空气流通，定时消毒，注意保暖，防止受凉感冒；少去公共场合，避免交叉感染，合理使用抗生素，骨髓受抑制严重时，应考虑保护性隔离。

（4）贫血　评估病人贫血的程度，轻度贫血病人可适当活动，但应避免劳累，养成每天午睡的习惯，重度贫血的病人应卧床休息，以减少机体耗氧量。限制探视人员的打扰，护理工作应集中进行，保证病人能得到充分休息。

（5）出血　严密观察出血倾向，去除可能引起出血的因素，如勿搔抓皮肤、挖鼻孔、剔牙，勿用力解大便，男病人尽量减少刮胡须的次数，必要时可使用润滑剂及电动剃须刀。出血时应让病人立即平卧，在出血点加压止血，局部可行冷敷，并立即建立静脉通道给予止血剂。备齐抢救药物及器材，积极配合医师进行抢救。

4. 用药护理　严格遵医嘱给药，并注意观察用药后的不良反应。治疗期间每 2～3 天检查血常规、每周检查肾功能、血钙和免疫球蛋白，每次化疗前后检查骨髓，密切观察病情变化。

5. 心理护理　多发性骨髓瘤是一种常见的浆细胞恶性增殖的疾病，对病人的身心健康危害大，病情发展快，组织破坏力强，大多数病人确诊后就会表现出恐惧、烦躁、焦虑、悲观等一系列的严重的心理问题，这些不良心理反应对疾病的治疗及转归都极为不利，因此应鼓励病人以积极的态度对待疾病，保持情绪稳定，树立信心，积极配合治疗。

6. 出院指导　①指导病人进高热量、高维生素、高蛋白和容易消化的食物。②避免到人多的地方，减少感染的机会。③由于该病容易发生自发性骨折，应指导病人睡硬板床，在疾病没有缓解之前应少活动，睡觉翻身时动作应该轻和缓慢。④注意个人卫生，定时复诊。

第六节　消化道肿瘤

一、大肠癌

大肠癌（colorectal cancer）包括结肠癌和直肠癌，是临床上常见的胃肠道恶性肿瘤。大

肠癌的病因尚不很清楚，一般认为与遗传和环境因素密切有关。环境因素包括高脂肪和高蛋白的摄入、饮酒等饮食因素。随着生活水平的提高，人们食肉比较多。而在西方国家，人们饮食中脂肪含量占饮食总热量的40％，很少食入粗纤维，即进食的水果、蔬菜相对来说比较少。根据调查资料显示，大肠癌高发病率国家的饮食具有高脂肪、高动物蛋白（尤其是牛肉）、少纤维及精致碳水化合物，即所谓"西方文化饮食"的特点，其中以高脂肪饮食的影响最为明显。遗传因素已被多种途径证实，有6％～10％的大肠癌与遗传有关。

【护理评估】

1. 病因评估　①饮食习惯的评估。②家族遗传史的评估。

2. 症状、体征评估　肠癌早期无明显症状，大便规律及性状改变为晚期大肠癌的典型表现，如大便变细，排黏液血便、柏油样便或便血，腹痛、便秘与腹泻交替出现，可伴贫血、消瘦、乏力、发热等全身症状。右结肠癌以包块、贫血及全身中毒症状为主。左结肠癌以肠梗阻为主。直肠癌以大便变形、黏液血便为主，肛门指检常可及肿块。肛门癌以便血、排便疼痛加剧为主，见于女性。

3. 辅助检查

(1) 直肠指检　简单易行但非常重要，是一种早期发现直肠癌的关键性检查方法，但常被忽视。因为人的手指可触及直肠内7～8cm处的直肠肿物，半数以上直肠癌位于这一范围内，因此应将此简易方法作为临床医师常规初筛方法和程序。指诊时可扪及突入肠腔的菜花状坚硬肿块，或边缘隆起中心凹陷的溃疡或肠腔环状狭窄，检查时应注意肿块基底部是否固定，前列腺与膀胱有否受累。当癌表面已发生溃烂时，指套上常染有血液及黏液。

(2) 肿瘤标志物　目前有多种肿瘤标志物应用于大肠癌的诊断，癌胚抗原（CEA）是国内应用较早、较多的一项，但其敏感性、特异性均不高，诊断价值有限，目前多用于估计大肠癌预后和病情随访。

(3) 内镜检查　包括直肠镜、乙状结肠镜及纤维结肠镜检查。内镜检查可直接观察到病变，同时采取活体组织进行病理诊断。

(4) X线检查　也是诊断大肠癌最常用而有效的方法。钡剂灌肠，特别是双重气钡对比造影，可以清晰地显示肠黏膜的溃疡性、隆起性病灶和狭窄等病变，能提供大肠癌的病变部位、大小、形态及类型，是X线诊断大肠癌中的首选方法。大肠癌在X线下的表现常常是钡剂的充盈缺损，边缘不整齐，肠壁僵直，黏膜破坏，肠腔狭窄及不同程度的梗阻等；但发生于盲肠、脾区、乙状结肠的悬垂部，以及直径 0.5cm 以下的肿物常常漏诊。漏诊情况与肠道准备是否满意及检查者的技术水平有很大关系。在不具备纤维结肠镜检查条件、病人不能耐受、肿瘤或其他原因造成肠腔狭窄时，不能继续进镜，而有可能遗漏狭窄部位以上的多发肿物时，单纯的结肠镜检查有时肿瘤定位往往不准确等。下消化道造影检查仍是诊断大肠癌的重要手段和补充。

（5）影像学检查　B 超、CT 和 MRI 等影像学检查对大肠癌本身确诊意义不大，但有助于确定临近侵犯、远隔脏器转移和淋巴转移，对于术前了解肝内有无转移、腹主动脉旁淋巴结是否肿大，以指导术前选择合理的治疗方案，可以提供较可行的依据，在术后复查等方面有其优越性，因此是钡肠造影、纤维结肠镜诊断大肠癌的重要补充手段。

（6）光谱诊断　目前激光诱发荧光（LIF）技术已逐渐用于肿瘤的诊断，国内一些学者对应用 LIF 光谱鉴别大肠癌也进行了相应的研究。大肠癌组织和正常组织结构上的差异导致两者荧光光谱的不同是这一技术的理论基础，虽然这一新技术仍在临床研究阶段，但可望成为诊断大肠癌的重要方法。

4. 心理社会评估　①病人的认知程度：病人对疾病预后、化疗有关知识的认知程度。②评估家属对疾病及治疗方案的认知程度及心理承受能力。③评估病人对化疗的经济承受能力。④评估病人的预后。

【治疗原则】

1. 以氟尿嘧啶为基础的化疗方案　常用的化疗方案有氟尿嘧啶＋亚叶酸钙。

2. 生化调节增效　有些药物如亚叶酸钙、甲氨蝶呤、干扰素、磷乙天冬氨酸（PALA）、齐多夫定（AZT）等本身不一定有抗大肠癌作用或其作用较弱，但通过调节氟尿嘧啶的细胞毒作用，使其使用明显加强，故称为生化调节。其中，亚叶酸钙为近 20 年来发现的对于氟尿嘧啶最有效的生物调节剂，其通过与氟尿嘧啶在体内的活性代谢物——氟尿嘧啶脱氧核苷酸和胸苷酸合成酶形成稳定的三重复合物，抑制 DNA 的合成，进一步增强氟尿嘧啶的疗效，从而建立了大剂量亚叶酸钙加氟尿嘧啶持续静脉滴注 48 小时方案。

3. 氟尿嘧啶的长时间静脉滴注　氟尿嘧啶为时间依赖性药物，延长氟尿嘧啶一定血药浓度的时间，可使全身毒性减少，剂量强度增加，肿瘤组织受更大杀伤。

4. 治疗大肠癌的新药

（1）伊立替康（CPT－11）　伊立替康是一种半合成的喜树碱的可溶性衍生物，伊立替康

最常见的不良作用有中性粒细胞减少、迟发性腹泻、脱发、乏力和恶心、呕吐，但无蓄积性，易于处理。剂量限制性毒性主要是迟发性腹泻和中性粒细胞减少。请注意迟发性腹泻（多发生于给药后 24 小时）可危及病人生命。严重腹泻可见于 38.5％的病人。必须及早应用止泻药洛哌丁胺（易蒙停）以及苯海拉明或地芬诺酯（苯乙哌啶），并补充大量液体。

（2）奥沙利珀（L-OHP）　奥沙利珀是继顺铂和卡铂之后第三代铂类抗肿瘤药。奥沙利珀的安全性较高，无肾毒性，不需采取任何肾脏保护措施，肾功能受损病人一般也无需减量；无耳毒性和心脏毒性（轻到中度），包括白细胞减少、血小板减少；不会增加氟尿嘧啶/亚叶酸钙方案的血液毒性。至于胃肠毒性，大多数病人会有恶心、呕吐和腹泻症状；预先给予止吐药及支持疗法可以控制。关键是周围神经毒性，表现为与寒冷有关的末梢感觉异常和感觉迟钝，偶尔出现咽喉异感或喉痉挛，运动神经异常，个别病人甚至发生呼吸肌麻痹。

（3）卡培他滨　卡培他滨是新一代口服选择性氟尿嘧啶甲胺酸盐抗肿瘤药，属嘧啶类抗代谢药物，是氟尿嘧啶的前体，以原型自胃肠道吸收，是目前最具有活性的口服氟尿嘧啶类药物。它的主要毒性反应是手-足综合征、腹泻、黏膜炎和偶发骨髓抑制等许多不良反应。手-足综合征主要表现为手掌及足底的触痛性红斑或化疗所致的肢端红斑。

5. 腹腔化疗　大肠癌术后的腹腔内转移是大肠癌治疗失败的第二位原因。腹腔内化疗能在腹腔内产生较静脉给药高 200～400 倍的浓度，化疗药物通过腹膜吸收回流至门静脉、淋巴管到肝脏，产生与门静脉给药相当的浓度，有利于抑制肝实质内微小转移灶和减灭腹腔微小转移灶。常用的药物有氟尿嘧啶、丝裂霉素、顺铂、卡铂、多柔比星及依托泊苷（VP-16）。

腹腔化疗一般采用 1500～2000mL 液体，稀释加温至 37℃灌入，夹管 12～14 小时后抽放出来。每天 1 次，3～5 天为 1 个疗程。

【常见护理问题】　①疼痛。②营养失调——低于机体需要量。③活动无耐力。④预感性悲哀。⑤排便形态改变：便秘或腹泻。⑥潜在并发症：出血。

【护理措施】

1. 一般护理

（1）肠癌病人术后大便次数增多，要注意护理好肛周/造瘘口周围皮肤。

（2）有造口者注意造瘘口周围皮肤清洁，勿用肥皂或刺激性液体，局部涂皮肤保护剂；注意观察造口的颜色，排泄物的颜色、气味、量有无异常，如出现造口颜色苍白、水肿、暗紫色、过度突出、内陷、排便不畅等，应及时处理。

213

（3）指导病人养成定时排便的习惯，促进大便规律；粪便勿积累太多，以防造瘘袋过重，造成渗漏。

2. 饮食护理 ①低脂肪饮食加小麦纤维素已被证明能降低结肠腺瘤复发的危险。肠癌病人宜多食白肉（鸡肉、鱼等），少食红肉（猪肉、牛肉等），同时要多吃蔬菜、水果。②宜进食软食，禁粗纤维及油炸食物。③禁烟酒、槟榔，注意饮食卫生，不吃霉变食物。

3. 症状护理 腹腔灌注化疗的护理：协助医师做好腹腔穿刺，固定好针头，先用生理盐水冲管，确定针头在腹腔内，然后接化疗药物灌注，注意观察药物滴注的速度，防止药液漏于皮下；化疗药物灌注完毕嘱病人每15分钟更换体位1次，持续2小时，以利药物与腹腔的充分接触。腹腔灌注化疗后，病人可能有腹痛，可能与牵扯包膜有关，可遵医嘱使用止痛剂。注意观察化疗后的毒副作用，并及时处理。

4. 用药护理 氟尿嘧啶持续滴注化疗时，最好建立 PICC 置管，以保护血管，避免静脉炎的发生。同时注意调节好滴数，有条件者，用持续化疗泵输入。注意观察药物的不良反应，并做好相应的处理。

5. 心理护理 指导病人正确认识所患疾病，适应生理上的变化，避免情绪激动，积极配合治疗。

6. 出院指导 ①加强营养与休息，适度锻炼，劳逸结合。②定期复查。一般 2～3 个月复查 1 次，出现原发症状加重或出现新的症状时应及时就诊。

二、胃癌

胃癌（carcinoma of stomach）是我国常见肿瘤。据世界各地区综合统计，男性胃癌发病率居第 2 位，仅次于肺癌，女性居第 4 位。胃癌的发生与慢性胃炎和胃肠上皮化生有关，在这些疾病和胃癌中常常合并幽门螺杆菌感染。

【护理评估】

1. 病因评估 ①饮食习惯的评估。②家族遗传史的评估。

2. 症状、体征评估 上腹不适是胃癌中最常见的初发症状，约 80% 的病人有此表现，与消化不良相似。当胃癌发展扩大，尤其在浸润穿透浆膜而侵犯胰腺时，可出现持续性剧烈疼痛，并向腰背部放射。癌毒素的吸收，可使病人日益消瘦、乏力、贫血，最后表现为恶病质。癌肿长大后，可出现梗阻症状，贲门或胃底癌引起吞咽困难，胃窦癌引起幽门梗阻症状，腹

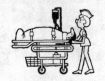

部还可扪及肿块。癌肿表面形成溃疡时，则出现呕血和黑便。

3. 辅助检查

（1）内镜检查　胃镜检查是最重要的确诊手段，是提高胃癌早期诊断率的一种有效方法。目前常用纤维胃镜和电子胃镜检查，进行胃黏膜形态学观察并对可疑部位取活检，活检是确诊胃癌的必要手段。

（2）X线诊断　采用钡剂检查胃癌已有 70 余年历史，目前仍是诊断胃癌的重要方法之一，可观察胃轮廓的变化、蠕动障碍、黏膜形状及胃排空时间等。

（3）CT检查　CT表现为胃内大小不等的软组织肿块，胃壁增厚大于 1cm，凹凸不平。同时可以显示肝有无转移和周围淋巴结是否肿大。当癌浸润临近器官时，如胰腺、脾、主动脉等，则癌与上述器官界限显示不清。

（4）MRI检查　可显示胃壁厚度，能发现胃癌所致的胃壁息肉样不规则改变及向内浸润导致胃腔狭窄等改变。

（5）B超检查　可提供病变浸润胃壁的范围和深度，以及胃壁外有无受侵和转移等信息，以弥补 X 线和内镜检查的不足，有助于全面了解病情和拟订治疗方案。

4. 心理社会评估　①病人的认知程度：病人对疾病预后、化疗有关知识的认知程度。②评估家属对疾病及治疗方案的认知程度及心理承受能力。③评估病人对化疗的经济承受能力。④评估病人的预后。

【治疗原则】

1. 区域化疗　其目的为提高局部药物浓度，增强其杀伤肿瘤细胞的能力，但不增加毒性反应。

（1）介入治疗　指经肿瘤营养血管进行化疗药灌注和/或栓塞术，使胃内病灶区域及周围淋巴结药物浓度增高，接触药物的时间延长，作用集中，使病灶缩小以提高手术切除率。

（2）腹腔化疗　术后腹腔化疗常用化疗药物有氟尿嘧啶、丝裂霉素、多柔比星和顺铂等，一般为大剂量灌注，每次总量以 1.5～2.0L 生理盐水为宜，由腹膜自行吸收，连续 5 天为 1 个疗程，每 3～4 周重复 1 次。

2. 全身化疗　常用的化疗方案：氟尿嘧啶＋亚叶酸钙、紫杉醇＋铂类药物（TP）。

【常见护理问题】　①疼痛。②营养失调——低于机体需要量。③活动无耐力。④预感性悲哀。⑤潜在并发症：出血。

【护理措施】

1. 一般护理 ①提供一个安静的环境，给予舒适的体位，保证病人得到足够的休息。②观察病人疼痛的部位、性质及持续时间。③分散病人的注意力，如听音乐、看书报等。④疼痛时及时报告医师。遵医嘱给予止痛剂。

2. 饮食护理 ①注意饮食卫生，多食新鲜、洁净食品，改变不良饮食习惯，避免长期食用辛辣食物，少食烟熏、烧、烤、油炸食品。②禁食真菌污染食品，近年来已证实有 20 多种真菌有致癌作用。③戒烟，香烟中已分离出 20 种致癌物质，这些毒物不仅致肺癌，吸烟时烟雾吞入胃内，使胃癌的发病率比不吸烟者高 1.58 倍。④多食新鲜蔬菜、水果、牛奶及乳制品。维生素 C、维生素 E 能抑制体内亚硝胺的合成。牛奶及乳制品可保护胃黏膜免受致癌物质的作用。一些研究表明，大蒜能抑制 N-二乙基亚硝胺的合成。茶中的茶多酚能阻断致癌物亚硝基化合物的合成。⑤让病人了解充足的营养对疾病的支持和恢复有重要作用，并鼓励病人进食。⑥对进食困难者，多采取静脉高热量来补充营养，如白蛋白、脂肪乳剂等。

3. 症状护理

(1) 疼痛的观察与控制 胃癌病人开始仅有上腹部饱胀不适，进食后加重，继之有隐痛不适，偶呈节律性溃疡样胃痛，最后疼痛持续而不能缓解。肿瘤穿透胰腺可出现剧烈且持续性上腹痛并放射痛。

(2) 观察有无出血征象 ①监测有无出血症状，如黑便、呕血等。②若病人出现出血症状：安慰病人保持镇静，清理床旁血迹，倾倒呕吐物或排泄物，避免不良刺激，消除紧张情绪。出血量大时，暂予禁食。观察呕血、黑便的性质、颜色、量、次数及出血时间。监测血压、脉搏、呼吸、尿量、血红蛋白值等指标。遵医嘱测定血型、交叉配血，并迅速建立静脉通路输液、输血，以补充血容量。遵医嘱给予制酸剂和止血剂，如奥美拉唑、血凝酶等。③肠癌病人术后大便次数增多，要注意护理好肛周/造瘘口周围皮肤。

(3) 腹腔灌注化疗的护理 见"大肠癌"相关内容。

4. 用药护理 增敏治疗时亚叶酸钙（CF）要在氟尿嘧啶前静脉滴注。

5. 心理护理 护士应了解胃癌病人的心理反应，做好健康宣教，组织病友之间进行养病经验交流，帮助病人克服恐惧心理，指导家属亲友给病人物质和精神上的帮助，提高其对生活的信心。

6. 出院指导 ①养成良好的生活习惯，保证充足的休息和睡眠，适当锻炼，如散步、打

太极拳，加强营养，保证心情舒畅，以提高免疫力。②饮食以无刺激性食物为主，避免生、冷、硬、辛辣、腌制、熏烤及煎炸食物，多食蔬菜水果，禁烟、酒。③保持大便通畅，观察有无黑便、血便，发现异常及时就诊。④定期复查。

第七节　卵巢癌

卵巢癌（ovarian cancer）是妇科肿瘤中死亡率最高的，其发病率呈不断上升趋势。究其原因：一是因为卵巢肿瘤深藏于盆腔，初期不易检查出来；二是卵巢癌的生长相对迅速，确诊时往往已属晚期。卵巢癌的预后极差，5 年生存率仅达 30% 左右；发病年龄广泛，从婴幼儿到 70 岁以上的老人均可发病。其发病因素与少育、不育、初潮早、闭经晚、A 型血、性格压抑或愤怒、卵巢癌家族史、社会经济地位等有关系。同时，子宫内膜癌史、乳腺癌史是卵巢癌的高危因素。

【护理评估】

1. 病因评估　①是否 A 型血、性格压抑或愤怒。②月经初潮年龄、绝经年龄以及少育、不育情况。③是否有卵巢良性疾病史。④是否有卵巢癌家族史。⑤是否有子宫内膜癌史、乳腺癌史。⑥用药史，更年期妇女是否服用激素类药物。

2. 症状评估　①卵巢癌常见的症状是腹部膨胀感，伴有腹水。②早期出现下腹不适或盆腔下坠感。③肿瘤伴腹水可引起压迫症状，如呼吸困难、腹壁及下肢水肿、排尿困难、肛门坠胀及大便改变。④可出现性早熟、闭经、阴道异常出血。

3. 辅助检查

（1）影像学检查　包括 B 超、CT、MRI 检查，不但可以帮助研究卵巢癌的分期、肿瘤的大小、残留肿瘤的变化，还可以指导修订治疗方案，并可以随访，了解有无复发及病情的监测。超声显像检查无损伤性，可以反复应用。

（2）肿瘤标志物检查　在癌变过程中，由肿瘤细胞产生、分泌，直接释放细胞组织成分，并以抗原、酶、激素或代谢产物的形式存在于肿瘤细胞内或宿主体液中，这类物质称肿瘤标志物，如：癌胚抗原（CEA），可以区分卵巢原发癌和转移癌；癌抗原125（CA_{125}），可作为检测卵巢上皮癌的肿瘤标志物；甲胎蛋白（AFP），对内胚窦瘤有特异性诊断价值。

（3）细胞学诊断　卵巢癌的细胞学诊断包括脱落细胞学检查和细针穿刺吸取细胞学检查。

细针穿刺吸取细胞学检查是利用癌细胞黏附力低的特点，将肿瘤细胞吸出做涂片，其准确率较高。但操作时应注意避免造成肿瘤的播散，对卵巢肿瘤有诊断价值。

4. 心理社会评估　①病人的认知程度　病人对疾病预后、化疗有关知识的认知程度。②评估家属对疾病及治疗方案的认知程度及心理承受能力。③评估病人对化疗的经济承受能力。④评估病人的预后。

【治疗原则】　肿瘤细胞减灭术和铂类为基础的联合化疗是卵巢癌治疗的基本原则。

1. 化疗　常用化疗方案：CP方案（环磷酰胺＋顺铂）、CAP方案（环磷酰胺＋顺铂＋多柔比星）、TP方案（铂类＋紫杉醇）。

2. 全腹放疗。

3. 手术治疗。

【常见护理问题】　①疼痛。②舒适的改变。③有皮肤完整性受损的危险。④营养低于机体需要量。⑤预感性悲哀。⑥化疗反应。

【护理措施】

1. 一般护理　保持环境整洁，舒适，阳光充足，空气流通，增加卧床休息时间，避免劳累和情绪激动，防止身体受外伤如跌倒、碰伤。

2. 饮食指导　化疗后对机体的损害较大，病人在接受化疗前可适当的补充营养，鼓励多进高蛋白、高热量、高维生素易消化的食物，选择适合的口味，避免油腻、辛辣的食物，注意色香味的搭配。

3. 症状护理

(1) 疼痛病人应及时予以疼痛的评分，给予心理疏导，并卧床休息，采取病人舒适的体位。疼痛出现时应及时报告医生，切勿滥用镇痛药。

(2) 观察病人有无呼吸困难等压迫症状，出现上述症状时，可给予病人半坐卧位及氧气吸入。

(3) 观察病人肝、脾、淋巴结肿大程度及其出现的相应症状，如腹痛、腹泻、腹部包块、腹水，观察有无排气，大便次数及性质，疼痛持续时间及性质等，防止出现肠梗阻。

(4) 肢体水肿时，抬高患肢，减少活动，注意局部皮肤清洁，防止皮肤擦伤。

(5) 严密观察化疗期间的不良反应，并注意肿块的大小、症状的程度、血常规等情况变化。化疗后，会出现白细胞、红细胞下降，血小板减少等骨髓抑制现象，应每周查血常规

2～3次，并给予升血细胞药。

4. 腹腔化疗的护理 药物临时配制；化疗药物前后一定使用生理盐水冲管；灌注时观察有无渗、漏；注药后夹管48小时以上；用药后协助病人更换体位；严密观察尿量。

5. 心理护理 关心体贴病人，向病人及家属讲述有关疾病的知识和治疗原则，化疗的不良反应及注意事项，介绍成功病例，增强病人信心，使病人配合治疗及护理，同时争取家属、亲友的支持，给予病人物质上、精神上的帮助。

6. 出院指导 ①向病人及家属酌情介绍本病的病因、临床表现、治疗效果及化疗的不良反应，鼓励病人坚持治疗，定期来院复查。②保证充分休息、睡眠，加强营养，心情舒畅，适当参与室外锻炼，如散步、打太极拳、下棋、体操等，以提高机体免疫力。③注意个人卫生和饮食卫生，禁酒及刺激性食物，勤洗澡更衣，防感染发生，冬天注意保暖，防止受凉感冒。④有身体不适，如疲乏无力、发热、咳嗽、腹痛、腹泻等，应及早就诊。

第八节 滋养细胞恶性肿瘤

滋养细胞肿瘤（natrient cell tumor）可发生在自然流产、宫外孕或足月产后。其绒毛变成水泡状及滋养层的成分增生，常见于年轻病人（≤17岁或40岁左右）；破坏性绒毛膜腺瘤（侵蚀性葡萄胎）是葡萄胎对子宫肌层的局部浸润。绒毛膜癌为一浸润性病变，往往是广泛转移的肿瘤，由恶性滋养层细胞组成，而没有水泡状绒毛。根据滋养细胞增生程度、侵蚀能力及其他一些生物学特性的不同，又可分为几种不同的肿瘤，包括：葡萄胎（HM）、侵蚀性葡萄胎（IM）、绒毛膜癌（CC）、胎盘部位滋养细胞肿瘤（PSTT）。

【护理评估】

化疗前评估

1. 一般情况 了解病人年龄、婚育史、病程长短、生活习惯与环境及遗传家族史等。

2. 症状、体征评估

（1）葡萄胎 闭经及阴道出血，闭经的时间一般不长，平均8～12周。闭经后有不规则阴道出血。子宫异常增大，常大于相应妊娠月份的子宫；妊娠呕吐及妊娠高血压综合征；卵巢黄素囊肿，多为双侧发生，一般无症状，偶有发生扭转者，可引起急腹症；甲状腺功能亢进。

（2）侵蚀性葡萄胎　侵蚀性葡萄胎由葡萄胎发展而来，多在治疗后半年内发生阴道出血、转移灶表现。转移是侵蚀性葡萄胎的最重要的临床表现：肺转移时出现咳血；宫颈、阴道转移时可发现紫蓝色结节，破溃时可引起大出血；盆腔内转移时在行妇科检查时可触及包块；脑转移时可出现头痛、恶心呕吐、抽搐或昏迷；腹部包块：检查子宫多大于正常。可有卵巢黄素囊肿，多为双侧发生。

（3）绒毛膜癌　绝大部分有葡萄胎病史，多发生在葡萄胎治疗结束 1 年后；少数发生在足月分娩或流产以后。表现为阴道出血、腹部包块及腹痛、转移灶。

（4）胎盘部位滋养细胞肿瘤　继发于足月分娩、流产和葡萄胎。本病一般为良性，但也有高度恶性者。主要临床表现是闭经及不规则阴道出血，多为少量出血；盆腔检查多有子宫增大；HCG 测定含量不高。易误诊为先兆流产或稽留流产，常需诊刮病理检查确诊。

3. 心理社会评估　评估病人对自我形象改变的心态，家庭经济承受能力及对病人的关心支持情况，及时给予精神上的鼓励与支持。

4. 辅助检查　HCG 连续测定；超声检查；组织学诊断。

化疗后评估

1. 化疗不良反应情况　如恶心呕吐、口腔黏膜改变、骨髓抑制、血管情况等。

2. 阴道流血情况　化疗期间或化疗后可有坏死组织脱落等引起阴道大出血，应严格评估，正确应对。

【治疗原则】　侵蚀性葡萄胎和早期绒癌，一般单用化疗即可得到根治。晚期和耐药性绒癌则以全身化疗为主，配合局部治疗为辅的综合治疗。胎盘部位滋养细胞肿瘤较少见，对化疗不敏感，早期切除子宫，再用联合化疗者，预后良好。恶性滋养细胞肿瘤可根据病情选择化疗方案。

【常见护理问题】　①恐惧。②营养失调——低于机体需要量。③口腔黏膜改变。④自尊紊乱。⑤有感染的危险。

【护理措施】

1. 心理护理　根据个性心理特点，帮助病人正确认识疾病和了解化疗的作用及不良反应，克服恐癌和疑虑心理，减轻痛苦，增加病人对医护人员的信任感和安全感。

2. 严密观察病情　观察腹痛及阴道流血情况，密切观察血压、脉搏、呼吸等变化。

3. 保护静脉

(1) 化疗前静脉输液时的血管一般由远端向近端，由背侧向内侧，左右臂交替使用，因下肢静脉易形成血栓，除上腔静脉综合征外，不宜采用下肢静脉给药。

(2) 避免反复穿刺同一部位血管，推药过程反复抽回血，以确保针头在血管内。

(3) 根据血管直径选择针头，针头越细对血管损伤面越小，一般采用 6 号半至 7 号头皮针。

(4) 药物稀释宜淡，静脉注射宜缓，注射前后用 20mL 生理盐水冲入。

(5) 拔针前回抽少量血液在针头内，以保持血管内负压，然后迅速拔针，用无菌棉球压迫穿刺部位 5 分钟，同时抬高穿刺的肢体，以避免血液反流，防止针眼局部淤血。

(6) 药液外漏及静脉炎的处理　①注射部位刺痛、烧灼或水肿，则提示药液外漏，需立即停止注药并更换注射部位。②漏药部位根据不同的化疗药物采用不同的解毒药做皮下封闭，如氮芥、丝裂霉素、放线菌素 D 溢出可采用硫代硫酸钠对抗。方法：可用 20mL 注射器抽取解毒药在漏液部位周围采取环形注射，必要时 4 小时后可重复注射。③漏液部位冷敷，可配合硫酸镁湿敷直到症状消失。④静脉炎发生后可用 50％硫酸镁湿敷，按血管走向行可的松软膏外涂或理疗。

4. **胃肠道反应的护理**　密切观察，并采取下列措施以改善反应症状：①化疗期间大量饮水以减轻药物对消化道黏膜的刺激，并有利于毒素排泄。②合理使用镇吐剂，可减轻胃肠道反应。③调节饮食：宜进食少油腻、易消化、刺激小、维生素含量丰富的食物。④氮芥类药物对副交感神经有刺激作用，常引起痉挛性腹痛，可给予解痉剂。

5. **骨髓抑制及护理**　密切观察骨髓抑制征象，其特征是血细胞减少，需定时进行血细胞计数和骨髓检查，当白细胞低于 $1.0×10^9/L$，停止化疗并予以保护性隔离，采取预防并发症的措施：①为病人创造一个空气清新、整洁的环境，禁止病人与传染病人接触，防止交叉感染，安排单人房或小病房，减少人员流动，限制探视。严格无菌操作，一切用物经灭菌处理后方可使用。②预防呼吸道感染，病房用紫外线空气消毒每天 2 次，湿式扫床，地面消毒每天 2 次。③观察病人有无出血倾向，如牙龈黏膜出血、皮肤淤斑、血尿及便血等。保持室内适宜的温度及湿度，鼻黏膜和口唇可涂液状石蜡防止干裂，静脉穿刺时慎用止血带，注射完毕时压迫针眼 5 分钟，严防利器损伤皮肤。④每天测体温 3 次，观察体温变化，及早发现感染症状：如有发热，每天测体温 4～6 次。遵医嘱给予静脉补充白蛋白，多次少量输血，增强机体抵抗力。必要时遵医嘱使用升白细胞药及抗生素。

6. 黏膜、皮肤反应的护理　大剂量应用时常引起严重的口腔炎、口腔糜烂、坏死。口腔炎发生后给予及时、合理的治疗和护理：①化疗期间嘱病人多次饮水以减轻药物对黏膜的毒性刺激。②保持口腔清洁，用"三道液"轮流含漱（三道液包括4％碳酸氢钠溶液，3％硼酸溶液，0.05％醋酸氯己定溶液），每天4次，反复漱口。③口腔炎发生后应改用2％依沙吖啶和1％过氧化氢溶液交替漱口，并给予西瓜霜等局部治疗。④嘱病人不要使用牙刷，可用棉签轻轻擦洗口腔各部。⑤涂药前先轻轻除去坏死组织，反复冲洗，溃疡者可用甲紫或紫草油涂抹患处。⑥给予无刺激性软食，口腔疼痛而致进食困难者给予2％普鲁卡因含漱，止痛后再进食。⑦脱发常见于多柔比星、放线菌素D、环磷酰胺的反应，化疗结束后头发可再生。

7. 泌尿系毒性反应的护理　鼓励病人多次饮水，保证每天入量在3000mL以上，尿量在3000mL以上；对入量已够，但尿量少者，需给予利尿药；碱化尿液保证pH＞6.5～7，可加速代谢产物的溶解、排出，避免沉淀产生尿酸结晶。如pH值低于6.5时，报告医师及时增加碱性药物用量。

8. 出院指导

（1）临床痊愈后应严密随访，观察有无复发。第1年内每个月随访1次，1年后每3个月随访1次持续3年，再每年1次至5年，以后每2年1次。

（2）健康指导　我国葡萄胎的发病率并不低，但它发展为恶性葡萄胎和绒癌的可能性较小，葡萄胎治愈率几乎达100％，绒癌虽然恶性程度高，但若能早期发现、早期治疗，疗效也非常显著。有些病例不用切除子宫，单用化疗就能治愈，治愈后还可能生育。所以，生育年龄的妇女若发现葡萄胎排出后流血或流产、生产后有不规则阴道流血，都应警惕恶性滋养细胞肿瘤，并及时到医院做有关检查：人绒毛膜促性腺激素（HCG）测定；B超检查；CT检查；磁共振检查；X线检查；流式细胞术（FCM）检查等。

（李旭英　邹艳辉　杨向东　卢　平　虞玲丽　欧阳红斌）

第 四 章
肿瘤外科治疗病人的护理

外科手术治疗是肿瘤治疗中最传统的方法之一，手术切除肿瘤不受生物学特性的限制，对大部分尚未播散的肿瘤常采用手术切除；同时亦可了解肿瘤的正确部位，确定分期。

第一节　大脑半球肿瘤

大脑是脑的最大部分，被大脑纵裂分为两个大脑半球。大脑半球表面布满深浅不同的沟，沟与沟之间的隆起称为回。每个大脑半球都以 3 条比较深而恒定的沟（外侧沟、中央沟、顶枕沟）分为 5 个叶（额叶、顶叶、颞叶、枕叶、岛叶）。大脑半球发生脑肿瘤的机会最多，多见于成年人或老年人。常见的有胶质细胞瘤（占全部胶质瘤的 51.4%）、脑膜瘤、转移瘤及先天性肿瘤。大脑半球肿瘤可分为额叶肿瘤、颞叶肿瘤、顶叶肿瘤、枕叶肿瘤，可引起较多复杂的临床症状。位于大脑半球功能区附近的肿瘤可表现有神经系统定位体征，早期可出现局部刺激症状，晚期或肿瘤位于功能区则出现破坏症状。

【护理评估】

术前评估

1. 一般情况　询问病人年龄、职业、民族、饮食习惯，有无烟酒嗜好、睡眠是否正常，有无大小便异常。评估病人的生活自理能力及接受知识的能力。评估病人有无肿瘤家族史，既往有无癫痫发作史、颅脑外伤史、手术史、病毒感染史、药物过敏史，有无合并其他疾病。

2. 症状、体征评估

（1）评估病人是否有神志改变，是否有颅内压增高症状　如头痛、呕吐及视力下降，有无 Cushing 综合征。

（2）评估病人是否有精神症状　额叶肿瘤病人常可出现反应迟钝，生活懒散，近记忆力减退，甚至丧失，严重时丧失自知力及判断力，亦可表现为脾气暴躁，易激动或欣快。

（3）评估病人是否有癫痫发作　包括全身大发作和局限性发作，以额叶肿瘤最为多见，依次为颞叶、顶叶，枕叶最少见，老年人常为首发症状，有的病例抽搐前有先兆，如颞叶肿瘤，癫痫发作前常有幻觉、眩晕等先兆，顶叶肿瘤发作前可有肢体麻木等异常感觉。

（4）评估病人是否有感觉和运动障碍　感觉障碍为顶叶肿瘤常见症状，表现为肿瘤对侧肢体的位置觉、两点分辨觉、图形觉、实体觉的障碍。运动障碍常见于额叶肿瘤，表现为肿瘤对侧半身或单一肢体力弱或瘫痪。

（5）评估病人是否有失语　分为运动性和感觉性失语，常见于优势大脑半球肿瘤，通常右利者为左半球。

（6）评估病人是否有视野改变　颞叶深部和枕叶肿瘤影响视辐射神经纤维，表现为视野缺损、偏盲。

3. 心理社会评估　了解病人文化程度、生活环境、个性特征，对疾病的反应和心理承受能力，家庭经济状况。评估病人及家庭成员对疾病治疗和护理方案的理解与支持程度，以及对预后的期望。

4. 辅助检查

（1）腰椎穿刺压力大多增高，颅内压显著增高者，腰椎穿刺有促发脑疝的危险，应视为禁忌。

（2）脑电图检查，浅在的肿瘤易出现局限异常，而深部肿瘤则较少局限改变。

（3）放射影像学检查　头颅平片可显示颅内压增高征象，局部颅骨变薄或被侵蚀而缺损。CT 和 MRI 的诊断价值最大，它可显示肿瘤的部位、大小、形态及与周围的关系。正电子发射计算机断层扫描（PET-CT）能观察肿瘤的生长代谢情况，鉴别其为良性还是恶性。

术后评估

1. 了解手术和麻醉方式，术中出血量、补液量，留置引流管的部位和数量。

2. 评估病人的意识状态，观察双侧瞳孔大小、是否等大等圆、对光反应是否灵敏，体温、脉搏、呼吸、血压是否正常。

3. 评估伤口有无渗血、渗液，各种引流管是否通畅、固定是否牢固，观察引流液的颜色、性质和量。

4. 了解病人进食情况，有无进食后呕吐。评估病人睡眠情况。

5. 评估病人是否有伤口感染、肺部感染和泌尿道感染表现。

6. 评估病人是否有焦虑、恐惧、孤独无助等不良心理，是否积极配合治疗和护理。

7. 评估病人是否有颅内压增高症状，是否有头痛、呕吐和视力下降。

8. 评估病人是否有失语；失语者评估失语类型。评估病人是否有精神症状、癫痫发作和肢体活动障碍。

【治疗原则】

1. 手术治疗　手术治疗是最直接有效的方法。手术治疗的原则是在保存神经功能的前提下尽可能切除肿瘤。

2. 非手术治疗　①放疗：对手术不能彻底切除，术后易复发的肿瘤；因部位深不宜手术，病人全身情况差不允许手术及对放疗较敏感的颅内肿瘤等可行放疗，分体内照射和体外照射。②化疗：原则上用于恶性肿瘤术后，并与放疗协同进行。③免疫治疗和中药治疗。

【常见护理问题】　①焦虑。②躯体移动障碍。③有受伤的危险。④语言沟通障碍。⑤自理缺陷。⑥潜在并发症：颅内出血，癫痫，感染。

【护理措施】

术前护理

1. 心理护理　加强与病人及家属的沟通，介绍疾病、手术相关知识及预后，关心体贴病人，鼓励病人或家属说出所担忧的事或对手术的期望。

2. 一般护理　注意休息，保证充足睡眠。颅内压增高时需绝对卧床休息，抬高床头15°～30°。避免增加颅内压的因素，如用力排便、剧烈咳嗽和情绪激动等。

3. 饮食护理　进食高蛋白、高热量、高维生素的清淡饮食，以提高机体对手术的耐受力。恶心、呕吐剧烈者可少量多餐，必要时静脉营养。颅内压增高病人应给予流质或半流质饮食，必要时少量多餐，避免饮食过饱。术前禁食 10～12 小时，禁饮 6～8 小时。

4. 症状护理

（1）颅内压增高　病人头痛、呕吐时，头偏向一侧；注意观察呕吐的性质、呕吐物的形状、量、色；注意头痛的部位和程度；遵医嘱使用降颅压药物，观察用药效果。

（2）神志不清、躁动或有精神症状的病人，应加床栏并适当约束。指导家属陪伴，不让病人独处，病人周围无伤人物品，避免不良刺激。对有精神症状的病人遵医嘱使用抗精神病药物。

（3）肢体功能障碍者，保持肢体功能位，防止足下垂，加强功能锻炼，被动运动关节和按摩患肢，每天3～4次，每次15～30分钟。勤翻身拍背。

（4）癫痫　按医嘱给予抗癫痫治疗，癫痫发作护理详见第二章第四节"肿瘤科病人危急症的紧急处理与预防"相关内容。

5. 术前准备　术前禁止吸烟至少2周，练习深呼吸、有效咳嗽和床上大小便。皮肤准备：术前一天剃光头后用肥皂和热水洗净，再用聚维酮碘消毒。天冷时，备皮后戴帽子。注意检查头皮是否有损伤或感染。术晨监测体温、脉搏、呼吸；询问女病人有无月经来潮，若有发热、月经来潮及时通知医师。带脑室引流管的病人搬运前夹闭引流管，注意观察病情变化。

术后护理

1. 心理护理　手术创伤、麻醉反应、疼痛、失语、肢体功能障碍、留置各种管道以及担心疾病预后等使病人产生焦虑、恐惧心理时，要主动与病人多交流，做好解释工作，给予心理安慰和心理支持，使之积极配合治疗，保持情绪稳定。

2. 体位　术后麻醉未苏醒前去枕平卧，头偏向健侧；苏醒后血压平稳者抬高床头15°～30°。较大肿瘤切除术后，局部留有较大腔隙时，禁患侧卧位。引流管拔除后，协助病人行床旁活动，无不适再逐渐增大活动量，不可突然离床活动。

3. 饮食护理　术后麻醉苏醒后6小时无呕吐及吞咽障碍者进食少量流质，逐渐过渡到高热量、高蛋白、富营养、易消化饮食。

4. 管道护理　①创腔引流管：引流袋内口应低于引流管出口位置，妥善固定，及时挤压，保持引流通畅。注意观察引流液的量、性质和颜色。引流管一般于术后72小时拔除。观察伤口有无渗血、渗液，保持伤口敷料干燥。②导尿管：尿袋应低于尿道口，建议使用防逆流尿袋，应尽早拔除导尿管。神志清醒合作者先夹管3～4小时，有尿意即可拔除导尿管。留置导尿管期间用0.5%聚维酮碘棉球消毒尿道口，每天2次。

5. 症状和并发症护理

（1）脑水肿 术后出现不同程度的脑水肿，常为手术创伤后反应。密切观察病人意识、瞳孔、生命体征和肢体活动情况，出现异常及时报告医师。遵医嘱使用甘露醇和地塞米松减轻或消除脑水肿。控制输液速度。

（2）癫痫、精神症状、肢体功能障碍者护理见术前护理。

（3）失语 遵医嘱使用促进脑功能恢复的药物，关心体贴病人，尽早行语言和智力康复训练，由简单到复杂，循序渐进。

（4）感染 保持各种引流管通畅，注意观察引流液的色、量、性质。加强翻身、拍背，鼓励病人行有效咳嗽排痰，及时清除口鼻分泌物，保持呼吸道通畅。做好口腔护理和皮肤护理，及时换药保持伤口敷料干燥。做好导尿管护理，尽早拔除导尿管。遵医嘱合理使用抗生素。

（5）颅内出血 是术后最严重的并发症，未及时发现和处理可导致病人死亡。密切观察病情变化，尤其是生命体征、神志、瞳孔的变化，如病人出现瞳孔不等大、偏瘫或颅内压显著增高表现，立即报告医师，行脱水治疗的同时及早行 CT 检查，及时发现颅内出血，及早手术处理。

出院指导

1. 出院 3～6 个月后复查。如出现原有症状加重，头痛、呕吐、抽搐、肢体乏力或麻木、不明原因的持续高热、手术部位皮肤红肿、积液、渗液等，及时就诊。

2. 保持乐观向上的心态，劳逸结合，加强体育锻炼，加强营养。

3. 癫痫发作者禁攀高、潜水、驾车及在危险机器旁工作，坚持服药，随身携带疾病卡。

4. 肢体功能障碍者，保持肢体功能位置，进行康复训练。

5. 失语者继续进行语言康复训练。

6. 遵医嘱定时定量服用药物，不可随意中断、改量和改药。

第二节 蝶鞍区肿瘤

蝶鞍区位于颅中窝，蝶骨体的中部为蝶鞍，其前界为鞍结节，后界为鞍背，鞍结节与鞍背之间的下凹部分为垂体窝，垂体位于垂体窝内。蝶鞍区肿瘤是指发生在蝶鞍及其附近结构的肿瘤，以垂体腺瘤、颅咽管瘤多见。垂体腺瘤是指起源于蝶鞍内脑垂体细胞的良性肿瘤，发病率为 1/10 万，男女比例无明显差异，好发于青壮年。颅咽管瘤是指发生于胚胎期残余组织的先天性良性肿瘤，男女比例无明显差异，15 岁以下多见，是儿童最常见的先天性肿瘤。蝶鞍区肿瘤临床症状：颅内压增高症状相对少见，视觉障碍和内分泌功能紊乱较早出现。

【护理评估】

术前评估

1. 一般情况　参见本章第一节"大脑半球肿瘤"相关内容。

2. 症状、体征评估

（1）评估病人有无内分泌功能紊乱表现　有无因分泌性腺瘤细胞分泌过多激素所引起的内分泌亢进症状，如巨人症、肢端肥大症、高血压、向心性肥胖、溢乳、不育、饥饿、多食多汗等。有无分泌性功能腺瘤压迫或破坏前叶引起的垂体功能及相应靶腺功能减退症状，如生长发育障碍致垂体性侏儒，性器官发育障碍致无第二性征，性欲减退等。

（2）评估病人有无视力视野障碍　肿瘤压迫视神经、视交叉及视束，有 70%～80% 的病人可出现视力视野障碍，如双颞侧偏盲、部分偏盲，甚至失明。眼底检查可发现原发性视神经萎缩。

（3）评估病人有无头痛、呕吐、视力下降等颅内压增高表现。

（4）评估病人有无其他神经和脑损害表现　如尿崩症、精神异常、嗅觉障碍、步态不稳等。

3. 心理社会评估　参见本章第一节"大脑半球肿瘤"相关内容。

4. 辅助检查

（1）内分泌检查　测定垂体及靶腺激素水平及垂体功能动态试验，有助于了解下丘脑-垂体-靶腺的功能，对诊断有一定参考意义。

（2）放射影像学检查　行颅骨 X 线平片、CT 及 MRI 检查以明确肿瘤部位、大小、性质。

术后评估

1. 常规评估同本章第一节"大脑半球肿瘤"第 1～7 项。

2. 评估病人尿量、尿糖、尿相对密度。

3. 评估病人有无水、电解质紊乱表现。

4．评估病人视力视野障碍有无好转或加重。

5．经蝶窦手术者评估有无脑脊液鼻漏。

【治疗原则】

1．手术治疗　目前垂体腺瘤手术方法主要有经颅手术和经蝶窦手术两类，此外还有立体定向手术，垂体内植入同位素^{180}Au、^{90}Ir，放射外科（γ-刀和Ｘ-刀）。颅咽管瘤首选治疗为全切除。

2．非手术治疗　①放疗：适用于手术不彻底和可能复发的垂体腺瘤及原发腺癌或转移瘤病例。对于不能达到全切除的颅咽管瘤术后必须给予放疗。②药物治疗：泌乳素（PRL）腺瘤、生长激素（GH）腺瘤和促肾上腺皮质激素（ACTH）腺瘤可用溴隐停治疗；无功能腺瘤及垂体功能低下者，采用各种激素替代治疗。生长抑素或雌激素治疗 GH 腺瘤。

【常见护理问题】　①自我形象紊乱。②自理缺陷。③知识缺乏。④潜在并发症：颅内出血，中枢性高热，尿崩症，水、电解质紊乱，脑脊液漏，感染。

【护理措施】

术前护理

1．心理护理　病人常被外形的改变、疾病的预后、手术的安全性、并发症、术后康复等问题所困扰，应向病人解释手术的目的、意义，列举已治愈的病例，消除不良心理反应，使之积极配合治疗。

2．体位与饮食护理　参见本章第一节"大脑半球肿瘤"相关内容。

3．症状护理

（1）内分泌功能紊乱　加强沟通，允许病人适当哭泣、发泄悲哀，正确引导病人正视现实，接受自身形象的改变。垂体功能低下者，遵医嘱使用激素类药物。

（2）视力、视野障碍　协助病人日常生活，防止意外伤害，观察视力视野障碍程度，如进行性加重及时报告医师。

（3）精神障碍　指导家属陪伴，不让病人独处，病人周围无伤人物品，避免不良刺激，遵医嘱使用抗精神病药物。

（4）尿崩症　准确记录 24 小时出入水量；及时测量尿糖、尿相对密度。连续 2 小时尿量大于 300mL/h，尿相对密度小于 1.005 时应通知医师，及时用药控制尿量。避免进食含糖量高食物，防止渗透性利尿。及时采血行血电解质检查。

4. 术前准备　常规准备参见本章第一节"大脑半球肿瘤"；遵医嘱给予地塞米松口服；连续 3 天测量 24 小时出入水量及基础代谢率。经蝶鞍区手术者，术前 3 天应用抗生素液（0.25％氯霉素）滴鼻，清洁口腔，术前 1 天剪鼻毛。

术后护理

1. 心理护理　参见本章第一节"大脑半球肿瘤"相关内容。

2. 饮食和体位　参见本章第一节"大脑半球肿瘤"相关内容。经蝶鞍区手术或有脑脊液鼻漏者，麻醉苏醒后，取半坐卧位，防止脑脊液反流导致颅内感染。

3. 症状和并发症护理

（1）视力、视野障碍　参见"术前护理"相关内容；向病人解释视力障碍发生的原因并开导病人正视现实。

（2）精神障碍　参见"术前护理"相关内容。

（3）尿崩症、电解质紊乱　参见"术前护理"相关内容。

（4）中枢性高热　注意监测体温变化，及时采用物理及药物降温，做好口腔护理。

（5）颅内出血　密切观察病情变化，尤其是生命体征、神志、瞳孔的变化，观察病人是否有剧烈头痛、呕吐，及早发现脑出血的先兆表现，出现异常及时报告医师。

（6）脑脊液漏　经蝶鞍区手术或肿瘤侵犯硬脑膜易发生脑脊液漏。发生脑脊液鼻漏应于鼻孔口安放干棉球，浸透后及时更换，24 小时计算棉球数，估计脑脊液漏出量。用生理盐水棉球擦洗，乙醇棉球消毒鼻前庭，禁止冲洗鼻腔和经鼻插管，防止逆行感染。病情允许时，抬高床头 30°～60°，使脑组织移向颅底封闭漏口。避免打喷嚏、屏气、剧烈咳嗽和用力排便。加强口腔护理，遵医嘱合理使用抗生素，并注意监测体温变化。

（7）感染　参见本章第一节"大脑半球肿瘤"相关内容。

4. 管道护理　参见本章第一节"大脑半球肿瘤"相关内容。

出院指导

1. 出院 3～6 个月后复查，出现原有症状加重或头痛、呕吐、尿崩症等异常时及时就诊。

2. 保持乐观向上的心态，劳逸结合，加强体育锻炼，加强营养。

3. 视力障碍者，避免意外伤害。

4. 行激素替代治疗者遵医嘱定时定量服用药物，不可随意中断、改量。

第三节 松果体区肿瘤

松果体呈近似圆形，附于第三脑室顶部，中脑顶盖上方，胼胝体部的下方，其后方为大脑大静脉池，向下连四叠体池。松果体区又称为"第三脑室后部"。松果体区为颅内肿瘤较少见的发病部位，松果体区肿瘤占颅内肿瘤发病率的 0.4%～1.0%，儿童达 3%～8%，近年来其发病率有逐渐上升的趋势。松果体区肿瘤主要包括两类，一类为起源于松果体实质细胞的肿瘤，包括松果体细胞瘤和松果体母细胞瘤。另一类为发源于胚胎生殖细胞的肿瘤，主要包括生殖细胞瘤和畸胎瘤。松果体细胞瘤年龄分布范围广，男女间比例基本相等，一般病程较短，多在 1 年以内。生殖细胞肿瘤最多见于松果体区，占松果体区肿瘤的 50% 以上，可发生于任何年龄，但以青少年多见，男、女发病之比为 2.24：1，肿瘤呈高度恶性，浸润性生长。生殖细胞肿瘤手术加放疗或分流加放疗的 5 年生存率可达 50%～75%。

【护理评估】

术前评估

1. 一般情况　参见本章第一节"大脑半球肿瘤"相关内容。

2. 症状、体征评估

（1）评估病人是否有颅高压表现　由于肿瘤位于中脑导水管附近，早期即可引起脑脊液循环受阻，颅内压增高常为首发症状。病人可出现头痛、呕吐及视神经盘水肿，亦可出现视力减退、外展神经麻痹等症状。儿童可表现为头颅增大、前囟张力增高等。

（2）评估病人是否有眼球上视不能、瞳孔散大或不等大，是否有耳鸣及听力减退。

（3）评估病人是否有步态不稳、协调动作迟缓。

（4）评估病人是否有尿崩症、嗜睡。

（5）评估病人是否有性早熟、性征发育停滞或不发育等内分泌紊乱症状。

3. 心理社会评估　参见本章第一节"大脑半球肿瘤"相关内容。

4. 辅助检查

（1）脑脊液细胞学检查　脑脊液中可找到脱落的肿瘤细胞。

（2）肿瘤标记物检测　免疫组织化学技术可检测出某些生殖细胞肿瘤病人的血清及脑脊液中的甲胎蛋白（AFP）、绒毛膜促性腺激素（HCG）及癌胚抗原（CEA）升高。

（3）放射影像学检查　可行颅骨 X 线平片、脑室造影、脑血管造影、CT、MRI。

术后评估

1. 常规评估同本章第一节"大脑半球肿瘤"第 1～7 项。

2. 评估病人尿量、尿糖、尿相对密度。

3. 评估病人有无水、电解质失衡表现。

4. 评估病人视力、听力障碍有无好转或加重。

5. 行脑室腹腔分流术后评估病人有无感染、脏器穿孔、分流管堵塞等并发症，有无腹痛、腹胀、恶心呕吐等胃肠道反应。

【治疗原则】

1. 手术治疗　①直接手术可对一部分病人达到全切除肿瘤的目的；对于不能完全切除者手术可提供组织学诊断，争取时间进行放疗和化疗。②分流手术可缓解颅内压增高，为进一步的放疗和直接手术做准备。③立体定向肿瘤病理检查，根据病理检查结果选择适当的治疗方案。

2. 放疗　常规行全脑脊髓轴放疗。

3. 化疗　化疗不仅可作为生殖细胞肿瘤病人的初次治疗，对于经手术及放疗后复发的肿瘤，可能成为首选治疗。

【常见护理问题】　①焦虑。②有外伤的危险。③感知改变。④潜在并发症：颅内压增高，尿崩症，水、电解质紊乱，感染。⑤知识缺乏。

【护理措施】

术前护理

1. 心理护理　病人常因视力下降、头痛、呕吐、性早熟等而焦虑，要多关心体贴病人，给予心理安慰、支持和生活照顾。让家属陪伴给予亲情温暖。出现头痛、呕吐时，及时与医师联系给予相应的治疗。对于小儿应给予其母性般的关爱，消除其对医务人员的陌生感。当患儿出现头痛时，使用玩具分散其注意力，必要时遵医嘱使用药物减轻疼痛。

2. 体位与饮食　参见本章第一节"大脑半球肿瘤"相关内容。

3. 症状护理

（1）颅内压增高　参见本章第一节"大脑半球肿瘤"相关内容。

（2）内分泌功能紊乱　加强沟通，允许病人适当发泄悲哀，如哭泣等，正确引导病人正

视现实，接受自身形象的改变。

（3）视力下降、嗜睡、共济运动障碍　协助病人日常生活，做好各种安全保护措施，如外出须有人陪同，防止意外伤害的发生。

（4）听力障碍者，注意病人的听力变化，以确定受压症状的严重性以及病情发展程度。与病人交谈时，语调以能使病人听到为准，必要时为病人准备纸和笔或图示。

4. 术前准备　参见本章第一节"大脑半球肿瘤"相关内容。行脑室腹腔分流术者应检查腹部皮肤有无感染。

术后护理

1. 心理护理、体位　参见本章第一节"大脑半球肿瘤"相关内容。

2. 饮食护理　术后麻醉苏醒后 6 小时无呕吐、吞咽障碍者进食少量流质，逐渐过渡到普食。行脑室腹腔分流术后须待肛门排气后方可进食，由流质逐渐过渡到普食。

3. 症状及并发症的护理

（1）颅内压增高　密切观察头痛的部位、性质，观察神志、瞳孔、生命体征的变化。注意观察术后听力和视力障碍有无加重，以及时发现颅内血肿。遵医嘱正确使用脱水剂，并观察效果。

（2）肢体运动障碍　参见本章第一节"大脑半球肿瘤"相关内容。

（3）尿崩症，水、电解质紊乱　参见本章第一节"蝶鞍区肿瘤"相关内容。

（4）感染　参见本章第一节"大脑半球肿瘤"相关内容。

4. 管道护理　参见本章第一节"大脑半球肿瘤"相关内容。

5. 行脑室-腹腔分流术护理　参见第七章第三节"常用治疗技术及护理配合"相关内容。

出院指导

1. 出院 3～6 个月后复查，出现原有症状加重或头痛、呕吐、尿崩症等异常表现时及时就诊。

2. 保持乐观向上的心态，劳逸结合，加强体育锻炼，加强营养。

3. 视力障碍及共济运动障碍者，避免意外伤害的发生。

第四节　颅后窝肿瘤

颅后窝前界为岩骨嵴，后界为枕横沟，由颞骨岩部和枕骨组成，窝底最低，其两侧容纳小脑半球。窝中央为枕骨大孔，其前方为平坦的斜坡，承托延髓和脑桥。颅后窝容积狭小，一旦发生肿瘤很容易阻塞第四脑室、导水管，导致阻塞性脑积水，造成颅内压增高。发现和治疗不及时，很容易发生枕骨大孔疝，危及病人生命。颅内各类肿瘤大部分都可发生在颅后窝。成人颅内肿瘤的发生率幕上大致占总数的 2/3，幕下（即颅后窝）占 1/3。在小儿，其发生率相反，以幕下肿瘤占多数。根据颅后窝肿瘤的部位不同可将其分为：①小脑半球肿瘤，主要为星形细胞瘤和血管母细胞瘤。②小脑蚓部肿瘤，以髓母细胞瘤为最多见，其次是小脑与脑干胶质瘤，再次为星形细胞瘤。③桥小脑角肿瘤，大多数是听神经鞘瘤，其次为脑膜瘤。④第四脑室肿瘤，最主要的是室管膜瘤和乳头状瘤。⑤脑干肿瘤，主要为星形细胞瘤，亦有海绵状血管瘤、血管母细胞瘤等。这些肿瘤各有其解剖病理学特点，手术时需依据其特点进行。手术目的一方面是尽可能全切肿瘤，另一方面为解除肿瘤对第四脑室及中脑导水管的压迫，恢复脑脊液通路，解除脑积水和颅内压增高。

【护理评估】

术前评估

1. 一般情况　参见本章第一节"大脑半球肿瘤"相关内容。

2. 症状、体征评估

（1）评估病人是否有患侧肢体共济失调，如指鼻试验不准确，步行时手足运动不协调，常向患侧倾倒等；是否有患侧肌张力减退或无张力；是否有眼球震颤。

（2）评估病人是否有躯干性和下肢远端的共济失调，行走时是否有两足分离过远、步态蹒跚或左右摇摆如醉汉状。

（3）评估病人是否有复视，是否有眼球外展障碍、面神经周围性瘫和面部感觉减退，是否有舌肌麻痹、咽喉麻痹、舌后 1/3 味觉消失等。

（4）评估病人是否有耳鸣、听力下降、眩晕、颜面麻木、面肌抽搐、面肌麻痹以及声音嘶哑、进食呛咳等。

（5）评估病人是否有头痛、呕吐及视神经盘水肿等颅高压表现。

3. 心理社会评估　参见本章第一节"大脑半球肿瘤"相关内容。

4. 辅助检查　对颅后窝肿瘤最有效的检查是 MRI，但显示后颅窝骨质结构 CT 优于 MRI。听神经鞘瘤病人可行听力检查、前庭神经功能检查和脑干听觉诱发电位检查。

术后评估

1. 了解手术和麻醉方式，术中出血量、补液量，留置引流管的部位和数量。

2. 评估病人的意识状态。评估双侧瞳孔大小是否等大等圆、对光反应是否灵敏。评估体温、脉搏、呼吸、血压是否正常。

3. 评估伤口有无渗血、渗液，各种引流管是否通畅、固定是否牢固，观察引流液的颜色、性质和量。

4. 评估病人进食情况，有无吞咽困难、进食呛咳。评估病人睡眠情况。

5. 评估病人是否有伤口感染、肺部感染和泌尿道感染等表现。

6. 评估病人是否有焦虑、恐惧、孤独无助等不良心理，是否积极配合治疗和护理。

7. 评估病人术前症状有无缓解或加重，有无眼睑闭合不全和口角歪斜。

8. 评估病人有无脑脊液耳漏或鼻漏。

9. 评估病人有无呃逆、呕吐、呕血、腹胀、黑便或便血。

【治疗原则】

1. 手术治疗　手术治疗是最常采用的也是最为有效的方法，对良性肿瘤尤其如此；即使是恶性肿瘤，也能通过手术治疗至少可以收到延长寿命的效果。可根据肿瘤的位置、大小、生长方向，选择不同的手术入路行肿瘤切除术。

2. 立体定向外科治疗　X-刀或 γ-刀。主要适用于：①年迈或重要器官功能障碍不能耐受手术者。②术后残留或复发的病灶。③多发性病灶。④肿瘤直径一般小于 3～4cm。⑤脑干内肿瘤。

3. 化疗　目前化疗作为综合治疗手段之一，较多用于恶性胶质瘤病人术后的辅助治疗，尤其用于复发恶性胶质瘤的治疗。

4. 免疫治疗　如转移因子、干扰素、粒细胞集落刺激因子和白介素-2 等。

【常见护理问题】　①恐惧。②清理呼吸道无效。③有窒息的危险。④疼痛。⑤营养失调——低于机体需要量。⑥有受伤的危险。⑦自理缺陷。⑧潜在并发症：脑疝，呼吸障碍，角膜炎或角膜溃疡，消化道出血，脑脊液漏，感染。

【护理措施】

术前护理

1. 心理护理　病人常因听力下降、面瘫、平衡功能障碍、头痛、呕吐、进食呛咳、吞咽困难等而焦虑，要多关心体贴病人，给予心理安慰、支持和生活照顾。让家属陪伴给予亲情温暖。出现头痛、呕吐时，及时与医师联系给予相应的治疗。

2. 体位　参见本章第一节"大脑半球肿瘤"相关内容。

3. 饮食护理　参见本章第一节"大脑半球肿瘤"相关内容。病人存在进食呛咳、吞咽障碍者，给予不易误咽的糊状饮食，防止误吸。必要时给予鼻饲饮食或静脉营养。

4. 症状护理

（1）耳鸣、听力下降　保持环境安静，减少或避免噪声。关心体贴病人，与病人交流时要耐心倾听，并站在病人健侧。

（2）共济运动障碍、眩晕、视力障碍　协助病人日常生活，做好各种安全保护措施，外出须有人陪同，防止意外伤害的发生。指导病人进行平衡功能训练。复视者可戴单侧眼罩，两眼相互交替使用，以免失用性萎缩。

（3）进食呛咳、吞咽困难　对于进食呛咳者给予营养丰富、易消化吸收、不易误咽的糊状饮食，指导并协助病人进食。必要时静脉补充营养。吞咽困难者早日给予鼻饲流质和静脉补充所需营养。

5. 术前准备　常规准备参见本章第一节"大脑半球肿瘤"。颅后窝手术备皮区延及颈后及肩部皮肤。

术后护理

1. 心理护理　参见本章第一节"大脑半球肿瘤"相关内容。

2. 体位　术后麻醉未苏醒前去枕平卧，头偏向健侧，苏醒后血压平稳者抬高床头 15°～30°。肿瘤切除后残腔大的病人，术后 24～48 小时禁止患侧卧位。手术伤口在后枕部者，只能取侧卧位，可用水袋或水枕缓解头部的压力，防止耳郭发生压疮。翻身时注意轴位翻身，保持头、颈、躯干在同一水平线上，防止扭曲颈部而导致呼吸困难或呼吸停止。引流管拔除后，协助病人行床旁活动，无不适则逐渐增大活动量，避免突然离床活动。

3. 饮食护理　手术当天禁食，术后第一天无呕吐、呛咳及吞咽障碍时可进食少量流质，逐渐过渡到普食。吞咽功能暂时不能恢复者，应争取早日给予鼻饲流质和静脉补充所需营养。

4. 症状及并发症护理

（1）面瘫　做好解释安慰工作，勿用冷水洗脸，可用温湿毛巾热敷面瘫侧。加强口腔护理，保持口腔清洁，随时清除口角分泌物。指导病人进行自我按摩和表情动作训练，并配合物理治疗，以促进神经功能恢复。

（2）脑疝　密切观察病情变化，监测意识、瞳孔、生命体征，发现异常及时报告医师。绝对卧床休息，抬高床头 15°～30°，保持环境安静。控制液体入量，遵医嘱应用脱水剂，记录尿量。保持大便通畅，避免剧烈咳嗽、屏气和突然改变体位。

（3）角膜炎或角膜溃疡　加强眼部保护，注意保持眼睑清洁、湿润，及时清除分泌物，定时滴眼药水，睡前涂抹眼药膏，用眼罩或凡士林纱布遮盖眼睛。

（4）呼吸障碍　密切观察病人呼吸频率、节律、血氧饱和度的变化。必要时应用人工呼吸机辅助呼吸，并加强呼吸机管理，做好气管插管或气管切开护理。

（5）消化道出血　遵医嘱应用胃黏膜保护剂。密切观察病人有无呃逆、呕吐、呕血、腹胀、黑便或便血等。出现消化道出血时应暂禁食，应用止血药物，冰盐水 200mL 加去甲肾上腺素 2mg 洗胃，然后注入 30～50mL 氢氧化铝凝胶保护胃黏膜。注意做好口腔和皮肤护理。出血停止后试喂少量流质，以后逐渐增加饮食量，逐渐过渡到易消化无刺激性饮食。

（6）脑脊液漏　密切观察耳、鼻是否有脑脊液流出，伤口敷料是否渗湿。发生脑脊液漏时应于鼻孔或外耳道口安放消毒干棉球，浸透后及时更换，计算 24 小时棉球数，估计脑脊液漏出量。用生理盐水棉球擦洗，乙醇棉球消毒鼻前庭或外耳道。指导病人避免擤鼻涕、打喷嚏、屏气、剧烈咳嗽和用力排便。禁忌做耳鼻道填塞、冲洗、滴药，脑脊液鼻漏者严禁经鼻插管和做腰穿。加强口腔护理，注意观察体温变化。

（7）感染　保持引流管通畅，注意观察引流液的色、量、性质。加强翻身、拍背训练，注意保持呼吸道通畅，及时清除口鼻分泌物，做好口腔护理和皮肤护理，及时换药，保持伤口敷料干燥。做好导尿管护理，建议使用防逆流尿袋，尽早拔除导尿管。行气管切开者，及时消毒内套管和更换喉垫，加强气道湿化，吸痰时严格执行无菌操作。

5. 管道护理　参见本章第一节"大脑半球肿瘤"。气管切开导管护理见第七章第三节"常用治疗技术及护理配合"相关内容。鼻饲管护理见第六章第一节"鼻饲流质"。

出院指导

1. 出院 3～6 个月后复查，如出现头痛、呕吐、吞咽困难、呼吸困难、共济失调等原有

237

症状加重，不明原因持续高热，手术部位发红、积液、渗液等，及时就诊。

2. 保持乐观向上的心态，劳逸结合，加强体育锻炼，加强营养。

3. 听力障碍者尽量不单独外出，必要时可配备助听器，或随身携带纸笔。

4. 共济失调者不单独外出，继续进行平衡功能训练。

5. 眼睑闭合不全者加强眼部保护，注意保持眼睑清洁、湿润，及时清除分泌物，定时滴眼药水，外出戴墨镜或眼罩保护，睡前涂抹眼药膏，用眼罩遮盖眼睛。

6. 面瘫者进行自我按摩和表情动作训练，并配合物理治疗，以促进神经功能恢复。

7. 加强营养，避免误吸、误咽。带鼻饲管出院者指导其家属正确选择食物和进行鼻饲。

8. 遵医嘱定时定量服用药物，不可随意中断、改量和改药。

9. 根据病情需要行放疗、化疗。

第五节　眼部肿瘤

眼部肿瘤（ocular region tunor）包括眼睑肿瘤、泪器肿瘤、眼眶肿瘤及眼内肿瘤。眼部肿瘤占全身肿瘤的 1%，但眼部主要肿瘤如视网膜母细胞瘤的发病率有增高趋势，可能与两种因素有关：①由于医疗技术的提高，一些视网膜母细胞瘤的病人可以生存下来，并把他们的癌基因遗传给他们的后代，而引起发病率增高。②一些物理化学致癌因素增加，导致基因突变，引起肿瘤发生。眼部肿瘤中，大部分男性发病率较高，目前尚没有单纯眼部肿瘤发病原因方面的研究。

在眼睑组织中，纤维组织和肌肉极少发生肿瘤，而皮肤和附属腺体较易发生肿瘤。眼睑最常见的恶性肿瘤是基底细胞癌，占 50%～80%；其次为睑板腺的恶性肿瘤，占 17.5%～33.3%；而鳞状细胞癌发病率只占 8%。眼睑基底细胞癌发病高峰年龄为 50～70 岁，大多发生在下眼睑，其次为内眦，上眼睑较少。此类癌一般仅在局部生长，很少发生转移，术后复发率较高，特别是内眦部肿瘤，约半数在 2 年内复发。

泪器肿瘤中以泪腺肿瘤多见。泪腺肿瘤中，50% 为炎性假瘤，50% 为上皮来源的肿瘤，而且多起源于泪腺眶叶。在原发性上皮瘤中，50% 属于良性（多形性腺瘤），50% 为恶性。在恶性泪腺肿瘤中，又有 50% 为囊样腺癌，25% 为恶性混合瘤，其余 25% 为腺癌。泪囊肿瘤较少见，但以恶性肿瘤为主。

眼眶肿瘤有原发与继发、良性与恶性之分。眼眶原发性肿瘤有眼眶囊肿、眼眶血管源性肿瘤（以海绵状血管瘤最多见）、肌源性肿瘤（横纹肌肉瘤是最常见的眼眶原发性恶性肿瘤）、软组织肿瘤、脂肪源肿瘤、骨源性肿瘤、神经源肿瘤等。眼眶继发性肿瘤有蝶骨脑膜瘤、鼻旁窦肿瘤。

眼内肿瘤的好发部位是葡萄膜和视网膜，眼球内肿瘤多为恶性。脉络膜恶性黑色素瘤为成年人最多见的眼内恶性肿瘤，视网膜母细胞瘤（RB）是婴幼儿最常见的眼内恶性肿瘤。视网膜母细胞瘤约 89％的病例发生在 3 岁以前，双眼发病占 30％～35％。

【护理评估】

术前评估

1. 一般情况　评估病人的性别、年龄、民族、家族史、个人史、健康史。发病年龄在眼部肿瘤的诊断中有很重要的意义，如视网膜母细胞瘤，2/3 的病人发生在 3 岁以前，10 岁以后发病很少。脉络膜黑色素瘤多发生在 30～50 岁女性。视神经胶质瘤多见于 10 岁以下儿童。视神经鞘瘤则多见于中年女性，眼睑基底细胞癌和鳞状细胞癌的发病率随年龄增加而增多。不同民族各种疾病的发病率不同，如有色人种视网膜母细胞瘤居眼部肿瘤的首位；而白种人则黑色素瘤居眼部肿瘤的第一位，视网膜母细胞瘤居第二位。视网膜母细胞瘤 35％～45％的病例属遗传型，60％的病例属非遗传型，系病人的视网膜细胞发生突变所致。视网膜毛细血管瘤、视网膜星状细胞瘤亦可有家族史。

2. 症状、体征评估　典型明显的症状往往是疾病晚期的症状，所以应注意发现早期症状，如一过性疼痛、方向性复视、视力减退的情况；视物变形以及视野情况等。

（1）视力　眼球内肿瘤累及视网膜和脉络膜均可引起视力改变，累及黄斑者尤为显著。如视网膜母细胞瘤、脉络膜黑色素瘤、眼内转移性肿瘤、视神经胶质瘤较早引起视力变化。眶内肿瘤引起视力变化出现较晚，一般在肿瘤较大，压迫眼球后才出现视力障碍。

（2）疼痛　眼内肿瘤常因肿瘤侵及睫状神经或引起眼内压增高而导致疼痛。眶内肿瘤早期多无疼痛或偶感疼痛，晚期累及眶内神经或引起眶压增高，可引起疼痛。有时眶内压增高，角膜水肿亦可引起疼痛流泪。

（3）眼位与眼球运动异常　眼部肿瘤常引起眼位的变化，特别是眶内肿瘤常引起眼球突出。如肿瘤很大，累及全部眼外肌，可使眼球固定。视网膜母细胞瘤及脉络膜黑色素瘤如累及黄斑，除引起视力下降外，有时伴有眼球外斜，至肿瘤穿破巩膜，在眶内浸润生长时可使眼球突出固定。角膜、结膜肿瘤侵入眼球后，亦可引起眼球移位及运动障碍。

（4）肿物　各种肿瘤在眼球内、眶内及眼球表面均可形成肿块，应了解肿块的大小、部位、活动度、颜色、硬度、表面是否光滑、周围组织有无红肿等。

（5）病情的进展　各种肿瘤因性质不同，进展也不同。一般良性肿瘤发展较慢，症状较轻。恶性肿瘤则发展较快，且恶性程度越高，发展越快，如眼横纹肌肉瘤可迅速发展使眼睑结膜水肿，眼球突出固定，状如眼眶蜂窝织炎。如肿瘤发生溃烂或经久不愈，则可能是恶变的征象。

3. 心理社会评估　病人及家属对疾病的认知程度和心理承受能力，病人有无不良心理问题，家属、朋友的支持程度，经济情况及费用支付方式，了解病人及家属对疾病的期望值。

4. 辅助检查

（1）放射影像检查　X线检查、超声检查、CT扫描、MRI成像等。主要了解肿瘤的病变累及范围、大小及性质。

（2）病理学诊断　以确定肿瘤的性质、类型及良恶性程度。

术后评估

1. 术中情况　手术、麻醉方式、术中使用的特殊药物、有无影响术后恢复的问题及并发症，病人的引流、输血输液情况、特殊装置等。

2. 生命体征　体温、脉搏、呼吸、血压、意识及动脉血氧饱和度等。

3. 伤口评估　伤口敷料情况、伤口有无感染，引流管是否通畅、引流液的颜色、性质及量。

4. 疼痛评估　引起疼痛的原因，观察病人的表情、身体位置、活动、睡眠情况。

5. 并发症症状、体征观察　如眼痛、眼突、上睑下垂等。

【治疗原则】

1. 手术治疗　为眼科肿瘤主要治疗手段。

2. 放疗　在眼科肿瘤综合治疗中应用广泛。

3. 化疗　一般在眼科肿瘤综合治疗中应用，适用于视网膜母细胞瘤、眼淋巴瘤、黑色素瘤等。

【常见护理问题】　①焦虑/恐惧。②自理缺陷。③感知改变（视觉）。④潜在并发症：伤口出血。⑤自我形象紊乱。

【护理措施】

术前护理

1. **心理护理**　眼部肿瘤部分影响视力，眼球外突引起的形象改变，担心术后丧失视力或失去眼球，病人多有焦虑、悲观的心理。护士应主动与病人交谈，有针对性地对病人介绍手术的必要性，使其在最佳状态接受手术治疗。

2. **饮食护理**　进食高蛋白、高热量、富含维生素、易消化的清淡饮食，以提高机体抵抗力和术后组织修复能力。

3. **预防感染**　术眼滴抗生素眼药水，每天4～6次。生理盐水冲洗泪道及结膜囊。

4. **症状护理**

（1）**暴露性结膜炎护理**　对存在暴露性结膜炎的病人，应讲解眼睑闭合不全对角膜的危害，遵医嘱定时使用抗生素眼药水，必要时戴眼罩，睡前涂抗生素眼膏或用湿盐水纱布遮盖双眼保护角膜。

（2）**疼痛**　了解疼痛的性质、部位、持续时间，辅导病人适当采用分散注意力的方法如数数、听音乐等；必要时遵医嘱给予止痛剂。

5. **术前准备**　①术前12小时起禁食，4小时起禁水。②按手术部位做好手术区皮肤准备，备皮范围大于手术区5～10cm，以预防术后伤口感染。需植皮区皮肤用70%乙醇消毒后，用无菌巾包扎。③做好交叉合血、皮肤过敏试验。

6. **健康教育**　指导病人有关手术后必须施行的活动：如深呼吸、咳嗽、翻身及肢体活动方法，以减少术后并发症的发生；指导病人及其家属如何配合术前准备。

术后护理

1. **心理护理**　部分病人因为容貌的毁坏、功能的丧失等，术后易变得自卑、固执、孤独，护理人员应重视心理行为的干预，并要充分利用专科护理技术帮助病人恢复功能，给病人带来新的希望。

2. **体位**　全麻苏醒后抬高床头15°～30°或半卧位，以利头部静脉回流，减轻眼部肿胀和眶内渗血。

3. **饮食护理**　术后麻醉苏醒后6小时，无明显恶心、呕吐等不适可开始进食，给予易消化饮食，多进食蔬菜和水果，注意保持大便通畅，避免大便用力时眼压升高而引起眶内出血。

4. **伤口护理**　观察伤口有无出血、渗血、渗液及局部红、肿、热、痛等征象。若伤口有渗液、渗血或敷料被污染，应及时更换，以防感染。

5. 并发症护理

（1）伤口出血　眶内血管丰富，易致术中、术后出血。术后伤口需绷带加压包扎 3～5 天，以减少出血，减轻伤口水肿，防止感染。包扎压力要适中，太松起不到止血作用；太紧会造成眶内压过高，使视神经及视网膜缺血。绷带松紧以能容纳一指为宜。

（2）视力丧失　是眼眶手术最严重的并发症。原因如下：术中过度牵拉视神经，导致视神经直接损伤；术中损伤视网膜中央动脉，引起视神经及视网膜供血障碍；术中长期压迫眼球及视神经，造成眼内及视神经贫血。术终在敷料内放置视力检测灯，病人苏醒后接通电源，了解视力情况。手术当天密切注意有无光感，每小时检测 1 次，48 小时后可改为每天 3～4 次，直至拆线。一旦发现视力下降，要尽快采取措施，如立即解除对眼球及视神经的压迫，球后注射扩血管药，全身给予脱水剂、糖皮质激素、能量合剂等。

（3）神经损伤　若损伤睫状神经节感觉根，可引起眼部感觉障碍；若损伤眶上神经，可引起额部皮肤感觉障碍；若损伤滑车神经，可引起眼肌麻痹。一般轻度神经损伤，可于 3～6 个月内恢复。

出院指导

1. 饮食　合理进食含有足够能量、蛋白质和丰富维生素的均衡饮食。

2. 休息和活动　注意劳逸结合，适量活动。可进行散步等轻体力活动，以逐步恢复体力。

3. 义眼护理　行眶内容物剜除的病人，向其介绍术后可配制人工义眼，帮助其恢复或改善眼部形象。指导其装、取义眼的方法及义眼清洗、消毒的方法。

4. 复查　复查的时间根据病人的肿瘤性质、临床分期及病理分型与细胞分化程度而定。良性肿瘤复查的时间可稍微长些；恶性肿瘤复查：出院后 1 年内每 3 个月 1 次，2～3 年每 6 个月 1 次，4 年以后每年复查，有异常及时就诊。视网膜母细胞瘤的病人治疗后的随访很重要，治疗后 6 周进行检查，以后每 3 个月检查 1 次直至治疗后 1 年。第 2 年每 4 个月检查 1 次，其后 2 年每 6 个月检查 1 次。

第六节　口腔肿瘤

口腔肿瘤（mouth neoplasm）是指发生于固有口腔的癌瘤，分良性肿瘤和恶性肿瘤。口腔癌多发生于男性，但近年有女性明显增加的趋势，患病年龄以 40～60 岁为高峰。口腔癌的好发部位我国以舌癌最多，牙龈癌及颊癌次之，口底癌则列为口腔癌之末。西方国家则以舌癌为最多，口底癌居次位。口腔癌的致病因素主要多与烟、酒、槟榔等嗜好及慢性刺激和损伤（多为残根、锐利牙脊及不良修复体）有关，其次的致病因素有紫外线与电离辐射、生物学因素（主要是病毒）、遗传因素等有关。本节介绍的口腔癌包括舌癌、口底癌、牙龈癌、腭癌、颊癌。

舌癌是口腔癌中最常见的肿瘤，85％以上发生在舌体，且多数发生在舌中 1/3 侧缘部，其次为舌尖、舌背及舌根等处。多为鳞状细胞癌，少数为腺癌、淋巴上皮癌或未分化癌等。舌癌常分为溃疡型或浸润型，一般恶性程度较高，生长快，浸润性较强，常波及舌肌，致舌运动受限，有时说话、进食及吞咽均发生困难。晚期舌癌可蔓延至口底及下颌骨，使全舌固定；向后发展可以侵犯腭舌弓及扁桃体，如有继发感染或舌根部癌肿，常发生剧烈疼痛，疼痛可放射至耳颞部及整个同侧的头颈部。舌癌早期即可发生颈淋巴结转移，舌癌的颈淋巴结转移率为 40％～80％，与病程、浸润程度有关。舌癌也可发生远处转移，一般多经血行转移至肺部。以手术治疗为主的舌癌，3～5 年生存率在 60％以上，T_1 病例可达 90％以上。

颊癌病理类型主要是鳞状细胞癌，占 90％以上，其次为腺源性上皮癌，占 5％～10％。其中以腺样囊性癌居多，黏液表皮样癌及恶性混合瘤发生在此区者较少。颊癌可呈溃疡型或外生型，早期病变多表现为黏膜粗糙，癌灶向深层浸润发展较快，向外可穿过颊肌及皮肤，引起颊部溃破，向上下发展可达龈颊沟，甚至累及牙龈和颌骨，如向后发展可累及软腭及翼下颌韧带，导致张口困难。颊癌最常转移至颌下淋巴结，其次是颈深上淋巴结。远处转移很少见。颊癌的 5 年生存率为 50％～65％。影响预后的因素主要有肿瘤的分化程度、临床分期、浸润程度和侵犯组织层次以及癌周血管及淋巴管增生强度等。

口底癌大多数为鳞状细胞癌。常发生在舌系带的一侧口底前区，发生在口底前部的要比发生于口底后部的恶性程度要低。早期病灶表现为黏膜面的浅表溃疡、红斑或肉芽状斑状隆起，边界不清。癌灶向深处发展时可有疼痛。口底癌向周围组织浸润，波及舌体、咽前柱、牙龈、下颌骨、舌下腺、颌下腺，可产生口涎增多、舌运动受限、吞咽困难及语言障碍等症状。口底癌早期发生淋巴结转移，转移率仅次于舌癌，约为 40%，一般转移至颏下、颌下及颈上淋巴结。位于口底前份的癌灶常发生双侧颈淋巴结转移。口底癌的预后相对较差，尤其是晚期病例。与口底癌预后有关的因素除分化程度、浸润程度外，因口底组织结构疏松，器官毗邻，常在早期就已波及舌腹、舌下腺和下颌骨等多处组织、器官，亦是影响其治疗效果和预后的重要因素。

牙龈癌包括上牙龈和下牙龈来源的上皮源性恶性肿瘤。从发病部位来分，上牙龈癌较下牙龈癌多见，上下之比为 2:1。牙龈癌多为分化程度高的鳞状细胞癌，生长缓慢，以溃疡型为最多见。早期向牙槽突及颌骨浸润，使骨质破坏，引起牙松动和疼痛。上牙龈癌可侵入上颌窦及腭部；下牙龈癌可侵及口底及颊部，如向后发展到磨牙区及咽部时，可引起张口困难。下牙龈癌比上牙龈癌淋巴结转移早，同时也较多见。下牙龈癌多转移到患侧颌下及颏下淋巴结，再转移到颈深淋巴结；上牙龈癌则转移到患侧颌下及颈深上淋巴结，远处转移较少见。牙龈癌的 5 年生存率较高，其生长方式和对颌骨的破坏程度可反映其预后效果。浸润破坏型生长者其 5 年生存率为 50.4%，而压迫吸收型可高达 87.4%。

腭癌包括软腭及硬腭的原发肿瘤。原发于硬腭部的癌灶以腺癌多见，鳞癌则多发于软腭。腭部的鳞癌早期多无症状，呈溃疡型，早、中期虽邻近骨膜，但只有晚期的硬腭鳞癌才侵犯骨质，如穿破骨质则进入上颌窦或鼻腔。腭部的腺癌早期为黏膜下肿块，黏膜通常完整；如为腺样囊性癌，则易侵及神经，可经翼腭管进入翼腭窝。硬软腭的癌肿均可侵及牙龈。软腭部的鳞癌较硬腭部鳞癌恶性程度高，常侵及邻近的咽部及翼腭窝，引起耳鸣、重听、吞咽疼痛及张口受限等症状。软腭癌的淋巴结转移较硬腭癌早且多，主要向颈深上淋巴结转移，癌灶位于中线时，易发生双侧颈淋巴结转移。腭癌预后总体较好，但组织来源和临床分期对其预后有一定影响；腭鳞癌的预后较腺癌为差，5 年生存率在 60% 左右；颈淋巴结转移或侵入周围解剖区，其预后较差，5 年生存率仅 25% 左右。

【护理评估】

术前评估

1. 一般情况　性别、年龄、家族史、健康史，生活及饮食习惯如病人是否抽烟饮酒、咀嚼烟叶、槟榔，特别是附加刺激性添加剂如石灰等，以及喜食辛辣高温食品。口腔卫生状况及有无局部创伤史、溃疡、牙齿松动、义齿就位不良等。

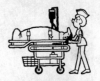

2. 症状、体征评估　口腔癌肿块主要表现为 3 种类型：溃疡型、外生型及浸润型，除浸润型须用手触诊方能察觉外，一般靠视诊即可发现病损。应评估肿块的部位、性质、浸润程度、生长时间，疼痛减轻或加重的因素和其他伴随症状如有无淋巴结转移、邻近组织的侵犯。肿块向周围组织浸润可引起疼痛、张口受限、吞咽困难。

3. 营养评估　口腔癌因溃疡、疼痛、牙齿松动、张口受限、吞咽困难、厌食等原因引起进食减少，营养不良发生率较高。手术前应评估病人营养状况，测量病人的身高、体重、皮折厚度、上臂围、血浆蛋白和氮平衡的情况。

4. 心理社会评估　参见本章第五节"眼部肿瘤"相关内容。

5. 组织供区的评估　口腔癌肿切除后局部组织缺损需做复合组织瓣移植修复，行整复术的病人需评估供组织区的情况，包括皮肤有无破损、感染、瘢痕，动脉的搏动，静脉的回流。

6. 辅助检查

（1）放射影像学检查　包括 X 线检查、超声检查、MRI 等。主要了解肿瘤病变累及范围、大小及性质。

（2）病理检查　是肿瘤最后诊断的主要依据。对口腔癌的病理检查主要是切取活检；对于诊断尚不清楚而又能手术切除的小肿块也可进行切除活检；只有极少数情况才应用快速冷冻切片活检。

术后评估

1. 术中情况　手术、麻醉方式、术中使用的特殊药物、有无影响术后恢复的问题及并发症，病人的引流、输血输液情况、特殊装置等。

2. 生命体征　意识状态、体温、脉搏、呼吸、血压、动脉血氧饱和度。口腔肿瘤手术由于手术部位的特殊性，术后对呼吸功能的评估尤为重要，应注意呼吸是否通畅，有无呼吸功能不良的征象。

3. 伤口评估　伤口敷料情况、伤口有无感染，引流管是否通畅、引流液的颜色、性质及量、组织瓣移植修复者评估血运情况。

4. 疼痛评估　引起疼痛的原因，观察病人的表情、身体位置、活动、睡眠情况。

5. 营养评估　进食情况、咀嚼能力、消化能力、排便情况、体重、血浆蛋白和氮平衡的情况。

【治疗原则】　口腔良性肿瘤以手术切除为主。恶性肿瘤根据肿瘤的组织来源、细胞分化程度、生长部位、生长速度、临床分期以及病人的健康状况、精神状态等方面情况，选择适当的治疗方式。

1. 手术治疗　除早期、未分化癌及低分化的口腔癌外，均应以外科手术治疗为主，或采用以外科为主的综合疗法。根据肿块侵犯的范围及淋巴结转移情况选择手术方法：原发灶的手术切除；淋巴结清扫术；口腔缺损整复术。

2. 放疗　如适应证及治疗方法选用得当，放疗与手术治疗同为口腔癌的根治手段。对未分化及低分化的口腔癌宜首选放疗；对已累及骨质的晚期癌单独放疗常难根治，需与外科手术综合进行治疗。

3. 化疗　主要用于口腔癌术前辅助性化疗。其目的一方面是缩小肿瘤，降低肿瘤的活性，为手术根治创造条件；另一方面是提高远期疗效。

4. 其他疗法　冷冻疗法、激光疗法、高温加热疗法。多用于早期浅表的口腔癌与晚期复发癌的姑息治疗。免疫疗法以及生物治疗已被用于晚期肿瘤的综合治疗。

【常见护理问题】　①焦虑/恐惧。②有窒息的危险。③有感染的危险。④营养失调——低于机体需要量。⑤有口腔黏膜改变的危险。⑥自我形象紊乱。⑦自理缺陷：进食、洗漱、沐浴、如厕、修饰。⑧潜在并发症：伤口出血，移植皮瓣坏死。⑨清理呼吸道低效。

【护理措施】

术前护理

1. 心理护理　针对病人对疾病和手术的恐惧心理，耐心做好病人的心理护理，并介绍同种病例术后恢复期的病人与其交谈，使其减轻恐惧感，以最佳的心理状态接受治疗。对术后出现张口、语言及进食困难等问题，均应事先告诉病人，使其有充分的心理准备。

2. 饮食护理　①术前应进食高蛋白、高热量、富含维生素、易消化的清淡饮食，以提高机体抵抗力和术后组织修复能力。②一旦诊断为营养不良，应积极给予营养支持，营养支持的时间以术前 7～14 天为宜。

3. 口腔护理　预防术后伤口感染。术前 3 天用 1‰～3‰过氧化氢溶液、口泰漱口液交替漱口，每天 4 次。术前张口和漱口有困难者需做口腔护理，每天 2 次。口腔及鼻腔炎症需在术前治愈。根据病人口腔情况做牙周清洁。

4. 修复体准备　一侧下颌骨截除者需做好健侧的斜面导板，并试戴合适，便于术后佩戴，防止下颌移位。上颌骨截除者必要时备腭护板或预制成膺护体。

5. 行组织瓣整复术病人准备　注意植皮区和供皮区局部有无破损、感染、炎症。若有应及时处理，待其恢复正常后才可手术，避免在供组织区血管注射、穿刺。显微外科手术的病人术前1周停止吸烟；停止应用促进血管痉挛的药物。

6. 术前准备、健康教育　参见本章第五节"眼部肿瘤"相关内容。

术后护理

1. 心理护理　参见本章第五节"眼部肿瘤"相关内容。

2. 体位　全麻未完全苏醒时，去枕平卧头偏侧位。麻醉完全苏醒后，取半卧位。

3. 饮食护理　术后进食时间及方式视手术部位而定。无口腔进食禁忌者，术后麻醉苏醒后6小时，无明显恶心、呕吐等不适可开始进食，并根据病情、转归及时调整饮食种类。不能由口腔进食者，采用鼻饲流质。

4. 口腔护理　术后因张口受限，咀嚼困难，并伴有伤口渗血者，故必须定时进行口腔护理，预防伤口感染。先用3%的过氧化氢溶液清洗口腔伤口，使局部分泌物及血痂软化而脱落，再用生理盐水冲洗，每天2次。也可根据病情用氯己定液或复方硼酸液漱口，每天3～4次，以减轻口臭，预防感染。

5. 呼吸功能监护　口腔癌手术因手术创伤所致的水肿、血肿、舌后坠等导致呼吸道梗阻的发生率较高。①术后需严密观察呼吸及水肿程度，保证有效的氧气吸入，随时抽吸呼吸道、口、鼻腔内的分泌物。②若术后保留有气管插管或通气道，应待病情许可后方可拔除。③注意下列呼吸功能不良征象：躁动不安、呼吸加快、脉搏快而弱。舌后坠者出现鼾声；喉痉挛者呼吸有喘鸣声；支气管痉挛者有喘息现象。当病人出现以上上呼吸道梗阻症状时，应迅速插入口（鼻）咽通气道或行气管内插管，必要时行气管切开。④鼓励病人深呼吸、咳嗽：深呼吸有利于排除体内吸入性麻醉剂及促进肺扩张，并能预防分泌物聚积、减少换气不足；使用麻醉止痛剂时需密切观察呼吸变化。

6. 术中、术后行气管切开的病人，术后护理参见第七章第三节"常用治疗技术及护理配合"相关内容。当病人苏醒后，帮助病人尽量由气管切开处排痰，从而使口腔清洁度提高，有利于口腔伤口的愈合。

7. 伤口护理　①术后应严密观察颈部敷料及口内创口有无渗血或出血。②观察伤口肿胀情况及敷料包扎松紧度。若有压迫影响呼吸时，须立即报告医师进行处理。③保持引流管通畅，观察各种引流液的量、色和性质，并做好记录。④上颌骨截除口内植皮者，应注意包扎的敷料或填塞的碘仿纱条的固定情况，防止松动脱离。

8. 颈淋巴清扫术的护理　临床上扪及区域淋巴结肿大、怀疑有转移时需行颈淋巴结清扫术。①病人清醒后抬高床头 15°～30°，以利于负压引流和头部静脉回流。②密切观察生命体征，保持呼吸道通畅。③颈部负压引流的护理：颈淋巴结清扫术于创腔内安置持续负压引流，要注意保持管道通畅，观察引流液的颜色和量。正常情况下，引流物颜色由暗色至深红至淡红色逐渐变淡。若引流液为乳白色，考虑为乳糜漏，应立即报告医师。一般术后 12 小时内引流液的量不超过 250mL，且由多到少。若术后引流速度较快，呈红色，12 小时内的量超过 250mL，应考虑出血的可能。引流管放置时间根据引流量而定，通常为 2～3 天，24 小时内引流液的量少于 15mL，即可拔除引流管。④乳糜漏：大多发生在左颈清扫术后，为术中损伤胸导管，或结扎不全时发生乳糜液外漏，一般术后 48～72 小时出现。表现引流液为乳白色，引流液量逐渐增加。伤口应持续加压包扎，严重者打开伤口加压填塞。轻者进清淡饮食，重者应禁食，给予肠外营养。⑤行颈淋巴清扫术切断患侧的颈内静脉，而影响患侧头部静脉回流的病人，可出现球结膜水肿等征象，应做好眼部护理。⑥由于副神经和一些重要颈部解剖结构的损伤，病人术后可出现垂肩、耸肩不能或耸肩无力、手臂外展受限、上举困难。术后指导病人进行功能锻炼来改善肩部症状。具体锻炼方法参见第二章第六节"头颈部手术后康复操"及"头颈部放疗后简易康复操"。

9. 疼痛的护理　手术使组织、器官的切割、牵拉，伤口周围肌肉痉挛、水肿，敷料包扎过紧，都可引起疼痛。手术后疼痛持续时间的长短与手术范围、病人对疼痛的忍耐程度及反应有关，通常持续 24～48 小时。应评估疼痛的原因，针对性地给予处理，如敷料包扎过紧而情况允许，可松开过紧的绷带；必要时遵医嘱给予止痛剂。

10. 行组织瓣整复术者皮瓣的观察及护理　参见第七章第三节"常用治疗技术及护理配合"相关内容。

出院指导

1. 功能锻炼　①术后病人语言不清，张口及进食困难，待口内创口初步愈合，需逐渐进行张口、进食训练。在康复期，病人可口含话梅、口香糖等练习舌的搅拌和吞咽功能，有利于保留的部分舌尽快产生代偿功能。②同期行颈淋巴结清扫术的病人，术后伤口愈合后应开始肩关节和颈部的功能锻炼，以减少肩部肌肉萎缩和减轻不适症状，功能锻炼应至少持续至出院后 3 个月，但术后短期内应避免剧烈运动。

2. 饮食护理 要避免进食辛辣、硬的食物，饮食宜高营养、高维生素、高蛋白。

3. 心理护理 口腔癌术后病人大多数有不同程度的外形改变及社交功能，特别是语言功能的障碍，一些病人可因此而影响心理及精神状态，护理人员应与其家属建立良好的关系，指导家属合理调配饮食，尽量体贴、关心病人，鼓励病人参与康复训练。

4. 伤口护理 用柔软的牙刷刷牙，每餐后漱口；保持伤口处干燥，避免水污染伤口。佩戴修复体的病人由口腔进食后，要摘下修复体，彻底清洗漱口，清除食物残渣，防止感染，预防口臭，重新戴好修复体。

5. 颌骨修复 伤口愈合后立即佩戴修复体，下颌骨截除后的病人使用斜面导板应维持半年以上；上颌骨截除者，预成修复体要佩戴至口腔内情况良好，咬合关系恢复时（2～3个月），再由牙医制作永久性修复体，以防止瘢痕收缩，减轻面部畸形，恢复语言及进食功能。

6. 复诊 出院后1年内每3个月1次，2～3年每6个月1次，4年以后每年复查，有异常及时就诊。

第七节 颅颌面联合切除

颅颌面联合切除术（skull jaw surface unicn excision method）是指原发于鼻窦、上颌窦、颞下颌关节、颞下窝、翼腭窝、咽旁间隙、腮腺、眼眶和耳部等部位肿瘤已侵犯（破坏）颅底骨结构，或者是颅内肿瘤向外生长已破坏颅底骨结构侵及至上述部位，范围涉及颌面外科、神经外科及耳鼻咽喉头颈外科等肿瘤的外科治疗。由于颅颌面联合切除术是在突破颅底"一板之隔"的基础上，采用颅内外途径结合技术进行手术，因而其具有充分暴露复杂的颅底解剖结构，可对波及颅内外的病变作完整切除等优点，使视为手术禁区、侵犯颅底的肿瘤得到切除机会，扩大了晚期肿瘤病人的手术指征，提高了治愈率。

依据肿瘤部位可分为经额骨、经颞骨和枕骨进颅的3种手术进路和4种手术类型。①颅前窝入路：主要为切除鼻腔、上颌骨、筛窦和眶内肿瘤，及其所波及的颅前窝底骨板所采用的手术途径。②颅中窝入路：主要为切除鼻旁窦、上颌骨、颞下窝、翼腭窝部位恶性肿瘤侵及颅中窝底骨板所采用的手术途径。③颅前和颅中窝入路：主要为切除肿瘤已侵及颅前和颅中窝底骨板所采用的手术途径。④颅后窝入路：主要为切除耳道、颞颌关节、腮腺区等部位已侵犯后颅窝的晚期恶性肿瘤所采用的手术途径。

【护理评估】

术前评估

1. 一般情况　过去史、家族史、个人史、健康状况、生活习惯、饮食及营养状况。

2. 症状、体征评估　评估肿块的部位、性质、程度、时间，疼痛减轻或加重的因素及伴随症状。原发性或继发侵及颅底的恶性肿瘤累及途经的神经组织，产生一系列神经症状，可作为早期诊断颅底受累的一个重要依据。如伴有三叉神经第二、第三支分布区域的剧痛或麻木、张口受限，提示肿瘤已侵及颅底结构。可根据颅神经功能障碍（如眼球运动、三叉神经分布区感觉丧失或减退，面瘫，张口开大程度和呛咳与否等）情况来估计病变范围。

3. 心理社会评估　参见本章第五节"眼部肿瘤"相关内容。

4. 辅助检查

（1）头颅平片　了解病变对骨质的破坏情况，如筛板、筛蝶窦、蝶骨、翼突、卵圆孔、棘孔、岩骨和颈椎等骨质有无破坏。

（2）CT 和 MRI 检查　可清楚了解肿瘤之全貌以及与周围结构的关系，对估计切除范围、确定术式有重要的参考价值。

（3）血管造影　了解肿瘤的供血情况，以及由哪些血管参加供血，静脉回流情况和与颅内血管的关系。如血供丰富，可考虑术前先行辅助性颅外动脉栓塞术。

术后评估

1. 术中情况　手术、麻醉方式，术中使用的特殊药物，有无影响术后恢复的问题及并发症，病人的引流、输血输液情况、特殊装置等。

2. 生命体征　意识状态、瞳孔、体温、脉搏、呼吸、血压。

3. 伤口评估　伤口敷料情况，伤口有无感染，引流管是否通畅，引流液的颜色、性质及量，组织瓣移植修复者评估血运情况。

4. 疼痛评估　引起疼痛的原因，观察病人的表情、身体位置、活动、睡眠情况。

5. 并发症症状、体征评估　有无颅高压，如搏动性头痛、喷射性呕吐及视神经盘水肿、血压升高、脉搏慢而洪大有力、呼吸深而慢。了解有无脑脊液漏。

【常见护理问题】　①焦虑/恐惧。②自理缺陷。③潜在并发症：颅内感染，脑脊液漏。④舒适的改变。⑤自我形象紊乱。

【护理措施】

术前护理

1. 心理护理　颅颌面联合切除术因手术创伤大，并对面容有一定的损毁，导致病人心理负担重，易产生悲观、焦虑、恐惧等心理。护士应针对病人及家属担心的问题进行疏导，耐心讲解手术的必要性和正确理解术后可能出现的并发症，让病人及家属对手术结果有客观的认识。

2. 预防感染　对原发于鼻腔、鼻窦和耳部的原发肿瘤或经鼻腔、鼻窦和口腔入路的手术及肿瘤有破溃者，都应在术前应用抗生素 2～3 天，术前口腔护理连续 3 天，每天早晨 1 次。咽拭子细菌培养加药敏试验。

3. 术前准备、健康教育　参见本章第五节"眼部肿瘤"相关内容。还应根据手术范围剃头、剃胡须、剪鼻毛，剃去眉毛，训练病人用口呼吸。需行组织瓣整复术者，做好供组织区的皮肤准备。

4. 饮食护理　参见本章第六节"口腔肿瘤"相关内容。

术后护理

1. 心理护理　参见本章第六节"口腔肿瘤"相关内容。

2. 体位　血压平稳后床头抬高 15°～30°，以利于分泌物引流及颅内和眼部静脉回流，减轻脑水肿和面部水肿，有利于脑膜与颅内紧密结合，促进创口愈合。

3. 饮食护理　参见本章第六节"口腔肿瘤"相关内容。

4. 病情观察　严密观察病人生命体征、意识状态、瞳孔、肢体活动情况及有无头痛、呕吐等颅内高压症状，准确记录 24 小时出入水量。

5. 伤口护理

(1) 眼部伤口　术后病人可能出现眼睑肿胀、复视、球结膜充血水肿。观察瞳孔时可先将上下眼睑往眼眶内轻压，再行分开，便于暴露眼球，避免眼睑肿胀而无法观察瞳孔的异常现象。眼睑肿胀分泌物较多时，及时给予生理盐水清洗，氯霉素眼药水滴眼每天 4 次。行眶内容物剜除术加压包扎期间，注意倾听病人的主诉及观察情绪变化，及时给予心理疏导和对症处理。

(2) 鼻部、颌面部伤口　鼻腔鼻窦创面通常不缝合，仅靠填塞碘仿纱条止血。因此要观察填塞纱条是否松动或脱落，对术后麻醉未完全清醒、躁动病人，应加强看护，防止鼻腔纱条意外拔出造成鼻腔出血或脑脊液漏。术后鼻腔内滴液状石蜡，每天 3～4 次，保持纱条湿润，以利于抽纱条时减少出血。抽完纱条后改用 1‰呋麻液滴鼻，每天 3～4 次，以减轻鼻腔黏膜充血肿胀。面部伤口每天清洁 1 次，清洁后涂金霉素眼药膏，防止血痂形成而造成痂下感染；对已形成的血痂用少量过氧化氢溶液清除后，迅速用生理盐水清洗干净，再用 75％乙醇擦拭，确保面部伤口清洁干燥无结痂。

（3）局部出血及引流管的观察护理　仔细观察伤口敷料情况，保持引流管通畅，观察引流液的量、颜色、性质以及病人是否有频繁吞咽动作。引流管于术后第 2～4 天拔出，拔管后注意引流口的闭合和渗液情况，如有异常，及时处理。

6. 脑脊液漏的观察及护理　术后耳、鼻腔如有持续不断的水样分泌物流出，要考虑脑脊液漏的可能，并且收集漏出液进行脑脊液常规及生化检查，注意血性脑脊液应与耳鼻腔出血鉴别：将血性液滴于白色滤纸上，若血迹外周有晕样淡红色浸渍圈，可判断为脑脊液漏。脑脊液漏的护理：①卧位，抬高床头 15°～30°，头偏向患侧，直到脑脊液漏停止后 3～5 天，目的是借重力使脑组织贴近颅底硬脑膜漏孔处，使漏口粘连封闭。②保持口腔、鼻腔、外耳道的清洁，防止液体引流受阻。③放无菌干棉球于鼻孔或外耳道口，浸透后及时更换，每 24 小时计算棉球数，以估计漏出液的量，但应注意防止用棉球严堵深塞。④避免耳、鼻道冲洗、滴药及擤鼻，以防逆行感染。⑤避免剧烈咳嗽、打喷嚏，保持大便通畅，以免引起颅内压增高，影响漏口愈合。

7. 预防颅内感染　因颅内是无菌伤口，而颅外尤其是口腔内是污染伤口，颅颌面联合切除术通常是颅内外交通手术，因此极易造成术后感染，引起化脓性脑膜炎或脑膜脑炎。术后应观察病人有无头痛、呕吐、颈项强直等脑膜刺激征；观察鼻腔有无脓性分泌物，注意体温、血常规变化；联合使用有效抗生素。加强口腔护理，特别是术后头 3 天，注意耳、鼻、咽的清洁。

8. 脱水疗法的护理　为防止脑水肿，须用脱水治疗。但应注意严重心、肾功能不全或血压过低者不宜使用；准确记录出入水量，并防止低血压症的发生。

9. 组织移植修复护理　参见第七章第三节"常用治疗技术及护理配合"相关内容。

出院指导

1. 休息　注意休息，不要过早从事体力劳动，可进行适当的身体锻炼。

2. 观察意识变化　个别病人术后初期出现兴奋、躁动现象，可能与手术所致轻度脑水肿

有关，应仔细观察其变化，预防跌伤。

3. 颌骨修复　应尽早进行。参见本章第六节"口腔肿瘤"相关内容。

4. 复诊　出院后 1 年内每 3 个月 1 次，2～3 年每 6 个月 1 次，4 年以后每年复查，有异常及时就诊。需术后放疗、化疗的病人一般在术后 1 个月内进行。

第八节　喉部肿瘤

喉部肿瘤（throat tumor）分良性肿瘤和恶性肿瘤两类。喉部良性肿瘤是指喉部良性真性肿瘤，病理可分为上皮性和非上皮性两大类。喉上皮性良性肿瘤以喉乳头状瘤最常见，约占喉部良性肿瘤的 90％；非上皮性良性肿瘤发病率低，如血管瘤、纤维瘤等。喉癌是喉部最常见的恶性肿瘤，其发病率目前有明显增长趋势。喉癌的发病率地区差别很大，东北地区发病率高，占全身肿瘤的 5.7％～7.6％。喉癌多发于男性，50～70 岁高发，发病率城市高于农村，空气污染重的重工业城市高于污染轻的轻工业城市。喉癌的病因目前尚不完全明了，可能与吸烟、饮酒关系密切，另外与空气污染、病毒感染等有关。喉癌以声带癌居多，约占 60％，一般分化较好，转移较少。声门上癌次之，约占 30％，但有些地区，如我国的东北地区以声门上型癌较多见。声门上型癌一般分化较差，转移多见，预后亦差。声门下型癌极少见，约占 6％。喉癌病理学分型鳞状细胞癌占 95％，其次为原位癌、腺癌。喉癌治疗效果较好，总的 5 年生存率为 60％～70％。

声门上型癌早期常无显著症状，仅有喉部不适感或异物感。以后癌肿表面溃烂时，可出现咽喉疼痛，放射至耳部，吞咽时疼痛加重。向下侵及声带时出现声嘶、呼吸困难等。由于该区淋巴管丰富，易向颈深上淋巴结转移。声门癌早期症状为声嘶，随着肿物增大，声嘶逐渐加重，如进一步增大，则阻塞声门，引起呼吸困难。由于该区淋巴管较少，不易向颈淋巴结转移。声门下癌因位置隐蔽，早期症状不明显，常规喉镜检查不易发现。肿瘤破溃则有咳嗽及痰中带血，肿瘤向上侵及声带时可出现声嘶。肿物增大，可阻塞声门下腔出现呼吸困难，亦可穿破环甲膜至颈前肌肉及甲状腺，也可侵犯食管前壁。该区癌肿常有气管前或气管旁淋巴结转移。

喉癌的扩散转移与其原发部位、分化程度及癌肿的大小等密切相关，其途径有直接扩散、淋巴转移及血行转移。喉癌的形态可分为以下 4 个类型：浸润型、菜花型、包块型、混合型，其中以浸润型及菜花型多见。

【护理评估】

术前评估

1. 一般情况　过去史、家族史、一般健康状况、生活习惯、职业、生活环境、是否吸烟饮酒、营养状况等。

2. 症状、体征评估　发病早期病人以声嘶、咳嗽、咽部不适、吞咽疼痛为主诉。

（1）声嘶　喉癌的主要表现，常为进行性加重，重者甚至可失声。声门型喉癌早期即可出现声嘶，而在声门上型和声门下型喉癌，声嘶则为较晚期的症状。

（2）疼痛　声门上型癌如会厌癌常出现喉痛，甚至可经迷走神经反射至耳部，吞咽时疼痛加剧。但早期症状不明显，仅有喉部不适感或异物感。

（3）吞咽困难　声门上型癌晚期侵犯舌根，可引起吞咽困难；当累及喉咽部或声门下型癌向后侵及食管时，可出现进行性加重的吞咽障碍及口臭。

（4）咳嗽、咯血　多为喉癌的中、晚期表现。咳嗽多见于声门型癌，为刺激性干咳；咯血则可见于各种类型喉癌的晚期，当肿瘤侵蚀血管或溃烂时则可出现咳嗽及血性痰。

（5）喉梗阻　随着肿瘤的增大，喉腔和声门裂狭窄，可出现吸气性呼吸困难，并呈进行性加重，伴吸气期喉喘鸣。如喉癌继发出血、水肿、感染等，则可致急性喉梗阻。

（6）颈部淋巴结转移　多见声门上型和声门下型喉癌，晚期声门型喉癌亦可发生。肿块可1个或多个不等，单侧或双侧，其位置多发生在颈内静脉走向的颈深淋巴结，气管旁淋巴结、颈后、颌、锁骨上淋巴结等，质较硬，晚期时则活动度差，甚至固定。

3. 心理社会评估　参见本章第五节"眼部肿瘤"相关内容。

4. 辅助检查

（1）间接喉镜检查　是最基本最常见的方法，大多数病人可用此法查出喉内病变，了解喉部病变的外观、深度和范围。

（2）直接喉镜检查　直接喉镜检查可补充间接喉镜的不足，检查时病人较痛苦，在纤维内镜普遍应用之后已较少用。注意观察声带运动，癌肿的形状、大小及基底所在等。

（3）喉动态镜检查　通过观察声带振动情况，能发现早期声带癌肿。

（4）纤维喉镜检查　已成为喉癌术前诊断中必不可少的检查步骤，是目前耳鼻喉科应用最广泛的导光纤维内镜。纤维喉镜能接近检查部位进行观察，故能发现隐蔽的病变和早期微

小的病变，并能开展活检以及对较小的声带息肉和声带小结进行手术。

（5）放射影像学检查 包括喉部侧位片、喉部体层摄片、CT、磁共振。

（6）活体组织检查 是诊断癌肿最重要的决定性手段，可在间接喉镜下或直接喉镜、纤维喉镜下进行活检。

术后评估

1. 术中情况 手术、麻醉方式、术中使用的特殊药物、有无影响术后恢复的问题及并发症，病人的引流、输血输液情况、特殊装置等。

2. 生命体征 体温、脉搏、呼吸、血压、意识及动脉血氧饱和度。呼吸道是否通畅，咳嗽排痰情况，痰液性质、颜色。

3. 伤口评估 引流管是否通畅，引流液的颜色、性质及量，伤口敷料情况，伤口有无感染。

4. 疼痛评估 引起疼痛的原因，观察病人的表情、身体位置、活动、睡眠情况。

5. 饮食评估 鼻胃管进食情况、消化能力、排便情况、体重、血浆蛋白和氮平衡的情况，经口腔进食后有无误咽。

6. 沟通能力评估 能否采取手势、图片、文字等进行有效交流。

【治疗原则】

1. 手术治疗 喉部良性肿瘤一般均应手术切除，根据肿瘤的大小和部位选择不同的手术方法，原则是切除肿瘤，保持喉功能。喉癌以放疗、手术或两者综合治疗为主要治疗手段，目前多主张手术加放疗的综合治疗。手术治疗原则是在彻底切除癌肿的前提下，尽可能保留或重建喉的功能，以提高病人的生活质量。喉部肿瘤手术方式：①直接喉镜下喉部良性肿瘤切除术。②间接喉镜下喉部良性肿瘤切除术。③喉显微手术。④喉裂开术。⑤喉全切除术。⑥喉部分切除术：亦称3/4喉切除术、喉次全切除术。包括垂直面喉部分切除术、声门上水平部分喉切除术、水平垂直部分喉切除术。

2. 放疗 包括术前放疗、术后放疗、根治性放疗及姑息性放疗。根治性放疗以早期病变（T_1、T_2 期）为主要治疗对象。

【常见护理问题】 ①焦虑/恐惧。②语言沟通障碍。③有窒息的危险。④呼吸通道改变。⑤自我形象紊乱。⑥营养失调——低于机体需要量。⑦自理缺陷：进食、洗漱、沐浴、如厕、修饰。⑧有口腔黏膜改变的危险。⑨潜在并发症：伤口出血，皮下气肿，伤口感染，肺部感染。

【护理措施】

术前护理

1. 心理护理　喉具有重要的生理功能，特别是语言功能。一旦失去喉应有的功能，将会给病人造成巨大的精神压力。术前应向病人及家属解释术后将出现的交流、呼吸、饮食困难等问题，与病人及家属一起预制卡片，约好常用的手势或面部表情，稳定病人情绪，使其对疾病端正认识，主动配合手术或各种治疗。

2. 交流指导　备好写字板、纸笔等，以备术后使用。备各种图形、纸牌、手势以用于不识字病人术后表达用意。

3. 口腔护理　保持口腔清洁，术前3天用1%～3%过氧化氢液、漱口液漱口，每天4次，对龋齿、义齿作相应处理。

4. 呼吸道准备　戒烟酒，注意呼吸道感染情况，训练深呼吸和有效的咳嗽、排痰动作。

5. 呼吸困难的护理　注意观察呼吸困难的程度，喉镜检查后或取活检后可加重呼吸困难，应尤其注意观察。对此类病人应加强巡视，嘱卧床休息，采取舒适、安全且有利于呼吸的卧位，观察有无合并感染的征象，必要时吸氧，或施行气管切开术。

6. 饮食护理　参见本章第六节"口腔肿瘤"相关内容。

7. 术前准备、健康教育　参见本章第五节"眼部肿瘤"相关内容。

术后护理

1. 体位　全麻未完全苏醒时，去枕平卧，头偏侧位。麻醉完全苏醒后，床头抬高30°～40°，有利于术后病人呼吸和减轻水肿。同时可使头颈部轻度前倾，以减轻颈部皮肤伤口缝合的张力和减轻部分喉体悬吊在舌根的张力。

2. 生命体征观察　术后1～2天内，伤口有发生出血的可能，气管内的分泌物也较多，容易阻塞气管套管，存在潜在感染的危险。因此要密切观察血压、脉搏、体温和呼吸，发现异常，立即报告医师，及时处理。

3. 饮食护理　术日禁食，术后第1天经鼻胃管行肠内营养。如伤口愈合，进食无误吸，未发生咽瘘或下咽部狭窄，术后10天左右可拔除胃管，恢复经口进食，逐渐由流质改为半流质以至正常饮食。若发生咽瘘，鼻饲管保留至咽瘘愈合。

4. 吞咽训练　喉部分切除术后会出现不同程度的误咽，以声门上水平部分喉切除术尤为

明显，因此吞咽训练尤为重要。训练方法为：嘱病人取半卧位，深吸气后屏气，然后进食一小口糊状食物，连续吞咽 3 次，最后做咳嗽清喉动作，将停留在声门处的食物咳出。按如此程序反复训练，直至进食时不发生误吸。如呛咳严重，在进食时将气管套管气囊充气，可防止误咽引起呛咳。

5. 呼吸道护理　保持呼吸道通畅，喉切除的病人不再有肺和口腔交流气体的通路，术后需随时吸痰，帮助病人咳痰，确保呼吸道通畅。

6. 口腔护理　保持口腔清洁，嘱病人术后 10 天内勿做吞咽动作，将口中血性分泌物吸出或吐出，及时漱口。特殊口腔护理每天 2 次。

7. 气管造口护理　参见第七章第三节"常用治疗技术及护理配合"相关内容。部分喉切除的病人应佩戴有气囊的气管套管，在术后 24 小时内每隔 4 小时气囊放气 20 分钟，防止创面渗血进入气管内；如无血性分泌物吸出，可不再给气囊充气。只有在确认无喉狭窄和吞咽功能障碍后才能考虑拔除套管。

8. 颈淋巴清扫术的护理　参见本章第六节"口腔肿瘤"相关内容。

9. 失语护理　对病人因失去喉不能进行语言表达和交流所致的痛苦表示理解和同情。耐心领会病人用形体语言或文字表达的情感和要求。帮助病人建立新的交流方式，尽快学会食管发音或学习应用人工喉、电子喉发音。

10. 自理训练　为了提高长期佩戴套管病人的独立生活能力和生活质量，术后第 2 周对病人及其家属进行气管造瘘家庭护理的培训，培训内容有：清洁、消毒套管的方法；更换敷料的方法；异常情况的紧急处理等。

出院指导

1. 心理护理　保持乐观情绪，正视现实。多参加有益的娱乐活动。

2. 语言训练　喉全切术者，待痊愈后训练食管发音或戴人工喉。喉部分切除病人，创口愈合后可堵管说话。

3. 造瘘口护理　部分喉切除戴管者不可摘洗外套管，全喉切除病人清洗套管要及时插回，以防止造瘘口挛缩狭窄。如无造瘘口狭窄，全喉术后 2～6 个月白天可不用戴套管，晚上入睡前戴上。

4. 日常活动护理　戴套管者不可淋浴和游泳，外出及睡觉时套管口覆盖纱布，防止异物落入。外出时随身携带安全身份卡，在卡上注明姓名、地址、联系电话、呼吸口在颈部造瘘口，以防发生意外。

5. 功能锻炼　同期行颈淋巴结清扫术的病人，术后伤口愈合后应开始肩关节和颈部的功能锻炼。锻炼方法参见第二章第六节"肿瘤科病人的康复护理"相关内容。

6. 饮食护理　饮食宜高热量、高维生素、高蛋白，避免刺激性食物摄入。

7. 复查　出院后1年内每3个月1次，2～3年内每6个月1次，4年以后每年复查，有异常及时就诊。

第九节　甲状腺肿瘤

甲状腺肿瘤（thyroid gland tumor）分良性肿瘤和恶性肿瘤，甲状腺良性肿瘤以甲状腺腺瘤最常见，以40岁以下女性多发。按形态学可分为滤泡状和乳头状囊性腺瘤两种。其临床表现为颈部出现圆形或椭圆形结节，多为单发，稍硬，表面光滑，无压痛，随吞咽上下移动。大部分病人无任何症状，常在无意间发现。当乳头状囊性腺瘤因囊壁血管破裂发生囊内出血时，肿瘤可在短期内迅速增大，局部出现胀痛，甚至导致呼吸困难、窒息。

甲状腺癌是头颈部比较常见的恶性肿瘤，约占全身恶性肿瘤的1%，病因目前还不甚清楚，放射损伤是现今较为明确的致病因素。其他可能因素有碘摄入过多或不足、内分泌紊乱、遗传性及基因突变。女性发病率高于男性，儿童甲状腺结节中，甲状腺癌的比例高达50%～70%。多数甲状腺癌起源于滤泡上皮细胞。甲状腺癌的病理组织学分型主要有四型：乳头状腺癌、滤泡状腺癌、未分化癌、髓样癌。

乳头状癌约占成人甲状腺癌的60%和儿童甲状腺癌的全部。多见于年轻人，常见于女性，低度恶性，生长较缓慢，转移多限于颈部淋巴结，预后较好。术后生存期常在10～20年，即使发生广泛颈淋巴结浸润转移，5年生存率也达60%以上。

滤泡状癌约占甲状腺癌的20%。多见于中年人，中度恶性，发展较迅速，较少发生颈淋巴结转移。主要经血液循环转移至肺和骨。本病也属分化较好的甲状腺恶性肿瘤，10年生存率达80%以上。

未分化癌约占甲状腺癌的15%。多见于老年人，高度恶性，发展迅速，早期即可发生局部淋巴结转移，并常经血液转移至肺、骨等处，预后很差，5年生存率仅为7.4%。

髓样癌较少见，约占甲状腺癌的7%。常有家族史。来源于滤泡旁细胞分泌大量降钙素。

恶性程度中等，较早出现淋巴结转移，且可经血液转移至肺和骨。

【护理评估】

1. 一般情况　了解病人性别、年龄、发病情况、病程、健康史、个人史等。

2. 症状、体征评估　甲状腺癌早期多无明显症状，仅在颈部发现单个、固定、质硬、表面高低不平、随吞咽上下移动的肿块。肿块逐渐增大，吞咽时上下移动度减低。晚期常因压迫喉返神经、气管或食管而出现声音嘶哑、呼吸困难或吞咽困难。若压迫颈交感神经节，可产生霍纳综合征，颈丛浅支受侵时可有耳、枕、肩等部位的疼痛。髓样癌组织可产生激素样活性物质，如降钙素，病人可出现腹泻、心悸、脸面潮红和血钙降低等症状，还可伴有其他内分泌腺体的增生。

甲状腺癌局部转移常位于颈部，出现硬而固定的淋巴结；远处转移多见于扁骨（颅骨、椎骨、胸骨、盆骨等）和肺。

3. 心理社会评估　参见本章第五节"眼部肿瘤"相关内容。

4. 辅助检查

（1）放射影像学检查　①B超检查：可测定甲状腺大小，探测结节的位置、大小、数目及与邻近组织的关系，并鉴别肿物为实性或囊性。结节若为实质性并呈不规则反射，则恶性可能大。②X线检查：颈部正侧位片，可了解气管有无移位、狭窄、肿块钙化及上纵隔增宽。甲状腺部位出现细小的絮状钙化影，可能为癌。胸部及骨骼摄片可了解有无肺及骨转移。

（2）甲状腺放射性核素扫描　^{131}碘或^{99m}锝是甲状腺扫描最常用的放射性核素。甲状腺癌为冷结节，边缘一般较模糊。

（3）细针穿刺细胞学检查　将细针自2～3个不同方向穿刺结节并抽吸、涂片。对于1cm以上的结节往往可获得80%的满意检查结果。这种技术可区分良、恶性结节，但对滤泡癌不易诊断。

（4）实验室检查　血清降钙素有助于髓样癌的诊断。

术后评估

1. 术中情况　手术、麻醉方式、术中使用的特殊药物、有无影响术后恢复的问题及并发症，病人的引流、输血输液情况。

2. 生命体征　体温、脉搏、呼吸、血压、意识及动脉血氧饱和度。

3. 伤口评估　伤口敷料情况，伤口有无感染，引流管是否通畅，引流液的颜色、性质及量。

4. 疼痛评估　引起疼痛的原因，观察病人的表情、身体位置、活动、睡眠情况。

5. 饮食评估　进食情况、有无误咽。

6. 并发症评估　如活动性出血、呼吸困难、窒息、声音嘶哑、手足抽搐等。

【治疗原则】

1. 手术治疗　①甲状腺良性肿瘤：应早期手术切除，一般行患侧甲状腺大部分切除。②甲状腺癌：以手术治疗为主，手术方式有甲状腺次全切除术或甲状腺全切术，并根据病情及病理类型决定是否行颈部淋巴结清扫术或放射性碘治疗。

2. 放疗　甲状腺癌对放疗的敏感性差，单纯放疗对甲状腺癌的治疗只有姑息疗效。但对于术后有残留、肿瘤负荷较小者，术后放疗有一定价值。具体实施应根据手术切除情况、病理类型、病变范围、年龄等因素而定。甲状腺未分化癌在手术不能切除的情况下首选放疗。

3. 内分泌治疗　对分化性甲状腺癌术后应用甲状腺激素即可作为替代治疗，又可抑制促甲状腺激素（TSH），因此，术后常规予以甲状腺素片每天 80～120mg。

4. 化疗　对大多数甲状腺癌无效。未分化癌可试用，一般需配合放疗。

【常见护理问题】　①焦虑/恐惧。②自理缺陷。③潜在并发症：呼吸困难，窒息，喉上神经和喉返神经损伤，手足抽搐。

【护理措施】

术前护理

1. 心理护理　甲状腺肿瘤女性病人较多，较易产生焦虑情绪。护理人员应告知病人甲状腺肿瘤的有关知识，说明手术的必要性、手术的方法、术后恢复过程及预后情况。

2. 完善术前各项检查　对甲状腺巨大肿块者，除全面的体格检查和必要的化验检查外，还包括颈部透视或摄片，了解气管有无受压或移位；喉镜检查，确定声带功能；了解甲状腺摄^{131}I率，血清 T_3、T_4 含量。

3. 饮食护理　宜高蛋白、高热量、富含维生素的食物。

4. 术前准备、健康教育　参见本章第五节"眼部肿瘤"相关内容。

术后护理

1. 病情观察　监测生命体征变化，尤其注意病人的呼吸变化，床旁备无菌手套和气管切开包，一旦发现窒息的危险，立即配合行气管切开及床旁抢救。

2. 体位　血压平稳后取半坐卧位，利于呼吸及引流。保持头颈部于舒适位置，在床上变换体位、起身、咳嗽时可用手固定颈部以减少震动。

3. 饮食护理　病情平稳或术后苏醒病人可给予少量温水或凉水，若无呛咳、误咽等不适，可逐步给予便于吞咽的微温流质饮食（食物过热可使手术部位血管扩张，加重创口渗血）。以后逐步过渡为半流质饮食及软食。甲状腺手术对胃肠功能影响很小，只是在吞咽时感觉疼痛不适，应鼓励病人少量多餐，加强营养，促进创口愈合。

4. 引流管的观察及护理　引流管要妥善固定，防止扭曲、打折和过度牵拉。注意保持有效的负压吸引，观察引流液的性质、颜色和量，引流液多于 150mL 或每小时超过 50mL 视为有活动性出血，及时报告医师进行止血处理。引流盒每 24 小时更换 1 次，并记录引流量。一般引流管保留 48～72 小时，引流液＜15mL 为拔管指征。

5. 颈淋巴清扫术的护理　参见本章第六节"口腔肿瘤"相关内容。

6. 并发症的观察及护理

（1）出血　主要由于术中止血不完全，或结扎血管脱开发生出血，一般术后 12～48 小时之内发生。①内出血：表现为引流管内液量较少或无，颈部肿胀，呼吸困难进行性加重，病人脉数，血压正常或偏低。发现该情况要及时通知医师，打开伤口清理淤血，重新止血。②外出血：主要表现在引流液鲜红，引流液超过 150mL 以上，此时需要重新加压包扎或打开伤口进行止血。

（2）呼吸困难和窒息　是最危急的并发症，多发生于术后 48 小时内。表现为进行性呼吸困难、烦躁、发绀，甚至窒息；可有颈部肿胀，伤口渗出鲜血等。常见原因：①伤口内出血压迫气管。②喉头水肿，可因手术创伤或气管插管引起。③气管塌陷，是由于气管壁长期受肿大的甲状腺压迫发生软化，切除甲状腺体的大部分后，软化的气管壁失去支撑所引起。一旦出现血肿压迫或气管塌陷，须立即进行床边抢救，剪开缝线、敞开伤口，迅速除去血肿，结扎出血的血管。若呼吸仍无改善，则行气管切开。对喉头水肿者立即应用大剂量激素：地塞米松 30mg 静脉滴注，呼吸困难无好转时行气管切开。

（3）喉返神经损伤　主要是手术操作时损伤所致。切断、缝扎引起的属永久性损伤；钳夹、牵拉或血肿压迫所致者多为暂时性，经理疗、口服营养神经药物，少讲话多休息等处理后，一般在 3～6 个月可逐渐恢复。一侧喉返神经损伤，大都引起声音嘶哑，可经健侧声带向患侧过度内收而代偿；两侧喉返神经损伤可导致两侧声带麻痹，引起失声、呼吸困难、甚至窒息，多需作气管切开。

（4）喉上神经损伤　多在结扎、切断甲状腺动、静脉时受到损伤。若损伤外支，可使环甲肌瘫痪，引起声带松弛、声调降低。若损伤内支，病人失去喉部的反射性咳嗽，特别是在饮水时，容易发生误咽、呛咳。一般术后数天即可恢复正常。

（5）手足抽搐　多因术中切除甲状旁腺，或结扎供应甲状旁腺血管所致，一般术后 1～4 天出现。轻者手足麻木或僵硬，重者手足抽搐。饮食上应适当限制肉类、乳品和蛋类等食品，因其含磷较高，影响钙的吸收。多进食含钙食品，重者遵医嘱进行药物补钙，同时加服维生素 D_3。

（6）甲状腺功能减退　手术致甲状腺腺体保留过少，引起甲状腺功能减退，宜长期服用甲状腺片。

出院指导

1. 功能锻炼　行颈淋巴结清扫术的病人，术后伤口愈合后应开始肩关节和颈部的功能锻炼。锻炼方法参见第二章第六节"肿瘤科病人的康复护理"相关内容。颈肩部功能锻炼应持续至出院后 3 个月。

2. 药物指导　甲状腺癌术后应长期服甲状腺素片，服药期间脉率每分钟超过 100 次者，应减量或停药，定期复查 T_3、T_4。

3. 复查　教会病人自行检查颈部方法，发现结节、肿块及时治疗。恶性肿瘤复诊时间：出院后 1 年内每 3 个月 1 次，2～3 年内每 6 个月 1 次，4 年以后每年复查，有异常及时就诊。

第十节　颈动脉体瘤

颈动脉体瘤（CBT）是一种少见的、病因不明的、起源于颈动脉体化学感受器的肿瘤。属良性肿瘤，生长缓慢，少数可发生恶变，多见于 30～50 岁的中年人，无性别差异。颈动脉体瘤的发病因素尚不清楚，高原居民长期慢性缺氧可能与本病发生有关，约 10％以上的病人有明显的家族史，更易出现双侧病变。本病如能将病变组织全部切除，预后良好。颈动脉体瘤 Shamblin 分型方法：Ⅰ型肿瘤较小，容易从颈动脉体上剥离；Ⅱ型肿瘤部分包绕颈动脉；Ⅲ型肿瘤体积较大，与颈动脉关系紧密。

【护理评估】

术前评估

1. 一般情况　性别、年龄、个人史、健康史。

2. 症状、体征评估　症状表现为颈部无痛性、实质性肿块，长期缓慢生长，肿块较小时，一般无症状，或仅有轻度局部压迫感。少数病人可出现脑供血障碍症状，应了解病人有无头痛、头晕、恶心等症状。肿块较大者可压迫邻近器官及神经，如迷走神经、舌咽神经、舌下神经及交感神经等，并可出现相应的神经压迫症状，出现声嘶、吞咽困难、舌肌萎缩、伸舌偏斜、呼吸困难、霍纳综合征等。肿物位于颈动脉三角区，多呈圆形或卵圆形，质地中等或硬韧，少数较软，表面光滑，边界清楚，肿物较大时，其上界难触清，在肿物的表面均可触到向浅侧移位的颈动脉搏动。肿物可左右移动，而上下移动甚微。如肿物压迫迷走神经，触压时可引起放射性咳嗽；舌下神经受压时出现患侧舌肌萎缩并运动障碍。

3. 心理社会评估　参见本章第五节"眼部肿瘤"相关内容。

4. 辅助检查

（1）颈动脉造影及数字减影血管造影（DSA）　是术前诊断颈动脉体瘤的重要手段，可见：①颈动脉分歧部有血管丰富的肿块。②分歧部加宽。

（2）B超或彩色多普勒　具有无创性、可重复性及安全简便的优点，尤其是彩色多普勒分辨率高，可见肿块内血运丰富，为动脉性血流，并可见从颈内、颈外动脉发出的小分支进入肿块内，对筛选和诊断颈动脉体瘤有一定价值。

（3）磁共振（MRI）　具有无创、软组织分辨率高、多方位扫描的优点，可直接显示肿物与血管的关系，对诊断有一定的价值。

术后评估

1. 术中情况　手术、麻醉方式、术中使用的特殊药物、有无影响术后恢复的问题及并发症，病人的引流、输血输液情况、特殊装置等。

2. 生命体征　检查意识状态、体温、脉搏、呼吸、血压、动脉血氧饱和度。呼吸道是否通畅，咳嗽排痰情况。

3. 伤口评估　伤口敷料情况，伤口有无感染，引流管是否通畅，引流液的颜色、性质及量。

4. 疼痛评估　引起疼痛的原因，观察病人的表情、身体位置、活动、睡眠情况。

5. 饮食评估　进食情况、消化能力、进食后有无误咽。

6. 并发症评估　如有无失语、头痛、头晕、恶心等症状，观察肢体活动及四肢肌力情况。评估有无颅神经损伤症状。

【治疗原则】

1. 手术治疗　为主要治疗手段。手术方法主要有动脉外膜下肿瘤切除术和肿瘤合并颈动脉分歧部切除术。后者因并发症较多，以争取施行前法为好。动脉外膜下肿瘤切除术随时有损伤颈动脉的可能，故术前一定要充分估计：一旦结扎或切除一侧颈总或颈内动脉后，对该处动脉是否可能有充分侧支循环来供应患侧脑组织，并做好一旦出现颈总或颈内动脉受损后的充分准备。

2. 放疗　一般对放疗的敏感性低，对全身情况欠佳或因其他原因不适手术治疗者，可试用放疗。

【常见护理问题】　①焦虑/恐惧。②自理缺陷。③潜在并发症：伤口出血，颅神经损伤，脑梗死。④舒适的改变。⑤知识缺乏。

【护理措施】

术前护理

1. 心理护理　由于肿瘤生长位置的特殊性，病人担心手术后会出现并发症和后遗症，常常出现焦虑及恐惧心理。护士应主动与病人交流，使其产生信任感，收集到病人真实的心理活动资料，有的放矢地解决病人的心理问题。向病人讲述治疗成功的病例，向病人及家属讲明手术的必要性和不施行手术的危险性，使病人正确认识疾病并积极配合治疗。

2. 特殊检查护理　数字减影血管造影（DSA）对本病的确诊、了解肿瘤的血供情况和肿瘤滋养血管等有很大的意义。做 DSA 前需做碘过敏试验和腹股沟区备皮。DSA 检查后卧床 2 天，穿刺处压迫沙袋，严防出血。常规静脉应用抗生素预防感染，密切观察足背动脉搏动情况。若足背动脉搏动消失，应及时处理。

3. 颈动脉压迫训练　Matas 压迫训练即颈动脉压迫训练，目的是促进建立颅内侧支循环，避免术中需结扎或切除颈动脉致脑血供中断而使脑部受损害，引起严重并发症。压迫前先做微机脑血流图测定检查，观察图形有无异常。如有明显脑血管硬化或脑供血不足，应视为颈动脉切除的非适应证。压迫方法：先行颈动脉分歧部按摩，如出现明显的颈动脉窦综合征（眩晕、出汗、恶心、血压下降等），则不宜进行压迫。经数次练习试验仍不能适应者，应

放弃此法。无不良反应者，试行颈动脉压迫，先用一手的示指和中指扪到病变同侧的颞浅动脉，再用另一手在瘤体下方将颈动脉向第 6 颈椎横突方向压迫，以扪不到颞浅动脉搏动开始计时，并在床旁守护。个别病人在压迫过程中因脑部暂时缺血、缺氧可出现头痛、头晕、眼花、恶心等不适，此时应立即停止压迫，次日再进行。压迫训练每天 4～6 次，每次阻断时间由数分钟至 20～30 分钟，逐渐延长压迫时间，直至每次压迫可耐受半小时以上，定为压迫合格。一般压迫训练要 15 天左右。

4. 脑血流图监测　压迫时间能坚持每次 30～40 分钟无异常感觉。在压迫下，脑血流图监测波幅差与压迫前相似，波幅≤30％时表明已达到锻炼指标，可考虑手术。

5. 术前 1 周开始训练病人床上大小便，戒烟。

6. 术前准备、健康教育　参见本章第五节"眼部肿瘤"相关内容。

术后护理

1. 体位与活动　颈动脉体瘤单纯摘除术者，术后常规平卧 6 小时后改半卧位。对于颈动脉切除的病人，颈部制动，术后 24 小时取头低足高位，以利于增加脑部血流。术后卧床 1 周，1 周内禁止剧烈活动，可鼓励病人做双下肢的屈伸活动，防止下肢深静脉血栓形成，1 周后可下床适当活动。

2. 生命体征观察　术后 48 小时进行心电监护，监测神志、瞳孔、生命体征变化，维持适当血压，术中、术后血压维持在正常的高限，可减少脑细胞的损害，保证一定的脑灌注压。如血压偏低者可给予输血。

3. 呼吸道护理　术后常规给予低流量氧气吸入，及时吸出呼吸道分泌物，密切观察呼吸是否平稳，频率是否正常，呼吸道是否畅通，以及血氧饱和度的变化情况，必要时行气管切开。

4. 饮食护理　手术当天禁食，术后第 1 天进半流饮食，注意搭配蔬菜、水果和纤维素，防止便秘。出现进食呛咳、吞咽困难的病人，护士要耐心细致地指导病人练习吞咽动作，方法：病人取坐位或半坐位，选择易在口腔内移动、密度均匀又不易出现误咽的食物，如果冻、香蕉，然后到糊状食物，开始选择小而浅的勺，从健侧喂食，尽量将食物放在舌根以利于吞咽；为防止食物残留造成误咽而继发肺部感染，吞咽与空吞咽交替进行。吞咽正常后逐渐过渡为流质、半流质饮食。

5. 伤口护理　由于手术创伤大，瘤体血管丰富，术后伤口压迫沙袋 4～6 小时，密切观察伤口渗血情况。因伤口出血易造成局部血肿，可压迫气管引起呼吸困难，故渗血较多时需更换敷料，发现活动性出血时立即通知医师处理。

6. 负压引流护理　术后常规引流，保持颈部负压引流管通畅，观察并记录引流液的性质和量，引流袋每天更换。正常情况下 24 小时内负压引流量在 100～150mL，颜色暗红；若 24 小时内负压引流量在 200～300mL，颜色鲜红，提示颈部有出血，需报告医师及时处理。术后第 2 天负压引流量应为 50mL 左右，由暗红色转为浅红色；术后第 3 天负压引流量应少于 10mL，为淡黄色、清亮的组织液，此时即可拔除负压引流管。

7. 用药护理　遵医嘱应用脑细胞营养药以防治脑血管意外；应用右旋糖酐 40、罂粟碱等血管扩张药物以防脑血管痉挛；常规应用抗生素预防感染；应用止血药物减少伤口渗血及预防出血。

8. 并发症观察与护理

(1) 神经麻痹　神经麻痹是颈动脉体瘤术后最常见的并发症，发生率为 21.8%。受累的神经有舌下神经、迷走神经主干、迷走神经分支（如咽支、喉上神经）、面神经下颌支、交感神经等。神经损伤可分为暂时性和永久性损伤，前者往往是由于手术牵拉所致，一般术后短期能恢复。而后者往往由于神经被切断所致，往往无法恢复。舌下神经损伤表现为伸舌偏斜、舌搅拌功能障碍；迷走神经损伤表现为声音嘶哑、心率增快；咽支、喉上神经损伤表现为吞咽困难、呛咳、音调降低及讲话费力等；面神经下颌支损伤表现为患侧鼻唇沟变浅、鼓腮漏气等；交感神经损伤表现为霍纳综合征（患侧眼球内陷、瞳孔缩小、眼裂变小、半面无汗等）。术后应严密观察病人神经损伤症状。一旦发现，应根据症状严重的程度，给予发声及吞咽锻炼，严重者给予鼻饲流质饮食，应用营养神经药物，必要时行气管切开术。

(2) 脑缺血　术中、术后均有可能发生脑缺血，主要原因可能为术中阻断颈动脉所致。如果病人 Wills 环不很完善，就可能发生脑缺血；其次是颈动脉内血栓脱落；术中对颈动脉的牵拉、刺激也可导致术侧颈动脉有不同程度的痉挛。术后部分病人可发生不同程度的脑组织缺氧、缺血。脑缺血最常见的临床体征是对侧上下肢力量不足，左侧者有时伴失语。术后密切观察神志、瞳孔、生命体征及语言情况，如是否对答切题，有无失语、头痛、头晕、恶心等症状，观察肢体活动及四肢肌力情况。行颈动脉结扎的病人术后可常规上氧；应用脑细胞营养药及血管扩张剂。

出院指导

1. 饮食 禁忌烟酒及辛辣食物，多吃水果、蔬菜，食低盐、低脂饮食。

2. 活动与休息 保证充足的睡眠，生活有规律，避免劳累及颈部剧烈活动，选择力所能及的运动，如散步、做气功等。

3. 并发症预防 为了预防远期并发症如缺血性中风的发生，病人出院后按时服用小剂量阿司匹林和丹参片。

4. 功能锻炼 有并发症的病人每天进行鼓腮、伸舌训练。舌的运动包括舌向前、后、左、右、上、下各个方向的主动运动，每天 3 次。

5. 复诊 出院后 1 年内每 3 个月 1 次，2～3 年内每 6 个月 1 次，4 年以后每年复查，有异常及时就诊。包括 B 超及经颅多普勒等，及时观察脑部血流情况，早期发现有无血栓形成。

第十一节 胸 腺 瘤

胸腺瘤（thymorma）多位于前上纵隔，分上皮细胞型、淋巴细胞型和混合型 3 类。淋巴细胞型多为良性胸腺瘤，上皮细胞型和混合型多为恶性胸腺瘤，易浸润附近组织器官，产生压迫症状。胸腺瘤特有的表现是合并某些综合征，如重症肌无力、单纯红细胞再生障碍性贫血、低球蛋白血症等。胸腺瘤一经诊断即应外科手术切除。

【护理评估】

术前评估

1. 一般情况 了解病人年龄、性别、发病情况及病程长短，询问病人是否有重症肌无力表现，如疲乏、上眼睑下垂、不能随意睁眼、复视、抬头困难、累及呼吸肌可造成呼吸困难。

2. 症状、体征评估 询问病人是否有胸痛、胸闷、咳嗽及前胸部不适的症状。胸痛的性质无特征性，程度不等，部位也不具体，胸腺瘤生长到相当大体积时，压迫无名静脉或上腔静脉，出现颈部、面部、上肢浮肿，颈静脉怒张。

3. 心理社会评估 多与病人进行交流，及时发现心理变化，鼓励病人正确对待疾病，积极配合治疗护理。评估病人对疾病、手术方式、麻醉方式的认识程度；了解病人对术前准备、护理配合和术后康复知识的知晓情况；评估家属是否因担心病人的预后和经济负担而产生焦虑不安心理。

4. 辅助检查　胸部 CT 检查、X 线检查、支气管镜检查、纵隔镜检查等。

术后评估

1. 术中情况　手术麻醉方式、术中出血量、补液量、安置的引流管等。

2. 生命体征　体温、脉搏、呼吸、血压、意识。

3. 伤口评估　伤口敷料，有无感染，引流管与引流液的情况。

4. 饮食评估　评估术后进食情况。

5. 评估有无并发症，特别注意有无肌无力危象发生。

【治疗原则】　胸腺瘤一经诊断，如无手术禁忌证，应外科手术切除。即使良性肿瘤暂无症状，由于其会逐渐长大，压迫毗邻器官，甚至出现恶变或继发感染，因而均以采取手术治疗为宜。不能切除的恶性胸腺瘤可根据病理性质给予放疗或化疗。

【常见护理问题】　①气体交换功能受损。②清理呼吸道低效。③焦虑/恐惧。④自理能力缺陷。⑤潜在并发症：呼吸衰竭，重症肌无力危象或胆碱能危象。

【护理措施】

术前护理

1. 心理护理　针对病人心理问题做好解释与安慰工作，向病人介绍手术的重要性和必要性，使之树立战胜疾病的信心，积极配合治疗。

2. 提供足够的热量、丰富的蛋白质和维生素。有吞咽困难者给予流质饮食；进食要慢，以免误吸导致吸入性肺炎和窒息。

3. 根据病人是否存在重症肌无力酌情给予一级护理或二级护理，适当控制活动量和活动范围。

4. 病情及疗效观察　严密观察服药效果及病情变化。备好新斯的明、阿托品、解磷定等急救药物。

5. 术前准备　术前 1 天备皮、合血、搞好个人卫生、练习床上排便，进行相关健康知识宣教。术前晚 21 时后禁食，术前 4～6 小时禁饮。

术后护理

1. 体位　术后 6 小时内去枕平卧，头偏向一侧，全麻苏醒后生命体征平稳者可摇高床头 30°～60°。

2. 麻醉苏醒后，告知病人手术情况及其关注的问题。同时告知病人术后需要配合的知识

及注意事项，便于治疗。

3. 病情观察　严密观察生命体征，记录体温、脉搏、呼吸、血压的变化。术后 48～72 小时是重症肌无力危象的高发期，随时备好抢救药品与物品。认真观察服用抗胆碱酯酶药物后的反应，仔细鉴别肌无力危象与胆碱能危象的不同表现（表 4-1），发现问题及时报告医师进行处理。

表 4-1　　　　　　　　重症肌无力危象与胆碱能危象的鉴别

	重症肌无力危象	胆碱能危象
原因	抗胆碱酯酶药物不足	抗胆碱酯酶药物过量
瞳孔	无变化或略大	缩小
分泌物	不多、口咽干、痰少、无汗	流泪、流涕、痰多、汗多、唾液多
肌肉颤动	无	明显
心率	加快	减慢
腹痛	无	有
腹胀	有	无
肠鸣音	无	亢进
阿托品试验	无反应	症状有缓解

4. 保持呼吸道通畅　麻醉苏醒后即鼓励病人咳嗽、深呼吸并协助排痰，注意观察记录痰的性状和量。生命体征平稳后，协助病人间断坐起、叩背、排痰，痰不易咳出者可给予超声雾化吸入，必要时电动吸痰。气管切开者按气管切开护理常规（见第七章第三节"常用治疗技术及护理配合"相关内容）。

5. 氧气吸入　根据病情行鼻塞、鼻导管、面罩给氧，一般鼻导管给氧，氧流量为 2～4L/min，无缺氧症状时方可停止。合并重症肌无力危象病人有呼吸衰竭的危险，需要延长术后呼吸支持时间。

6. 保持胸腔引流管通畅　见第七章第三节"常用治疗技术及护理配合"相关内容。

7. 防止心衰及肺水肿　输液速度不宜过快，以免诱发心衰和肺水肿。

8. 饮食护理　手术 6 小时后即可开始进食清淡流质、半流质饮食，术后第 1 天可改为普通饮食，宜进食高蛋白、高热量、高维生素、易消化食物。

9. 大便、小便护理　术后6～8小时未解小便或者虽有小便，但尿量甚少，次数频繁者应采取措施，如按摩或热敷膀胱区、听流水声等促使病人排尿，无效者应给予导尿。术后3天不排大便者，可遵医嘱酌情给予开塞露、缓泻剂或0.2％肥皂水灌肠。

10. 早期活动　根据病情，协助并鼓励其早期活动，以利肺膨胀，促进胃排空，防止下肢静脉血栓形成。有出血、呼吸困难、极度衰弱等情况者，不宜早期活动。

出院指导
1. 日常生活中注意防寒保暖，防止受凉，预防呼吸道感染。
2. 保持心情舒畅，合理安排生活，坚持适度的体育锻炼。
3. 选择高热量、高蛋白质、高维生素、易消化饮食。
4. 按医嘱服药，每3～6个月复查1次。

第十二节　肺　　癌

肺癌（lung cancer）是当前严重危害人体健康的恶性肿瘤。肺癌常好发于50岁以上的男性，60～69岁年龄组发病率最高，男、女发病比例为4∶1。肺癌早期无典型症状，常以咳嗽、咳血痰、胸背痛等类似感冒症状而就诊。

【护理评估】

术前评估

1. 一般情况　遗传家族史、吸烟史、生活工作环境及有无肿瘤高危因素。
2. 症状、体征评估

（1）胸内表现　肺癌病人常以刺激性咳嗽为主要症状，可有痰中带血丝，胸部隐痛，癌肿阻塞支气管引起炎症时表现为发热、胸闷、气短等症状，癌肿压迫喉返神经出现声嘶；压迫上腔静脉引起上腔静脉压迫综合征。

（2）胸外表现　骨关节疼痛及僵硬，杵状指、趾，以及高血钙，皮肌炎；转移到其他脏器时表现出相应的症状和体征。

（3）体征　肺内出现肿块，边缘不整。支气管纤维镜或肺穿刺细胞学检查找到癌细胞。

3. 心理社会评估　患有肺癌，对于个人和家庭来说，都是一个重大的生活事件，病人能

否坦然面对，其家属关心程度、家庭经济状况、医疗费用承受能力及支付方式等均对治疗方法的选择、病人的配合程度及治疗效果有影响。

术后评估

1. 麻醉手术情况　了解麻醉手术方式和术中经过、出血等。

2. 恢复情况　生命体征、引流管引流、伤口愈合、咳嗽排痰、进食营养等。

3. 心理状况　病人对术后出现的伤口疼痛、自理缺陷、呼吸困难等能否正确应对，是否存在焦虑、恐惧心理。

【治疗原则】　手术治疗为首选。根据肺癌病程的不同时期及细胞学分型，采用术前术后放疗、化疗和免疫治疗的方式，以达到提高疗效、延长生存期、提高生活质量的目的。手术方式有：①局部切除（肺段或楔形切除）。②肺叶切除支气管成形术（袖状切除）。③一侧全肺切除。④肿块姑息性切除等。

【常见护理问题】　①焦虑/恐惧。②低效性呼吸型态。③疼痛。④知识缺乏。⑤潜在并发症：出血，感染，呼吸衰竭，心力衰竭。

【护理措施】

术前护理

1. 心理护理　与病人交流时护士应关心、安慰、同情病人，耐心做好解释工作，讲解手术方式及各种检查及治疗的目的、方法、配合和注意事项，讲述术后可能发生的不适、并发症及应对措施，消除焦虑、恐惧心理。

2. 饮食护理　指导病人进食高热量、高蛋白、富含维生素饮食，增强体力和机体抵抗力。

3. 辅助检查　协助完成心电图、肺功能检查，了解肝、肾功能，做出、凝血时间测定。

4. 戒烟与抗感染　吸烟使气管、支气管分泌物增加，必须戒烟2周方可手术；指导病人有效咳嗽、排痰的方法，咳嗽频繁、痰多者遵医嘱应用抗生素消炎治疗，排痰困难者行超声雾化吸入。指导病人早晚刷牙，预防细菌经口腔进入呼吸道引起感染。

5. 指导病人行呼吸功能训练　平卧时练习腹式呼吸，坐位或站立位时练习胸式呼吸，每天2～4次，每次15～20分钟，也可做缩唇呼吸和慢吸快呼呼吸法练习。建议病人散步，适量运动。

6. 术前1天备皮、交叉合血、搞好个人卫生、练习床上排便，进行相关健康知识宣教。术前晚21时后禁食，术前4～6小时禁饮。

7. 遵医嘱执行术前用药。

术后护理

1. 体位

（1）麻醉未苏醒者取平卧位，头偏向一侧。麻醉苏醒生命体征平稳后取半卧位，以利膈肌下降，胸腔容量扩大，利于肺通气，同时便于咳嗽和胸液引流。

（2）麻醉苏醒后可取侧卧位，但病情较重，呼吸功能较差者应避免完全健侧卧位，以免压迫健侧肺，限制肺通气，从而影响有效气体交换。

（3）一侧肺切除术后第 3 天病人取平卧或 1/4 侧卧位，如完全侧于患侧或搬运病人时剧烈震动，均可使纵隔过度移位，大血管扭曲而引起休克；完全卧于健侧，同样可压迫唯一的健侧肺，造成严重缺氧。

（4）每 1～2 小时更换体位 1 次，加强骶尾部皮肤护理，预防压疮发生。

2. 饮食护理　麻醉苏醒后无恶心、呕吐等情况，可给予半流质食物，术后第 1 天开始进食高蛋白、高维生素、高热量、易消化食物，增强机体抵抗力、促进伤口愈合。

3. 生命体征监测　密切观察脉搏、呼吸、血压、血氧饱和度的变化，每 15～30 分钟 1 次，生命体征平稳后改为 1～2 小时监测 1 次，应及时发现心律失常、胸腔内出血、气胸等情况。由于伤口疼痛，胸带压迫，限制胸廓扩张，引起呼吸浅快，因此要观察呼吸方式、频率、深度及神志、面色等变化。

4. 充分给氧　肺叶切除者，持续上氧 48～72 小时，2～4L/min，一侧全肺切除术后持续给氧 72 小时后间断给氧至术后 1 周。

5. 呼吸道护理

（1）肺叶切除术后由于肺通气量和弥散面积减少，肺膨胀不全，会造成不同程度的缺氧。术后常规给予鼻导管吸氧，流量 2～4L/min，第 2 天起予间断给氧或根据动脉血 SaO_2 按需给氧。

（2）鼓励并协助病人有效咳嗽排痰，常采用的方法有：①拍击与振动法。病人取坐位，护士单手拍击病人背部以不引起疼痛为宜，嘱病人咳嗽，术后每天 2～4 次。②一手按压住病人伤口，另一手置于腹部，令其深吸气后再用力咳嗽。③指压胸骨切迹上方气管的方法，刺激咳嗽反射，促进咳嗽排痰。

（3）协助排痰无效，且呼吸费力，听诊呼吸音粗，有痰鸣音，必要时行鼻导管气管深部

吸痰或支气管纤维镜吸痰，或行气管切开吸痰；气管切开后按气管切开常规护理（见第七章第三节"常用治疗技术及护理配合"相关内容）。

（4）体力许可时鼓励病人吹气球，练习深呼吸，做主动运动，以促使肺膨胀，加速呼吸功能恢复。

6. 胸管护理　参见第七章第三节"常用治疗技术及护理配合"相关内容。

7. 疼痛的护理　开胸手术对机体创伤大，术后伤口疼痛，对病人的深呼吸及咳嗽排痰均有影响。伤口疼痛时，按三阶梯止痛法适时给予止痛药，术后 48 小时内应用 PCA 止痛泵，同时协助病人采取舒适体位，妥善固定引流管，避免牵拉引起疼痛，创造安静、舒适的环境，指导其看报、听音乐分散对疼痛的注意力。

8. 输液护理　肺叶切除后，肺泡-毛细血管床明显减少，应严格掌握输液的量和速度，防止心脏前负荷过重，导致肺水肿、心衰发生；一侧全肺切除术病人还应控制钠盐摄入，24 小时补液量控制在 2000mL 以内，速度为每分钟 30～40 滴。

9. 并发症的观察　肺癌术后常见并发症有阻塞性肺不张、肺炎、张力性气胸、支气管胸膜瘘、肺水肿等，大片肺不张时，病人出现呼吸困难，发热，气管向患侧移位。张力性气胸时气管向健侧移位。支气管胸膜瘘常发生于术后第 1 周，病人出现发热、刺激性咳嗽、咳脓痰等感染症状。如出现以上情况，应立即报告医师进行处理。

出院指导

1. 注意保暖，避免受凉，预防呼吸系统感染，不到人群集中的场所活动。

2. 继续进行呼吸功能训练，严格戒烟、酒。加强营养，增强机体抵抗力。

3. 根据医嘱行术后放疗或化疗等综合治疗。

4. 出院后每 3～6 个月复查 1 次，如出现胸闷、胸痛、咳嗽、呼吸困难等情况，随时来院检查。

第十三节　食管癌

食管癌（esophageal carcinoma）是发生于食管上皮的恶性肿瘤，发病年龄多在 40 岁以上，男性多于女性，男、女发病率之比是 3∶1。我国是世界上食管癌高发地区之一。食管癌的人群分布与年龄、性别、职业、种族、地理、生活环境、饮食生活习惯、遗传易感性等有一定关系。手术是治疗食管癌的首选方法。

【护理评估】

术前评估

1. 一般情况　家族史、既往史、遗传史、饮食习惯、生活和工作环境有无肿瘤高危因素。

2. 症状、体征评估

（1）了解病人目前饮食情况，有无胸骨后烧灼样或牵拉摩擦样疼痛，有无进食梗阻感或呛咳、咽部干燥紧束感、进行性吞咽困难等症状，有无体重下降、乏力、贫血、营养不良等恶病质表现。

（2）体征　有无锁骨上淋巴结肿大，肝转移性包块、腹水、胸水等。

3. 心理社会评估　食管癌病人因进食困难而饥饿、乏力、消瘦等使病人情绪低落，而且食管癌治疗费用高，从而给病人造成身心痛苦，给家庭带来沉重的经济负担。病人思想负担重，护士应细心观察，评估病人对疾病知识的了解程度与家属对治疗的意见；拟采取的手术方式及预后；家属对病人的关心程度、支持力度和家庭经济承受能力等。

4. 辅助检查　纤维食管镜、食管胃钡餐 X 线片、食管拉网脱落细胞检查等。

术后评估

1. 麻醉手术情况　手术名称、麻醉方式和术中情况。

2. 康复情况　生命体征、切口愈合、引流管引流、进食等。

3. 心理状况　对疼痛、不舒适、预后是否产生焦虑、恐惧心理，对术后饮食、活动知识掌握情况，对今后的工作生活是否存在心理障碍。

【治疗原则】

1. 手术治疗　手术是治疗食管癌的首选方式。适用于全身情况和心肺功能良好、无明显远处转移者。手术路径：食管上段癌一般采取右胸切口，中、下段食管癌切除术一般经左胸切口。联合切口有经胸腹联合切口，颈、胸、腹三处切口者。

2. 放疗　包括手术前放疗和单纯放疗。

3. 化疗　采用化疗与手术治疗相结合或与放疗、中医中药相结合的综合治疗方法，可提高疗效，或使食管癌病人症状缓解，生存期延长。

【常见护理问题】　①营养失调——低于机体需要量。②体液不足。③焦虑/恐惧。④自理

能力缺陷。⑤心排血量减少。⑥低效性呼吸型态。⑦潜在并发症：出血，感染，吻合口瘘，吻合口狭窄。

【护理措施】

术前护理

1. 心理护理　护士应加强与病人和家属的沟通，仔细了解其对疾病和手术的认知程度与心理状况，实施心理疏导。讲解手术和各种治疗护理的必要性，指导病人如何配合治疗及注意事项。争取其家属在心理、精神和经济方面的积极支持和配合。

2. 营养支持　大多数食管癌病人因存在不同程度吞咽困难而出现营养不良，水、电解质失衡，使机体对手术的耐受力下降，故术前应保证病人的营养摄入。①肠内营养：能口服者，指导病人合理进食高热量、高蛋白、含丰富维生素的软食或半流质饮食。观察进食反应，若病人感到吞咽有刺痛感时，可给予清淡无刺激的流质食物。②静脉营养：若病人仅能进食少量流质或长期不能进食且营养状况较差时，可静脉补充液体、电解质、氨基酸、脂肪乳剂等提供静脉营养。

3. 保持口腔卫生　口腔是食管的门户，口腔内细菌可随食物或唾液进入食管，在梗阻或狭窄部位停留、繁殖，易造成局部感染，影响术后伤口愈合。故应保持口腔清洁，进食后漱口，并积极治疗口腔疾病。

4. 呼吸道准备　对吸烟者，术前应劝其严格戒烟。指导并训练病人有效咳痰和腹式深呼吸，以利减轻伤口疼痛，主动排痰，增加肺部通气量，改善缺氧，预防术后肺炎和肺不张等并发症。

5. 胃肠道准备　①术前3天改流质饮食，术前1天禁食。②对进食后有食物滞留或反流者，术前1天遵医嘱予以生理盐水500mL加庆大霉素8万～16万U分次经鼻胃管冲洗食管，每次50～100mL，直至抽吸液清亮无渣屑。可减轻局部充血水肿，减少术中污染，预防吻合口瘘。③结肠代食管手术病人，术前3～5天口服抗生素，如甲硝唑、庆大霉素或新霉素等；术前2天进食流质，术前晚及术日晨行清洁灌肠。④手术日晨常规置胃管及十二指肠营养管，胃管通过梗阻部位时不能强行进入，以免穿破病变部位引起出血。

6. 其他　术前1天备皮、交叉合血、沐浴及其他个人卫生的处理，进行相关健康知识指导，术前30分钟遵医嘱使用手术前用药。

术后护理

1. 监测并记录生命体征，测血压、脉搏、呼吸、动脉血氧饱和度，每30分钟1次，平稳后可每1～2小时1次，并做好记录。

2. 呼吸道护理　食管癌术后，应密切观察呼吸深度、频率和节律变化，听诊双肺呼吸音是否清晰，有无缺氧征兆。气管插管拔除前，随时吸痰，保持呼吸道通畅。术后第1天每1～2小时鼓励病人深呼吸，协助病人咳嗽排痰，促使肺膨胀。痰多、咳痰无力的病人若出现呼吸浅快、发绀、呼吸音减弱等痰阻塞现象时，应立即行气管深部吸痰，必要时行纤维支气管镜吸痰或气管切开吸痰。

3. 保持胸腔闭式引流通畅　同"胸腔闭式引流护理"。但应高度警惕乳糜胸（胸液量多、浑浊、颜色黄白或乳白）和吻合口瘘（胸液量不太多，但浑浊，呈棕褐色或黄白色脓性液，有臭味）的发生。

4. 饮食护理

（1）术后禁食期间不可下咽唾液，以免感染造成食管吻合口感染。

（2）术后3～4天吻合口处于充血水肿期，需禁饮禁食。

（3）禁食期间持续胃肠减压，经静脉补充水、电解质和抗生素，遵医嘱经十二指肠营养管缓慢滴注营养液。

（4）术后4～5天待肛门排气、胃肠减压引流量减少后，拔除胃管。

（5）停止胃肠减压24小时后，若无呼吸困难、胸内剧痛、患侧呼吸音减弱及高热等胸内吻合口瘘的症状时，可开始进食。先试饮链霉素液（链霉素1.0g加入生理盐水500mL中），每2小时1次，每次50mL，术后7～8天可给予半量流质，每2小时给100mL，每天6次。术后2周进半流饮食。术后3周病人若无特殊不适可进软食，术后第4周进普食。但仍应注意少食多餐，细嚼慢咽，防止进食量过多、速度过快。

（6）避免进食生、冷、硬食物，以免导致术后远期吻合口瘘发生。

（7）食管-胃吻合术后病人，进食后可能有胸闷、呼吸困难，应告知病人是由于手术中将胃上提入胸腔，肺受压暂不能适应所致。建议病人少食多餐，进食后散步20～30分钟，经1～2个月后，此症状多可缓解。

（8）食管癌、贲门癌切除术后，可发生胃液反流至食管，病人可有反酸、进食后呕吐等症状，平卧时加重，应嘱病人饭后2小时内勿平卧，睡眠时将枕头适当垫高。

5. 胃肠减压的护理 术后 3～4 天内持续胃肠减压，保持胃管通畅，妥善固定胃管，防止脱出。严密观察引流液量、颜色、性状、气味并准确记录。若引流出大量鲜血或血性液，病人出现烦躁、血压下降、脉搏增快、尿量减少等，应考虑吻合口出血，需立即通知医师并配合处理。经常挤压胃管，勿使管腔堵塞。胃管不通畅时，可用少量生理盐水冲洗并及时回抽，避免胃扩张增加吻合口张力而并发吻合口瘘。胃管不慎脱出后应立即报告医师，并严密观察病情，严禁盲目插入，以免戳穿吻合口，造成吻合口瘘。

6. 胃肠造瘘术后的护理 观察造瘘口周围有无渗出液或胃液漏出。暂时性或用于管饲的永久性胃造瘘管均应妥善固定，防止脱出、阻塞。

7. 术侧手臂功能锻炼 术后第 1 天开始，协助病人行术侧手臂功能锻炼，即肩关节旋前、旋后活动，肘关节活动及举臂运动。

8. 放疗、化疗期间的护理 向病人解释治疗目的。放疗和化疗后的病人会出现倦怠感、食欲不振、恶心呕吐等症状，应充分休息，避免体力消耗，注意合理调配饮食，以增进食欲。放疗、化疗可致造血系统受抑制，血白细胞计数减少，病人易发生感染。应限制会客，注意口腔卫生，预防上呼吸道感染。放疗病人应注意保持放射野局部皮肤清洁，穿棉质内衣，避免皮肤刺激，防止放射性皮炎的发生。

9. 并发症的护理

（1）吻合口瘘 是食管癌手术后极为严重的并发症，死亡率高达 50%。胸内吻合口瘘的临床表现为：呼吸困难、胸腔积液、全身中毒症状，包括高热、白细胞计数升高、休克甚至脓毒血症。吻合口瘘多发生在术后 5～10 天。护理措施包括：①嘱病人立即禁食。②胸内吻合口瘘行胸腔闭式引流术。③加强抗感染治疗及静脉营养支持。④严密观察生命体征，若出现休克症状，应积极抗休克治疗。⑤需再次手术者，应积极配合医师完善术前准备。

（2）乳糜胸 食管、贲门癌术后并发乳糜胸是比较严重的并发症，多因伤及胸导管所致。乳糜胸多发生在术后第 2～10 天。病人表现为胸闷、气急、心悸，甚至血压下降。由于乳糜液中含有相当量的脂肪、蛋白质、胆固醇、酶、抗体和电解质，若未及时治疗，可在短时期内造成全身器官功能衰竭而死亡。护理措施包括：置胸腔闭式引流管，及时引流胸腔内乳糜液，使肺膨胀。可用 2.5kPa 负压持续吸引，有利于胸膜形成粘连；病情允许时可行胸导管结扎术，同时给予静脉营养支持治疗。

出院指导

1. 饮食　嘱病人进食高热量、高蛋白质、高维生素、易消化饮食，少食多餐，细嚼慢咽，防止进食量过多，速度过快；避免进食生、冷、硬食物，忌食辛辣、刺激性食物和碳酸饮料，戒烟、酒。

2. 休息　注意休息，适当活动，活动量以自己不感心慌、疲劳为度，避免劳累。

3. 预防感冒　及时增减衣服，春、冬季节尽量避免到人群集中的场合活动。

4. 遵医嘱定期行化疗、放疗，以提高疗效。

5. 一般每 2～3 个月复查 1 次，若有发热、胸闷、憋气、吞咽困难等不适，及时就诊。

第十四节　乳 腺 癌

乳腺癌（breast cancer）是女性最常见的恶性肿瘤之一。在我国占全身各种肿瘤的 7%～10%，仅次于子宫颈癌，但近年有超过子宫颈癌的倾向，并呈逐年上升趋势。部分大城市报告乳腺癌占女性恶性肿瘤的首位。男性较少见，40～49 岁的女性是乳腺癌的好发年龄。

【护理评估】

术前评估

1. 一般情况　遗传史、家族史，了解婚育史、哺乳史、月经周期及绝经时间，乳腺外伤疾患史，乳头有无溢液或糜烂，局部疼痛与月经周期有无关系等。

2. 症状、体征评估

（1）局部肿块，为单发性，多发生于乳房外上象限，与边缘分界不清，乳房轮廓改变，弧形轮廓缺损或异常；轻度疼痛；被侵皮肤区凹陷，出现"酒窝征"；如发现橘皮样变，为晚期征象；同时可见乳头溢液及乳头回缩固定。

（2）体征　①局部肿块。②乳房轮廓改变。③酒窝征。④橘皮样变。⑤乳头回缩固定和溢液。⑥腋窝有无淋巴结。

3. 心理社会评估　了解病人对乳腺癌知识的掌握程度，以及对治疗效果的期望值，对术后破坏形体完整性的接受程度等。

4. 辅助检查　乳腺 B 超、钼靶、肿块局部穿刺细胞学检查。

术后评估

1. 麻醉手术情况　麻醉、手术方式，淋巴结清扫情况。

2. 恢复情况　包括生命体征、引流管引流、合理营养、手臂功能锻炼等。

3. 心理状况　对形体改变的心理承受能力，术后部分自理缺陷，上肢活动受限等带来的焦虑、恐惧心理程度。

【治疗原则】　手术治疗是乳腺癌首选的治疗方法。术式有：①乳腺癌根治术。②改良根治术。③全乳切除。④Ⅰ期乳癌手术同时行乳房再造。乳腺癌根治术后同时进行双侧卵巢去势术。对有手术禁忌证的病人可行放疗、化疗、免疫治疗及中医中药治疗。

【常见护理问题】　①焦虑/恐惧。②自我形象紊乱。③知识缺乏。④潜在并发症：患肢水肿，皮瓣坏死。

【护理措施】

术前护理

1. 心理护理　与病人交流，讲解该病的治疗效果及手术治疗的重要性，告知病人术后可配戴义乳，消除病人对癌症的恐惧及对术后改变形体的焦虑情绪，使病人主动配合治疗。

2. 饮食护理　指导病人进食高蛋白、高维生素、适当热量食物，肥胖者进食低热量食物，减少动物脂肪摄入。

3. 辅助检查　协助做好肝、肾功能及心电图检查，做出、凝血时间测定。

4. 术前准备　术前备皮及卫生处置、药物过敏试验，做好相关健康知识宣教，遵医嘱术前30分钟使用术前药，更换洁净手术衣、裤入手术室。

术后护理

1. 体位　麻醉未苏醒前平卧6小时，头偏向一侧。麻醉苏醒后取半坐位，利于呼吸和伤口引流。

2. 心理护理　术后乳房缺失，病人情绪低落，顾虑重重，与家属联系鼓励病人丈夫多给予安慰与心理支持，多陪伴病人。并再次告知病人术后配戴义乳，消除病人不良情绪。

3. 观察生命体征，特别注意呼吸情况，避免因胸带包扎太紧而影响呼吸，出现呼吸紧迫感时，做好解释工作，并将胸带松紧度调节合适。

4. 加强引流管的护理，妥善固定，定时挤捏，保持通畅，观察引流液的颜色、性质和量，术后第1天引流量50～100mL，以后逐日减量，颜色逐渐变淡为正常改变。负压盒夏季每天更换 1 次，冬季隔天更换 1 次，注意无菌操作。

5. 包扎伤口同时固定术侧上肢，观察术侧上肢血运情况，如发现肿胀不适，说明胸带包扎太紧，而影响术侧上肢血运，应将胸带调整至合适松紧度；嘱病人做握拳动作，由远心端向近心端按摩患肢，仰卧位时将手垫高或放于病人自己的腹壁上，起床活动时可用三角巾托起前臂。

6. 指导病人形体训练　乳腺癌术后创伤面积大，伤口牵拉，疼痛，使病人呈斜肩驼背状，指导病人活动时挺胸收腹肩膀平，术侧肩勿往伤口侧倾斜，避免伤口畸形愈合。

7. 乳腺癌术后患侧上肢功能锻炼　运动原则为：病情早期，运动以缓解疼痛为首要目的，主要以床旁步行、呼吸功能训练、特定穴位按摩为主。运动幅度不宜过大，肩关节应保持内收位，外展尽量<15°，以防皮瓣滑动影响伤口愈合。具体运动方法详见第二章第六节"肿瘤科病人的康复护理"相关内容。

出院指导

1. 饮食　进食低脂肪、高蛋白、高维生素饮食，特别要控制动物脂肪的摄入；肥胖病人指导其控制每天进食的总热量摄入，配合运动，保持合适体重。

2. 保持心情愉快，避免手术改变形体而发生社交恐惧症及自闭心理。

3. 继续进行手臂功能锻炼，达到完全恢复的目的。

4. 指导病人定期自我检查乳房肿块的方法。

5. 根据医嘱，定期行放疗、化疗，以巩固疗效，3 个月后复查。

6. 伤口愈合后可配戴义乳。

第十五节　胃　　癌

胃癌（carcunoma stomach）是我国最常见的恶性肿瘤之一，每 10 万人口中胃癌的年死亡率为 25.21%，在各种恶性肿瘤中占首位。胃癌起病隐匿，临床表现缺乏特异性，因此早期诊断比较困难。

【护理评估】

术前评估

1. 一般情况　询问病人有无长期溃疡病史或慢性萎缩性胃炎、胃息肉等癌前期疾病史，

饮食习惯及家庭中有无胃癌病人等。

2. 症状、体征评估 询问病人有无嗳气、反酸、食欲减退等上消化道症状，有无上腹部隐痛及疼痛是否有规律。评估病人是否有恶心、餐后腹胀及呕吐宿食、胃液，有无进食哽噎及呕血、黑便情况。

3. 心理社会评估 评估病人对其诊断及预后的焦虑、恐惧程度；对胃癌手术方式、术后综合治疗及康复知识的了解程度；家庭经济承受能力及其家庭成员对病人的关心支持情况。

4. 辅助检查 X线钡餐无痛苦，易为病人接受，是胃癌早期诊断的主要手段之一，诊断准确率可达70%～80%；纤维胃镜是诊断胃癌的最有效方法，与细胞学检查、病理检查联合应用，确诊率可达90%。评估营养状况及其他重要脏器功能的检查情况。

术后评估

1. 手术方式，麻醉方式，术中情况包括出血量、补液量、引流管放置的位置等。

2. 评估术后生命体征。

3. 伤口渗血渗液情况，胃管是否通畅，引流液颜色、性质和量的变化。

4. 评估术后饮食、睡眠、活动状况。

5. 评估有无并发症的症状、体征，如活动性出血、吻合口瘘等。

【治疗原则】

1. 手术治疗 外科手术至今仍是治疗胃癌的主要手段，包括胃切除和胃周围淋巴结的清除。胃切除手术方式包括：胃部分切除；胃近端大部分切除；胃远端大部分切除或全胃切除；胃癌扩大根治术及联合脏器切除。近年来，胃癌的微创手术已日趋成熟，包括胃镜下的胃黏膜病灶切除及腹腔镜下的胃切除术。中晚期胃癌采用手术、化疗、放疗、免疫治疗及中医中药等综合治疗。

2. 化疗 早期胃癌可不需化疗，但进展期胃癌均应进行化疗。

【常见护理问题】 ①焦虑/恐惧。②疼痛。③营养失调。④排空延迟及倾倒综合征。⑤知识缺乏。

【护理措施】

术前护理

1. 心理护理 肿瘤病人的心理变化是一个十分复杂的过程，当一个人被诊断为癌症时，病人及家属精神上会受到很大的打击，产生强烈的情绪反应。因此，护士在护理工作中要善于发现病人的情绪变化，根据病人的需要程度和接受能力提供信息，尽可能采用非专业性语言使病人听得懂，帮助分析治疗的有利条件，使病人看到希望，消除病人的顾虑和消极的心理，增强对治疗的信心，积极配合治疗护理。

2. 饮食　饮食应少量多餐，予以高蛋白、高热量、高维生素、易消化、无刺激性食物。术前 3 天改流质饮食，手术前应禁食 8～12 小时，禁饮 4～6 小时。如胃癌合并穿孔，应立即禁食、禁饮、行胃肠减压，予以全胃肠外营养支持；合并出血者暂时禁食，予以全胃肠外营养支持，出血停止后，可进食流质或无渣半流质饮食；合并幽门梗阻者，如为完全性梗阻需禁食、禁饮、行胃肠减压，术前 3 天温盐水 300～500mL 洗胃，予以全胃肠外营养支持；如为非完全性梗阻者，可予以无渣半流质或肠内营养制剂如能全素口服。

3. 用药护理　术前 3 天予以肠道不吸收抗生素如甲硝唑 0.2g、庆大霉素 8 万 U、维生素 K_4 8mg 口服，每天 3 次，因甲硝唑有胃肠道反应，应嘱咐病人饭后服用。

4. 其他　术前晚清洁灌肠以防止术后腹胀，有利于肠道功能的恢复；术晨留置胃管及导尿管，预防术中呕吐、误吸，或因尿潴留而损伤膀胱。

术后护理

1. 一般护理　严密观察生命体征，术后测血压、脉搏、呼吸，每小时 1 次，共 6 次，平稳后改每班 1 次或遵医嘱。同时观察伤口敷料、腹腔引流管、导尿管引流液颜色、性质及量的变化，做好心理护理。

2. 留置胃管的护理　①保持胃管引流通畅，妥善固定，防止引流管扭曲、受压及脱落，切勿随意调整胃管插入深度。②观察引流液的颜色、性质及量的变化，如引流出鲜红色血液≥200mL/h，提示有活动性出血，应立即报告医师紧急处理。③留置胃管者每天应给予口腔护理至少 2 次。

3. 体位　全麻清醒后取半坐卧位，可减轻腹部切口张力，减轻疼痛，有利于呼吸及循环。

4. 饮食及营养　术后禁食禁饮，予以营养支持。目前肠内营养被普遍认为是一种经济、安全、有效的营养支持方法，因其具有符合机体生理状态，有助于胃肠功能和形态的恢复，以及实施操作方便的优点。近年来已有研究证明，胃的功能于术后 1～2 天恢复正常，大肠功能于术后 3～5 天恢复正常，而小肠的蠕动、消化、吸收功能术后几小时即可恢复正常。术中根据胃切除方式放置胃肠减压管，予以减压，放置胃管予以肠内营养支持。如远端胃大部分

切除术，留置胃管于残胃腔中予以减压；留置胃管置于胃、十二指肠吻合口远端，则可进行肠内营养支持。远端胃大部分切除术，留置胃管于输入端进行减压，留置鼻肠管于输出端予以肠内营养。因此，术后护理人员要充分了解手术方式及置管的名称、位置、作用等，根据医嘱实施肠内营养支持治疗。

肠内营养输注的注意事项：①输注管道正确无误。②选择合适的体位：采取半坐卧位，预防误吸。③注意输注速度、温度和浓度的控制：输注的速度以 20～30mL/h 开始，逐渐增加至 100～120mL/h；温度以输液恒温器自管外进行加热，维持温度恒定为 37℃。④营养液的配制应做到现配现用，并保持调配容器的清洁无菌。⑤输注前后及每瓶输注之间要求用温开水 30～40mL 冲管。⑥及时发现并处理并发症。术后 7 天左右拔管，予口服流质至半流质，少量多餐。

5. 镇痛　术后病人有不同程度的疼痛，可适当应用止痛药物或采用病人自控镇痛泵（PCA），注意预防和处理可能发生的并发症，如尿潴留、恶心、呕吐等。

6. 活动　术后当晚每 2 小时翻身 1 次，术后第 1 天可协助病人坐起行口腔护理及拍背，第 2 天可下床站立，床边活动，第 3 天可室内外活动，活动量视个体情况而定。

7. 健康教育　待病理报告确诊拟行化疗前，告之病人化疗药物的作用、使用方式及如何预防和减轻化疗的毒副反应。

出院指导

1. 指导病人自我调节，保持心情舒畅。

2. 饮食　术后 1 个月内以高蛋白、高热量、高维生素、无刺激半流质饮食为主，每天 5～6 餐；1 个月后基本恢复正常饮食，避免生、冷、硬、辛辣、腌制、熏烤及煎炸食物，多食蔬菜、水果，禁烟酒。6～8 个月后恢复原来的每天 3 餐制。

3. 活动　术后 1 个月内以休息为主，可生活自理。3 个月后恢复正常的生活、学习和社会活动，但避免重体力劳动及剧烈运动。

4. 保持大便通畅，观察有无黑便、血便，发现异常及时就诊。

5. 嘱咐病人术后按医嘱进行化疗，定期复查。

第十六节 肾　癌

肾癌（carcinoma of kidney）为肾实质的恶性肿瘤，又称肾细胞癌。肾癌占肾恶性肿瘤的80%～85%，在男性中占全身恶性肿瘤的2.1%，在女性中占1.3%。本病多发于40岁以上，男性多于女性，男、女之比为（2～3）：1。

肾癌的三大症状是血尿、腰痛、肿块。有些病人可出现泌尿系以外的症状，如乏力、精神不振、消化不良、发热、贫血、高血压、低血糖等。约20%的病人可无症状，往往在普查做体格检查或B超时才摸到腹部肿块或被发现肾脏占位性病变。有的病人无泌尿系统或肾内症状表现，却首先表现为转移瘤引起的症状。肾癌远处转移的常见部位是肺、肝、骨和胸、腹、盆腔、会阴、四肢的软组织。

肾癌的病因迄今不明，认为与某些因素有关，如芳香族碳氢化合物、芳香胺、黄曲霉素、激素、放射线、病毒、烟草中的二甲基亚硝基胺等可导致肾癌，虽尚未得到临床证实，但动物实验中已使家兔诱发了肾癌。

【护理评估】

术前评估

1. 一般情况　了解病人的性别、年龄、发病情况、病程长短、既往健康状况、有无手术史等。

2. 症状、体征评估

（1）三大症状　①血尿：见于50%～60%的病例，血尿特点是无痛、间歇性、全程血尿。②腰痛：常为钝痛或隐痛，见于40%～50%病例。③腰腹部扪及包块：见于20%～30%病例。④全身症状：低热、红细胞沉降率加快、高血压、红细胞增多症，消瘦、贫血、虚弱等症状，以及肾癌分泌的各种内分泌激素所引起的相应症状。

（2）评估排尿情况，判断有无肾功能不全。

（3）根据全身状态，评估病人各系统功能是否能适应手术。

3. 心理社会评估　肾癌一旦确诊，预后较差，病程长，治疗费用高，给病人和家属带来沉重的心理压力和经济负担，并由此产生一系列的心理和社会问题。护士应细心观察、动态评估病人的心理问题，如病人对手术治疗的认识和接受程度，对术后康复知识的了解程度。

4. 辅助检查　腹部平片、肾盂造影、腹主-肾动脉造影、下腔静脉造影、B 超、CT 及 MRI 等检查，对诊断及了解周围有无浸润、淋巴及远处有无转移有很大帮助。

术后评估

1. 手术方式、麻醉方式，术中情况包括出血量、补液量、引流管放置的位置等。

2. 评估术后生命体征。

3. 伤口渗血渗液情况，引流管是否通畅，引流液颜色、性质和量的变化。

4. 评估术后饮食、睡眠、活动状况。

5. 评估有无并发症的症状、体征，如活动性出血、肾功能不全等。

【治疗原则】

1. 手术治疗　根治性肾切除是首选的治疗方法，如临床早期发现、瘤体小并局限于肾脏，手术切除后效果良好；若晚期肾癌，全身情况较差，不能耐受根治手术，为缓解局部症状（如疼痛、出血及控制发热等）可用单纯性肾切除，对不能或不愿手术切除者如术前先行肾动脉栓塞术可使瘤体缩小，提高肿瘤的切除率和手术的安全性。

2. 放疗　目前肾癌放疗的疗效不够满意，主要用于手术前、后的辅助治疗以及晚期肾癌的姑息治疗。

3. 化疗　效果不佳，可采用抗肿瘤药物联合治疗。

4. 黄体酮类激素治疗　术后应用黄体酮治疗，效果明显，这与肾癌中发现雌激素和黄体酮受体有关。

5. 免疫治疗　在肿瘤切除后，进行免疫治疗如免疫核糖核酸、干扰素、转移因子、卡介苗等有一定疗效。

6. 预后　肾癌预后不良，未经治疗的肾癌病人，5 年生存率小于 2%，手术治疗者 5 年生存率约 45%，局部淋巴转移和侵及周围脏器者几乎无生存 5 年者。

【常见护理问题】　①恐惧。②有出血的危险。

【护理措施】

术前护理

1. 协助病人完善术前各项检查。

2. 帮助病人提高对肾癌疾病及手术治疗的认识，告知该疾病的相关知识、手术必要性、麻醉方式、术后恢复过程及预后情况。

3. 观察病人血尿程度，有无尿频、尿急、尿痛及排尿困难，防止泌尿道感染及尿潴留，视病情留置导尿管。

4. 了解病人的营养状况，多食高蛋白、易消化、营养丰富的食品，必要时给予输血、补液以纠正贫血。

5. 心理社会支持　①心理状态，肾癌病人一旦确诊预后较差，病程长，治疗费用高，给病人带来沉重的心理压力和经济负担，常使病人陷于焦虑不安、内疚、恐惧、绝望之中，应注意其情绪变化，及时给予有效的心理疏导。②社会支持状况，了解病人及家属对疾病的认知程度，对手术、化疗、放疗的经济承受能力，争取其家属亲人的支持。

术后护理

1. 休克的观察　左侧肾癌切除时，可合并脾损伤，术后可能有内出血，导致休克的发生。注意休克的症状及体征，保证输血、输液通畅，注意引流量及颜色的变化，早期发现内出血和休克时，及时治疗。

2. 监测肾功能　右侧肾癌有癌栓时，如果结扎下腔静脉，术后可能出现蛋白尿；左侧肾癌有癌栓时，结扎下腔静脉后，右肾静脉与门静脉吻合。术后要监测 24 小时尿及肾功能，防止肾衰竭。

3. 管道护理　各种管道护理严格执行无菌技术操作规程，引流袋不能高于病人插管口的水平，必要时先夹紧引流管，防止逆行感染；胃肠减压管一般放置 48～72 小时至肛门排气，注意病人情况，以便及早纠正环杓关节脱位。

4. 体位　生命体征平稳后取半卧位，有利于呼吸、循环与引流。

5. 饮食　禁食 48～72 小时，肠蠕动恢复后给予流质饮食，逐步过渡到半流质、普食，多饮水、果汁，每天饮水 2000～3000mL，预防逆行感染，多食新鲜蔬菜水果，保持大便通畅。

出院指导

1. 保持乐观稳定的心态，树立战胜疾病的信心，积极配合治疗。

2. 注意休息，适当锻炼，注意劳逸结合。

3. 指导病人平衡饮食，多食新鲜蔬菜和水果，增强抵抗力。

4. 讲解应用放疗、化疗、免疫治疗等综合治疗的意义及注意事项。

5. 讲解如重新出现血尿、乏力、消瘦、疼痛、腰腹部肿块应迅速到医院就诊，定期行胸

部 X 线片检查，及早发现转移灶。

第十七节　嗜铬细胞瘤

嗜铬细胞瘤（pheochromocgtoma）是儿茶酚胺症中的一类，来源于肾上腺髓质及交感神经系统的嗜铬组织，如腹主动脉旁、肠系膜下动脉开口处、腹腔神经丛、纵隔、颈部交感神经节、颅内及膀胱等处。其特点是嗜铬细胞分泌大量儿茶酚胺，引起高血压、高代谢、高血糖为主要表现的病变。肾上腺嗜铬细胞瘤多数为单侧良性肿瘤，10％为双侧性，10％为肾上腺外的肿瘤，恶性嗜铬细胞瘤的发生率不足 10％，瘤体常很大，并可发生转移。其临床表现主要是高血压，呈现持续型、阵发型，一般降压药治疗无效，严重时可并发肺水肿、心力衰竭、脑出血而猝死。

【护理评估】

术前评估

1. 一般情况　了解病人性别，年龄，发病情况，病程长短，既往健康状况，有无手术史、外伤史等。

2. 症状评估　询问病人有无持续性、阵发性或持续伴有阵发性高血压，常因精神刺激、身体活动、肿瘤被挤压等引起发作，血压骤然上升，舒张压可达 140～180mmHg 或以上，发作时有心悸、头痛、头晕、面色苍白或潮红，头痛剧烈，呕吐，四肢冰冷、视力模糊，有时伴气促、胸闷、呼吸困难、腹痛等症状。

3. 心理社会评估　评估病人面对疾病的心理反应，对手术治疗的认识和接受程度，对术后康复知识的了解程度。

4. 辅助检查　肾上腺髓质激素及其代谢产物测定、B 超、CT、MRI 对嗜铬细胞瘤的诊断准确率高，另外腔静脉分段采血定位，^{131}I-间碘苄胍（^{131}I-MIBG）、γ 照相对嗜铬细胞瘤的诊断与定位极有帮助。

术后评估

1. 手术方式，麻醉方式，术中情况包括出血量、补液量、引流管放置的位置等。

2. 评估术后生命体征。

3. 伤口渗血渗液情况，引流管是否通畅，引流液颜色、性质和量的变化。

4. 评估术后饮食、睡眠、活动状况。

5. 评估有无并发症的症状、体征，如活动性出血、高血压危象、低血容量性休克等。

【治疗原则】 本病宜尽早施行手术，但手术风险性大。因此术前和术中的正确处理极为重要，术前应控制高血压，控制心率，使血压正常或接近正常，一般情况稳定 2～4 周后才施行手术。由于治疗过程中血压波动及血容量减少所引起的血流动力学改变复杂而凶险，因此应加强围术期处理，充分做好术前准备，术中细致操作，术后加强监护。

【常见护理问题】 ①组织灌注改变。②活动无耐力。③有感染的危险。④有肾上腺皮质功能不足的危险。⑤潜在并发症：高血压危象，低血容量性休克。

【护理措施】

术前护理

1. 健康史 了解病人的发病情况、病程长短，有无家族史。

2. 了解病人对嗜铬细胞瘤及手术治疗的认识。告知病人该疾病的相关知识、手术必要性、麻醉方式、术后恢复过程及预后情况。

3. 配合医师充分做好术前准备，术前准备一般在术前 2 周以上，严密观察治疗过程中血压波动及血容量减少所引起的血流动力学改变，根据全身状况评估耐受手术的程度。

4. 根据血压情况评估心、脑、肺受累的情况，监测血压，控制血压，遵医嘱应用肾上腺素能受体阻滞剂，配合应用钙离子通道阻滞剂，同时补液、扩容治疗。

5. 控制心率，若心率每分钟在 140 次以上，心律不齐，期外收缩，可遵医嘱加用 β 受体阻滞剂，用药后观察心律、心率的变化及药物的不良反应，必要时予以心电监护。

6. 根据病人阵发性高血压发作的诱因，评估发作的强度和频率，寻找发作诱因，减少发作，限制活动范围，活动时有人陪伴，避免发作时出现意外。

7. 因基础代谢增高，常出汗，消耗大，鼓励病人多饮水，给营养丰富的饮食，以满足机体需要。

8. 遵医嘱严格选用麻醉前给药，常用东莨菪碱及哌替啶，禁用阿托品类药物，因易致心率加快和心律失常。

9. 严密观察血压、脉搏、呼吸变化，根据病情调整输液、输血量和滴速，术前常规留置深静脉置管，以保证输液通畅。

10. 评估病人的心理和社会支持状况 ①心理状态：嗜铬细胞瘤病人易受突然的体位变

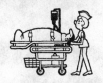

化、咳嗽、情绪波动等外界因素刺激诱发，发作时症状严重，病人易产生焦虑、烦躁、绝望等不良情绪。向病人讲解疾病相关知识，安慰病人避免过度兴奋、悲伤和发怒，解除焦躁情绪，保持平稳心态，及时给予有效的心理疏导。②社会支持状况：评估病人及家庭对疾病的认知程度，手术风险及经济承受能力，争取家属亲人的支持。

术中护理

1. 密切进行心血管系统、体温、尿量的监测，并保证至少两条静脉输液通路的畅通。

2. 麻醉诱导期开始及手术过程中，需将血压控制在 160/100mmHg 以下，血压过高用硝普钠等药物降压，但一定要用输液泵控制滴速；心动过速或心律不齐用 β 受体阻滞剂等药物控制病情，使用心电监护仪监测生命体征。

3. 术中注意体位改变，避免挤压肿瘤，充分补液、输血，根据中心静脉压调整输入量及滴速，估计出血量并等量输血。

4. 当摘除肿瘤时由于周围血管扩张，血管容积加大，体内肾上腺素物质迅速减少，可出现血压骤降，需加快输血输液速度，并使用升压药物，未能切除的恶性嗜铬细胞瘤和转移瘤可使用儿茶酚胺合成阻滞剂，以改善症状。

5. 密切观察有无肺水肿、急性左心衰的发生。

术后护理

1. 严密观察血压、脉搏、呼吸及尿量变化，根据血压及时调整输液和升压药物输入速度，注意药物勿外渗，以防止局部组织坏死。

2. 根据中心静脉压调节输液量及速度，准确记录 24 小时出入水量，输血、输液速度不宜过快，以防肺水肿、左心衰、脑水肿等并发症的发生。

3. 严密观察有无肾上腺皮质功能不全迹象，如出现恶心、呕吐、腹泻、全身酸痛、休克等症状，遵医嘱给予一定量的激素治疗，并保证按时输入。

4. 嗜铬细胞瘤病人的周围血管长期处于收缩状态，血容量低，切除肿瘤或增生腺体后，可引起血压急剧下降，术中术后会出现难以纠正的低血容量性休克，甚至危及生命，故升压药物的应用时间将明显延长，以维持围术期不稳定的血压。

5. 术后约有 70% 的病人血压恢复正常，尚有一少部分病人术后血压仍很高，其原因是高血压继发血管病变所致，故术后还应观察有无高血压危象发生，必要时给扩血管药物以调整血压。

出院指导

1. 保持乐观平静的心态，树立战胜疾病的信心，积极配合治疗。
2. 适当参加体育锻炼，保持身心健康。
3. 加强营养，鼓励病人进高热量、高蛋白、易消化的清淡食物。
4. 注意监测血压的变化，依据血压按医嘱服用降压药物。
5. 定期复查，以便早期发现复发的征兆。

第十八节　肝移植

肝移植（liver transplantation）是指无论什么原因导致肝脏疾病发展到晚期危及生命时，均采用外科手术的方法，切除病人已经失去功能的病肝，然后把一个有生命活力的健康肝脏植入其体内，挽救病人濒危的生命，这个过程就是肝移植，俗称"换肝"。肝移植是治疗终末期肝病的唯一有效方法。肝移植的标准式式是原位肝移植。此外还有背驮式肝移植，即保留受者下腔静脉的原位肝移植，与标准式原位肝移植不同，其优点是当供肝的肝上、下腔静脉吻合完成好之后，即可一直维持下腔静脉的回心血流，术中可不必用静脉转流系统。肝移植还包括许多新术式，如减体积肝移植、劈离式肝移植、活体（亲属）部分肝移植、异位和辅助肝移植。

肝移植已经成为治疗晚期肝病的一种常规手段，目前已有10万余名终末期肝病病人通过肝移植获得了第二次生命。术后1年存活率已高达90%以上，5年存活率在80%以上，最长存活者目前已超过33年，而且身心健康，生活工作一如常人，生活质量良好。

【护理评估】

术前评估

1. 一般情况　了解病人肝脏疾病的发生、发展、治疗情况；有无其他慢性疾病史。评估病人生命体征，有无高血压；有无贫血、营养不良等。

2. 症状、体征评估　评估病人肝区疼痛的性质、范围、程度、持续时间，有无压痛等；询问病人有无呕血、黑便/血便；检查病人有无潜在的感染灶，如口腔、肛门周围、尿道口有无感染灶，是否有皮肤感染（如脚气感染）等。

3. 心理社会评估　评估病人对肝脏移植的认知和接受程度，对相关知识的了解状况。病

人只有从心理上充分理解并愿意接受移植手术，才能够积极配合医护人员的相关治疗和护理。评估病人的社会支持系统。家属对肝脏移植的风险、术后可能出现的并发症的认知程度及心理承受能力；家庭和社会支持系统对手术费用的承受能力。

术后评估

1. 移植肝脏的功能　移植肝脏的分泌功能（胆汁的颜色、性状、量等）和机体代谢变化。

2. 病人康复情况　评估肝移植后病人的生命体征、消化功能、全身情况、精神状态等。

3. 预后的判断　根据病人的临床表现、实验室检查结果，综合评估病人的治疗效果及并发症的发生情况。

4. 心理和认知评估　评估病人和家属对有关肝脏移植后促进康复的相关知识的掌握程度，出院前的心理状态。

【常见护理问题】　①焦虑。②营养失调——低于机体需要量。③有口腔黏膜受损的危险。④潜在并发症：排斥反应，移植肝脏功能衰竭，感染，出血，胆道梗阻，胆漏等。

【护理措施】

术前护理

1. 病人（受体）准备

（1）心理支持　护士要熟知病人常见的心理反应，耐心向病人解释肝脏疾病的有关知识及进行移植的必要性，介绍医务人员的技术水平及现代肝移植的成就，邀请其他器官移植病人及恢复期的肝移植病人与其交流，增强治疗信心，使病人处于接受移植治疗的最佳心理状态。

（2）术前健康宣教　制订完整的宣教计划，帮助病人逐步了解肝移植的有关知识及术后用药的注意事项，向病人说明术前准备及检查的必要性，指导病人学会有关术后康复过程的配合技巧及相关知识，使病人对手术的风险及可能出现的问题能明确理解，能够积极配合各种治疗和护理。

（3）术前检查　协助病人完善各种术前检查和生化检查、组织配型、配血等；仔细观察病人全身有无感染病灶。

（4）肠道准备　指导病人以优质蛋白、高热量、高维生素、易消化的低脂饮食为原则。术前3天进半流质，术前1天进流质，口服肠道抗生素，术前晚清洁灌肠，术晨禁食、禁饮等。

（5）皮肤准备　协助病人在手术前1天淋浴后用稀聚维酮碘液药浴消毒全身皮肤，在皮肤皱褶处如腋窝、脚趾缝等处外涂制霉菌素甘油，术日再重新消毒1遍，换上消毒衣裤。

（6）其他准备　测量体重、身高，术晨测量血压、体温；术前口服免疫抑制剂，静脉注射抗生素，留置胃管及导尿管等。

2. 无菌层流病房的准备

（1）层流室的消毒　术前1天彻底打扫病房，用消毒液擦拭室内物品、墙、窗、地面，提前24小时应用层流设施。

（2）物品准备　配备多功能监护仪、呼吸机、输液泵、注射泵、氧气、吸引器、无菌衣被及伤口换药常用物品等。

（3）药物准备　准备专用小药柜，备齐免疫抑制剂、抗生素、白蛋白、护肝药、抗凝药及各种抢救药等。

3. 工作人员的准备　由训练有素、责任心强、技术好的护理人员组成特护小组，拟订好护理计划。

术后护理

1. 接待病人　连接监护装置，吸氧，妥善固定各种管道和病人的上下肢体，迅速评估病人的全身情况及麻醉苏醒程度。

2. 病情监测

（1）体温监测　严密监测体温变化，当体表温度低于35℃时应予呼吸器加温、体表保温和输入液体加温等措施。

（2）呼吸监测　术后尽早拔除气管插管和胃管，保持呼吸道通畅，保证吸入足够的氧气。严密观察呼吸频率、节律、深浅度、呼吸道内压，监测血氧饱和度、血气分析以及咳嗽、咳痰情况，鼓励病人进行深呼吸、有效咳嗽，定时雾化吸入，注意观察有无肺水肿及胸腔积液的发生，术后1周内每天拍胸片1次。

（3）循环监测　术后严密监测心率、血压、肺动脉楔压，监测中心静脉压和每小时尿量。维持尿量每小时100～200mL。

（4）凝血功能的监测　术后监测血浆凝血酶原时间及血常规等，密切观察引流液的量、性质，防止腹腔出血；注意尿色的变化，预防膀胱出血；注意全身皮肤黏膜有无淤斑、出血

点等，及时监测弥散性血管内凝血（DIC）的早期征象。

（5）管道的监护 保持各种管道的妥善固定和引流通畅，观察和记录各导管引流液的量和性质。对 T 形管的护理和观察尤为重要，防止管道脱落、扭曲、堵塞等影响胆汁引流，密切观察胆汁引流情况，注意其颜色、性状、量等有无改变。

（6）排斥反应的监测 急性排斥反应多发生在移植术后 1 个月内，主要表现为肝区胀痛、畏寒、发热、乏力、黄疸及血胆红素增高等，最直接且反应最快的指标是胆汁量锐减、稀薄而色淡。慢性排斥反应表现为易疲劳、胆红素增高、谷草转氨酶升高，护理上要严密观察病情，以便及时发现和处理。

3. 感染的预防

（1）严格进行保护性隔离 保持室内空气新鲜，温度、湿度适宜，定期空气消毒及细菌监测。进入病室的一切物品要经过消毒处理方可入内。

（2）严格遵守无菌技术 进行任何操作和接触病人均应戴口罩、手套，穿隔离衣，保持伤口敷料干燥，注意定时行胆汁、引流液、血、尿、痰培养和药敏试验等。

（3）加强基础护理 加强皮肤、口腔、肛门周围皮肤的护理，防止感染及预防并发症发生的相关护理。

4. 免疫抑制剂不良反应的观察及使用注意事项

（1）指导病人正确服药 免疫抑制剂毒副作用大，应在医师的指导下，根据血药浓度及肝肾功能情况进行合理用药。护士对这些药物的不良反应及注意事项向病人及家属进行详细宣教。服药期间加强血药浓度的监测，及时调整药物用量。

（2）观察药物不良反应 服药期间针对药物不良反应定期检测肝肾功能、血压、血常规、血糖及生命体征、体重、皮肤的变化，并观察大便的颜色和性质。

5. 营养护理 肠蠕动恢复后应尽早进食，进食可使胆汁分泌增加，促进肝功能恢复。应注意选择能够减少脂肪代谢、减轻肝脏负担，富含维生素和钾的食物，注意饮食卫生，最好经过专用微波炉消毒后再食用。

6. 心理护理 移植术后病人因药物影响、代谢紊乱、疼痛、呼吸困难等原因，再加上陌生的环境、与家属隔离、死亡威胁等因素影响，常常出现不良心理反应。护士应帮助病人尽快适应监护病房的环境，及时向病人报告手术成功的消息，帮助病人寻求单位、家属及社会的支持。

出院指导

1. 家庭护理用品的准备　体温表、血压计、听诊器、血糖仪等。

2. 各项指标监测　按医嘱定期来院复查，了解肝功能现状及免疫抑制剂血药浓度，以便及时调整药量。教会病人及家属测血压、血糖等一些简单的技能，每天定时检查记录体温、血压、脉搏，定时测量体重和身高。

3. 注意劳逸结合，生活有规律，保持良好的情绪，适当进行体育锻炼，避免过度疲劳。

4. 感染的预防　①居住环境清洁，每天用消毒液清洁室内装饰，保持空气新鲜、流通。家中的用具、餐具、日用品适当消毒，有条件者可安装紫外线灯管，定时进行空气消毒。②少去公共场所，外出时戴口罩和手套，禁止饲养宠物。③注意个人清洁卫生，勤换衣裤，勤晒被褥，勤沐浴，餐前便后洗手，避免不良卫生习惯而导致感染。注意 T 形管周围的清洁，严防导管脱出，定时进行局部换药、更换引流袋等。④注意饮食卫生，术后 3～4 周内饮食需加热消毒，3 个月内避免食用乳酸类饮料，避免进食生鱼片、生肉等食物，禁止饮用含酒精的饮料及暴饮暴食，以低盐、低脂、高蛋白饮食为宜。

5. 及时发现慢性排斥反应　告知病人如出现发热、畏寒、疲乏、咳嗽、呕吐、头痛、腹痛、腹泻、高血压、下肢水肿、黄疸等应及时就医，以免耽误病情；按医嘱服药，切勿擅自更改药物剂量或随意停药等。

第十九节　胆　管　癌

胆管癌（carcinoma of bile duct）系指发生在左、右肝管至胆总管下端的肝外胆管癌。病因未明，但它的发病可能与下列因素有一定关系：胆管结石；原发性硬化性胆管炎；先天性胆管扩张症，特别是行囊肿肠管吻合术后易发生；其他如中华支睾吸虫感染、慢性炎性肠病等。胆管癌发生在胆管上 1/3 段者占 50%～70%，中 1/3 段者占 10%～25%，下段者占 10%～20%。大体形态为乳头状癌、结节状硬化癌、弥漫性癌。组织学类型最主要是腺癌，其中高分化腺癌占 60%～70%，乳头状腺癌占 15%。低分化、未分化腺癌少见。其扩散方式主要沿胆管壁向上、向下浸润扩散。淋巴转移主要至肝门淋巴结。高位胆管癌易侵犯门静脉，可形成癌栓，导致肝内转移。上段胆管癌还易侵犯神经，沿神经束膜向胆管远端扩散，切除后易复发。本病多发生在 60 岁以上者，男女发病率相似。黄疸是胆管癌的早期和主要表现，

可见于 90%～98%的病人。黄疸呈进行性加深，少数可呈波动性，但不会降至正常。常伴皮肤瘙痒、尿色深黄、粪便呈陶土色。剑突下和右上腹部隐痛、胀痛或绞痛，向腰背部放射，伴恶心呕吐、食欲不振、消瘦、乏力等。体格检查可发现肝大、触痛，出现脾大和腹水提示门静脉受侵犯，预后不良。实验室检查表现为梗阻性黄疸、碱性磷酸酶（AKP）及转氨酶升高，部分病人大便隐血试验阳性。B 超为首选检查，可显示病变部位和范围，但不能够确定病变性质。磁共振（MRI）、经皮肝穿刺胆道造影（PTC）、经内镜逆行胰胆管造影（ERCP）可确定病变的部位和范围，后两种合用准确性更高。

【护理评估】

术前评估

1. 一般情况　①年龄、性别、出生地、居住地、饮食习惯、营养状况、工作环境、妊娠史等。②既往史：有无呃气、反酸、饭后饱胀、厌油腻食物或因此而导致的腹痛发作史；有无呕吐蛔虫或粪便排出蛔虫史；既往有无胆石症、胆囊炎或黄疸病史。③家族史：家族中有无类似疾病史。

2. 症状、体征评估　①疼痛：疼痛发生的部位、诱因、性质、有无放射痛；有无腹膜刺激征等；有无肝大。②全身状况：有无食欲减退、恶心呕吐、体重进行性减退、贫血、发热、腹水；有无烦躁不安、神志淡漠、谵妄、昏迷等意识障碍。有无黄疸，有无皮肤瘙痒，尿液及大便颜色等。

3. 心理社会评估　①病人自身：了解病人对自身疾病的发展、治疗、护理措施的认知和接受程度；有无出现烦躁不安、焦虑、恐惧等情绪变化；评估病人的应对能力。②社会支持系统：家庭经济状况、家庭其他人员（亲戚、朋友）和社会（如有无医疗保险）对病人的支持程度。

4. 辅助检查　B 超、实验室检查、MRI、PTC、ERCP 等。

术后评估

1. 手术情况　麻醉方式、麻醉恢复程度、手术方式（是姑息性切除还是根治性手术）、术中情况（有无大出血、窒息、心跳、呼吸骤停等）、引流管放置的位置及数量。

2. 评估术后生命体征情况（呼吸是否平稳，有无窒息发生的可能）。

3. 引流管是否通畅，引流液的颜色、量、性质是否正常，有无活动性腹腔内出血。

4. 心理和认知状况　病人和家属对术后康复知识的掌握程度，社会支持力量等情况。

【治疗原则】 手术切除胆管肿瘤为治疗的主要手段。上、中 1/3 段胆管癌在切除肿瘤后行胆管空肠 Rouxen-Y 吻合术；下 1/3 段胆管癌需行胰十二指肠切除术；晚期肿瘤无法切除者，可行胆管空肠 Rouxen-Y 吻合术、内引流，PTCD、PTC 或 ERCP 置入支架等。术后配合放疗、化疗、生物免疫治疗及中医中药等综合治疗，以期延长病人生存期。

【常见护理问题】 ①焦虑/恐惧。②疼痛。③体温过高。④营养失调。⑤自理缺陷。⑥清理呼吸道低效。⑦皮肤完整性受损。⑧相关知识缺乏。

【护理措施】

术前护理

1. 病情观察 密切观察病人病情变化，如出现高热、寒战、腹痛加重或范围扩大等应及时报告医师，积极进行处理。

2. 完善各种检查 协助病人完善各种检查，生化检查如肝肾功能、电解质、凝血功能、癌胚抗原（CEA）等，腹部 B 超、ERCP、PTC 等，配合治疗方法加强有关知识宣教。

3. 疼痛的护理 ①密切观察疼痛的部位、性质、程度、缓解或加重的因素，在非药物性措施不能够缓解时，应按医嘱给予有效的镇痛药物，并观察其效果。②指导病人采取舒适的卧位，降低腹部肌肉的张力有利于缓解疼痛。

4. 改善和维持营养状况 评估病人营养状况，注意加强饮食护理，改善病人营养状况，有利于促进术后伤口的愈合。①根据病人的饮食习惯，与营养师一起制订病人的食谱。②记录进食量，并观察进食后消化情况，必要时根据医嘱给予助消化药物。③维持足够的营养和水分。对于有摄入障碍的病人，按医嘱合理安排补液，补充营养物质、维生素，纠正水、电解质紊乱，纠正酸碱失衡等。④按医嘱输注白蛋白、氨基酸、新鲜血、血小板等，纠正低蛋白血症、贫血、凝血机制障碍等。

5. 心理护理 ①评估病人焦虑程度及造成其焦虑、恐惧的原因；鼓励病人说出不安的想法和感受。②及时向病人列举同类手术后的康复病例，鼓励同类手术病人间互相访视；同时加强病人与家属及其社会支持系统的沟通和联系，尽量帮助病人解决后顾之忧。③教会病人减轻焦虑的方法。

6. 皮肤护理 每天用温水擦浴 1～2 次，擦浴后涂止痒剂；出现瘙痒时，可用手轻轻拍打，切忌用手搔抓；瘙痒部位尽量不用肥皂等清洁剂清洁；瘙痒难忍影响睡眠者，按医嘱予以镇静催眠药物。

术后护理

1. 维持适当的呼吸功能 ①密切观察术后病人的呼吸情况，手术当天每 15～30 分钟监测 1 次，并注意切口的包扎是否限制了呼吸功能。②对麻醉未苏醒者应保持去枕侧卧位，有利于防止舌后坠堵塞呼吸道。苏醒后如血压平稳者，应尽早给予抬高床头 30°的半卧位，使膈肌下降，有利于呼吸。③病人苏醒后应鼓励其做深呼吸运动，以促进肺扩张和换气功能。

2. 维持稳定的循环功能 ①密切监测和记录病人的生命体征，持续心电监护，及时发现生命体征异常情况。②补充足够液体，注意血压、脉搏变化。③及时观察病人手术区伤口敷料情况，注意有无被血性液体、胆汁渗湿，及时发现有无腹腔活动性出血、胆漏等并发症。④准确记录出入水量，尤其是尿量、颜色及尿相对密度，如每小时尿量少于 50mL 应及时通知医师。⑤鼓励病人深呼吸，既有利于肺扩张，又有利于促进静脉血回流和心排血量增加。

3. 管道护理 由于术后留置多种导管如 T 形管、腹腔引流管、胃管、尿管等，应妥善固定，防止管道扭曲、受压、阻塞或脱出等，特别是 T 形管有支撑胆道、引流胆汁和残余结石的作用，如果发生脱出，会严重影响病人的病情和治疗，导致严重并发症（如胆汁性腹膜炎、胆漏、吻合口漏等）的发生。

（1）妥善固定各种管道 各种管道不可固定在床上，以免因病人翻身、活动、搬动时牵拉而导致脱出；躁动不安的病人应适度给予保护性约束和专人守护。

（2）密切观察各种管道引流液的颜色、性状、量等，并做好记录。正常成人每天胆汁的分泌量为 800～1200mL，呈黄或黄绿色，清亮无沉渣。术后 24 小时内引流量为 300～500mL，恢复饮食后，每天可增至 600～700mL，以后逐渐减少至每天 200mL 左右。若胆汁突然减少甚至无胆汁流出，则可能是管道受压、扭曲、阻塞或脱出，应立即检查并通知医师及时处理。若引流量多，则提示胆道下端有梗阻的可能。

（3）维持管道的有效引流，注意管道放置的位置（平卧时引流管的高度应低于腋中线，站立或活动时应低于腹部切口），防止引流液倒流引起胆道逆行感染；T 形管应经常给予挤捏，保持引流通畅。

（4）预防感染 及时更换引流袋，严格无菌操作，防止感染。长期留置 T 形管者应定期进行冲洗；行 T 形管造影后应持续引流 2～3 天，以促进造影剂完全排出体外。

（5）T 形管拔管指征 一般在术后 2 周，病人无腹痛、发热，黄疸消退，血常规、血清黄疸指数正常，胆汁引流量减少至每天 200mL，清亮，胆道造影证实无残余结石、异物，胆道通畅，可考虑拔管。拔管后应用凡士林纱布填塞残余窦道，1～2 天内窦道会自行闭合。

4. 并发症的观察和预防　①出血：术后早期出血一般是由于术中止血不彻底或结扎线脱落而导致。应观察病人切口敷料渗湿情况、腹腔引流管引流液的颜色、量。如每小时出血量大于 100mL，持续 3 小时以上，并发胆道出血时 T 形管内胆汁呈血性。或病人有血压下降、脉搏细数、面色苍白等休克征象，应立即报告医师，积极抢救。②胆漏：由于胆管损伤、胆总管下端梗阻、T 形管脱出所致。对术后病人应注意观察腹腔引流、腹痛情况，如病人切口处有黄绿色胆汁样液体流出、腹腔引流管内引流液含有胆汁，病人出现逐渐加重的疼痛，并伴有压痛、反跳痛等腹膜炎征象，应高度怀疑胆漏，立即协助医师及时处理。长期胆漏引起胆汁丢失影响病人对脂肪的消化、吸收，引起营养障碍和脂溶性维生素缺乏。应鼓励其补充足够的水分和营养，能进食者应鼓励进食低脂、高蛋白、高维生素饮食。

5. 心理护理　鼓励病人正确面对疾病和预后，尤其是对晚期胆管癌病人，心理上要给予积极的引导，生活上给予悉心的照顾。

出院指导

1. 指导病人进食低脂、高蛋白、高维生素、易消化饮食，忌油腻及饱餐；进行适量的运动和锻炼，如散步。

2. 定期进行放疗、化疗，配合中医中药、生物免疫等综合治疗。放疗、化疗期间定期复查血常规，注意有无骨髓抑制等并发症发生。

3. 带 T 形管出院者，应告知病人及家属 T 形管的护理与观察方法，出院后应注意的事项等。

4. 复查时间　术后一般每 3～6 个月复查 1 次。如出现进行性消瘦、贫血、乏力等复发及转移迹象，应立即复诊。

第二十节　胰 腺 癌

胰腺位于腹膜后，斜向上方横卧于第 1～2 腰椎前方，胰头被十二指肠 C 形祥所围绕，胰尾抵脾门。正常成人胰腺长 15～20cm，重 75～125g，分为头、颈、体、尾 4 部分。

胰腺癌（cancer of the pancreas）是一种较常见的恶性肿瘤，系发生于导管腺上皮和胰腺岛细胞的恶性肿瘤，其中导管细胞癌占 90% 以上。可分为胰头癌、胰体尾部癌、胰腺囊腺癌

等。最常见的部位是胰头部，称为胰头癌。40 岁以上好发，男性多于女性，其比例为（1.6～1.9）∶1。其特点为病程短、进展快，死亡率高，中位生存期 6 个月左右，90％的病人在诊断后 1 年内死亡，5 年生存率仅 1％～3％。发病与饮食及环境因素有关，如吸烟、饮酒、糖尿病、胰腺炎、胆石症等，目前认为吸烟是发病的主要危险因素。早期常无明显症状，或仅有上腹不适，疼痛，食欲不振等，随病情进展可有消瘦、乏力、黄疸、腰背剧痛等晚期表现，腹部常可触及肿块或肝大。癌细胞播散转移可有腹水、锁骨上淋巴结肿大等症状。对中上腹胀痛、食欲不振、体重减轻、突发的无家族史的糖尿病等，可通过 B 超、CT 或 MRI 检查确诊，必要时行穿刺活检或剖腹探查；本病应与慢性胰腺炎、黄疸性肝炎相鉴别。通过有关生化酶学检查或肿瘤标志物如癌胚抗原（CEA）、糖链抗原 19‑9（CA19‑9）等检查可鉴别。

【护理评估】

术前评估

1. **一般情况**　①了解病人家族中有无胰腺肿瘤或其他肿瘤病人；评估病人的饮食喜好，是否长期进食高蛋白、高脂肪饮食；有无吸烟史，吸烟持续的时间及数量；有无其他伴随疾病，如糖尿病、胰腺炎等。②评估病人全身营养状况、重要脏器的功能、实验室检查结果等。③评估病人有无低血糖症状，如头晕、出冷汗、乏力、容易饥饿等，监测病人基础血糖水平（空腹）。

2. **症状、体征评估**　评估病人腹部疼痛的性质、部位、程度，放射痛的范围，药物止痛的效果；评估病人黄疸出现的时间、程度，有无皮肤瘙痒或破损。

3. **心理社会评估**　评估病人的家庭和社会支持系统。如家属对疾病的认知、心理反应，对病人的关心、支持程度；家庭经济承受能力。

4. **辅助检查**　如 B 超、CT 或 MRI 检查等，以协助了解疾病的性质、程度、重要脏器功能状况。

术后评估

1. **手术情况**　麻醉方式、麻醉苏醒程度，手术类型、范围，术中出血量，是否并发严重并发症（如大出血、心跳呼吸骤停），留置引流管的数量、位置。

2. 评估术后生命体征，伤口渗血、渗液情况，引流管是否通畅，引流液的颜色、性质、量，伤口疼痛情况。

3. 评估有无并发症的症状体征，如有无出血、感染、胰漏、胆漏、吻合口漏、血糖调节障碍等并发症。

4. 心理状况 评估术后病人各种不适的心理反应；病人和家属对术后康复过程及有关知识的认知和掌握程度。

【治疗原则】 胰腺癌的治疗原则仍应倡导早期发现、早期诊断和早期手术治疗。手术切除是胰腺癌的有效治疗方法。无远处转移的胰腺癌均应争取手术切除，再以放疗、化疗、生物治疗、免疫治疗等手段进行综合治疗，以期延长病人的生存期。常用手术方式有 Whipple 胰头十二指肠切除术、保留幽门的胰头十二指肠切除术、姑息性手术等。

【常见护理问题】 ①焦虑。②疼痛。③营养失调。④潜在并发症：出血。⑤知识缺乏。

【护理措施】

术前护理

1. 心理护理 胰腺癌病人一旦确诊，几乎都是晚期，预后差，病人年龄多处于 40～60 岁，家庭、事业的多种角色导致其很难去接受诊断，精神压力特别大，常出现否认、悲哀、愤怒等对立情绪，容易对治疗失去信心。医务人员和其家属应积极配合，帮助病人正确面对疾病和治疗，树立战胜疾病的信心。

2. 完善各种检查 协助病人完善各种检查，如 ERCP、PTC，并进行有关知识教育，使病人理解检查的必要性，正确配合检查；监测肝肾功能、电解质、凝血功能，肿瘤标记检测如 CEA、胰腺癌相关抗原、胰腺胚胎抗原、CA19-9 等，均对胰腺癌的诊断有相对特异性。

3. 疼痛护理 疼痛容易导致一系列负性情绪反应，应积极采取有效的措施控制病人的疼痛，同时教会病人一些非药物性的止痛方法。

4. 改善营养状态 维持正常的营养状况有利于提高病人对手术的耐受力，促进伤口的愈合、防止术后并发症的发生。①提供高蛋白、丰富维生素、低脂肪的饮食，鼓励病人少量多餐。②对于有摄入障碍的病人，按医嘱合理输液治疗，补充营养物质，纠正水、电解质紊乱，纠正酸碱失衡等，维持足够的营养和水分。③纠正低蛋白血症、贫血、凝血机制障碍等。

5. 控制血糖 密切监测病人的血糖情况，根据血糖结果给予相应的处理，如并发高血糖时应及时调节胰岛素用量和用法；有低血糖表现时适当补充葡萄糖。

6. 控制感染 由于癌肿压迫导致胆道梗阻继发感染者，按医嘱使用抗生素治疗，并观察药物疗效，及时监测病人体温变化，如出现高热，应积极降温处理。

7. 皮肤护理 每天用温水擦浴 1～2 次，擦浴后涂止痒剂；出现瘙痒时，可用手拍打，

切忌用手抓；瘙痒部位尽量不用肥皂等清洁剂清洁；瘙痒难忍影响睡眠者，按医嘱予以镇静催眠药物。

8. 做好肠道准备　术前一天改流质饮食，按医嘱服用肠道抗生素（如甲硝唑、庆大霉素等），术前晚进行清洁灌肠，有利于减轻术后腹胀、促进肠道功能的恢复。

术后护理

1. 监测生命体征　快速评估麻醉苏醒程度、手术方式、生命体征情况，持续心电监测，根据病情安置合理的体位。保持呼吸道通畅，防止舌根后坠而导致窒息；准确记录出入水量；补充足够的液体和电解质、维生素等营养物质；应用止血药物，防止出血倾向等，必要时输血治疗；注意血压、脉搏的变化，及时发现休克征象并积极处理。

2. 引流管护理　掌握引流管放置的位置、数量，妥善固定各种引流管，防止受压、扭曲、脱出，保持管道引流通畅；观察引流液颜色、性质、量，及时发现和处理并发症（如出血、胰漏、胆漏）。

3. 防治感染　合理使用抗生素，严格遵守无菌技术操作原则，及时更换被渗湿的伤口敷料。

4. 血糖监测　及时监测血糖，防止出现低血糖。

5. 并发症的观察与护理

（1）出血　术后1~2天出血可因病人凝血机制障碍、伤口创面渗血、缝线脱落等引起；术后1~2周出血可因胰液、胆汁的腐蚀以及感染而导致。表现为腹痛、呕血、便血，出冷汗、脉搏细数、血压下降等，出血量少时可经止血、输血治疗而控制，出血量大者需再次开腹手术止血。

（2）胰漏　病人可表现为腹痛、腹胀、发热，腹腔引流液淀粉酶增高。典型者可自伤口流出清亮液体，导致伤口周围皮肤疼痛、糜烂。应早期给予持续负压吸引、局部皮肤涂氧化锌软膏保护。多数胰漏能够自愈。

（3）胆漏　多发生于术后5~10天，表现为发热、腹痛、胆汁性腹膜炎的症状（腹部压痛、反跳痛、剧烈腹痛），T形管中引流量突然减少，但可见腹部伤口溢出、腹腔引流管内流出胆汁样液体。胆漏时腹壁伤口周围的皮肤应涂抹氧化锌软膏予以保护，防止局部皮肤因胆汁的腐蚀而糜烂；保持T形管、腹腔引流管引流通畅，维持有效引流。密切观察并做好有关记录。

301

（4）胆道感染　多为逆行感染，若胃肠吻合口离胆道吻合口较近，在病人进食后平卧时容易发生。表现为腹痛、发热，严重时可能导致败血症。进食后宜维持坐位 15～20 分钟，有利于胃内容物引流。主要治疗方法是合理使用抗生素和利胆药物，预防便秘。

出院指导

1. 指导病人进食低脂、高蛋白、高维生素、易消化饮食，忌油腻及饱餐；进行适量的运动和锻炼，如散步。

2. 监测血糖、尿糖，及时发现是否并发糖尿病。

3. 定期进行放疗、化疗，配合中医中药、生物免疫等综合治疗。放疗、化疗期间定期复查血常规、肝肾功能，注意有无骨髓抑制等并发症的发生。

4. 复查时间　术后 3～6 个月复查 1 次。如出现进行性消瘦、贫血、乏力等，应及时就医。3 年后半年至 1 年复查 1 次。若有复发及转移迹象，应立即复诊。

第二十一节　大 肠 癌

大肠癌（carcinoma of anal）是一种常见的恶性肿瘤，包括结肠癌（carcinoma of colon）、直肠癌（rectal carcinoma）和肛管癌（carcinoma of anal）。在西方发达国家其发病率居恶性肿瘤谱的第 2 位。在我国，随着人民生活水平的提高，饮食习惯的改变，大肠癌的发病率日渐增高，已跃居第 3～5 位，并呈逐步上升趋势。大肠癌发病过程从黏膜增生，至腺瘤癌变及浸润的阶段性演进，可长达十余年，具有较明显的癌前及早期阶段病变，为筛检与早期诊断提供可能。在国外，男女之间发病率差别不大，国内则男多于女，约 2∶1，好发于 40～60 岁。低位大肠癌多见，合并血吸虫病多见。淋巴转移是结肠癌、直肠癌主要的扩散途径。直肠癌 5 年生存率约为 50%，结肠癌 5 年生存率约为 70%。

大肠癌的病因极为复杂，至今尚未明了，可能与下列因素有关：①遗传因素：遗传性家族性息肉病和结直肠癌密切相关，其中 50%～100% 的病人在 50 岁以后可能发展为恶性肿瘤。②疾病因素：患肠道慢性炎症和息肉、腺瘤者，发生大肠癌的危险性较一般人群高数倍，患家族性息肉者，40 岁时 80% 可发生癌变。③饮食因素：一般认为高脂、高蛋白、低纤维素饮食是大肠癌高发的因素。

【护理评估】

术前评估

1. 一般情况 了解病人性别、年龄、发病情况、病程长短、既往健康状况、有无手术史等。

2. 症状、体征评估 询问病人有无大便习惯改变，有无腹泻、便秘、腹胀、腹痛、里急后重、肛门坠胀等不适，特别是了解病人大便带血、黏液、脓液的情况。肿瘤发展到一定程度，腹部可扪及肿块，全身检查可发现贫血以及转移征象，如锁骨上淋巴结肿大，肝大等。

3. 心理社会评估 评估病人面对疾病的心理、身体和情感状况，文化、社会和宗教信仰，对手术治疗的认识和接受程度，对术后康复知识的了解程度。

4. 辅助检查 ①直肠指检，简单易行，非常有效，80%以上的直肠癌做肛门指检可以发现。②内镜检查，镜检时，可以照相、活检以及刷检涂片做病理细胞学检查。③钡灌肠 X 射线检查，阳性率可达 90%，已有肠梗阻者不宜做钡灌肠及钡餐检查。④B 超、CT 和磁共振（MRI）检查，一般用于了解晚期直肠癌的浸润程度，显示邻近组织受累情况，淋巴结或远处脏器有无转移。

术后评估

1. 手术方式、麻醉方式、术中情况，包括出血量、补液量、引流管放置的位置等。

2. 评估术后生命体征。

3. 伤口渗血渗液情况，引流管是否通畅，引流液颜色、性质和量的变化。

4. 评估术后饮食、睡眠、活动状况。

5. 评估有无并发症的症状、体征，如活动性出血、肠瘘、盆腔感染、造口缺血坏死、皮炎等。

【治疗原则】 强调以手术为主的综合治疗，Dukes'A 期者可单纯做手术切除，一般不需化疗和放疗；Dukes'B、Dukes'C 期可施以手术为主的综合治疗；Dukes'D 期者可行化疗、放疗为主的综合治疗。

1. 手术治疗

（1）结肠癌根治术 ①右半结肠切除术：适用于右半结肠癌肿（包括盲肠、升结肠及肝曲癌）。②横结肠切除术：适用于横结肠中段肿瘤。③左半结肠切除术：适用于结肠脾曲及降结肠肿瘤。④乙状结肠切除术：适用于乙状结肠中下段的癌肿。

（2）直肠癌根治术　①直肠肛管完全切除及永久性人工肛门术：即腹会阴联合直肠癌根治术（Miles 手术），适用于肛管癌、直肠下段癌（癌灶下缘距肛门缘 6～7cm 以下者）。②保留排便控制功能的直肠切除术：保肛手术应遵循根治术的原则，既不降低 5 年生存率，也不增加局部复发率，又可提高病人的生活质量。低位前切除术（经腹直肠前切除术，称 Dixon 术），过去只适用于直肠上段癌（癌灶下缘距肛门缘 12～15cm 者），近期由于吻合器的广泛使用，使部分距肛缘 6～7cm 的直肠癌切除后也能成功地进行超低位吻合，提高了保肛率。低位结肠、直肠吻合（Bacon 术）或结肠肛管吻合（Park 术），适用于中段直肠肿瘤（癌灶下缘距肛缘 6～12cm）。这两种术式由于切除了全部直肠和括约肌，影响排便反射及术后肛门功能，所以，目前施行的多数为改良式，即保留括约肌，使术后肛门功能逐步恢复。

（3）姑息性手术　虽不能根治，亦应争取切除病灶，以利于化疗等其他治疗和改善症状，如哈德门手术，病灶姑息性切除，封闭肠端永久造口。

（4）减状手术　短路手术、结肠造瘘术等可以解除肠梗阻，结扎髂内动脉可以减少直肠癌出血。

2. 化疗　可行术中化疗、术后辅助化疗、姑息性化疗，减少复发转移，提高生存率，常用氟尿嘧啶、替加氟（FT-207）、丝裂霉素（MMC）等，临床一般联合用药，应用化疗期间需定时复查血白细胞计数。

3. 放疗　据病情可选择术前、术中、术后放疗，姑息性放疗有利于提高手术切除率，减少复发率和医源性播散。

【常见护理问题】　①焦虑。②知识缺乏。③自我形象紊乱。④潜在并发症：活动性出血，肠瘘，盆腔感染，造口缺血坏死，造口皮炎。

【护理措施】

术前护理

1. 协助病人完善术前各项检查。

2. 帮助病人提高对大肠癌疾病及手术治疗的认识。告知该疾病的相关知识、手术必要性、麻醉方式、术后恢复过程及预后情况。

3. 指导病人练习深呼吸、有效咳嗽、翻身和肢体运动的相关方法。

4. 增加营养、纠正贫血　予以高蛋白、高热量、高维生素、易于消化的少渣饮食，必要时静脉输液补充适量的水和电解质，以提高手术耐受性。

5. 充分的肠道准备　目的是去除所有粪便及尽量减少肠腔内细菌，防止术后腹胀和切口感染；术前 3 天进少渣半流质饮食，术前 1 天进流质；遵医嘱口服抑菌药物、缓泻药和清洁洗肠。

6. 肠造口位置的选择　术前帮助病人选择合适的造口位置，便于日后护理。

7. 心理和社会支持状况　①心理状况：病人对疾病所致的紧张、恐惧、焦虑不安情绪，尤其是实施改道手术可能会带来生理、心理、社会、家庭等影响，应注意其情绪变化，及时给予有效的心理疏导。②社会支持状况：评估病人及家庭对疾病的认知程度，对手术、化疗、放疗的经济承受能力，争取家属及亲人的支持。

术后护理

1. 一般护理　可参照"胃癌"术后一般护理，观察生命体征、伤口敷料等。

2. 管道护理　伤口引流管应妥善固定，保持引流通畅，观察记录引流液的颜色、性质及量的变化。胃肠减压管一般放置 48～72 小时，至肛门排气或结肠造口开放，注意病人发音情况，以便及早纠正环杓关节脱位。术后两周留置导尿管，拔管前先夹管，训练膀胱功能。骶前引流管一般放置 5～7 天，待引流液色清亮、每天量少于 10mL，体温正常，无盆腔感染，方可拔除。

3. 体位　生命体征平稳后，取半卧位，有利于呼吸及引流。

4. 饮食　禁食 48～72 小时，肠蠕动功能恢复后给予流质饮食，逐步过渡到半流质、普通饮食。

5. 造口护理　术后开放造口，观察造口血运颜色，有无缺血坏死、皮肤黏膜分离、刺激性皮炎等，发现异常及时对症处理。选择合适造口袋，示范并指导病人及陪护学会造口护理技巧，并做好心理疏导。

6. 会阴伤口护理　观察会阴伤口渗血渗液情况，有无活动性出血及感染征象，术后 5～7 天拆除会阴部填塞敷料，用 1.5% 过氧化氢液冲洗 5～7 天后，用黄龙洗剂（见本节"黄龙洗剂处方"）或 1：5000 高锰酸钾溶液温水坐浴，每天 2～3 次，每次 30 分钟，直至伤口愈合。一旦盆腔感染，应及时拆开会阴部切口，通畅引流，选择敏感抗生素。

出院指导

1. 心理调整　定期造口门诊咨询，指导正确选择造口护理器材，以便及早预防、治疗肠造口并发症。积极参加造口联谊会的活动，互相交流造口护理经验，重新树立起生活的信心和勇气。

2. 造口者在生活中的注意事项　①造口周围皮肤禁用乙醇等消毒液清洗，保持造口周围皮肤清洁干燥。②术后 6～8 周避免提重物，勿穿紧身衣裤，以免摩擦造口，影响造口血液循环。③如出现造口周围颜色改变、疼痛，造口周围皮肤隆起，造口形状改变，大便粗细改变，尿色变深或混浊等应立即就医。④会阴部创面未愈合者应坚持以黄龙洗剂或 1：5000 高锰酸钾稀释液坐浴，每天 2～3 次，每次 30 分钟，直至会阴伤口完全愈合。术后 3 个月可适当行房事。⑤饮食指导：应均衡饮食，细嚼慢咽，宜进少渣、易消化的食物，避免刺激性、粗纤维和产气太多的食品。

3. 在身体状况允许的前提下，可适当参加体育和社交活动，保持良好的心境。

4. 继续坚持盆底肌训练，逐渐养成定时排便习惯。

5. 遵医嘱正确服用抗肿瘤药物，并注意定期复查血白细胞总数及血小板计数。

6. 定期复查　1 个月后来院复查，必要时行化疗或放疗。

第二十二节　膀　胱　癌

　　膀胱癌（carcinoma of bladder）是泌尿生殖系统最常见肿瘤，据统计，该病占全部恶性肿瘤的 3％，居泌尿系统肿瘤之首位，构成膀胱的各种组织均可发生肿瘤，可分为两大类：从上皮组织发生的肿瘤（膀胱移行上皮癌、腺癌及鳞状上皮癌），占 95％以上；从间叶组织发生的肿瘤，罕见，多为肉瘤如横纹肌肉瘤。好发年龄为 50～70 岁，男、女之比为 4：1。本病病因可能与长期接触工业染料及慢性炎症、机械性刺激有关。其临床表现为无痛性、间歇性肉眼血尿，伴有尿频、尿急、尿痛等膀胱刺激症状，甚至出现尿潴留。肿瘤分布在膀胱侧壁及后壁最多，其次为三角区和顶部，可先后或同时伴有肾盂、输尿管、尿道肿瘤。转移以淋巴转移常见，血行转移常见于晚期病例，膀胱癌的扩散主要向深部浸润，直至膀胱外组织。

【护理评估】

术前评估

1. 一般情况　了解病人性别、年龄、发病情况、病程长短、既往健康状况、有无手术史等。

2. 症状、体征评估　询问病人的工作经历，有无不明原因的无痛性、间歇性肉眼血尿，

是否伴有尿频、尿急、尿痛等膀胱刺激症状，如有排尿困难及尿潴留，为肿瘤发生在膀胱颈部或血块堵塞而出现下腹及会阴疼痛，下腹肿块、贫血、浮肿、消瘦、发热多为晚期表现。较大的膀胱肿瘤，双合诊可以触到。

3. 心理社会评估　评估病人面对疾病的心理反应，对手术治疗的认识和接受程度，对术后康复知识的了解程度。

4. 辅助检查　膀胱及静脉肾盂造影，B超、CT及MRI检查，可了解肿瘤侵犯的情况和有无淋巴结转移，膀胱镜同时可做活组织检查，以明确诊断和治疗方案。

术后评估

1. 手术方式，麻醉方式，术中情况包括出血量、补液量、引流管放置的位置等。

2. 评估术后生命体征。

3. 伤口渗血渗液情况，引流管是否通畅，引流液颜色、性质和量的变化。

4. 评估术后饮食、睡眠、活动状况。

5. 评估有无并发症的症状、体征，如活动性出血、感染、造口周围皮炎等。

【治疗原则】　膀胱癌的治疗以手术切除为主，辅以放疗、化疗和免疫治疗。

1. 手术治疗

(1) 经尿道膀胱肿瘤电切术（TURBT）　用电切镜经尿道膀胱肿瘤电灼或电切术，此法简单易行，适应性广，适于 T_1、T_2 期膀胱肿瘤，单个或数目不多者。

(2) 膀胱部分切除　适于 T_1、T_2 期膀胱肿瘤，肿瘤占膀胱一部分，或涉及一侧输尿管口，可行膀胱部分切除，加输尿管膀胱移植。

(3) 膀胱全切除　适于原位癌有扩散趋向者，多发膀胱肿瘤，特别位于三角区和膀胱颈部者复发、多发的膀胱肿瘤，T_1、T_2 期的膀胱肿瘤。膀胱全切除包括精囊、前列腺、后尿道及盆腔淋巴结的切除。膀胱全切后尿流改道及重建手术有输尿管皮肤造口术，回肠代膀胱术等。

2. 放疗　放疗仅作为手术的辅助治疗或癌症晚期病人无法手术切除，为减轻其症状延长生存期时采用。

3. 化疗

(1) 全身化疗　对膀胱癌疗效较好的药有顺铂（DDP）、多柔比星（ADM）、甲氨蝶呤（MTX）、长春碱（VLB）、环磷酰胺（CTX）、长春新碱（VCR）等，临床常联合疗。

（2）膀胱灌注治疗　是将配制的化疗药物经导管直接注入膀胱内的治疗方法，灌注前排空膀胱中尿液。

1）适应证　①膀胱部分切除术后或经 TURBT 后，因复发率较高，术后膀胱内灌注化疗药物或卡介苗（BCG），可防止或延缓肿瘤复发，在手术后 10～14 天进行。②原位癌、表浅膀胱癌。③年龄大，周身情况差不能手术切除的病例。

2）常用药物　①丝裂霉素：每次 30～50mg，溶于注射用水 40mL 中，膀胱内灌注后转动体位，保留 1～2 小时，每周 1 次，连用 10～12 周后改为每月 1 次，连用 1 年。②多柔比星：每次 30～50mg 溶于注射用水 40～50mL 中，膀胱内灌注，每周 1 次，连用 6～8 周后改为每个月 1 次，连用半年。③塞替派：每次 60mg，溶于注射用水 50mL 中，膀胱内灌注，每周 1 次，连用 10～12 周改为每个月 1 次，连用 1 年。④羟喜树碱（HCPT）：每次 10mg，每周 1～2 次，可用 1 年。⑤免疫制剂：如干扰素、卡介苗（BCG），可与化疗药物交替膀胱内灌注。

4. 介入治疗　经多次手术或全身化疗或放疗后复发的晚期膀胱癌，经髂内动脉灌注化疗都可获得部分或全部缓解，达到较好的姑息性治疗效果。

【常见护理问题】　①排尿异常。②焦虑、恐惧。③营养失调。④自我形象紊乱。⑤潜在并发症：活动性出血，感染，造口周围皮炎。

【护理措施】

术前护理

1. 协助病人完善术前各项检查。

2. 帮助病人提高对膀胱癌疾病及手术治疗的认识。告知该疾病的相关知识、手术必要性、麻醉方式、术后恢复过程及预后情况。

3. 观察病人血尿程度，有无尿频、尿急、尿痛、膀胱刺激症状及排尿困难，为防止泌尿道感染及尿潴留，视膀胱出血情况留置导尿管，用外用生理盐水持续膀胱冲洗。

4. 了解病人营养状况，多食高蛋白、易消化、营养丰富的食品，必要时给予输血、补液，纠正贫血。

5. 行膀胱部分切除膀胱造瘘者，手术当天清晨嘱病人不排尿，以使膀胱充盈利于术中识别膀胱，防止误伤。

6. 行膀胱全切回肠代膀胱术者，肠道准备同大肠癌手术，术前帮助病人选择合适的造口

位置，便于日后护理。

7. 心理社会支持　①心理状态：膀胱癌有易复发的倾向，病人反复住院治疗造成沉重的心理压力和经济负担，常使病人陷于焦虑不安、内疚、恐惧、绝望之中，应注意其情绪和心态的变化，及时给予有效的心理疏导。②社会支持状况：了解病人及家庭对疾病的认知程度，对手术、化疗、放疗的经济承受能力，争取其家属亲人的支持。

术后护理

1. 一般护理　观察生命体征、伤口敷料情况，连接胃管、腹腔引流管、膀胱造瘘管、输尿管导管支架管、回肠代膀胱引流管于床旁，做好标记，妥善固定，严密观察引流液的颜色、性质及量的变化，必要时分别做好记录，以了解双侧肾功能及回肠代膀胱功能。

2. 管道护理　各种管道护理严格执行无菌技术操作规程，引流袋不能高于病人插管口的水平位置，必要时先夹紧引流管，防止逆行感染。胃肠减压管一般放置48～72小时至肛门排气，注意病人发音情况，以便及早纠正环杓关节脱位。

3. 体位　生命体征平稳后取半卧位，利于呼吸、循环与引流。

4. 饮食　禁食48～72小时，肠蠕动恢复后给予流质饮食，逐步过渡到半流质、普食。

5. 膀胱冲洗　膀胱部分切除或经尿道膀胱肿瘤电切术后，用外用生理盐水持续冲洗，冲洗可清除膀胱内血液和电切后癌细胞碎屑，起到止血和预防堵管作用，根据冲洗流出液颜色调节速度，直至小便清亮为止。

6. 停止冲洗后应多饮水、果汁，每天饮水2000～3000mL，起到自然冲洗作用，预防逆行感染；多食新鲜蔬菜水果，保持大便通畅，防止因用力大便引起膀胱伤口出血，必要时可口服肠道润滑剂。

7. 耻骨上膀胱造瘘病人，伤口愈合后拔除造瘘管（先夹闭导管，训练膀胱自动排尿功能1～2天），拔管后观察排尿情况，如排尿困难或伤口漏尿严重时通知医师重新置管。

8. 全膀胱切除尿路改道或重建的病人，做好膀胱造瘘口的护理。①术后1～2天选择佩戴透明、防逆流的二件式泌尿造口袋，便于清洗、观察和护理。床边接抗逆流引流袋，向病人和家属反复解释，示范操作步骤，直至他们能自行操作。②术后10～14天拔除输尿管导管和回肠代膀胱引流管支架管，向病人家属指导造口的护理知识及技巧，据造口周围皮肤情况予以造口护理辅助用品如防漏膏，腰带等，预防造口周围刺激性皮炎等并发症发生。③术后早期尿液内有黏液属正常现象，指导多喝水、流质饮食、果汁，每天清洗造口2次，防止黏液堵塞造口及逆行感染。

出院指导

1. 注意生活、饮食规律，饮食应均衡、品种多样，多吃新鲜蔬菜和水果，每天饮水1500～2000mL 或以上，预防逆行感染或膀胱炎。

2. 坚持适当锻炼身体和参加社会活动，保持乐观、稳定的情绪。

3. 向病人说明膀胱癌治疗后有易复发倾向，坚持综合治疗方能达到最佳效果，术后遵医嘱口服药物和坚持化疗药物膀胱内灌注，可降低复发率或延缓复发。

4. 全膀胱切除尿路改道时选择合适的造口护理器材，预防造口及其周围并发症。观察尿的颜色、气味，造口及周围皮肤的颜色，保护好造口免受外伤。每天饮足量的水，使用防逆流造口袋，晚上使用床边尿袋，1/3 满时排放，防止尿路感染。避免提举重物，穿宽松衣服，如出现造口周围皮肤颜色改变、疼痛、皮肤隆起，造口形状改变，尿色变深和混浊等异常情况，及时来院就诊。

5. 预防肿瘤复发，定期膀胱镜、B 超复查。保留膀胱的病人，膀胱镜检每 3 个月 1 次，1 年后每 6 个月 1 次，共 1～2 年，此后每年 1 次至术后第 5 年。

第二十三节　阴 茎 癌

阴茎癌（carcinoma of penis）是指发生在包皮系带附近、阴茎头、冠状沟、包皮内及外尿道口边缘及阴茎体的恶性肿瘤。我国的发病率有下降的趋势。占男性恶性肿瘤的 0.39%，本病年龄以 40～60 岁为多发。一般认为阴茎癌的发生与包茎、包皮过长、包皮垢的刺激；单纯疱疹Ⅱ型病毒感染；某些皮肤病如性病性肉芽肿，巨大尖锐湿疣或真菌性上皮瘤样龟头炎等病发生有关。其临床表现为包皮或阴茎头的类丘疹、疣或溃疡病变逐渐增大、无痛、菜花样生长或阴茎大部分被癌瘤破坏。一般无排尿困难，并发感染时有局部疼痛或尿痛，伴有恶臭味。腹股沟淋巴结增大、坚硬、固定无压痛或形成溃疡。本病发生血道转移较少见，常见的转移器官为肝、肺、脑和骨。

【护理评估】

术前评估

1. 一般情况　了解病人年龄、发病情况、病程长短、既往健康状况、有无手术史等。

2. 症状、体征评估 询问病人包皮或阴茎头有无类丘疹、疣或溃疡病变逐渐增大、无痛、菜花样生长或阴茎大部分被癌瘤破坏。局部病变是否并发感染、疼痛、渗液呈恶臭味。腹股沟淋巴结有无增大、压痛或形成溃疡。

3. 心理社会评估 评估病人面对疾病的心理反应，对手术治疗的认知和接受程度，对术后康复知识的了解程度。

4. 辅助检查 阴茎癌病变活检或细胞学检查，镜下主要为鳞癌，分化大多为Ⅰ、Ⅱ级，B超可提示盆腔、腹腔淋巴结转移情况及范围，CT及MRI能比较全面地了解淋巴结转移范围及大小。

术后评估

1. 手术方式、麻醉方式、术中情况。

2. 评估术后生命体征。

3. 伤口渗血渗液情况，是否有伤口积液、皮瓣坏死。引流管是否通畅，引流液颜色、性质和量的变化。

4. 评估术后饮食、睡眠、活动状况。

5. 评估有无并发症的症状、体征，如活动性出血、伤口感染、下肢水肿等。

【治疗原则】 手术治疗为主，亦可行放疗或化疗。

1. 手术治疗 ①对于范围小、浅表的肿瘤可做局部切除，肿瘤较小和低度恶性的肿瘤可行放疗以保存性器官及其功能。②肿瘤直径＞2cm宜做阴茎部分切除，在距肿瘤2cm处切断阴茎，若残留阴茎不能站立排尿和性交，应行阴茎全切除术，并做会阴部尿道造口。③有淋巴结转移者切除原发灶，并行两侧腹股沟淋巴结清扫术。

2. 放疗 病人一般情况转好，局部病灶在2cm左右、浅表，无淋巴结或远处转移者，可行根治性放疗；晚期病人可酌情行姑息性放疗。术前放疗有利于手术切除，术后放疗可减少或杜绝局部复发。

3. 化疗 化疗效果不理想，适应于手术、放疗后的综合治疗，以及晚期不能手术和放疗或已有远处转移的病人。

4. 预后 远期疗效与肿瘤的病理分型和淋巴结转移密切相关，阴茎癌进行性发展，不治疗者两年内多死亡。手术5年生存率为53%～90%，有淋巴结转移者为20%～55%。

【常见护理问题】 ①自身形体功能紊乱。②排尿方式改变。③性生活形态改变。④潜在并发症：伤口感染。

【护理措施】

术前护理

1. 了解病人发病情况、病程长短，有无家族史。

2. 协助病人完善术前各项检查。

3. 了解病人对阴茎肿瘤及手术治疗的认识，告知该疾病的相关知识、手术必要性、麻醉方式、术后恢复过程及预后情况。

4. 局部准备　手术前 1 周予以 1：5000 高锰酸钾液坐浴，水温 45℃～50℃，每天 2 次，每次 30 分钟。局部有脓性分泌物者，用 0.5% 聚维酮碘外阴抹洗，每天 2 次，遵医嘱应用抗生素。

5. 胃肠道准备　术前 1 周内进清淡少渣饮食，术前晚、术晨清洁洗肠。

6. 心理和社会支持状况　①心理状态：阴茎癌的病人多对疾病羞于启齿，症状轻者容易忽视，症状重者因担心手术后生理功能的丧失而拒绝就医；并发感染时局部疼痛；恶臭气味的刺激，易产生焦虑、恐惧等心理。应注意其情绪和心态变化，及时给予有效的心理疏导。②社会支持状况：了解病人及家庭对疾病的认知程度，对手术、化疗、放疗的经济承受能力，争取其家属及其他亲人的支持。

术后护理

1. 一般护理　观察生命体征、伤口敷料情况，伤口引流管应妥善固定，保持引流通畅，观察记录引流液的颜色、性质及量的变化。腹股沟淋巴结清扫术后，保持腹股沟引流管持续负压吸引通畅，伤口加压包扎并常规加压沙袋，术后 7 天内不宜下床活动，抬高下肢促进淋巴血液回流，用四头带托起阴囊，防止水肿。

2. 阴茎部分或全切除术后，留置尿管 10～14 天，外阴抹洗每天 2 次，拔管前夹闭尿管定时开放，训练膀胱功能，大小便后用温水清洗会阴。

3. 指导加强营养，进高热量、高蛋白、高维生素。易消化食物，定时翻身预防压疮、伤口感染等并发症。

4. 向病人及家属讲解阴茎修复手术的方法及效果，缓解心理压力与恐惧情绪。

出院指导

1. 保持外阴清洁，养成良好的卫生习惯。

2. 保持平和、乐观的心态，树立战胜疾病的信心，积极配合治疗。

3. 适当参加体育锻炼，调节身心健康，如打太极拳、练气功等。

4. 指导病人休息时抬高下肢，如下肢肿胀或疼痛时，及时就诊。

5. 治疗结束后仍需定期回院复查，以便早期发现复发和转移。

第二十四节　骨 肿 瘤

骨肿瘤是发生于骨骼系统的肿瘤，分原发性骨肿瘤和继发性骨肿瘤两大类。原发性骨肿瘤分3大类。①良性肿瘤：以骨软骨瘤（osteochondroma）最多见，其次为骨巨细胞瘤、软骨瘤、骨瘤、骨化性纤维瘤、血管瘤、骨样骨瘤、软骨黏液样纤维瘤、骨母细胞瘤、软骨母细胞瘤和非骨化性纤维瘤。②恶性肿瘤：以骨肉瘤（osteosarcoma）最多见，其次为软骨肉瘤、纤维肉瘤、尤文肉瘤、恶性骨巨细胞瘤、脊索瘤、恶性淋巴瘤和恶性纤维组织细胞瘤。③瘤样病变：以纤维异常增殖症占首位，其次为孤立性骨囊肿、嗜酸性肉芽肿、动脉瘤样骨囊肿。继发性骨肿瘤是身体其他组织或器官的肿瘤转移到骨骼，以肺癌、乳腺癌、甲状腺癌发病率最高。在我国原发性骨肿瘤的发生率为 2～3/10 万人口，大约占全部肿瘤的 2%。良性肿瘤多于恶性，良、恶之比约为 2：1。男、女发病率之比为（1.5～2）：1。良性肿瘤多见于儿童和青少年。骨巨细胞瘤好发于 20～40 岁年龄组。骨肉瘤的发病年龄为 15～25 岁。股骨远端和胫骨近端是骨肿瘤的好发部位。继发性骨肿瘤的发生率可以是骨原发恶性肿瘤的 30～40 倍。骨肿瘤的病因至今尚不明确，可能受环境和遗传、病毒、射线等多种因素的影响。良性骨肿瘤为非侵袭性肿瘤，局部复发及远处转移倾向低，预后较好。恶性骨肿瘤病情发展快，具有侵袭性，组织破坏力强，有较强的局部复发率及远处转移倾向。

【护理评估】

术前评估

1. 一般情况　询问病人年龄、职业、民族，饮食营养是否合理、睡眠是否正常，有无烟酒嗜好，有无大、小便失禁。评估病人的生活自理能力及接受知识的能力。评估有无肿瘤家族史、外伤史和骨折史、过敏史，是否有慢性病史和其他恶性肿瘤史。

2. 症状、体征评估　①评估是否有肿块，肿块的范围、硬度、活动度，表面是否光滑，是否有压痛，皮肤是否紧张发亮，是否有红、肿、热、痛及静脉曲张，皮肤温度是否增高，是否可触及搏动，邻近关节活动是否受限。评估病人是否感觉疼痛以及疼痛程度、疼痛持续时间，缓解方式等。②评估病人是否有食欲不振、体重下降、消瘦、低热和贫血等。

3. 心理社会评估　了解病人文化程度、生活环境、个性特征及病人角色适应情况。家庭经济状况及社会支持系统，病人及家庭成员对该疾病的了解程度及其对治疗的态度。

4. 辅助检查

（1）良性骨肿瘤 X 线表现一般为肿瘤骨质改变规则，密度均匀，边缘清晰，一般无骨膜反应和软组织阴影。恶性骨肿瘤显示骨质破坏明显，密度不均，边界不清，可见骨膜反应，如 Codman 三角或放射状阴影，并可见软组织内不规则阴影或瘤骨阴影。

（2）CT 和 MRI 对了解肿瘤范围及与邻近器官、组织解剖关系有重要意义。同位素扫描可显示多发病灶、跳跃病灶或转移灶。

（3）活体组织检查对骨肿瘤诊断极为重要，主要检查方法有穿刺活检和切开活检。

术后评估

1. 了解手术和麻醉方式，术中出血量、补液量，留置引流管的部位和数量。

2. 评估病人体温、脉搏、呼吸、血压是否正常。

3. 评估伤口有无渗血、渗液，各种引流管是否通畅、固定是否牢固，观察引流液的颜色、性质和量。

4. 了解病人进食情况和睡眠情况。

5. 评估病人是否有伤口感染、肺部感染和泌尿道感染表现。

6. 评估病人是否有焦虑、恐惧、孤独无助等不良心理，是否积极配合治疗和护理。

7. 评估病人患肢末梢血运和肢体活动情况。

【治疗原则】　良性骨肿瘤主要采用手术治疗，恶性骨肿瘤趋向于综合治疗，根据不同类型的肿瘤和具体情况选择手术、化疗、放疗或免疫治疗。一般以手术为主辅以其他治疗。

【常见护理问题】　①焦虑。②疼痛。③知识缺乏。④躯体移动障碍。⑤自理缺陷。⑥自我形象紊乱。⑦营养失调。⑧睡眠型态紊乱。⑨便秘。⑩潜在并发症：病理性骨折，大出血，骨筋膜室综合征，畸形挛缩，深静脉血栓与肺栓塞，废用综合征。

【护理措施】

术前护理

1. 心理护理　恶性骨肿瘤病情发展快，组织破坏力强，易转移。转移性骨肿瘤病人晚期

出现恶病质和全身多器官功能衰竭，随时有生命危险。应加强与病人及家属的沟通，关心体贴病人，给予心理安慰、支持和鼓励，消除不良心理反应。需要截肢者，应向病人及家属说明截肢的必要性，义肢的安装与功能重建，帮助病人克服预感性悲哀心理，配合治疗。对良性骨肿瘤的病人，要讲解肿瘤的特点，告知肿瘤生长缓慢，症状较轻，预后较好，解除其顾虑。

2. 体位　注意休息，保证充足睡眠，下肢骨肿瘤病人应避免下地负重，以预防病理性骨折。

3. 饮食　术前进高蛋白、高热量、高维生素的饮食，加强营养，以提高对手术的耐受性。术前禁食 10～12 小时，禁饮 4～6 小时。

4. 肿瘤局部护理　恶性肿瘤不能用力按摩挤压，不能热敷、理疗，不能涂药、油和刺激性药膏，不能随便用中草药外敷。

5. 疼痛护理　评估病人疼痛程度，按三阶梯止痛疗法控制疼痛，制订适宜的止痛计划并实施，以病人感觉舒适为度。

6. 术前准备　教会病人有效咳嗽、排痰的方法。吸烟者应在术前 2 周戒烟。术前掌握床上排便的方法。下肢截肢者应学会拐杖的使用方法，进行手臂力量锻炼。行假体置换术者指导病人学会有关肌肉的等长收缩以及足部的跖、背屈运动方法。严格检查手术区域及附近的皮肤，如有破溃及皮肤病均要报告医师处理。皮肤准备：皮肤准备范围要超出上下关节范围。无菌手术术前 3 天开始备皮，即第 1、第 2 天用肥皂水清洁局部皮肤，第 3 天手术区皮肤剃毛、洗净，用 75％乙醇消毒后无菌巾包扎，术日晨重新消毒后包扎。注意剃毛发时不可刮破皮肤而增加感染机会。

术后护理

1. 心理护理　手术创伤、麻醉反应、疼痛、患肢制动、留置各种管道以及担心疾病预后等使病人产生焦虑、恐惧心理，要主动与病人多交流，做好解释工作，给予心理安慰和心理支持，使之积极配合治疗，保持情绪稳定。

2. 体位　全麻术后病人平卧至苏醒后 6 小时，头偏向一侧；腰麻、硬膜外联合麻醉去枕平卧 24 小时，硬膜外麻醉去枕平卧 6 小时。四肢术后用枕头或支架抬高患肢使之高于心脏水平，以减轻患肢肿胀，保持关节功能位，必要时用石膏外固定，固定的肢体摆放应以舒适有利于静脉回流、不引起石膏断裂或压迫局部软组织为原则。

315

3. 饮食　术后饮食宜清淡，进食高蛋白、高热量，富含胶原、微量元素及维生素 A、维生素 C 的食物，以补充足够的营养，促进伤口的愈合及机体康复。全麻及硬膜外麻、腰硬膜外联合麻醉术后 6 小时进半流质饮食，术后第 1 天可进普食，臂丛麻醉术后 4 小时后可进普食。

4. 病情观察　注意观察体温、脉搏、呼吸、血压的变化，并做好病情记录；观察患肢末梢血运：包括皮肤颜色、温度、感觉、毛细血管充盈反应、动脉搏动情况。观察肢体有无疼痛、肿胀以及有无神经损伤表现。观察伤口有无渗血，如渗血较多，及时报告医师，更换敷料，加压包扎。

5. 引流管护理　定期挤压，保持引流管通畅，及时在无菌操作下更换负压引流盒。注意观察并记录引流液的颜色、量、性质，发现异常及时通知医师。

6. 疼痛护理　术后伤口疼痛，在排除外部压迫或缺血等原因引起的疼痛后，遵医嘱及时给予止痛剂。使用 PCA 泵止痛要妥善固定，保持通畅，定期观察和询问病人有无疼痛及其他不适。对疑有骨筋膜室综合征的病人切不可抬高及热敷患肢，以免加重缺血，一旦确诊，即切开减压，解除室内高压。

7. 功能锻炼　根据病变部位和手术方式制订相应的锻炼计划，帮助病人改善或恢复肢体功能，促进全身健康，防止并发症。

8. 预防长期卧床并发症　长期卧床者病情允许应加强翻身，指导进行有效咳嗽及多饮水，以预防压疮、肺部感染和泌尿系感染。指导病人进食粗纤维食物和腹部按摩以防止便秘。

9. 行假体置换术后护理

（1）适当抬高患肢，保持功能位　髋关节置换术后保持患肢外展 30°中立位，可穿防外旋鞋或进行皮牵引，避免下肢内收和外旋；膝关节置换术后保持膝屈曲 10°，两侧可放置沙袋保持中立位；肩关节置换术后用三角巾固定，保持上臂与身体侧边平行，肘关节屈曲 90°，前臂置于胸前；肘关节置换术后屈肘 90°。需经常检查患肢位置。

（2）病情观察　注意观察患肢末梢皮肤颜色、温度、肿胀情况及有无异常感觉，有无被动牵拉指（趾）痛等。髋关节置换术后注意观察生命体征、意识状态和皮肤黏膜情况，必要时早期采取抗凝措施，积极预防和及时发现肺栓塞。注意伤口渗血和引流情况，敷料有渗血、渗液时及时更换；保持伤口引流通畅，注意观察引流液的色、量及性质，更换引流装置时严格无菌操作。遵医嘱使用抗生素防治感染，注意观察药物疗效和有无不良反应。

（3）适时指导、协助病人进行正确的功能锻炼 术后第 1 天即可开始患肢肌肉的等长收缩，足部的跖屈和背屈，手指握拳运动及未固定关节的活动。全髋关节置换术一般拆线后即可坐起，在床上练习关节活动，待适应直立姿势后可扶拐下地行走，拐杖使用 1～2 个月，以后即可使用手杖，避免急速行走和赛跑。膝关节置换术返回病房后即可在关节持续被动功能练习器（CPM）上进行膝关节屈伸活动，逐步增加关节活动度和活动量。一般术后 1 周可进行关节主动运动，2 周后练习扶拐下地行走，拐杖一般使用 2 个月以上。病人扶拐下地行走时需注意保护，以防止跌倒。肘关节置换术后 1～2 周可进行关节主动屈伸运动。肩关节置换术后 2～3 周可主动练习肩关节外展。

（4）髋关节置换术后禁止向患侧取物，禁止跷二郎腿动作，避免座凳过矮，防止关节脱位。

10. 截肢术后护理

（1）术后测量生命体征，观察全身情况，保持引流管通畅，观察引流液的色、量以及性质。观察伤口渗血情况，必要时床旁备沙袋和止血带，残肢用弹力绷带包扎，松紧适宜。

（2）残肢护理 观察残肢有无出血、红肿、水疱、渗液、皮肤坏死、并发感染等。残肢末端平放床面，关节处于功能位。大腿截肢者要防止髋关节屈曲外展挛缩，小腿截肢者要避免膝关节屈曲外展挛缩。对残端给予经常和均匀的压迫，促进残端软组织收缩。术后 3 周可局部按摩，促进水肿消退，并练习残肢屈伸运动，达到术前范围。积极锻炼，主动活动，增强肌力，早期扶拐行走，为安装义肢做准备。

（3）对幻肢痛的病人要关心体贴，进行精神安慰、心理疏导，运用能增加舒适感的措施减轻幻肢痛，如转身运动、放松运动、改变体位等。对疼痛病史较长的病人，可轻轻叩击其残肢残端，也可采用理疗，如热敷、离子透入、蜡疗等。指导病人进行适当的残肢活动和早期扶拐下地行走，有利于缓解症状。以上方法均无效者，可用催眠、精神治疗、针灸等。对顽固性疼痛，可行封闭、交感神经阻滞或交感神经切断术。

（4）训练病人的平衡能力和独立生活能力，从精神上、日常生活上多帮助病人，减轻其痛苦。

出院指导

1. 加强营养，保持乐观向上的心态。

2. 对患肢仍不能负重的病人应制订活动计划，指导病人继续进行功能锻炼，要注意预防跌倒，防止病理性骨折。

3. 行假体置换者若发现局部红、肿、热、痛等感染征象，应立即复诊；向病人说明预防关节脱位的重要性及方法。肥胖者注意控制体重。

4. 截肢病人指导其继续进行残端护理，告知义肢安装时间及护理方法。

5. 对容易复发或疑有恶变的良性肿瘤者，应注意随访。

6. 恶性肿瘤者应在医师指导下坚持多方面的治疗，不要轻易中断治疗，并定期复查。

7. 对于仍有疼痛的病人要告知止痛药应用原则及方法，以感觉舒适为度。

第二十五节　脊柱肿瘤

脊柱肿瘤（spinal column tamor）比较少见，约占全身骨肿瘤的5%。其中原发良性肿瘤占30.4%，瘤样病变占5.6%，原发恶性肿瘤占36%，骨转移癌占28%。原发良性肿瘤发病情况依次为骨巨细胞瘤、骨软骨瘤、骨血管瘤、骨母细胞瘤、软骨瘤、神经纤维瘤、骨样骨瘤、软骨母细胞瘤。瘤样病变依次为嗜酸性肉芽肿、动脉瘤样骨囊肿、纤维异常增殖症、孤立性骨囊肿。原发恶性肿瘤中以脊索瘤最多见，其次为骨髓瘤、恶性淋巴瘤、软骨肉瘤、骨肉瘤、尤文肉瘤、恶性骨巨细胞瘤、纤维肉瘤、转移瘤、骨髓瘤，脊索瘤多为中老年人，40～70岁居多。骨巨细胞瘤、神经纤维瘤及其他恶性肿瘤多为中青年人群，20～40岁居多。其他良性肿瘤多为青少年。脊柱肿瘤侵犯部位以胸椎最多见，其他依次为腰椎、颈椎和骶椎。除转移瘤和骨髓瘤多发外，其余为单发。

【护理评估】

1. 一般情况　参见本章第二十四节"骨肿瘤"相关内容。

2. 症状、体征评估

（1）评估病人是否有颈肩痛、背痛和腰腿痛，疼痛是否放射到上肢、肋间和腿部。评估疼痛的时间、程度以及缓解方式。

（2）评估病人是否有脊柱活动受限和畸形。

（3）评估病人是否有四肢无力、感觉障碍、步态不稳，是否有截瘫和大、小便失禁。

（4）评估病人颈部、背部和腰部是否有隆起包块。

（5）评估病人是否有食欲不振、体重下降、消瘦、低热和贫血。

3. **心理社会评估** 参见本章第二十四节"骨肿瘤"相关内容。

4. **辅助检查**

（1）X线 以病椎为中心的正位、侧位和斜位 X 线摄片最为重要，典型病例能区分良性、恶性或对某些肿瘤做出初步诊断。

（2）CT、MRI CT 可清楚描绘肿瘤破坏范围、软组织阴影和肿瘤是否挤压脊髓和与周围脏器的关系，也能提示肿瘤的良性、恶性等。MRI 可较早显示肿瘤的范围、是单发还是多发，显示脊髓内的病变和椎管内非骨性占位性病灶。

（3）ECT 可清楚显示脊柱骨代谢的异常。全身骨骼的扫描图可清楚显示单发或多发病变区，并能早期发现骨转移灶。

（4）DSA 通过造影剂的染色，了解肿瘤血运、肿瘤与大血管的关系，区分良性、恶性。

（5）B超 对脊柱附件肿瘤扩展进入软组织者，可提示肿瘤范围、血运状况，也可为脊柱转移瘤寻找原发灶。

（6）胸椎和胸腰段脊柱肿瘤病人要行肺功能测定。

术后评估

1. 了解手术和麻醉方式，术中出血量、补液量，留置引流管的部位和数量。

2. 评估病人体温、脉搏、呼吸、血压是否正常，有无缺氧表现。

3. 评估伤口有无渗血、渗液，各种引流管是否通畅、固定是否牢固，观察引流液的颜色、性质和量。

4. 了解病人进食情况和睡眠情况。评估病人大小便是否正常。

5. 评估病人是否有伤口感染、肺部感染和泌尿道感染表现，是否发生压疮和深静脉血栓。

6. 评估病人是否有焦虑、恐惧、孤独无助等不良心理，是否积极配合治疗和护理。

7. 评估病人双下肢的运动与感觉。截瘫病人评估截瘫有无好转或加重。

【治疗原则】

1. **手术治疗** 侵犯脊柱椎体的肿瘤而导致脊柱节段性不稳定或导致脊柱骨脱位，伴有神经受损、严重疼痛的，均应积极选择外科治疗。通过所有临床检查能做出初步诊断者，可制订手术方案；不能诊断者可在 CT 引导下行穿刺活检或切开冷冻活检并积极治疗。

2. **放疗和化疗** 对不需要或不能行外科治疗的，根据病理类型进行放疗或化疗。

【常见护理问题】　①焦虑。②疼痛。③知识缺乏。④躯体移动障碍。⑤营养失调。⑥自理缺陷。⑦皮肤完整性受损。⑧低效性呼吸型态。⑨潜在并发症：窒息，废用综合征，深静脉血栓，便秘，肺部感染，泌尿道感染。

【护理措施】

术前护理

1. 心理护理　脊柱手术风险大，由于疼痛、瘫痪、大小便失禁及担心疾病预后等原因，病人有明显的悲观失望及焦虑情绪。应多与病人及家属沟通，全面了解病人的心理活动，有针对性地做好心理护理，消除不良心理反应。鼓励病人面对现实，积极配合治疗。

2. 体位　睡硬板床，翻身时头、颈、腰、臀成一条直线，搬动时应保持脊柱平直，以防扭曲。行颈椎肿瘤切除术时为确保手术的安全性和术后的稳定性，术前应进行颅骨的骨牵引。

3. 饮食　进食高蛋白、高热量、高维生素的饮食，以提高机体对手术的耐受性。术前禁食 10～12 小时，禁饮 6～8 小时。行腰骶部肿瘤术时于术前晚和术日晨行清洁灌肠，以免术中大便污染手术区。

4. 术前准备　术前 2 周戒烟，遵医嘱应用抗生素预防感染。合并截瘫者术前了解截瘫平面和程度，以便与术后对照。颈、胸椎手术者术前进行呼吸训练。按医嘱进行皮肤准备。训练床上大小便，便秘者，术前用缓泻剂或灌肠。留置导尿管。

术后护理

1. 心理护理　参见本章第二十四节"骨肿瘤"相关内容。

2. 饮食护理　饮食宜清淡，进食高蛋白、高热量，高维生素食物，以补充足够的营养，促进伤口的愈合及机体康复。全麻术后 6 小时无呕吐者可进流质饮食，术后第 1 天无腹胀者可进普食。

3. 体位　睡硬板床以保持脊柱的功能位置，翻身时要保持脊柱同时转动，不要屈曲和扭转。颈椎术后应保持颈部中立位，行颅骨牵引 4～8 周；胸、腰椎术后可使用腰围固定，起床活动应遵医嘱，拆线后可让病人适当练习腰背肌活动，6～8 周后练习坐起、站立。

4. 病情观察与处理　颈椎手术者术后密切观察呼吸频率、节律及其强弱变化，鼓励病人深呼吸和咳痰，保持呼吸道畅通，床旁备气管切开包和呼吸机，观察病人有无声嘶和吞咽困难。胸椎肿瘤开胸术后可发生肺不张、肺炎和呼吸道梗阻，要鼓励病人行深呼吸和有效咳嗽排痰。如无脊柱不稳者，可于术后第 2 天半卧位或坐位拍背排痰，促进引流，定时挤压胸腔

引流管保持引流通畅，注意观察病人呼吸和有无缺氧表现。腰椎术后观察下肢活动、感觉和排尿情况，注意观察术后神经功能恢复情况及有无受损征象。骶尾部手术者保持敷料清洁，避免大、小便污染，防止伤口感染。观察伤口渗血渗液情况，及时更换敷料，有伤口引流者保持引流通畅，注意观察引流液的颜色、性质和量。术前截瘫者观察截瘫恢复情况或有无加重，观察内容包括肌力、感觉、反射和大、小便情况。

5. 鼓励病人多饮水，预防泌尿系统感染。如病情允许，协助翻身，大、小便失禁者保持骶尾部及会阴部皮肤清洁干燥，预防压疮。适时指导和协助病人行功能锻炼，根据植骨愈合情况和脊柱的稳定情况决定下床活动时间。

出院指导

1. 术后 3～6 个月复查，如出现肢体瘫痪、疼痛、感觉异常、反射异常，及时就诊。

2. 瘫痪者，加强肢体功能锻炼，包括被动、主动训练。

3. 大、小便失禁者，注意训练排便排尿功能，加强皮肤护理。

4. 加强营养，适当锻炼，保持情绪稳定。

第二十六节　软组织肿瘤

软组织肿瘤（soft tissue tumor）指来源于非上皮的、骨外间叶组织（包括脂肪组织、纤维组织、平滑肌组织、横纹肌组织、间皮组织、滑膜组织、血管和淋巴管组织等和相关的神经血管组织）的肿瘤，笼统地分为软组织良性肿瘤和肉瘤。软组织良性肿瘤生长局限，病史多较长，切除后多不复发，也不转移。软组织肉瘤是软组织恶性肿瘤，以四肢和躯干体壁多见，下肢是最常见的好发部位，切除不干净易复发，晚期可出现远处转移，并危及生命。大多数良性和恶性软组织肿瘤的发病原因尚不清楚。在少数病例中发现，遗传和环境因素、辐射、病毒感染以及免疫缺陷，通常与恶性软组织肿瘤的发生发展有关。也有个别报道软组织肉瘤发生于瘢痕组织、骨折部位及外科移植物附近。然而，大多数软组织肉瘤表现为特发性，无明显的致病因素。良性软组织肿瘤在数量上远远超过肉瘤，至少是肉瘤的 100 倍。良性软组织肿瘤的年临床发病率（就诊的新病例数）估计高达 3000/100 万人口，而软组织肉瘤的年发病率约 30/100 万人口。男性稍多见，高发年龄在 40～50 岁。其中恶性纤维组织细胞瘤、横纹肌肉瘤、滑膜肉瘤和脂肪肉瘤为临床高发，占全部病例的 75％以上。较少见的病例有血管肉瘤、恶性腱鞘巨细胞瘤、骨外骨肉瘤、间叶肉瘤等。

【护理评估】

术前评估

1. 一般情况　了解病人年龄、职业、民族，饮食营养是否合理，有无烟酒嗜好。评估病人睡眠情况，生活自理能力。评估有无肿瘤家族史、化学毒物接触史、过敏史，是否有慢性病史。

2. 症状、体征评估

（1）肿块局部情况　评估是否有肿块，肿块的范围、硬度、活动度，肿块表面是否光滑，是否有压痛，皮肤颜色，是否有破溃、出血、感染，邻近关节活动是否受限。评估病人是否有疼痛以及疼痛程度，是否有酸、胀等不适。评估病人肿块远端是否有水肿。

（2）全身情况　评估病人是否有消瘦或贫血，是否有全身发热等表现。

3. 心理社会评估　参见本章第二十四节"骨肿瘤"相关内容。

4. 辅助检查

（1）影像学检查　对软组织肿瘤的诊断非常重要。常用的检查方法有普通 X 线平片、B 超、DSA、CT 及 MRI 等。普通 X 线平片对软组织的敏感性较差，用于肉瘤有骨侵犯时。B 超可清楚显示肿瘤的形态和轮廓，判定肿瘤的大小、位置及肿瘤与周围组织的关系，引导对深部肿瘤的穿刺活检。CT、MRI 能将肿瘤组织与邻近的肌肉和脂肪区分开，且能确定与重要神经血管的关系。

（2）组织学检查是软组织肉瘤的重要确诊方法之一，是指导外科分期，指导治疗的重要依据。常用的取材方法有针吸取样组织学检查和切开活检。

术后评估

参见本章第二十四节"骨肿瘤"相关内容。行皮瓣移植术者，注意评估皮瓣血运情况以及有无皮瓣下积液、积气和感染坏死。行血管移植术者注意评估患肢末梢血运；评估有无出血表现和静脉血栓形成。

【治疗原则】　治疗的关键是早期发现、早期治疗，而获得理想效果则取决于首次治疗的彻底性。良性肿瘤常行局部切除，低度恶性肿瘤手术范围要扩大，而高度恶性肿瘤则需采取综合治疗，包括手术与辅助性放疗、化疗。

【常见护理问题】　①焦虑。②疼痛。③相关知识缺乏。④躯体移动障碍。⑤自理缺陷。

⑥自我形象紊乱。⑦营养失调。⑧睡眠型态紊乱。⑨潜在并发症：大出血，骨筋膜室综合征，畸形挛缩，废用综合征，便秘。

【护理措施】

术前护理

1. 心理护理　加强与病人及家属的沟通，全面了解病人心理活动，有针对性地做好心理护理，消除不良心理反应。特别是需行截肢术的病人要解释手术的必要性，术后要正确引导病人正视伤残现实；与其共同探讨人生目标，使之身残志坚。对良性肿瘤的病人，要讲解良性肿瘤的特点，告知病人这类肿瘤生长缓慢，症状较轻，预后较好，解除病人顾虑。

2. 体位　注意休息，保证充足睡眠。如肢体肿胀应予以抬高。肿瘤有骨侵犯时避免剧烈运动和负重。

3. 饮食护理　参见本章第二十四节"骨肿瘤"相关内容。

4. 肿瘤局部护理　参见本章第二十四节"骨肿瘤"相关内容。

术后护理

1. 饮食和体位　参见本章第二十四节"骨肿瘤"相关内容。

2. 病情观察与处理　参见本章第二十四节"骨肿瘤"相关内容。行皮瓣移植术者，术后应注意观察皮瓣血运情况，按医嘱给予血管扩张药，保持伤口有效引流，观察有无皮瓣下积液、积气及感染坏死。观察有无血循环危象表现。

3. 行血管移植术后护理　严格限制肢体活动，要将肢体位置抬高，高于心脏 $20\sim30\mathrm{cm}$，避免关节过屈挤压、扭曲血管，避免剧烈活动，术后 1 周可在床上行轻微的肌肉收缩运动，以促进患肢血液循环。按医嘱给予抗凝疗法，防止血栓形成。

4. 疼痛护理　参见本章第二十四节"骨肿瘤"相关内容。

5. 引流管护理　参见本章第二十四节"骨肿瘤"相关内容。

6. 功能锻炼　参见本章第二十四节"骨肿瘤"相关内容。

7. 预防长期卧床所致并发症　参见本章第二十四节"骨肿瘤"相关内容。

8. 截肢护理　参见本章第二十四节"骨肿瘤"相关内容。

出院指导

1. 加强营养，保持乐观向上的心态。

2. 对患肢仍不能负重的病人应制订活动计划，指导病人继续进行功能锻炼。

3. 截肢病人指导其继续进行残端护理，告知义肢安装时间及护理方法。

4. 对容易复发或疑有恶变的良性肿瘤者，应注意随访。

5. 恶性肿瘤者应在医师指导下坚持多方面的治疗，不要轻易中断治疗，并定期复查。

第二十七节　卵巢肿瘤

卵巢肿瘤（ovarian tumour）是女性生殖器常见肿瘤，其组织学类型多，有良性、临界恶性及恶性之分，可分为体腔上皮来源的肿瘤、性索间质肿瘤、生殖细胞肿瘤、转移性肿瘤。卵巢恶性肿瘤（malignant ovarian tumour）是女性生殖器三大恶性肿瘤之一，5 年生存率较低，徘徊在 25%～30%。其转移途径主要有盆腔、腹腔种植，淋巴转移和邻近器官直接蔓延。从婴幼儿到 70 岁以上的老人均可发病。发病的高危因素有：①遗传和家族因素：20%～25% 有遗传因素。②环境因素：工业发达国家该病发病率高，可能与饮食中胆固醇含量高有关。③内分泌因素：未孕妇女发病率高。卵巢恶性肿瘤的预后与临床分期、病理分级、肿瘤的类别及处理方法有关，分期越晚效果越差。随访统计，5 年生存率 I_a 期为 72%，II_a 期为 52%，III 期为 11%，IV 期为 5%。I 期肿瘤局限于囊内时，5 年生存率可达 90%。肿瘤细胞的分化程度越差治疗效果也越差。卵巢恶性肿瘤中以内胚窦瘤预后最差，无性细胞瘤由于对放疗敏感而预后良好。

【护理评估】

术前评估

1. 一般情况　了解病人年龄、发病情况及病程长短，遗传家族史，生活工作环境及有无肿瘤高危因素等。

2. 症状、体征评估　早期卵巢恶性肿瘤通常无明显不适症状，仅因其他原因做妇科检查偶然发现。一旦出现症状，常表现为腹胀、腹部不适及腹腔积液等。

（1）腹部不适　中等大小良性肿瘤或生长迅速的恶性肿瘤常引起腹胀和不适。

（2）腹部肿块　良性肿瘤生长慢，不易被发现，病人往往在无意中触及。恶性肿瘤生长快，易被察觉。

（3）腹痛　良性肿瘤并发蒂扭转、破裂、出血、感染时，可出现不同程度的腹痛。恶性肿瘤如向周围浸润，或压迫神经，可引起腹痛、腰痛或下肢痛。

（4）压迫症状　肿瘤较大占满盆腔可引起压迫症状，导致尿频、排尿困难、便秘、气急、心悸等症状。

（5）体征　良性卵巢肿瘤多为单侧性，位于子宫旁，呈球形，囊性或实性肿块，表面光滑，活动，与子宫界限分明。恶性卵巢肿瘤为双侧、实性或部分实性、表面高低不平、较固定的肿块，子宫直肠陷凹内可有散在结节。

3. 心理社会评估

（1）恐惧　表现为紧张，不同程度的失眠、纳差、心率加快、血压升高等。害怕手术危险，麻醉出现意外，术中、术后疼痛及手术室的陌生环境等。

（2）忧虑　子宫、卵巢等器官切除手术前后担心失去女性特征，减少了吸引力，致夫妻感情破裂，精神压力大。还担心是否能得到家人的支持及经济承受能力等。

4. 辅助检查

（1）超声检查　B超显像可测知肿块的部位、大小、形态及性质。

（2）放射学诊断　钡餐造影或钡剂灌肠、空气对比造影可了解消化道有无肿瘤。CT检查可对盆腔肿瘤进行定位和定性，并可了解肝、肺及腹膜后淋巴结有无转移。盆腔淋巴结造影可判断卵巢肿瘤有无淋巴转移。

（3）腹腔镜检查　可直接观察肿瘤来源和大体情况，以及整个盆腹腔及横膈，以判定病变范围和分期。并可吸取腹水进行细胞学检查，或取可疑组织做病理检查。但是，巨大肿块或粘连肿块禁忌行此检查。

（4）细胞学检查　经腹或后穹隆穿刺抽取腹水进行细胞学检查，有助于卵巢恶性肿瘤的诊断。

（5）肿瘤标志物检查　CA125、AFP、β-HCG、性激素等。乳酸脱氢酶（LDH）测定有助于无性细胞瘤的诊断。

术后评估

1. 麻醉手术情况　了解麻醉手术方式和术中经过、出血等。

2. 恢复情况　生命体征、引流管引流、伤口愈合、进食、活动、睡眠等。

【治疗原则】

1. 良性卵巢肿瘤　一经确诊，应手术切除。可行卵巢肿瘤剥除术、单侧附件切除术、子宫＋双附件切除术。

2. 恶性卵巢肿瘤　手术治疗为主，加用放疗、化疗的综合治疗。

（1）手术治疗　手术起关键作用，尤其是首次手术更重要。手术时应先探查腹腔，明确病变范围，有无淋巴结转移。I_a、I_b 期应作全子宫及双侧附件切除术。I_c 期及其以上同时行大网膜切除术。肿瘤细胞减灭术是指对晚期（Ⅱ期及其以上）病人应尽量切除原发病灶及转移灶，使肿瘤残余灶不超过 2cm。

（2）化疗　为主要的辅助治疗手段。

（3）放疗　为手术与化疗的辅助治疗。无性细胞瘤对放疗最敏感。

【常见护理问题】　①知识缺乏。②焦虑。③自我形象紊乱。④口腔黏膜改变。⑤舒适的改变：疼痛。⑥营养失调——低于机体需要量。⑦潜在并发症：感染。

【护理措施】

术前护理

1. 心理护理　①和病人交流沟通，了解其心理活动，耐心做好心理护理，使病人有心理准备。②用图形或模型的方式向病人及家属讲解手术切除范围及保留的器官，使病人做到心中有数，缓解其紧张和恐惧心理。③鼓励病人增强战胜疾病的信心，消除顾虑，用平静的心态配合手术治疗。

2. 阴道和肠道的准备　手术前 3 天开始每天行阴道冲洗 1 次，如发现阴道分泌物多或有异味，马上报告医师，可予宫腔引流或全身抗感染治疗。宫颈局部有感染时，冲洗后外敷消炎药物，根除一切感染隐患。手术前 1 天清洁肠道，口服庆大霉素、番泻叶等。手术前晚术晨清洁洗肠。术日晨行外阴和阴道冲洗，用 0.5％聚维酮碘消毒宫颈和阴道，留置导尿管。如月经来潮，通知医师，延期手术。

3. 术前功能指导

（1）指导病人术前练习深呼吸及有效咳嗽，学会床上翻身方法，预防肺部感染等并发症。

（2）练习床上小便，锻炼膀胱功能，以防尿管拔除后不能自解小便而导致膀胱麻痹，或急性膀胱炎的发生。

（3）训练床上肢体活动，预防术后血栓形成，并讲解术后早期下床活动的意义，以利于康复。

4. 营养补充　根据病情给予高蛋白、高热量、易消化、含有多种维生素的食物，必要时输注白蛋白，贫血者可输新鲜血液。

术后护理

1. 按全麻术后或腰硬膜外联合麻醉术后护理常规，密切观察病人面色、呼吸、脉搏、血压及体温，去枕平卧，24 小时后可协助摇高床头 25°～30°，利于引流，减轻炎症和腹胀。

2. 消化道护理　术后禁食 6 小时后遵医嘱进食。进食后观察有无腹胀、腹痛、呕吐等症状。鼓励并协助病人早期下床活动。如术后第 3 天肛门未排气，可予开塞露塞肛。

3. 观察腹部伤口有无渗血、渗液，腹腔引流管是否通畅，注意引流液的颜色、性质和量。如引流液颜色鲜红，应考虑是否有活动性出血；引流管中有粪便、尿液流出，应考虑膀胱及肠道损伤，立即报告医师。

4. 保留尿管长期开放，观察记录尿液的颜色和量。每天外阴抹洗 2 次，保持会阴部及尿管周围干净清洁，预防感染。7～10 天后拔除尿管。拔管前 3 天夹尿管定时开放，拔尿管后注意排尿情况。

出院指导

1. 注意外阴卫生，保持会阴部清洁干燥。

2. 鼓励病人多饮水，进高热量、高蛋白、富含维生素饮食。

3. 教会病人保持舒适的方法，如放松技术应用、变换体位、热敷等。

4. 帮助联系社会支持系统和性知识咨询。

5. 定期复查，若有不适随时就诊。随访时间：术后 1 年内，每个月 1 次；术后第 2 年，每 3 个月 1 次；术后第 3 年，每 6 个月 1 次；3 年以上者，每年 1 次。

第二十八节　宫 颈 癌

宫颈癌（cervical cancer）又称子宫颈癌，系指发生在宫颈阴道部或移行带的鳞状上皮细胞及宫颈管内膜的柱状上皮细胞交界处的恶性肿瘤。是最常见的妇科恶性肿瘤之一，病因至今尚未完全明了。有许多资料表明与早婚、早育、孕产频繁、性生活紊乱、慢性子宫颈炎、病毒感染、包皮垢感染、种族、社会、经济、精神创伤、地理环境等因素有关。我国宫颈癌死亡率居总癌症死亡率的第 4 位，占女性癌的第 2 位。我国发病年龄以 35～39 岁和 60～64 岁多见，平均年龄 52.2 岁。

【护理评估】

术前评估

1. 一般情况　了解病人年龄、婚育、生活习惯、遗传家族史及有无肿瘤高危因素。

2. 症状、体征评估　最早和最多出现的症状主要是接触性出血及白带增多。

（1）阴道流血　年轻病人常表现为接触性出血，发生在性生活后或妇科检查后出血。老年病人常主诉绝经后不规则阴道流血。

（2）阴道排液　白带增多，呈白色、淡黄、血性或脓血性等，稀薄似水样或米泔水样，腥臭。晚期病人并发感染则呈恶臭或脓性。

（3）压迫症状　宫颈癌晚期，由于肿瘤增大，可出现各种压迫症状，疼痛是常见的压迫症状之一，其发生率为 41.1%，多见于Ⅲ、Ⅳ期病人。

（4）全身症状　晚期除继发如尿毒症等全身症状外，往往出现消瘦、贫血、发热、全身衰竭、恶病质等临床表现。

（5）体征　宫颈癌一般可分为外生型、内生型、溃疡型、颈管型，其体征因各型差异而不同。①外生型：最常见，病灶向外生长，状如菜花，又称菜花型。起初为息肉样或乳头状隆起，继而发展为向阴道内突出的大小不等的菜花状赘生物，触之易出血。②内生型：癌灶向宫颈深部组织浸润，宫颈扩张糜烂、膨胀如桶状。③溃疡型：外生及内生型如病灶继续发展，癌组织坏死脱落形成凹陷性溃疡或空洞，形如火山口。④颈管型：癌灶发生在宫颈外口内，隐蔽在宫颈管，侵入宫颈及子宫下段供血层以及转移到盆壁的淋巴结。

3. 心理社会评估　评估病人对其诊断及预后的焦虑、恐惧程度，对宫颈癌手术方式、术后综合治疗及康复知识的了解程度，家庭经济承受能力及对病人的关心支持情况等。

4. 辅助检查

（1）子宫颈刮片细胞学检查　是发现宫颈癌前期病变和早期宫颈癌的主要方法。

（2）宫颈和宫颈管活体组织检查　在宫颈刮片细胞学检查为Ⅲ～Ⅳ级以上涂片，但宫颈活检为阴性时，应在宫颈鳞-柱交界部的 3、6、9、12 点处取四点活检，或在碘试验不着色区及可疑癌变部位，取多处组织，并进行切片检查，或应用小刮匙搔刮宫颈管，将刮出物送病理检查。

（3）阴道镜检查　协助选择活检的部位并将钳出物进行宫颈活检。

（4）宫颈锥形切除术　在活体组织检查不能肯定有无浸润癌时，可进行宫颈锥形切除术。

术后评估

1. 麻醉手术情况　了解麻醉手术方式和术中经过、出血等。

2. 恢复情况　生命体征、引流管引流、排尿、伤口愈合、进食、营养、活动能否耐受放疗、化疗等。

【治疗原则】　子宫颈癌按病理分宫颈上皮内瘤样病变（宫颈不典型增生和宫颈原位癌）和宫颈浸润癌，常用的治疗方法有手术、放疗及化疗等综合应用。

1. 宫颈上皮内瘤样病变　活检如为宫颈非典型增生Ⅰ级者，暂时按炎症处理，每3～6个月随访刮片，必要时再做活检，继续观察；确认为宫颈非典型增生Ⅱ级者，可选用激光、冷冻治疗或行宫颈锥切术，术后每3～6个月随访1次；确诊为宫颈非典型增生Ⅲ级者，主张行子宫全切术。如年轻迫切要求生育者，可行宫颈锥切术，术后定期随访。

2. 宫颈浸润癌　①镜下早期浸润癌：一般多主张做扩大全子宫切除术及切除1～2cm的阴道组织。因镜下早期浸润癌淋巴转移的可能性极小，因此不需清扫盆腔淋巴组织。②浸润癌：治疗方法应根据临床分期、年龄和全身情况以及设备条件而制订。常用的治疗方法有放射、手术及化疗。一般而言，放疗可适用于各期病人；I_b 至 II_a 期的手术疗效与放疗相近；宫颈腺癌对放疗敏感度稍差，应采取手术切除加放疗综合治疗。

【常见护理问题】　①知识缺乏。②营养失调——低于机体需要量。③预感性悲哀。④自我形象紊乱。⑤有大出血的危险。⑥排尿异常。⑦生活自理能力下降。⑧舒适的改变：疼痛。

【护理措施】

术前护理

1. 心理护理　由于病人及家属均担心手术效果，加之经济负担过重，表现出焦虑、沮丧情绪，护士要关心体贴病人，了解病人的心理状态，耐心倾听病人的诉说，并给予帮助。

2. 术前准备

（1）阴道准备　术前3天，每天用3%过氧化氢溶液阴道冲洗1次，每晚用甲硝唑0.4g塞阴道，连续3天。阴道出血的病人禁做此项操作。

（2）肠道准备　术前晚、术晨清洁灌肠，并遵医嘱使用肠道消炎药与泻药；术前3天改半流质饮食，术前1天改全流质饮食，术前晚、术晨禁食。

（3）术前1天备皮，清洁肚脐，做好全身卫生处置，预防感冒。

3. 术前功能锻炼指导

（1）指导病人术前练习深呼吸及有效咳嗽，学会床上翻身方法，预防肺部感染等并发症。

（2）练习床上小便，锻炼膀胱功能，以防尿管拔除后不能自解小便，而导致膀胱麻痹或急性膀胱炎的发生。

（3）训练床上肢体活动，预防术后血栓形成，讲解术后早期下床活动的意义，以利于康复。

术后护理

（1）体位　术毕回病房后应给予去枕平卧位，6小时后予半卧位（改体位时间根据麻醉要求而定）。

（2）饮食　禁食6小时后予全流质饮食，术后第1天开始口服四磨汤；肛门排气后予半流质饮食；排大便后进普食。

（3）功能锻炼　术后翻身每2小时1次，被动活动下肢，术后3天下床活动。

（4）病情观察　术后密切观察血压、脉搏、呼吸，每30～60分钟测量1次至平稳；注意伤口敷料有无渗血，并及时更换敷料；观察引流管是否通畅，引流液的颜色及量，做好记录。术后12小时引流液为血性，但引流量不超过300mL。如12小时后引流液色鲜红且量增加，则有内出血可能，应及时通知医师作出相应处理。

（5）导尿管护理　妥善固定，防止脱落；留置导尿管期间每天外阴抹洗2次；鼓励病人多饮水，每天饮水量达2000mL以上，以稀释尿液，达到冲洗膀胱的作用；术后第7天开始夹闭尿管，每2～3小时开放1次，晚间一直开放，以锻炼膀胱收缩功能；尿管拔除后，嘱病人每1～2小时排尿1次；拔管后仍不能自行排尿者，或拔管后测残余尿量＞100mL时，应重新留置导尿管，继续训练膀胱功能。

出院指导

1. 禁房事、盆浴3个月，洗澡时用淋浴，免重体力劳动半年。

2. 加强营养，注意休息，适当运动。

3. 保持大便通畅，养成良好的排便习惯，避免过度使用腹压。

4. 保持会阴清洁干燥，穿全棉内裤。

5. 帮助联系社会支持系统和性知识咨询。

6. 定期复查，若有不适随时就诊。随访时间：一般在出院后第1年内：出院后1个月行第1次随访，以后每隔2～3个月复查1次。第1年后每3～6个月复查1次。第3～5年，每

6个月复查1次。第6年开始每年复查1次。

第二十九节 外阴恶性肿瘤

外阴恶性肿瘤包括许多不同组织结构的恶性肿瘤，如外阴鳞状细胞癌（vulvar squamous cell carcinoma）、外阴恶性黑色素瘤（vulvar malignant melanoma）、外阴基底细胞癌（vulvar basal cell carcinoma）等，约占女性全身恶性肿瘤的1%，女性生殖道癌肿的3%～5%，常见于60岁以上妇女，其中以外阴鳞状细胞癌最多见。外阴癌主要是局部复发和淋巴结转移，远处主要转移至肺。浸润前病变包括：外阴营养不良、外阴Paget病、外阴Bowen病、鳞形细胞的表皮内肿瘤。外阴恶性肿瘤以手术治疗为主，同时依病情辅以局部放疗或化疗。

【护理评估】

术前评估

1. 一般情况　在外阴恶性肿瘤的诊断中，关键是重视临床的前驱症状和局部小的病灶，如外阴瘙痒、久治不愈的溃疡、异常的结节等，应警惕外阴恶性肿瘤。活体组织检查可确诊。

2. 症状、体征评估　主要为外阴部结节和肿块，常伴疼痛和瘙痒史，部分病人表现为外阴溃疡经久不愈，晚期病人还有脓性和血性分泌物增多、尿痛等不适。癌灶可生长在外阴的任何部位，大阴唇多见，其次为小阴唇、阴蒂、会阴、尿道口、肛周等。早期局部丘疹、结节、小溃疡，晚期见不规则肿块，伴或不伴溃破和乳头样肿瘤，有时见"相吻病灶"。若癌灶已转移至腹股沟淋巴结，可以扪及一侧或双侧淋巴结增大、质硬、固定。

3. 心理社会评估　外阴癌的病人都有不同程度的心理反应，症状轻者容易忽视，症状重者，因担心疾病的预后和经济情况易产生焦虑、恐惧等心理，其家属心理也随病情变化而变化，护士应进行动态心理评估。

4. 辅助检查　局部组织活检以明确诊断。病理切片检查是外阴癌诊断的主要依据，取材时务必得当，宜在可疑癌组织的非坏死处取材。

术后评估

1. 麻醉手术情况　了解麻醉手术方式和术中经过、出血、补液等。

2. 恢复情况　生命体征、引流管引流、伤口愈合、进食营养活动、睡眠等。

【治疗原则】　手术治疗为主，辅以放疗与化疗。

1. 手术治疗　①0 期：单侧外阴切除。②Ⅰ期：外阴广泛切除及病灶同侧或双侧腹股沟淋巴结清扫术。③Ⅱ期：外阴广泛切除及双侧腹股沟、盆腔淋巴结清扫术。④Ⅲ期：同Ⅱ期或加尿道前部切除与肛门皮肤切除。⑤Ⅳ期：外阴广泛切除、直肠下段和肛管切除、人工肛门形成术及双侧腹股沟盆腔淋巴结清扫术。癌灶浸润尿道上段与膀胱黏膜，则需做相应切除术。

2. 放疗　外阴鳞癌对放射线敏感，但外阴正常组织对放射线耐受性差，使外阴癌灶接受剂量难以达到最佳放射剂量。

3. 化疗　抗肿瘤药可作为较晚期癌或复发癌的综合治疗手段。

【常见护理问题】　①知识缺乏。②恐惧。③自身形体功能紊乱。④潜在并发症：感染。⑤疼痛。⑥便秘。⑦营养失调——低于机体需要量。

【护理措施】

术前护理

1. 心理护理　针对病人的心理变化，护士在做治疗护理的同时，应以和蔼可亲的态度去接触病人，以精湛的护理技术赢得病人信任，并耐心介绍手术的重要性、治疗方案及术后注意事项，使病人更好地配合治疗及护理，树立战胜疾病的信心。

2. 术前准备

(1) 外阴及阴道准备　病人入院后给予 1：5000 高锰酸钾液坐浴，每天 2 次，每次 30 分钟。术前 3 天行冲洗阴道，每天 2 次。术前晚和术晨冲洗阴道。

(2) 术前 1 天备皮，其范围是：上至腹部平脐水平，两侧到腋中线，包括两侧腹股沟，下至肛门周围包括整个会阴部及大腿上 1/3 处。

(3) 肠道准备　术前 1 周进半流质饮食，术前 2 天予流质饮食，术晨禁饮、禁食，术前 3 天肥皂水灌肠，每天晚上 1 次，术前晚和术晨用 0.1％～0.2％肥皂水清洁灌肠。

(4) 其他准备　手术前 1 天协助病人搞好个人卫生，剪指甲、洗澡、更衣。执行皮试、交叉配血。术前晚按需要遵医嘱给予镇静剂。

术后护理

1. 一般护理　执行硬膜外麻醉术后护理常规，严密观察体温、脉搏、呼吸及血压的变化，每 15～30 分钟测 1 次，并记录，直至平稳。

2. 体位　术后 24 小时摇高床头，鼓励病人活动上半身及上肢。协助病人取舒适体位，

术后双下肢外展屈膝，膝下垫软枕或支架支托，双腿呈截石位。

3. 饮食 术后常规禁食3天后即改为全流质饮食。术后5天遵医嘱酌情用大便软化剂，以减少或避免因排便困难而引起切口疼痛和出血。给予高热量、适量蛋白、高维生素、低脂、易消化流质饮食，少量多餐，避免刺激性食物。遵医嘱给予营养支持：静脉高价营养（胃肠外营养）、要素饮食（胃肠道营养）。定期测体重，了解营养状况。监测血红蛋白，必要时可少量输血、白蛋白。

4. 切口护理 用1kg的沙袋压迫双侧腹股沟处12～24小时，观察切口有无渗血、渗液；双侧腹股沟负压引流是否通畅，引流液的量、颜色与气味。敷料如有渗湿及时更换，每天更换外阴切口敷料1次，外阴切口拆线后，每天用0.5％聚维酮碘棉球抹洗，保持外阴及会阴创面清洁干燥。每次大便后及时抹洗外阴，直至切口愈合。

5. 留置导尿管期间护理 接好防逆流尿袋，每7天更换1次，保持尿袋位置低于膀胱位，保持通畅，观察尿液颜色、澄明度和有无气味，监测尿培养。每天外阴抹洗2次，鼓励病人多喝水（每天2000～3000mL），预防尿路感染。术后第5天开始训练膀胱功能，留置导尿管每2～3小时开放1次，晚上持续开放，术后第8天取出导尿管，观察有无排尿困难。

出院指导

1. 保持外阴清洁，养成良好的卫生习惯。

2. 注意休息，加强锻炼，劳逸结合。

3. 鼓励病人进高热量、高蛋白、富含纤维素的食物，并适量饮水，每天2000～3000mL。

4. 指导病人休息时适当抬高下肢，如发现有下肢肿胀或疼痛时，及时就诊。

5. 随访时间 第1年前半年每月1次；后半年每2个月1次；第2年每3个月1次；第3～4年每半年1次；第5年以后，每年1次。

（周莲清 王玉花 谢燕萍 常晓畅 陈玉盘

张其健 虞玲丽 李 黎 沈波涌）

第 五 章

肿瘤放疗病人的护理

放疗是利用电离辐射治疗恶性肿瘤的一门临床学科。它具有适应范围广、效果确切等优点。据统计，约有70％以上的肿瘤病人在病程中需要放疗，部分恶性肿瘤病人可通过放疗得到根治，如鼻咽癌、喉癌、恶性淋巴瘤、宫颈癌、皮肤癌等，大部分肿瘤病人可以通过放疗提高疗效，减少复发，减轻痛苦，提高生存质量，如食管癌、肺癌、乳腺癌等。

第一节　鼻　咽　癌

鼻咽癌（nasopharyngeal carcinoma）系恶性度较高的肿瘤。人群分布以男性最多，据中国南方五省调查，男、女之比平均为2.07∶1，发病年龄中国目前所见最小为3岁，最大为86岁，20岁以后发病率随年龄增加而上升，年龄均数（45.7±11.9）岁，多数40～59岁，而后发病率呈下降趋势。鼻咽癌可广泛见于世界各地，但有明显的地区性分布规律，以西南太平洋地区即中国及东南各国发病率高。发病率最高的地区是中国南部，以广东省为中心，每年男性患病率为30/10万～50/10万，而中国北部多数省地，发病率不超过2/10万～3/10万。鼻咽癌的发病机制与三个因素有关：EB病毒、环境致癌因素和遗传因素。起源于鼻咽部黏膜的恶性肿瘤称为鼻咽癌，鳞状细胞癌占95％左右，按分化程度分为高、中、低分化鳞癌，而其中以低分化鳞癌更多见，占鼻咽癌的80％～85％，并对放疗敏感，治疗后局部控制

及预后较好；腺癌总数不足 2%～3%，对放疗较抗拒，需综合治疗；未分化癌约 5%，对放疗敏感，但容易远处转移。据统计，早期鼻咽癌放疗后 5 年生存率可达 80%～100%。

【护理评估】

1. 一般情况　了解病人发病时间、诱因、患病前是否有鼻部外伤史，就诊前是否有过相关手术，化疗；放疗前评估口腔黏膜及面颈部皮肤完整性，淋巴结是否肿痛；牙齿有无龋齿、牙齿残根；吞咽是否受阻，观察牙龈、扁桃体和鼻窦有无感染等。

2. 症状、体征评估　涕血、单侧性耳鸣或听力减退、耳内闭塞感是早期鼻咽癌症状之一，重者可发生大量鼻出血。头痛，多表现为单侧持续性疼痛；肿瘤侵入后鼻孔、鼻腔，可有明显鼻塞症状，侵犯眼眶或眼球有关的神经时，可出现视力障碍、复视等。鼻咽肿物，颈部肿块，颅神经麻痹。

3. 心理社会评估　鼻咽癌病人都有不同程度的心理反应，症状轻者容易忽视，症状重者如出现鼻腔出血等影响其生活、工作，以及病人担心经济负担、疾病预后等，病人及家属易产生焦虑、恐惧、悲观等心理。应了解病人对疾病的过程、放疗及放疗后的毒副反应和预后的认知程度，疾病对病人的学习、工作或日常生活造成的影响；病人家庭成员对病人病情的了解及关心、支持程度；病人的工作单位或社会所能提供的支持和帮助等，进行动态评估。

4. 辅助检查　常规做前后鼻镜、光导纤维鼻咽镜等检查，必要时鼻咽活检；细胞学检查找癌细胞，EB 病毒血清学诊断，CT 或 MRI 检查。肿瘤活组织病理检查是确诊鼻咽癌的唯一定性手段，局部组织活检以明确诊断，若一次活检阴性，可重复再取。

【治疗原则】　鼻咽癌首选放疗，病变局限在鼻咽腔的早期病例可给予单纯体外放疗或以体外放疗为主，辅以近距离后装放疗。晚期病人可放疗加化疗。有远处转移则以化疗为主，辅以转移灶姑息放疗。其他辅助疗法有中医药、免疫增强剂、生物调节剂等。

1. 放射源的选择　加速器的高能射线或 ^{60} 钴的 γ 射线，后装腔内放疗常用 ^{192} 铱。

2. 常用的放疗方法及剂量选择　①常规体外放疗：临床Ⅰ～Ⅲ期早的病变可计划给根治目的放疗，原发灶根治性放疗剂量约为 DT 70Gy，颈部预防量为 DT 50～55Gy。Ⅲ期晚或尚无远处转移的Ⅳ期病人可计划给高姑息目的的放疗，视放疗中肿瘤退缩情况随时改变治疗计划、改变照射分割方法及总剂量，或改变治疗手段。已有远处转移的则以姑息减轻症状为目的的放疗为主。②后装腔内放疗：仅作为外照射后的补充放疗手段，适合于配合外照射加化疗或根治量放疗后小的残存癌、复发癌的治疗。③立体定向放疗：以外照射为主，在特定情况下辅以立体定向放疗。④适形调强放疗：提高放疗的增益比，最大可能地保护正常组织。

【常见护理问题】 ①知识缺乏。②焦虑。③疼痛。④口腔黏膜改变。⑤营养失调——低于机体的需要量。⑥有皮肤完整性受损的危险。⑦有感染的危险。⑧潜在并发症：鼻出血。

【护理措施】

放疗前护理

1. 心理护理 多数病人对"放疗"了解甚少，在治疗前向病人及家属介绍有关放疗的知识，治疗中可能出现的不良反应及需要配合的注意事项，提供健康宣教手册和图片。放疗前陪同病人到放疗区熟悉放疗环境，使病人消除恐惧心理，积极配合治疗。

2. 饮食护理 给予病人高蛋白、高热量、高维生素饮食，增强体质，戒烟、酒，调节全身状况，如纠正贫血、脱水及电解质紊乱。

3. 口腔准备 因为放疗引起牙床血管萎缩，牙齿坏疽而诱发骨髓炎，故放疗前须洁齿，拔除龋齿，避免放疗引起的放射性骨髓炎；患牙周炎或牙龈炎者应采取相应治疗后再行放疗。嘱病人使用含氟牙膏。

4. 病情观察 观察病人有无鼻塞、回缩性涕血、耳鸣、听力下降、头痛、复视、面麻、单侧颞顶部或枕部的持续性疼痛等症状及颅神经损害的体征，了解主要症状的发生频率、性质、严重程度、持续时间、加剧或缓解因素。

5. 症状护理

（1）疼痛 为病人创造一个安静、舒适的环境，评估病人疼痛史、部位、性质、程度、持续时间和已采取过的减轻疼痛的措施；与病人共同制订止痛计划，探索控制疼痛的不同途径，如分散注意力，松弛疗法等；鼓励家属关心和参与止痛计划；遵医嘱给予止痛药物，并注意观察药物的不良反应。

（2）鼻塞 一般取半坐卧位，指导病人张口呼吸，同时保持口腔黏膜湿润，多饮水，及时清除口腔内残留血迹，预防口腔内的细菌繁殖而导致的口臭，遵医嘱给予1%的麻黄碱或呋麻滴鼻液滴鼻，必要时行鼻腔冲洗。

放疗期间护理

1. 心理护理 鼻咽癌病人的心理状态随着放疗反应的轻重及症状体征的消除情况而变化。由于放疗局部反应较严重及治疗中肿瘤不一定完全消除，导致病人产生焦虑、恐惧心理，丧失治疗信心，应多与病人沟通交流，如说明局部反应是暂时现象，因放射生物效应关系，

停止照射后1~2个月或更久时间内，肿瘤可继续缩小甚至消失，使病人能正确理解，以积极乐观的心态配合治疗。并且注重家属的心理疏导，讲解家庭支持系统的重要性，帮助病人树立治疗的信心。

2. 饮食护理　进食高蛋白质、高维生素、高热量的食品，如鱼、肉、鸡、蛋、奶、豆制品、新鲜蔬菜、水果等，并增加汤类，尽量多吃蒸、炖的食物，不吃油炸、腌制、过酸或过甜的食物，禁烟、酒、辛辣及刺激性食物。出现口腔黏膜溃疡及咽喉疼痛时，饮食宜清淡，以易吞咽、易消化、营养价值高的食物为主。

3. 皮肤护理　因放射线损伤上皮细胞，成熟的上皮细胞持续丢失、剥脱，导致放射性皮炎。放疗期间放射野皮肤保护非常重要。须选用开衫全棉柔软内衣，修剪指甲，保持放射野皮肤清洁干燥，勿用肥皂擦洗，勿自行涂药及搔抓摩擦刺激，皮肤脱屑忌用手剥撕，禁贴胶布，避免冷热刺激及日晒雨淋，照射区皮肤禁止注射，不宜做供皮区，清洁时使用柔软毛巾温水轻轻沾洗。保持放射野体表画线标记清晰，如果标记处不明显或不小心洗掉，必须由主管医师补画后才能进行放疗，因为体表画线标记是行放疗的定位标志。

4. 口腔护理　当射线作用于口腔黏膜上皮细胞一定时间和累积剂量后，引起 DNA 分子分离和激发而发生物理化学变化，生成自由基导致结构损伤，引起细胞分裂增殖减低，细胞显著退变、脱落，小血管内皮细胞损伤、闭塞，导致受损部位供血不足；唾液腺受损导致唾液分泌减少，口腔自洁作用降低，易引起感染的发生。放疗时须保持口腔清洁，使用含氟牙膏，用软毛牙刷刷牙，饭后、晨起、睡前用淡盐水或复方硼酸液漱口，必要时做特殊口腔护理，口腔黏膜有溃疡或疼痛时遵医嘱用药。

5. 功能锻炼　由于放疗导致面颈部软组织及肌肉纤维化而引起张口困难及颈部硬结，除医师应掌握适当的放射剂量外，关键在于病人自己的预防，所以坚持进行张口、转颈、叩齿、茶漱、吞咽、抬肩、扩胸、弹舌"十六字"康复功能锻炼运动至关重要。

6. 病情观察　①观察病人全身及局部反应情况，注意周围血象的变化，发现异常及时报告医师积极处理。全身反应主要有：头晕、乏力、纳差、恶心、呕吐、心慌、白细胞下降等；局部反应主要有黏膜反应、腮腺反应、皮肤反应等，表现为口腔、鼻腔、鼻咽等黏膜水肿、充血糜烂、溃疡伴疼痛、吞咽痛、腮腺肿胀疼痛、鼻塞，重者甚至出现张口困难，皮肤出现干、湿性反应，外耳道黏膜湿性反应或中耳炎。多数病人可出现双耳或单耳疼痛或耳鸣。②观察有无龋齿、张口困难、颈部硬结、抬肩受限、放射性颌骨骨髓炎、放射性颅神经损伤等放疗的并发症和后遗症。

7. 症状护理

（1）鼻出血　①保持室内相对湿度在 50%～60%，以防止鼻黏膜干燥而增加出血的机会，鼻腔干燥时，可用棉签蘸少许复方薄荷油或抗生素软膏轻轻涂擦，每天 3～4 次，以增加鼻黏膜的柔韧性，防止干裂出血。②指导病人勿用力擤鼻及防止鼻部外伤，以防止鼻腔压力增大促使毛细血管扩张，渗血增多。③少量涕中带血局部用 0.5% 麻黄碱滴鼻，中量出血用 0.5% 麻黄碱或 0.1% 肾上腺素纱条填塞鼻咽止血。④一旦发生鼻腔大出血时取平卧位，头偏向一侧，镇静，嘱病人吐出或协助其清除口腔积血，保持呼吸道通畅，防止窒息、氧气吸入、鼻部置冰袋冷敷、止血，必要时行颈外动脉结扎，协助医师进行前、后鼻孔填塞，遵医嘱输液、止血及抗感染治疗，密切观察生命体征、出血及填塞物固定情况，加强口腔护理，防止并发症。

（2）咽喉疼痛　根据口腔 pH 值选择适当漱口液，进餐前半小时遵医嘱局部喷麻醉消炎药止痛，提供的食物和饮水温度适宜，避免过烫或过冷食物及刺激性食物，鼓励进软食。必要时遵医嘱给予抗感染及补液治疗。预防感冒及上呼吸道感染。

（3）口干　保持口腔湿润，多喝水，每天 2500～3000mL，分次饮，可用参须、麦冬泡水喝。

（4）干性、湿性皮炎　参见第二章第十节"肿瘤放疗基本知识"相关内容。

出院指导

1. 加强营养，进食营养丰富、易消化的食物，注意补充富含维生素 C 的食物如新鲜蔬菜、水果，以促进黏膜的修复，禁烟、酒、槟榔等刺激性食品。

2. 适当参加体育锻炼，增强体质，预防感冒，防止头颈部蜂窝织炎等。

3. 注意口腔卫生，坚持进行张口、转颈等康复功能锻炼，详见第二章第六节"肿瘤科病人的康复护理"相关内容，放疗后 3 年内勿拔牙。

4. 保护好照射野的皮肤免受理化因素刺激，放疗结束后的半年内应避免太阳光照射，不涂刺激性油膏包括洗澡时用的刺激性肥皂等。学会自我护理方法如漱口、鼻腔冲洗等。

5. 定期复查，出院后 1～3 个月复查，以后每 3 个月复查 1 次，1 年后每半年复查 1 次，如有异常，及时就诊。

6. 育龄妇女应避孕 2～3 年，待病情稳定后再考虑生育问题。

第二节　颅内肿瘤

颅内肿瘤（intracranial tumors）又称为脑瘤，颅内肿瘤是颅内原发性和继发性新生物的总称。原发性脑瘤可发生于脑组织，脑膜，颅神经，脑下垂体，血管及胚胎残余组织等，继发性脑瘤是身体其他部位的恶性肿瘤转移到颅内形成的肿瘤病灶。可发生于任何年龄，以20～50岁最常见，一般男、女比例2：1。据国外统计资料报道，原发性颅内肿瘤的发病率7.8/10万～12.5/10万人，脑转移瘤为2.1/10万～11.1/10万人，国内平均年发病率10/10万人。颅内肿瘤的病因迄今未明，据文献报道似与遗传因素、头颈外伤有关，也有人认为病毒感染、某些化疗药物、放射线照射等可能是诱发肿瘤的因素。颅内肿瘤按组织学可大致分为神经胶质瘤、脑膜瘤、垂体腺瘤、神经鞘瘤、转移性脑瘤、血管性及先天性肿瘤七类。颅内肿瘤的预后与病理类型和病期有密切关系；手术难以切净，放疗不敏感，预后很差；一般经大部分切除后加术后放疗，预后较好。

【护理评估】

1. 一般情况　了解病人全身发育和营养状况，动态观察意识状态、瞳孔、生命体征和肢体运动等情况，判断有无颅内压增高及神经系统的定位症状和体征；放疗前评估脑部术后伤口的愈合情况、放疗区皮肤是否完整，有无充血水肿。

2. 症状、体征评估　可归纳为两大类：

（1）颅内压增高症状和体征　①三联症，即头痛，呕吐，视力障碍。②脑疝。

（2）神经系统定位症状和体征　由于不同部位的肿瘤对周围脑组织造成压迫或破坏，可出现各种症状及综合征。如感觉障碍，交叉性麻痹，肢体协调动作障碍，语言不清，偏盲，复视等。

3. 心理社会评估　了解病人对疾病的发展预后，放疗的认知和接受程度及应对能力，有无恐惧、焦虑等心理反应；并对主要经济来源及主要社会关系等进行评估。

4. 辅助检查　中枢神经系统影像学领域的进展十分迅速，其中CT和MRI在脑肿瘤的诊断中应用广泛并具有十分重要的诊断价值。脑肿瘤影像学的三大特征为肿瘤增强效应、肿瘤组织的水肿及坏死现象。另外脑脊液细胞学检查有助于确定脊髓内有无肿瘤播种。

【治疗原则】　放疗是颅内肿瘤的有效治疗手段之一，可配合手术或单独放疗。对于完整切除的良性肿瘤病人一般不需要术后放疗，而部分切除可与放疗结合，以降低或减少一些术后不良反应；恶性肿瘤因具有侵蚀或浸润性生长的特点，对不能完整切除的肿瘤，需行术后放疗。主要适应证：①脑胶质瘤术后常规放疗，减少复发，提高生存率。②重要部位肿瘤的治疗，如脑干、运动中枢等部位的肿瘤。③敏感肿瘤治疗，如髓母细胞瘤。④其他肿瘤的综合治疗。

1. 放射源的选择　^{60}Co 或直线加速器。

2. 常用的放疗方法及剂量选择

（1）体外照射　放疗剂量一般为 DT 50～60Gy，星形细胞瘤照射剂量为 DT 60Gy/6 周，髓母细胞瘤一般均采用术后全脑全脊髓放疗加原发灶部位局部小野追加剂量的方法，即全脑全脊髓放疗至 30Gy，局部追加 20～25Gy。脑转移肿瘤行全脑放疗 DT 30～40Gy，对单发的转移灶再缩小照射野加量至 15～20Gy。

（2）内照射　即将放射性同位素植入肿瘤组织内进行照射，又称间质内放疗。

（3）三维立体定向放疗　作为标准放疗后的补量照射，能提高疗效。对于单发，或较大的（3～4cm），或对外照射不敏感的转移肿瘤，可先采用分次立体定向外科治疗。转移瘤少于 2cm，数目不超过 4 个，无颅内压增高或轻度增高症状者，根据原发肿瘤对放疗的敏感性，X 刀治疗剂量单次 24Gy 或每次 12～15Gy，治疗 2～3 次，隔日或次日治疗。全脑放疗与放射外科综合治疗：①先全脑放疗，后放射外科。适用于多个病灶，病变进展快，对放疗敏感或单个较大病灶。②先放射外科，后全脑放疗。用于孤立或直径小于 2～2.5cm 的病灶或病灶不超过 4 个，无颅内压增高症状，MRI 或 CT 片上无明显水肿者。

（4）三维适形调强放疗　与体外放疗相比，可使 30%～50% 的正常脑组织避免受到照射，从而可达到提高肿瘤剂量的目的。

【常见护理问题】①知识缺乏。②焦虑。③疼痛。④便秘。⑤有感染的危险。⑥清理呼吸道无效。⑦潜在并发症：脑疝。

【护理措施】

放疗前护理

1. 心理护理　治疗前护士要向病人及家属介绍有关放疗知识和护理计划，治疗中可能出现的不良反应及需要配合的注意事项；放疗前陪同病人到放疗区参观，并说明在放疗时工作人员可在操作台监测病人情况，使病人消除恐惧心理，积极配合治疗。合理安排休息和适当

的娱乐，分散病人的注意力，保持心情愉快。

2. 饮食护理 给予病人高蛋白、高热量、高维生素饮食，增强体质，调节全身状况，如纠正贫血、脱水及电解质紊乱。

3. 生活护理 对于生活自理能力低的病人，需要家属陪伴，尤其是偏瘫、失语、视力障碍者更需要照顾，护理人员要耐心细致地做好护理，解决病人生活所需。

4. 病情观察 有无头痛、呕吐、视力障碍等颅内压增高的症状；有无意识障碍、行为改变、肢体运动障碍，以及癫痫发作、视力减退、复视等神经系统定位症状和体征。早期发现脑疝先兆。

5. 症状护理

（1）头痛 遵医嘱予 20％甘露醇、呋塞米、地塞米松等脱水剂（详见"放疗期间护理"），酌情予止痛剂，禁用吗啡、哌替啶止痛、镇静，因此类药物有抑制呼吸的作用。详细交待病人用药的目的，观察用药后的疗效，注意区分止痛剂引起的恶心、呕吐、便秘等不良反应与疾病本身引起的症状的不同反应，及时告知医师对症处理。

（2）视力障碍或复视 生活上给予帮助，传递物件时，注意应准确地放置于病人手中，避免动作过快、粗鲁；嘱咐病人单独行动时，须有人陪伴，注意安全，防止跌倒及撞伤；对复视者可戴单侧眼罩，两眼交替使用，以免失用性萎缩。

放疗期间护理

1. 心理护理 颅内肿瘤对生命威胁大，而放疗中可出现不同程度的副反应加重症状，使病人生活自理、社会适应能力下降，甚至造成功能障碍，增加家庭经济、生活的负担，病人易产生焦虑、烦躁、内疚、自卑的心理，家属也因长期照顾病人及沉重的经济负担容易导致身心疲惫。护士应用科学、熟练、安全的护理技术护理病人，以取得病人的信任，关心尊重病人，避免任何刺激和伤害病人自尊的言行，给予家属情感上的支持与鼓励，参与制订康复计划，护士乐观、积极的心态，且富有同情心及爱心，能帮助病人及家属克服困难，增强自我照顾能力与自信心，促进康复。

2. 饮食护理 加强营养，进食高热量，高蛋白，营养丰富且易消化的清淡饮食，少食多餐，禁烟、酒及刺激性食物。宜多补充富含 B 族维生素及维生素 C 的食物，如绿叶蔬菜、水果，避免粗糙食物，注意饮食卫生，保持大便通畅。

3. 皮肤护理 脑部放疗前放疗区域一般应剃除头发，放疗区皮肤避免肥皂、洗发水擦洗，避免阳光直接照射，外出时可戴遮阳帽或打伞；避免粘贴胶布或涂刺激性重金属药物。

4. **休息与体位** 为病人提供安静、舒适、整洁、无不良刺激的环境，卧床时可抬高床头15°～30°，利于颅内静脉回流。肿瘤脑转移后15%～30%的病人可发生癫痫，床边必须加护栏，外出须有人陪伴，防止跌倒和其他意外发生。放疗期间注意避免诱发颅内压增高的因素，如用力大便，咳嗽、情绪激动等，当出现颅内压增高症状及时告知医师协助处理。

5. **病情观察** 中枢神经系统对放射的最初反应是放射性水肿引起的颅内压增高。观察有无恶心、呕吐、头痛以及视力、意识的改变，四肢运动是否灵活协调，步态是否平稳等颅内压增高的放疗反应。如有上述症状出现，及时通知医师处理，动态监测颅内压结果及观察神经系统定位症状和体征的变化，早期发现脑疝先兆，及时评价治疗后的效果。

6. **用药护理** 颅内肿瘤是成年期开始发作的癫痫常见原因，须长期使用抗癫痫药物如苯巴比妥，指导病人按医嘱坚持长期有规律地服药，避免突然停药、减药、漏服药及自行换药，观察药物的不良反应，如粒细胞减少、复视、毛发增多等，轻者一般不需停药处理，严重反应者须遵医嘱及时对症处理。放疗期间为预防颅内压增高配合使用脱水剂，须严格按医嘱执行，应用脱水剂易发生水、电解质紊乱，应注意观察尿量，保持水、电解质平衡。

7. **症状护理**

（1）颅内高压 取抬高床头15°～30°的半坐卧位，利于颅内静脉回流，严格卧床休息，减少外出，外出时须轮椅接送；遵医嘱予间断低流量上氧，改善脑缺氧，同时遵医嘱予20%甘露醇125～250mL快速静脉滴注（15～20分钟内滴完）、呋塞米20mg肌内注射或静脉注射、地塞米松静脉滴注降低颅内压，配合使用促进能量代谢药物；如有高热者应立即温水擦浴、冰敷等物理降温，体温过高可遵医嘱药物降温，注意监测生命体征、神志、瞳孔和颅高压症状改善的情况，防止降颅压、降温过快过低而发生的虚脱，同时积极做好防止颅内压骤然增高的措施如保持呼吸道通畅，避免受凉感冒，积极治疗上呼吸道感染，防止剧烈咳嗽。

（2）便秘 为预防颅内肿瘤病人颅内压增高，一般放疗期间配合使用脱水剂。长期应用脱水剂容易引起便秘，加重颅高压，因此预防及治疗便秘相当重要。须指导病人多进食粗纤维食物及蜂蜜、香蕉等润肠食品；在减少头部活动的前提下，增加身体活动，如腿部活动、腹部按摩等，以利于肠蠕动，必要时给予缓泻剂，以防止便秘；已出现便秘的病人，嘱其勿用力排便，禁止采用高压大量灌肠，一般通便无效时，须用手掏出直肠下端的粪块，再给予缓泻剂或低压小量灌肠；护士应协助病人床上排便，并教会其家属有效协助的方法。

8. **康复护理**　对有功能障碍的病人要防止跌倒，确保安全。地面保持平整干燥，防湿防滑，穿防滑平底鞋，呼叫器应置于床头随手可及处，外出须陪伴，防跌伤。同时告知病人及家属康复锻炼的重要性，共同制订康复训练计划，及时评价和修改，包括床上 Bobath 握手（十字交叉握手）、床边坐起及下床活动，进行力所能及的日常活动的主动训练；鼓励病人使用健侧肢体从事自我照顾，并协助患肢体位摆放、翻身、床上的上下移动的被动活动，必要时选择理疗、针灸、按摩等辅助措施，预防肌肉失用性萎缩、压疮的发生。教会家属协助病人锻炼的方法与注意事项，教会病人正确的运动模式及使用自助工具。

出院指导

注意休息，避免导致颅内压增高的因素如便秘、情绪激动等；行动不便时需有人陪伴，不能单独外出，不宜攀高、骑车、游泳等活动；避免头部碰撞及锐器的刺伤；有肢体功能障碍者，应被动活动肢体，防止肌肉萎缩，定期复查，如有不适及时就诊。

第三节　口　腔　癌

口腔癌（oral cancer）主要指发生于口腔黏膜的上皮癌，因病变部位不同而分别称为舌癌、口底癌、颊黏膜癌、牙龈癌和软、硬腭癌。口腔癌是头颈部较常见的恶性肿瘤之一，仅次于鼻咽癌，居第 2 位，在国内占全身恶性肿瘤的 1.9%～3.5%。男、女比例为 2∶1，年龄以 40～60 岁为高峰。发病原因目前较公认的病因可能与口腔黏膜白斑、长期异物刺激（义齿）、饮酒、嚼槟榔、吸烟、紫外线与电离辐射等有关。口腔癌大部分为鳞状细胞癌，一般认为，病变越远离唇而接近口咽或接近中线，则倾向于肿瘤分化越差，淋巴结转移率越高。放疗疗效与肿瘤的大小和有无淋巴结转移有关。局部控制率为 T_1：75%～80%，T_2：50%～60%，T_3、T_4：20%～30%。无淋巴结转移 5 年生存率为 50%～70%，有淋巴结转移治愈率则降低 1/2～1/3 。

【护理评估】

1. **一般情况**　了解病人能否正常进食及交流，有无体重下降、贫血等营养不良的表现；是否做过化疗、放疗、手术治疗；放疗前检查局部伤口愈合情况，有无龋齿、牙周炎等口腔疾患以及口腔卫生情况。

2. **症状、体征评估**　口腔癌的临床表现取决于解剖部位和发展程度，临床上最常见的症状为疼痛，为肿瘤继发炎症引起，其次有麻木、肿块、溃烂、牙齿松动、语言不清、吞咽困难，肿瘤过大阻塞鼻、咽、喉引起呼吸困难，晚期病人继发感染引起发热。随着病程进展，肿瘤可发生血行转移，以肺多见，其次为肝。

3. 心理社会评估　口腔癌病人特别是行根治术后其颜面及口腔正常外观和生理功能有较大的破坏，易产生恐惧、焦虑、自卑等心理反应。应了解病人对疾病的发展预后、放疗的认知和接受程度及应对能力，评估其家庭、社会支持系统情况。

4. 辅助检查　临床检查包括原发灶和颈部，确诊仍需病理学证实，主要病理学检查手段是切取活检。通过 X 线、CT、MRI 等能帮助确定病变范围和有无骨受侵情况。

【治疗原则】　目前主要治疗手段为手术和放疗。由于根治性的外科手术对口腔功能及美容的影响，如果没有造成残疾、影响美容和功能的危险，早期癌（T_1）首选手术；造成危险者，放疗为首选，而且两种治疗方法疗效相似，治愈率较高。T_2、T_3、T_4 期口腔癌可手术、放疗或化疗相结合，能提高局部控制率、生存率，降低远处转移率。

早期癌（T_1、T_2）首选或推荐放疗；T_3、T_4 期病变术前放疗加手术或手术加术后放疗来提高局部控制率；对已失去手术机会的晚期病变，放疗加化疗也能起到姑息减症的作用。

1. 放疗设备以 ^{60}Co 或直线加速器为首选。

2. 常用的放疗方法及剂量选择　①单纯放疗：根治剂量为 DT 65～75Gy；预防性照射的剂量为 DT 50Gy。②与手术综合的放疗：术前放疗剂量为 DT 40～50Gy，目前趋向于 DT 50Gy；术后预防性照射剂量也以 DT 50Gy 为准，有残留者应局部加量至根治剂量。③组织间插植近距离放疗：通常是外照射 DT 45～50Gy，休息 1～2 周进行插植。

【常见护理问题】　①知识缺乏。②焦虑。③疼痛。④口腔黏膜改变。⑤吞咽障碍。⑥营养失调——低于机体需要量。⑦语言沟通障碍。⑧有皮肤完整性受损的危险。⑨有感染的危险。

【护理措施】

放疗前护理

1. 心理护理　放疗前给病人提供关于治疗的预后、放疗反应的预防、护理方面的宣传资料，让病人相信通过合理的治疗将会取得良好的效果。行根治术后的病人应密切注意病人的心理变化，尊重病人，告知通过口腔咀嚼吞咽功能的锻炼能促进功能的恢复，鼓励家属参与护理，帮助病人树立治疗信心。

2. 饮食护理　了解病人的饮食习惯、膳食结构及饮食需求，给予相应的指导和帮助。指导病人少食多餐，选择营养丰富的流质、半流质饮食，避免刺激性、过热的食物；不能经口进食者经鼻饲提供营养素和足够的热量，遵医嘱静脉补充营养物质。

3. 功能锻炼　部分舌切除者可出现舌部水肿和搅拌功能不全，因而产生吞咽困难，应有计划地指导病人进行舌搅拌和吞咽功能锻炼如口含话梅、口香糖等，保证舌的正常运动，鼓励病人多饮水，锻炼吞咽功能。

4. 口腔准备　病人如有吸烟、饮酒的习惯，帮助病人戒断。保持口腔清洁，减少刺激，嘱病人使用含氟牙膏，每天坚持用复方硼酸液或口泰漱口液漱口4次，对张口或漱口有困难者行特殊口腔护理，每天2次；有口腔疾病者遵医嘱予放疗前应用抗生素预防感染；放疗前须洁齿，拔除龋齿，避免放疗引起放射性骨髓炎；患牙周炎或牙龈炎者应采取相应治疗后再行放疗。

5. 病情观察　观察病人进食及口腔情况，是否有呼吸困难、舌运动受限及咀嚼、语言、吞咽功能障碍，疼痛的程度。

放疗期间护理

1. 心理护理　口腔癌病人在治疗期间心理反应复杂，即渴望放疗又惧怕放疗反应，再加上沟通交流的障碍，导致顾虑重重、情绪低落。护士须耐心倾听，理解并鼓励病人表达自己的感受，评估产生不良心理的相关原因，根据病人的性格特点，采取不同的心理护理措施，如请治疗效果好的病人现身说法，鼓励病人家属参与护理，说明家庭支持系统对疾病康复的影响力，共同帮助病人度过放疗反应期。

2. 饮食护理　同"放疗前护理"。

3. 皮肤护理　参见本章第一节"鼻咽癌"相关内容。

4. 口腔护理　放疗期间保持口腔清洁，坚持用淡盐水或复方硼酸液含漱4～6次，如有口腔炎，则按口腔的放射反应与损伤护理。

5. 功能锻炼　指导病人坚持行张口、弹舌、茶漱、吞咽等功能锻炼，预防放疗所引起的张口困难，锻炼舌搅拌和吞咽功能，有利于正常进食。

6. 病情观察　口腔癌放疗的并发症主要有口干、口腔黏膜炎或溃疡、张口困难，但是根据不同部位的放射耐受性不同，并发症发生的概率也不同，舌肌、颊黏膜和口唇具有较高的放射耐受性，可以耐受70～80Gy而无并发症，牙槽嵴和下颌骨的耐受性则较低，由于口底癌靠近牙槽嵴，高剂量放疗后易造成软组织溃疡和放射性骨髓炎。放疗期间注意观察周围血象的变化，定期复查血常规。

7. 症状护理

（1）咽喉疼痛　参见本章第一节"鼻咽癌"相关内容。

（2）口腔干燥　向病人说明原因，安慰病人。保持口腔湿润，指导病人多喝水，每天2500～3000mL，分次饮，可用参须、麦冬泡水饮用，多进富含维生素 C 的食物如西红柿等。

（3）干性、湿性皮炎　参见第二章第十节"肿瘤科放疗基本知识"相关内容。

（4）语言沟通障碍　耐心倾听病人的需求，避免因交流障碍造成心理压力，指导病人使用非语言沟通方法，以表达个人的意愿和情感，如眼神、表情、手势等；对于年老体弱或文化水平低的病人，护士应教会日常简单的哑语手势；对于有一定文化程度的病人，可指导进行书面文字的交流，并提供手写用具。

出院指导

口腔癌病人饮食强调清淡、易吞咽，以流质或半流质食物为主，尽量多吃蒸、炖的食物，不吃油炸、腌制、辛辣及刺激性食物，禁烟、酒、嚼槟榔，坚持行张口、弹舌、吞咽等功能锻炼。其余相关内容参见本章第一节"鼻咽癌"相关内容。

第四节　口咽部恶性肿瘤

口咽癌（carcinoma of the oropharynx）是起源于口咽部的恶性肿瘤，以扁桃体区恶性肿瘤最常见，约占口咽部恶性肿瘤的 60%；其次为舌根处，占 25% 左右，发生于软腭部位的为15% 左右。据国外资料表明，口咽癌发病率约 1.6/10 万，占全身恶性肿瘤的 0.5%；国内资料显示，口咽癌占全身恶性肿瘤的 0.17%～1.2%，约占头颈部肿瘤的 7.4%。口咽癌的病因目前仍不明确，包括过度的烟、酒刺激、口腔卫生和牙齿状况差、营养不良、白斑、增生性红斑等癌前病变。其中酒类和烟草的消费量是两个显著的危险因素。口咽癌有上皮或腺体来源的癌，有间胚层来源的各种肉瘤和恶性淋巴瘤，临床上以癌及恶性淋巴瘤为最多，其他少见。由于口咽部解剖位置和生理功能等因素，手术受到限制，以放疗为主，5 年生存率32.4%～83%。

【护理评估】

1. 一般情况　了解病人营养状况，是否接受过手术治疗及术后对生理的影响等情况。观察有无进食受阻、口腔黏膜及皮肤是否完整等。放疗前需对病人的牙齿、面颈部皮肤、口腔黏膜及口腔卫生、唾液分泌、吞咽等情况进行全面评估。并观察术后病人的伤口愈合等情况，为放疗做好准备。

2. 症状、体征评估　初期有咽部不适、异物感，进而出现咽痛、耳内痛、张口困难，常有唾液带血、口臭、呼吸不畅等。口咽淋巴组织丰富，肿瘤容易发生淋巴结转移。最常见的淋巴结转移部位为颌下区及颈深上、中组淋巴结，其次为颈后淋巴结。

3. 心理社会评估　口咽癌病人都有不同程度的心理反应，了解病人对疾病的发展预后、放疗的认知和接受程度及应对能力，有无恐惧焦虑等心理反应；以及家庭、社会支持系统情况；评估病人的社会角色对疾病的影响程度。

4. 辅助检查　可用额镜详细检查口咽部的情况；口咽癌发生颈部淋巴结转移的情况相当多见，因此详细的颈部检查非常重要。通过 X 线、CT、MRI 等能帮助确定病变范围和有无骨受侵情况。局部活检做病理检查以明确肿瘤的性质及病理类型。

【治疗原则】　合理的放疗技术除有一定程度的口干、面颈部皮肤水肿、色素沉着、纤维变性外，一般不会导致其他生理功能的明显改变，因此放疗在早期口咽癌的治疗上较手术有一定的优势。通常 T_1、T_2 期病变以放疗为主，对 T_3、T_4 病变及颈部已有转移者，采用放疗配合手术的方法。近年来，手术整复技术进展快速，对病情较晚、放疗难以控制的病变进行根治性手术，有时可获得良好的效果。单纯高能 X 线照射或高能 X 线加组织间近距离放疗是口腔癌放疗中最常用的治疗技术。

1. 放射源的选择　多采用^{60}Co 或 4～6MV 高能 X 线。

2. 常用的放疗方法及剂量选择　①单纯放疗：根治剂量为 DT 65～75Gy，但具体总剂量的给予应根据病变大小、病理类型、肿瘤的消退速度等多方面因素而定。②与手术综合的放疗：术前放疗剂量为 DT 40～50Gy；术后放疗剂量为 DT 50Gy，但对有残留者应局部加量至根治剂量。③腔内近距离插植技术：用于肿瘤的局部加量放疗，即体外照射达 DT 40～50Gy时，通过插植技术对肿瘤区再局部加量。

【常见护理问题】　①焦虑。②知识缺乏。③疼痛。④口腔黏膜改变。⑤吞咽障碍。⑥营养失调——低于机体需要量。⑦语言沟通障碍。⑧有皮肤完整性受损的危险。⑨有感染的危险。⑩潜在并发症：口腔干燥。

【护理措施】

放疗前护理

1. 心理护理　多数病人及家属对"放疗"缺乏正确的认识，在放疗前护士应介绍有关放疗的知识，放疗可能出现的不良反应及需要配合的事项，提供健康宣教手册和图片。放疗前陪同病人到放疗区熟悉放疗环境，解释放疗过程，消除病人的紧张恐惧心理。对于交流有困难的病人，需耐心帮助，准备笔和写字板以便于交流，并与家属共同制订护理计划，鼓励病人树立治疗信心。

2. 饮食护理　参见本章第三节"口腔癌"相关内容。

3. 病情观察　观察病人进食及口咽部情况，疼痛的程度，是否有呼吸困难、吞咽功能障碍。

4. 口腔准备　参见本章第三节"口腔癌"相关内容。

放疗期间护理

参见本章第三节"口腔癌"相关内容。

出院指导

口咽癌病人饮食宜清淡、易吞咽，以流质或半流质食物为主，尽量多吃蒸、炖的食物，不吃油炸、腌制、辛辣及刺激性食物，禁烟酒、槟榔；保持口腔清洁、湿润，可用参须、麦冬泡水喝。其余相关内容参见本章第一节"鼻咽癌"相关内容。

第五节　喉　　癌

喉癌（carcinoma of the larynx）发生于喉腔，是头颈部常见的恶性肿瘤之一，占头颈部恶性肿瘤的 3.3%～8.1%。近年来，喉癌的发病率有明显增高的趋势，好发年龄多集中在 50～70 岁，其中以男性多见，男、女比例为 4∶1。喉癌的发生与吸烟、饮酒有密切关系，与职业环境中存在致癌物质、离子辐射、性激素以及饮食中缺乏维生素 A、微量元素等有关。喉癌发病与遗传因素有关。一些癌前病变如慢性增生性喉炎及息肉样声带炎、喉角化症、喉乳头状瘤等喉上皮增生症易致癌变。喉癌病理类型以鳞癌多见，其次为未分化癌、腺癌、肉瘤。

【护理评估】

1. 一般情况　评估病人声嘶、喉部异物感、咽下疼痛的程度，了解病人有无烟酒嗜好及饮食摄入情况，以及理解、沟通、阅读及书写能力。评估喉造口部位及放疗区皮肤是否完整，有无充血水肿，术后造口的病人应观察伤口愈合情况，喉造口病人套管的类型等。

2. 症状、体征评估　最常见的是声音嘶哑，为声门型的首发症状；声门上型的首发症状为咽喉部异物感，但常被忽视。其次有刺激性干咳、痰血。肿瘤向深层浸润或表面发生溃疡时出现喉痛，晚期可出现呼吸困难、吞咽困难。喉癌有颈部淋巴结转移时，可出现颈部肿块。

3. 心理社会评估　病人因担心治疗后不能像正常人一样交流以及自我形象的改变等，表现为焦虑、悲哀等心理反应，故需了解病人对疾病的治疗方法、预后的认识及接受程度，了解其家庭、朋友、工作单位等社会家庭支持系统对病人的关心、理解、支持程度，提高家庭及社会支持水平。同时对喉造口病人应评估气管套管护理的掌握程度。

4. 辅助检查　90％的病人通过间接喉镜检查发现异常，间接喉镜检查不满意者可行光导纤维喉镜检查。可疑喉部肿物，可在光导纤维喉镜及显微喉镜下取活体组织送病理检查，喉部 CT、MRI 对明确喉深层结构的侵犯范围很有帮助。

【治疗原则】　喉癌是放疗疗效好的一种肿瘤，尤其是早期声门癌单纯放疗的效果不亚于手术效果，因为有较高的 5 年存活率，保留了喉的发音功能，放疗后即使复发仍可手术治疗，因此放疗在喉癌的治疗中占有重要地位。早期喉癌（Ⅰ、Ⅱ期）可首选根治性放疗，晚期病人可做计划性术前放疗及姑息减症放疗；低分化或未分化癌首选放疗，对于术后切缘不净、残存、广泛的淋巴结转移或包膜受侵或颈部软组织受侵者手术后行放疗。

1. 放射源的选择　因声门癌的位置表浅且多位于声带的前 $1/3 \sim 1/2$，故 ^{60}Co 或 $2 \sim 4$MV 直线加速器为首选。

2. 常用的放疗方法及剂量选择　①单纯放疗：根治性放疗以早期（T_1、T_2）病变为主，方法有外照射加腔内照射，总剂量为 DT $65 \sim 70$Gy。②与手术综合的放疗：术前放疗适用于 T_3 或 T_4 病变，总剂量为 DT $40 \sim 50$Gy，一般在放疗结束 $2 \sim 4$ 周后行手术治疗；术后放疗一般在术后 $3 \sim 4$ 周开始，总剂量为 DT $50 \sim 60$Gy，对术后有明显局部残留者，还应缩小放射野局部加量至根治剂量。③姑息性放疗：剂量为 DT 40Gy。

【常见护理问题】　①知识缺乏。②功能障碍性悲哀。③语言沟通障碍。④清理呼吸道无效。⑤有皮肤完整性受损的危险。⑥疼痛。⑦低效性呼吸型态。⑧有窒息的危险。

【护理措施】

放疗前护理

1. 心理护理　多数喉癌病人对"放疗"缺乏正确的认识，顾虑重重，应耐心细致地介绍放疗的目的、方法及注意事项，并以治疗效果好的病例教育和鼓励病人树立战胜疾病的信心，使病人有充分的思想准备；对实施全喉切除术已失语的病人，需要耐心帮助，接受新的交流方式，组织病人与家属进行哑语训练，准备笔和写字板，便于交流，尊重病人，消除恐惧自卑心理。

2. 饮食护理　宜进软食，并增加汤类，尽量吃蒸、炖的食物，忌油腻、硬性、煎炒及刺激性食物。喉造口的病人进食困难时，遵医嘱静脉营养治疗或鼻饲营养液。

3. 病情观察　观察生命体征变化，有无声嘶、吞咽疼痛、喘鸣、呼吸困难，症状是否逐渐加重。喉造口的病人观察排痰是否通畅，痰的性质及量，套管是否适合、有无异物感等。

4. 口腔、呼吸道准备　喉癌病人多有吸烟、饮酒的习惯，帮助病人戒烟、酒，禁刺激性食物；检查口腔，治疗牙疾、龋齿，加强口腔卫生，用淡盐水含漱；协助排痰，保持气管套管的通畅，必要时按医嘱给予祛痰剂和抗生素治疗。喉癌术后戴管在放疗前更换硅胶或塑料套管，准备小镜子备用。

放疗期间护理

1. 心理护理　在放疗的不同阶段病人会出现一系列的放疗反应，如呛咳、咽痛、皮肤反应等，再加上交流的困难，会加重病人的焦虑、烦躁情绪，严重者可能放弃治疗。此时应鼓励病人正确面对现实，采取积极有效的预防措施，减少并发症。

2. 饮食护理　同"放疗前护理"。

3. 皮肤护理　参见本章第一节"鼻咽癌"相关内容。

4. 口腔护理　注意口腔黏膜反应，指导病人保持口腔黏膜清洁，用淡盐水或复方硼酸液含漱，当出现咽喉黏膜充血疼痛时，遵医嘱使用康复新液含服等。

5. 呼吸道的护理　喉癌病人放疗后咽喉部分泌物增多，咽喉反射功能降低，易造成吸入性肺炎。应保持呼吸道通畅，密切观察呼吸、面色等病情变化，咳嗽、排痰是否有效，指导其正确有效地咳嗽、排痰，备好急救用物及药物。气管切开病人应注意定期消毒气管套管并更换切口下敷料；保持室内空气新鲜，湿度 60%～70%，温度 18℃～20℃；气管套管口置无菌湿纱布，定时进行气道湿化；痰液黏稠时，可给予糜蛋白酶滴入，每次 2～3 滴，顺内套管

壁滴入，防呛咳。

6. 病情观察 由于放疗易引起咽喉局部黏膜充血水肿而引起呼吸不畅，甚至窒息，严重者需行气管切开。指导病人放疗期间注意"休声"，避免声带受到过多刺激而加重水肿。在放疗结束后半年仍有水肿或加重者，应注意观察病人咳嗽、咳痰、呼吸的形态、频率、节律、深度情况，必要时遵医嘱监测血气分析，了解周围血象的变化，出现异常及时告知医师配合处理，防止意外发生。

7. 症状护理

(1) 呼吸困难/窒息 嘱病人保持心理平衡，给予心理疏导，取半坐卧位，减轻喉部张力，有利于呼吸。保持呼吸道通畅，吸氧 2～4L/min，每天行雾化吸入，利于痰液咳出；戴气管套管者，定期消毒气管套管，避免异物误入套管内，保持外套管系带松紧适度，避免套管滑出。床旁备急救物品如气管切开包、吸引器、各种急救药物等，以备急需。定期监测血气分析，及时发现缺氧症状，遵医嘱应用抗生素等治疗，减轻水肿。

(2) 发音困难或不能发音 耐心倾听，避免病人因交流障碍造成心理压力；与病人及家属共同制定出表达交流的具体方式，指导病人使用非语言沟通方法，以表达个人的意愿和情感，如眼神、表情、手势等；借助纸笔以及家属的帮助来相互沟通，对于不能发音且说话能力不能恢复的病人指导用其他合适的发音方式，如电子喉等；对于说话能力可恢复的病人给予鼓励，训练重建发音，向其说明这是一个逐渐恢复的过程。增强病人的信心。

(3) 咽喉疼痛 参见本章第一节"鼻咽癌"相关内容。

出院指导

1. 注意休息，保证充足的睡眠，预防感冒及呼吸道感染。

2. 加强营养，进食营养丰富且易消化的软食，禁烟、酒及刺激性的食物。

3. 保护放射野皮肤免受理化因素刺激，防止放射性皮炎。

4. 戴气管套管出院的病人，鼓励病人学会气管切开的护理方法及日常生活的注意事项，避免异物及水进入造瘘口，预防感染及窒息发生。

5. 失语者要正视机体的变化，学会运用不同方式与他人进行交流，鼓励病人积极参加"喉造口俱乐部"活动，术后 3～6 个月可训练食管发声。

6. 定期复查，如有不适应，及时就诊。

第六节 肺 癌

肺癌（lung cancer）是原发性支气管肺癌的简称，指原发于支气管黏膜和肺泡的癌。伴随着社会老龄化、环境污染和吸烟人数的增多，肺癌发病率逐年上升，近 20 年来，中国的肺癌发病率以每年 11％的速度递增，在癌症死因中占第 3 位。发病年龄一般自 50 岁后迅速上升，男、女之比为（3～7）：1。肺癌最主要的致病因素是吸烟，有资料表明，男性肺癌 80％～90％由吸烟引起。另外职业致癌因素、空气污染、大剂量电离辐射、维生素 A 的缺乏以及某些肺部慢性炎症也是致病因素。按解剖学分型可将其分为中央型肺癌和周围型肺癌。中央型肺癌指发生在段支气管以上至主支气管的癌肿，周围型肺癌指发生在段支气管以下的癌肿。按组织学分类分为鳞状上皮细胞癌、腺癌、小细胞未分化癌、大细胞未分化癌等。

【护理评估】 参见第三章第二节"肺癌"相关内容。

【治疗原则】 肺癌的治疗以手术和争取手术为主，依据肺癌的不同期别、组织类型分别采用术前或术后放疗、化疗、免疫治疗和中医中药的综合治疗。如小细胞肺癌应先行化疗或放疗，再行手术切除；非小细胞肺癌应先行手术，术后辅以放疗或化疗。

肺癌病人接受放疗的主要限制器官为肺、脊髓及心脏。适合的放疗剂量应根据肿瘤的病理类型、病灶大小、病期、病程、肿瘤周围组织情况及病人的一般状况综合考虑。尽量减少正常肺组织、脊髓及心脏受照射的体积和剂量。

1. 放射源的选择 直线加速器 4～6MV-X 线或^{60}Co γ 射线，近距离放疗常用^{192}Ir。

2. 放疗常用形式及剂量选择 ①根治性放疗：常规分割照射，一般鳞状细胞癌总剂量为 DT 65～70Gy，小细胞肺癌总剂量 DT 50～60Gy，腺癌总剂量 DT 60～70Gy。锁骨上区照射剂量一般为 DT 60～70 Gy。②与手术综合的放疗：术前放疗照射野包括原发性病灶，同侧肺门和纵隔淋巴引流区，前后对穿，总剂量 DT 40～45Gy，放疗后 3～4 周内手术。术后放疗总剂量一般为 DT 50～60Gy，注意手术残端一定要包入照射野内和保护好残存肺脏，切缘不净的部位应小部分照射野加量照射至 TD 70Gy 以上，一般在术后 1 个月左右，病人全身情况稳定后开始。③姑息性放疗：常规分割照射，总剂量 DT 20～30Gy，照射时间 2～3 周。④腔内放疗：一般用作外照射后的补充加量照射。⑤适形放疗：每次 1.8～2Gy，每周 5 次，总剂量为 DT 65～75Gy。

【常见护理问题】 ①知识缺乏。②焦虑。③体温过高。④清理呼吸道无效。⑤气体交换受损。⑥活动无耐力。⑦疼痛。⑧营养失调——低于机体需要量。⑨有感染的危险。⑩潜在并发症：放射性肺炎，放射性食管炎。

【护理措施】

放疗前护理

1. 心理护理 确诊后根据病人的心理承受能力和家属的意见决定是否告知。一旦病人得知后，必定会有巨大的身心应激反应。护士应通过多种途径给予病人及家属提供心理与社会支持，宣教不良情绪对疾病的影响，帮助病人正确对待所面临的情况，鼓励病人及家属积极参与治疗和护理计划的决策过程，帮助病人建立良好、有效的社会支持，充分调动机体的潜在力量，以积极乐观的情绪应对癌症的挑战。

2. 饮食护理 为病人提供充足的营养，以优质蛋白、高热量、高维生素食物为主，如牛奶、瘦肉、豆制品、水果等；宜选用滋阴润肺的食品如梨、鸭、西瓜、花生、红枣、百合，采用煮、炖、蒸的方式，避免辛辣、油炸等刺激性食物，禁烟、酒。

3. 病情观察 监测生命体征、意识状态，呼吸频率和深度是否改变，观察病人咳嗽、咳痰的性质，痰液的颜色、量、气味；疼痛的程度等。

4. 呼吸道准备 放疗前协助医师进行胸片、CT、肺功能检查以了解肺部情况，指导病人进行有效的深呼吸和排痰，必要时予抗生素及超声雾化吸入抗感染治疗，预防放射性肺炎的发生。

放疗期间护理

1. 心理护理 随着放疗反应的出现及病情的变化，病人及家属心理会随之变化，而出现失望、烦躁不安等。护理人员应及时给予心理疏导，做好解释和安慰工作，引导病人及家属正确认识和对待疾病的变化，树立治疗信心，配合医务人员坚持治疗。

2. 饮食护理 同"放疗前护理"。

3. 皮肤护理 保持放射野皮肤清洁，指导病人穿开衫、宽松、柔软的全棉内衣，放射野皮肤勿用肥皂擦洗，勿自行涂药及搔抓。

4. 呼吸道的护理 保持室内空气新鲜，注意休息，病情允许可进行适宜的体育锻炼如散步、太极拳、气功等，进行肺功能锻炼如深呼吸、有效地咳嗽、排痰。注意保暖，防止受凉感冒而诱发放射性肺炎。如有气促、呼吸困难时应取半坐卧位，吸氧。

5. 病情观察　放疗开始后 3～4 周至放疗结束后 1 个月内，特别是年幼、年迈、动脉硬化及肺功能差、化疗后的病人，以及治疗过程中吸烟、感冒或肺炎等病人，应严密观察咳嗽、咳痰的性质及程度有无改变，是否有发热、胸痛、胸闷、气促症状，警惕放射性肺炎的发生。定期行 X 线检查监测肺部的变化，复查血常规，注意周围血象变化。

6. 症状护理

（1）咳嗽、咳痰　病人取舒适卧位，可半坐卧位或端坐位或睡向患侧，有助于肺部膨胀和最大限度的舒适感；指导病人深呼吸及有效咳嗽，协助拍背咳痰，必要时遵医嘱给予雾化吸入。鼓励病人多饮水，约每天 2000mL，并增加室内湿度，稀释分泌物以利排出。观察痰液的性质、颜色及量，如有可疑应送标本做细菌培养和药敏实验。

（2）高热　一般行物理降温，体温过高遵医嘱药物降温，及时更换汗湿的衣服、被服，保持皮肤清洁干燥，注意保暖，预防感冒；遵医嘱给予抗生素，监测体温，保持水、电解质平衡。

（3）疼痛　评估疼痛程度、性质、部位，减少可诱发和加重疼痛的因素，指导、协助胸痛病人用手或枕头护住胸部，减轻咳嗽、深呼吸等引起的疼痛，遵医嘱按时用药控制疼痛。

出院指导

1. 保持性格开朗，用正确的人生观对待病魔，不悲观失望。

2. 加强营养支持，多进食高蛋白、高维生素的食品，以增强机体抵抗力，禁烟、酒、槟榔等刺激性食物。注意避免被动吸烟。

3. 保持放射野皮肤清洁，免受理化因素刺激。

4. 防止受凉感冒，坚持锻炼肺功能，可参加适宜的体能锻炼，以不感疲劳为度。

5. 定期复查，如有异常，及时就诊。

第七节　乳 腺 癌

乳腺癌（breast cancer）是女性常见的恶性肿瘤之一，其发病率呈上升趋势，在中国发病率为 23/10 万。乳腺癌的发病率随年龄的增长而上升，多发生于 40～60 岁、绝经期前后的妇女。发病原因尚未阐明，但有报道乳腺癌的发生与雌激素密切相关。易感因素有家族史、内分泌异常、部分乳房良性疾病、高脂饮食以及不良的生活方式。乳腺癌组织学分类较多，

已列入中国乳腺癌治疗规范的分类为：①非浸润性癌。②早期浸润癌。③浸润性特殊型癌。④浸润性非特殊型癌。⑤其他罕见癌。乳腺癌的预后与组织类型、原发肿瘤大小、腋窝淋巴结受累及年龄、绝经情况、激素受体密切相关，越早期、肿瘤越小、淋巴结转移受累越少、年龄越大、绝经后、雌激素受体阳性预后越好。

【护理评估】 参见第三章第一节"乳腺癌"相关内容。

【治疗原则】 放疗是乳腺癌治疗的方法之一，通过放疗手段可使一些不能切除的病变缩小以利切除；也可对合并严重并发症，不适宜行根治术者，采用术前、术后放疗方法，达到根治目的；对晚期病人的姑息性放疗可减轻痛苦，提高生存质量。

Ⅰ～Ⅱ期乳腺癌术后行放疗能降低局部和区域淋巴结复发率，提高治愈率；局部晚期乳腺癌采用化疗、放疗和手术治疗在内的综合治疗，最佳形式尚在研究之中；而对术后出现复发及远处转移放疗可提高局部控制率及生存率。

1. 放射源的选择 高能直线加速器4～6MV-X线和电子线或^{60}Co γ射线，近距离放射常用^{192}Ir。

2. 放疗常用形式及剂量选择 早期乳腺癌做保守手术后或局部晚期乳腺癌做单纯放疗时均需照射乳腺及胸壁区。乳腺癌根治术后的辅助性放疗，各靶区剂量一般以 DT 50Gy 为宜。而保乳性手术加根治性放疗时，首先乳腺及淋巴引流区照射剂量为 DT 50Gy/5 周，腋窝淋巴结单独放疗时照射剂量为 DT 60～70Gy/(6～7) 周。①单纯放疗：一般采用常规分割即每周放射5次，每次1.8～2.0Gy，乳腺肿瘤放射剂量为 DT 70～75Gy/(7～8) 周。预防放射剂量为 DT 45～50Gy。②与手术综合的放疗：术前放疗总剂量为 DT 40～50Gy，放疗结束后 4～6周施行手术。术后放疗可防止局部复发，主要用于有淋巴结转移的病人，一般于术后 2～3周，在锁骨上、胸骨旁以及腋窝等区域进行放疗，剂量以 DT 45～50Gy 为宜。③组织间照射：全乳腺放射 DT 45Gy 后，瘤体需补量放射，补量放射可采用外照射或组织间插植。

【常见护理问题】 ①知识缺乏。②焦虑。③自我形象紊乱。④有皮肤完整性受损的危险。⑤有感染的危险。⑥有废用综合征的危险。

【护理措施】

放疗前护理

1. 心理护理 乳腺癌病人的心理变化主要表现为对放疗反应的恐惧，胸部形态及自理能力的改变后担心亲属朋友特别是配偶会嫌弃自己，甚至丧失生存的勇气。护士多了解和关心病人，介绍与曾接受过类似手术且已痊愈的病人与其联系，通过成功者的现身说法帮助病人度过心理调适期，告知病人可进行乳房重建或佩戴义乳，做好配偶的思想工作，鼓励其一起讨论形体的改变，增进相互理解，给予足够的关心、照顾和支持，使其克服心理障碍，增强自信心。

2. 饮食护理　指导病人进高蛋白、高热量、富含维生素和膳食纤维等营养丰富的食物，如鱼、瘦肉、木耳、香菇、豆制品、奶制品等食物，以提高机体抵抗力，促进正常组织修复；避免高脂肪、高热量饮食，因为脂肪酸经芳香化可转化成雌激素；提倡多进食新鲜水果、蔬菜，尽量少吃刺激性食物，戒烟、酒。禁服用含雌激素的保健品，以免造成雌激素水平增高，影响治疗效果。

3. 患侧肢体护理　静脉穿刺如输液等需在健侧执行，因患侧的血液循环较健侧差，避免造成患侧上肢肿胀；并鼓励病人坚持锻炼患侧上肢，如肩关节旋转、手指爬墙、梳头等。

4. 皮肤护理　乳腺癌术后皮肤愈合不良的进行相应治疗，据伤口愈合情况再行放疗。

5. 病情观察　注意两侧乳房的情况，检查腋窝及锁骨上区域淋巴结有无肿大，病变部位以外的皮肤有无粘连、水肿（橘皮样症），卫星结节或溃疡等局部扩展侵及皮肤现象。观察有无胸痛、气急、骨痛、黄疸等肺、骨、肝的远处转移。

放疗期间护理

1. 心理护理　乳腺癌放疗病人大部分是做了患侧乳腺切除术，因为形体上的残缺，再加上放疗期间引起的局部放射性皮肤反应，加重了机体的痛苦，增加病人的焦虑忧郁感，可能由此放弃治疗。护理人员应予以心理支持，讲解放疗知识及需要配合的事项；同时积极与其家属联系，特别是其配偶的关心与鼓励尤其重要。

2. 饮食护理　同"放疗前护理"。

3. 皮肤护理　乳腺癌术后病人局部血液供应及淋巴回流差，放疗面积大，皮肤敏感，腋下易出汗，经放射线照射后易引发放射性皮肤损伤。所以，皮肤护理相当重要，放射野勿用肥皂擦洗，勿自行涂药物及搔抓、摩擦刺激，穿棉质内衣，保持局部通风透气，出汗时用棉质柔软的毛巾轻轻沾洗干净，及时更换衣服。

4. 病情观察　乳腺癌放疗易引起放射性干性及湿性皮炎，多在照射 25Gy 时腋窝出现脱毛、乳房皱褶；放疗后 2～10 周出现刺激性咳嗽、呼吸困难、体温升高，应警惕放射性肺炎；另外注意有无心脏并发症、放射性神经臂丛炎、患肢淋巴回流是否改善等病情变化。注意了

解周围血象、肝肾功能、CT、MRI 等检查结果，以便及早发现骨、肝、脑等脏器转移病灶。

5. 功能锻炼　指导病人锻炼术侧上肢，以加快其功能恢复，如做康复操、肩关节旋转、梳头、手指爬墙等运动，循序渐进，避免劳累。

6. 症状护理

（1）患侧肢体肿胀，功能障碍　协助病人制订功能锻炼计划并督促按计划进行，增加肌张力，促进静脉淋巴回流，减轻水肿的发生；避免在患侧上肢测血压、抽血、注射，防止造成损伤；指导病人保护患侧手臂，日常生活活动要适当使用患侧手臂，避免用患侧手臂提、举重物，预防损伤及感染，必要时戴保护手套；淋巴水肿时可戴弹力手套，每晚取下，进行向心按摩，并用枕垫高。

（2）干性、湿性皮炎　参见第二章第十节"肿瘤放疗基本知识"相关内容。

出院指导

1. 保持放射野皮肤清洁，穿全棉内衣，免受理化因素刺激，照射野不宜进行热敷、按摩、理疗、针灸，避免刺激性软膏等外用。

2. 进高蛋白、高热量、高维生素等营养丰富的食物，避免高脂肪、高热量饮食。

3. 坚持患侧上肢锻炼，如上肢旋转、后伸、轻度扩胸运动等，每天 1～3 次，避免劳累，循序渐进。

4. 积极参加体育锻炼，保持身心健康，增强机体免疫力。

5. 根治术 5 年内避免妊娠；定期复查，进行自我乳房检查，如有异常及时就诊。

第八节　食　管　癌

食管癌（carcioma of esophagus）是常见的一种消化道癌肿。发病率和死亡率各国差异很大，中国是全世界食管癌高发地区之一，好发年龄为 50～69 岁，男、女之比为 2：1。迄今为止还没有引起食管癌的肯定病因，但大量研究认为是多因素协同作用所致，相关因素有：长期进食含亚硝胺较高的食品、真菌、缺乏维生素及微量元素、饮酒、吸烟、不良的饮食行为等。食管癌以胸中段较为多见，下段次之，上段较少。食管癌多为鳞癌，腺癌少见。食管癌早期病程慢，治疗效果佳，不管手术还是放疗，5 年生存率均为 80%～90%；而临床发现均已属晚期，疗效很差，手术或放疗 5 年生存率约为 10%。

【护理评估】

1. 一般情况　了解病人既往有无龋齿、口腔不洁、食管的慢性炎症、其他器官恶性肿瘤等相关疾病，以及家族史等。评估病人进食及营养状况，有无体重下降、贫血等营养不良的表现，了解术后病人伤口皮肤的愈合情况。

2. 症状、体征评估　早期主要表现为吞咽食物时胸骨后疼痛，烧灼感或不适，症状轻。随着病情进展，典型症状为进行性吞咽困难；由于肿瘤直接侵犯和转移，可出现伴随症状如胸背痛、声音嘶哑、颈部和/或锁骨上肿物等。

3. 心理社会评估　食管癌病人往往因进行性加重的进食困难，身体日渐消瘦而变得焦虑不安，担心放疗后能否恢复进食、放疗反应能否承受，由此产生悲观失望的心理；食管癌病人如进食困难须长期静脉营养支持治疗，所以病人和家属均要承受相当大的心理压力和经济负担，这些不良情绪势必会影响病人的治疗，护士要从病人自身、社会支持系统等多方面进行综合评估。

4. 辅助检查　X线食管造影是食管癌的主要诊断方法，食管的 CT/MRI 可以了解全食管与周围脏器的关系，肿瘤外侵程度，有无转移，对于制订手术和放疗计划都有意义。食管细胞学检查阳性检出率为 88%～98%，食管镜检查能直接观察到病变的特征并取活体组织行病理检查，使早期食管癌的判断准确性可达到 95%。

【治疗原则】　能行根治性手术治疗的病人仅占全部病人的 1/4，所以放疗是目前食管癌主要的、有效的、安全的手段之一。根治性手段主要为手术和放疗，一般情况下，上段及颈段者以放疗为首选，中下段以手术为主，中胸段以术前放疗为佳。放疗可分为：单纯放疗和综合治疗（包括术前、术后放疗和放疗＋化疗）。

1. 常用放射源　直线加速器（4～8MV-X线）或 ^{60}Co γ 射线为首选，腔内照射用 ^{192}Ir。

2. 常用的放疗方法及剂量选择　①单纯放疗：实际照射野应比病变两端各长 3cm，照射野宽度为 4～7cm。通常照射肿瘤根治剂量为 DT 60～70Gy。淋巴引流区的预防照射剂量一般为 DT 50Gy。②与手术综合的放疗：术前放疗剂量为 DT 40Gy/4 周，放疗结束后 3～4 周行手术治疗。术后放疗剂量 DT 50Gy/5 周，一般术后 3～4 周开始。③姑息性放疗：一般剂量为 DT 50Gy/5 周。④腔内放疗：配合外照射，一般外照射剂量 DT 50～60Gy 时加 2 次腔内照射。

【常见护理问题】　①知识缺乏。②焦虑。③营养失调——低于机体需要量。④疼痛。

⑤有皮肤完整性受损的危险。⑥有感染的危险。⑦潜在并发症：放射性食管炎，放射性气管炎。

【护理措施】

放疗前护理

1. 心理护理 护士应加强与病人和家属的沟通，介绍有关放疗的知识，放疗可能出现的不良反应及需要配合的事项。做好安抚工作和营养知识方面的指导，为病人营造安静舒适的休息环境，争取社会支持系统在心理和经济方面的积极支持和配合，解除病人的后顾之忧。

2. 饮食护理 提供高蛋白、高热量、富含维生素的流质或半流质饮食，少食多餐，保证营养。注意食物的温度不可过热，避免粗糙、硬性、过酸或过甜食物，禁烟、酒及辛辣等刺激性食物，口服药磨成粉状再服用；指导病人细嚼慢咽，以利于吞咽；进食时保持坐立姿势，防止食物反流，每次进食后饮半杯温开水冲洗食管；睡前两小时避免进食，预防食管炎的发生。

3. 口腔护理 保持口腔清洁，给予复方硼酸液或生理盐水漱口，每天4次，尤其是临睡前、进食后要漱口，以免口腔不洁，细菌随吞咽下侵食管黏膜，引起炎症加重。

4. 病情观察 观察病人有无呛咳及体温、脉搏、血压的变化，吞咽困难的程度，疼痛的性质，是否有脱水及电解质紊乱现象。积极改善病人的一般情况，治疗各种并发症。

放疗期间护理

1. 心理护理 放疗1~2周后，由于放射性食管炎的产生，可导致吞咽困难加重，使病人心理负担加重。应耐心向病人做好解释工作，鼓励病人坚持治疗，同时遵医嘱给予对症支持治疗减轻症状，帮助病人度过反应期。

2. 饮食护理 同"放疗前护理"，给予细、碎、软的食物；放疗3~4周后，可采用半卧位，防止胃液反流；对严重吞咽困难、食后呕吐者，遵医嘱静脉补充足够的水分和营养。

3. 皮肤护理 参见本章第一节"鼻咽癌"相关内容。

4. 病情观察 观察生命体征的变化，倾听病人的主诉，食管照射后可出现黏膜炎症反应，表现为吞咽困难伴吞咽疼痛。密切观察病人疼痛的性质，有无呛咳、呕血及柏油样大便，以及脉搏的变化，发现异常及时报告医师协助处理。一旦发生食管穿孔、出血等并发症，应停止放疗并禁食，必要时胃造瘘。由于气管受照射影响，可出现咳嗽，经对症处理不影响放疗。放疗期间注意观察周围血象的变化，每周查血常规1~2次。

5. 症状护理　吞咽疼痛：安慰病人，减轻病人的焦虑与恐惧。注意口腔卫生，保持口腔清洁，遵医嘱予以口服黏膜表面麻醉剂和黏膜保护药物，减轻咽喉水肿及食管黏膜炎症，必要时予抗感染及激素治疗（以减轻食管的炎性反应和水肿）、静脉营养支持治疗。

出院指导

1. 保持心情开朗，树立战胜疾病的信心。

2. 注意营养和饮食的调整，坚持戒烟、酒，宜进食易消化的半流质或流质食物；少食多餐，忌暴饮暴食；避免进粗糙、过硬、过热及刺激性食物；不吃腌制、霉变食物；进食后半小时内取半卧位。

3. 注意口腔卫生，每次进食后饮温开水，保持口腔清洁。

4. 保持放射野皮肤清洁，免受理化因素刺激。

5. 定期复查，如有异常，及时就诊。

第九节　恶性淋巴瘤

恶性淋巴瘤（lymphoma）是原发于淋巴结或其他淋巴组织的恶性肿瘤。通常以实体瘤形式生长于淋巴组织丰富的组织器官中，以淋巴结、扁桃体、脾及骨髓等部位最易受累。组织病理学上将淋巴瘤分为霍奇金病（Hodgkin disease，HD）和非霍奇金淋巴瘤（Hodgkin lymphoma，NHL）两大类。在中国，以20～40岁多见，约占50%，男性高于女性，城市高于农村。死亡率为1.5/10万，居恶性肿瘤死亡的第11～13位。淋巴瘤的病因与发病机制尚不清楚，认为人类淋巴瘤和病毒感染有关，包括EB病毒、逆转录病毒，近年来发现遗传性或获得性免疫缺陷伴发淋巴瘤者较多，如干燥综合征、器官移植后长期应用免疫抑制药等。典型淋巴瘤病理学特征为正常滤泡性结构、被膜周围组织、被膜及被膜下窦由大量异常淋巴细胞或组织细胞所破坏。霍奇金病预后与组织类型及临床分期有关，淋巴细胞为主型预后最好，5年生存率为94.3%，而淋巴细胞耗竭型最差，5年生存率仅为27.4%，Ⅰ期和Ⅱ期5年生存率在90%以上，Ⅳ期为31.9%，有全身症状者预后较差，中青年女性预后较其他人好；非霍奇金淋巴瘤预后与病理类型有关，低度恶性组若发现较早，经合理治疗可有5～10年生存率。

【护理评估】　参见第三章第三节"淋巴瘤"相关内容。

【治疗原则】 恶性淋巴瘤是一种与免疫有关的全身性疾病，治疗方针是综合治疗，包括手术、放疗、化疗，免疫生物制剂及中药治疗等。放疗是淋巴瘤治疗的主要手段之一，适用于Ⅰ、Ⅱ期及横膈下，只在上腹部有局限病变的Ⅲ期霍奇金病病人，Ⅰ、Ⅱ期非霍奇金淋巴瘤病人。在疾病的早期，采用单纯放疗（根治性）可以达到完全治愈的目的；而在晚期阶段，姑息性放疗可以达到减轻症状，延缓病情进展的目的。

1. 常用放射源 直线加速器（4～8MV-X线）或^{60}Co γ射线。

2. 常用的放疗方法及剂量选择 ①霍奇金病放疗：适用于Ⅰ、Ⅱ期及Ⅲ$_a$期病例，采用扩大野照射技术，肿瘤根治剂量为DT 45Gy，若局部有残留，可缩小野追加DT 5～10Gy；淋巴引流区的预防剂量为DT 35～40Gy。②非霍奇金淋巴瘤放疗：Ⅰ期采用局部放疗，Ⅱ期采用全淋巴结放疗等，原发灶肿瘤的根治剂量为DT 50～55Gy，根治量后若仍有残留，可缩小野追加剂量。邻近淋巴引流区预防剂量为DT 45～50 Gy。

【常见护理问题】 ①知识缺乏。②焦虑。③体温过高。④有感染的危险。⑤有皮肤完整性受损的危险。⑥低效性呼吸型态。

【护理措施】

放疗前护理

1. 心理护理 恶性淋巴瘤病人绝大多数为青壮年，病变的影响使其日常工作、学习、生活发生改变，容易产生焦虑悲观情绪。护士应及时评估病人心理变化，并与其家属沟通，进行心理疏导，讲解治疗的希望，介绍疾病的治疗进展、治疗方案、预后及放疗期间的配合事项，帮助病人摆正治疗与日常生活、工作、学习、家庭之间的关系。使病人能安心配合医务人员进行各项治疗护理。

2. 饮食护理 给予高蛋白、高热量、富含维生素等易消化软食，强调禁酒包括甜酒、各种酒类饮料、烹调用的料酒，因为进食任何含酒类饮料和食品都可导致淋巴瘤在短期内复发或病情加重。在发热期间，多饮水，增加高热量的流质或半流质食物，如蒸蛋、奶制品、果汁、稀饭等。

3. 病情观察 淋巴瘤由于病变部位和范围不同，临床表现很不一致，观察病人淋巴结肿大的情况，协助医师进行全身淋巴结检查，了解其大小、数目、部位、质地、活动度以及有无压痛等。有无诱发因素及伴随症状，如发热、皮肤瘙痒，纵隔淋巴结肿大可致咳嗽、胸闷、气促、肺不张及上腔静脉压迫综合征等，腹膜后淋巴结可压迫输尿管引起肾盂积水等。

放疗期间护理

1. 心理护理　随着治疗的进展，放疗的毒副反应可能加重，加强与病人的交流，了解其思想动态，如病人或家属对治疗信心产生了动摇，此时可组织疗效好的病人现身说教，并积极处理放疗的副反应，告之应对措施，帮助病人度过反应期，提高治疗的信心。

2. 饮食护理　同"放疗前护理"。由于放疗对消化道黏膜的损伤而影响进食者，给予营养丰富、易消化而无刺激性饮食，少食多餐，增加豆奶、果汁、鱼汤等摄入，必要时遵医嘱静脉补充营养。

3. 皮肤护理　参见本章第一节"鼻咽癌"相关内容。

4. 病情观察　监测生命体征的变化，按照射部位不同护理侧重点不同，纵隔及其以上部位放疗参见本章第一节"鼻咽癌"；纵隔下部位放疗时，应注意观察腹部及排便情况，保持会阴部清洁。放疗期间注意周围血象变化。

5. 症状护理

（1）高热　选择合适的降温措施，如药物或物理降温，禁忌乙醇擦浴，每隔 4 小时测量体温、脉搏、呼吸，做好记录；卧床休息，减少活动量，保持室内空气新鲜，调节适宜的温、湿度，及时更换汗湿的衣、被，注意保暖，做好口腔护理，保持口腔清洁，补充足够的水分，进高热量、高蛋白、高维生素清淡易消化的食物。遵医嘱予积极治疗，注意观察用药反应。

（2）呼吸困难　做好病人的心理护理，避免紧张恐惧，去除或减少不良刺激，如疼痛、不适宜的活动等，取半卧位利于呼吸，给予氧气吸入，一般采用低流量持续吸氧，保持呼吸道通畅，观察呼吸的频率、节律、深度变化及缺氧改善情况，随时做好气管切开的准备，防止窒息。

出院指导

1. 保护好放射野皮肤，预防皮肤感染、溃烂。

2. 加强营养，多进食新鲜的高蛋白、高维生素的食品，禁酒包括甜酒、各种酒类饮料、烹调用的料酒，防止疾病加重或复发。

3. 适当参加体育锻炼，增强体质，预防感冒。头颈部放疗者坚持进行张口运动，放疗后 3 年内勿拔牙。

4. 定期复查，如有异常，及时就诊。

第十节 纵隔肿瘤

纵隔各分区和各年龄组都可发生纵隔肿瘤，而最常见于30～50岁年龄组，最常见的纵隔肿瘤有胸腺肿瘤、神经源性肿瘤、畸胎瘤、各类囊肿和甲状腺瘤，占纵隔肿瘤的80%～90%，其中前三者占纵隔肿瘤的2/3。纵隔肿瘤多数为良性，成人的恶性肿瘤仅占10%～25%，儿童则一半以上是恶性的。近年来纵隔肿瘤在防治方面不断取得进展，使病人的预后得以改善。

【护理评估】

1. 一般情况 了解病人所患纵隔肿瘤类型，既往接受过何种治疗，评估病人的生命体征、皮肤黏膜颜色、肢端末梢温度、面容、体型、声音及呼吸困难的程度等；是否伴随发热、盗汗、胸闷、乏力、消瘦、体重下降、刺激性咳嗽、咳痰症状，询问病人患病后对机体活动的影响。

2. 症状、体征评估 40%左右的纵隔肿瘤无症状，病人感觉有症状时为肿瘤直接压迫或侵犯纵隔及其周围组织结构造成。纵隔肿瘤的常见症状有胸闷、胸痛、咳嗽、声音嘶哑、呼吸困难、神经痛、上腔静脉压迫综合征、神经麻痹、吞咽困难等。不同肿瘤也有其特殊的表现，如胸内甲状腺肿常有甲状腺功能亢进表现；胸腺瘤可有重症肌无力；神经源性肿瘤引起骨关节病；畸胎瘤也可因肿瘤溃破入呼吸道或肺内，咳出毛发或豆腐渣样物质。

3. 心理社会评估 纵隔肿瘤病人早期症状不明显，容易忽视，症状明显者，影响日常生活、工作，病人多表现恐惧、焦虑、悲观等负性情绪。评估病人对疾病治疗方式、预后的认知程度，了解社会支持系统对病人的关心、支持程度。

4. 辅助检查 大多数纵隔肿瘤的诊断主要靠X线检查，CT检查可以对肿瘤的浸润情况进行评价，有助于肿瘤的定性和估计手术切除的可能性。纵隔镜检查，经皮针吸活检是一种简单而有效、可获得组织细胞学或病理学诊断的方法。

【治疗原则】 治疗方针是综合治疗，包括外科手术、放疗、化疗等。放疗分单纯放疗和与手术综合放疗两种。单纯放疗又根据病人和肿瘤的情况分为诊断性放疗、姑息性放疗和根治性放疗。对不能完整切除或无法切除者应术后进行放疗。对晚期病人只要病情许可，应给予积极的局部放疗，以解除病人的痛苦和缓解压迫症状，对于压迫症状明显的病人行诊断性放疗以减轻症状。

1. 放射源的选择　放射源以高能加速器 X 线或电子束为主或⁶⁰Co γ 射线。

2. 常用的放疗方法及剂量选择　①单纯放疗：诊断性放疗一般常用于前中纵隔的巨大肿瘤，对放射线敏感，压迫症状明显又不宜行手术治疗的病人，放疗剂量为 DT 10～20Gy/（1～2）周，观察肿瘤退缩情况。根治性放疗总剂量根据不同病理类型和放疗敏感性而定。②姑息性放疗：一般剂量为 DT 20～40Gy。③与手术综合的放疗：术前放疗剂量为 DT 30～40 Gy，放疗结束后 2～4 周进行手术，术后放疗一般于术后 2 周给予局部放疗，剂量根据不同病理类型而定。

【常见护理问题】　①知识缺乏。②焦虑。③疼痛。④营养失调——低于机体的需要量。⑤清理呼吸道无效。⑥有窒息的危险。⑦有感染的危险。⑧有皮肤完整性受损的危险。

【护理措施】

放疗前护理

1. 心理护理　护士应通过交流，深入了解病人的心理和情绪的变化，解释疾病的治疗及放疗相关知识及配合事项，提高病人应对放疗反应的能力。并提供科学、安全的护理，增加病人的信任感、安全感，使其树立治疗的信心。

2. 饮食护理　以高蛋白、高热量、高维生素和膳食纤维等易消化清淡食物为宜，少食多餐，保证营养，注意食物的温度不可过热、过冷，避免粗糙、硬性、辛辣等刺激性食物，禁烟、酒。

3. 病情观察　胸腺瘤伴有重症肌无力者，应严密观察有无呼吸和吞咽功能衰竭等危象症状；观察有无胆碱能药物过量症状，如腹痛、腹泻、多汗及瞳孔缩小等。畸胎瘤如压迫呼吸道，可出现呼吸困难及发绀，应协助病人取半卧位，给予上氧，必要时行气管切开，确保呼吸道通畅。

放疗期间护理

1. 心理护理　加强与病人的沟通交流，了解放疗毒副反应的发生对病人情绪变化的影响，及时给予心理指导，并鼓励家属、亲友、同事等社会支持系统予以支持与鼓励，帮助病人完成治疗。

2. 饮食护理　加强营养，根据放疗期间的反应指导病人合理饮食，以高蛋白、高热量、富含维生素等营养丰富易消化食物为宜。

3. 病情观察　胸部放疗常见的反应有放射性肺炎和放射性食管炎,参见第二章第十节"肿瘤放疗基本知识"相关内容。

4. 症状护理

（1）胸闷　取半坐卧位,保持室内空气新鲜,及时清除呼吸道分泌物,保持呼吸道通畅,密切观察呼吸频率、节律及深度的变化并记录,必要时遵医嘱上氧,备好急救器械及急救药物,防止意外发生。

（2）上腔静脉压迫征　严密观察病情变化,监测生命体征,嘱病人卧床休息,给予周密照顾,维持舒适体位,半卧位时横膈下降可保持充足的肺通气,低流量吸氧,适当抬高双上肢;不宜在上腔静脉部位输液输血（如双上肢、颈静脉处）,提供清淡、易消化低盐饮食,准确记录出入量。对意识障碍的病人,应加强护理,防止各种损伤发生。

（3）重症肌无力　胸腺瘤病人首先评估病人是否有肌肉无力及异常疲劳,晨轻暮重,活动后加重,休息或用药后减轻的病史,必要时行肌电图检查利于诊断。严格遵医嘱予抗胆碱酯酶药及肾上腺皮质激素按时按量按疗程治疗,观察用药后的疗效及毒副反应;指导病人充分休息,避免疲劳,宜选择清晨、休息后或肌无力症状较轻时进行活动,以不感疲劳为原则;做好基础护理和生活护理,保持口腔清洁、防止外伤和感染等并发症;必要时床旁备吸痰器、气管切开包、氧气,防止误吸和窒息。

出院指导

参见本章第六节"肺癌"相关内容。纵隔肿瘤病人注意饮食调理,以清淡、低盐食物为主,多食新鲜蔬菜和水果,保持大便通畅。

第十一节 宫颈癌

宫颈癌（cervical cancer）又称子宫颈癌,是妇科最常见的恶性肿瘤之一,发病率位居女性恶性肿瘤第2位,仅次于乳腺癌。浸润性宫颈癌是妇科肿瘤死亡的主要原因。多数子宫颈癌来自子宫颈鳞状上皮和柱状上皮交界处移行带的表面上皮、腺体、腺上皮。其发病特点是从上皮内瘤变（不典型增生）到原位癌,进而发展到浸润癌的连续病理过程。

【护理评估】

1. 病因评估　①是否 HPV-DNA 阳性（主要指 HPV 的高危型别 16、18 型等）。②是否有性生活过早（小于 18 岁）及早婚、早育情况。③是否生殖道患有梅毒、湿疣等性传播疾病（指男女双方）。④是否丈夫有疱疹、HPV 感染及患有阴茎癌、包皮疾患等。⑤是否有宫颈糜烂、白斑、不典型增生病史。

2. 症状评估　①宫颈癌的首发症状是白带增多或接触性出血。②阴道不规则流血或月经紊乱，绝经后出血是早期宫颈癌常见症状。③体积大的肿瘤常伴有感染、阴道排液，有时有恶臭，晚期可出现骨盆癌痛及相关压迫症状。④宫颈局部是否表现为糜烂、菜花样或结节状。

3. 辅助检查

（1）细胞学检查　常规刮片做细胞学检查，此法简便易行，经济有效，可多次重复，已成为妇科的常规检查内容之一和防癌筛查的首选方法。宫颈癌早期诊断正确率可达 90％以上，但假阴性率较高。

（2）活检　宫颈活检组织的病理检查是确诊 CIN 和宫颈癌最可靠而不可缺少的方法。

（3）阴道镜检查　凡细胞学检查异常或临床可疑者均为阴道镜检查的指征。重点检查子宫颈鳞状上皮和柱状上皮交界处移行带。

4. 心理社会评估　①病人的认知程度：病人对疾病预后、放疗有关知识的认知程度。②评估家属对疾病及治疗方案的认知程度及心理承受能力。③评估病人对放疗的经济承受能力。④评估病人的预后。

【治疗原则】　根治性放疗　采取腔内放疗与体外照射相结合，剂量与临床相结合的原则，并且个别对待。腔内放疗包括宫腔治疗和阴道治疗，目前国内基本均以后装放射源方法治疗。体外照射是以^{60}Co 治疗机或加速器实施。宫颈浸润癌的治疗主要是手术和放疗。II_b 期一般采用放疗，但腺癌对放射敏感性差。

【常见护理问题】　①舒适的改变。②有皮肤完整性受损的危险。③营养失调——低于机体需要量。④预感性悲哀。⑤放疗反应。

【护理措施】

放疗前护理

1. 心理护理　多数病人对"放疗"知识了解甚少，在治疗前应向病人及家属介绍有关放疗的知识，治疗中可能出现的不良反应及需要配合的注意事项，提供健康宣教手册和图片。放疗前陪同病人到放疗区熟悉放疗环境，使病人消除恐惧心理，积极配合治疗。

2. 饮食护理　给予病人高蛋白、高热量、高维生素饮食，增强体质，戒烟、酒，调节全

身状况，如纠正贫血、脱水及电解质紊乱。

3. 阴道准备 放疗前应予以阴道冲洗，以清除阴道坏死组织、防止感染和粘连，增强放疗的效果。

4. 病情观察 观察病人有无腹痛、阴道流血。

放疗期间护理

1. 心理护理 病人的心理状态随着放疗反应的轻重及症状体征的消除情况而变化。由于放疗局部反应较严重及治疗中肿瘤不一定完全消除，导致病人产生焦虑、恐惧心理，丧失治疗信心。应多与病人沟通交流，说明局部反应是暂时现象，因放射生物效应关系，停照后1～2个月或更久时间内，肿瘤可继续缩小甚至消失，使病人能正确理解，以积极乐观的心态配合治疗。并且注重病人家属的心理疏导，讲解家庭支持系统的重要性，帮助病人树立治疗的信心。

2. 饮食护理 进食高蛋白质、高维生素、高热量的食品，如鱼、肉、鸡、蛋、奶、豆制品、新鲜蔬菜、水果等，并增加汤类，尽量多吃蒸、炖的食物，不吃油炸、腌制、过酸或过甜食物，禁烟酒、辛辣及刺激性食物。出现胃肠道反应时，饮食宜清淡，以易消化、营养价值高的食物为主。

3. 皮肤护理 因放射线损伤上皮细胞质，成熟的上皮细胞持续丢失、剥脱，导致放射性皮炎。放疗期间放射野皮肤保护非常重要。须选用全棉柔软内衣，修剪指甲，保持放射野皮肤清洁干燥，勿用肥皂擦洗，勿自行涂药及搔抓摩擦刺激，皮肤脱屑忌用手剥撕，禁贴胶布，避免冷热刺激及照射区皮肤禁止注射，不宜作为供皮区，清洁时使用柔软毛巾温水轻轻沾洗。保持放射野体表画线标记清晰，如果术野画线标记不明显或不小心洗掉，必须由主管医师补画后才能进行放疗，因为体表画线标记是行放疗的定位标志。

4. 病情观察

（1）观察病人全身及局部反应情况，注意血细胞的变化，发现异常及时报告医师积极处理。全身反应主要有头晕、乏力、纳差、恶心、呕吐、心慌、白细胞下降等；局部反应主要有外阴烧灼感。

（2）观察有无放射性直肠炎和放射性膀胱炎等放疗的并发症和后遗症。观察有无腹痛及阴道流血情况。

5. 症状护理

（1）阴道流血　一般要求卧床休息，减少活动，遵医嘱给予止血对症支持治疗。若出血量多，则予以阴道填塞纱条，24小时后取出。并观察生命体征变化。

（2）腹痛　放疗后回病房卧床休息1～2小时。如突然出现腹痛或腹痛加剧、面色苍白、血压下降，立即报告医师，警惕子宫穿孔。

（3）腹泻　首先要评估反应的严重程度，观察有无黏液和脓血便，并常规检查，向病人做好解释工作，消除其恐惧心理。鼓励进低渣易消化的半流质饮食。必要时遵医嘱给予止泻、抗炎及补液治疗。

（4）尿频、尿急　遵医嘱予以口服消炎药，鼓励病人多饮水。出现血尿者，应予以止血药；对出血或贫血严重者，必要时输新鲜血。

（5）干性、湿性皮炎　参见第二章第十节"肿瘤科放疗基本知识"相关内容。

出院指导

1. 加强营养，进食营养丰富、易消化的食物，尤其是补充富含维生素C的食物，如新鲜蔬菜、水果，少食辛辣饮食。

2. 保持心情愉快，适当参加体育锻炼，增强体质，预防感冒。避免重体力劳动。

3. 保持会阴清洁。指导病人学习阴道冲洗方法，掌握冲洗液的量、温度与压力。

4. 定期复查，出院后1～3个月复查，以后每3个月复查1次，1年后每半年复查1次。如有异常，及时就诊。

5. 帮助联系社会支持系统和性知识咨询。

（汤新辉　袁　忠　李平平　欧阳红斌　陈　嘉　袁　烨）

第 六 章

肿瘤科常用护理技术

肿瘤科常用护理技术有引流管护理、鼻饲流质、自控镇痛（PCA）、弹性输液泵、外周深静脉置管（PICC）及维护、外周静脉置管及维护、中心静脉插管测压及维护等。在此介绍其适应证、操作前准备、操作步骤及注意事项，以便更好地将这些护理技术娴熟地应用于病人，缓解症状，减轻病人痛苦。

第一节 鼻饲流质

鼻饲法是将导管经鼻腔插入胃内，从管内灌注流质食物、营养液、水分和药物的方法。目的是保证病人摄入足够的热量和蛋白质等多种营养物质，满足其对营养的需求，以利于病人康复。

【适应证】

1. 经口摄食不足或禁忌 如头颈、食管、胃等肿瘤手术导致吞咽障碍；放疗、化疗引起严重的胃肠反应、放射性肠炎者。

2. 术后发生消化道瘘、胃肠功能障碍者。

3. 需手术或放疗、化疗并伴严重营养不良者。

4. 意识障碍 如中枢神经系统损害引起的昏迷，慢性消耗性疾病晚期伴有意识障碍者。

【禁忌证】 肠道功能完全丧失、肠梗阻、严重腹腔内感染、空肠瘘等。

【操作前准备】

1. 病人准备　病人无鼻饲禁忌证，了解鼻饲的目的、意义及配合方法，根据病情取合适卧位，戴眼镜或有义齿者操作前应取下，无恐惧心理。

2. 操作人员准备　着工作服、鞋、戴帽、口罩，评估病人有无咀嚼、吞咽困难，意识状态、营养状态，鼻孔是否通畅，有无义齿、缺齿及食管疾患，对鼻饲的认识与合作程度及对鼻饲知识的了解程度。向病人或家属讲解饮食对保证机体营养的需要，促进早日康复的重要性。耐心说明管饲的操作步骤及指导病人配合的方法，消除病人的恐惧心理，使病人理解鼻饲的必要性，主动配合。

3. 用物准备　治疗盘内备药碗（内盛胃管 1 根）、弯盘、50mL 注射器、血管钳、纱布（2 块）、液状石蜡、压舌板、棉签、胶布、橡皮圈、听诊器、别针、温开水、流质饮食。

【操作步骤】

1. 备齐用物带至床旁，核对床号、姓名，对意识清醒的病人解释护理目的、操作步骤、基本原理，并争取病人的合作。洗手、戴口罩。

2. 协助病人取坐位或半坐卧位，危重昏迷病人取平卧位，头稍后仰。

3. 颌下铺治疗巾，用湿棉签检查和擦净鼻孔，颌下放置弯盘。

4. 比量胃管长度（为发际至剑突），成人 45～55cm，婴幼儿 14～18cm，并做好标记，润滑胃管前端 10～20cm。

5. 嘱病人头部稍向后仰，左手持纱布托住胃管，右手持止血钳夹持胃管前端，沿一侧鼻孔轻柔地向前向下插入 14cm 处时，清醒病人指导其做吞咽动作、深呼吸，随病人吞咽动作将胃管乘势送入所需长度；昏迷病人可将胃管末端置弯盘内放于口角旁，左手托起病人头部，使下颌贴近胸骨柄以加大咽部通道弧度，便于胃管沿咽后壁滑行插入。在插管过程中，若病人持续恶心、遇阻力，用手电筒、压舌板检查胃管是否盘曲在口腔内；如出现呛咳、呼吸困难、发绀等现象，可能误入气管，应立即停止插管并拔出重新插入。

6. 验证胃管在胃内　用注射器抽吸出胃液；将胃管开口端置于水中，无气体逸出；用注射器向胃管内注入 10mL 空气，同时用听诊器在胃部听到气过水声。

7. 确定胃管在胃内后，用胶布将胃管固定于鼻翼及面颊，枕头复位，昏迷病人头偏向一侧。

8. 灌食 先注入少量温开水，然后缓慢灌入流质食物或碾碎的药物，再用少量温开水注入以清洁管腔。灌食过程中，防止空气进入，管口应用纱布扶托，手指不可接触管口。灌食结束，将胃管末端抬高，反折，用纱布包裹后以橡皮圈缠紧，用别针固定于枕旁或病人衣服上。

9. 整理用物、床单位，协助病人擦净口、鼻、面部，记录灌食时间及病人反应。

10. 拔管 末次喂食后拔管，拔管前向病人解释并指导配合。置弯盘于病人颌下，揭去胶布，一手夹紧胃管前端，另一手持纱布近鼻孔处包裹住胃管，拔至咽喉处时，指导病人深吸气，当病人呼气时快速拔出胃管，以免液体滴入呼吸道。将拔出的胃管置于弯盘内。清洁病人口、鼻、面部，擦净胶布痕迹，协助病人漱口，取舒适卧位。

11. 记录 清理用物后记录拔管时间和病人反应。

【护理注意事项】

1. 置胃管可给病人带来恐惧的心理反应，护士应向病人或病人家属解释鼻饲的目的、步骤，指导配合的方法，以取得病人的理解和配合。

2. 操作轻柔，防止损伤消化道黏膜。喂养管固定牢靠，防止病人咳嗽呕吐时鼻胃管脱出。

3. 鼻饲前先洗手，保持食物与餐具的清洁卫生。

4. 在喂养之前，必须明确管端的位置在胃内。胃内喂养可借吸引胃内容物而证实。如无内容物或管端在十二指肠或空肠，则借 X 线片证实。

5. 鼻饲时及饲食后抬高床头 30°或协助病人取坐位，鼻饲后尽量避免吸痰、翻身和拍背，以防止胃内容物反流入呼吸道。

6. 营养液的温度一般以接近正常体温为宜，一般保持在 38℃～40℃。

7. 营养液给予的一般原则是低浓度、少量、慢速度开始，逐步增加，待病人可以耐受、未出现反应后再确定营养液的浓度、量和注入速度。

8. 营养液应现配现用，保持调配容器的清洁、无菌。每次输注的营养液悬挂时间不得超过 8 小时，每天更换输注管及肠内营养液容器。

9. 营养液注入过程中应经常巡视，如出现恶心、呕吐、腹胀、腹泻等症状应及时查明原因，并适当调整营养液的输注速度、温度及量。

10. 给药、注食前后及连续管饲过程中，每间隔 4 小时都应用 20～30mL 温开水或生理盐水冲洗管道。

11. 管饲期间应每天观察脉搏、呼吸、体温；每周 1 次测定肝肾功能、血浆蛋白、电解质、血糖、血脂及尿糖值。观察记录病人每天出入量、体重、导管位置、腹部体征、排便次数、量及性状。

第二节　弹性输液泵的应用

弹性输液泵使长期小剂量匀速给化疗药提供了很好的一个途径，有利于在一定时间内维持有效的血药浓度，提高药物疗效；弹性输液泵便于固定，容易携带，不影响病人的日常活动；同时，小剂量匀速化疗药的持续泵入避免了大剂量、短时间输注对静脉的损伤，有利于预防静脉炎发生。

弹性输液泵由弹性球囊、延长管、流速控制器、夹子、空气及细菌过滤器和携带包组成。弹性球囊由两层弹性膜形成，内层为多聚体，外层为聚氯乙烯 PVC 材料，两层弹性膜保证药物输入准确，且防破损能力强，利用本身的弹性收缩力"推动"药液通过带有流速限制器的延长管，延长管接静脉通道的开口端进入病人体内，流速限制器准确地维持恒定的滴注速度，有利于药物在血管内保持有效的血药浓度。

【适应证】　适用于需要微量、持续并精确剂量注入药液的病人，如癌症病人的化疗、多种原因引起疼痛的镇痛治疗等。

【操作前准备】

1. 用物准备　弹性输液泵（根据输液要求选择型号）、50mL 注射器、药液、0.9％生理盐水 10mL 数支、皮肤消毒剂、棉签、砂轮、无菌纱布、笔、输液卡。

2. 病人准备　理解操作的目的，保持情绪稳定，已建立静脉通路。

3. 护士准备　向病人及家属做好解释工作；着装整齐，按洗手规范洗手，戴口罩。

【操作步骤】

1. 使用前仔细阅读使用说明书。

2. 按要求留置深静脉置管或浅静脉置管。

3. 根据需要选择相应型号便携式弹性泵，检查便携式弹性输液泵消毒期、外包装袋有无破损、保护装置的盖子是否盖好。

4. 取下填充口的盖子，保存好供稍后使用。用一次性 50mL 注射器抽取所需药液，排气，并将之牢固地接在填充口上，夹紧管路上的开关，用不超过规定的最大填充量填充便携式输液泵，从填充口取下输液器，重新盖紧填充口盖子，保证管路末端的盖子已盖紧，标记有关药物及病人姓名。

5. 弹性输液泵均匀充盈，无漏液，打开开关夹，进行排气。

6. 根据医嘱要求，调节设定时间、液量、滴速。

7. 将便携式输液泵管路连接到深（浅）静脉留置管接入点，接入前确认在血管内，打开开关开始输注，并记录开始时间。

【护理注意事项】

1. 保持管道的通畅，避免管道打折、扭曲、脱出。

2. 严密观察泵入情况，输注泵的填充量若小于标准容积，可导致流速加快；输液泵的填充量若大于标准容积，会导致流速减慢。如果储存时间过长，输注时间可能会显著延长；便携式输液泵的标准流速是用生理盐水做稀释剂而确定的。加入任何药物或使用另一种稀释剂，可能会改变黏度，从而导致流速提高或降低。使用 5% 的葡萄糖液会使输注时间延长 10%。观察容积大小改变情况，以确认输注是否顺利。

第三节　外周深静脉置管及维护

随着科学技术的进步，各种新的仪器运用于临床，静脉输液从单纯的输液工具——头皮针，发展到静脉留置针、中心静脉置管（CCVA）、外周深静脉置管（PICC）等多种输液工具的选择。目前各种输液工具正在临床上得到普及应用。掌握好各种输液工具的应用，掌握更多的新技术，能使我们提高日常工作效率，提高护理水平。PICC 是经外周静脉穿刺进入中心静脉导管的置管术。PICC 导管是一种由硅胶制成的、可以在静脉内长期留置的导管。

【适应证】

1. 需要长期静脉输液的病人。

2. 化疗的病人、慢性疾病的病人。

3. 胃肠外营养（TPN）的病人。

4. 使用对外周静脉刺激性强的药物。

5. 缺乏外周静脉通路的病人。

6. 早产儿、低体重新生儿。

【操作前准备】（以 BD 公司的产品为例）

1. 护士准备　评估穿刺部位静脉及病人的全身情况，向病人及家属做好解释工作；着装整齐，按洗手规范洗手，戴口罩、帽子，穿无菌衣。

2. 病人准备　理解操作的目的，保持情绪稳定，排空大小便；更换宽松的上衣。

3. 用物准备

（1）PICC 穿刺包　可撕裂的导入鞘、硅胶导管（导丝）、孔巾及方巾、皮肤消毒剂（聚维酮碘、乙醇）、皮肤保护剂、无菌透明贴膜、无菌胶带、测量尺、压脉带、10mL 注射器 2 副、2cm×2cm 纱布 1 块、4cm×4cm 纱布数块、剪刀 1 把。

（2）另备肝素帽，无菌手套 2 副，无菌生理盐水 250mL，无菌肝素盐水 100mL。

【操作步骤】

1. 做好准备，保证严格的无菌操作环境。

2. 选择合适的静脉　①在预期穿刺部位以上扎止血带。②评估病人的血管状况，选择贵要静脉为最佳穿刺血管。③松开止血带。

3. 测量定位　①测量导管尖端所在的位置，测量时手臂外展 90°。②上腔静脉测量法：从预穿刺点沿静脉走向量至右胸锁关节再向下至第 3 肋间。③锁骨下静脉测量法：从预穿刺点沿静脉走向至胸骨切迹，再减去 2cm。④测量上臂中段周径（臂围基础值）：以供监测可能发生的并发症。新生儿及小儿应测量双臂围。

4. 建立无菌区　①打开 PICC 无菌包，戴手套。②应用无菌技术，准备肝素帽、抽吸生理盐水。③将第一块治疗巾垫在病人手臂下。

5. 消毒穿刺点　①按照无菌原则消毒穿刺点，范围穿刺点上下 10cm 两侧至臂缘。②先用乙醇清洁脱脂，再用聚维酮碘消毒，等待两种消毒剂自然干燥。③穿无菌手术衣，更换手套。④铺孔巾及治疗巾，扩大无菌区。

6. 预冲导管。

7. 扎止血带，实施静脉穿刺　穿刺进针角度为 15°～30°，直刺血管。一旦有回血，立即放低穿刺角度，推入导入针，确保导入鞘管的尖端也处于静脉内，再送套管。

8. 从导引套管内取出穿刺针　①松开止血带。②左手示指固定导入鞘，避免移位。③中

指轻压在套管尖端所处的血管上，减少血液流出。④从导入鞘管中抽出穿刺针。

9. 置入 PICC 导管　将导管逐渐送入静脉，用力要均匀缓慢。

10. 退出导引套管　①当导管置入预计长度时，即可退出导入鞘。②指压套管端静脉稳定导管，从静脉内退出套管，使其远离穿刺部位。

11. 撤出导引钢丝　一手固定导管，一手移去导丝，移去导丝时，动作要轻柔。

12. 确定回血和封管　①用生理盐水注射器抽吸回血，并注入生理盐水，确定是否通畅。②连接肝素帽或者正压接头。③用肝素盐水正压封管。

13. 清理穿刺点，固定导管，覆盖无菌敷料　①将体外导管放置呈"S"状弯曲。②在穿刺点上方放置一小块纱布吸收渗血，并注意不要盖住穿刺点。③覆盖透明贴膜在导管及穿刺部位，加压粘贴。④在衬纸上标明穿刺的日期。

14. 通过 X 线拍片确定导管尖端位置。

撤出导管操作

1. 去掉敷料。

2. 于靠近穿刺点处捏住导管。

3. 缓慢地抽出导管，不可用暴力。

4. 如感觉有阻力，停止撤管，热敷 20～30 分钟再撤管。

【护理注意事项】

1. 穿刺时注意事项　①穿刺前应当了解病人静脉情况，避免在瘢痕及静脉瓣处穿刺。②注意避免穿刺过深而损伤神经，避免穿刺进入动脉，避免损伤静脉内膜、外膜。③对有出血倾向的病人要进行加压止血。

2. PICC 置管后的护理要点　①置管术后 24 小时内更换贴膜，并观察局部出血情况，以后酌情每周更换 1～2 次。更换贴膜时，护士应当严格无菌操作技术。换药时沿导管方向由下向上揭去透明敷料。②定期检查导管位置、导管头部定位、流通性能及固定情况。③每次输液后，封管时不要抽回血，用 10mL 以上注射器抽吸生理盐水 10～20mL，以脉冲方式进行冲管，并正压封管。当导管发生堵塞时，可使用尿激酶边推边拉的方式溶解导管内的血凝块，严禁将血块推入血管。④治疗间歇期每周对 PICC 导管进行冲洗，更换贴膜、正压接头。⑤密切观察病人状况，发生感染时应当及时处理或者拔管。

3. 穿刺后护理注意事项　①输入全血、血浆、蛋白等黏性较大的液体后，应当以等渗液体冲管，防止管腔堵塞。输入化疗药物前后均应使用无菌生理盐水冲管。②可以使用 PICC 导管进行常规加压输液或输液泵给药，但是不能用于高压注射泵推注造影剂等。③严禁使用小于 10mL 的注射器，否则如遇导管阻塞可以导致导管破裂。④护士为 PICC 置管病人进行操作时，应当洗手并严格执行无菌操作技术。⑤尽量避免在置管侧肢体测量血压。

4. 更换敷料、肝素帽及冲管。

5. 健康教育　①给病人做好解释工作，使病人放松，确保穿刺时静脉的最佳充盈状态。②告知病人保持局部清洁干燥，不要擅自撕下贴膜，贴膜有卷曲、松动、贴膜下有汗液时及时请护士更换。③告知病人避免使用戴有 PICC 的一侧手臂过度活动，避免置管部位污染。

第四节　外周静脉置管及维护

静脉留置针又称套管针，由先进的生物性材料制成，作为头皮针换代产品，已成为临床输液的主要工具。它的主要优点在于：减轻了病人由于反复穿刺而造成的痛苦，保护了血管，有利于临床用药和紧急抢救，并减轻了护士的工作量。

【适应证】　适用于静脉输注抗生素、化疗药、静脉营养及其他静脉用药，治疗时间为 5～7 天，需要反复多次静脉输液的病人。

【操作前准备】

1. 护士准备　评估病人病情及血管充盈情况，向病人及家属做好解释工作；着装整齐，按洗手规范洗手，戴口罩。

2. 病人准备　理解操作的目的，保持情绪稳定，排空大小便，取舒适的体位。

3. 用物准备　治疗盘内放药液、皮肤消毒剂、压脉带、小枕、无菌手套、专用敷贴、输液器、剪刀、弯盘、棉签、笔、胶布、输液卡、留置针（根据病人情况及输液要求选择不同型号）。

【操作步骤】

1. 取出导管针，去除针套，转动针芯使针头斜面向上。将已备好的静脉输液器的头皮针刺入肝素帽内，注意排尽空气，关闭输液器开关。

2. 左手绷紧皮肤，右手以拇指和示指夹紧导管针的护翼。

3. 针头与皮肤呈 15°～30°穿刺，见回血后，降低角度再将穿刺针推进 0.2～0.5cm。

4. 右手固定导管针、左手拔出针芯 0.5～1cm，左手将外套管全部送入静脉，松压脉带，嘱病人松拳。

5. 抽出针芯，用专用敷贴固定导管针，在敷贴上注明操作者姓名、留置日期和时间，然后固定肝素帽，取出压脉带。

【护理注意事项】

1. 导管应妥善固定，防止扭曲及滑动。

2. 再次输液时，用碘酊及 70％乙醇消毒肝素帽后用头皮针穿入肝素帽中。

3. 保持导管通畅，防止导管堵塞，再次输液前后用生理盐水 10mL 冲洗导管。

4. 留置针保留时间为 5 天，若局部有红肿疼痛的反应，应立即拔管。

5. 局部皮肤护理　①置管前皮肤准备：局部皮肤用剃毛器或剪刀清除长发，避免使用剃刀以免刮破皮肤，穿刺前皮肤消毒做到"三足够"，即足够的消毒剂，足够的时间，足够的范围。②置管后皮肤护理：尽量减少更换敷料频率，保持局部清洁干燥、无菌，敷料固定牢固。如有潮湿应及时更换，更换时先用 0.5％聚维酮碘消毒置管周围皮肤（10cm×10cm 范围）及外露导管，用无菌透明敷料覆盖。③每天在完整敷料表面触摸置管口部位及导管走向处有无触痛，局部有无红肿、渗液、疼痛，出现异常情况应立即拔管。

6. 健康教育。

（陈玉盘　谢燕萍　常晓畅　王玉花　李旭英

沈波涌　周莲清　邹艳辉　卢　平）

第 七 章
肿瘤科常用诊疗护理技术及护理配合

肿瘤科常用的诊断技术有实验室检查及仪器检查，其中实验室检查有甲胎蛋白、癌胚抗原、卵巢癌相关抗原-125、甲状腺球蛋白抗体、血清铁蛋白、降钙素、绒毛膜促性腺激素、γ-谷氨酰转肽酶、碱性磷酸酶、血常规等；仪器检查有 CT 检查、肿瘤 MRI 检查、正电子发射计算机断层显像（PET/CT）、核医学诊疗、螺旋 CT 透视引导下肺部穿刺活检术。常用治疗技术有脑室穿刺后与外引流术、脑血管造影、脑室-腹腔分流、腔内化疗、腹壁下动脉置管术、经皮穿刺肝肿块活检术、多弹头消融术等。

第一节　实验室检查及护理配合

一、甲胎蛋白

甲胎蛋白（AFP）的测定主要用于高危人群（肝硬化、睾丸肿胀）中诊断原发性肝细胞癌和胚胎细胞肿瘤（睾丸、卵巢、外生殖器肿瘤）。对肝细胞癌和胚胎细胞肿瘤病人的治疗和病程进行监测，如手术后或放疗、化疗期间或放疗、化疗后。AFP 增高提示肿瘤有增长或转移，通常较其他方法早数周或数月（提早 1~6 个月），但不适于肿瘤的筛查。治疗期间 AFP 继续增高提示该治疗方案无效。

【正常参考值】　<10μg/L（非妊娠成人和 1 岁以上儿童的 95％可信区间）。

【护理注意事项】

1. 清晨空腹时采血 2～3mL，注入干燥试管。

2. 放（化）疗的病人，由于肿瘤细胞急性破坏和肿瘤溶解综合征引起 AFP 释放，AFP 浓度可出现短暂的升高。

3. 未经治疗的肝癌、胚胎细胞肿瘤病人，临近晚期时 AFP 浓度可能下降，一般为肿瘤发生坏死所致。

4. 标本可通过邮件速递进行传送。4℃～8℃标本可稳定 1 周，－30℃可储存更长。

二、癌胚抗原

癌胚抗原（CEA）的测定主要用于诊断敏感度高的结肠、直肠癌和甲状腺髓样癌。血清 CEA 水平增高常见于食管癌、胃癌、大（小）肠癌、肺癌、肝癌、胰腺癌等，相当比例的病人如膀胱癌、乳腺癌、宫颈癌、甲状腺髓样癌、肾癌也可出现血清 CEA 水平升高。部分病人如吸烟、妊娠以及肺炎、心血管病、糖尿病、酒精性肝硬化、胰腺炎、非特异性结肠炎等疾病，亦可出现血清 CEA 水平升高。应做相关检查注意进行鉴别。

【正常参考值】　2.5μg/mL。

【护理注意事项】　清晨空腹时采血 2～3mL，注入干燥试管。

三、卵巢癌相关抗原- 125

卵巢癌相关抗原- 125（CA125）主要用于协助诊断卵巢癌。监测卵巢癌的治疗过程。在疑为胰腺癌病例中作为 CA19-9 之后的诊断次选肿瘤标志物。导致 CA125 水平升高的良性疾病，如子宫附件炎、子宫内膜异位、盆腔炎症性疾病、腹膜炎、急性胰腺炎、胆囊炎、慢性肝脏疾病、良性附件肿瘤等，应进行相关检查进行鉴别。

【正常参考值】　<35U/mL。

【护理注意事项】　清晨空腹时采血 2～3mL，注入干燥试管。

四、甲状腺球蛋白抗体

甲状腺球蛋白抗体（Tg）测定用于监测甲状腺癌已行全甲状腺切除或少量甲状腺残存时

血清 Tg 水平，监测值升高，则提示甲状腺癌复发或转移。对诊断甲状腺癌无特异性。

【正常参考值】　正常时，Tg 在甲状腺细胞内循环，血清中含量甚微。

【护理注意事项】　清晨空腹时采血 2～3mL，注入干燥试管。

五、血清铁蛋白

血清铁蛋白（SF）含量为监测恶性肿瘤标志物之一。增高：见于肝癌、肺癌、胰腺癌、乳腺癌、白血病。亦可见于急、慢性肝病，溶血性贫血，恶性贫血和反复输血者，以及感染性疾病、系统性红斑狼疮、严重急性呼吸综合征（SARS）病人发病初期、成人 Still 病。降低：缺铁性贫血、失血、长期腹泻造成的铁吸收障碍、儿童营养不良等。

【正常参考值】　$10～20\mu g/mL$，诊断恶性肿瘤时通常以$>200\mu g/mL$ 为阳性。绝经期妇女较低。

【护理注意事项】　清晨空腹时采血 2～3mL，注入干燥试管。标本应新鲜、避免溶血。

六、降钙素

免疫分析法测降钙素（PCT）可用于家系高危人群及临床怀疑甲状腺癌的病人的相关检测，对于手术治疗的病人降钙素可监测其转移及复发情况，为用于诊断和监测甲状腺髓样癌预后的特异和敏感的肿瘤标志物。增高：见于甲状腺髓样癌、肺小细胞癌、肾衰竭、恶性贫血、假性甲状腺功能减退、高钙血症。新生儿、儿童和孕妇因骨髓更新快，血清 PCT 水平也可升高。减低：甲状腺全切者在血中测不到 PCT。成年妇女 PCT 水平较男性低，且随年龄的增加而降低，停经妇女降低更明显。

【正常参考值】　男性$<14\mu g/L$；女性$<28\mu g/L$。

【护理注意事项】　清晨空腹时采血 2～3mL，注入不加抗凝剂的干燥试管。

血清 PCT 增高者结合临床表现，可指导病人选做甲状腺 B 超、摄 X 线全胸片和肾功能检查。血清 PCT 主要由血钙浓度控制和调节，血清钙浓度与 PCT 呈负相关。做 PCT 时应同时检测血钙。降低者应注意病史，结合血钙检查，综合分析后采取合适的纠正方案。

七、人绒毛膜促性腺激素

人绒毛膜促性腺激素（HCG）测定用于胚胎细胞肿瘤诊断、随访和疗效监测，妊娠和异

位妊娠、自然流产、染色体畸形的诊断。其他恶性肿瘤，如胃癌、结直肠癌、肝癌、胰腺癌、肺癌、卵巢癌、乳腺癌、肾癌中有部分病人 HCG 水平轻到中度增高，可进行胃镜、肠内镜、B 超、CT 等影像学检查及检测有关肿瘤标志物。

月经期、绝经妇女、性腺功能减退及肾功能不全病人血清 HCG 浓度可升高，分析结果时应注意鉴别。

【正常参考值】　男性与未绝经女性＜5U/L；绝经女性 ＜10U/L。

【护理注意事项】　清晨空腹时采血 2～3mL，注入干燥试管。

八、γ-谷氨酰转移酶

γ-谷氨酰转移酶（γ-GT 或 GGT）测定用于肝、胆系统疾病，心肌梗死后期，前列腺癌应用某些药物如巴比妥类药物等辅助检测项目之一。增高：①见于原发性和继发性肝癌，肝内、外胆道阻塞，胆管炎，急、慢性肝炎，病毒性肝炎，肝硬化，酒精性肝炎，肝淤血，前列腺癌，急性心肌梗死后期。②应用巴比妥类、苯妥英钠、抗抑郁的三环化合物，对乙酰氨基酚、抗凝血药香豆素、含雌激素的避孕药及降血脂药氯贝丁酯等。③ γ-GT 活力增高时，应结合其他肝功能、肿瘤学指标和影像学检查结果综合判断，无明显肝胆疾病时，需注意是否服用药物所致。

【正常参考值】　男：0～50U/L（速率法）；女：＜30U/L（速率法）。

【护理注意事项】　清晨空腹时采血 5～7mL，注入干燥试管。

第二节　仪器检查及护理配合

一、计算机体层摄影检查

计算机体层摄影（CT）是利用 X 线对人体层面扫描，取得信息后用计算机处理成像，密度分辨力高，可以提高病变的检出和显示清晰度。能够发现病变，准确判断病灶大小，部位，形态及数目，用于病变部位的检查和诊断。用于颅脑、胸部、腹部、骨骼、软组织等部位病变的检测和协助诊断。肿瘤特殊造影的禁忌证包括：①对碘有变态反应者（可选用非离子型且毒副作用较少的造影剂如优维显，但价格较贵）。②严重肺、肝、肾功能不良、衰竭者。

③严重高血压、心脏病（心肌病，冠心病）者。④甲状腺功能亢进者。⑤大出血（急性胃出血，咯血，膀胱出血）者。⑥各系统急性炎症期者。⑦代偿功能不良者（如高热，衰竭，哮喘等）。⑧过敏体质者。⑨妊娠期妇女。

【护理注意事项】

1. 检查前

（1）严格查对制度并询问病人有无过敏史、哮喘病史、对碘造影剂有无不良反应等，遵医嘱做碘过敏实验。

（2）头部扫描前将发夹、耳环、义齿等物品取下。

（3）体部扫描前将检查部位体表及衣物上的金属物品取下。

（4）胸腹部扫描指导病人做呼吸训练，腹部扫描需做好肠道准备，检查前当天禁食4～6小时，1周内不吃含碘及锌、铁等金属类食物，不做胃肠造影。

（5）盆腔扫描前禁食8～12小时，遵医嘱给予口服造影剂。

（6）做增强扫描前需空腹，禁食4～6小时。

（7）检查室备急救用物与药物。

2. 检查中

（1）严格控制造影剂用量，掌握注射速度及浓度。

（2）密切观察病人有无不良反应，出现异常，立即停止注射并保留血管内针头或导管，协助医师立即进行治疗或抢救。

3. 检查后　强化扫描后，需观察10～30分钟，指导病人多饮水，以促进药物排泄。

4. 造影剂外渗处理

（1）局部用30%～50%硫酸镁冷湿敷，抬高患肢。

（2）个别病人高压注药后12小时，穿刺部位可能出现肿胀或小水疱，可给予抗过敏、抗感染药物治疗，同时注意避免小水疱破溃而增加感染机会。通过治疗一般7～8天可痊愈。

5. 造影剂不良反应及处理

（1）轻度反应处理

1）症状　全身有热感与皮肤瘙痒，结膜充血，头痛，头晕，轻度心悸，喷嚏，咳嗽，轻度恶心，呕吐。

2）处理　①安慰病人，做好解释工作，及时通知医师。②密切观察，症状明显者服用抗

组胺药，以防进一步发展。

（2）中度及重度反应

1）症状　①中度：全身荨麻疹，轻度喉头水肿及支气管痉挛，胸闷气促，呼吸困难，声音嘶哑，眼睑、面颊、耳部水肿，严重呕吐，腹痛，肢体抖动。②重度：重度喉头水肿或支气管痉挛，休克，惊厥，昏迷，呼吸困难，面色苍白，四肢青紫，手足厥冷，手足肌痉挛，血压骤降，知觉丧失，大、小便失禁，肾衰竭，心脏搏动停止而死亡。

（3）处理

1）全身荨麻疹和/或血管神经性水肿　①肾上腺素 0.5mg 皮下注射。②苯海拉明 50mg 肌内注射。③喉头水肿者加用异丙嗪 25mg 肌内注射。④地塞米松 10～20mg 静脉注射。⑤吸氧。

2）喉头支气管痉挛　①肾上腺素 0.5～1.0mg 皮下注射，肌内注射或静脉注射。②异丙嗪 25～50mg 肌内注射或静脉注射或应用其他抗组胺药。③补充血容量。④血压下降可使用多巴胺、间羟胺。⑤给氧。以上处理应在医师指导下进行。

3）严密观察病情，及时测量生命体征。

二、磁共振检查

磁共振检查（MRI）是利用原子核在磁场内产生共振的原理，加上射频脉冲激励产生信号，经计算机处理重建成像，以帮助诊断。通过 MRI 对软组织密度高分辨力，多方位及多序列成像的特点，在一定程度上了解组织的病理及生化改变和功能变化，帮助显示病变范围及个体观察病变。临床用于颅脑及椎管内的肿瘤，感染，先天畸形，血管性病变，外伤，代谢性疾病，肺及纵隔肿瘤或感染，也用于观察腹部、腹膜后及盆腔病变性质，淋巴结转移及血管受累情况以及骨及软组织肿瘤病变部位的显示。肿瘤磁共振检查禁忌证包括：①在检查中不能保持体位者。②戴有心脏起搏器和人造心脏瓣膜植入者。③体内留置金属异物（金属假体，眼球内金属异物，动脉瘤用银夹结扎术后）者。④妊娠 3 个月内者。⑤在检查过程中有生命危险的急诊及危重病人。

【护理注意事项】

1. 检查前　①病人准备：说明检查目的，告知注意事项，取得病人的配合。②行腹部检查时宜空腹；膀胱检查时需留尿使膀胱充盈；使用金属避孕环的女性病人，若检查盆腔和腰椎，需先取出避孕环。③进入检查室前，禁止携带金属物品如义齿、首饰、打火机、银币、发夹、钥匙、磁性物品（信用卡，磁卡）、手表、通讯器材（BP机，手机）等。④禁止铁质轮椅、担架、监护仪及抢救用的金属器材进入检查室。⑤重病人做检查时应有临床医师陪同。

2. 检查中　①指导病人平静呼吸，勿随意运动，避免产生运动伪影而影响图像质量。②扫描检查时，检查时间较长，可能产生较大噪声，指导病人不宜紧张。

三、正电子发射计算机断层显像

正电子发射计算机断层显像（PET-CT）是将PET（功能代谢显像）、CT（解剖结构显像）两项技术相融合，实现PET-CT图像的同机融合，一次成像可获得PET图像及相应部位的CT图像，能准确地对病灶进行定性定位。准确鉴别肿瘤的良性、恶性，发现转移灶，预测放疗效果，评价疗效，指导治疗，检测治疗后有无复发。还可用于癫痫定位，早期冠心病诊断及健康体查。临床适应于：①全身恶性肿瘤早期诊断检查，对肿瘤进行良、恶性鉴别，对癌症进行分级、分期。②脑部疾病诊断，如抑郁症，帕金森病，老年性痴呆等。③心脏病诊断，如冠心病心肌缺血。④健康体查。

【正常参考值】　示踪剂氟化脱氧葡萄糖（简称FOG）注入体内后，在正常组织器官无聚集现象。

【护理注意事项】

1. 检查前　准确测量病人体重。

2. 全身检查　检查前禁食4小时以上，并排空小便，去除佩带的金属物件（项链，戒指，皮带，手机等），静脉注药1小时后检查。检查时，指导病人双臂上举，必要时在2小时左右进行延迟显像，用药后多饮水，加速药物代谢和排泄。

3. 头部检查　检查前禁食4～6小时，注射药物后30分钟左右进行检查，用药前后须闭眼静卧休息，避免过多活动。

4. 心肌代谢检查　检查前禁食，测血糖，必要时口服葡萄糖或使用胰岛素，控制血糖水平在理想状态，静脉注射药物后40分钟进行检查。

5. 心肌血流检查　可正常进食，静脉注射药物后10分钟左右进行检查，指导病人用药后静卧休息，勿自行走动，检查过程中保持情绪稳定。

6. 糖尿病病人检查前需要测血糖，必要时服降糖药。

四、核医学诊疗

（一）放射性核素显像检查（全身骨显像）

骨骼由有机物和无机物组成，其中无机物为矿物质，占骨组织的 2/3，矿物质主要为羟基磷灰石晶体，它广泛分布于骨骼中，对体液中可交换的离子或化合物能充分发挥离子交换或化学吸附作用。骨骼有病损时，病损区的骨骼可随血供大小而出现骨旺盛或低下，呈现成骨或溶骨两种变化。在新骨形成处，沉积较多的晶体表面吸附大量 99mTc-MDP 类药物，显像时出现"热区"，而溶骨区则表现为"冷区"。骨显像包括骨三相、骨四相、局部显像，全身扫描和全身分段显像及断层显像。放射性核素显像检查可确定肿瘤对所用核素的反应性。显示脏器和组织的形态、结果、大小及功能结构的变化。了解骨骼的血液供应和代谢状况，对骨骼疾病的诊断、监测和疗效观察具有重要价值。发现隐匿、微小的转移灶。放射性核素显像检查适应证包括：①有恶性肿瘤病史，早期寻找转移灶，治疗后随诊。②评价不明原因的骨痛和血清碱性磷酸酶升高。③早期诊断骨髓炎。④临床怀疑骨折。⑤已知原发骨肿瘤，检查其他骨骼受累情况及转移病灶。⑥临床可疑代谢性骨病。⑦诊断缺血性骨坏死。⑧骨活检的定位。⑨观察移植骨血供和存活情况。⑩探查、诊断骨、关节炎性病变和退行性病变。⑪评价骨病变治疗后的疗效。

【护理注意事项】

1. 检查前 ①仔细核对姓名、放射性药物名称、化学形式和活度是否符合要求。②根据检查要求，指导病人禁食和停用影响检查的药物，近期使用钡剂者，须将钡剂排出后再行检查。③去除身体上的金属物品以防导致伪影。④操作者穿戴专用的个人防护用品（工作服、口罩、鞋、手套），必要时戴铅防护眼镜及穿铅围裙，要求技术操作熟练，尽可能缩短操作停留时间。⑤指导病人排空小便，必要时导尿。

2. 检查中 ①指导病人放松平躺，不得移动躯体。②给药剂量准确，按计划准确吸取药量，经活度计测量后，再经两人核对药物种类、给药剂量、病人姓名无误时才能用药。③严格遵守操作规程，防止注射药物渗漏于血管外，如有异常，立即报告医师。④注射显像剂后2 小时内，指导病人饮用足够的水，避免尿液、显像剂对病人体表的污染。如发现已污染，需先清除后再显像，或做断层显像予以鉴别。

3. 检查后 ①给药后，操作者详细登记姓名、药物来源、药物剂量、给药方式、给药时间、有无不良反应并签名。②使用后的注射器及其他器皿，根据使用核素衰减种类和半衰期长短分类放置于贴有标签的放射性废物袋内，并在标签上注明废物种类和丢弃时间，放置于放射性废物库内保存待衰变。

附 1　常用核素种类及半衰期

^{131}I：用于甲状腺癌、淋巴瘤治疗。甲状腺的有效半衰期为 3.5～4.5 天，物理半衰期为 8.04 天。

^{153}Sm：用于骨转移治疗，物理半衰期为 46.3 小时，生物半衰期为 520 小时。

^{89}Sr：体内半衰期为 50.5 天。

^{32}P：用于血液病、多发性骨髓瘤、卵巢癌腹腔转移、前列腺癌转移的治疗。物理半衰期为 14.3 天。

（二）放射性核素治疗

放射性核素治疗主要是通过高度选择性聚集在病变部位的放射性核素及其标记物所发射出射程很短的 β 粒子或 α 粒子，对病变进行集中短距离放疗。在局部产生足够的电离辐射生物学效应，达到抵制或破坏病变组织的目的，而邻近的正常组织和全身辐射吸收剂量很低。利用核射线对生物大分子的电离和激发，定向地破坏机体中的病变组织或改变组织代谢，达到治疗疾病的一种治疗手段。放射性核素治疗的适应证包括：①原发灶不明的全身骨转移伴疼痛者。②恶性肿瘤骨转移者。③深部肿瘤无法用手术切除者。其禁忌证包括：①病人濒临死亡。②病人有极严重的贫血、恶病质，有可能因病情恶化随时威胁病人生命。③病人或家属不了解，不接受放射性核素治疗；儿童、妊娠、哺乳期妇女。

【护理注意事项】

1. 核素治疗注意事项同"核素显像检查"前、中、后相关内容。

2. 核素治疗有效镇痛期一般为 3～6 个月，如有必要，遵医嘱可接受再次治疗，间隔在 3 个月以上，遵医嘱按时复查。儿童不宜使用。

3. 给药方法包括静脉注射和口服给药。口服给药时，注意观察病人的吞咽情况，所服药不能漏出口腔外，并观察药物是否已全部吞服，注意病人有无发生呕吐。

4. 核素治疗设"三区制"（即无活性区、活性区、高活性区），无活性区为医护人员工作场所，活性区为病区，高活性区为放射性核素储存、分装场所，三区之间有严格的分界和过渡通道。

5. 配药室应靠近病房，尽量减少放射性药物和已接受治疗的病人通过非限制区，给药室与检查室分开，如必须在检查室给药时，应有相应的防护设备。

6. 进行操作前，操作者必须穿戴防护衣、一次性手套、口罩、帽子和鞋，必要时戴铅防护眼镜及穿铅围裙。

7. 使用自行制备的放射性药物操作时，应在通风橱内进行，所有器械和放射性物质应放在铺有干净滤纸的托盘中，防止药物溢出。

8. 除备有医疗急救设备及药品外，应备有清除放射性污染的应急器材和用品。

9. 病人和工作人员的厕所及淋浴室严格分开。

10. 门诊及出院病人应注意避免或减少受治者家人受到照射并注意防护。①病人住单人房，条件不允许时应睡单人床。②病人不要抱婴幼儿，不要与家人密切接触，哺乳期的妇女应停止哺乳。③病人单独使用生活及个人卫生用品，单独清洗和存放。④大小便后，用大量清水冲洗便池，防止污染便池以外的地面和物品。⑤门诊病人服用放射性药物反应重或症状明显加重时，应立即到医院就诊。

11. 住院病人应注意避免和减少对医护人员及家属陪护受到照射并注意防护。①每间病房设 1～2 个床位，床间距离大于 1.5m。②在病人床头或门上设标志牌，注明使用放射性药物的种类、放射性活度、使用日期。③病人活动范围限制在病房内，使用指定厕所，其一切用物均视为被污染品，未经监测不出病房，应避免相互之间串门。④观察病情，做必要的临床检查及护理时，应尽可能缩短在病房内的停留时间或设铅屏防护，与病人之间距离在 3m 以外。⑤接触病人衣物、洗漱用品、餐饮用具后，用肥皂及流动水洗手。⑥陪护不在病房内进食、喝水、吸烟及睡觉，不靠近病人聊天。⑦孕妇、哺乳期妇女、婴幼儿和少年儿童不得进入病房探视。

12. 除有临床指征外，一般不主张外照射治疗或化疗同时应用。

五、脑血管造影

脑血管造影是将碘造影剂注入颈动脉或椎动脉使脑血管系统显影，以了解脑血管的形态、病变的血供、病变与血管的关系、病变的性质，并对占位病变定位，是观察脑内血管情况的最佳手段。脑血管造影的适应证包括：①颅内血管性病变，如动脉瘤、血管畸形等。②脑内和蛛网膜下腔出血的病因检查。③观察占位病变的血供与临近血管的关系及某些肿瘤的定性。其禁忌证包括：①对造影剂和麻醉剂过敏者。②有严重出血倾向者。

【护理注意事项】

1. 术前护理　①做碘过敏试验。②备皮：术前 1 天行双侧腹股沟、会阴部、大腿备皮，注意勿损伤皮肤。③术前 4 小时禁食，防止呕吐。必要时术前 30 分钟口服抗过敏药和镇静剂，减少术中不良反应。

2. 术后护理　①平卧 24 小时，患侧肢体制动 6 小时，协助病人生活护理。沙袋压迫穿刺点 12 小时，观察局部皮肤温度、湿度、颜色，有无渗血、肿胀，观察同侧下肢末梢循环及足背动脉搏动情况，防止血栓形成而导致下肢缺血坏死。②严密观察神志、瞳孔、生命体征变化，以及有无偏瘫、失语、癫痫发作等脑缺血症状。③注意尿量，观察其颜色、性状。嘱病人多饮水，必要时补液，利尿，促进造影剂排出，并监测肾功能。④避免剧烈咳嗽、大笑、屏气等增加腹压的动作，咳嗽时压紧伤口，如有头痛、头晕、呕吐，及时报告医师。⑤术后 24 小时拆绷带，取下敷料。

第三节　常用治疗技术及护理配合

一、脑室穿刺与持续外引流术

脑室穿刺引流术是神经科常见的抢救技术，用于急救或诊断某些颅内压增高疾病，通过穿刺放出脑脊液以抢救脑危象和脑疝病人。对脑室扩大的病人，于脑室穿刺放液减压后即行脑室外引流术。脑室穿刺与持续外引流术的适应证包括：①对颅内肿瘤或其他脑室系统梗阻性疾病行脑室造影进行诊断。②对颅内占位性病变或颅内粘连、导水管梗阻导致侧脑室扩大，具有严重颅内压增高征象，或出现脑疝危象进行减压放液。③颅脑术后有颅内压增高者，行脑室穿刺进行脑室放气、放液或引流。④脑室出血，行脑室穿刺引流，用以急救。其禁忌证包括：①靠近脑室的脑脓肿。②广泛性脑水肿，脑室狭小者。

【操作方法】

1. 额部　为最常见穿刺点。取仰卧位，于发际或冠状缝前 2cm，中线旁 3cm 处钻孔，以脑室穿刺针或脑血管造影针向相向双外耳道连线方向平行刺入。

2. 顶部　为较常见穿刺点。取侧卧位，于枕外粗隆上 7cm，中线旁 3cm 处为钻孔点，作切口及颅骨钻孔，穿刺方向朝向眉间。

3. 颞部 外耳道上后方 3cm 处为钻孔点。右利者左侧禁用，因易造成感觉性失语，此径路已很少应用。

4. 眶顶 于眉毛中点、眼眶上缘和眼球之间作为穿刺点。因伤及血管及出血机会较多，故只作为紧急抢救减压之用。

选择上述各穿刺点进针时，当穿刺针进入脑皮质 2～3cm 后即拔出针芯，穿入脑室后管内即有脑脊液流出。放脑脊液速度应缓慢，一般放至正常压力为止。须行脑室外引流者拔出穿刺针，置入引流管，缝合头皮连接脑室外引流装置。根据病情调节引流速度和高度，固定引流系统。

【护理注意事项】

1. 术前护理 ①向病人家属解释穿刺引流的目的、意义及术中可能出现的意外。②准备用物，剃除头发，并用 75％乙醇消毒头皮。非紧急情况下，肌内注射 100mg 苯巴比妥以镇静。

2. 术后护理 ①术后密切观察病人神志、瞳孔、生命体征的变化，发现异常及时通知医师处理。对意识不清、躁动、有精神症状不合作者予以约束，防止自行拔管或引流管脱出。②引流袋悬挂于距侧脑室 10～15cm 高度，以维持正常颅内压。保持引流管通畅，随时观察水柱波动情况，缓慢持续引流脑脊液。防止引流过量、过快，以免导致低颅压性头痛、呕吐、硬脑膜外或者硬膜下血肿、甚至脑疝。如引流管阻塞，可在无菌操作下用注射器抽吸，严禁冲洗。保持穿刺部位敷料干燥，保持引流系统的密闭性，预防感染。③搬动病人时暂时夹闭引流管并妥善放置，以防止脱出。④拔管前 1 天夹闭引流管并密切观察，如出现头痛、呕吐等症状，立即报告医师开放引流管。⑤拔管后，如切口处有脑脊液漏，应通知医师缝合，以免引起颅内感染。⑥严重颅内高压、术前视力明显减退者应注意观察视力变化。

二、胸腔闭式引流护理

胸腔闭式引流是指通过胸壁置管进入胸膜腔另一端连接胸腔闭式引流装置，以引流胸膜腔积液或积气的方法。用于气胸、血胸、气液胸、脓胸及各种开胸手术后病人的引流。其适应证包括：①用于诊断，如抽胸水进行实验室检查。②用于治疗，如抽液或抽气减压；胸腔内注射药物。其禁忌证为：①严重出血性疾病。②体质衰弱不能耐受手术者。

【操作前准备】

1. 病人的准备

（1）对病人进行胸膜腔穿刺术前的准备，了解病情及穿刺目的。

（2）向病人介绍穿刺目的及其并发症，并请其配合，签署胸膜腔穿刺同意书。

（3）消除顾虑，必要时可术前半小时口服地西泮 10mg 或可待因 0.03g。

（4）询问有无药物（特别是局麻药利多卡因）过敏史。

（5）术前测脉搏、血压。

（6）安置病人适当的体位，对照辅助检查再次进行简单的物理诊断，复核相关的体征，确定穿刺点并以甲紫标出进针点。

（7）嘱病人排尿。

2.用物准备

（1）常规消毒治疗盘 1 套。

（2）无菌胸膜腔穿刺包：内有胸腔穿刺针（针座接胶管）、7 号针头、血管钳、刀片、缝针、缝线、洞巾、纱布等。

（3）胸腔闭式引流储液装置、一次性无菌胸管。

（4）无菌手套 2 双。

（5）药品 2%利多卡因注射液 5mL×1 支，0.1%肾上腺素注射液 1mL×1 支。

（6）注射器 5mL、20mL、50mL 注射器各 2 副。

（7）其他用物 血压计、听诊器、护创膏、凡士林纱布、甲紫，按需要准备酒精灯，试管 2 支、培养管 1 个、病理标本瓶 1 个、胸腔注射用药、无菌生理盐水 1 瓶（脓胸病人冲洗胸腔用），化验单。

【护理注意事项】

1.术前向病人简要说明闭式引流的目的、意义、过程及注意事项，以取得病人的理解与配合。

2.保持引流装置的密闭 ①随时检查引流装置是否密闭及引流管有无脱落。②水封瓶长玻璃管没入水中 3～4cm，并始终保持直立。③置胸腔引流管的胸壁周围用油纱布包盖严密。④搬动病人或更换引流瓶时，需双钳夹闭引流管近胸腔一端，以防空气进入。⑤引流管连接处脱落或引流瓶损坏，应立即双钳夹闭胸壁引流管，并更换引流装置。⑥若引流管从胸腔滑脱，立即封闭伤口处皮肤，并通知医师做进一步处理。

3.严格无菌操作，防止逆行感染 ①引流装置应保持无菌。②保持胸壁引流口处敷料清

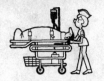

洁干燥，一旦渗湿，及时更换。③引流瓶应低于胸壁引流口平面60～100cm，以防瓶内液体逆流入胸膜腔。④按规定时间更换引流瓶，更换时严格遵守无菌操作规程。

4. 保持引流管通畅　胸腔闭式引流主要靠重力引流。有效地保持引流管通畅的方法有：①病人取半坐卧位。②定时挤压胸膜腔引流管，防止引流管阻塞、扭曲、受压。③鼓励病人做咳嗽、深呼吸运动及变换体位，以利胸腔内液体、气体排出，促进肺扩张。

5. 观察和记录　①注意观察长玻璃管中的水柱波动。因为水柱波动的幅度反映死腔的大小与胸膜腔内负压的大小。一般情况下水柱上下波动4～6cm。若水柱波动过高，可能存在肺不张；若无波动，则提示引流管引流不畅或肺已完全扩张；但若病人出现胸闷气促、气管向健侧偏移等受压的症状，应疑为引流管被血块阻塞，需设法捏挤或使用负压间断抽吸引流瓶的短玻璃管，促进其通畅，并立即通知医师处理。②观察引流液的量、性质、颜色，并准确记录。

6. 鼓励病人每2小时进行一次深呼吸和咳嗽练习，或吹气球，以促进受压萎陷的肺组织扩张，加速胸腔内气体排出，促进肺尽早复张。

7. 拔管　一般留置引流48～72小时后，观察无气体溢出，或引流量明显减少且颜色变浅，24小时引流液<100mL，脓液<10mL，X线胸片示肺膨胀良好且无漏气，病人无呼吸困难，即可拔管。在拔管时嘱病人先深吸一口气，吸气末闭气时迅速拔管，并立即用凡士林纱布和厚敷料封闭胸壁伤口，外加绷带包扎固定。拔管后注意观察病人有无胸闷、呼吸困难、切口漏气、渗液、出血、皮下气肿等，如发现异常应及时通知医师处理。

三、引流管护理

引流是指使器官、体腔、组织内积聚的内容物排出体外或引出的措施，广义的引流还包括胃肠减压、留置尿管、各种造口或吻合口、瘘口等。引流管的主要作用为：①将创腔渗出液排出体外，促进炎症减退。②便于术后观察，早期发现出血、肠瘘等。③减压作用，防止吻合口瘘。④支撑作用，防止吻合口狭窄。引流管的适应证包括：①手术污染比较严重，引流以使炎性渗液排出。②手术区渗血未彻底制止，估计仍有可能渗血或可能因此形成腔隙者，放置引流以防积血及引起感染。③脓肿切开术后放置引流可使脓液及内容物持续排出，避免引流不畅，从而使脓腔逐渐缩小。④肝胆胰及泌尿系手术后估计可能缝合口或吻合口外渗，放置引流以排出刺激性或已感染的液体。⑤减压需要。胆道和泌尿系手术后，于管内放置引流管，以减轻吻合口压力，同时支撑吻合口以防止变窄。⑥胸腔手术后，气胸、血胸等放置水封瓶闭式引流，以促进肺组织早日膨胀。⑦消化道吻合或修补术后，预防吻合口瘘。⑧减少各种瘘管流出物污染敷料及刺激周围皮肤，放置引流管引出大部分流出物。

【操作前准备】

1. 评估　生命体征是否平稳；引流管是否连接正确、固定稳妥；引流液的颜色及引流量。

2. 用物准备　手套1副、聚维酮碘、棉签、量杯、止血钳2把、无菌引流袋1个。

【护理注意事项】

1. 根据病情选择合适的引流物。

2. 引流宜采用捷径通路，低位放置，不能绕过很多器官。

3. 引流物妥善固定，一方面防止其落入腹腔或切口内，另一方面也要防止其脱出。一般应缝合固定，利用安全别针只能保证引流管不进入腹腔内，但不能保证其不脱出。

4. 不能将引流管放在吻合口上或穿孔修补处，不能直接压迫大血管、神经、肠管等处；使用腹带应避免对引流管的压迫。

5. 保持引流通畅，引流口不要过紧，不能打折。

6. 放置引流管超过5天一般要更换，此时多已形成窦道或瘘管，拔出原来的引流管后，迅速将已消毒好的同管径或稍细一些的引流管沿原路放入，可放置原深度。

7. 引流物一般不通过切口引出，以免发生感染、切口裂开或切口疝，可自旁边的小孔引出。

8. 尽量缩短引流时间，因引流物为异物，可刺激组织渗出，延长急性反应期，还可增加继发感染或腹腔粘连的机会。

9. 观察记录引流物的性质和量，以判断病情变化，为治疗提供重要依据。

10. 定时倾倒更换引流管、引流袋，袋内引流物不能倒流，严格无菌操作。

11. 做好引流口周围皮肤保护。

12. 各种引流管护理

（1）留置胃管　妥善固定，保持通畅，不宜过早拔管及进食，防止吻合口瘘。

（2）胸壁及腹腔引流管　了解放置位置，妥善固定，观察颜色、量的变化，了解出血、感染、吻合口瘘的发生原因。有瘘管、伤口渗液多可粘贴造口袋。

（3）留置导尿管　严格无菌操作，选择适当的导尿管，及时正确处理引流不畅，保持尿道外口清洁，尽早拔管，拔管前夹管训练膀胱功能。

（4）持续膀胱冲洗　保持引流通畅，注意颜色、冲洗速度，防止堵管，能进食者多饮水。

（5）膀胱部分切除术后耻骨上膀胱造瘘管　拔管时间一般为术后 10～12 天，拔管前应做夹管试验，拔管后注意排尿情况。

（6）回肠代膀胱术后输尿管支架管　经左右输尿管内放置硅胶管并经肠代膀胱引出两条支架管于体外，利于尿液直接排出，减轻肠代膀胱的压力，使肠代膀胱逐步适应充盈的环境。支架管分别做好标记，并分别准确记录量及颜色变化，如尿量减少，提示尿漏发生的可能或支架管不通畅，应及时通知医师处理，一般术后 10～12 天可拔管。

（7）肠膀胱造瘘管　乙状结肠黏液分泌物多，易造成管口堵塞，使肠代膀胱内压力增大而造成反流导致感染，甚至加重肠代膀胱与输尿管吻合口之间的裂隙。每天用生理盐水 20mL 加庆大霉素 8 万 U 或甲硝唑 20mL，交替低压冲洗重建新膀胱，冲洗时不宜用力过猛，注意冲洗液的流向。同时注意观察有无腹痛、腹胀，有无尿液自腹腔引流管流出。

四、脑室-腹腔分流术

脑室-腹腔分流术是将一组带单向阀门的分流装置置入体内，将脑脊液从脑室分流到腹腔中吸收，简称 V-P 手术，是目前神经外科治疗脑积水的常用方法，其创伤小、操作简单、效果可靠，临床应用较为普遍。

【操作方法】　取仰卧位，头转向切口对侧，行头部切口及脑室穿刺置管。部位可选择额部、颞部、顶枕部，分别对应于侧脑室额角、三角区、枕角。分流管的脑室端置入深度一般为 8～10cm，分离皮下隧道，放置分流阀门，分流管从头部经耳后、颈部、胸部到达腹部；分流管腹腔端经左下腹或上腹部置入腹腔、腹壁切口 3～5cm，置入腹腔内的导管长度为 20～40cm。脑室端置管成功后连接分流阀，再连接腹腔端，按压分流泵证实脑脊液自腹腔端流出后才能置入腹腔。

【护理注意事项】

1. 术前护理　①备皮：剃光头及腹部皮肤准备（从剑突到剑突下 10cm）。②遵医嘱使用抗生素。③做好心理护理，使病人积极配合。④禁食 12 小时，禁饮 4～6 小时。

2. 术后护理　①术后第 1 天床头抬高不宜超过 30°，以免减压太快。卧床休息时采用健侧卧位，避免剧烈的体位改变。②定时按阀门，防止引流管阻塞（手术时用甲紫做好阀门标记）。术后 1～3 天每 3～4 小时按阀门 15 次左右。头痛、呕吐剧烈时可多按阀门，以促进脑脊液流入腹腔，减轻头痛。③肛门排气方可进流质饮食，逐渐过渡到普食。④观察有无颅内血肿的发生（脑室腹腔分流可在短时间内使颅内压下降较快，因皮质塌陷、血管拉长、断裂而易形成硬膜外血肿或者硬膜下血肿），密切观察神志、瞳孔及生命体征变化。⑤注意腹部症状，如腹痛、腹胀、恶心、呕吐、食欲下降等，主要是脑脊液对腹膜的刺激所致。如 1 周后症状不改善或者加重，提示并发腹膜炎的可能。⑥观察伤口有无红、肿、热、痛及渗液，遵医嘱使用抗生素。⑦鼓励病人行深呼吸、有效咳嗽，保持大便通畅，避免憋气动作和头部撞击。

3. 并发症及其处理

（1）感染 常见的感染有颅内感染和局部感染。术后 7 天病人体温仍然较高，应观察有无颅内感染或局部感染发生。根据细菌培养结果选用适当的抗生素，除全身用药外，还可做鞘内注射。如效果不明显，需及早取出分流管，施行脑室外引流，待感染控制后再行 V-P 手术。

（2）分流管阻塞 包括脑室端阻塞和腹腔端阻塞，需再次行分流术。如其分流管的脑室端尚通畅，可仅更换其腹腔端。

（3）脏器穿孔 为分流管在腹腔随脏器活动而穿透脏器所致，常见有肠穿孔、腹壁穿孔、脐穿孔、胸腔穿孔等。一旦脏器穿孔应行分流管取出术。

（4）低颅压综合征 术后造成低颅压症状的原因有两个：①分流管选择不当。②病人直立时脑室内压低于大气压，导致过度分流。其症状表现为头痛、头晕、恶心等。最简单而有效的方法是将低压阀门更换成高压阀门（较原先高出 20～30mmH$_2$O 即可）。

五、直肠癌根治术后骶前引流管护理

直肠癌根治术后盆腔常有渗液、渗血，如引流不畅会造成积液、感染等，可诱发切口感染及吻合口瘘的发生。通过引流管可及时发现出血、肠瘘、尿瘘等并发症。双腔管侧孔进入的气体可避免负压过大引起而管道堵塞及组织损伤。术后 4～5 天夹闭双腔进气管，使引流管产生的负压增大，从而封闭骶前腔隙。

【操作前准备】 参见"引流管护理"相关内容。

【护理注意事项】

1. 引流管的选择与放置　经会阴放置于骶前间隙，从会阴部正中切口两侧引出，用缝线固定于皮肤上。引流管的长短大小要适宜。管道过短，病人翻身不便，同时不便于护士观察与操作；管道过长增加了引流管道的无效死腔，易引起无效引流。

2. 引流管的固定和压力　①术后尽快接好引流装置并固定。②引流装置与引流管必须置于同侧，防止交叉受压影响引流。③使用适当稳定的负压，压力 2～4kPa，防止负压过大引起组织损伤及内出血。

3. 引流管的挤压方法和观察　①阻塞原因：坏死组织脱落、凝血块、纤维蛋白凝块阻塞或为盆底组织的压迫。②处理：术后经常离心挤压引流管，以免被血块堵塞，可变换体位解除压迫，恢复通畅。

4. 引流管冲洗　①术后 4～5 天引流液为淡红色，确定会阴伤口无活动性出血时，可以开始冲洗治疗。②冲洗过程观察有无液体流入引流瓶，冲洗完毕后及时更换敷料，当引流液为淡红色或无色时，可考虑停止冲洗，拔除引流管。

5. 观察引流物的性状及引流量　①术后 24 小时引流量常为 100～200mL，颜色暗红。②第 2 天 80～100mL，颜色淡红。③第 3 天为少许淡黄色浆性液，若增多、色鲜红，伴休克，示有活动性出血。④若引流量特多、色淡，注意有无输尿管损伤。

6. 严格无菌操作　①会阴部分泌物较多，易集聚，导致盆腔感染的发生，表现为腹部肿胀不适，明显触痛，体温超过 38℃。处理：拆开会阴切口，充分引流，选择敏感抗生素。②会阴置管周围用 1∶5000 高锰酸钾稀释液擦洗，臀下垫无菌尿垫，及时更换，保持平整干燥，防止局部感染和压疮。

7. 拔管指征　①会阴部引流管多在术后 3～4 天拔除，若引流量少于 10mL/d，体温正常，盆腔无感染迹象，即可拔管。②若会阴留窦道，用 1∶5000 高锰酸钾稀释液坐浴；若窦道经久不愈，可能是局部肿瘤残留或复发，应将可疑组织行病理学检查，以明确诊断。

8. 双腔管引流不畅的原因及对策

(1) 引流不畅的判断　引流有效时，可见引流管水平段液体在负压作用下往外流动。引流不畅时，该现象消失，进气口或引流口周围渗液较多。如腹腔残留积液多或有活动性出血时，感腹部胀痛不适，甚至有休克表现。

(2) 原因及对策　①管外因素：引流管折曲受压或缝线过紧。吸引系统故障，储液瓶引流出口堵塞；储液瓶盖不严；瓶盖与吸引器的连接管老化；负压动力障碍，无负压或负压过大、过小；体位因素。②管内因素：术中引流管放置不当；内套管血块堵塞；进气内管堵塞。

9. 引流管口周围皮肤保护

（1）皮肤保护目的　①收集渗出物，控制臭味。②保护皮肤，促进创面愈合，预防感染。③提供舒适体位，减轻病人焦虑。④准确计量，为医疗提供依据。⑤减少护理工作量和减少经济负担。

（2）皮肤保护措施　①油性保护膏：氧化锌、凡士林。②透明薄膜。③猪油膏。④创口保护膜。⑤皮肤保护膜、保护粉。⑥造口袋并持续负压吸引。

六、肿瘤腔内治疗及护理

（一）恶性胸腔积液的治疗及护理

恶性胸腔积液是肿瘤病人常见的并发症，对于恶性胸腔积液的治疗，应根据病人有无症状、胸腔积液增加速度、肿瘤类型以及对全身化疗的敏感性等决定是否进行胸腔内治疗。单纯胸腔穿刺排液或胸腔闭式引流可以立即缓解压迫症状，如果同时进行腔内化疗或注入硬化剂，有可能长期控制恶性胸腔积液。还可以采用放疗、胸膜切除术等方法治疗胸腔积液。

【护理注意事项】

1. 胸腔穿刺引流的护理　使用 7～24F 的小孔径引流管进行胸腔穿刺引流，可以在很大程度上减轻病人的痛苦，而且操作简便易行，既可引流，又可进行胸腔注药。护理的关键在于固定引流管，保持引流管通畅以及避免感染。

（1）术前护理　备齐用物，包括胸腔穿刺包、胸腔闭式引流管、专用引流袋等。向病人介绍手术目的、操作方法，讲解术中及术后注意事项，给予心理支持，缓解紧张情绪。

（2）术中及术后护理　①术中注意观察病人有无疼痛、呼吸困难、心慌、大汗等表现，及时配合医师进行处理。置管成功后，妥善固定，连接专用引流袋，调节到适合病人的引流速度。②胸膜腔积液引流后，肺组织复张，病人常自觉呼吸困难缓解。但有部分病人同时出现胸部疼痛加重，主要由于胸膜腔积液中的纤维蛋白等沉积造成胸膜不光滑所致，可以口服止痛药物，控制疼痛。③定期更换贴膜（每周 2 次，贴膜汗湿或有卷曲时及时更换），观察伤口有无红肿、脓性分泌物，监测体温变化，及时发现感染征象，必要时做胸腔积液细菌培养。④记录胸腔积液的量和性质，连续引流时每天引流量应控制在 1000～1500mL，一般要求将

胸腔积液引流干净（少于 50～100mL/24h），再进行胸腔化疗。对于体弱不能耐受或有其他并发症的病人，应将引流量控制在 500～800mL 以内，避免复张性肺水肿的发生。

2. 胸腔化疗病人的护理　①每次注药前均需确认引流管位于胸腔内，尽量将胸腔积液充分引流后再行胸腔化疗。②为保证化疗药物能够充分与胸膜接触，一要注意将药物溶解在足量的生理盐水中，二要保证注药后充分变换体位。③注药前和注药中应观察两侧胸壁厚度变化，如遇注药阻力大或胸壁变饱满，应停止注药，检查引流管位置。如果发生药物注入胸壁，按外渗护理常规处理。

（二）恶性心包积液的治疗及护理

恶性心包积液常是肿瘤病人终末期的表现之一，许多心包转移的病人无症状，其症状与心包积液产生的量和速度有关。主要表现为心脏压塞症状：如心力衰竭、呼吸困难、端坐呼吸、心悸、头晕、颈静脉怒张，多数同时伴有胸腔积液。体格检查可有心包摩擦音、心动过速、心音遥远、心律失常、奇脉、心脏浊音区扩大、颈静脉怒张、肝大、腹腔积液和下肢水肿等。

对于无症状或有轻微症状又无心血管功能障碍者，经全身治疗即可。对于心脏压塞病人应立即进行心包穿刺排液，缓解症状，抢救生命。进一步治疗应根据肿瘤类型、既往治疗经验、病人的一般状况及预后决定。局部治疗包括心包穿刺排液、心包腔内化疗及心包部分切除术。对于预期存活时间较长的病人，应避免使用硬化剂，因为这些药物可以导致缩窄性心包粘连。

【护理注意事项】

1. 病人症状不明显时，可以轻度体力活动。必要时卧床休息，吸氧，做好生活护理。

2. 当出现心脏压塞症状时，及时进行心包穿刺引流。

3. 当心包引流完成后，进行心包腔内化疗。应将药物溶解在少量液体内，缓慢注入，避免造成心脏压塞。注药过程中，注意观察病人的心率、节律、呼吸、神志、血压等变化情况。如果出现心脏压塞症状，应立即将药液抽出，就地进行抢救。另外，需观察病人有无心脏压塞缓解后出现一过性的心脏收缩功能不良的表现。

（三）恶性腹膜腔积液的治疗及护理

恶性腹膜腔积液也是恶性肿瘤晚期的并发症之一。腹膜腔积液病人常感乏力、腹胀、下肢水肿、呼吸困难等。体格检查时可见移动性浊音阳性。恶性腹膜腔积液经常采用腹腔内化疗和/或使用生物制剂，局部化疗药物浓度比全身给药高 5~8 倍。

【护理注意事项】

1. 病人取半卧位，有助于缓解呼吸困难，必要时给予吸氧；抬高下肢，有助于减轻水肿。

2. 指导充分休息，适当运动；补充高蛋白、高维生素、高热量饮食，必要时给予静脉营养支持。

3. 监测腹围变化，严格记录出入量；腹水引流以及利尿后，应注意病人血压变化，避免出现低血压休克。

4. 腹腔注药需在腹水充分引流后进行，将药物溶解在 1000~2000mL 液体中进行灌注，注药过程中注意观察有无不良反应出现。

（四）脊髓腔内化疗

脊髓腔内化疗通常是通过腰椎穿刺，鞘内注射给药。一般以生理盐水 5mL 或脑脊液将药物稀释，缓慢注射。同时可以给予地塞米松 5~10mg 鞘内注入。

【护理注意事项】

1. 鞘内给药后，让病人去枕平卧 6 小时。

2. 观察病人有无头痛、恶心等不良反应。

3. 不可过浓、过快注入药物。

（五）膀胱腔内化疗

膀胱腔内化疗的目的是辅助手术治疗，防止术后复发，减少手术过程中肿瘤种植机会。另外，膀胱腔内化疗对于多灶复发的浅表膀胱癌可起到较好的治疗作用。

【护理注意事项】

1. 灌注前应排空膀胱。

2. 将药物溶解在 40~60mL 溶液中，经过导尿管注入膀胱腔内。

3. 注药后应每隔 15 分钟左右变换一次体位，以便药物与膀胱内病变充分接触。

4. 将药物保留在膀胱腔内 2 小时左右再排尿。

七、腹壁下动脉置管术的护理

宫颈癌化疗包括动脉化疗和静脉化疗两种途径。经腹壁下动脉插管化疗是最常用的插管

方法。主要适应于中晚期宫颈癌病人或复发的病人，现也常用于巨块型宫颈癌的术前新辅助化疗。方法是经腹壁下动脉插管至腹主动脉分叉处，化疗时沿导管注入药物，使盆腔宫颈局部药物浓度高。与静脉化疗相比，动脉化疗具有局部疗效高，但费用偏高等特点，两种途径预后相同。

【操作方法】

1. 术前准备　①心理准备：向病人及家属讲解手术方式及注意事项，做好病人的心理护理。②皮肤准备：剃除下腹部及外阴部毛发。

2. 术中配合　①在局部麻醉或硬膜外麻醉下，取平卧位，在下腹部任选一侧的腹股沟韧带内侧 2cm，髂前上棘与耻骨结节中下 1/3 交点为中心，消毒铺巾，通常准备两侧切口，以免一侧插管不成功时改从另一侧插入。②做与腹股沟韧带平行的切口，长 3～5cm。依次切开皮肤、皮下脂肪、腹外斜肌筋膜，将腹外斜肌与部分腹横肌作钝性分离。电刀烧灼和 1 号或 4 号丝线结扎止血。③在腹膜外脂肪层可见到搏动的腹壁下动脉，将其游离 2～3cm，在动脉下方以 4 号丝线 2 根分别结扎，在两线之间剪断血管，血管夹阻断近心端，靠近结扎线处的动脉壁上剪一小口，根据病人身高插入导管 22～24cm（导管预先充满生理盐水），见到回血后缓慢推入生理盐水。④结扎切口下方血管，固定于腹壁，以含 125U/mL 肝素稀释液封管，并妥善固定，常规缝合切口。

【护理注意事项】

1. 保持导管通畅，防止导管脱落、折叠及阻塞。

2. 预防感染，严格执行无菌操作。

3. 进行动脉插管化疗时以 5% 的聚维酮碘棉签消毒动脉导管前端，选择合适的针头从导管末端进入，推注化疗药物前必须确认导管在血管内，并注入肝素稀释液。与此同时，另外一人则于病人双侧大腿中下 1/3 交界处缚扎充气压脉带，快速、均匀地充气至足背动脉搏动消失为止。注完化疗药物后仍然要用肝素液封管，再用止血钳夹管（注意：止血钳不可在同一位置反复地夹，并且要垫以纱布以防将导管夹破），辅以长度适宜的松紧带固定于病人腹部。压脉带于注完药物后 15 分钟松开，在注药同时要注意观察双下肢的皮肤色泽以了解血运状况及是否有药物外漏的情况。

4. 化疗间期要保持导管通畅，注意导管内有无回血，每周用肝素稀释液封管 2 次，平时加强巡视，向病人做好宣教工作，发现有回血立即封管。若导管内血块堵塞，应回抽将血块抽出，以防栓塞。

5. 严格按化疗病人进行护理。

6. 完成化疗后应及时拔管，拔管后用沙袋压迫穿刺处 6～8 小时，并严格观察有无渗血。

八、经皮穿刺肝肿块活检术及护理

经皮穿刺肝肿块活检术，是在 CT 或超声引导下进行，用穿刺针穿刺，以获得肝脏活组织进行细胞学和病理学诊断的一种检查方法。在早期几乎所有活检都用细针（21～22G），虽然安全，但只能得到细胞学的诊断，近几年来已转为粗针（16～19G），这类针可切割边缘，能取到少量组织块。目前活检准确率达 90％以上。经皮穿刺肝肿块活检术的适应证包括：肝脏占位性病变，如肝脏恶性肿瘤、肝脓肿、肝囊肿；为非手术病人确定治疗方案。其禁忌证包括：严重的凝血功能障碍；大量腹水；没有安全的活检穿刺道，如膈顶部附近的肿块，前面有胃或肠重叠者；不合作病人。

【操作方法】

1. 物品、药品准备　肝穿包内有：穿刺针 2 枚，型号 20G、18G，孔巾 1 块，5mL、30mL 注射器各 1 副，纱布，无菌手套，2％利多卡因，生理盐水，皮肤消毒剂，标本瓶，载玻片。

2. 定位　通过 B 超或 CT 导向定位。B 超导向的优点是方便、快捷、便宜，没有射线伤害，能多轴位导向且能适时、持续地观察。CT 导向的特点是空间分辨力好，能很好地显示病灶与针头，对深部病灶非常有用，但价格昂贵。

3. 卧位　一般情况下取仰卧位，偶尔取侧卧位或俯卧位，以求得最佳穿刺点，一般取最短距离，以求穿刺的高准确性。

4. 常规消毒皮肤，戴无菌手套，覆盖消毒孔巾，用 2％的利多卡因 5～10mL 局部麻醉。

5. 穿刺通过活检针抽吸或切取病变组织，涂片送细胞学和放入标本固定液中做病理学检查。

6. 退出穿刺针，穿刺点用无菌纱布压迫止血 5～10 分钟。

7. 活检标本送细胞学和病理学检查。

【护理注意事项】

1. 向病人告知穿刺目的及方法，取得病人的同意，签订"损伤性诊断治疗知情同意书"，

做好心理护理，消除紧张情绪。

2. 穿刺前训练屏气，穿刺时，指导病人先深吸气，然后在呼气末屏气或平静呼吸，以保证穿刺成功及减少并发症的发生。

3. 穿刺术后，用轮椅送病人回病房，卧床休息 2～4 小时，24 小时内不剧烈活动，遵医嘱监测生命体征，观察穿刺点有无渗血，有无腹部压痛及反跳痛。

4. 并发症及处理

（1）局部疼痛 为暂时性，轻、中度疼痛，一般不需处理，必要时给予口服止痛药。

（2）出血 少见，穿刺点偶有少量渗血，严重出血可危及生命，如有面色苍白、血压下降、脉搏加快应立即处理，遵医嘱给予止血、补液等治疗。

（3）胆汁性腹膜炎 罕见。

（4）气胸 少见，发生率约为 1‰。应注意观察呼吸频率深度的变化，如出现呼吸浅快、剧烈咳嗽、胸闷等症状，应报告医师进行处理，轻者可自行吸收，如肺压缩超过 30%，胸闷气促严重者，应进行胸腔排气或胸腔闭式引流。

九、多弹头射频消融术的护理

多弹头射频消融术（RFA）是近几年发展起来的一种微创治疗，它具有安全性大、创伤小、疗效可靠、适应性广等特点。RFA 是在 B 超或 CT 引导下将多电极穿刺针经皮穿刺送入肿瘤组织内，由计算机测算出治疗所需最佳温度、时间、功率和阻抗，由电极发出高能射频波，在 80℃～100℃的高温下使癌组织蛋白产生完全凝固性坏死，以达到液化病灶组织，消除肿瘤的目的。多弹头射频消融术的适应证为：肝、肺、肾、肾上腺等脏器的良性、恶性实体瘤，均可考虑此方法。一般直径＜5cm 的单个或多个肝脏的原发或转移性肿块可首选，对肝癌采用射频消融与肝动脉插管栓塞化疗的序贯治疗有机配合，可大大提高肿瘤的完全坏死率，减轻重复多次肝动脉栓塞化疗造成的肝脏损害。其禁忌证包括：①黄疸。②严重肝肾功能不全；腹腔积液。③严重心肺功能不全者。④有严重出血倾向者。

【操作方法】

1. 用物准备 ①多弹头电极 1 枚。②穿刺包：穿刺针 2 枚（20G、18G），无菌巾、孔巾、换药碗、止血钳、纱布、棉球、刀片等。③心电监护仪。④氧气。⑤B 超或 CT 机。⑥药品：利多卡因、哌替啶、硝苯地平、复方乳酸钠注射液等。

2. 术前 15 分钟肌内注射哌替啶 50～100mg，舌下含服硝苯地平 10mg，以缓解术中加热所致的局部胀痛、血压增高、心肌耗氧量增加，甚至诱发心绞痛等症状。建立静脉通路，吸氧。

3. 病人常规取左侧卧位，右上臂屈肘过头，亦可根据肿瘤位置或深度取仰卧或俯卧位，启动自动心电监护系统。

4. 皮肤消毒，铺巾，局部麻醉下尖刀切开 0.5cm 长的皮肤。

5. 将多弹头电极在 B 超或 CT 引导下经皮到达肿瘤边缘部位，确认穿刺部位满意后，打开电极，接计算机自动控制射频系统。

6. 消融开始，初始能量较小，然后慢慢增大，电极温度逐渐增高，当温度达到 80℃～100℃时，保持 6 分钟左右，该点治疗结束，此时可调整电极位置，开始另一点的治疗，或可结束治疗。

7. 治疗过程中，严密观察病人生命体征及背部皮肤情况，询问病人感受，防止意外发生。

8. 治疗结束，弹头电极拔出时应尖端闭合并长出外套管 2cm 以便电凝止血。

9. 正确留取细胞学和病理学标本，标明床号、姓名、住院号、病理号等，立即送检。

【护理注意事项】

1. 术中不良反应及处理

（1）呕吐　因肿瘤靠近胃部，治疗时刺激胃部所致。立即将病人的头偏向一侧，及时清除口腔呕吐物，观察呕吐物性质，保持手术台清洁，安慰病人。

（2）出汗　给病人擦干头部汗液，询问病人背部是否有刺痛的感觉，预防背部电极脱落造成的皮肤烫伤。

（3）胀痛　疼痛放射至右背部时，轻轻按摩，可减轻疼痛。与病人交谈，转移病人注意力，必要时肌内注射哌替啶 50mg，或暂停治疗，休息片刻再进行。

2. 术后并发症及处理

（1）局部疼痛与发热　多于术后第 2 天开始，持续 3～7 天，低热或中度发热，为肿瘤细胞坏死导致的吸收热，一般不需降温及止痛治疗，症状较重者，可给予地塞米松短期用药。

（2）短暂的转氨酶升高　一般给予护肝治疗，多于 1 周内恢复正常。

（3）胆汁性腹膜炎　罕见，如有腹部压痛、反跳痛、寒战、高热等，给予镇静、抗休克、

抗感染等处理。

（4）肺部肿瘤治疗后，气胸为最常见的并发症，轻者可自行吸收消退，如肺压缩超过30％，胸闷气促严重者，应进行胸腔排气或胸腔闭式引流。

（5）出血　为肺肿瘤治疗后的并发症，少见。如出现咯血量多者，给予吸氧、镇咳、止血等处理。

（6）脏器穿孔　如膈肌、胃、肠穿孔等，应与外科协作治疗。

（7）心动过缓　较常见，术中注意监测。

3. 护理措施

（1）术前护理　①向病人讲解多弹头射频消融术的原理、目的及基本操作过程和术中术后的注意事项等，告知治疗后可能出现发热，局部疼痛等不良反应，争取合作，减轻其紧张和恐惧心理。②抽血查血常规，肝、肾功能，凝血功能，了解 B 超、CT 检查结果。③常规备皮，根据肿块位置和进针点决定备皮范围，沐浴，更换手术衣。④遵医嘱行抗生素皮试。⑤术前禁食 4 小时，排空膀胱。⑥指导病人训练屏气动作，争取病人的术中配合。

（2）术后护理　①平车接病人回病房，测血压、脉搏、呼吸每小时 1 次，共 4 次。注意心率次数，如为明显心动过缓，应报告医师处理，嘱病人卧床休息 24 小时。②观察穿刺点有无渗血；背部皮肤有无烫伤；有无腹部压痛及反跳痛等腹膜炎症状；肺部多弹头治疗后应观察有无咯血、胸闷、气促等症状，如发生上述症状，应协助医师处理。③遵医嘱术后 3 天抗感染及护肝治疗，吸氧 4 小时。④术后 2～7 天可因肿瘤坏死物吸收而致发热，体温 37℃～38.5℃。观察体温变化，术后每天测体温 4 次，连续 3 天正常后停止。加强生活护理及基础护理，及时更换汗湿衣被，嘱病人每天饮水 2000～2500mL，保持口腔卫生，注意保暖，防止感冒，必要时遵医嘱给予物理降温或药物降温。⑤疼痛：治疗后第 2～7 天，大多数病人出现治疗部位胀痛或刺痛，当体位改变或深吸气、咳嗽时症状明显。应观察疼痛部位、性质、程度，给予舒适体位，指导病人分散注意力减轻疼痛，必要时遵医嘱给予镇痛剂。⑥术后 4 小时无恶心呕吐，可进流质或半流质饮食，6 小时后进易消化软食，少食多餐。

十、气管造口护理

气管切开术是一种切开颈段气管前壁并插入气管套管，使病人直接经套管呼吸的手术方法。目的是防止或迅速解除呼吸道梗阻，减少呼吸道无效腔，以保证重症病人呼吸道通畅，改善呼吸；便于从气管内吸出分泌物、给氧或行机械通气。其适应证包括：①任何原因引起的 3～4 度喉梗阻，尤其病因不能很快解除时。②下呼吸道分泌物阻塞，如昏迷、颅脑损伤、呼吸道烧伤、胸部外伤等。③某些手术的前置手术，如颌面部、口腔、咽、喉部手术时，为防止血液流入下呼吸道或术后局部肿胀阻碍呼吸，行预防性气管切开。

【操作方法】

1. 操作前准备

（1）病人及家属心理准备　帮助病人及家属了解手术的必要性和可能发生的意外，同意手术并签字。

（2）操作者准备　操作人员 2 人，修剪指甲。洗手、穿工作服、戴帽和口罩。评估病人呼吸困难的程度及对气管切开知识的了解程度，对意识清醒病人做好心理安慰工作，鼓励配合手术进行，并向病人或家属详细说明手术的必要性和可能发生的意外，完善术前签字。

（3）用物准备　气管切开包、手套、气管套管（根据年龄选择合适型号）、利多卡因、消毒液、棉签、照明灯、吸引器、吸痰管、生理盐水，必要时备抢救药物。

（4）环境　相对安静的环境，劝说家属及同房间的病人离开病房，减少房间内人员流动，用屏风遮挡病人，根据季节调节室温。

2. 手术方法

（1）体位　一般取仰卧位，垫肩、头后仰，并保持正中位。

（2）麻醉　以切口为中心行颈部皮肤消毒后，操作者戴手套，铺治疗巾，暴露颈部，局部浸润麻醉。

（3）切开气管　在环状软骨 3～4 环处切开气管软骨环，避免切开第 1 环，以免损伤环状软骨而导致喉狭窄。

（4）插入气管套管　血管钳或气管扩张器撑开气管切口，插入带有管芯的气管套管，迅速拔出管芯，即有分泌物咳出，吸尽呼吸道分泌物、痰液，并置入套管内管。

（5）固定套管　将两侧系带缚于颈部系死结，其松紧要适宜，以插入 1～2 指为度。

（6）缝合切口　仅缝合套管上方的切口，套管下方的切口不予缝合，以免发生皮下气肿。

【护理注意事项】

1. 术后专人护理，避免发生意外。床旁备吸引器及吸痰用物、氧气。

2. 体位　取半卧位或平卧位，体位不宜变动过多，翻身及改变体位时，头颈部及上身应

保持在同一直线。

3. 保持下呼吸道通畅 一般要求室温 20℃～22℃，相对湿度以 60％ 左右为宜。及时吸除套管内分泌物，气管内分泌物黏稠者可采用雾化吸入或蒸汽吸入，定时经气管套管滴入药液。气管内滴药配方：①生理盐水 20mL＋庆大霉素 4 万 U；②糜蛋白酶 4000U＋生理盐水 20mL。③4％碳酸钠溶液。可任选其中一种。气管套管口覆盖 1～2 层湿纱布以增加湿度。不用镇咳、抑制呼吸及减少呼吸道腺体分泌的药物，如吗啡、阿托品等。

4. 清洗内管 气管套管内管每 4～6 小时清洗 1 次。若年龄小、套管细、分泌物多时，应根据病情需要，增加清洗次数。消毒方法有：①煮沸法：清洗干净后，沸水煮沸 10 分钟。②浸泡消毒法：此方法现广泛采用，常用消毒液有 3％过氧化氢溶液，2％戊二醛，1％含氯消毒剂等。在将气管内管清洗干净后，浸泡于消毒液中 10 分钟后用生理盐水冲净。内套管清洗消毒后尽快重新放入，以免外管内壁附着痰痂。

5. 防止套管阻塞或脱出 定时吸痰及滴入湿化液，保持套管通畅，套管系带松紧适宜，经常观察气管套管的位置及呼吸状况，发现有移动，要及时纠正，严防脱管。气管切开后病人再次发生呼吸困难，应考虑以下 3 种原因：①套管内管阻塞：迅速拔出套管内管呼吸困难即可改善者，说明内管阻塞，应清洁、消毒后再放入。②套管外管阻塞：拔出内管后仍无呼吸改善，滴入湿化药液，并吸除管内深处分泌物后呼吸困难即可缓解。③套管脱出：脱管的原因多见于套管系带过松，或为活结易解开；套管太短或颈部粗肿；气管切口过低；皮下气肿及剧烈咳嗽、挣扎等。如脱管，应立即重新插入套管。

6. 保持颈部切口清洁 每天更换纱布垫 2～3 次，必要时随时更换，换药时注意造瘘口有无红肿、异味及分泌物颜色等异常情况。

7. 更换外管 术后呼吸平稳、套管通畅者，外管套一般在手术后 7～10 天内不予更换。如因特殊需要更换者，要做好充分准备，可在手术室内调换，切不可轻易拔除外套管，以免引起病人窒息。对于长期戴管者，以 1～2 个月换 1 次为宜，最长者可半年左右更换 1 次。

8. 拔管 造成气管切开的原发病治愈，经过完全堵管 24～48 小时，病人在活动及睡眠时呼吸平稳，方可拔管，并在 1～2 天内应严密观察呼吸情况。

9. 并发症的观察及护理

(1) 皮下气肿 最为常见。其发生原因主要有：①过多分离气管前软组织。②气管切口过长及皮肤切口缝合过紧。③切开气管或插入套管时发生剧烈咳嗽，易促使皮下气肿形成。

皮下气肿轻者仅仅限于颈部切口附近，重者蔓延至颌面部、胸、背、腹部等。皮下气肿一般在 24 小时内停止发展，可在 1 周左右自行吸收。严重者应立即拆除伤口缝线，以利气体逸出。

（2）纵隔气肿和气胸　为气管切开术后的严重并发症，纵隔气肿的发生常与过多分离气管前筋膜有关。少量纵隔气肿，常无明显症状，可自行吸收。积气较多致心肺功能紊乱时可行纵隔引流术。气胸明显时可引起呼吸困难，应抽除积气或于锁骨中线第二肋间处做闭式引流。

（3）出血　分原发性和继发性出血。前者较常见，多因损伤颈前动脉、静脉、甲状腺等，术中止血不彻底或血管结扎线头脱落所致。术后少量出血，可在套管周围填入纱条，压迫止血。若出血多，立即打开伤口，结扎出血点。继发性出血较少见，其原因为：气管切口过低，套管下端过分向前弯曲磨损无名动脉、静脉引起大出血。遇有大出血时，应立即换上带气囊的套管或麻醉插管，气囊充气，在保持呼吸道通畅的同时采取积极的抢救措施。

（4）拔管困难　多为气管切开位置过高、损伤环状软骨、气管腔内肉芽增生、原发疾病未彻底治愈或套管型号偏大引起。应行喉镜、气管镜检查，喉侧位 X 线拍片等，查明原因后加以对症治疗。

十一、皮瓣护理

皮瓣由具有血液供应的皮肤及其附着的皮下组织所组成。皮瓣在形成过程中必须有一部分与本体相连，此相连的部分称为蒂部。蒂部是皮瓣转移后的血供来源，又具有多种形式，如皮肤皮下蒂、肌肉血管蒂、血管蒂（含吻接的血管蒂）等，故皮瓣又称带蒂（或有蒂）皮瓣。皮瓣的血液供应与营养在早期完全依赖蒂部，皮瓣转移到受区，与受区创面重新建立血液循环后，才完成皮瓣转移的全过程。在皮肤软组织缺损的修复中，游离皮片移植与皮瓣移植是两种最常选用的方法。由于皮瓣自身有血供，又具有一定厚度，因此在很多方面具有更大的使用价值，其具体适应证为：①有骨、关节、肌腱、大血管、神经干等组织裸露的创面，且无法利用周围皮肤直接缝合覆盖时，应选用皮瓣修复。②深部组织缺损外露，为了获得皮肤色泽、质地优良的外形效果，或为了获得满意的功能效果，也可选用皮瓣。③器官再造，包括鼻、唇、眼睑、耳、眉毛、阴茎、阴道或手指再造，均需要以皮瓣为基础，再配合支撑组织的移植。④面颊、鼻、上腭等部位的洞穿性缺损，除制作衬里外，亦常需要有丰富血供

的皮瓣覆盖。⑤慢性溃疡，特别是放射性溃疡，压疮或其他营养组织缺乏很难愈合的伤口，可以通过皮瓣输送血液，改变局部营养状况。

【操作前准备】

1. 了解病人病情及全身状况

（1）病人有无严重心、肝、肾疾病及血液病、周围血管病。

（2）术前完善各类常规检查，如发现检查结果有异常，特别是出、凝血时间和凝血酶原时间有异常及时通知医师。

（3）吸烟可导致血管痉挛，造成皮瓣坏死。术前2周嘱病人停止吸烟，督促病人禁用血管痉挛药物和促进血液凝固的药物。

2. 了解供区情况　皮肤有无破损、感染、瘢痕，动脉搏动及静脉回流情况。避免在供组织区血管进行注射、穿刺操作。

3. 病室准备　具备安静、舒适的环境，室温保持25℃～28℃，室内配备取暖及降温设备。

【护理注射事项】

1. 全身情况的观察和护理

（1）生命体征的观察　术后每小时监护血压、脉搏、呼吸、体温、神志等的改变，直到平稳为止。

（2）血容量的观察　血容量不足，可使心搏出量减少，血流迟缓，周围血管收缩。严重的血容量不足，可使血压下降，出现休克状态。因此，即使轻度血容量不足，也会影响皮瓣血供，引起组织缺血改变，增加循环阻力。术后出现皮肤苍白、口干、烦躁、尿少、血压下降等血容量不足表现时，应及时补充血容量，防止因此而引起周围血管收缩，致移植物血管内血栓形成。显微外科术后，血容量的补充最好以鲜血为主，尽量少用胶体液或削减代用品，注意切忌使用升压药。

（3）出血倾向的观察和护理　显微外科术后为保证血流通畅，防止栓塞，常使用一些抗凝和扩血管药，使血流加速，防止血液内有形成分的聚集和黏着。因此会有轻度的出血倾向。只要创面轻度渗血得到通畅引流，局部不形成血肿，一般无需特殊处理，只需严密观察。

2. 皮瓣血运的观察和护理　显微外科手术后为防止血管危象的发生，术后3天内每小时观察1次，术后4～5天每2小时观察1次，术后5～7天可改为每天2～4次，并准确做好记录。

（1）皮瓣温度的测定　一般皮瓣温度应等于或略高于健康皮肤温度 1℃～2℃，若低于 3℃以上并伴有色泽的改变，常提示有血循环障碍。

（2）皮瓣颜色　一般手术后皮瓣颜色较健康皮肤处稍红。如色泽青紫，常提示静脉回流受阻；苍白则表示动脉供血不足。观察色泽变化时，要在自然光线下比较可靠。

（3）观察皮瓣毛细血管充盈反应　可用棉签或手指轻压皮瓣，使其变苍白后迅速移开。若皮瓣在 1～2 秒内颜色恢复正常者为血运良好。如超过 5 秒，或反应不明显，则都应有血流障碍的存在。

（4）观察皮瓣肿胀程度　正常情况下，术后 2～3 天内皮瓣呈轻度肿胀。当发生静脉栓塞时肿胀加重，有时可出现水疱；当动脉供血受阻时，肿胀不明显，但皮瓣的皮肤出现皱纹，甚至呈干瘪状。

（5）血管的充盈和搏动情况　一般浅层皮瓣有较大血管时，可采用扣诊的方法检查动脉搏动情况。较小的或深层的血管，亦可用多普勒超声血流探测仪测定动脉血流情况。

（6）激光多普勒　用来测定皮肤的微循环情况，是一项新颖的观察指标，必须每小时进行观察。

（7）针刺出血试验　对一些皮瓣颜色苍白，无法马上判断是否为动脉堵塞所致时，可采用此法，要求在无菌状态下以 7 号针头刺入皮瓣深达 5mm，如见鲜红血液流出，提示动脉血供良好，否则提示动脉危象。

3. 保温措施　术后注意病人全身及皮瓣局部保温，要求保持室温在 25℃～28℃，冬季可用棉垫覆盖移植物，留出观察窗以观察血运，必要时可用 60W 灯泡或红外线照射，照射距离至少 50cm，注意防止烫伤。

4. 体位　应使移植物部位略高于心脏水平，如头面部取半卧位，肢体取抬高位，以利于静脉回流，减轻局部组织水肿。但如移植物皮肤苍白，则宜放平或稍低位。

5. 血管危象的防治

（1）血管危象的概念　是指因吻合血管发生血流障碍，从而危及移植及再移植物成活。由于血管本身的问题而发生血管危象者，大多在术后 24 小时内发生。血管外因素造成的血管危象，则无一定规律，但都有一定的诱因或征象，如水肿、感染、体位突变等。一般来说，术后 3 天，血管危象的发生率较为少见。血管危象可分为动脉危象和静脉危象。

（2）血管危象的表现　①移植组织的皮肤颜色改变，由正常肤色变发绀，或苍白。②移植物皮肤温度降低，与健侧对照，减低 2℃～4℃或 4℃以上。③移植组织毛细血管充盈缓慢，或消失。④静脉回流中断。⑤吻接动脉阻塞。⑥激光多普勒检查发现移植物血流中断。⑦经皮氧分压较健侧明显降低等。动脉危象的主要临床表现是移植物的皮温迅速下降、苍白、弹性下降、毛细血管充盈反应减慢。静脉危象的主要临床表现是移植组织发绀、肿胀、张力增高及皮温逐渐下降，毛细血管反应仍可存在。

（3）血管危象的防治　发生血管危象时，早期可能是血管痉挛。血管痉挛的原因有神经源性和肌肉性痉挛。神经性痉挛是因术后交感神经兴奋所致，常因疼痛、低温、寒冷、情绪激动、烦躁所致。肌肉性痉挛常因术中对血管牵拉、分离、创伤等机械因素刺激及术后炎性物质对血管壁的化学刺激以及固定不充分引起。若不及时纠正痉挛，栓塞不可避免。一旦发生血管危象，立即按血管痉挛处理。①严密观察皮瓣的动态变化，每 10～30 分钟观察 1 次。②镇静止痛，局部制动，减少刺激，体位调节。③环境温度加温到 30℃左右，局部红外线照射。④纠正血容量不足。⑤应用解痉药，如罂粟碱、利多卡因等。⑥应用右旋糖酐 40 改善微循环。⑦经上述处理病情 1～2 小时没有解除者，应立即手术探查。

十二、肠造口护理

肠造口用于术后观察造口情况；肠黏液分泌物多、排便后清洁肠造口；出现并发症时的观察与治疗；更换造口底盘与造口袋。

【操作前准备】

1. 评估　评估肠造口黏膜情况，包括颜色、有无水肿、排便等，造口底盘有无渗漏。

2. 用物准备　手套 1 副、0.9％生理盐水、棉球、换药碗与弯盘各 1 个、止血钳 2 把、造口袋 1 个，必要时备造口底盘 1 个与剪刀和测量尺。

【护理注意事项】

1. 术前注意要点

（1）做好心理护理。

（2）通过肠造口护理手册、造口护理模型等相关资料，帮助病人认识肠造口的手术目的、方法和护理知识。

（3）根据身心、文化、社会和宗教信仰评估病人对造口的态度和感受，针对具体问题对症处理。

（4）造口定位：造口位置必须让病人自己能看到，平整无皱褶，有足够的贴袋位置，位于腹直肌上，减少并发症的发生，提高控便能力。

以乙状结肠造口为例（图 7-1）。

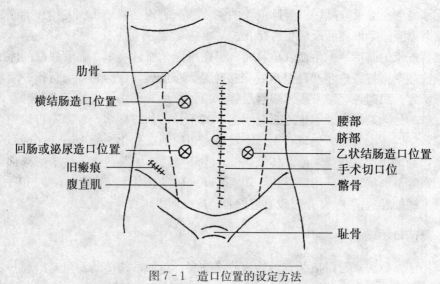

肋骨
横结肠造口位置
腰部
脐部
乙状结肠造口位置
回肠或泌尿造口位置
旧瘢痕
腹直肌
手术切口位
髂骨
耻骨

图 7-1　造口位置的设定方法

参考一：①脐水平下方 3～5cm，腹中线左外侧 3～5cm。②确定在腹直肌内，可在选定的位置消毒后用不脱色笔画一个"×"或实心圈，用透明薄膜覆盖。

参考二：脐与髂前上棘作一连线，在内 1/3 或 1/2 画一记号。

（5）肠道准备

1）饮食准备　术前 3 天进食低渣半流饮食，术前 1 天进食流质饮食，术前晚 8 时开始禁食。

2）药物准备　术前 3 天口服肠道抑菌药，如甲硝唑 2 片，每天 4 次；庆大霉素 8 万 U，每天 2 次。

3）肠腔准备　视病情行口服洗肠剂或清洁灌肠。①对不全肠梗阻的病人，应提前 2～3

天口服缓泻剂，液状石蜡 50mL，每天 3 次；或番泻叶 15g，每天 1 次泡水服，同时禁食，经静脉补充相应的能量与营养。②对无肠梗阻的病人可口服洗肠剂洗肠。③对口服洗肠效果不理想或年老体弱、心、肺、肾疾患病人仍选用常规方法清洁灌肠。

暂时性造口者行造口还纳：其饮食和药物准备基本同上，肠腔准备包括近端和远端肠管。近端肠管可口服洗肠剂，服药前粘贴一件式造口袋，便于粪便排泄。远端肠管：从原肛门处灌肠，每次 100～200mL 至流出液体无粪便为止。

2. 术后注意要点

(1) 造口的评估与观察

1) 根据造口的颜色和外形来判断造口活力。正常造口呈鲜红或粉红色，平滑且湿润。如苍白，提示贫血；暗红或淡紫色，提示缺血。轻度缺血坏死时，需解除所有压迫造口的物品，外用 2% 呋喃西林溶液或生理盐水温热湿敷，每天 2 次，每次 30 分钟，重度缺血坏死宜行紧急手术，重做肠造口。

2) 造口轻度水肿是术后正常现象，一般 6～8 周逐渐消退。重度水肿解除压迫造口物品，可用高渗盐水或 33% 硫酸镁湿敷，每天 2 次，每次 30 分钟。

3) 观察造口排气情况：造口有气体排出是术后观察肠道功能恢复的最主要特征，术后早期不能使用有碳片的造口袋。

4) 造口周围表皮出现红斑、皮疹、糜烂、水疱时，应用皮肤保护剂，如皮肤保护粉、保护膜、防漏膏及时对症处理。造口缝线拆线时间为术后 7～10 天。

5) 理想造口的特征　①造口高度 1～2cm。②开口在造口的最高点。③颜色：红。④形状：圆形。⑤位置：位于腹直肌内腰线下的平坦部位。

(2) 造口功能恢复的评估

1) 泌尿造口　术后即有尿液排出，初期尿液呈红色，后逐渐恢复正常。

2) 空肠造口　术后 48 小时开始排泄，最初流出物呈透明或深绿色水样，24 小时量约 2400mL，注意观察水、电解质情况。

3) 回肠造口　术后 48～72 小时开始排泄，最初流出物黏稠、绿色、有光泽。肠蠕动恢复阶段，每天量 500～1800mL，以后随着近端小肠对液体的逐渐吸收和肠的"适应"，排出量降至 500～800mL，注意观察水、电解质情况。

4) 结肠造口：排出量依造口位置而定。①横结肠造口：术后 3～4 天开始排泄，排泄物从糊状到柔软。②降结肠和乙状结肠造口：肠蠕动恢复较慢，一般术后第 5 天恢复，大便通常柔软成形。

（3）造口护理操作示范及指导　耐心反复地向病人及家属示范、讲解和传授肠造口的护理知识和技能，鼓励他们在护士的指导下尽早动手操作，以便及时发现问题。

1）护理评估　病人的自理能力，如视力、体力、手的灵活性；造口袋的稳固性；造口用品的使用是否恰当；造口周围皮肤的情况；排泄物的情况等。

2）物品准备　选择合适规格的底板、造口袋及夹子、生理盐水或清水、测量尺、纱布或柔软的卫生纸、剪刀、笔、防水胶布，必要时备肥皂、防漏膏、防漏条、皮肤保护粉或皮肤保护膜等。

3）撕离造口袋　一手固定皮肤，一手由上往下撕除造口袋。

4）清洁皮肤　住院时使用生理盐水抹洗，出院后用温水即可，可用纱布、纸巾或柔软小毛巾擦干，勿用含有化学消毒剂的湿纸巾或棉球清洁造口，避免刺激造口及周围皮肤。

5）测量　用测量尺测量造口大小，用笔在造口底板胶片背面画出造口大小。

6）裁剪　用剪刀按记号剪出合适大小，再多出 2～3mm。

7）粘贴　撕开底板护胶纸，将防漏膏在底板背面涂布一圈，依造口位置贴上保护皮肤，并用双手均匀抚平四周及扣环内圈，使紧贴皮肤，不留皱褶，对合造口袋与底板，听到安全的响声，表示已扣紧。

8）夹上夹子。

（4）肠造口器材选择　选择造口用品的标准：必须具有轻便、透明、防臭、防漏和保护周围皮肤的性能，佩戴合适，根据肠造口的位置及经济能力综合考虑。术后早期应选择透明、无碳片装置、容易更换及引流、带皮肤保护剂、末端开口袋，以便观察护理，出院后根据个人的喜好及具体情况选择。如造口部位凹凸不平，可配合使用辅助产品防漏膏填平，或选用凸面器具加腰带固定或结肠灌洗。

（5）饮食护理　饮食无特殊禁忌，应注意饮食均衡，荤素搭配，品种齐全，细嚼慢咽，注意少食糯米类、油炸食物，以免影响消化功能；少食易产气、产生臭味的食品，如马铃薯、地瓜、洋葱、大蒜、高脂肪类，以免引起肠胀气。回肠造口病人多喝水、果汁，每天 8～10 杯（1500～2000mL），少吃纤维素高的食物，如薏苡仁、蘑菇，以防造口堵塞。注意饮食卫生，适当吃些新鲜蔬菜水果，适当运动，防止便秘。

（6）造口术后病人心理评估与辅导

1）常见的不良心理　有不安情绪，抑郁焦躁心理，自卑、依赖、自闭心理。

2）心理康复的目的　使造口者从极度的绝望痛苦中尽快摆脱出来，克服自卑心理，恢复病人的自尊。

3）加强沟通，做好心理护理，建立良好的护患关系，帮助病人克服心理障碍，耐心、细致、深入地了解病人的心理状态，及时给予安慰、支持、鼓励，与病人家属一起做好病人的心理护理；同时鼓励病人尽早学会肠造口护理方法，促使其心理康复，提高其重返社会的信心。

4）开展门诊咨询随访护理　了解病人出院后的情绪，调动病人的积极性，指导其适应造口，宣传造口知识，提供新产品，指导其提高自护造口能力和生活质量。

5）开展造口联谊活动　住院期间及时将联谊会情况介绍给病人，病人出院后可通过联谊会的活动，相互了解情况以及护理造口的经验，互相勉励，使他们认识到造口病人不只自己一个，而完全恢复正常生活的造口病人大有人在，不用怨天尤人；以恢复良好的造口人为榜样，激发他们开始新生活的勇气。

附2　黄龙洗剂处方

处方药组成：生黄芪 30g，龙葵 30g，苦参 10g，败酱草 30g，生大黄 15g，香附 15g，地榆 30g，红花 10g，桃仁 10g，五倍子 15g。

药理作用：活血，去腐，生肌。

使用方法：上药加水 1000mL 煮沸后文火煎半小时，过滤，去渣，兑温开水 2000～2500mL，倒入坐浴盆内，使肛门全部浸泡在药液中，药液温度 40℃～41℃，浸泡时间 30 分钟，每天上午、下午各 1 次，直至伤口愈合；坐浴盆用 1：200 含氯消毒液浸泡 30 分钟后用清水洗净，晾干备用。

注意事项：①使用该洗剂时，伤口处皮肤可被中药浸成淡黄色，属正常现象。②月经期禁止坐浴。

十三、自控镇痛

自控镇痛泵（PCA）是 20 世纪 90 年代后期开始广泛应用于临床的一种安全、有效、简便的镇痛装置，以按需或持续给药的方式给药。对于减轻病人疼痛，促进舒适起到积极的作用。目前使用的镇痛泵包括一次性自控镇痛泵（PCA）和微电脑电子泵，微电脑电子泵可自行设置，但操作复杂，不易掌握，现已很少使用。目前临床普遍使用的是一次性自控镇痛泵，结构简单，由一个储药的装置和连接管组成，连接管上有夹子或三通接头。给药途径有硬膜外 PCA 和静脉 PCA。硬膜外 PCA 即 PCEA，指与硬膜外导管相连接的镇痛泵。静脉 PCA 泵即 PCIA，指与静脉连接的镇痛泵。适用于手术后、晚期癌症病人的镇痛。

【操作前准备】

1. 评估　病人疼痛的分级及有无使用止痛药及效果。

2. 用物准备：无菌手套 1 副、聚维酮碘、棉签、PCA 泵 1 个、连续硬膜外麻醉导管 1 根或静脉留置针 1 个，配套输液用物、胶布。

【护理注意事项】

1. 心理准备　向病人解释 PCA 的作用原理、效果及使用注意事项，消除其恐惧心理，并教会其使用方法。

2. 药物配制的护理　①使用前仔细阅读使用说明书，严格区别所使用的泵是持续给药还是控制键给药，防止出现药物过量。②连接各种接口。注药时要注意无菌操作，防止污染。③将所使用药物的名称、浓度、给药量和配制的容量在泵上做好明显标记。

3. 手术后 PCA 护理

(1) 一般护理　①病情观察：包括生命体征的观察，以及与麻醉有关的特殊观察，如全麻病人有无声嘶，硬膜外麻醉病人有无被阻滞节段的感觉，运动恢复情况，穿刺部位局部情况，是否出现背痛、肌无力等症状，有无头痛等，发现异常及时报告医师或麻醉医师及时处理。②与麻醉医师做好床头交接班。检查管道是否通畅，固定是否妥善，班班交接，防止连接管脱出。③了解 PCA 泵是硬膜外给药还是静脉给药。这两者泵本身并无区别，只是药物配制完全不同，因此绝对不能混用（管道脱落不能混接），否则将会引起严重的并发症。

(2) 硬膜外 PCA 泵的护理　①保持管道通畅：硬膜外导管用胶布固定在病人的背部，嘱咐病人或家属注意不要撕脱，若管道脱出镇痛泵只能废弃；与导管连接的接头要拧紧；有夹子或三通的镇痛泵要使夹子或三通保持在开放的位置；泵可以固定在床上或衣服上，必要时随病人移动，注意随时检查。②自控镇痛功能使用：有些种类的镇痛泵带有自控镇痛功能，对于镇痛泵设计药物流速不能满足镇痛要求的病人可自行使用，按键即可。③镇痛泵的拔除：拔除时间遵医嘱执行，一般为 48 小时后。拔除时先撕开背上的胶布，暴露硬膜外导管至穿刺部位，轻轻拔除导管，拔除后观察导管末端是否完整，消毒穿刺点并用创可贴覆盖。凡遇到拔除困难者不可强行拔除，及时与麻醉医师联系。

(3) 静脉 PCA 泵的护理　①静脉镇痛泵均通过三通接头与输液管道共同连接静脉，输液

时，均处于连通的位置，输液完毕，关闭输液端的三通端口，拔除输液管、肝素帽连接，输液过程中如需暂停使用镇痛泵，只需关闭三通接头即可。②镇痛泵的拔除：拔除时间遵医嘱执行，一般也为 48 小时后。静脉通道尚在使用者可关闭三通接头待通道使用完毕后一同拔除即可。

十四、中心静脉插管测压及维护

中心静脉置管术是监测中心静脉压（CVP）及建立有效输液给药途径的方法，已广泛应用在 ICU 监测中，并成为急诊科医师的基本技能之一。中心静脉的正常值为 $5\sim12cmH_2O$，$<2\sim5cmH_2O$ 表示右心充盈不佳或血容量不足，$>15\sim20cmH_2O$ 表示右心功能不全（本节以锁骨下静脉穿刺插管为例）。

【适应证】　①严重创伤、休克、急性循环衰竭、急性肾衰竭等危重病人，需定期监测中心静脉压者。②需长期静脉营养或经静脉给予抗生素治疗者。③需经静脉输入高渗溶液或强酸强碱类药物者。④体外循环下各种心脏手术。⑤估计手术中可能出现血流动力学变化的大手术。⑥经静脉放置心脏起搏器者。局部破损、感染及有出血倾向者禁用。

【操作前准备】

1. 评估　生命体征是否平稳；各管是否连接正确、固定稳妥。

2. 用物准备　中心静脉压测量装置 1 副、输液架 1 个、三通接头 1 个、聚维酮碘、棉签、普通输液器 1 副。

【操作步骤】

1. 置管前向病人及家属进行必要的说明，取得同意并签署知情同意书。

2. 评估病人身体状况，无禁忌者方可实施置管。

3. 严格执行无菌操作原则，仰卧位，去枕，常规消毒铺巾，穿刺点用 1% 普鲁卡因局部麻醉。

4. 在锁骨中、内 1/3 段交界处下方 1cm 处定点，右手持针，保持注射器和穿刺针与颌面平行，左手示指放在胸骨上窝处，穿刺针紧贴在锁骨后，对准胸骨柄上切迹进针。

5. 进针深度一般为 $3\sim5cm$，见回血。

6. 旋转取下注射器，用带套穿刺针者可将外套管插入锁骨下静脉内，用钢丝导引者可从18G 穿刺针内插入导引钢丝，插入时不能遇阻力，有阻力时应及时调整穿刺位置，包括角度、斜面方向和深浅等，或再接上注射器回抽血液直至通畅为止，然后再插入导引钢丝后退穿刺针，压迫穿刺点，同时擦净钢丝上的血迹。

7. 将导管套在导引钢丝外面，导管尖端接近穿刺点，导引钢丝必须伸出导管尾端，用手拿住，右手将导管与钢丝一起部分插入，使导管进入颈内静脉后，边退钢丝，边插导管，一般成人从穿刺点到上腔静脉右心房开口处 10cm 左右，退出钢丝，回抽血液通畅，用肝素生理盐水冲洗一次，即可接 CVP 测压装置测压或输液，最后皮下缝一针固定导管，覆盖敷料。

【护理注意事项】

1. 加强对病人留置导管期间的相关知识教育。
2. 观察皮肤穿刺点有无红肿、分泌物等，发现感染症状，及时采取措施。
3. 每天换敷料 1 次，如敷料潮湿、污染或不紧密，应随时更换。
4. 每天用肝素生理盐水冲洗导管 1 次。
5. 每天更换输液器 1 次，导管一般不宜用于取血。
6. 严格遵守无菌操作原则，确保连接管牢固可靠，注意预防空气栓塞。
7. 拔导管 拔管时取平卧位，如遇穿刺部位有炎症反应、疼痛和原因不明发热时及时拔除导管；不需 CVP 测压输液时，应拔除导管，拔管后注意局部消毒处理，并稍加压迫。

附3 肝素生理盐水配制

配制方法：肝素 12500U/支加生理盐水 125mL（每毫升含肝素 100U）。

封管液量：成人每次 1～2mL，正压封管。

十五、肝动脉栓塞化疗及护理

肝动脉插管栓塞化疗（TACE）是肝脏恶性肿瘤病人最常用、最有效的治疗方法之一，它是在 X 线透视监视下将导管顶端插入肝总动脉或者是超选择至肝固有动脉，将栓塞剂和化疗药物的混合液注入病变血管内，从而达到使肿瘤细胞缺血、变性、坏死，抑制肿瘤生长的目的，此方法具有安全、有效、创伤小、并发症少的优点。正常肝组织具有门静脉和肝动脉双重血液供应，其中 75%～80% 来源于门静脉，供氧量占 50%，20%～25% 来源于肝动脉，供氧量占 50%，肝动脉和门静脉的末梢分支均终于肝窦，两者之间存在广泛的吻合，因此当肝动脉和门静脉任何一方受阻，另一方血流便会代偿性增加。常规肝动脉栓塞后门静脉足以

维持肝脏的正常功能，而肝癌组织血液供应 90％～95％来源于肝动脉，因此栓塞肝动脉可以阻断肿瘤细胞的供血，控制肿瘤生长，使肿瘤坏死缩小，而对正常肝组织血液供应影响较小，且全身不良反应相对较轻。肝动脉栓塞化疗的适应证为：①不能手术切除的肝癌，瘤体占肝体积的 70％以下，肝功能为 Child A、Child B 级者。②癌块过大，可用栓塞治疗使癌块缩小，以利于二期切除。③肝癌手术后复发，不宜手术切除者。④肝癌未能完全手术切除者或考虑有残留病灶者。⑤肝癌破裂出血，不适于行肿瘤切除者。⑥行肝移植术前等待供肝者，可考虑化疗栓塞以期控制肝癌发展。其禁忌证为：①肝功能属 Child C 级合并严重黄疸者或 Okuda Ⅲ期者。②严重心、肺、肾功能不全者。③严重凝血机制障碍有出血倾向或凝血酶原时间大于正常值 2 倍以上者。④肝癌体积占肝脏的 70％以上者。⑤严重的代谢性疾病（如糖尿病）未予控制者。⑥门静脉高压伴中度以上胃底食管静脉曲张有破裂出血的危险者。⑦大量腹水、全身状况差或恶病质。⑧门静脉主干被癌栓完全阻塞者。⑨广泛肝外转移者。

【操作前准备】

1. 病人准备 ①根据检查治疗申请单，核对病人姓名、诊断、治疗部位等。②排空膀胱。③检查碘过敏试验结果是否阴性。④查看皮肤准备情况。⑤进行沟通，指导练习吸气屏气动作。

2. 常规药物准备 ①肝素配制：浓度 5000～12500U/500mL 生理盐水。②对比剂：泛影葡胺、优维显等。③栓塞剂：碘化油、明胶海绵等。④常用化疗药物：一般 2～3 种，如氟尿嘧啶、表柔比星、羟喜树碱、丝裂霉素、顺铂等。⑤其他：止呕药，抗过敏药如地塞米松，局麻药如利多卡因等。

3. 器械准备 ①常用血管造影器械。②5～6.5F 肝动脉造影管或 Cobra 导管，备微导管。

【操作步骤】 肝动脉栓塞化疗，一般选择股动脉途径插管，插管至腹腔动脉造影确定肿瘤类型、大小、病变供血情况及门静脉有无癌栓，尽可能进行超选择插管经肝总动脉至肝固有动脉，或使导管到达肿瘤的供血动脉，再注入化疗药物和碘化油的混合乳剂，可根据情况使用明胶海绵对肿瘤供血动脉进行栓塞，最后行肝动脉造影，了解栓塞情况后，拔管，加压包扎。

【护理注意事项】

1. 术前注意要点

（1）做好术前宣教，介绍肝动脉插管的基本方法和手术过程，术中配合及术后注意事项，介绍术后常见的不良反应和应对措施，使病人及家属能理解和积极配合，并签署"损伤性治疗知情同意书"。

（2）双侧腹股沟备皮，范围从脐平至大腿上 1/2 处双侧皮肤，做相关抗生素及碘过敏试验。

（3）禁食 3～4 小时，以免因手术中化疗药物所致呕吐导致窒息。

（4）了解病人的各项检查结果，做好对症处理。

（5）训练床上排便，对照观察下肢动脉搏动情况，排空膀胱。

（6）遵医嘱准备术中所用药品及物品，并由两人认真核对。

2. 术后注意要点

（1）术侧下肢伸直平卧制动 6 小时，局部沙袋（约 1kg）加压 6 小时，卧床休息 24 小时，防止出血和血肿；随时观察足背动脉搏动及下肢皮肤颜色、温度、感觉变化，若穿刺侧下肢趾端苍白，小腿疼痛，皮温下降，感觉迟钝，则首先检查是否包扎过紧致血管压迫；其次提示下肢动脉栓塞的可能；观察穿刺点敷料有无渗血，如有活动性出血应报告医师，重新加压包扎，并做好记录。术后 24 小时如无出血，解除加压包扎，用络合碘消毒局部，无菌敷料覆盖针眼。

（2）严密观察生命体征，测血压、脉搏、呼吸每小时 1 次，共 4 次，正常后停测。

（3）注意观察有无腹痛、发热、恶心、呕吐、腹胀等栓塞后综合征的发生，术后测体温 4 次，连续 3 天正常后停测。一般术后发热 3～7 天，伴腹胀、腹痛，为中度发热，不需用药处理，指导病人饮水每天 2000～2500mL；若体温超过 38.5℃，可冰敷、醇浴物理降温或地塞米松、柴胡等药物降温，做好口腔护理，及时更换汗湿衣被，预防感冒。观察腹部疼痛情况，注意疼痛部位、性质、程度，遵医嘱给予镇痛剂。

（4）观察术后化疗药物反应，遵医嘱用升血象药物，定期复查血象，白细胞 $<1\times10^9/L$ 应进行保护性隔离，术后常规遵医嘱给予止呕剂，观察呕吐物性状、量，保持呼吸道通畅。

（5）肝动脉造影术后嘱病人饮水每天 2500～3000mL，并遵医嘱静脉注射呋塞米 20mg，静脉补液 1000～2000mL，以利造影剂尽快排出。

（6）遵医嘱给予抗炎、护肝治疗 3 天。

3. 并发症及处理

（1）穿刺点出血或皮下血肿　重新加压包扎止血。

（2）异位栓塞　因栓塞剂逆流至其他脏器所致，如胃、十二指肠、脾等，可导致胃痛、消化道出血、急性腹痛等。严格遵守操作规程，尽量超选择插管，缓慢推栓塞剂，减少逆流，手术后给予胃黏膜保护剂如西咪替丁等对症治疗。

（3）栓塞后综合征　腹痛、发热、恶心、呕吐等，可给予激素、解热镇痛药及其他对症处理。

（4）肝功能损害　TACE 后导致或加重肝硬化，治疗后应积极地进行护肝治疗。

（5）骨髓抑制　表现为白细胞、血小板减少，给予骨髓细胞集落刺激因子、输成分血等处理。

十六、螺旋 CT 引导下胸部穿刺活检术

在螺旋 CT 引导下，用穿刺方法取少量活体组织进行病理检测，螺旋 CT 扫描速度快，可减少呼吸伪影，避免小瘤灶因呼吸移动而漏诊，有利于病灶的检出和定性。

螺旋 CT 引导下胸部穿刺活检术的适应证包括：①肺部孤立性或多发结节性病灶需除外恶性病变者。②肺部转移性肿瘤的分期及分类。③肺部良性病变的进一步确诊。④肺部病变透视或支气管镜活检失败者。⑤纵隔良性、恶性肿瘤的鉴别诊断；心包肿瘤和囊肿的定性诊断。⑥放疗、化疗前取得细胞学、组织学诊断为临床提供治疗依据。⑦胸膜腔积液、胸膜肥厚性病变伴肺内肿块的定性诊断；取得肺部感染的细菌学资料以制订治疗计划。其禁忌证包括：①有严重出血倾向者，严重肺气肿、肺纤维化、肺动脉高压者。②疑肺内血管性病变，如动脉、静脉畸形，动脉瘤等。③恶病质及不能配合者。④疑为肺包虫病，穿刺可能造成囊液外溢引起种植者。

【护理注意事项】

1. 术前护理　①病人准备：简要介绍手术过程，做好病人的心理辅导，稳定病人的情绪，使之配合检查。行出凝血时间、血小板计数和凝血酶原时间测定。咳嗽病人服镇静剂，精神过度紧张者可给予少量镇静剂，常规 CT 扫描，邻近大血管病变做 CT 增强扫描；术前禁食 4～6 小时，并签署活检检查同意书。②器械准备：胸腔穿刺包、注射器、试管、载玻片及 19～22G 各型号抽吸针。③药物准备：局部麻醉药物，止血及急救药物，盛有组织标本固

定液（10％甲醛）的标本瓶、病理标本送检单等。

2. 术中护理 ①根据病灶位置协助病人取仰卧位、俯卧位或侧卧位，选择合适穿刺针。②皮肤消毒局部麻醉后，指导病人屏住呼吸，避免咳嗽及深呼吸，防止发生气胸与出血。③密切观察，了解穿刺过程及穿刺情况，动态观察 CT 图像，观察有无气胸、出血等并发症。出现异常，立即配合医师做好紧急处理。

3. 术后护理 ①术后嘱病人卧床休息并严密观察 2～4 小时，遵医嘱给予抗生素防止感染。②穿刺后出现咯血者，遵医嘱给予止血药物，保持呼吸道通畅，防止窒息发生，必要时行体位引流、吸氧、气管插管及吸引器吸引。严密观察神志、血压、脉搏、呼吸变化，及时做好护理记录。

十七、外周血造血干细胞移植护理

外周血造血干细胞移植（peripheral blood stem cell transplantation，PBSCT）是指对病人实施超大剂量的化疗和放疗，并尽可能地杀灭肿瘤细胞，同时予以免疫抑制处理后，使机体失去排斥异体组织的能力，通过外周血造血干细胞来重建造血功能的治疗方法。外周血造血干细胞移植主要用来治疗各种造血细胞质和量异常所致的疾病，包括：急性白血病、慢性髓性白血病、恶性淋巴瘤、多发性骨髓瘤、乳腺癌、神经母细胞瘤、肺小细胞癌、精囊肿瘤、卵巢癌、恶性黑色素瘤、骨肉瘤等对化疗、放疗敏感的肿瘤及重症再生障碍性贫血、重症免疫缺陷病、遗传代谢障碍性疾病和系统性红斑狼疮等非恶性肿瘤疾病。根据移植供受者之间的免疫遗传学差异，外周血造血干细胞移植可有以下种类：①异基因骨髓移植（Allo-MBT），异基因外周血造血干细胞移植（Allo-PBSCT）。②同基因骨髓移植（BMT），同基因外周血造血干细胞移植（PBSCT）。③自体骨髓移植（ABMT），自体外周血造血干细胞移植（APSCT）。④混合造血干细胞移植。

【操作前准备】

1. 供体的选择与术前准备 病人必须有合适的供体方能进行异基因造血干细胞移植，合适的供体主要通过 HLA-A、HLA-B、HLA-C、DR 等微量细胞毒试验及供者与受者的混合淋巴细胞培养试验等检测方法确定。供体的年龄 8～60 岁均可。合适的供体确定后，供体还应做详细的体格检查，这些检查包括：①血常规、血小板、网织红细胞、凝血酶原时间、尿常规。②ABO 血型、红细胞其他血型与同工酶。③血清电解质、肝肾功能。④肝炎相关抗体

与抗原，人类巨细胞病毒（CMV）抗体。有条件时查单纯疱疹病毒（HSV），水痘带状疱疹病毒（VZV）、EB病毒抗体。⑤淋巴细胞染色体核型分析，免疫指标（淋巴细胞转化试验、T_4、T_8 等）。⑥心电图、X线胸片、腹部B超。

2. 受体的术前准备

（1）详细病史　包括核实诊断依据、疾病治疗史、有否放疗史、输血史、药物过敏史、其他疾病史及心理学测评。

（2）体格检查　包括全面体检，特别要注意口腔、肛门等处有无急慢性病灶，余同供体术前体格检查第⑥项。

（3）组织配型检查。

（4）其他检验同供体术前体格检查第①、第②、第③、第④项。

（5）有关血液病本身的检查　骨髓穿刺，脑脊液检查，注意有否髓外白血病。

3. 层流无菌病房的准备　病人进入层流无菌病房前一周全部房间需同时清洁消毒，消毒步骤如下：

（1）清洗　用清洁剂和清水将房间内的灰尘和污垢清洗掉，包括墙壁、天花板、地板及室内所有物品家具、过滤网，均拆下清洗。

（2）擦拭消毒　用1：200的84消毒液擦洗单元内各房间的墙壁、天花板及所有物品家具，尤其要注意死角卫生；用0.5％过氧乙酸擦洗病人居住室的墙壁、天花板、地板、床、治疗车、桌椅、电视机、血压计等所有家具物品及医疗物品。

（3）喷雾灭菌　喷雾前将各房间家具及所熏物品摆放好，打开抽屉、柜门、暖气塞及所有容器，然后用气雾喷枪（雾粒直径＜30μm，使过氧乙酸溶液的雾粒均匀分布于室内空间，然后雾粒覆盖在物体表面达到消毒作用。2％过氧乙酸溶液 $8mL/m^2$，密闭24小时，即可达到物体表面的消毒要求。

（4）通风　喷雾消毒24小时后，开动层流无菌室空气压缩机将空气净化2天（此后不能再切断空气压缩机电源，直至病人转出层流室）。工作人员按洁净室规则进入层流室进行细菌培养，培养结果细菌数为零时，准备接受病人入室。

4. 受体入层流无菌室前的护理　病人入层流无菌室前3～5天按时督促病人口服诺氟沙星、制霉素、复方磺胺甲噁唑等肠道消炎药物，三餐饮食经微波炉消毒后方可食用，每天餐后、睡前、醒后用0.05％氯己定消毒液漱口护理，并早晚认真刷牙。眼、耳、鼻每天清洁消毒 3 次，每次便后清洗肛周，再涂 0.025％聚维酮碘消毒。入室前 1 天为病人修剪指、趾甲，剃头，全身备皮及淋浴后，更换干净病号服。入室前晚及入室当天晨给病人清洁灌肠。入无菌室前予 0.05％氯己定消毒液浸浴身体 30 分钟进行皮肤消毒，穿无菌衣服，予无菌床单包裹入无菌层流室。

【护理注意事项】

1. 一般护理

（1）病人在层流无菌室居住时间约 25 天，从预处理开始至离开移植室前应 24 小时维持静脉通路畅通，提供舒适、安静的休息睡眠环境，协助病人日常生活。当骨髓抑制，细胞极期（WBC<1.0×10^9/L，PLT<20×10^9/L，Hb<60g/L）时，应卧床休息，照顾病人日常生活。当骨髓造血功能恢复，血细胞上升时（WBC>2.0×10^9/L，PLT>50×10^9/L，Hb>70g/L），指导病人床旁活动。

（2）由于卧床期间活动量少，加上大剂量化疗，胃肠功能紊乱，及止吐剂的使用，病人可出现便秘。因此应进食蔬菜，酌情给予麻仁丸软胶囊软化大便，以维持大便通畅，防止肛裂的发生。

（3）部分病人在预处理后及血细胞极低时，可出现腹泻，此时应视腹泻情况给予禁食、流质或半流质饮食，可食用蒸苹果收敛胃肠道，每次便后清洗肛周。

（4）每天晨起应测腹围和体重，了解全身的营养状况。

2. 饮食护理

（1）为了防止肠道感染，病人需进食无菌饮食，即每次食用的食物均需经微波炉消毒，盛食物的餐具需经消毒柜消毒。

（2）食物应高热量、高蛋白、高维生素、易消化，禁止食用硬性或带刺食物，食物宜新鲜。

（3）细胞极期或腹泻时，禁止食用水果。当造血功能恢复即 WBC>4.0×10^9/L 时，方可食用新鲜水果，水果经清洗后予 1∶5000 的高锰酸钾液或 1∶2000 氯己定溶液浸泡 30 分钟，再用冷开水冲洗，无菌刀削皮后食用。

（4）预处理期间及预处理后 1 周内病人进食最困难，将饮食改为易消化的半流或少渣食物，采用少量多餐的进食方法，每天可进 6 餐，如鱼汤、果汁、蛋花汤、各种粥类等。移植两周后视病人消化能力可适当增加饭量，食用鸡肉、鱼肉等。

（5）进食前双手经茂康消毒剂擦拭消毒灭菌，并用漱口水漱口后方可进食，食后3分钟再用漱口液漱口，注意含漱要彻底。

3. 无菌环境的保护　每个工作人员注意保持环境的整洁，必要时随时清理。病房清洁的先后顺序为：四室—三室—二室—治疗室—厕所—浴室。各室清洁的先后顺序为：屋顶—四周墙壁—屋内所摆放的物品—地面。做清洁卫生时要认真仔细，不留死角。具体措施如下：①用0.5%过氧乙酸液擦拭四室（病人居室）的天花板、墙壁、屋内所摆放的所有物品，包括治疗车、药瓶等，每天1次。②用1：100的84消毒液擦拭三室、二室、治疗室、办公室的天花板、墙壁及各室的所有家具及物品，包括输液架、输液泵、病历夹等，每天1次。③用0.5%过氧乙酸液湿擦四室地板，1：100的84消毒液湿擦三室、二室、治疗室、办公室等地板，每天2次。④用0.5%过氧乙酸液喷雾消毒各室，每天2次，消毒灭菌机消毒病人居室，每天2次。⑤拿入移植室的物品用双层布包好，高压灭菌后经清洁口打开外包布递入移植室，不需高压消毒的物品需用环氧乙烷熏蒸或1：100的84消毒液浸泡30分钟后递入移植室，注意所有物品必须经消毒处理后方可拿入四室。⑥进入层流无菌病区均需按层流无均病区的无菌原则执行。⑦经常保持各室的清洁卫生。⑧拖鞋每天用1：100的84消毒液浸泡30分钟。⑨每周做空气培养及各类物品细菌培养1次，以便及时改进工作。

4. 无菌护理　造血干细胞移植病人经大剂量化疗和放疗，外周血白细胞急剧下降，此时对病人的消毒隔离尤为重要，一切操作都要严格执行无菌操作规程，具体措施如下：①无环鸟苷滴眼液、庆大霉素滴眼液、氧氟沙星滴眼液交替滴眼，每天4次。② 1：2000氯己定液棉签擦拭鼻腔、外耳道，每天4次，氯霉素地塞米松滴耳液滴耳，每天4次，复方薄荷滴鼻液、链霉素滴鼻液交替滴鼻，每天4次。③生理盐水行口腔护理，每天4次，4%碳酸钠液、甲硝唑液交替漱口，并测试口腔pH值，保持中性。出现口腔溃疡按口腔溃疡护理。④每天早晚及每次大便后用0.05%氯己定液冲洗会阴后，用莫匹罗星软膏或金霉素软膏涂抹肛周，有痔疮者用角菜酸酯栓剂。便后用0.05%氯己定液洗手。女病人月经期间不宜坐浴，应增加冲洗次数。医务人员处理完大小便后应洗手，消毒液泡手，更换手套。⑤注意皮肤清洁，每天早晚用0.05%氯己定液擦拭全身，并坐浴2次，擦拭后更换无菌衣裤，擦浴时注意保暖，平时洗手、洗脸均用氯己定溶液。⑥病人的一切治疗应严格执行无菌操作规程。⑦病人所有日常用物如水杯、痰缸、脸盆、毛巾等用物需高压消毒，每天1次；床上用物经高压消毒后隔天更换1次；痰盂、持物缸、持物钳、敷料缸、消毒瓶每周更换2次。⑧大便的处理：用消毒过的塑料袋垫在痰盆上，便后兜起送出至污物口即可。⑨呕吐物及漱口水的处理：用消毒过的塑料袋垫在已消毒过的塑料桶上，随时兜起拿出。⑩饮食消毒同"饮食护理"。

5. 并发症的护理

（1）移植物抗宿主病（GVHD）　①严密观察生命体征，注意皮肤、口腔、肝脏和胃肠道受损及变化情况。②根据病人发生GVHD的程度不同给予相应清淡、易消化、营养丰富的饮食，1级GVHD者给予低菌饮食，2级GVHD给予低菌半流质饮食，3级GVHD以上给予无菌流质饮食，并发肠梗阻者应禁食。③出现皮肤GVHD时，注意全身皮肤的清洁，每天用温水擦洗2次，及时洗掉坏死的皮屑，减少或避免感染的机会。皮肤干裂可涂无菌液状石蜡；瘙痒者涂抹可的松类软膏，剥脱时用清洁剪刀剪去脱起的皮肤，叮嘱病人避免抓破皮肤，保持床单位干净整洁。破溃并有少许渗出液时，用生理盐水清洗创面后，外敷诺氟沙星粉。如出现大的水疱，在无菌操作下抽出液体，皮肤如出现广泛的表皮松解，注意避免破溃处感染，可给予无菌床单位，并保持创面的清洁干燥。④出现肠道GVHD时，准确记录每次腹泻的时间、次数、腹泻物的性质，了解肠道GVHD的程度。腹泻后以温开水清洗肛周，再在局部涂四环素软膏，预防肛周感染。腹痛时可给予解痉药止痛；发生肠梗阻时，遵医嘱行胃肠减压、禁食等对症处理。⑤肝脏发生GVHD时，应观察皮肤、巩膜黄染情况，遵医嘱及时抽血行肝功能化验检查。

（2）出血性膀胱炎　①严密观察体温、脉搏、呼吸、血压、尿量、尿色的变化，准确记录每天出入量。②充分水化，超量补液。每天输液量4000～5000mL，液体24小时匀速输入。③利尿，可用呋塞米20mg静脉注射，注意给药前保证水化，同时注意避免水、电解质紊乱。④充分碱化尿液，使尿液的pH值为7～8，以保护膀胱黏膜。⑤遵医嘱及时输入美司钠。⑥Ⅲ度出血性膀胱炎病人，可间断插尿管，用盐水冲洗膀胱以阻止血块形成。

（3）肝静脉阻塞病（VOD）　①每天晨起准确测量体重、腰围，记录输入和排出量，严密观察体温、脉搏、呼吸、血压、神志、黄疸的变化。②鼓励进食，调节口味，以防水、电解质紊乱及营养缺乏。如血氨偏高或伴有脑病的病人，应限制蛋白质的摄入量或禁食蛋白质；腹水明显者，应限制钠盐的摄入，控制输液量和速度。③卧床休息，减轻肝脏在代谢方面的负担。④腹水明显者加强皮肤护理。⑤遵医嘱及时抽血查生化全项，了解病情。⑥VOD伴脑性昏迷时，按昏迷护理常规护理。

（4）间质性肺炎　①严密观察生命体征、神志、发绀与呼吸困难、咳嗽的变化，取半坐

卧位，给予心理安慰。②氧气治疗，根据临床表现和血气分析的结果调节氧浓度和流量。③按医嘱及时、准确采集血样做血气分析。④保持环境安静、舒适，空气新鲜，温度18℃～20℃，湿度60％左右；给予充足的水分以保证呼吸道黏膜的湿润与黏膜病变的修复。

6. 心理护理　造血干细胞移植病人，由于大剂量的化疗对身体造成的重创所产生的不适，以及长期与外界隔离不能进行心理交流使自我心理处于封闭状态及各种并发症造成的痛苦，都将导致病人在层流室治疗期间大幅度的心理波动，从而降低因期待治愈疾病所产生的顺应性，影响治疗效果。因此应加强移植病人的心理护理，将不良心理引导至正常状态。

（1）在移植前，护理人员主动与病人及家属进行交谈，讲清如何与护理人员配合，向病人讲明移植治疗的方法及具体内容，以稳定情绪，消除病人对移植术及治疗环境陌生所产生的恐惧、担忧和不安心理。并对病人交代进入层流病房后，饮食、用物和生活环境均要求无菌，一切按规定进行。同时，根据不同病人的特点，室内可适当放置小型收录机、游戏机等，儿童可放置心爱的小玩具，用来调节情绪。

（2）向病人讲述移植过程中各个环节可能出现的问题及注意事项，使病人有良好的心理准备，增强战胜治疗过程中出现各种病痛的信心。

（3）病人进入层流病房后，护理人员应帮助病人尽快适应空气层流病房的环境，使其了解常规护理（如眼、耳、鼻、口腔、咽喉、肛门及全身皮肤的清洁消毒，无菌饮食，室内物品的消毒灭菌及各种保洁措施）的重要性。

（4）通过传呼系统如对讲机、电话等，加强病人与亲人的联系与沟通，必要时医护人员与家属要想方设法了解病人的心理，使其配合医疗和护理工作。

（5）当白细胞下降至零时，可有发热、出血倾向、口腔溃疡和明显乏力等临床表现而产生大幅度的情绪波动，此阶段护理人员应抽出更多的时间陪伴病人，针对病人的心理变化及时做好心理疏导和心理支持，也可请移植成功病人通过传呼系统与其交流，增强其战胜疾病的信心。

7. 出院指导　行异基因外周血造血干细胞移植术后的病人出院时白细胞＞$4.0×10^9$/L，但病人的免疫功能十分低下，加之移植后半年内需服用免疫抑制剂环胞素，出院后仍有受细菌、病毒、真菌等病源微生物感染的危险，故仍需加强防护。具体措施如下：

（1）保持全身皮肤清洁，每天清洗1次，勤剪指甲，早晚刷牙，餐后漱口，坚持戴口罩，注意保暖，及时增减衣服，便后清洗肛周等。

（2）保持充足有效的睡眠时间，午饭后睡眠 1 小时，养成良好的生活习惯。

（3）加强饮食管理，食用易消化、营养丰富的食物，严禁暴饮暴食和饮酒，禁食辛辣、生冷及易腐烂的水果，以免刺激胃肠道引起腹泻或肠道感染等不适。

（4）为预防移植物抗宿主病，应遵医嘱服用环胞素，并随时注意手掌和脚掌面、面部及全身有无发痒、发红等异常的感觉，有无巩膜黄染、腹泻及大便性质改变。如有异常，及时就诊。

（5）根据全身情况定期到医院检查血常规、肝肾功能、环孢素浓度，出院后每 3 个月来医院复查 1 次。

（6）出院后 1 年内要生活在整洁、通风、光线充足、绿化较好无污染的环境中，尽量不停留于公共场所，亲友交往不宜过多，严禁吸烟。

（7）学会自我调节，保持心理平衡，多和家人谈心，保持乐观情绪，有利于提高免疫力。

（8）出院后半年内活动量不宜过大，不能劳累；1 年后如无并发症或并发症好转，自我感觉良好，可在保持良好生活习惯的条件下继续上学或者工作。

（张毅辉　王玉花　李旭英　沈波涌）

第 八 章

肿瘤科护理教学

　　肿瘤学是一门较年轻且发展迅速的学科。随着肿瘤研究的进展，加之诊疗技术的不断发展及抗肿瘤药物在临床的应用，有关肿瘤护理新知识、新技术也需不断充实及完善，肿瘤科护士在处理癌症本身及治疗所带来的不良反应等方面亦需发挥重要作用。疼痛处理、营养支持、康复护理、社会心理支持、健康教育等均与肿瘤护理密切相关。肿瘤护理已发展为跨多学科的护理专业，护士的工作范围正在不断扩大，因此要求肿瘤科护士必须经过专业培训，熟悉肿瘤护理学理论，不断更新知识，掌握最新技术及信息，使之与临床实践相联系，促进学科发展。

　　随着现代护理观念的转变，护理模式已从"疾病"护理模式转为"整体"护理模式。因此从我国护理教育到护理临床实践，在肿瘤护理这一领域必须培养出以病人为中心，运用护理程序进行整体护理的护理专业人员。要求肿瘤科护士具备评估病人身体、心理、社会状况的理论水平，正确提出现存和潜在的健康问题的护理诊断，对病人进行有计划的、主动的、全面的整体护理，使病人达到最佳的健康状态。

　　伴随肿瘤护理的发展，启发和鼓励护士进行癌症护理研究是提高肿瘤科学护理水平的重要途径，由于近年来肿瘤护理领域加强了与国际间的学术交流及肿瘤专科护理知识的不断提高，在临床已开始进行有关肿瘤护理研究，撰写护理科研论文等科研活动。但其科研质量有待提高，如大多数是回顾性、经验总结或是在医师或研究人员指导下完成的。因此提高我国肿瘤科护士的科研意识及水平，提高护士的教育水平，是当前的首要任务。

21世纪护理学的进展，将会对肿瘤护理领域产生较大的影响，并提出新的挑战。为了推动肿瘤护理向前发展并与国际接轨，必须培养跨世纪的护理人才。在护理教育中设置独立的肿瘤护理专业，将是护理教育改革的重大举措。

1. 护理教育，应在中专和大学护理教育课程中增设"肿瘤学及护理"，保证足够的学时，安排一定的临床实习，使在校学生既能了解肿瘤学基础知识，又能初步掌握肿瘤专科护理的基本知识与技能。

2. 开办肿瘤护理硕士、博士教育，以健全肿瘤护理三级教育体系，培养具有较高理论水平、教学、科研和组织领导能力的高级肿瘤护理人才，使之在专业队伍中具备担任各级护理领导与护理师资的必备条件。

3. 国外护理研究作为一门课程已成为护士攻读护理学位的重要课程。要求我国护理教育应将科研纳入其中，使之在21世纪培养一批具有科研素质的肿瘤专科护理人才。

4. 随着科学技术的迅速发展，知识更新周期不断缩短，护理专业单靠一次性学校教育和临床实践的经验式传授已不能适应学科发展的需要。为满足肿瘤护理专业需要，必须逐步建立连贯性肿瘤护理学教育的完整体系和制度，设立肿瘤护士准入制度，做到肿瘤护士执证上岗；广开思路为护士提供各种接受继续教育的机会，如建立肿瘤护理进修培训教育基地、有计划地组织举办肿瘤护理学习班、专题讲座及学术交流等，将现代护理领域中的新理论、新知识、新技术对各级护理人员进行讲授及培训，使之培养成为科研型、实用型人才。

第一节　大专护理教学

一、教学目标

（一）素质要求

1. 明确肿瘤专业护士应具备的素质要求，培养"以人为本"、"以病人为中心"的整体护理理念，运用科学而娴熟的护理技能，满足病人的身心护理需求。

2. 培养学生严谨、慎独、无私、细致、一丝不苟的工作作风，对病人具有爱心、耐心和同情心。

3. 培养学生对肿瘤病人病情变化的观察能力及紧急处理问题时的良好心理素质。

4. 培养学生刻苦勤奋、严谨求实的学习精神，严格遵守各项护理制度和操作规程。

（二）理论知识

1. 掌握常见肿瘤的护理评估。

2. 掌握肿瘤化疗病人的护理。

3. 掌握肿瘤病人化疗静脉的管理。

4. 掌握肿瘤放疗病人的护理。

5. 掌握肿瘤病人常见症状的护理。

6. 掌握医务人员职业安全防护的原则。

7. 了解外科各系统的结构和生理功能、外科护理学的范畴及发展，了解外科系统常见肿瘤病因、发病机制、临床表现、实验室检查、诊断及处理原则和外科各系统的术前术后护理。

（三）技能操作

1. 掌握常见肿瘤病人入院时及住院期间的健康教育及出院健康指导。

2. 学会各种基础护理及护理操作技能。

3. 熟悉常见肿瘤的护理病历书写、各项护理记录单填写、危重病人特护记录单、损伤性操作签字同意书及护理交班报告的书写。

4. 熟悉各种常见肿瘤手术的术前、术后护理，如肺叶切除术、食管成形术、肠造口、喉造口、乳腺肿瘤切除术、口腔肿瘤手术、显微外科手术、盆腔肿瘤手术及各引流管护理。

5. 熟悉各种常见肿瘤护理健康教育知识与技巧，如化疗健康教育、放疗健康教育、手术前后健康教育、中医药治疗健康教育、特殊检查、治疗健康教育。

6. 学会心电图机、心电监护仪及呼吸机的操作，了解正常心电图常见的心律失常的心电图改变及呼吸机各种参数设置。

7. 熟练掌握外科常用护理技术操作，如物品消毒灭菌、术前备皮、各种手术体位的摆放，手术配合、中心静脉压监测、徒手心肺复苏、各种引流管护理、人工肛门护理、会阴冲洗、气管切开、腰椎穿刺、脑室引流护理，胃肠减压，上肢功能康复训练，有效咳嗽训练。

二、教学安排

（一）落实措施

1. 理论学习　时间为 2 个月。培训内容：

（1）肿瘤外科治疗及护理。

（2）肿瘤化疗及护理。

（3）肿瘤放疗及护理。

（4）化疗静脉的评估和合理选择。

（5）化疗药物的正确使用方法。

（6）化疗药物外渗的正确处理。

（7）肿瘤病人常见症状（恶心、呕吐、便秘、腹泻、口腔并发症、疼痛、凝血功能障碍）的护理。

（8）化疗药物的职业危害。

（9）职业接触抗肿瘤药物的规范化操作程序。

（10）放疗的职业危害。

2. 临床学习　时间为 10 个月。

（1）内科学习 12 周，外科 12 周，放疗科 4 周，手术室 4 周，ICU 病房 4 周，层流室 2 周，供应室 2～4 周。

（2）参加护理工作时，每位学生必须按护理程序要求，对 2～3 位病人实施整体护理，并在手册上记录，书写完整的护理个案病历 1 份。

（3）学生必须学会书写交接班报告 1～2 次，并书写重症病人特护记录 2 人以上，能在晨会上作交班报告 2 次。

（4）组织对心电图机、心电监护仪操作示教 1 次，呼吸机操作示教 1 次，抢救技术如心脏骤停的演示 1 次，人工肛门护理演示 1 次。

（5）每位学生能独立完成 4～6 项常用护理技术操作，晨会提问不少于 4 次。

（6）结合病历进行教学查房 1 次，每周小讲课 1 次，教学查房由教学秘书组织，护士长和带教老师参加。

（二）时间安排

第1周

1. 熟悉病室环境、规章制度、各物品放置的位置。

2. 介绍跟班带教老师，介绍病室常见肿瘤及专科护理特色。

3. 参加晨间或床边提问，进行基础护理和基础护理操作训练。

4. 了解护理记录书写的要点、要求，掌握病人入院、出院的护理工作。

5. 专科护理知识小讲课1次，并做好记录。

第2周

1. 晨间或床边提问专科护理内容。

2. 检查基础护理操作掌握情况。

3. 布置学生负责护理1名病人，按护理程序进行整体护理，书写1份完整的个案护理记录。

4. 专科护理知识学习和专科护理操作训练。

5. 书写交班报告，并在晨会上报告，掌握医嘱处理和三测单绘制。

6. 专科护理知识小讲课1次，并做好记录。

第3周

1. 学习所在病室危重病人监护、抢救和护理，以及护理技术新进展。

2. 心电监护及特殊治疗护理操作示教，介绍抢救流程和配合。

3. 学习各种风险预案及处理流程。

4. 书写特殊记录1～2份。

5. 选择病例，组织教学查房1次。

6. 学习危重病人护理、专科理论知识及操作训练。

7. 对病人及家属进行健康教育和心理指导，做好身心护理。

8. 专科护理知识小讲课1次，并做好记录。

第4周

1. 专科理论及专科护理操作考核，如引流管护理、气管切开护理。

2. 组织进行急救技术操作演示1次。

3. 书写实习小结与实习手册。

4. 评估、总结。

三、教学效果评估

（一）阶段性评估

在教学过程中，根据学生护理病人的情况，半月提问、会谈、记录、讨论等形式，评估是否按教学目标进行学习。

1. 检查学生实习计划表，了解学生对实习计划的实施情况。

2. 了解学生在实际护理过程中基础护理、专科护理知识的掌握情况和技能操作水平。

3. 检查学生的个案护理计划，了解学生对常见肿瘤病人的护理水平。

4. 通过提问和讨论发言，了解学生的知识水平。

（二）总结性评估

在实习结束时，根据学生的考试、记录类的综合分析，总结并评估是否达到教学目标。

1. 根据教学目标，评估是否达到目标。

2. 通过专科理论知识考试评估对专科护理知识的掌握情况。

3. 通过专科护理操作考核评估学生的技能操作水平。

4. 评估学生的个案护理计划和护理记录的书写质量。

5. 从总结讨论会中了解学生的反馈、评估教学效果。

第二节　本科护理教学

一、教学目标

（一）素质要求

本科护理教学素质要求与大专教学的要求相同。

（二）理论知识

1. 掌握常见肿瘤的护理评估。

2. 掌握肿瘤化疗病人的护理。

3. 掌握肿瘤病人化疗静脉的管理。

4. 掌握肿瘤放疗病人的护理。

5. 掌握肿瘤病人常见症状的护理。

6. 掌握医务人员职业安全防护的原则。

7. 掌握肿瘤病人的康复护理。

8. 掌握肿瘤病人的心理需求及护理要点。

9. 掌握肿瘤护士的沟通技巧及职业压力调适。

10. 了解外科各系统的结构和生理功能、外科护理学的范畴及发展，了解外科系统常见肿瘤病因、发病机制、临床表现、实验室检查、诊断及处理原则，外科各系统术前、术后护理。

（三）技能操作

1. 掌握肿瘤内科、外科、放疗科系统常见肿瘤的护理病历书写、各种护理记录单填写、危重病人特殊护理记录单及护理交接班报告的书写。

2. 能对肿瘤病人实施健康教育（包括入院指导、疾病知识、特殊检查和治疗知识、用药指导、心理指导、出院指导等）。

3. 了解护理查房、护理病历讨论、疑难病例护理会诊的组织与实施方法。

（四）ICU 病房

1. 理论知识　①了解 ICU 病房的配置与布局、ICU 病房的工作制度。②掌握肿瘤常见急症（上腔静脉压迫综合征、心脏骤停、骨髓抑制、大咯血、消化道出血、呼吸道阻塞）的临床表现、评估要点、治疗原则和护理措施。③掌握各种大手术（颅内肿瘤手术、脑室外引流、肺叶切除、气胸护理、食管肿瘤手术、气管切开）的评估要点、治疗护理措施。④熟悉正常心电图和常见的异常心电图的相关知识。

2. 技能操作　①掌握心电图机、心电监护仪、输液泵、呼吸机的使用与监护方法（包括各项参数的设置），熟悉心电图的分析。②掌握各种大型手术（纵隔肿瘤、肺叶切除、肝肿瘤切除、颅内肿瘤切除、嗜铬细胞瘤切除）的观察要点及护理措施。③掌握基本的抢救技术，如徒手心肺复苏术、呼吸机的使用等。④做好病人的基础护理。

二、教学安排

（一）落实措施

1. 理论学习　时间为 2 个月。培训内容：

（1）肿瘤外科治疗及护理。

（2）肿瘤化疗及护理。

（3）肿瘤放疗及护理。

（4）化疗静脉的评估和合理选择。

（5）化疗药物的正确使用方法。

（6）化疗药物外渗的正确处理方法。

（7）肿瘤病人常见症状（恶心、呕吐、便秘、腹泻、口腔并发症、疼痛、凝血功能障碍）的护理。

（8）肿瘤病人的康复护理。

（9）护士的沟通技巧及职业压力调适。

（10）肿瘤病人的心理护理及社会支持。

（11）肿瘤治疗中的职业安全防护。

2. 临床学习　时间为 10 个月。

（1）同大专教学"落实措施"第 1～5 点。

（2）选择具有本科以上学历或主管护师以上职称的老师担任带教老师。

（3）在带教老师的指导下，认真备好课，为大专实习生小讲课 1～2 次。

（4）要求书写完整护理病历 2 份，心电监护仪使用 10 次以上，呼吸机使用 1～2 次，输液泵使用 5 次以上。

（二）时间安排

第 1 周

1. 同大专教学"第 1 周"的第 1～5 点。

2. 指导学生负责护理 1 名病人，按护理程序对病人实施整体护理并写出完整的护理病历。

第 2 周

1. 同大专教学"第 2 周"的第 1、第 4、第 5、第 6 点。

2. 指导学生对病人进行健康教育。

3. 为大专实习生小讲课 1 次。

第 3 周

1. 同大专教学"第 3 周"的第 1~7 点。

2. 学习基本抢救技术、肿瘤急症紧急处理、危重病人护理，书写危重病人的完全护理病历 1 份。

3. 为大专实习生小讲课 1 次。

第 4 周

1. 同大中专教学"第 4 周"的第 1~4 点。

2. 掌握完成心电图分析、心电监护仪、呼吸机的使用方法。

三、教学效果评估

同大专"教学效果评估"。加强与学生的沟通、交流。通过反馈，掌握学生完成学习的程度，及时发现和了解教学工作中存在的问题，不断改进教学方法，掌握新的教学信息，提高临床带教质量。

第三节　进修生护理教学

一、教学目标

（一）素质要求

1. 各综合医院新开设肿瘤科的护士。

2. 各地新开设肿瘤医院的护士。

（二）理论知识

1. 肿瘤护理概论　①肿瘤专科护理的特点及发展。②肿瘤的预防与控制。③肿瘤的分类及分期。④肿瘤的流行病学。

2. 肿瘤的临床治疗方法、原则及护理　①肿瘤综合治疗的原则。②肿瘤外科治疗及护理。③肿瘤化疗及护理。④肿瘤放疗及护理。

3. 化疗静脉的管理　①化疗静脉的评估和合理选择。②化疗药物的正确使用方法。③化疗药物外渗的正确处理。④外周中心静脉导管在肿瘤化疗中的应用及护理。

4. 肿瘤病人常见症状的护理　①恶心呕吐的护理。②便秘、腹泻的护理。③口腔并发症的护理。④疼痛的护理。⑤疲劳的护理。⑥发热的护理。⑦凝血功能障碍的护理。⑧恶性积液的护理。⑨上腔静脉压迫综合征的护理。

5. 肿瘤病人的康复护理　①头颈部肿瘤病人的康复。②乳腺癌病人的康复。③肺癌病人的康复。④造口术病人的康复。

6. 肿瘤病人的心理护理及社会支持　①肿瘤病人的心理反应特点。②肿瘤病人的心理护理。③肿瘤病人的社会支持。④肿瘤病人的人文关怀。

7. 护士的沟通技巧及职业压力调适　①沟通技巧的应用。②肿瘤护士职业压力调适。

8. 肿瘤治疗中的职业安全防护　①化疗药物的职业危害。②职业接触抗肿瘤药物的规范化操作程序。③放疗的职业危害。④肿瘤治疗的安全环境及职业防护。

（三）技能操作

1. 掌握肿瘤的临床治疗方法、原则。

2. 掌握肿瘤化疗病人的护理。

3. 掌握肿瘤病人化疗静脉的管理。

4. 掌握肿瘤放疗病人的护理。

5. 掌握肿瘤病人常见症状的护理。

6. 掌握肿瘤病人的康复护理。

7. 掌握肿瘤病人的心理需求及护理要点。

8. 掌握肿瘤科护士的沟通技巧及职业压力调适。

9. 掌握医务人员职业安全防护的原则。

二、教学安排

1. 理论培训时间1个月。

2. 病房进修学习2～3个月。

（1）安排专人负责进修生的教学管理。

（2）在内科、外科、放疗科进修2个月以上者，可安排担任负责护士，书写完整护理病历1～2份。

（3）参加护理查房每月1次。

（4）结业　由所在科室进行理论与操作技能考试、总结、鉴定。

三、教学效果评估

1. 通过平时的工作情况及对病人的护理质量，评估进修生的专科理论水平和实际工作能力是否得到提高。

2. 每月举行一次座谈会，交流进修学习过程中的体会，为进修生提供相互沟通、反馈的机会，重视进修生的意见和要求，根据具体情况适当调整计划。

3. 通过结业考试考核结果，了解进修生的专业水平，评估教学质量。

（李旭英　周硕艳　张毅辉）

第 九 章

肿瘤科在职护士培训

护理学继续教育是一个终身连续的过程。随着肿瘤学科的不断发展，肿瘤学基础与临床研究的不断深入以及抗肿瘤药物的临床应用，它促使肿瘤护理知识与技术不断地得到更新与提高。作为从事肿瘤专业的护理人员，必须与时俱进，更好地理解和掌握肿瘤专科知识，为病人提供全方位的优质服务。因此，对于毕业后从事肿瘤护理的专业护士，除具有专业院校的基础医学知识之外，还必须接受肿瘤专业知识的继续教育，系统地学习肿瘤护理理论和专科操作技术，制定规范化的培训制度和明确培训目标与内容，以及严格的考评制度。肿瘤专业护士的在职培训分三阶段进行：第一阶段是全科护士（GN）的培训（护士、护师阶段培训），第二阶段是临床经验护士（Clinical Clnician）的培训（主管护师），第三阶段是临床护理专家（CNS）的培训（副主任护师、主任护师培训）。

第一节　护士培训

护士培训分三个阶段进行，本科、大专毕业生在 5 年内完成以下全部内容。

一、培训目标

1. 第 1 阶段（毕业后 1 年）　基本理论、基本知识和基本技能的培训。

（1）树立牢固的专业思想。

（2）掌握各班工作职责与流程。

（3）学习护患沟通技巧，学习相关法律知识及国家执业考试教材内容，达到国家执业护士标准。

（4）掌握基本理论、基本知识和基本技能，并与临床实践相结合。

（5）达到或具备护师的资格和标准。

2. 第2阶段（毕业后2～3年）　肿瘤专科护理知识的培训。

（1）掌握肿瘤临床的治疗方法、原则。

（2）掌握肿瘤化疗病人的护理。

（3）掌握肿瘤病人化疗静脉的管理。

（4）掌握肿瘤放疗病人的护理。

（5）掌握肿瘤病人常见症状的护理。

（6）掌握肿瘤病人的康复护理。

（7）掌握肿瘤病人的姑息护理。

（8）掌握肿瘤病人的心理需求及护理要点。

（9）掌握肿瘤病人的营养支持。

（10）掌握肿瘤科护士的沟通技巧及职业压力调适。

（11）掌握医务人员职业安全防护的原则。

3. 第3阶段（毕业后4～5年）　肿瘤急症知识的培训。

（1）学习和掌握专科的理论知识和临床操作技能。

（2）学习最新医疗护理理论，基本掌握呼吸机、心电监护仪、输液泵等常规仪器的使用和保养方法。

（3）掌握和配合专科抢救知识与技能，掌握肿瘤症状护理及肿瘤急症的观察及处理原则，能独立运用护理程序对病人实施整体护理，完成各项护理文书书写，能协助完成中专护士临床带教工作。

（4）逐步达到护师的资格和标准。

二、培训方法

1. 第1阶段（毕业后1年）

（1）岗前教育的培训　新护士上岗前，由医院及护理部组织实施"岗前教育"，学习护理人员礼仪、行为守则、法律法规、各项规章制度、各类工作职责、护理职业防护、护理风险防范、消防安全知识和44项护理技术操作训练。

（2）礼仪与行为守则的培训　①尊敬上级，服从安排，同事之间密切合作，积极交流，技术上互相协作，热忱关心，讲究诚信，互谅互让。②对病人态度热情，语言文明、礼貌、准确，对病人一视同仁，不谋私利。③举止端庄、稳重，着装整齐、清洁，佩戴胸牌上岗。④关心体贴病人，检查治疗及时，护理细心周到，护患之间相互尊重、认真负责。⑤忠于职守，履行责任与义务，积极参加医院各项活动，严格遵守各项医疗规章制度与操作流程，具备"慎独"精神。⑥刻苦钻研业务技术，不断更新知识，努力向上，积极进取。

（3）进入病室的培训　①病室基本情况介绍。②专业素质教育。③学习病室各项规章制度。④学习各班工作职责及工作流程。⑤介绍专科特点及要求。⑥44项护理操作技能的培训。

2. 第2阶段（毕业后2~3年）

（1）肿瘤护理概论　①肿瘤专科护理的特点及发展。②肿瘤的预防与控制。③肿瘤的分类及分期。④肿瘤的流行病学。

（2）肿瘤的临床治疗方法、原则及护理　①肿瘤综合治疗的原则。②肿瘤外科治疗及护理。③肿瘤化疗及护理。④肿瘤放疗及护理。⑤肿瘤介入治疗及护理。⑥造血干细胞移植术及护理。

（3）化疗静脉的管理　①化疗静脉的评估和合理选择。②化疗药物的正确使用方法。③化疗药物外渗的正确处理。④外周中心静脉导管在肿瘤化疗中的应用及护理。

（4）肿瘤病人常见症状的护理　①恶心呕吐的护理。②便秘、腹泻的护理。③口腔并发症的护理。④疼痛的护理。⑤疲劳的护理。⑥发热的护理。⑦凝血功能障碍的护理。⑧恶性积液的护理。⑨上腔静脉症候群的护理。

（5）肿瘤病人的康复护理　①头颈部肿瘤病人的康复。②乳腺癌病人的康复。③肺癌病人的康复。④造口术病人的康复。

（6）肿瘤病人的营养支持　①肿瘤病人的营养评估。②体重下降和恶病质。③肿瘤病人的营养支持。

（7）肿瘤病人的姑息护理　①姑息护理的概念。②终末期肿瘤病人的常见症状及护理。③终末期肿瘤病人的伦理问题。

（8）肿瘤病人的心理护理及社会支持　①肿瘤病人的心理反应特点。②肿瘤病人的心理护理。③肿瘤病人的社会支持。④肿瘤病人的人文关怀。

（9）护士的沟通技巧及职业压力调适　①沟通技巧的应用。②肿瘤护士职业压力调适。

（10）肿瘤治疗中的职业安全防护　①化疗药物的职业危害。②职业接触抗肿瘤药物的规范化操作程序。③放疗的职业危害。④肿瘤治疗的安全环境及职业防护。

3. 第 3 阶段（毕业后 4～5 年）

（1）肿瘤急症知识培训。

（2）分批参加 ICU，门诊、急诊短期轮训，掌握呼吸机的应用。

（3）具备对危重症病人进行急救处理和配合抢救的能力。

（4）参加护师资格考试。

第二节　护师培训

一、培训目标

1. 掌握肿瘤临床的治疗方法、原则，具有较坚实的基础医学和专科理论知识，熟练掌握常见护理技能操作。

2. 掌握专科新知识、新技术，能运用护理理论、护理技术和护理程序，掌握护患沟通技巧，对病人进行整体护理。

3. 掌握危重病人抢救技术与配合工作，掌握肿瘤治疗职业安全防护原则，掌握肿瘤病人常见症状的护理。

4. 参加护理科研课题设计，配合上级从事护理科研工作。

5. 具有阅读、会话与翻译一种外语短文的能力，主动阅读护理专业杂志和医学专业杂志。

6. 具备一定的病房管理能力。

7. 达到或具备主管护师的资格和标准。

二、培训方法

1. 专科新业务、新技术的学习，了解和掌握新仪器的应用和相关知识。

2. 参加各种教学活动，包括业务学习、专题讨论、护理教学与业务查房、护理安全质量分析、疑难病例讨论、短期或长期培训及外出进修等。

3. 担任责任护士或责任小组长，指导护士对病人实施整体护理。

4. 承担专业护士进修和实习护士的带教工作。

5. 参加护理科研活动，撰写论文。

6. 不具备本科学历者参加自考或成人教育，达到本科学历水平。

7. 自学或脱产学习外语 3 个月至 1 年。

8. 每年在专业期刊上发表论文 1 篇。

9. 参加各专业护士的培训（参照"主管护师培训"）。

10. 参加主管护师的考试，并达到标准。

第三节　主管护师培训

一、培训目标

1. 掌握肿瘤临床的治疗方法、原则，具有较坚实的基础医学和专科理论知识，熟练掌握常见护理技能操作。

2. 掌握专科新知识、新技术，能运用护理理论、护理技术和护理程序，掌握护患沟通技巧，对病人进行整体护理。

3. 掌握危重病人抢救技术与配合工作，掌握肿瘤治疗职业安全防护原则，掌握肿瘤病人常见症状的护理。

4. 参加护理科研课题设计，配合从事护理科研工作。

5. 具有阅读、会话与翻译一种外语短文的能力，主动阅读护理专业杂志和医学专业

杂志。

6. 具备一定的病房管理能力。

7. 参加各专业护士的培训。

二、培训方法

1. 营养专业护士培训

（1）理论　①基础营养。②食物营养与食品卫生。③人群营养。④公共营养。⑤营养缺乏与营养过量。⑥疾病营养。⑦营养强化与保健食品。⑧食品加工与烹饪。⑨肠内营养概论。⑩三升袋的配置。⑪肠内营养的解剖生理基础。⑫癌症病人的营养配置护理。⑬肠内营养临床应用及手术插管技术。⑭肠内营养的护理。⑮围术期营养知识。⑯肠外营养的应用及护理。

（2）技能　①住院病人营养调查。②肠内营养插管技术：鼻肠管、鼻胃管。③肠内营养插管技术：PICC。④营养输注泵的使用。

2. "心灵关怀"专业护士培训

（1）理论　①心理学。②癌症病人与心灵关怀。③心灵辅导理论与技巧。④异常心理辅导。⑤个人成长。⑥哀伤辅导。⑦危机辅导。⑧医学伦理。

（2）技能　①心灵关怀交谈技巧。②心理测验和心理评估。③临床病人心理辅导。④个案分析。⑤个案辅导。

3. 伤口/造口专业护士培训

（1）理论　①肠造口护理（术前定位）。②造口术后护理。③造口康复护理。④造口并发症预防及处理。⑤伤口护理。⑥造口灌洗。⑦压疮护理。⑧造口病人洗肠。⑨造口病人心理护理。

（2）技能　①示范操作术前造口定位。②示范操作造口护理。③造口护理用品的选择。④示范操作造口灌洗。⑤伤口的评估分类及记录。⑥新型敷料的特性及临床应用。

4. 肿瘤化疗专业护士培训

（1）理论　①肿瘤化疗护理概况和化疗病人心理护理及家庭社会支持。②肿瘤化疗专科防护新进展。③肿瘤化疗护理质量控制系统、控制标准、控制措施。④肿瘤内科常用化疗药物分类及辅助用药。⑤抗肿瘤药物的给药原则、途径、方法和给药流程。⑥肿瘤化疗药物毒性作用与护理。⑦肿瘤内科常见恶性肿瘤化疗护理。⑧肿瘤干细胞移植病人的护理。⑨CVC

和 PICC 置管及护理。

（2）技能　①呼吸系统、消化系统、血液系统、乳腺癌等肿瘤病人的病情观察、症状处理以及化疗护理。②化疗综合治疗病人的护理。③CVC 和 PICC 操作及在化疗中的应用。④化疗中病人的病情及输液监护。

第四节　主任、副主任护师培训

一、培训目标

成为某一领域的临床护理专家，并获得师资培训证。

二、培训方法

1. 造口治疗师的培训。
2. 肿瘤化疗护理专家的培训。
3. 肿瘤放疗护理专家的培训。
4. 营养师的培训。
5. 心理咨询师的培训。
6. PICC 护理专家的培训。

（李旭英）

附　模拟试题及参考答案

模　拟　试　题（一）

一、单项选择题（在备选答案中选择 1 个最佳答案，并把它的标号写在题干后的括号内）

1. 下列不属于癌前病变的是（　　）
   A. 脂肪瘤　　B. 黏膜白斑　　C. 宫颈糜烂　　D. 结肠息肉　　E. 皮肤乳头状瘤

2. 卫生部护理质量评比主要指标——病人对护理工作满意率为（　　）
   A. ≥93%　　B. ≥94%　　C. ≥95%　　D. ≥96%　　E. ≥97%

3. 病人化疗后静脉局部中度疼痛，轻度肿胀，灼热，评估属于静脉炎（　　）
   A. 0 级　　B. Ⅰ级　　C. Ⅱ级　　D. Ⅲ级　　E. Ⅳ级

4. 病人中度呼吸困难伴明显发绀，PaO_2 为 35～50mmHg，给予吸氧，氧浓度为（　　）
   A. 15%～20%　　　　B. 25%～40%　　　　C. 40%～55%　　　　D. 55%～65%
   E. 60%～70%

5. 对病人发生压疮的危险性进行评估，评分小于等于多少分时，易发生压疮，且分数越低，发生压疮的危险性越高（　　）
   A. 16 分　　B. 18 分　　C. 20 分　　D. 22 分　　E. 24 分

6. 当病人看到化验结果或得知患了恶性肿瘤时，往往很震惊、麻木甚至晕厥。这种现象属于心理反应的哪个阶段（　　）
   A. 体验期　　B. 怀疑期　　C. 恐惧期　　D. 幻想期　　E. 绝望期

7. 下列属于抗肿瘤药所致的局部毒性反应的是（　　）

A. 胃肠道反应　　B. 口腔黏膜反应　　C. 静脉炎　　D. 出血性膀胱炎　　E. 高尿酸血症

8. 上消化道大出血一般是指数小时内失血量超过多少毫升或占循环血量的百分之几及以上者（　　　）

A. 600mL，10%　　B. 800mL，20%　　C. 1000mL，20%　　D. 1200mL，20%

E. 1500mL，25%

9. 眼眶手术最严重的并发症是（　　　）

A. 视力丧失　　B. 伤口出血　　C. 神经损伤　　D. 感染　　E. 疼痛

10. 疼痛三阶段给药法第三阶段多使用（　　　）

A. 曲马多　　B. 吗啡　　C. 可待因　　D. 布桂嗪　　E. 布洛芬

11. 化疗期间应注意病人的血常规变化，白细胞低于多少时应采取保护性措施（　　　）

A. 1.0×10^9　　B. 2.0×10^9　　C. 3.0×10^9　　D. 4.0×10^9　　E. 2.0×10^{12}

12. 对放射低度敏感的肿瘤是（　　　）

A. 宫颈鳞状上皮癌　　B. 皮肤癌　　C. 神经节纤维瘤　　D. 白血病　　E. 淋巴瘤

13. 属于DNA合成期的是（　　　）

A. P_1 期　　B. G_1 期　　C. P_2 期　　D. S 期　　E. M 期

14. 在完成全部抗肿瘤药配制后，应用哪种消毒剂擦拭操作柜内部和操作台表面（　　　）

A. 95%乙醇　　B. 2%碘酊　　C. 0.2%碘酊　　D. 75%乙醇　　E. 3%过氧化氢溶液

15. 通过影响核酸（RNA/DNA）生物合成而抑制细胞生长的药物是（　　　）

A. 环磷酰胺　　B. 塞替派　　C. 白消安　　D. 氟尿嘧啶　　E. 博来霉素

二、多项选择题（在备选答案中有2～5个是正确的，将其全部选出并将它们的标号写在题干后的括号内，错选或漏选均不给分）

1. 下列哪些属于肿瘤一级预防的内容（　　　）

A. 控制吸烟　　B. 健康饮食　　C. 避免或减少职业和环境致癌物的暴露　　D. 避免日光过度照射　　E. 接种乙型肝炎疫苗

2. 放疗使用的放射源和辐射源主要有（　　　）

A. 各种放射性同位素放出的 α、β、γ 射线　　B. 常压 X 线治疗机和各类加速器产生的不

同能量的 X 线　　C. 各类加速器产生的电子束、质子束　　D. 中子束、负 π 介子束以及重粒子束　　E. 紫外线和微波

3. 引起上消化道出血的原因主要有（　　　　　）

A. 消化性溃疡　　B. 因严重创伤、严重感染等病因引起的急性胃黏膜损害　　C. 因慢性乙型病毒性肝炎、血吸虫、肝癌等肝硬化病人引起的食管和胃底静脉曲张　　D. 胃癌　　E. 大肠癌

4. 食管癌吻合口瘘多发生在术后 5～10 天，护理措施包括（　　　　　）

A. 嘱病人立即禁食，直至吻合口瘘愈合　　B. 行胸腔闭式引流并常规护理　　C. 加强抗感染治疗及肠外营养支持　　D. 严密观察生命体征，若出现休克症状，应积极抗休克治疗　　E. 需再次手术者，应积极配合医师完善术前准备

5. 烷化类的抗肿瘤药有（　　　　　）

A. 环磷酰胺　　B. 塞替派　　C. 白消安　　D. 氟尿嘧啶　　E. 博来霉素

6. 疼痛三阶段给药法第二阶段多使用（　　　　　）

A. 曲马多　　B. 吗啡　　C. 可待因　　D. 布桂嗪　　E. 布洛芬

三、填空题

1. 肿瘤的三级预防即合理治疗与康复，以提高疗效，延长生存期，提高_____。

2. 护理质量控制标准包括_____、_____和_____。

3. 化疗废弃物处理：防护装备要放入特殊_____的废弃物容器。

4. 放疗分为_____、_____、_____三类。

5. 药物镇痛治疗过程中应严格遵守 WHO 三阶梯癌痛治疗方案，即_____、_____、_____、_____、_____。

6. 氧气吸入最常用的方法是_____。一般流量为_____/min。严重呼吸困难病人可采用_____、_____。

7. 24 小时内咯血量达_____以上或出血经呼吸道并对_____造成威胁时叫大咯血。

8. 甲状腺腺瘤是最常见的_____。

9. 膀胱部分切除或经尿道膀胱肿瘤电切术后，用_____冲洗膀胱。

10. 胰腺癌胆瘘，多发生于术后_____天，表现为_____的症状。

四、名词解释

1. 一级预防　　　2. 全身麻醉　　　3. 肿瘤的放疗

五、简答题

1. 简述肿瘤护理特点。
2. 简述直肠癌术后会阴伤口的护理方法。

六、论述题

试述肿瘤专业护士应具备的素质。

模　拟　试　题（二）

一、单项选择题（在备选答案中选择1个最佳答案，并把它的标号写在题干后的括号内）

1. 层流病房层流净化换气次数为每小时（　　　）
   A. 100～200 次　　　B. 200～300 次　　　C. 300～500 次　　　D. 400～600 次　　　E. 600～800 次

2. 化疗最常见的主要限制性毒性反应为（　　　）
   A. 骨髓抑制　　　B. 疼痛　　　C. 恶心　　　D. 呕吐　　　E. 脱发

3. 大咯血病人采取哪种卧位（　　　）
   A. 侧卧　　　B. 平卧　　　C. 半坐卧位　　　D. 头高脚低卧位　　　E. 头低脚高45°的俯卧位

4. 乳腺癌最常见的症状是（　　　）
   A. 乳房肿块　　　B. 乳头溢液　　　C. 乳房皮肤异常　　　D. 乳房乳头内缩　　　E. 乳房乳头抬高、瘙痒、皲裂或糜烂

5. 直接破坏DNA并阻止其复制来抑制肿瘤细胞生长的药物是（　　　）
   A. 长春碱　　　B. 三尖杉酯碱　　　C. 氮芥　　　D. 柔红霉素　　　E. 放线菌素D

6. 抽取抗肿瘤药物应用一次性注射器，且抽出药液不超过注射器容量的（　　　）

A. 2/3　　B. 3/4　　C. 4/5　　D. 1/2　　E. 1/3

7. 细胞分裂周期中哪一期为有丝分裂期（　　　）

    A. P_1 期　　B. G_1 期　　C. P_2 期　　D. S 期　　E. M 期

8. 恶性肿瘤病人表现为霎时间方寸大乱、麻木不仁甚至昏迷、病人无力主动表达内心的痛苦，对提供帮助者表示拒绝。请问其处于哪个心理阶段（　　　）

    A. 怀疑期　　B. 恐惧期　　C. 平静期　　D. 体验期　　E. 幻想期

9. 化学物品不慎入眼，应立即用哪种溶液彻底清洗（　　　）

    A. 生理盐水　　B. 5%碳酸氢钠　　C. 0.2%碘酊　　D. 2%复方硼酸液　　E. 3%过氧化氢溶液

10. 某病人盆腔放疗后出现膀胱炎，宜采用哪种溶液行膀胱冲洗（　　　）

    A. 5%盐水　　B. 5%碳酸氢钠　　C. 0.2%碘酊　　D. 呋喃西林　　E. 3%过氧化氢溶液

11. 化疗药物所致的心血管系统的反应常见有（　　　）

    A. 高血压　　B. 冠心病　　C. 心肌梗死　　D. 心肌损伤　　E. 血管瘤

12. 下列属于恶性肿瘤的是（　　　）

    A. 子宫肌瘤　　B. 纤维囊性乳腺病　　C. 皮肤乳头状瘤　　D. 增生性乳腺病　　E. 无性细胞瘤

13. 下列属于抗癌抗生素的是（　　　）

    A. 氟尿嘧啶　　B. 甲氨蝶呤　　C. 阿糖胞苷　　D. 柔红霉素　　E. 羟基脲

14. 通过干扰转录过程阻止 RNA 合成而抑制肿瘤细胞生长的药物是（　　　）

    A. 氟尿嘧啶　　B. 甲氨蝶呤　　C. 阿糖胞苷　　D. 柔红霉素　　E. 羟基脲

15. 恶性肿瘤病人心理变化哪一期会表现为哭泣、警惕、冲动性行为、易出汗等（　　　）

    A. 怀疑期　　B. 恐惧期　　C. 平静期　　D. 体验期　　E. 幻想期

二、多项选择题（在备选答案中有2～5个是正确的，将其全部选出并将它们的标号写在题干后的括号内，错选或漏选均不给分）

1. 肿瘤生物治疗的机制包括（　　　）

    A. 增强宿主的防御机制效应，降低荷瘤宿主的免疫抑制，以提高对肿瘤的免疫应答能力

B. 给予天然的或基因重组的生物活性物质，以增强宿主的防御机制　　C. 修饰肿瘤细胞诱导强烈的宿主反应　　D. 促进肿瘤细胞的分化、成熟，使之正常化　　E. 减轻放疗、化疗的不良反应，增强宿主的耐受力

2. 肿瘤导致的恶性积液常见的有（　　　　　）

A. 恶性胸腔积液　　　B. 恶性腹腔积液　　　C. 恶性心包膜积液　　　D. 恶性脑水肿

E. 淋巴水肿

3. 肿瘤的转移途径有（　　　　　）

A. 血行转移　　B. 淋巴管转移　　C. 种植性转移　　D. 直接蔓延　　E. 浸润性生长

4. 对放射高度敏感的肿瘤有（　　　　　）

A. 宫颈鳞状上皮癌　　B. 皮肤癌　　C. 神经节纤维瘤　　D. 白血病　　E. 淋巴瘤

5. 影响肿瘤放射敏感性的因素有（　　　　　）

A. 营养状况　　B. 细胞分裂周期　　C. 肿瘤的分化程度　　D. 肿瘤的大小　　E. 肿瘤的临床类型

6. 下列说法正确的是（　　　　　）

A. 配制抗肿瘤药物过程中应使用"锁头"注射器和针腔较小的针头，以防注射器内压力过大使药物外溢　　B. 肿瘤临床类型与放射敏感性的关系：外生型优于内生型，对放疗敏感　　C. 肿瘤生长部位与放射敏感性的关系：头颈部肿瘤优于躯干四肢肿瘤　　D. 抽取后的抗肿瘤药物应放在垫有硅胶膜的无菌盘里备用，用后按污染物处理　　E. 疼痛三阶段给药法中辅助用药的目的是减少主药的用量及不良反应

三、填空题

1. 护理质量控制系统包括_____、_____、_____三方面。

2. 放疗的作用是通过_____对细胞、组织或器官的作用，直接或间接地破坏和阻止细胞分裂。

3. 重度呼吸困难伴明显发绀，$PaO_2 < 30mmHg$，$PaCO_2 > 70mmHg$，可给予持续低流量吸氧，氧浓度为_____，并间断加压给氧或人工呼吸给氧。

4. 促发静脉血栓形成的因素包括_____。

5. 淋巴瘤是原发于_____的恶性肿瘤。

6. 慢性白血病按细胞学类型分为_____三型。

7. 舌癌是口腔癌中最常见的疾病，85％以上发生在舌体，且多数发生在_____，其次为_____等处。

8. 口腔癌的肿瘤有三种基本类型：_____。

9. 肾癌的三大症状是_____。

10. _____为成年人最多见的眼内恶性肿瘤，_____是婴幼儿最常见的眼内恶性肿瘤。

四、名词解释

1. 二级预防　　2. 生物治疗　　3. 临终关怀

五、简答题

1. 简述压疮的护理。

2. 简述化疗药物的变态反应、预防及处理。

六、论述题

试述放疗皮肤损伤的护理。

模　拟　试　题（三）

一、单项选择题（在备选答案中选择 1 个最佳答案，并把它的标号写在题干后的括号内）

1. 腰硬联合麻醉术后平卧几小时（　　）

A. 12 小时　　B. 18 小时　　C. 24 小时　　D. 36 小时　　E. 72 小时

2. 长期卧床病人，特别是老年、昏迷、截瘫的病人常见并发症是（　　）

A. 疼痛　　B. 恶心　　C. 压疮　　D. 呕吐　　E. 脱发

3. 当各种治疗方法均不能取得良好效果或病情进一步恶化或出现严重的并发症时，病人产生绝望情绪，对治疗失去信心，听不进朋友、家人和医护人员的劝说，甚至产生自杀的念头。这属于心理反应的哪个阶段（　　）

A. 体验期　　B. 怀疑期　　C. 恐惧期　　D. 幻想期　　E. 绝望期

4. 颊癌病理类型主要是（　　　）

　　A. 鳞状细胞癌　　B. 腺源性上皮癌　　C. 腺样囊性癌　　D. 黏液表皮样癌　　E. 恶性混合瘤

5. 食管癌手术后极为严重的并发症是（　　　）

　　A. 吻合口瘘　　B. 伤口出血　　C. 神经损伤　　D. 感染　　E. 疼痛

6. 通过影响细胞蛋白质合成而抑制肿瘤细胞生长的药物是（　　　）

　　A. 博来霉素　　B. 三尖杉脂碱　　C. 氮芥　　D. 柔红霉素　　E. 放线菌素 D

7. 为防止抗肿瘤药物产生高尿酸血症导致肾脏损伤，pH 值低于多少时应增加碳酸氢钠的用量（　　　）

　　A. 6.5　　B. 6.0　　C. 5.5　　D. 5.0　　E. 4.5

8. 通过影响激素平衡来发挥抗癌作用的药物有（　　　）

　　A. 环磷酰胺　　B. 雄激素　　C. 促肾上腺皮质激素（ACTH）　　D. 氟尿嘧啶　　E. 孕激素

9. 为防止脱发，可用头皮降温法：于注药前几分钟头部放置冰块，注药后维持多长时间，可防止药物对毛囊的刺激（　　　）

　　A. 5～10 分钟，30～40 分钟　　B. 10～20 分钟，40～50 分钟　　C. 10～20 分钟，60 分钟　　D. 10～20 分钟，30～40 分钟　　E. 5～10 分钟，60 分钟

10. 静脉炎出现局部疼痛不适，采用氦氖激光照射治疗，每天几次，几天为 1 个疗程（　　　）

　　A. 1，3　　B. 1，4　　C. 1，5　　D. 2，3　　E. 2，4

11. 以下不属于引起压疮的主要外源性因素是（　　　）

　　A. 压力　　B. 剪切力　　C. 摩擦力　　D. 潮湿　　E. 营养不良

12. 良性、恶性肿瘤不能从以下哪方面区分（　　　）

　　A. 大小　　B. 形态　　C. 生长方式　　D. 生长速度　　E. 分化程度

13. 肿瘤细胞分裂周期中，对放疗敏感性高低排列正确的是（　　　）

　　A. DNA 合成期＞DNA 合成前期＞DNA 合成后期＞有丝分裂期　　B. 有丝分裂期＞DNA 合成前期＞DNA 合成期　　C. DNA 合成前期＞DNA 合成期＞有丝分裂期　　D. DNA 合成前期＞DNA 合成期＞DNA 合成后期＞有丝分裂期　　E. 有丝分裂期＞

DNA 合成前期＞DNA 合成期＞DNA 合成后期

14. 女性乳腺癌的好发年龄是　　　（　　　）
    A. 20～30 岁　　　B. 30～40 岁　　　C. 40～49 岁　　　D. 50～55 岁　　　E. 55～60 岁

15. 直肠癌手术后骶前引流管一般放置几天，引流液色清亮，每天量少于 10mL，体温正常，无盆腔感染，方可拔除（　　　）
    A. 3～5　　　B. 5～7　　　C. 7～9　　　D. 10～11　　　E. 10～15

二、多项选择题（在备选答案中有 2～5 个是正确的，将其全部选出并将它们的标号写在题干后的括号内，错选或漏选均不给分）

1. 关于深静脉血栓的叙述正确的是（　　　）
   A. 临床上上肢深静脉血栓较为多见，常表现为一侧上肢突然肿胀　　B. 若形成股青肿，则起病急骤，剧烈疼痛　　C. 下肢明显肿胀，皮肤紫绀色，足背动脉搏动消失　　D. 全身反应强烈，体温大多超过 39℃　　E. 常常出现静脉性坏疽

2. 癌症病人心理变化一般分（　　　）
   A. 体验期　　　B. 怀疑期　　　C. 幻想期　　　D. 绝望期　　　E. 平静期

3. 食管癌放疗后常出现（　　　）
   A. 食管黏膜水肿　　　B. 吞咽困难　　　C. 放射性口腔炎　　　D. 食欲不振　　　E. 腹泻

4. 腹部照射一般不会出现　　　（　　　）
   A. 放射皮炎　　　B. 放射性口腔炎　　　C. 放射性直肠炎　　　D. 呼吸困难　　　E. 血尿

5. 属于肉瘤的是（　　　）
   A. 淋巴瘤　　　B. 皮肤乳头状瘤　　　C. 骨膜瘤　　　D. 软骨瘤　　　E. 白血病

6. 骨肿瘤手术后行假体置换术者护理正确的是（　　　）
   A. 严格检查手术区域及附近的皮肤，如有溃疡及皮肤病，均要报告医师处理　　B. 皮肤准备：要超出关节范围　　C. 无菌手术备皮 3 天，即第 1、第 2 天用肥皂水清洁局部皮肤，第 3 天手术区皮肤剃毛、洗净，用 75% 乙醇消毒后用无菌巾包扎　　D. 术日晨重新消毒后包扎，注意剃毛发时切口不可刮破皮肤而增加感染机会　　E. 无菌手术备皮 2 天，即第 1 天用肥皂水清洁局部皮肤，第 2 天手术区皮肤剃毛、洗净，用 75% 乙醇消毒后无菌巾包扎

三、填空题

1. 全面的护理质量控制体系包括_____。

2. 硬膜外麻醉术后应_____，生命体征平稳后改_____。

3. 根据癫痫临床发作表现，可分为_____ 4 类。

4. 颅内肿瘤的治疗方法：_____。

5. 乳腺癌是发生在_____的恶性肿瘤。

6. 肠内营养是通过_____将特殊配制的营养物质送入病人胃肠道以提供机体营养的支持方法。

7. 泌尿系统最常见肿瘤是_____。

8. 轻度呼吸困难伴轻度发绀，$PaO_2 > 60mmHg$，$PaCO_2 < 50mmHg$，可给予_____。

9. 根据细胞形态学和细胞化学分类，将急性白血病分为_____。

10. 引起压疮的外源性因素主要为_____。

四、名词解释

1. 硬膜外麻醉   2. 体外远距离照射   3. 压疮

五、简答题

1. 简述食管癌病人术后的饮食护理方法。

2. 简述胃癌病人留置胃管的护理。

六、论述题

试述化疗的防护措施。

参　考　答　案（一）

一、单项选择题

1. A　　2. C　　3. D　　4. B　　5. A　　6. A　　7. C　　8. C　　9. A　　10. B
11. A　　12. C　　13. D　　14. D　　15. D

二、多项选择题

1. ABCDE　　2. ABCD　　3. ABCD　　4. ABCDE　　5. ABC　　6. ACD

三、填空题

1. 生活质量
2. 基础标准　过程标准　结果标准
3. 红色标志
4. 根治性放疗　姑息性放疗　综合性治疗
5. 按阶梯用药　口服给药　按时给药　个体化给药　注意具体细节
6. 鼻导管氧气吸入　2～4L　面罩吸氧　机械辅助通气
7. 600mL　生命
8. 甲状腺良性肿瘤
9. 外用生理盐水或1：5000呋喃西林液
10. 5～10　发热、腹痛、胆汁性腹膜炎

四、名词解释

1. 肿瘤的一级预防又称病因学预防，是通过避免危险因素，达到降低肿瘤发生率的方法。主要措施为改善人群的生活方式，减少环境中致癌物的暴露，从而减少发生肿瘤的危险。
2. 全身麻醉（简称全麻）是麻醉药对中枢神经系统的抑制，呈现可逆的知觉和神志消失状态，也可有反射抑制和肌肉松弛。临床上常用的麻醉方法有吸入麻醉、静脉麻醉和复合麻醉。

3. 肿瘤的放疗是利用各种放射线，如光子类的 X 线、γ 射线以及粒子类的电子束、中子束等抑制或杀灭肿瘤细胞。

五、简答题

1. ①癌症护理是一门多学科的护理专科。②重视心理、社会因素对癌症病人的影响。③重视提高肿瘤病人的生活质量和治疗后连续护理。④预防和减轻放疗、化疗毒副反应和外科并发症的发生。⑤肿瘤护理服务范畴在拓宽。⑥开展健康教育，积极参与防癌普查和宣传防癌知识。⑦开展护理科研，促进癌症护理的发展。

2. 观察会阴伤口渗血渗液情况，有无活动性出血及感染征象，术后 5～7 天拆除会阴部填塞敷料，用 1.5％过氧化氢溶液冲洗 5～7 天后，用黄龙洗剂或 1∶5000 高锰酸钾液温水坐浴，每天 2～3 次，每次 30 分钟，直至伤口愈合。一旦盆腔感染，应及时拆开会阴部切口，通畅引流，选择敏感抗生素。

六、论述题

1. 思想道德素质

(1) 热爱祖国，热爱人民，热爱护理事业，具有为人类健康服务的奉献精神。

(2) 具有诚实的品格、较高的慎独修养、高尚的道德情操；团结互助、自爱、自尊、自强、自制。

(3) 具有正视现实、面向未来的目光，追求崇高的理想，忠于职守，救死扶伤，廉洁奉公，实行人道主义。

2. 科学文化素质

(1) 具备一定的文化素养和自然科学、社会科学、人文科学等多学科知识。

(2) 掌握一门外语及现代科学发展的新理论、新技术。

3. 专业素质

(1) 专科护理水平　①熟悉各系统常见肿瘤的流行病学特征、病理过程以及临床治疗进展。②识别住院肿瘤病人的护理问题，为病人制订个性化护理计划。③促进病人的康复需求，为病人制订康复计划，促进肿瘤病人的康复。④理解肿瘤病人及其家属的心理、社会、

精神需求，协同病人及家属将其应用到护理计划的制订过程中。⑤将有关肿瘤护理研究结果运用到病人护理计划的制订中。⑥将有关法律、道德伦理运用到肿瘤病人的护理中。⑦掌握职业安全防护的原则。

(2) 实践工作能力　①掌握肿瘤的三级预防知识并应用于临床护理工作中。②掌握各系统常见肿瘤症状护理并熟练应用于临床护理工作中。③掌握肿瘤化疗护理知识并熟练应用于临床护理工作中。④掌握肿瘤放疗护理知识并熟练应用于临床护理工作中。⑤掌握肿瘤外科护理知识并熟练应用于临床护理工作中。⑥掌握癌痛评估方法及其技巧并正确护理癌痛病人。⑦掌握康复护理、营养支持及临终关怀护理的相关知识。

(3) 肿瘤专科护士的核心能力　①负责对接受癌症预防教育和检查的人群进行评估，以保证他们达到预期效果的能力。②收集、记录、阐述癌症危险的能力。③对公众推荐适合的癌症预防和早期筛检方法的能力。④参与对危险人群的普查工作，并向公众提供肿瘤遗传学方面的知识。⑤对于那些已经患癌症的病人，肿瘤专业护士建议其接受与其年龄相关的其他检查。⑥肿瘤专科护士还要进行科研来进一步评估癌症预防和早期检测的有效性及对公众的影响，为癌症预防检测政策的修改和制定提供依据。

(4) 新技术应用能力和科研能力。

4. 身体心理素质

(1) 具有健康的心理，乐观、开朗、稳定的情绪，宽容豁达的胸怀。

(2) 具有高度的责任心和同情心，较强的适应能力，良好的忍耐力及自我控制力，善于应变，灵活敏捷。

(3) 具有强烈的进取心，不断获取知识，丰富和完善自己。

(4) 有健康的体魄和规范的言行举止。

(5) 具有良好的人际关系，同仁间相互尊重，团结协作。

参 考 答 案（二）

一、单项选择题

1. C　　2. A　　3. E　　4. A　　5. C　　6. B　　7. E　　8. A　　9. A　　10. D

11. D   12. E   13. D   14. D   15. B

二、多项选择题

1. ABCDE   2. ABCDE   3. ABC   4. DE   5. ABCE   6. BCE

三、填空题

1. 质量控制系统   质量控制标准   质量控制措施
2. 电离辐射
3. 25%～40%
4. 静脉淤滞、血管损伤及高凝状态
5. 淋巴结或其他淋巴组织
6. 粒细胞、淋巴细胞、单核细胞
7. 舌中1/3侧缘部   舌尖、舌背及舌根
8. 溃疡型、外生型及浸润型
9. 血尿、腰痛、肿块
10. 脉络膜恶性黑色素瘤   视网膜母细胞瘤（RB）

四、名词解释

1. 肿瘤的二级预防又称发病学预防，是通过早发现、早诊断、早治疗，提高恶性肿瘤的治愈率与生存率的方法。主要措施包括：早期信号和症状的识别，肿瘤普查、治疗癌前病变等。
2. 肿瘤的生物治疗是指通过免疫活性药物增强机体自然防御功能从而发挥抗肿瘤效应，抑制或消除肿瘤生长的一种治疗方法。
3. 临终关怀的含义有两方面：其一，临终关怀是一种特殊服务，是对临终病人及其家属所提供的一种全面的照顾，包括生理、心理、社会等各个方面，其目标在于使临终病人生命质量得到提高，家属的身心健康得到维护和增强，使病人在临终时能够无痛苦、安宁、舒适地走完人生的最后旅程。其二，临终关怀是一门以临终病人的生理、心理发展和为临终病人及其家属提供全面照顾的实践规律为研究对象的新兴学科。

五、简答题

1. Ⅰ期：除去致病原因，加强护理措施。根据情况可选用减压贴、透明贴、赛肤润。

  Ⅱ期：保护皮肤，预防感染。可使用透明贴，有水疱时，未破的小水疱（＜1cm）要减少摩擦，防止破裂感染，使其自行吸收。大水疱（＞1cm）可在无菌操作下用注射器抽出疱内液体，注意要保护疱皮，清洗后用纱布吸干液体，覆盖水胶体油纱后用透明贴。还可采用中草药治疗。

  Ⅲ期：加强创面的处理。根据创面情况进行清创，使用37℃温盐水冲洗创面可以去除坏死组织和异物，达到减轻感染促进愈合的目的。保持创面湿润以利于肉芽组织的生长，可选用渗液吸收贴或中草药治疗等方法。

  Ⅳ期：清洁创面，除去坏死组织，促进愈合。治疗的方法有很多，常用清创胶、溃疡粉加溃疡贴、渗液吸收贴等换药治疗；还可采用清热解毒、活血化瘀、去腐生肌收敛的中草药治疗；其他如局部持续吹氧法、碘混合液治疗等方法。

2. 按医嘱给予化疗前抗过敏药。给药前给予心电监测，并备急救药物专用盒。有过敏倾向者，在配制贵重化疗药品时先配1支，静脉滴入5～10分钟，观察化疗无反应时，再按医嘱配制。化疗药治疗后在病人床旁守候5～10分钟。做好病人健康教育，详细交待注意事项，发现身体不适应立即报告医护人员处理。当病人发生变态反应时立即停药，并按变态反应护理常规处理。

六、论述题

(1) 加强心理护理，取得病人的信任与配合。Ⅲ度放射性皮肤损伤一旦发生，不仅给病人增加了痛苦，还增加了心理恐惧，从而给病人带来治疗信心的不足；同时导致放疗不能继续进行，病人产生焦虑不安的情绪反应。因此，心理护理显得尤为重要。

(2) 指导病人做好放射野皮肤的保护，穿全棉柔软的内衣，保持局部皮肤的清洁与干燥，避免对放射野皮肤的机械性刺激，不随便抓搓，经常修剪指甲，不用剃刀剃皮肤。可用温水和柔软的毛巾轻轻清洗，忌用肥皂和过烫的热水，不可在放射野皮肤处粘贴胶布和涂含重金属油膏，避免在烈日下暴晒。

(3) 皮肤发生Ⅰ度反应可用肤疾散止痒；发生Ⅱ度反应，暴露创面，局部可用双草油、湿润烧伤膏均匀地涂在创面上，保持湿润。如有脓疱，在无菌操作下用生理盐水清洗后再涂药，切勿将皮撕脱；发生Ⅲ度反应，停止放疗，局部按外科换药处理。

参 考 答 案（三）

一、单项选择题

1. C　　2. C　　3. E　　4. A　　5. A　　6. B　　7. A　　8. B　　9. A　　10. C
11. E　　12. A　　13. B　　14. C　　15. B

二、多项选择题

1. BCDE　　2. ABCDE　　3. ABDE　　4. BD　　5. ADE　　6. ABCD

三、填空题

1. 纵向质量控制体系和横向质量控制体系
2. 去枕平卧 4～6 小时　半坐卧位
3. 大发作、小发作、局限性发作和精神运动性发作
4. ①降低颅内压。②手术治疗。③放疗。④化疗。⑤其他：免疫治疗和中药治疗
5. 乳房腺上皮组织
6. 口服或管喂方式
7. 膀胱癌
8. 低流量鼻导管吸氧
9. 急性淋巴细胞白血病和急性非淋巴细胞白血病
10. 压力、剪切力、摩擦力及潮湿

四、名词解释

1. 硬膜外麻醉即硬脊膜外神经阻滞麻醉，是将局部麻醉药注入椎管的硬膜外腔，脊神经根受到阻滞或暂时麻痹使该脊神经所支配的相应区域产生麻醉作用。

2. 体外远距离照射简称外照射。是指放射源位于体外一定距离，集中照射身体某一部位，是目前临床使用的主要照射方法。一个疗程总剂量安排 6～8 周，每周照射 5 次，以保护正常组织的修复能力。

3. 压疮是指局部组织长时间受压，血液循环障碍，持续缺血、缺氧、营养不良而致的软组织溃烂和坏死。

五、简答题

1. （1）术后禁食期间不可下咽唾液，以免感染造成食管吻合口瘘。

（2）术后 3～4 天吻合口处于充血水肿期，需禁饮禁食。

（3）禁食期间持续胃肠减压，经静脉补充水、电解质和营养物质。

（4）术后 4～5 天待肛门排气、胃肠减压引流量减少后，拔除胃管。

（5）停止胃肠减压 24 小时后，若无呼吸困难、胸内剧痛、患侧呼吸音减弱及高热等吻合口瘘的症状时，可开始进食。先试饮链霉素水每次 50mL（链霉素 1.0 加入生理盐水 500mL 中），术后 7～8 天可给予半量流质饮食，每 2 小时给 100mL，每天 6 次。术后 2 周进半流质饮食。术后 3 周病人若无特殊不适可进软食，术后 4 周进普食。但仍应注意少食多餐，细嚼慢咽，防止进食量过多、速度过快而引发其他并发症。

（6）避免进食生、冷、硬食物，以免导致后期吻合口瘘。

（7）食管胃吻合术后病人，可能有胸闷、进食后呼吸困难，应告知病人是由于胃已纳入胸腔，肺受压暂不能适应所致。建议病人少食多餐，经 1～2 个月后，此症状多可缓解。

（8）食管癌、贲门癌切除术后，可发生胃液反流至食管，病人可有反酸、进食后呕吐等症状，平卧时加重。应嘱病人饭后 2 小时内勿平卧，睡眠时将枕头适当垫高。

2. （1）保持胃管引流通畅，妥善固定，防止引流管扭曲、受压及脱落。

（2）观察引流液的颜色、性质及量的变化，如引流出鲜红色血液 ≥200mL/h，提示有活动性出血，应立即报告医师紧急处理。

（3）留置胃管者每天应给予口腔护理至少 2 次。

六、论述题

（1）由专人负责备药：如有层流细胞毒安全柜，应放置在专用备药间（装排风扇）。

(2) 穿戴一次性使用的防护衣、帽子、口罩、聚乙烯手套，因橡皮手套的微孔不起防护作用。

(3) 制定化疗防护操作规程，为防止操作时手套被安瓿划破，需垫以无菌纱布打开。

(4) 自瓶内抽取药液时，应插入双针头，其一针头将瓶内的空气排出，用另一针头抽药，防止瓶内压力过大药液外溢。

(5) 冷冻粉剂安瓿打开时，有溅出的危险，需用无菌纱布包裹，并将溶剂缓慢注入瓶内，待粉末湿透后再行搅动。

(6) 药液不慎溅到皮肤上或眼内，立即用大量清水或生理盐水冲洗。特别是长春新碱（VCR）、长春碱（VLB）尤应注意。

(7) 无菌注射盘用聚氯乙烯薄膜铺盖，每次用后按污物处理。

(8) 遇药液溢到桌面上或地上，应用纱布覆盖，再用肥皂水擦洗，纱布按污物处理。

(9) 废安瓿与瓶装药用后放塑料袋中密封，以防蒸发，污染室内空气。

(10) 注射器、输液器、针头均为一次性使用，用后密封塑料袋中。

(11) 所有污物需经 1000℃ 高温焚烧灭毒。

(12) 化疗病人的尿、呕吐物及其他体液应按污物处理。水池、抽水马桶用后反复用水冲洗。

(13) 不可在工作区进食或饮水。

(14) 定期对化疗护士进行体格检查，包括白细胞分类、血小板等，并发给一定的保健津贴。

(15) 操作完毕脱去手套后用肥皂及流动水彻底洗手，有条件者可行淋浴，减轻其毒性吸附。

（彭翠娥）

参 考 文 献

1　李立. 肿瘤介入肿瘤学. 北京：科学出版社，2005

2　宁厚法，张强，等. 介入护理学. 北京：人民卫生出版社，2005

3　尤黎明. 内科护理学. 第3版. 北京：人民卫生出版社，2002

4　王德辉，徐德保，丁玉兰. 实用专科护士丛书·神经内科、神经外科分册. 长沙：湖南科学技术出版社，2004

5　南登. 康复医学. 北京：人民卫生出版社，2004

6　姜贵云. 康复护理学. 北京：人民卫生出版社，2002

7　高芳，骆秋芳. 血液及造血系统疾病病人的护理. 北京：中国协和医科大学出版社，2005

8　李麟荪. 介入放射学——非血管性. 北京：人民卫生出版社，2002

9　曲维香. 标准护理计划·内科分册. 北京：北京医科大学、中国协和医科大学联合出版社，1997

10　汤钊猷. 现代肿瘤学. 上海：上海医科大学出版社，1993

11　张惠兰，陈荣秀. 肿瘤护理学. 天津：天津科学技术出版社，2000

12　马双莲. 临床肿瘤护理学学习指导. 北京：北京大学医学出版社，2003

13　吕式瑗. 护理学基础. 北京：光明日报出版社，1990

14　徐万鹏，冯传汉. 骨科肿瘤学. 北京：人民军医出版社，2001

15　张如明，滕胜. 软组织肉瘤现代外科治疗. 天津：天津科学技术出版社，2001

16　杜克，王守志. 骨科护理学. 北京：人民卫生出版社，1995

17　贺爱兰，张明学. 实用专科护士丛书·骨科分册. 长沙：湖南科学技术出版社，2004

18　陆以佳. 外科护理学. 第2版. 北京：人民卫生出版社，2001

19　谢德利. 现代康复护理. 北京：科学技术文献出版社，2001

20　徐文红. 乳腺癌术后有氧运动康复操. 兰州：甘肃科学技术出版社，2004

21　张蓓，周志伟. 实用中西医结合肿瘤学. 广州：广东人民出版社，2004

22　喻德洪. 肠造口治疗. 北京：人民卫生出版社，2004

23　万德森. 社区肿瘤学. 北京：科学出版社，2000

24　刘浔阳，黄飞舟. 外科造口学. 长沙：中南大学出版社，2004

25　张志毅，章文华. 现代妇科肿瘤外科学. 北京：科学出版社，2003

26　乐杰. 妇产科学. 第5版. 北京：人民卫生出版社，2000

27　姚泰. 生理学. 第5版. 北京. 人民卫生出版社，2001

28　柏树令. 系统解剖学. 第5版. 北京. 人民卫生出版社，2003

29　陈孝平. 外科学. 北京：人民卫生出版社，2002

30　叶任高. 内科学. 第5版. 北京：人民卫生出版社，2001

31　郑修霞. 妇产科护理学. 第3版. 北京：人民卫生出版社，2002

32　吕文，隋丽华，钱元淑. 中晚期宫颈癌阴道大出血的急救探讨. 中华急诊医学杂志，2002，2

33　孙燕. 内科肿瘤学. 北京：人民卫生出版社，2003

34　唐秀治. 癌症症状征候护理. 北京：科学技术文献出版社，1999

35　何国平，喻坚. 北京：人民卫生出版社，2005

36　曹伟新. 外科护理学. 第3版. 北京：人民卫生出版社，2004

37　吴在德. 外科学. 北京：人民卫生出版社，2002

38　吕新生，韩明. 胃肠道外科. 长沙：湖南科学技术出版社，1998

39　周际昌. 实用肿瘤内科学. 第2版. 北京：人民卫生出版社，2005

40　胡炳强. 实用肿瘤诊疗学. 长沙：湖南科学技术出版社，2004

41　邹恂. 现代护理诊断手册. 北京：北京医科大学、中国协和医科大学联合出版社，1996

42　朱广迎. 放射肿瘤学. 北京：科学技术文献出版社，2001

43　殷蔚伯，谷铣之. 肿瘤放射治疗学. 第3版. 北京：中国协和医科大学出版社，2002

44　胡自省. 肿瘤放射治疗手册. 长沙：湖南科学技术出版社，1999

45　何国平，张静平. 实用社区护理. 北京：人民卫生出版社，2002

图书在版编目（ＣＩＰ）数据

实用专科护士丛书. 肿瘤科分册 / 谌永毅，马双莲主编.
长沙：湖南科学技术出版社，2008.10
ISBN 978-7-5357-5486-8

Ⅰ.实… Ⅱ.①谌…②马… Ⅲ.肿瘤学：护理学 Ⅳ.
R473.73

中国版本图书馆 CIP 数据核字（2008）第 157590 号

实用专科护士丛书
肿瘤科分册
主　　编：谌永毅　马双莲
责任编辑：梅志洁
出版发行：湖南科学技术出版社
社　　址：长沙市湘雅路 276 号
　　　　　http://www.hnstp.com
邮购联系：本社直销科　0731 - 4375808
印　　刷：长沙化勘印刷有限公司
　　　　　（印装质量问题请直接与本厂联系）
厂　　址：长沙市青园路 4 号
邮　　编：410004
出版日期：2008 年 10 月第 1 版第 1 次
开　　本：787mm×1092mm　1/20
印　　张：24
插　　页：4
字　　数：520000
书　　号：ISBN 978-7-5357-5486-8
定　　价：44.50 元